新中国 70 年 70 部
长篇小说典藏

新中国70年70部
长篇小说典藏

上海的早晨

二

周而复 —— 著

学习出版社
人民文学出版社

一

朱延年把信往抽屉里一放,咔的一声关起抽屉,气生生地说:"晓得哪。"

他说完话,低下头去看平摊在玻璃板上的福佑药房的总结书和计划书,把童进冷清清地扔在一旁。童进站在他的写字台前面纹风不动,一对眼睛出神地注视着他。童进的眼光里流露出不满的神情,紧闭着嘴,努力压制内心激动的感情。等了一歇,童进见他还不抬起头来,仿佛忘记自己站在那里,实在忍不住了,不得不说话,声音却很轻:

"朱经理,这是戴俊杰、王士深两位同志的来信啊。"

"刚才不是说过了吗?"朱延年仍旧没有抬起头来。

"你答应寄到朝鲜去的货,要早点寄去。志愿军不比别的机关迟几天不要紧,这些救急用的药早寄去一天,可以早救活几个最可爱的人。他们在前线流血打美国鬼子,我们没有别的支援,应该把货早点配齐寄去。他们催过两次,这次不能再不寄了。"

朱延年听童进理直气壮一个劲在讲,简直制止不住。他把福佑药房的总结书和计划书拿起,然后用力往写字台上一掼:

"我有要紧的事体在办,尽在这里啰里啰嗦做啥?"朱延年从抽屉里把那封信取出来,对着童进说,"你晓得他们在啥地方?美国的飞机在朝鲜天天轰炸,志愿军躲也无处躲,藏也无处藏。从后方送到前线的给养弹药百分之五六十都给炸毁了,真正送到志愿军的手里只有这么一点点。我们现在哪能寄药?"

"正是因为这样,我们的药更要寄。后方的弹药送到前线很困难,前线更需要弹药。戴俊杰说,前线只要有药,就可以多救活几个志愿军。他们临走的辰光,不是希望我们早点把药寄去吗?"

"有药,当然可以治病,这还用你说,啥人都晓得。可是送不到前线有啥办法?"朱延年见童进一本正经地在坚持,他不好再发脾气。为了缓和一下童进的情绪,他放下笑脸,嘻着嘴说:"药当然是要寄的,别说是志愿军的,就是一般客户也要寄的。你年纪还轻,你不懂得。我们办事要讲究效果。这几天报上登着美国飞机轰炸朝鲜很厉害,现在把药寄去也没有用。我们对志愿军同志要负责,不能乱寄。寄丢了怎么办?过一阵再说吧。"

童进给朱延年这么一说,心动了。他觉得朱经理究竟和自己不同:年纪大,社会经验丰富,看事体有远见,办事体牢靠。他的不满的情绪渐渐消逝,反而感到刚才对朱经理顶撞有些不妥当。但他还是关心这批药啥辰光能够寄出,等了一会儿,对朱延年轻声地问道:

"啥辰光寄出才好呢?朱经理。"

"这个么,"朱经理像煞有介事地用右手的食指敲一敲太阳穴,在凝神思考。他心里想:别瞧不起福佑药房的伙计们,就连童进,解放以后也和以前不同了啊。虽然朱延年几句话把他说得不再坚持要马上寄药,可是对寄药这件事却一丝一毫也不放松。志愿军好像是他的亲娘老子,比对啥人都关怀。朱延年暗中瞟了他一眼:他站在那里,没有马上离开的模样。半晌,朱延年信口说道:"等前方平静一点再说吧。"

"咦?"童进内心里打了一个问号:怎么朱经理说得好好的,忽然又改变了口气呢?他怀疑地望了朱经理一眼:

"太慢了不好吧?"

"当然不能太慢。"

2

"那么,啥辰光进货呢?给志愿军寄的药品,库房里都没有,应该早点进货。等美国飞机一不轰炸朝鲜,就寄去。朱经理,是不是今天就进货?"

朱延年把眉头一皱,显出很不耐烦的神情,说:

"我晓得了,别啰里啰嗦的,去吧。"

童进没有给撵走,还是站在朱延年的面前。他要问出一个结果来:

"志愿军的信哪能答复?"

"等一等再复。"

童进回想起王士深在店里讲的汉江两岸狙击战的英勇故事,他怀念着志愿军的同志像是怀念着自己的亲人一样。他认为今天催朱经理寄药是他的神圣的职责,有一股力量支持他和朱经理交涉。朱经理的态度叫童进十分激动,他话也讲不大清楚,断断续续地说:

"这……这哪能……可以呢?朱……朱经理。"

朱经理觉得童进胆敢在他面前放肆,怒不可遏,霍地站了起来,瞪了童进一眼:

"为啥不可以?"

"志愿军来信催寄药,我们应该答复他们。"

"刚才不是告诉你美国飞机天天轰炸吗?复信寄去,一定给炸啦。"

"那么,我们就不复了吗?"

"复,当然要复的,不过,也要等前方平静一点。"朱延年心里想,说不定戴俊杰、王士深早给美国飞机炸死了,谁知道他们向福佑药房订过货呢?给志愿军办货,我是有把握的。干脆不寄,给祖国节省一点药品!

童进焦急地说:

"那要等到啥辰光?"

"打仗的事体很难说,我哪能晓得要等到啥辰光。"

"今天先复一封不好吗?"

朱延年恼羞成怒,干脆不答理童进,大声喝道:

"这是我的事体,你别管。别在我这里吵吵闹闹的,我还有要紧的事体呢。你给我滚出去!"

童进仍然站在那里没动。他想起昨天苏北行署卫生处张科长也来信催货,气愤不平地又说道:

"张科长也来信催货,……"

"我晓得。"

"朝鲜有战事,苏北可没有战事。过了这许多日子,为啥还不给他配齐?"

朱延年给童进问得没有话说,狠狠瞪了他一眼,走上去抓住他的胳臂,向经理办公室门外一推:

"滚!"

二

朱延年关上经理办公室的门，坐到写字台的面前，自言自语：

"从来没有见过这样的人——童进这青年经常出去听团课，开会，简直不务正业，变得越来越坏啦，胆敢在我面前一句顶一句，实在太不成体统了。唉……"

他深深地叹了一口气，眼睛对着窗外发愣。

窗外高耸入云的大楼遮去了半个天空，另一半天空上有一大片云彩上镶着金边，把云彩照得透明。金边黯淡下去，那一大片云彩就像是用旧了的破棉絮挂在渐渐灰暗的天空。暮色无声地降落在上海繁华嚣杂的市中心区了。

朱延年望着暮色又想起福佑药房募股的事：那天在徐义德家分送出去的福佑药房的总结书和计划书，怎么毫无消息，难道真的是石沉大海吗？柳惠光不理睬还有可说，韩工程师一点意思也没有？马慕韩看了之后竟然会丝毫不表示？还有，……他一个个想下去，都没有下文。他的心情像是那一大片的暗灰色的云彩一样。他对着那片云彩沉默了很久。窗外闪烁着点点的灯光，慢慢越来越多，形成一片灯光的海洋。耀眼的霓虹灯光把半个天空映得血红，像是在燃烧。这灯光给朱延年带来了希望。他努力安慰自己：没有下文不等于完全绝望，投资一种企业是一件大事，不说别人，就拿自己说吧，要投资大利药厂也犹豫好久，想了又想，才下了决心；为了调头寸，又耽搁了一些时间。马慕韩说得好，他是办棉纺厂的，对西药业外行，精力照顾不过来。这也是实情。想到这里，朱延年的脸上有了笑纹,对自己说:得等待一些时间。

过了一会儿,仿佛已经等待了很久,他有点不耐烦了。他希望福佑药房马上很快地发展起来,想四面八方伸出手去,把能够弄到手的头寸都集中在朱延年的名下,先给自己买辆小轿车。啥牌子?倍克不错,又大又稳又气派,但是价钱不含糊,怕要两三个亿;还是节省一点,那么,小奥斯汀,也不错,几千万就差不多了,就是太寒伧。福佑药房的总经理哪能坐小奥斯汀,跟着马慕韩、徐义德他们一道往来也不像个样子。顶合适是雪佛莱,不大不小,样子也不错,虽说是属于二等货色,坐出去也不算寒伧,在市内跑跑不错的。要是节省点,还可以弄一部八成新的雪佛莱,那更划算。朱延年似乎已经坐在自己的雪佛莱的小轿车里,他要司机先在汉口路四马路兜个圈子,开慢一点,好让同业中的人首先知道朱延年的黄金时代又到了。可惜同业中没有一个人站在门口等候朱延年的汽车经过。他又想了一个办法,坐车子去登门拜访,把车子就停在你门口,你们不得不看一下吧。或者,朱延年出面请一次客,派自己的雪佛莱去接送客人,那还不马上传遍西药业吗?这一传,工商联的那些巨头们马上就会知道。他们如果不知道,只要坐着雪佛莱去出席一次星二聚餐会就得了。

窗外不时传来汽车的喇叭声,朱延年这才清醒过来,发现自己并没有坐在雪佛莱里,而是坐在他的小小的办公室里。他怪那些人太不够朋友,为啥收到福佑药房的总结书和计划书,到现在还不给一个答复呢?即使不立刻确定认股多少,也可以先表示一下态度啊。啥原因没有消息呢?是不是总结书和计划书写得不好呢?也许是吧。他半信半疑。他回过头来一看:办公室里黑乌乌的,伸手去揿亮了写字台上的台灯,打开总结书和计划书仔细地从新审阅,第一页前言最后一段是这样写的:

  本书所述各点,在总结方面者,均系过去业务上之实际情况,具体切实,必要时并列表说明。在计划方面,均为即将执行或部分已开始执行者,今后本药房业务上之发展,大体根据本书指明之方针。

这一段话并无漏洞,而且说得既恳切又肯定。为啥还得不到那些朋友的信任呢？他找不出理由来。他把总结书和计划书又仔细审阅了一番,自己仍然认为写得不错,文字上也无懈可击。他断定是由于那些朋友对新兴的人民的医药事业缺乏高度的热忱,因此,对福佑药房的发展不积极。朱延年一心一意为人民的医药事业服务,他不能让朋友们对人民的医药事业缺乏高度的热忱。他要帮助朋友了解和赞助这个人民的医药事业。帮助啥人？他对着宝绿色的台灯发愣:在他眼前隐隐约约地出现了各种面影:柳惠光的,韩工程师的,徐义德的,马慕韩的……"对!"他对自己说,"首先催马慕韩,那天他的态度并不坚决,多少有点苗头。一个大工业家投福佑一点资算啥,就说是办纱厂没有时间兼顾西药,那么,认几股玩玩票也没啥。朱延年和徐义德的亲戚关系马慕韩不是不知道,不看僧面看佛面,多少总得应付一下。"他越说越有道理,右手伸出去,抓过电话听筒就想给马慕韩打电话,旋即一想:当面一催,说僵了,反而不好。不如先写封信去,说得恳切一点,有个回旋的余地,不行,再当面谈。这比较稳当。他打开抽屉取出福佑药房的漂亮的洋信纸信封,用自来水笔在上面写道:

慕韩总经理先生大鉴上次在姊夫徐义德兄处奉上福佑药房总结书与计划书谅邀青睐承蒙俯允赞助小号不胜感激之至吾兄拟认股若干敬请早日示知以便趋前聆教共议大事……

他写好信封,贴上邮票,想早点发出去,就站起来,走出办公室。外边各部的伙计都走了,只有童进一个人独自留在那里。他背靠着栏杆,面对着墙壁出神。墙壁上挂着苏北行署卫生处送的大红贺幛,紧靠这幅贺幛挂着福佑药房全体同仁欢迎中国人民志愿军戴俊杰、王士深两同志因公回国摄影纪念的照片。早一会童进在经理室碰了一鼻子灰,给朱延年赶了出来。他肚子里好像有啥东西在燃烧,仿佛一张嘴,里面就有一股火要喷出来似的。等到同事们看出他脸色气得铁青,料想一定出了啥事体,低声小语问他,他又不得不按捺住心头愤怒的火焰,微微摇摇头,说没啥。既然童进不言声,大家也不便追问下去,都去忙手里的事了。

童进心里哪能也平静不下来。他拿起账簿和传票看,只是一些数目字在眼前跳动,究竟多少,哪能也看不清爽。他的两只眼睛盯着账簿。说他闲着吧,他面前摊开了账簿和传票;说他在做事呢,他实在闲着。

夏世富从侧面看出了苗头。这位外勤部长不仅对福佑药房往来客户的底细一清二楚,就是福佑药房的内部人事关系和朱经理肚里的妙计,他也明白。童进垂头丧气地从经理室出来,他就很注意,童进没有回答大家关怀的询问,更叫他注意。他并不是对童进特别关心,也不想帮助童进解决问题,主要因为他有事要找朱经理。他想从童进那里了解一下朱经理的情绪。如果碰到朱经理的气头上,那会对自己也捎带几句,甚至坏了事。遇到这样的时刻,宁可慢一点再去谈。夏世富见童进不肯说出刚才在经理室的情形,估计一定有复杂的原因,不好再大声问他,便伏在童进的写字台旁边,显出特别关怀的样子,小声地问道:

"究竟是怎么一回事啊?"

童进发现夏世富在面前,仿佛窥出他的心事。他感到突然,眼睛一愣,半晌,才想起要回答夏世富的问题,慢吞吞地说:

"没啥。"

"你同我还见外吗?自家人,有啥不好谈?告诉我,童进,有啥事体,我也好帮帮忙。"

童进想起朱经理的无理的言词,他叹了一口气,说:

"没啥好帮忙。"

"是啥事体？你讲嚜，有话放在肚里也怪闷的，讲出来让大家晓得也好。我看朱经理这两天脸色不好，老是皱着眉头，好像有啥心事。他为啥骂你呢？是不是因为到期支票的事？"

童进摇摇头。

"是催货的事？"

童进没有吭声，也没有摇头。夏世富一看这情形就料到大概是这桩事体，便追问：

"是哪一笔？"

童进没有搭腔。

"你说呀，我还不清楚这些事吗？我也为这些事受气，两面不讨好：不发货，客户骂我；催发货，又要挨老板的骂。"

"是呀！"童进听了夏世富同情自己的话，感激地望了他一眼。

"究竟是哪一笔？"夏世富一点也不放松。

童进望望前后左右的人，没一个在看他们两个。他吞吞吐吐地说：

"戴……俊杰……他们……"

"是志愿军的？那数目不小啊。"夏世富贴着童进的耳朵轻轻地说，"这一阵子朱经理在设法募股，没有一点消息，啥地方有钱配这些货？你去得不是时候啊。"

"也不是我要去的，是戴俊杰他们写信来催的。志愿军在朝鲜前线打美国鬼子，办的货哪能不配齐，查出来不好，……我也是为了福佑好……他把我赶了出来……"

"啊哟，今天朱经理的脾气可不小……"夏世富希望要了解的情况已经知道了，他决定自己今天不找朱经理；安慰童进道，"我们端了人家的饭碗，就得服人家的管。受点气，只好忍着点吧。"

童进还是想不通自己为啥要挨骂，朝鲜前线等着药品救命，不把货发齐,无论如何是不对的。他感到自己有一肚子的委屈,刚才闷在肚里,给夏世富几次三番追问,慢慢流露出来。他听到夏世富安慰的话,眼睛不禁发红,眼眶有点润湿了。

"别生气了,还是好好做事吧。你晓得朱经理的脾气,过一阵也就算了。"夏世富生怕留在店里会有事挨到他身上,打定主意出去蹓一趟,对童进说,"我到客户们那里去转转……"

"好。"童进揉揉眼睛,低低应了一声。

吃过晚饭,店员们陆续散去,只是童进一个人留了下来。他像是发痴一般,背靠着栏杆,一个劲对着那张照片望,心里觉得不立刻把药品配齐寄到朝鲜前线,就对不起戴俊杰和王士深。

朱延年看到童进一个人留在那里望着和志愿军拍的照片,他马上想起早几天陈市长在天蟾大舞台所做的关于开展五反运动的报告。刚才他那样对付童进,既不妥当,也不合时机。童进知道不少朱延年的秘密啊。他在经理室门口站了一会,后悔刚才不该得罪童进,要想法挽回。他打定主意,走过去,轻描淡写地随便问道:

"他们都走了吗?童进。"

童进转过脸来,面对着朱经理,不高兴地低着头,应了一声:

"唔。"

"究竟是你好,无事不出去乱跑,对福佑药房的事特别关心。店里每一个人都像你这样,我们福佑发展得会更快;我在外面奔走也更放心。"

童进听朱经理这几句话有点莫名其妙,和早一会的口吻完全两样。他微微抬起头来,怀疑地觑了朱经理一眼。朱经理嘴角上露出了笑纹,向他走来:

"童进,你说得对,志愿军的药品要早点配齐发去。明天要库房里查查,还缺啥货,最近要想法配齐,等前方平静一点,马上赶紧寄去。"

童进听了这话,从心眼里高兴了,也笑哪:

"好。"

"信也应该复。你拟个稿子,就说货不久寄去。"

"那我现在就起草……"

"你写吧,明天我看了再寄。"

朱经理心里在盘算怎样把童进这一批人完全抓在自己的手里,去应付那锐不可当的暴风雨一般的五反运动。他皮笑肉不笑,亲热地说:

"童进,你给我通知夏世富他们,明天下午四点钟,到我家里坐坐,我有话和大家谈谈。"

童进点点头。朱经理迈起得意的步子橐橐地走出去了。

三

一股浓烈的咖啡的香味飘进客堂间,接着是茶杯茶碟碰击的响声。娘姨托着茶盘走进客堂间,在每一位客人面前放下一杯咖啡。马丽琳手里端着一大玻璃盘子的奶油蛋糕走进来,放在客堂间当中的红木八仙桌上,自己在下沿空位上坐了下来。

朱延年站了起来,用刀把一块圆圆的奶油蛋糕从中剖开,切成八小块,用叉子亲自叉一块送到童进面前的空碟子里,笑嘻嘻地说:

"这蛋糕不错,你尝尝。"

童进望着朱延年又叉蛋糕送给叶积善他们……最后送了一块给马丽琳,说:

"丽琳,你今天忙着招待客人,可累了,酬劳你一块!"

"你自己呢?"

朱延年面前的碟子还是空的。

"也来一块。"马丽琳叉了一块放到朱延年面前的空碟子里。

朱延年感激地说:

"谢谢。"

童进心里非常奇怪。他不知道朱延年今天为啥这么和气,满脸笑容,究竟要和他们谈啥。他望着油腻的奶油蛋糕想吃,却又没有心思吃,只是用小茶勺不断地调匀咖啡里的糖,也不喝。朱延年虽然望着大家,但是对童进特别注意:

"最近账面上怎么样?"

一提到账,童进就愁眉苦脸,担忧地说:

"总是轧不平。还有六天又有两张期票到期了,一共两亿三,头寸实在太紧。经理,天天过三十晚上,也不是一个办法啊。"

朱延年是风里来雨里去的人,经过大风浪,见过大场面,这点小事体哪里会放在他的心上。他毫不在乎,很有把握地说:

"只是两亿三吗?"

"这数字也不算小了啊,我们福佑存底很薄,靠福佑本身是没啥办法的呀。"童进说。

"数字也不算大……"

夏世富见童进几句话并没有引起朱延年的注意,料想他大概又有妙计,便巴结地凑合两句:

"是的,这数字不算大。不过,就是再大一点,只要朱经理到市面上活动活动,也完全可以应付的。是吧,亚宾。"

夏亚宾点点头。

"那也不见得,"每逢有人恭维,朱延年总是表现得特别谦虚,脸上却露出自满的情绪,说,"不过承同行瞧得起,福佑的信用也不坏,轧个两三亿头寸并不十分困难。"

童进没有夏世富那样世故。他心里有话不讲出来就不舒服。他望着热腾腾的咖啡,发愁地说:

"轧头寸虽说比过去容易,老是拆东墙补西墙也不是个办法。阴天背蓑衣,越背越重。不说别的,就是利息一项,我们福佑也吃不消啊。"

在平时,朱延年早该瞪起两只眼睛,张嘴骂童进了。今天却很奇怪,不但心平气和,而且称赞童进:

"你说得对。我们现在经营的政策方针还值得研究。生意比从前做大了,利润也很厚,门面也撑开了,福佑这块牌子在市面上打响了,就是缺少资金。因为资金不够,周转不灵,就得轧头寸。

过去我们找客户拉生意,现在客户找上门来,生意还可以往大里做,就是缺乏资金,放不开手。现在我整天想心思,不是动别的脑筋,只是在资金上转念头。福佑药房的总结书和计划书送出去,工商界的巨头们都愿意帮助,加入几股是不成问题的。他们考虑的是加入多少股。所以,现在还没有人来认股。这一炮打响了,以后在资金上就不发愁了。"他接着说,"另外,还有一批港货:二十五架计算机,十架显微镜,十只小型X光机,此外,还有一大批试药。我已经预付了四亿订货款,货到了,多的不说,可以赚上二三十个亿。我要想办法把货取回来。必要的辰光,我亲自去一趟。取回港货,付了银行的欠款,不再拉东扯西,账面不但可以轧平,盈余还会一天比一天多了起来。"

童进天真地关怀地问:

"真的这样?"

"当然是真的。那辰光,用不着我朱延年跑到别人面前去轧头寸,别人要跑到福佑来求情,要我帮帮他们的忙。患难之中见朋友。我不会给人太难看,只要手头宽裕,轧点头寸,我一定答应的。希望你们的手也松一点。"朱延年望了大家一眼。

夏世富接上去说:

"我没问题。我晓得轧头寸的苦处的。"

"你,我晓得。"朱延年转过来望着童进,说,"主要是你。"

"只要经理同意,我照付。"

"那就好了……"

朱延年话没说完,马丽琳用勺子敲了敲咖啡杯子,笑嘻嘻地说:

"你们谈话把点心都忘记吃了,咖啡也要冷了。吃点再谈吧,延年。"

"好。"

朱延年首先吃了,大家都吃了。童进想到福佑的前途不禁心里开朗了。假如朱经理的话都实现,那目前这点困难也不算啥。他兴奋地把奶油蛋糕吃下去,一口把一杯咖啡喝得干干净净。朱延年接着说:

　　"福佑这个字号要靠大家出力,大家的认识和我一致,事体就好办了。我办福佑抱着一个宗旨:有事和大家商量。有福同享,有祸同当。福佑好,大家好;福佑不好,大家不好。大家在福佑吃苦熬夜,我是晓得的。大家待遇很低,我也是晓得的。等福佑生意做好点,大家都应该加薪。加多少,我们再商量。不消说,在座几位应该多加一点。你们出力多受苦多,这一点我心里明白。"

　　夏世富听到"加薪"两个字,心里立刻跳了一下。加薪,夏世富加多少呢?那以后生活可以过得更好一点了。他对朱延年说:

　　"我们出力是应该的,不算啥。"

　　"出力多应该酬劳多。"朱延年注视着夏世富说,"福佑的前途远大是肯定的,只是目前的困难要渡过才好。福佑也不是我朱延年一个人的,是大家的。我不过顶个名,多负一些责任罢了。"

　　童进不解地望着朱延年:朱延年为啥说这一番话呢?仿佛童进、夏世富都变成福佑药房的股东似的。童进有点困惑了。朱延年眼睛一转动,不急不忙地说:

　　"五反运动已经开始了,头寸也紧,希望大家帮帮忙。"

　　夏世富以为目前头寸紧,要迟发个把月的薪水,他迎合地说:

　　"那没有问题,只要经理言一声,我们没有不效力的。就是迟发两个月的薪水也没啥关系。大家说,是吧?"夏世富把眼光向大家一扫,大家不置可否。

　　童进的眼光里却露出怀疑的神情,因为他知道发这个月的薪水是没问题的。他不信朱延年是为了这点小数目请大家来商量。果然朱延年开口了:

"薪水我已经准备好了,可以按时发。同仁家里有啥急事,要多支点薪水也可以。福佑哪能困难也不能迟发大家的薪水,宁愿我自己节省一点,也要按时发。"

"那是的,"马丽琳在一旁帮腔道,"延年在家里经常惦记大家的薪水。别的账可以拖延几天,这个,他总是早就预备好了。"

"丽琳经常提醒我这桩事体。"朱延年指着马丽琳对大家说,"她也是我们福佑的股东哩。"

夏世富马上巴结地说:

"今后要叫你马经理哪。"

马丽琳谦虚地站起来说:

"不敢当,不敢当。我给你们加点咖啡来……"

她得意地走去,橐橐的高跟皮鞋声一直响到后面的灶披间去了。

朱延年沉思了一阵,一本正经地说:

"我听了陈市长的五反运动的报告,就想我们福佑的问题。福佑这两三年来,在共产党、人民政府和工人阶级的领导下,规规矩矩做生意。我们大家都有为人民服务的精神,生意一天比一天好,也一天比一天大。我们老老实实地经营,从来没有五毒行为,能有今天的规模,真不是一件容易的事。这全是靠在座诸位的努力。我想了很久,在五反运动当中,我们福佑没啥原则性的问题,这一点,大家都很清楚。在座各位,都是我们福佑的骨干,也是我们福佑的创办人。不过,"朱延年说到这儿,点燃了一支香烟,用眼睛很快地觑了大家一眼,然后才慢吞吞地说下去,"我个人办事从来谨慎。这次五反运动是党和政府对我们工商界实行改造。福佑虽然没啥原则性的大问题,但不能说连一点芝麻大的问题也没有。我个人精力有限,平时照顾大问题就不够,小问题更不必提了。同仁们整天在店里,许多事体都是亲身做的,希望你们多给我提供一些材料。"

朱延年静静观察每一个人的神色：X光器械部主任夏亚宾像是一个大学教授，文质彬彬地皱着眉头在回忆；栈务部主任叶积善面部没有表情，只是两只眼睛里露出惊愕的光芒；童进一脸不高兴，紧紧闭着两片嘴唇，仿佛已经下了决心，啥闲话也不说；只有夏世富脸上有着愉快的笑意，眼睛在滴溜溜地转动。当朱延年的眼光和他的眼光碰上，他毫不思索地表示了态度：

"这个么，当然啰，我们比经理晓得多一点，我们应该提供一些材料……"

没等夏世富说完，那边童进两道警告的眼光向夏世富射来，好像说：你哪能可以这样。童进接到王祺送来参加新民主主义青年团的申请书以后，当天晚上，就填好，字写得端端正正的。他等不及第二天交给王祺，当天夜里就跑到王祺家里，亲自交给了他。不到一个月的时间，团区委批准他入团了。他一连两天高兴得夜里睡不着，老是翻阅中国新民主主义青年团第一次全国代表大会文献《为团结教育青年一代而斗争》。这是入团那天介绍人王祺同志送给他的纪念品。他躺在床上翻来覆去地在看。他看到团章第七条："本团团员的义务如下……"回想起过去听孙澜涛同志讲团课的情景，在自己的脑海里留下了很深的印象。特别是孙澜涛同志讲的"爱护人民与国家财富，自觉地遵守各种革命秩序与纪律，与一切损害人民和国家财产及破坏公共秩序的行为作斗争"，更是在他的脑海里永不泯灭。他经常勉励自己要做一个模范的团员。他有意识地在寻找哪些是损害人民及国家财产及破坏公共秩序的行为，好跟它进行斗争。但是他没有找到。今天听了朱延年的一番话，他认为找到了，所以他没有搭理朱延年。听到夏世富那样说法，心里很不满意，就狠狠瞪了他一眼。夏世富叉起一块奶油蛋糕来吃，把嘴里要说的话都堵住了，没再言语。

夏亚宾比夏世富想得周到。他知道在这样大运动当中自己的地位很难处,轻不得,重不得,最好是超然一点。他的说法很巧妙:

"福佑有啥困难,我们是福佑的同仁,当然是休戚相关,应该出力。这是毫无疑问的。朱经理一向关心我们,特别是对我们 X 光器械部尤其关心,我这样的半吊子,也受到专家的待遇,更是感到荣幸。只要朱经理用到我的地方,我一定效劳。"夏亚宾说到这里,看见朱延年嘴角上漾开了笑纹,知道自己的话起了作用;但看见童进板着面孔,没有吭声,又感到空气有点紧张。他马上补了两句,"不过,我是学技术的,虽然中途辍学,只是一知半解,不过懂得一点技术上的皮毛。福佑其它方面的事,我就不大清楚。"

朱延年嘴角上的笑纹消逝了。他知道夏亚宾是个滑头家伙,他保护自己比保护世界上任何宝贵的东西还要注意。朱延年的眼光落在叶积善的脸上。叶积善不知道朱延年眼光的意思,他若无其事,毫无反应。朱延年见暗示没有起作用,便直率地点破了:

"积善,你晓得的材料比较多……"

叶积善一愣,惊慌地说:

"我,我……我不晓得……"

"说出来也没关系,这里没有外人,都是福佑的同仁,也可以说都是福佑的负责人。"朱延年心里忖度叶积善这一关比较容易通过,这一关一通,别的关也就容易通了。他知道最近童进思想起了变化,没有过去那么听话。他有意把童进放在一旁,留在最后来谈。他耐心地说,几乎是用恳求的口吻,"大家都愿意帮助福佑渡过困难,我非常之感激。患难中见朋友,交朋友就在这个辰光。积善,你先谈谈。"

"真的,我不晓得。"叶积善有点急了,他鼻尖上沁出几粒汗珠子。他的眼光对着童进,心想童进知道的事最多,为啥朱经理不问童进,偏偏要问他哩。可是他不敢讲出来。因为童进一直板着面孔不吭气,好像准备随时要对人发脾气似的。

童进听了朱延年那番话,心里确实很不舒服。他想:原来今天招待是为了摸职工的底啊!福佑做的事,不管大小,哪一样能瞒过朱延年?哪一件不经过朱延年的眼?刚才朱延年点名要叶积善提供材料,他特别担心,生怕叶积善漏出来。叶积善虽然一再表示不知道,他还是有点不放心,便立即向朱延年说:

"店里的事你不是不晓得,何必问我们哩。你去坦白好了,我们没有材料。"

朱延年的眼光马上转到童进的身上:他想童进把门关得紧紧的,真个是水泄不通。小小童进忘记当年跨进福佑的狼狈情形了,现在翅膀硬了,想飞哪。他也毫不含糊,冷冷地说:

"我当然要去坦白的。有些事也不是我一个人做的,男子汉大丈夫,敢做敢当,我怕啥!我应该负多少责任,我一定负。别人要负多少责任,也逃不了。我今天请大家来,不是为了别的,也是为了福佑,为了大家好。大家凑足材料,我好去彻底坦白。大家不说,也没啥。我晓得多少,就坦白多少……"

沉默,没有一丝儿声音,只是春风吹着小天井里的夹竹桃发出吱吱的音响。在肃静中,忽然一阵电话铃声,接着是马丽琳的娇滴滴的声音:

"延年,延年,你的电话……"

朱延年站了起来,看了大家一眼,说:

"你们再冷静考虑考虑……"

他匆匆到后面听电话去了。半晌,马丽琳端着一壶热腾腾的喷香的咖啡进来,给童进他们倒上,一边说:

"你们哪能这样客气?点心只吃了一点,咖啡也没有喝完,嫌我这个主人招待不周吗?我刚才去烧咖啡去了,少陪你们,别怪我。谈了半天,该饿了,吃吧。"

刚才空气太紧张,大家坐在那里发愣,给马丽琳一招呼,慢慢缓和过来。夏世富顿时叉了一块奶油蛋糕送到嘴里,吃了一口,说:

"多谢主人这么殷勤招待,哪能会怪你哩。给你一讲,肚子倒真的饿了。今天蛋糕做得好,肚子又饿,吃得特别香。"

"我不会做。延年说你们今天来谈谈,我就学做了一次。做得不好,请大家包涵包涵。"

"真了不起,"夏亚宾仔细注视着蛋糕,好像发现秘密似的,惊奇地说,"你不说,我还以为是从沙利文买来的呢。"

"我们的夏技师又挖苦人了。"马丽琳听了夏亚宾的恭维的话,心里很舒服,瞟了他一眼。

童进望着客堂当中挂的那幅《东海日出图》出神:他想马上离开这个地方,但大家坐在那里不动,朱延年还没有回来,不便一个人径自走掉,但也不愿搭讪马丽琳那些客套话,他只好注视着红艳艳的太阳了。

朱延年接完了电话,回到客堂里,脸上紧张的神色并没有消逝。他坐下来,关心地问:

"你们考虑得哪能?"

夏世富本想应付两句,见童进的眼光从《东海日出图》移转过来,好像在注视他,他就没有吭声。别人也没有吭声。马丽琳莫名其妙地望着大家,为啥延年一句话使得全客堂的空气又紧张起来呢?

朱延年看当时的情形知道童进从中作梗,今天要他们提供材料已经是没有指望了。不向朱延年提供材料其实也没啥,顶多是摸不清伙计们的底,但如果伙计们向增产节约委员会提供材料,那对朱延年是不利的。他呷一口咖啡,想起刚才柳惠光打电话来催他早点偿还欠款的尾数,认为是一个机会,给这些伙计一点颜色看。他摆出很有把握的样子说：

"今天临时找大家来，事先也没给你们商量，当然想不起材料，慢慢再说吧。……"

夏亚宾听到这里，暗暗松了一口气，谢天谢地，这次谈话总算快结束，他好跳出这个是非窝了。

"刚才工商联的马慕韩打电话给我，"朱延年一提到马慕韩，眼睛里顿时露出骄傲和羡慕的光芒，夏世富脸上也显出肃然起敬的神色。朱延年知道冒称工商联别的人打电话来头寸不够，只有提出马慕韩来才能压倒这些家伙。他从大家的脸色上看到这一着开始成功了。他有意把眼光注视着面前的咖啡杯子，不去望他们，低低地说，"他说福佑这几年在新药业有很大的成绩，对人民的医药卫生事业有很大的贡献，是同行的光荣，也是工商界的光荣。在五反运动当中，如果有人故意捣乱，或者是乱说乱讲，工商联要追究这人的责任，要查问这件事，工商联要以破坏五反运动的罪名来处理。"

马丽琳昂起头来，红腻腻的嘴唇里露出一排整齐洁白的牙齿。

童进怀疑地望着朱延年，在自己心中打了一个问号：工商联马慕韩会讲出这样的话来吗？

朱延年眼看这一计成功，他脸上的紧张神情消逝，嘴角那里漾开了笑纹，微微点了点头，说：

"当然，我是不会为难大家的。我是很爱护大家的。这一点请你们放心。你们以后想到啥材料，可以随时告诉我。这是新时代的劳资团结互相帮助啊。"

童进愤愤地站起来说：

"事体你都晓得，我们没有材料，你自己去坦白好了。"

朱延年看没有压住童进，并且童进公然站起来这么说，他也很生气，板着面孔说：

"我当然会去坦白的,用不着你操心。"

夏亚宾看见形势越来越紧张,怕自己给卷进去,一再看手表,皱着眉头,显出有紧急事体的样子,说,"经理,我还有个约会,现在辰光到了,对不起,我先走一步。"

"好吧。"朱延年淡然应了一声。

夏亚宾一溜烟似的走了,跨出朱延年家的后门,他好像卸下了一个沉重的包袱,浑身感到非常的轻松。

四

　　早晨八点钟,朱延年还在家里睡得很酣适,福佑药房的职工大会在童进主持下开始了。工会小组长童进传达了区里店员代表大会的报告,叶积善把朱延年请他们吃茶点的情形向大家报告。他绘影绘声地描述,讲得有声有色。区里店员代表大会号召全区店员踊跃检举不法资本家,而资本家朱延年却向店员伸出利诱的手。

　　当叶积善气咻咻地讲完坐下,有的就用牙齿咬着下嘴唇,有的眼光狠命地望着经理室……

　　童进见大家的神情,知道他们心里有很多话要说。他站了起来,对大家说:

　　"我们要根据区里店员代表大会的决议,踊跃检举不法资本家的罪行!我们要站稳立场,和资本家划清界限,勇敢检举……"

　　他的话越讲越快,声音也越激昂,手不断地在空中挥动,好像压抑不住的感情,语言已经来不及表达了,要用手来帮忙。

　　叶积善举起手来说:

　　"我保证写一封检举信!"

　　"我也保证写一封。"

　　接着有四五个人都举起手来,保证的誓言不断地为热烈的掌声打断。童进看到这样饱满的激动的情绪,心里按捺不住地高兴,年轻的店员们大多数响应了区里店员代表大会的号召。但是靠近经理室门口那边一些人的反应很淡漠,夏亚宾坐在门口那里,露出半个身子,会场上的人几乎看不到他。他坐在椅子上,手托着腮巴子,像是一个大哲学家似的在沉思。他发觉童进在注视他,就连忙用手摸摸左边腮巴子,又摸摸右边的腮巴子,手没有放处,又托着腮巴子。他把头低了下来,望着自己的黑皮鞋出神。紧靠着他坐的夏世富却蛮不在乎,他直面着童进,显出有点瞧他不起,仿佛说:别那么认真,神气活现做啥。

童进不注意这些,他所关心的是检举信,越多越好,揭发朱延年的五毒罪行越彻底越好。他对这一角落的人问道:

"怎么样?"

夏亚宾听到童进的声音,以为是在问他。他慌忙把眼光从黑皮鞋的尖头上收回来,怯生生地抬起头,很不自然地对着童进。怕童进注视他,他就望着窗外蓝色的天空和参差不齐的高大的楼房。他的心怦怦地跳,对自己说:别人写不写检举信,没有意见;自己不能写,一写,今后哪能有脸见朱延年?见了朱延年,怎么好意思讲话?无论如何不能写啊。不写?童进这里怎么交代呢?大家要写检举信,夏亚宾为啥不写呢?夏亚宾不是工会会员,自然可以不写。不写,对。不是工会会员,难道连店员也不是吗?是,是店员,而且是高级职员。高级职员就可以不写吗?看样子,说不过去。那么,写。真写?写了,朱延年会怎么样?福佑会怎么样?朱延年一定倒霉,福佑一定关门。夏亚宾呢?夏亚宾失业。这,这当然不能写;不写,可是童进的眼光正对着自己哩,真糟糕。

幸好夏世富开口了,把夏亚宾从左右为难的窘境里救了出来。他说:

"怎么样?你写检举信好了。"

夏世富不含糊,干脆一句话把童进顶了回去。没待童进言语,叶积善抢着质问道:

"我们当然会写,用不着你管。你自己呢?"

夏世富轻松地笑了一声,随便答道:

"也用不着你管。"

童进凭着他和夏世富比较熟悉的关系,听他这样吊儿郎当地答话,怕引起别人的误会,很严肃地说:

"世富,谈正经的事情,不要开玩笑。"

夏世富不加思考,立即回答:

"没开玩笑,是谈正经的。"

叶积善有点火了,大声地说:

"你这是啥意思?别人都表示了态度,要写检举信,参加伟大的'五反'斗争。你不表示态度,不用别人管,还拒绝别人的帮助,你这是啥态度?"

"啥态度?"夏世富双手在胸前交叉地抱起,往木椅背上一靠,下了决心似的说,"不写。"

叶积善指着夏世富的鼻尖说:

"是你讲的不写!"

"是我讲的。"

叶积善气呼呼地逼紧一句:

"夏世富,你不拥护区里店员代表大会的决议?"

夏世富瞧叶积善那股急躁的劲,他显出特别平静,冷冷地说:

"我不是代表,也不是工会会员……"下面的话夏世富没有讲出来,但大家也听懂他的意思。他的态度之所以这样坚决,不是没有经过深思熟虑的。凭他的经验,认为共产党和人民政府办事,总是一阵风,开头雷厉风行,好像不得了的样子,其实顶过去,就风平浪静。这会发动店员和资本家斗争,展开五反运动,轰轰烈烈;将来,一阵风过后,夏世富还是福佑药房的外勤部部长,仍然要吃福佑的饭,按朱延年的心思办事。现在抓住朱延年的弱点,狠狠地惩他一家伙,事后,朱延年那号子人,会轻轻放过你?吃亏的不是别人,是夏世富自己啊。何况童进加入工会以后,朱延年就给夏世富密谈过一次,认为童进这种青年跟共产党的屁股后头跑是没有前途的。好好的福佑药房的会计部主任,为啥要参加工会?福佑药房根本没有劳资关系,有事通过学习会解决,参加工会完全没有必要。童进参加青年团,朱延年认为更是近乎荒唐的行径。参加这些组织的人没有别的目的,一定是想依靠组织来对付朱延年的。五反运动展开以后,朱延年更坚持这一点意见。从此,有些事,他就不和童进商量,能够不告诉童进的事,也尽可能不告诉他。他的一切的事情都委托夏世富办。他知道,夏世富有培养的前途,凡事他不避讳夏世富。夏世富是朱延年肚里的一本最完整的账。那天吃过茶点,朱延年看夏世富态度还不够坚决,便私自约夏世富谈了一次话,希望他努力,将来好正式当他的助手,做福佑药房的副经理。副经理这三个字在他的脑海里发出轰轰的巨响,诱惑着他。他现在自以为已经不是福佑药房的一名雇员,而是福佑药房的副经理。福佑药房假定关了门,副经理当然也就不存在了。在他看来,童进他们对"五反"这样起劲,是年轻小伙子凭一股热情跟着胡叫唤,最后自己要吃亏的。所以他毫不犹豫地回复了叶积善。

叶积善不吃夏世富这一手,马上正面反问道:

"不是工会会员,就不拥护店员代表大会的决议吗?"

夏世富依旧不正面答复,也反问过去:

"决议也没说要强迫命令啊!"他冷笑了一声。

叶积善再也忍受不住夏世富玩世不恭的态度,他站了起来,圆睁着两只眼睛,质问夏世富:

"谁强迫命令的?你说。"

大家看他们两个人一句顶一句,刀来枪往,形势逐渐紧张起来。夏亚宾说道:

"有话慢慢讲,这是开职工大会,也不是两个人的辩论会,让旁人也发表发表意见。"

夏世富顿时抢上来说：

"对,应该听听大家的意见,不能自己要怎么样就怎么样。"

夏世富暗暗又刺了叶积善一下。叶积善没理会这些,他坐了下去,说：

"请大家讲好了。"

夏亚宾刚才亏了夏世富把他救了出来,他歪着身子,深深地换了一口气。叶积善和夏世富顶撞起来,他一方面担心他们两个人把事体闹大,一方面又满足于自己因此被搁在一边,不会被大家注意。他感到童进他们的眼光又在注视着他。他不能再不讲话了。他也应该表示表示态度。他仔细在脑筋里推敲一下用字,慢慢地说：

"我谈点意见,好不好？"

童进点点头："好。"

"伟大的五反运动我们店员一定要参加的,没有一个人例外,这是肯定的。……"

没等他讲完,叶积善对着夏世富鼓起掌来,好像说：你听见了吗？ 童进他们也都鼓掌欢迎他的意见。他接下去说：

"参加五反运动有很多工作,每一个人不一定一样,也不一定同一个时间做一件事,有的人先走一步,做得早点；有的人慢走一步,做得迟点。我想,都可以的。凡事,要三思而行,不考虑成熟,就冒里冒失地干,恐怕也不大好吧。"他不得罪任何一个人,也不希望任何一个人碰他。他常常超然于双方意见之上,保持自己的第三者的立场。"我这点意见不成熟,不晓得对不对,请大家指教指教。"

童进知道夏世富最清楚朱延年的底细。他知道要夏世富写检举信不是一件简单的事,要慢慢来。等到夏世富肯检举朱延年了,那福佑的问题,朱延年天大的本事也遮盖不住。争取夏世富要更多的时间和更大的力量,不能鲁莽。并且,今天会上还有好几个人没有表示意见,更不能急。孙澜涛同志说得对,群众运动的发动,不是那么容易的,要耐心地启发,要用事实教育,要树立榜样。他等几个人说了话之后,他就说道:

"大家再考虑考虑,愿意写的,可以交给我们的工会转去,也可以直接寄给市增产节约委员会,或者寄给市的首长也可以。暂时不想写的,参加五反运动其它工作也可以。"

夏世富听了心里很高兴,他低低地说:

"这才像句话。"

叶积善听见了,想站起来,被童进发觉,一把将他按在原来的位子上。叶积善不满地向墙边的痰盂吐了一口痰。

童进用右手拍着自己的胸脯说:

"不过,我自己是考虑好了,保证明天一定写一封检举信!"

马上响起了一片欢迎的热烈的掌声。

五

寂静的夜。马路上繁杂的人声和轰轰的车声已经消逝,偶尔有一两个人走过,轻轻迈着疲乏的步子,静悄中,远远传来叫卖声:"五香——茶叶蛋,"声音虽尖细,可是很高亢。

这时,福佑药房经理室的电灯还亮着。经理室里面坐的不是朱延年,也不是夏世富,而是童进。今天职工大会散了,他找夏亚宾谈了话,又安排叶积善去做夏世富的工作。明天,他还准备分组让大家谈谈区店员代表大会号召的体会。事情安排好了,他就思考写检举信。等到晚上大家都在外面会计部营业部摊开地铺准备睡觉,他拿了那本《为团结教育青年一代而斗争》的书,走进了经理室。他推说今天晚上想看点书,不回家,也不想睡觉。他看完了关于中国新民主主义青年团团章的报告,外边的电灯熄了,并且开始发出酣适的鼾声。童进摊开"福佑药房用笺"的信纸,伏在桌子上,精神贯注地写:

陈市长:

　　我是本市福佑药房会计部主任,同时,我也是一个光荣的新民主主义青年团团员。我从广播当中听过你开展五反运动的报告。我还代表我们福佑药房的工会参加了本区的店员代表大会。在你领导之下,我决心参加伟大的"五反"斗争,检举福佑药房不法资本家朱延年……

写到"朱延年"这里,他放下笔,凝神地望着台灯碧绿的玻璃罩子。

店员代表大会上,区新民主主义青年团工委书记孙澜涛同志说的话,在他耳际回响。五反运动是阶级斗争,青年团员要站稳阶级立场,划清和资产阶级的界限,站在五反运动的前列。朱延年几年来的猖狂进攻,作为工人阶级的一个成员,应该带头检举他的五毒罪行,打退他的猖狂进攻。想到这里,童进马上提起笔来,在信纸上沙沙地写下去:

  据我所知道的,根据账面不完全的统计(朱延年很多收支是不入账的),朱延年的五毒罪行主要有下面几项:
  第一,行贿政府机关干部交际费一亿二千万元;
  第二,送苏北行署卫生处张科长礼物等一千六百万元;
  第三,扣发志愿军购买医药器材费一亿三千万元;把过期失效的盘尼西林卖给志愿军,暗害志愿军;
  第四,制造假药复方龙胆酊等共约两亿元;
  第五,朱延年自称福佑药房是干部思想改造所,腐蚀国家干部思想……

童进写着写着,不禁自言自语地说:

"这样写下去,福佑药房不是要垮台了吗?"

福佑垮台,大家会失业吗?区里店员代表大会反复讲了这个问题,要大家放心检举,保证不让任何一个人失业。

夜已深沉。童进感到有点疲乏,走到窗口,把窗户推开,深深呼吸了一口春夜的清凉的空气。从海那边吹过来的风有点润湿,迎风一吹,浑身有一种舒适爽快的感觉。南京路那一带的商标霓虹灯早已熄灭了,现在残余着疏落的路灯,被一层蒙蒙的夜雾遮盖着。他注视着闪烁的星星一样的灯光。灯光静静的,好像也有点儿疲乏,如同想睡觉的人一样,眼睛一时张开一时闭起。

他默默地站在窗口,回想朱延年所犯的五毒罪行。

突然从他背后传来一阵清脆的当当的铃声,接着是一个人迷糊地高声大叫：

"啊哟，不是我，不是我呀！"

他回过头去，经理室里静悄悄的，桌子上的台灯发出碧绿的光芒，越发显得幽静。他仔细辨别声音的方向，断定是斜对面X光部传出来的。他轻轻打开经理室的门，对着X光部凝神一听，果然里面有人讲话：

"唔，真吓了我一跳。"

他知道这是夏世富的声音，便走了过去。

夏世富自从参加了本店的职工大会，他的心一直不能宁静。今天晚上他特地从营业部放地铺的老地方搬到X光部睡，睡了好一阵，翻来覆去的睡不着。他起来，拿了一片巴比妥用开水送下去，开始也还是睡不着，他长吁短叹，想发脾气，又怕人发觉他有心事，只好在铺上忍气吞声耐心地数着数目：一、二、三……不知道数到多少数目，他才迷迷糊糊地睡着了。可是他睡得并不酣适，朦朦胧胧地走进法庭。法庭上面坐着一个老年审判员，穿着一身深灰色的制服；他的左边是一个中年的陪审员，录事坐在他的右边，低头在忙忙碌碌地记着口供。被告席上站着的是朱延年，下面十几排旁听席上坐满了人，面孔很熟悉，可是连一个人的名字也叫不出来。那个老年的审判员见夏世富走进了法庭，他丢下朱延年不问，转过来对着夏世富严肃地问：

"你是不法资本家夏世富吗？"

夏世富慌忙回答：

"不是，不是。我是工人阶级。"

"你参加了工会吗？"

夏世富愣了一下，旋即信口应道：

"我参加了工会。"

"有工会会员证吗？"审判员的态度缓和了一点，冷静地问他。

"有,有有……"夏世富连忙掏工会会员证,几个口袋都找遍了,没有。

陪审员在旁边插了一句嘴:

"说有,怎么没有?"

"有,有,真有。"夏世富急得满头是汗,他再向每一个口袋摸,几乎要把口袋翻过来了,还是没有。最后,他把手插到衬衫的口袋里,摸到一块长方形的硬东西,他的脸上闪露着笑容,掏出来一看,果然是红派司。他笑嘻嘻地送到审判员面前,说:

"这是红派司。"

审判员看了看,退了给他。他这时才发现工会会员证上有一块黑黑的污点。他想:糟糕了,审判员一定看到这个污点。我名义上是工人阶级,可是有污点,听朱延年的话,想做资本家。他怕审判员的眼光,也怕被告席上朱延年的眼光,更怕旁听席上的眼光。他低下头,偷偷地溜出法庭,一口气跑回福佑药房,把被蒙着头呼呼大睡。

不知道是哪个恶作剧的人,把X光部桌上的闹钟拨到三点,半夜里就响了。夏世富梦中听见闹钟响了,以为是法院发现他冒充工会会员,派红色警车来抓他这个不法资本家,他就高声大叫:

"啊哟,不是我,不是我呀!"

等他完全清醒过来,发现是一场虚惊,弄得浑身是汗。他喘了一口气,自言自语地说:

"唔,真吓了我一跳。"

童进不知道屋子里出了啥事体,在门上用手指轻轻敲了两下:

"世富,啥事体呀?"

夏世富扭亮了电灯,把门打开,掩饰地说:

"没啥,刚才做了一个噩梦……"

"哦,"童进会意地说,"我以为出了事体呢。"

"没有事,"夏世富怕童进再追问下去,他不愿把噩梦讲出来,就反问道,"这么晚了,你还没睡?"

童进也不希望夏世富问他在做啥,便支吾地说:

"就要睡了,你也好好睡吧,别再叫了,刚才可把人吓坏了。"

夏世富"唔"了一声。童进给扭熄了电灯,轻轻带上门,退了回来。他坐下去,对着那封没有写完的信,向经理室四面望望:朱延年就在这间屋子里做下了许许多多的坏事,单是经过童进的手也不知道多少件。童进入团前后,在这间屋子里,因为那些事,和朱延年吵过多少次。过去的事一件件又闪现在他的眼前。他想:像福佑这样的商业存在,社会怎么会发展,国家怎么会兴盛?不改造它,真的像陈市长在五反运动报告里所说的,美丽的幸福的社会主义的理想又哪能会实现?要彻底检举朱延年,揭发他的五毒罪行,撕下他的假面具,报告陈市长。

他精神焕发,提起笔来,伏在桌上,一口气沙沙地写下去。他写完了,又看了一遍,写好信封,贴上邮票,带着信悄悄走下楼去。马路上空荡荡的,一个人影子也没有。他迅速地走去,在马路口那里有一个邮筒,他把检举信投了进去。他生怕没有完全投进去,又歪过头来看看,知道投进去了,这才安心地轻松地走回来。

外滩那边的天空,泛着一抹淡淡的鱼肚色,慢慢扩大开去,天快亮了。

六

夜晚,村里人大部分都睡觉了。朱筱堂的房子里靠墙放了一张方桌,那上面放着一对小蜡烛台和一个小香炉。小白蜡烛摇曳着光芒,照出墙上贴了一张长方形的白纸,上面写着:

先考朱暮堂府君之灵位

孝子朱筱堂泣立

朱暮堂血腥的手曾经屠杀过许多农民和干部,在他压榨下家破人亡的更不知道多少。他那天在农民控诉大会上被捕以后,经过人民法院调查和审问,每一件材料都说明他的罪大恶极,判了死刑,在梅村镇外边执行了。朱筱堂和他娘去收了尸,埋葬了。朱暮堂的房子分给农民住了。朱筱堂和他娘搬到汤富海原先的屋子来住了。

本来,他娘想买个神主龛给供起来,一不容易买,二又怕招摇,就用张白纸,叫朱筱堂亲笔写了,贴在墙上。每天夜晚,村里人们睡觉了,娘儿俩便在灵牌前祭奠。

他娘点好了蜡烛,又点了香,把一碗倒头饭和一碟子菜放在灵前桌子上面,一双筷子笔直地插在饭里。她头上梳了一个S髻子,上面用麻扎着。她走过去,对着灵牌叩头,嘴里叽叽咕咕地叨念着:

"你……你死得好苦呀……我没有给你做'七'[①],也没有请和

[①] 旧俗,人死之日算起,每隔七天谓之逢"七",七七共四十九天。在这一天请和尚念经,超度亡魂。

尚来做做佛事,念念往生咒……这不能怪我啊……世道变了呀,共产党来了啊……你辛辛苦苦一辈子,……才弄到这份家业,……现在,……现在全完了哪……一点也没有留下……一点也没有留下啊……你……"

朱筱堂穿着一件人字呢的旧夹袍子,灰不溜溜的;头发像一堆乱草似的,脸上的胡髭也没有刮,面孔显得有点儿清瘦。他脚上穿了一双黑直贡呢的圆口鞋子,鞋头上缝了一块白布,白布上端镶了一条红边。他坐在灵旁发痴发呆地望着娘。

她一边唠叨,一边想起过去荣华富贵的生活。谁走进梅村镇,不首先望见朱家高大的宅第?哪个不知道附近几十里地没有一个庄稼汉种的地不是朱半天的?靠朱家养活的人不知道有多少。真像古人说的:钱过北斗,米烂成仓,僮仆成群,牛马成行。朱家有穿不完的衣服,吃不完的山珍海味,用不完的金银财宝。哪一任无锡县的知县上任不到朱家来拜访拜访?有的还得送些人情。现在可好,共产党一来,兴啥土改,把朱家的财产全分给乡下那些穷泥腿子,连朱家的那座花园房子也分给穷泥腿子住了,让这些人住进去,不是糟蹋东西吗?想起来,真叫人心痛。没想到朱家几辈子积累下来的财富,朱暮堂一生经营的产业,一下子全完了。朱暮堂养活过不知道多少人,落了个"老虎"的恶名。人民政府不分青红皂白,尽听穷泥腿子的话,把条老命给害了!她现在是人财两空,好不伤心啊!

她想到这里,望望汤富海那间破房子,触景生情,眼睛忍不住发红,幽幽地哭泣了。她真想痛痛快快嚎啕大哭一场,发泄发泄积郁在心头的愤恨。她想到现在的处境,夜又深了,哭声传出去,引起街坊邻舍的注意,以为朱家出了事哩。她努力压抑着胸中汹涌的愤恨,但又抑制不住,抽抽噎噎地哭泣。

朱筱堂见娘哭个不停,他也忍不住心酸,簌簌地掉下眼泪来了。

娘一边哭泣,一边唠唠叨叨地诉说:

"你倒好……眼一闭,脚一伸,去了……丢下我们母子俩……活受罪……看村里那些泥腿子多神气,……汤富海抖起来了,又有田地,又有房子,眼睛简直长到额角头上去了……我们这个日子怎么过啊……你,你死鬼有灵,也该显显圣哟……托个梦给我,也是好的呀……就看我们母子俩这样下去吗……"

说到这里,她再也忍不住了,啥也不管了,只顾扶着灵桌哇哇地哭起来了。儿子听见哭声很高,怕引起四邻注意,慌忙站起来,按着娘的肩膀,使劲摇了摇,说:

"娘,别哭了,别哭了……"

"你别管我,你让我哭哭,我心里才舒服……"

"你有啥闲话对我讲好了,别哭吧,娘。"

"我心里实在闷死了。"她还是嘤嘤地哭泣着,指着灵位,一把鼻涕一把眼泪,继续唠叨,"死鬼,你当年的威风到啥地方去哪?你一辈子走在人前头,没有吃过亏,也没有受过委屈,更没有看过别人的眼色,……为啥这回做了屈死鬼,不言语呢?……你死得苦呀,你死得惨……你丢下我们母子俩活受罪,……你应该在阎王面前告告状呀……你应该到汤富海家显显圣呀……让这些穷泥腿子家宅不安,大祸临头……暮堂呀暮堂,你听见了没有?……你……你听见了……没有……"

朱筱堂从人字呢旧夹袍子里掏出一块脏手帕,给娘揩了揩眼睛,劝她别哭了。她把肚里的话倾吐得差不多,闷在心头一块铅也似的东西消逝了,心里好过些。她擤了擤鼻子,喘了喘气,凝神地望着灵牌。她好像从灵牌上看见朱暮堂,如同生前一样,穿着一件古铜色素缎的狐腿袍子,手里托着一只银制的长长的水烟袋,愁眉苦脸地望着他们母子俩。她再认真一看,灵牌的人影又没有了,只

是灵桌上的烛光跳跃,一根香点了一小半,袅袅地飘着轻烟。她恭恭敬敬作了一个揖,要儿子也行了礼,指着灵牌对他说:

"你晓得你爹哪能死的?"

"给共产党枪毙的。"

"我们为什么住到这个破房子里来?"

"农会赶来的。"

"我们原来的房子呢?"

"叫农会分了。"

她紧接着问:

"啥人住到里面去了?"

"汤富海那些泥腿子。"

"我们那些财产家具到啥地方去哪?"

"都分给泥腿子了。"

"我们为啥落到这步田地?"

"都是因为共产党来了,"他咬着牙齿说,"穷泥腿子翻身了,地主倒霉了。"

"对,好孩子!"她抓住他的手,坐在床边,一面抚摩着它,一面夸奖他,说,"你记住这些,很好。娘欢喜你。要常常记住。"

"我一辈子也不会忘记的!"他把脚狠狠地往地上一踹,倒竖起眉毛,圆睁着眼睛,愤怒地说,"我见了汤富海那些人就生气,恨不能抓过来狠狠揍他一顿,像爸爸那样,抛他的笆斗!"

"住嘴!"她用手捂着他的嘴,向四面扫了一眼,悄悄的,没有一丝声音,只有小白蜡烛的光芒跳动着,一闪一闪的,偶尔发出一点吱吱的声响。她提心吊胆地说,"孩子,讲话小心点,别叫人听了去。"

"那些家伙早睡了。有谁听?"他把头一甩,说,"听去也不怕!"

"不怕?现在不是从前那个世道啊,穷人当家了,我们要小心点才是。"

"听去又哪能？大不了脑袋搬家,我豁出去了,准备给他们拼……"

"你不能这样,白送了性命,也报不了仇。君子报仇,三年不晚。现在得忍住……"

"我真想……"

他一句话没有说完,娘忽然听到门外有脚步声。她警惕地对儿子摇摇手,迅速地走到灵桌面前把蜡烛吹熄了,慢慢摸黑摸到床前坐下,一把抓住儿子的手。她的手有点颤抖。他不知道是怎么回事,料想有啥事体,低低地问娘:

"啥事体?"

"外边有人……"

"有人?"

"唔……"

"我去……"

"别走……人家问起……刚才那些话可不能说……"

"我懂得,我不会说……"

"好……"

外边的脚步声在门口停了下来。她想这一下可完蛋了！刚才她和儿子谈的那些话一定叫人听去了。这个罪名可不小呀！讲出去的话,再也收不回来了。阴错阳差,早知道流年不利,少说些才好。是非只因多开口,现在挽回不了,可怎么是好。她自己反正老了,有个山高水远,也就由它去了。可是朱筱堂还年轻,朱家只有这一条根,千万不能出事呀！人已经堵在门口了,汤富海这劳什子房子没有第二个门,屁股大的一间房子,躲也没处躲,藏也没处藏,逃到啥地方去呢？只好硬着头皮留在屋子里,听天由命了。她屏住呼吸,叫儿子别吭气。屋子里静静的,可以听见儿子急促的呼吸声。

有人在门上轻轻敲了两下。

她想:这一定是村干部布置好了,把房子四周包围起来,敲门捉人了。她额角上渗出黄豆大的汗珠,流到眉毛那里。这间房子好像忽然热了起来。她紧紧抓住儿子的手,仿佛一松开,就再也不能在一块了。

门外有人小声地问:

"睡了吗?"

这声音好熟,但她一时想不起是谁的口音。她想顶过去,不理睬,等到天亮,人家再问起,好把夜里讲的话赖得一干二净。

门外那人好像知道屋子里的人没睡,很有信心地又问:

"睡觉了吗?朱太太!"

她好久没有听人家这样称呼她了。这一句唤起她亲切而又幸福的感觉。她低低问道:

"啥人?"

"是我,苏沛霖,快开门……"

她听到那个熟悉的名字,立刻松了儿子的手,站起来,摸到一盒洋火,划根火柴,点燃了蜡烛,走过去,开了门。苏沛霖一进门,转身敏捷地把门关上,抱歉地说:

"叫你们受惊了吗?"

"没啥。"她若无其事地说。

朱筱堂的手上满是汗。他把手按在人字呢的夹袍子大襟上,惊悸还没有完全消逝,认真望了苏沛霖一眼,说:

"还以为是村干部哩,原来是你!你为啥不早打声招呼?苏账房。"

"大少爷,你不晓得现在村里人多口杂,行动不方便。白天又不好来,只好夜里来。刚才看到屋子里有亮,晓得你们没睡。走到门口,忽然亮没有了,我在门外吓了一跳。……"

"你怕啥?"朱筱堂现在有点羡慕苏沛霖,在村里没有像地主那样受人注意,可以到处跑来跑去。他们母子俩却受管制了。

"远远听到像是有人哭,到门口又听不见了。灯一灭,我以为屋里出了事。敲门没人应,又不好进来;站在门外,又怕给人发觉……"

"没想到使你受惊了。"她没有告诉他刚才屋子里惊慌的情形,问他,"这两天村里怎么样?"

"那些穷泥腿子分了田地又分了房子,可高兴啦,大家像是发疯一样,没日没夜地蹲在地里,像是穷光棍讨了个漂亮的老婆,日日夜夜看不够,就差把田地搂在怀里睡觉哪!"

"让他们高兴去,反正好日子过不长。"她想起朱暮堂生前说的话。

"是呀,我也是这么想。"苏沛霖坐在灵桌旁边,对着母子俩低声说,"汤富海在村里成了大人物啦,整天跟在村干部屁股后头转。他是农会的积极分子哩!"

"汤富海?"朱筱堂一听到汤富海三个字心里就涌起无边的愤怒,显出轻蔑的神情说,"他欠我们的一百一十多担租子,还没有还清哩。汤阿英从我们家逃走,到现在还躲在上海。我爹要不是他在大会上瞎三话四,也不会被害! 别看他现在神气活现,这笔账,将来总要算的。"

"那还用说!"因为朱暮堂判了死刑,苏沛霖在村里失去了往日的威风。朱筱堂在村里变成一堆臭狗屎,谁见了他都离得远远的,没有一个人愿意和他搭界,就连小孩子见了,也指着他的脊背骨骂朱半天,叫他听得心里像刀剜似的难受。只有苏沛霖还暗地里和朱家保持往来。他认为世道还要变,共产党在无锡呆不长久的。姑老爷徐义德在上海滩上的势力很大,即使朱筱堂在乡下吃不开,一到了上海,将来还是会飞黄腾达的。他和朱家这条线无论如何不能断。患难中见朋友。在朱筱堂倒霉的辰光,他暗地里照顾照顾,将来不会把苏沛霖忘记。今天夜里,他特地来看他们母子俩,看看有啥可以效劳的。他听了朱筱堂的口气,知道他要报仇雪恨,便火上加油,迎合地说,"这笔账非算不可!一提到这些事,我就为老爷抱不平。好心当做驴肝肺,汤富海这老家伙恩将仇报。不是朱老爷给他田种,他能活到现在?简直是个忘恩负义的人。"

"忘恩负义的人没有好下场。"她说了这句话,暗中窥视了苏沛霖一眼。

"太太这话一点也不错。"苏沛霖伸过头来,紧靠着她说,"这两天好吗?有啥吩咐?我给你去办。"

她叹息了一声,兴致阑珊地说:

"这日子谈啥好字,能活下来就不错了。三餐茶饭送进嘴,躺到床上睡下,就算又糊过一天。现在啥人也不理睬我们了。你没把我们忘记,常来看看我们,我们也算得到一点安慰。"

"我昨天就想来看你们,手里有点事,走不开。今天才来。我没有一天不想你们的。"

"我也常常想你。"朱筱堂说,"蹲在这间破房子里,可把我闷死哪!"

"你放心,这样的日子不会长的。"

他懂得苏沛霖讲话的意思,也暗示地说:

"长是不会长的,可是眼前的日子不好熬啊!"

娘不同意儿子的意见,说:

"古人说得好,吃得苦中苦,方为人上人。"

"这要熬到哪一天啊!"朱筱堂深深叹息了一声。

苏沛霖看灵桌前面那一对小白蜡烛快点完了,烛油一滴一滴往下流,芯子给烧得发出吱吱的音响,烛光慢慢暗淡下来。不知道

村里谁家的鸡在喔喔地打鸣了。他站了起来,说:

"辰光不早,我该走了。你们先在这里委屈一下,我想,将来你们一定会搬回去住的。"

她听到最后那一句话,脸上顿时开朗,兴致勃勃地说:

"但愿有那一天!"

七

梅村镇外边一片土地上都插着小白旗,在一片小白旗当中,靠村边高高挂着五星红旗,迎着从太湖吹过来的潮湿的风,呼啦啦地飘。

汤富海父子两个人分到了两亩八分田和朱暮堂家大厅当中的一间房子。汤富海那天夜里整整一宿没有睡觉,嘴里老是念着"两亩八",在床上翻来覆去,听见阿贵不断打着香甜的鼾声,他反而有点生气,喃喃地骂阿贵:"这小狗×的,真会睡!"他起来,到窗口望望:黑沉沉的,啥也看不见,天上的星星也少了。村里的公鸡伸长脖子啼叫,可是东方没有一丝儿白的影子。他点起煤油灯,望见阿贵睡的那股舒服劲儿,不再骂了,微微地笑着说:"你们这些年轻人,该享福了,睡吧,睡吧。"他自己抽出旱烟袋,装了一锅烟,衔在嘴里,悠然自得地抽了起来,脑筋里想着"两亩八"。

像是有谁提了一个巨大无比的灯笼,照亮了东方云彩。起先只看见长长一片薄薄的云彩,白雾一般的高高浮在天空,接着这长长一片薄薄的云彩仿佛自己有一种扩张的能力,逐渐扩大开去,白雾般的云彩变成一大块一大块簇新的棉絮似的,给它后边的蓝色的天空一衬,越发显得皎洁。转眼之间,蓝色的天空忽然发红,在东边最远的地方,如同有成千上万只彩色的探照灯,发射出万丈光芒,把雪白的云彩顿时给染成橘红色了。红彤彤的太阳从东方慢慢升起来了。汤富海的心里,也像是受太阳光芒的照耀,过去藏在心里的那些辛酸和苦痛的记忆都一扫而光,现在是充满了喜悦的光芒。

屋子里的事物已经完全可以看清楚了。汤富海吹灭了煤油灯,走到床边,望着阿贵。他的鼻孔里发出均匀的呼吸,眼睛紧紧闭着,睡得还是很甜。汤富海推推他,他"唔"的一声,翻过身去,又睡了。汤富海一宿没睡,也有点疲倦,打了一个哈欠,想起"两亩八",精神又抖擞了。他推推阿贵的肩膀,叫道:

"快起来!"

阿贵用手揉一揉惺忪的睡眼,不解地问:

"做啥?人家睡得真舒服。"

"不早了,起来,同我一道去。"

阿贵霍地跳下床,穿上衣服,扣着钮扣,问:

"这么早,到啥地方去?"

"到地上去。"

汤富海不由分说,拉着阿贵就走,门也顾不得扣上了。分给他们两个人的两亩八分田在村东边不到一里地的地方。父子两个走了没有一会就到了。汤富海在田埂上向四面不断地张望,发痴似的站着,远远看去似乎是钉在田边的一根木桩子。过了好一阵,他走到田的另一边,站下来,又呆住了。他看来看去,心里说不出的欢喜,嘴角上露出满意的笑纹。他弯下腰去,从田里抓起一把有些润湿的泥土,平铺在左手心里,把它捏得细碎,粉末一般,送到鼻子那儿闻闻,又凝神地瞧了瞧泥土,然后才爱惜地撒回田里,自言自语地说:

"好地!好地!"

阿贵见他把泥土扔回去,便催促道:

"不早了,该回去做饭了。"他去拉爹的手。

"不,"爹把手一甩,往事从他心头涌起,感伤地望着阿贵的长长的面孔,叹息了一声,说,"你爷爷临死的辰光跟我说,他一生一世吃辛受苦,种了一辈子的田,越种越穷,死后还要埋在别人家的地里。他要我想想别的办法,不要再种这断命田了。我是跟你爷爷在田里长大的,不种田,走哪条路呢?只好种朱半天的田,一年忙到头,还是饥一顿饱一顿,干饭吃不上,老是喝点汤呀水的。我做了三十年的梦,希望啥辰光自己能买点田。过去穷得叮叮当当响,揭不开锅盖,哪有钱买一分田?要不是毛主席领导我们翻身,我要做一辈子买田的梦哩。现在分到两亩八分命根子,烧掉了朱半天剥削我们的'方单'①,领到人民政府的'土地证',这件事好不容易啊。我们这些种田人,过去是'木匠屋里三脚凳'②,'方单'像是金蝴蝶,做梦也没有见过。如今金蝴蝶飞到穷人家来了。你想想看,你爹舍得走吗?"

"不走,住在这里?"阿贵嘴上虽然这么说,刚才听到爹说起过去的一段事情,自己年纪轻,没有经历过,一听,对这两亩八分地更加有了感情,也站在田边没有走。

"孩子,不准顶嘴!"爹用右手的食指点了点阿贵的额角头。

"好,不走,不走……"

汤富海满意地"唔"了一声。他弯下腰去,把田边的野草一点一点连根拔起,阿贵不解地问他:

"现在还早哩,拔草做啥?"

"早拔怕啥?"他认为让野草在自己的田里生长太可惜了,但也觉得用不着现在就拔野草,改口道,"不拔就不拔,听你们年青人的话。"

"走吧?"

他没有理睬阿贵,径自走到田边,看见不到三丈远的地方有个小塘,又看看自己的田,指着东边自言自语地说:

----

① "方单"指田契。
② 穷的意思。

"这个地方好车水,那个角上好放水,……"

说着说着,他就蹲下去,用手壅土,修起水路来了。阿贵见他一心一意地修水路,又好气又好笑,急得再也忍不住了,走过去一把把他拉起来,指着水路,急着说:

"现在没水,爹,用不着修水路……"

"没水就不修?"他的眼光还是注视着那条像锯齿似的水路,想再蹲下去。

"以后修来得及,"阿贵堵着嘴说,"现在修了,没两天,人家踩来踩去又坏了。"

"等我把这一段修好……"他固执地又蹲下去,修他脚下的那一段。

阿贵拗不过爹的脾气,他不肯走,自己不好意思先走,也不好意思空着两只手站在旁边观望,于是也蹲下去,帮助他很快修好,弄得满手是泥土,站起来说:

"行了吧?"

他望了望那一段水路,想象中水可以很顺畅地流进来,一点也不会漏出去,满意了。他站了起来,说:

"行了,行了。"

他们两人顺着田埂走去。阿贵走在前面,脚步很快;他走在后面,仿佛怕踏死脚下蚂蚁一样,一步一步慢慢地走。阿贵走了没两步,身后的脚步声忽然消逝了,回过头去一看:他蹲在田里整顿田埂了。阿贵无可奈何地"啧"了一声,只好走回去,站在他身旁,语气里流露出不满的情绪:

"哪能又整起田埂来了?"

"整整好走路哇!"

"唉!"

他也知道儿子肚子饿了,心里焦急,便说:

"这块整好就走……"

"好,好好……"

阿贵摇摇头,没有别的办法,只好再动手帮忙一同整整田埂。

太阳已经高高地升到天空,耀眼的阳光射在身上暖洋洋的。他们两人修了水路又整田埂,身上有点汗浸浸了。汤富海一宿没合眼,又劳动了这一阵,身子有点乏,也觉得饿了。这次是他先提出来要走,阿贵连忙拍拍手上的泥土,和爹一同走去。爹走了没两步,总要回过头去看一看那两亩八分地,恋恋不舍。

田野上远远传来一阵阵锣鼓声,吸去了阿贵的注意。他向四边张望:田野上一座一座的村庄上空都飘扬着五星红旗,越向村子走去,那喜洋洋的锣鼓声听得分外响亮,像是每个村庄每户人家都在办喜事。他不由地顺口唱了起来:

> 东庄红旗飘,
> 西庄锣鼓敲;
> 敲锣打鼓干什么?
> 土地改革完成了……

爹听到阿贵的歌声,回过头去,眯着眼睛注视了他一下,嘴角上漾开笑纹,高兴地说:

"瞧你不起,也会唱洋歌了!"

"村里老师教的,大家唱,我也跟着学会了。"

"你这孩子,"他认为阿贵从小没有念过一天书,没有喝过墨水,将来不会有出息的,想不到也会唱起洋歌来了,心里按捺不住地喜悦。他打算以后有机会让阿贵上上学校,说,"等你爹把田种好了,秋后收成好,也给你念念书。"

"真的吗?"阿贵早就想念书了,过去饭都吃不上,不好提这件事。

"你爹会说瞎话?"

"那好。"

他们回家吃过早饭,爹在床上打困一歇,找了一块红布条,请村里教师在上面写了五个字:"感谢毛主席"。他拿了一根一丈来长的细细的竹竿,带着那块红布条走了。他走到两亩八分地那里,把红布条拴在竹竿头上,将竹竿深深地插在两亩八分地当中,那块红布条像面小国旗似的,迎风招展。他又站在田边东头张张西头望望。他回来,快乐得嘴都合不拢来。在路上碰到苏沛霖,他有意高声叫道:

"铁树开了花,土地回老家。"

"铁树开了花,土地回老家。"苏沛霖学汤富海得意的腔调,也唱了起来。他迎上去,对汤富海说,"这回算是真的翻身了!"

汤富海听他的话讲得不错,便"唔"了一声。苏沛霖接着说:

"过去我们村的田地尽让朱半天一个人霸占着,他像个皇帝似的,骑在我们头上,叫我们挨饥受冻,吃不饱穿不暖,福气就叫他一个人给享去了。现在地主给打倒,田地还给农民,今后再也不受地主的气了。汤老伯,你说,是哦?"

"汤老伯"这三个字汤富海听来特别新鲜,他想起过去苏沛霖对他的态度,有意顶了一句,说,"那可不是,你最清楚不过了。"

苏沛霖的脸顿时红到耳朵根子,抱歉地说:

"我这个人糊涂。过去在朱半天手下,给他逼得没办法,捧了人家的饭碗,只好服人家管。有些事,老实说,我心里也不同意的。过去对不起你的地方,请汤老伯高抬贵手,让我过去。"

汤富海心里的不满,给苏沛霖一说,慢慢消逝了。他说:

"我也晓得是朱半天使唤你那样做的,可是也有你的账。"

"那是的,那是的。怪我糊涂,没有看清世道,不是为了糊口,混碗饭吃,早离开他就好了。"

"现在离开也不迟。"

苏沛霖显出惊异的神情，说：

"汤老伯，你还不晓得吗？我早和朱家一刀两断了。过去吃的苦头不够吗？这回可明白了。"

"那好呀！"

苏沛霖怕他再深问下去，慌忙转了话题：

"你分的那二亩八分地真好啊。"

"是块宝地。"汤富海一听到谈他的地，就眯起眼睛笑了。他说，"好好经营，收成不会错。"

"你的庄稼活做得好，全村都晓得的。阿贵体力又好，你们两个好好劳动，秋收一定刮刮叫！"

"现在还很难说，单靠劳动不行，还要多上肥。"

"我听说人民银行要给农民贷肥，你没听说吗？"

"我今天没有到农会去，刚从地里回来，这消息真的吗？"

"人民银行无锡分行的同志在村里说的，那还会有假！"

汤富海兴奋得跳了起来，情不自禁地对苏沛霖大声说道：

"从来没有这样的好政府，关心老百姓到这个样子。共产党毛主席简直赛过活爷娘。想想从前，越想越苦；朝后想想，越想越甜，越想越要笑啦。"

他说完了，发出爽朗的愉快的格格的笑声。

"是呀，今后的日子一天比一天好了。"

"现在地有了，房也有了，只看自己劳动了。"

汤富海怕耽误了光阴，脚步一步比一步快，好像有急事在等他去做似的。走到村口，苏沛霖怕给村里人看到他们两人走在一块，别怀疑他有啥活动，便和汤富海分手了。

汤富海生产劲头越来越大了。他带着阿贵起早摸黑，先把田边的茅草一棵棵挖光，又把田做了畦。他贷到稻种和豆饼，嫌肥不够。父子俩在塘里捞了几十担水草，他仍旧觉得肥不够，又没有多

49

余的钱再买豆饼。一天,吃过中饭,便叫阿贵和他两人拾狗屎。阿贵不肯,提出反对的意见:

"总共只有两亩八分地,有这些肥还不够?"

他不假思索地把脸一沉:

"当然不够。"

阿贵没有给吓倒,反而问道:

"从前田里啥辰光上过这许多肥?现在比从前加多了,够啦,爹。"

爹轻轻笑了一声。那笑声里含着责备阿贵太年轻,不懂事的意思。半晌,他回忆地说:

"从前给啥人种田?你晓得哦?"他一想到过去便按捺不住心头的愤怒,咬着牙齿,几乎是一个字一个字说出来的,"种的是老虎田,多施肥,多收成,朱半天这王八蛋就多加租。不加租,他就摘田。一年忙到头,忙到稻熟登场,苏账房来拿走,落得一场空。那辰光,我们凭啥多施肥?现在,现在给自己种田,不是给别人种哪,当然要多加肥。种田要一工二本,你不给它加工施肥,它不给你收成。傻孩子,懂吗?"

阿贵虽然不愿意出去漫无目标地拾狗屎,但给爹说得目瞪口呆,无从反对了。他想了想,皱着眉头,问:

"到啥地方去拾呀?"

爹知道他同意去了,脸上露出笑容:

"自然有地方去拾。狗子拉屎有窝,今天在这里拉,明天还在这里拉。狗子拉屎喜欢在背风的地方,天冷,狗子跑不远,在村边附近就可以拾到。天暖和,狗子满地跑,要拾得远些……"

阿贵听出了神,觉得照爹这么说拾狗屎并不难,引起兴趣来了,好奇地问:

"那末,啥辰光狗屎多呢?早上?还是……"

爹摇摇头,说:

"狗子一天要拉三次屎:大清早,中饭后,下午。中饭后一次拉得最多……"

阿贵听到最后一句吃了一惊,急急忙忙接上去说:

"就是现在?"

爹给阿贵一提醒,紧接着说:

"唔,就是现在,快走!"

他们两人拿着畚箕,匆匆跑到村口,爹叫阿贵往西走,自己朝东边一路去拾了。阿贵照爹指点的地方拾,到黄昏时分,果然拾满了一畚箕,赶回家来,爹已经拾了两畚箕倒在地上,蹲在白石的台阶上,悠闲地抽旱烟了。

地上的狗屎堆得像一座小丘了,父子两个人把它挑到田里。爹挑起最后一担,忽然想起一件事,把狗屎放下,拿了两把泥锄,挑起沉甸甸的担子上田里去了。阿贵把最后一担狗屎倒在田里,已经是气喘如牛了,抹去额角的汗珠子,正想喘口气,好好休息一阵子,不料爹递给一把泥锄来,说:

"来,同我一道锄锄。"

"早几天不是锄过了吗?"阿贵没有接爹的泥锄。

"锄过就不要再锄了吗?给我拿着。"爹把泥锄硬塞在阿贵的手里,教训他道,"任叫人忙,不叫田荒。你晓得哦?床要铺好,田要锄好。床铺好,睡得舒服;田锄好,多打庄稼。"

"你就是一门心思要多打庄稼……"

"要多打庄稼错吗?没粮食,你肚子填得饱?"

阿贵给问得没有话说,望着手里的泥锄,听爹说下去:

"你还不知没有粮食的苦吗?我活了四十八岁,娘老子没有给我留下一片瓦一分田,只留给我一肚子的苦水,连个立脚的地方都没有。现在有了房子,又有了两亩八分地,能不好好种吗?你年纪太轻,不懂得世事。"

"我懂得,"阿贵想起自己生下地来,饥一顿饱一顿,碗里从来没有见过鱼肉,也从来没有穿过一件新衣裳,都是用旧衣服补补缝缝,给爹一提,自己肚里也有不少苦水哩。他说话的声音低沉下去,"我懂……"

"那就好,锄吧,打下粮食都是自己的了,把它放在箩里,地主连香也不敢闻一闻。"

他跟着爹一同锄地,直到雀眯眼了,两个人才迈着疲乏的步子往村里走去。

八

　　东方泛出一抹淡淡的鱼肚色,汤阿英的草棚棚里还是黑乌乌的。她在床上翻了一个身,再也睡不着了。昨天秦妈妈通知她参加重点试纺,她兴奋得差一点跳了起来。她觉得这是党支部和团支部对她的信任和培养,也是细纱间工人同志委托她的重大任务,深深感到肩胛上挑着一副重担。这是关系全厂生产的大事,也是和徐义德他们的一场严重的斗争。通过重点试纺,要揭露过去厂里生活难做的秘密,看看徐义德他们摆的究竟是什么迷魂阵。她自从被吸收参加新民主主义青年团,感到做一个青年团员的光荣,更感到做一个青年团员责任的重大。她当了青年团员以后,身上猛地增加了巨大的力量,希望有机会给革命事业贡献更多的力量。恰巧遇到重点试纺,团组织把细纱间试纺的重担放在她的肩胛上,正好符合她内心的期望。她昨天晚上躺到床上,翻来覆去想着重点试纺的事,心里宁静不下来,闭上眼睛,却还是看到自己挡的那排车子,注视着粗纱,注视着筒管,注视着细纱,注视着筒管在飞快地转动,那上面的细纱越来越多,越来越多……等她慢慢睡着了,草棚棚那一带的雄鸡已伸长脖子打鸣了。她睁开惺忪的睡眼一看,窗户纸已渐渐发白了。她坐了起来,怕惊醒丈夫,轻轻地下了床。谁知奶奶在床上早醒了,她咳了一声,问：

　　"天还没有亮,这么早起来做啥？阿英。"

　　"有要紧事体。"

　　"有啥要紧事体要天不亮起来？"

"你不晓得。"

"我是不晓得。这会,你们年轻人哪里把我们老年人放在眼里,啥事体也瞒着我。我不管你们那些事。"奶奶自怨自艾地说,却又有点儿不甘心,"我管也管不着。"

"哪桩事体瞒过你……"阿英边说边走过去,把门开了。

外边天已经大亮,门虽然打开,草棚棚里却还是有点儿昏暗,特别是奶奶的床,给一床灰黑的夏布帐子隔着,更是暗乎乎的。阿英抬头望着蓝湛湛的天空,半边残月挂在天中,一阵阵清新的凉爽的春天晨风迎面吹来,她贪婪地吸了两口,浑身感到特别有劲。

"啊哟,天已经亮了。"奶奶在床上还是不满意,絮絮不休地说,"今天的事体为啥不告诉我呢?阿英,究竟是啥事体呀?"

奶奶喜欢打破沙锅问到底。不问个清楚,她的言语像是涓涓的泉水似的流个不完,等到你嫌腻烦了,终于会告诉她的。今天阿英本没有意思要瞒住她,因为张学海在床上睡得很甜,怕讲话惊醒他,就简简单单地答她一两句。奶奶哪能满意,等奶奶再三追问,她只好说了:

"今天厂里重点试纺,我那排车子参加,要早点去。"

奶奶虽没做过厂,厂里的事,因为常听张学海和汤阿英的谈论,也多少知道一些。解放后,她比从前不同,特别关心厂里的事。她也和青年们一样:希望多知道一些新鲜事物。她关怀地问:

"啥叫做重点试纺?"

"重点试纺,就是重点试纺啊。"汤阿英不愿意详细讲。

"你讲给我听听。"

"怎么讲呢?"阿英用梳子梳着头发,踌躇地说,"讲起来,可长哩。"

"长也不要紧,多长,我都听。"

奶奶越是有耐心,阿英更没有耐心了。她推说:

"不早了,我弄点饭吃,要赶到厂里去,等我回来再讲吧。"

"我给你做饭,"奶奶下床来,抓了一把木柴,坐在炉子那边去,望着阿英,"讲吧。"

阿英舀了一瓢冷水倒在铜脸盆里,她一边洗脸,一边焦虑地哀求说:

"讲起来,实在很长呢,几句话说不清爽。"

"你先简单地讲讲。"

正在阿英无可奈何的辰光,张学海一骨碌坐起来,披着衣服,霍地跳下床来。他好像还没有睡够,恣情地伸了一个懒腰,揉一揉惺忪的睡眼,说:

"你们又唠叨啥?"

阿英把刚才的情形告诉了他。他代阿英说道:

"重点试纺就是因为厂里生活难做,老板怪花纱布公司的花衣不好,怪保全部的工作不好,又怪工人做生活不巴结……花纱布公司的花衣不错,保全部工作也不错,工人生活做得也巴结,可是毛病出在啥地方,谁也摸不清。余静同志出了个主意:重点试纺,在工人监督下,从清花间到筒摇间选择几排车试纺,看看啥地方有毛病。"

"哦。"奶奶恍然大悟,骄傲地说:"这么讲也不长啊,有啥难懂?"

"你当然懂,你什么都懂。"阿英笑着说,"快点烧饭吧,我们还要赶路哩。"

"那你们要早点去,这是大事呀。"奶奶表示自己很了解厂里这些事,她加了两块木柴到炉子里去,说,"我快点烧。"

张学海点点头:"我也要和陶阿毛一道监督拆分配棉哩。"

"是呀,今天我们保全部也要检查检查车子。"

"检查出毛病在啥地方,生活就好做了吗?……"

"妈妈,妈妈……"

巧珠在床上叫,打断奶奶的话。

"做啥?"阿英洗完了脸,把洗脸水往门外一倒,问。

"我要起来,妈妈。"

"再睡一歇,还早着哩。"

"不,妈妈,我要起来。"

阿英又舀一瓢水倒在铜脸盆里,送到张学海面前。她到奶奶床那边去看巧珠。巧珠在被窝里已经坐了起来。

"再睡一歇吧,巧珠,"汤阿英说,"你今年不小了,快十岁了,要听妈妈的话。"

"不,我睡不着了。"巧珠摇摇头,那一对可爱的小眼睛对着妈妈望,希望妈妈让她起床。

妈妈没有意见:"要起来,就起来吧。"

她穿好衣服,欢天喜地跳了下来。

巧珠想起昨天晚上妈妈答应她的书包,便盯着妈妈望。巧珠进了小学以后,就想要一个书包。她现在的书是用一个书带拴着夹来夹去,多么不方便,许多东西没有地方放。要是有一个书包,五颜六色的蜡笔可以放进去,书可以放进去,笔墨也可以放进去,简直是没有一样东西放不进去。上学放学背着一个书包多么方便,多么神气!每个小学生都有,可是巧珠没有。原来妈妈缝了一个,那是旧布的,早就坏得不能用了。昨天晚上妈妈答应了,等这个号头厂里发工资,一定给她买。她一睁开眼,就想那个书包,生怕妈妈忘了。妈妈不知道巧珠的心思,好久没有言语,直到奶奶把饭端上桌,妈妈也没有提这件事。巧珠心里有点急了,等会妈妈上工去,要是忘了,书包就买不回来了。她有意站在妈妈旁边,把头歪着,一个劲对着妈妈,忍不住说道:

"妈妈,你答应我的事,不要忘记哪。"

"忘不了。"妈妈摸着她的小辫子说,"发了工资一定给你买回来。"

"啥辰光发工资呀?"巧珠把小食指放在嘴角上咬着,她希望今天发工资,晚上就看到新书包。

"还有两天就发了,"妈妈漫不经心地回答,"别急!"

"我今天要!"

妈妈把眼睛向她一愣:

"讲好了发工资给你买,怎么今天就要!"

巧珠的头垂了下去,心里有点不高兴,见妈妈生气,她又不好再说。奶奶在旁边帮她忙:

"阿英,你今天就给她捎个回来。"

"不发工资,啥地方有钱买?"妈妈吃完了饭,把箸子往桌上一放,站起来要走了。

爸爸看巧珠站在那边哭咽咽的样子,心里有点痛。他身上虽然钱不多,可以在保全部想法借一点。爸爸托着巧珠圆圆的小下巴,说:

"爸爸晚上给你买回来,你要好好念书。"

"好爸爸,我一定好好念书。"巧珠抓住爸爸的粗糙的有力的手,爱慕地抚弄着手指。

妈妈把巧珠搂在怀里,对着她的腮巴子亲热地亲了一亲,笑着说:

"这该称心如意了。别再钉前跟后的,小鬼头。"接着她又说,"吃了早饭,快去上学。"

说完话,爸爸和妈妈一道上工去了。

汤阿英一走进细纱间,就向自己那排车跟前去。她换了油衣,戴上帽子,检查一下车子,特别细心地做好清洁工作,又不放心地前后左右看看,没有发现任何毛病,满意地站在车头。她这时发现日班的人只有她一个人在车间里。她精神抖擞地在车头两旁走着,像是出击以前的英勇的战士,擦好了枪,摘去枪帽,精神百倍地在等待振奋人心的冲锋的号音。

过了一会儿,车间里的人多了起来。余静从人丛中走来,她领着工会新组织起来的监督重点试纺的工人,巡视每一个重点试纺的车间。她看汤阿英一切都准备好了,对她称赞地点点头,留下钟佩文在汤阿英那边监督摆粗纱送细纱,她自己和别人到筒摇间去了。

正八点,汤阿英衷心盼望的时刻终于到了,她立即开了车。车子转动起来。她迅速地走进了弄堂。

九

汤阿英手里抱着三个管纱,上气不接下气地跑进工会,后面跟着五六个工人飞也似的奔了进来。余静立刻站了起来,迎上去,抢着问:

"试纺得怎么样?我们正在等你们的消息哩。"

"今天的生活真好做,"汤阿英喘了一口气,说,"顺手得很,你们看。"

汤阿英把试纺的三个管纱送到余静面前。

余静和赵得宝都拿了一个管纱看。余静问:

"你们监督得很严格吧,有没有发现问题?"

郭彩娣没等钟佩文回答,她就张开嘴,像是打机关枪,一句接着一句:

"余静同志,监督很严,没有发现问题,要是细纱间有问题,我郭彩娣负责……"

"你的胆子真不小,细纱间有问题你负责,你把文教委员搁到啥地方去啊!"

郭彩娣听管秀芬这几句锋利的话,连忙改了口,说:

"哦,对不起,小钟。"

钟佩文说:"细纱间监督是很严,没有问题。"

"别的车间呢?"余静心里想到清花间。

"清花间没问题,我敢保险。"陶阿毛得意地说,"我们眼睛一个劲盯着花衣……"

"哦……"余静没有说下去,她望着赵得宝。

赵得宝懂得她眼光的意思。他去过清花间,保全部的张学海和陶阿毛他们在监督拆包配棉。这个车间是重点试纺中的重点,谁都晓得的。张学海非常负责,他一步也没有离开清花机,眼睛真的一个劲盯着花衣,郑兴发今天拆包配棉也特别仔细,不让任何人碰棉花包,配棉成分十分准确。陶阿毛看郑兴发那么仔细认真,谁也没法接近花衣,张学海的眼光又紧紧盯牢,叫他无从下手。他想和郑兴发讲话,好分散郑兴发的注意力,弄错配棉成分,重点试纺就等于白搭。可是郑兴发注意力非常集中,不和陶阿毛讲话,一面对陶阿毛摇摇手,一面指指车子上的花衣,陶阿毛懂得他的意思:现在正是重点试纺的紧要关头,不要讲话。陶阿毛无可奈何,只好贼眉贼眼地盯着花衣。一霎眼的工夫,赵得宝亲自到清花间来检查了,陶阿毛更没法动脑筋了。赵得宝在清花间待了许久才走,他说:

"清花间确实没有问题,粗纱间也没有什么问题。——我早一会去看了一下,工人同志们的情绪可饱满哩,监督都很认真严格。"

"是哦?余静同志。"陶阿毛笑嘻嘻地望着余静。

"那很好。"余静还不放心,说,"我们不能疏忽,不能麻痹,只要给资本家钻了空子,我们重点试纺就完蛋哪。"

"这当然。"郭彩娣答了一句。她暗暗伸了一下舌头,感到自己在车间工作责任的重大。

余静怕屋子里的光线不够强,看不清楚,走到窗口,又仔细地把管纱翻来覆去地看了一个够,才说:

"这管纱光滑洁白,很少有疵点,真不错呀,老赵。"

赵得宝和汤阿英也跟到窗口。汤阿英说:

"的确不错,这管纱好……"

陶阿毛伸出大拇指,说:"刮刮叫!"

余静转过脸来问汤阿英：

"断头率多少？"

"二百五十根。"

"你们原来的断头率呢？"

"六百多根，生活难做辰光还不止哩。"

"减少一半以上。"余静思索着这个数字，在研究这个问题的原因。

郭彩娣在旁边双手抱着管纱跳了起来，忍不住高兴地大声叫道：

"我们重点试纺成功了！"

余静伸出手来指着郭彩娣的嘴巴，暗示她不忙高声大叫。她自己又看了一下管纱，对郭彩娣说：

"单凭我们的眼力看还不够，说重点试纺完全成功了，还嫌早了一点。我们到试验室找韩工程师去，请他评定评定再说。"

"对！"赵得宝举起手来赞成，"走！"

余静手里紧紧拿着那个管纱在前面走着，赵得宝、汤阿英、郭彩娣、钟佩文和陶阿毛跟在她后面，大家一块儿向试验室走去。

工会提出要重点试纺，各个车间的工人同志们都表示同意，并且建议召开一次工务会议，订出计划再进行。余静和赵得宝商议，同意工人们的建议，不过余静补充了一点意见：请资方徐义德、韩云程工程师和工务主任郭鹏参加。赵得宝给她加上一个厂长梅佐贤。余静说这样就完全了。工人方面出席工务会议的都是各个车间的积极分子和工务职工。在工务会议上，郭鹏不吭气；韩云程几次讲话都是半吞半吐，说了一半就没有下文；梅佐贤很尴尬，他看徐义德的脸色说话，可是徐义德说的还是那一套，什么花纱布公司的配棉不好呀，什么车间清洁工作不好呀，什么保全工作法有问题呀……总之一句话，就是不赞成重点试纺，但是他不明白表示出来。徐义德不表示,梅佐贤怎么好开腔呢?徐义德老是盯着他望。他不开腔也不行。他只好说厂里生产这么忙,完成加工订货的任务还很吃紧,搞啥重点试纺啊。工人一致主张重点试纺,秦妈妈说,只有找出生活难做的原因,才能按期完成加工订货的生产任务。梅佐贤要站起来申辩,余静讲话了,说明重点试纺并不耽误生产,找出原因,如工人同志所说的,反而对生产有很大的帮助。没有人在棉花里搞鬼,谁也不必怕重点试纺。徐义德知道这句话的分量,看余静和工人的情绪,是没有办法反对重点试纺了。余静的话一讲完,他就站起来表示完全赞成重点试纺,把问题弄个水落石出,看看毛病在啥地方。这时他一眼看到陶阿毛坐在余静的背后,便说,重点试纺的辰光,请工会的同志们领导协助。这一来,反对重点试纺的好像只是梅佐贤一个人,他陷入狼狈的境地,既不好坚持反对下去,马上又不好改口赞成。他怅怅地坐在那里不做声。大家一致同意重点试纺。工会从各个车间抽调一些积极分子,组织力量监督重点试纺。

余静她们还没有到试验室,韩云程就迎出来了,看见余静手里的管纱,他含笑地问:

"试纺得哪能?"

"成功哪,成功哪。"郭彩娣抢着说。

汤阿英拉了郭彩娣的油衣的角,小声地对她说:

"刚才余静同志不是说了,要请韩工程师评定一下,才能最后肯定哩!"

郭彩娣马上紧闭住嘴,退后一步,面孔上微微露出克制住的喜悦的表情。

余静把手里的管纱递给韩云程。

"我早就在这里等候好消息了。"他接过去,细细地抚摩着,细心地看了又看,说,"不错,真不错,洁白光滑,没有疵点。让我来试试强力。"

他走到试验强力的机器前面,拆下几股纱绕上去试验。他回过头来,看见余静她们几个人围着他,就指着断了的纱,不禁高兴地说:

"强力也很好,我看,在品质上够得上一级纱了。"

"一级纱?"汤阿英急着问,怕自己的耳朵听错了。

"是的。"韩云程信口说出在品质上够上一级纱,一想,怕不好,却又不好马上改口,就冷静地点点头。

"一级纱,"汤阿英听见这消息心里非常舒服,像是大热天喝了一杯冰凉酸梅汤似的。如果重点试纺真的成功,问题就更清楚了,徐义德施的鬼花样经慢慢会暴露出来,厂里生活好做,各个车间的姊妹再也不互相埋怨,团结得一定比过去更紧密了,她心里充满了胜利的喜悦,但一点也没有露出来。她注视着韩云程手里的一级纱,暗自庆幸没有辜负党团组织和工人的委托,舒徐地呼吸了一下。她深知战斗远没有结束,前面还有斗争,又问了一句,"真是一级纱吗?"

韩云程又点了点头。

"为啥重点试纺的纱这样好呢?韩工程师。"余静想从韩云程嘴里得到一些材料。

"这是……"韩云程讲了两个字就说不下去了,生活难做的秘密他心里是雪亮的,可是不能说出来。他有意拿过管纱又看了看,好像希望管纱给他回答问题似的。他想了一阵,吞吞吐吐地说,"这是……这是一个很值得研究的问题。"

赵得宝和汤阿英默默地站在那儿,不吱声。管秀芬急着问:

"这是什么原因,你是工程师,一看就知道了。工程师不晓得,啥人晓得?"

"是呀,"陶阿毛凑上去说,"工程师应该晓得。"

"没那么简单,纺纱要经过各个车间,这里面有原料、机器、技术、气候和温湿度等等复杂原因。不经过仔细地科学研究,我是不能马上下断语的。"韩云程伸出右手的食指指着管秀芬说,"这不是普普通通的纪录工作,下断语是要负责的。"

"你就怕负责!"管秀芬说。

"不是这个意思,正是因为我不怕负责,更要仔细研究研究……"他为了表示自己诚心诚意地要认真研究这个问题,把管纱又送到眼前细细地看了看。

余静瞧出他说话特别小心谨慎,神情有点慌张,生怕露出破绽的样子,便直截了当地对他说:

"韩工程师有啥顾虑吗?"

他听了这话心头一愣,但表面上竭力装出很平静,把语气放得很和缓:

"没有顾虑,绝对没有顾虑。"

"告诉工会不要紧。"赵得宝劝他,"说吧,韩工程师。"

"你就快说吧,韩工程师,"郭彩娣等得有点不耐烦了,说,"真急死人哪。"

"告诉工会当然不要紧,其实告诉任何人也不要紧。"韩云程微微笑了笑,悠然地说,"我们学技术的,凭技术吃饭,不偏袒任何一方面,也不参与任何一方面。我们只是根据科学试验的结果说话。在没有把问题研究清楚以前,我是不能表示我的意见的。我不能违背科学。科学是客观的真理。真理要经过实践才能知道。……"

汤阿英见他坚决不肯说,同时,讲了一堆大道理,她听得有点腻烦,实在忍不住了,就拦腰打断他的话:

"照你这么说,你一点也看不出来。我不懂科学,我倒看出来了。重点试纺的生活好做,纺出来的纱又是一级纱,一定是原棉有问题。"

"当然是原棉有问题。"郭彩娣加了一句。

郭彩娣不满地瞟了韩云程一眼。韩云程一点也不生气,也不着急,还是慢吞吞地说:

"可能是原棉问题,也可能不是原棉问题;可能是这一批原棉好,也可能是上几批的原棉坏;可能是这排车子好,也可能那排车子坏;可能是这次试纺工人同志做生活特别注意,也可能过去做生活注意得不够。同时,也可能是别的什么问题,总之,这是一个非常复杂的问题。这是很值得研究的问题。因为这个问题关系到我们整个厂的生产问题。"他怕管秀芬她们再追问下去,稍稍把话题引开去一点,声音也放高一点,说,"不过,有一点现在是可以肯定的,这次重点试纺的纱很好:一级纱。"

余静看韩云程的态度暂时是不肯讲的,僵持下去不会有结果,便不再追问,改口道:

"根据你的检验,重点试纺成功这一点是可以肯定的了。至于原因还要进一步仔细研究,是哦?韩工程师。"

"是的。"

"对于这个问题工会也要进一步研究的。韩工程师,希望你帮助我们研究研究。"

"那没有问题,余静同志,我一定很乐意帮助工会研究这个问题。研究这个问题是我应尽的义务。"

走出试验室不过十几步远近,郭彩娣回过头去对试验室狠狠瞪了一眼,低声对余静说:

"分明是原棉问题,你问他做啥?看他那个态度,模棱两可,死也不会说的。"

"对,"陶阿毛附和着说,"他和资本家一个鼻孔出气,怎么肯对我们工人说真话!"

"过去断头率高,出货坏,生活难做。现在看出来,当然是原棉问题。我不是不晓得。我是想从韩工程师嘴里探听一下过去原棉坏的程度,究竟是花纱布公司的原棉不好,还是徐义德掺了劣质花衣,掺了多少劣质花衣,配棉成分,这些问题都要弄清爽。"

"巴巴眼,望望天,癞蛤蟆想吃天鹅肉。——他肯告诉你?余静同志,你太天真了。"管秀芬向余静做了一个鬼脸。

"你也不能把人看得太死,解放以后,整个社会在变,每一个人也在变啊。"

"我看韩云程就变不了,江山好改,本性难移。"

"你这个看法不对。对技术人员要耐心地启发,要慢慢教育,认识提高了,看法就不同了。不怕他的嘴多紧,要是我们的思想工作做到家了,他也会讲的。"

"余静同志,"赵得宝插上来说,"你说的原棉问题,确实是一个很重要的问题。"

汤阿英听韩云程讲了一堆大道理,这个可能,那个可能,还提到工人做生活注意不注意的问题,虽然没有说出究竟是什么原因,但语气之间对于重点试纺的成功还是采取保留态度的,不过不好意思当着余静的面说出来罢了。这次重点试纺,使汤阿英把生活难做的原因看得更清楚了,也更明确了。她从刚才韩云程的口气里料到徐义德他们也不会痛痛快快承认重点试纺成功的,说不定他们会制造借口,说重点试纺之所以纺出一级纱,是因为挑选了技术最好的工人,挡的是检修最好的车子,工人又互相配合,生活做得巴结,当然纺出一级纱来了。她想了半响,要堵住徐义德、韩云程他们的嘴,让他们在事实面前低头,于是提出了一个建议:

"要把试纺点扩大,问题就更清爽了。韩云程他们在事实面前,再也没有别的话好说了。"

"对,这个办法好。"郭彩娣拍手赞成,说,"问题弄清爽了,筒摇间可不敢再骂我们细纱间了。阿英,"郭彩娣走到汤阿英旁边低声对她说,"我把重点试纺成功的消息告诉谭招弟去……"

"她会晓得的。"

"我怄怄她的气。"

汤阿英止住道:

"你别去,事体弄清爽就算了,自家人吵啥?还是在重点试纺上动动脑筋好。"

余静也在回忆韩云程那些模棱两可的话,思考用啥办法堵住他的巧辩的嘴,要不要把试纺点扩大?汤阿英的建议正合她的心意,顿时高兴地对大家说:

"阿英这个建议实在太好了,我们要扩大试纺点,抓住这个问题乘胜前进!"

十

"大家想想看,究竟是啥原因呢?"

张小玲说完了话,盘腿坐在地板上,她向四面的姊妹们巡视了一下,在等待大家回答,好展开讨论,进行学习。

重点试纺成功,汤阿英要求扩大试纺点,把问题弄得更清楚。试纺点扩大,结果也成功了。这消息轰动了每一个车间,全厂的工人同志们都兴奋地愉快地相互谈论试纺点扩大成功的消息。生活开始好做起来,断头率减低了,车间的怨气和叹息声少了,出勤率增高了,可是还有一个问题没有解决:过去给国家代纺中总共掺进了多少劣质花衣还弄不清楚。工厂委员会研究了一下,认为这个问题不可能马上解决,要结合五反运动,首先在职工中间进行学习,特别是要在技术人员当中进行教育,启发他们,才可能逐渐了解到真实的情况。在工会领导和帮助下,全厂工人展开了热火朝天的"五反"学习。

日班已经下工,夜班开车还要等个把钟头,在这个空隙中间,细纱间的张小玲小组正进行学习。她把重点试纺和扩大重点试纺成功的情况简单地报告了一遍,把问题提出,让大家讨论。

在张小玲左后边的是落纱工董素娟,她坐在圈子边上,大声地说:

"想想从前的生活多难做,我看见姊妹们跑来跑去,上气不接下气,额角头上直流汗,断头还是接不完,这边接了,那边断了,接上去又断了。我当时心里也急得慌,真想上去插把手,帮帮忙,可是每排车都是这样,帮哪个忙好呀?我一双手,也帮不了多少忙啊。阿英姐姐因为生活难做,那天夜里累得早产了,我把医生叫来,连看也不敢看一眼。想起来,真气人呀。重点试纺一开始,情形就完全两样了呀。姊妹们在弄堂里,不急不忙,一边做着清洁工作,一边接头,走一个巡回,也断不了几根头,生活好做得多了。我不接头,看见了心里也舒服。你们说,同样是一排车,同样是一双手,为啥从前生活难做,现在生活好做了呢?"

董素娟刚讲完,坐在九十八排车弄堂口地板上的郭彩娣接着说:

"那还有啥怀疑,癞痢头上的苍蝇——明摆着吗,是原棉问题啊。"

汤阿英坐在圈子当中。她刚才听了董素娟讲起前后生活不同的情形,想起那天夜班郭彩娣跑来告诉她筒摇间谭招弟骂细纱间的话,又早产了那个可爱的孩子,她从心里发酸,眼睛里闪耀着愤怒的光芒,深思地在谛听大家的发言。

圈子里静静的,管秀芬手里拿着钢笔,她和张小玲一样:在向圈子里的人们望着,等待哪个说话,她好记录。张小玲没有注意汤阿英的神情,她的眼睛盯着右前方,因为这个角落还没有人发言过。可是坐在张小玲旁边的余静早注意到汤阿英的神情。余静关心各个车间学习的情况,她和赵得宝两个人分别到车间小组,了解了解学习的情况。她自己今天晚上参加张小玲的小组。她一直没有说话,坐在地板上,静静听大家发言。她看到汤阿英那神情,一直没开口,料想汤阿英肚里一定有话想讲。余静便对张小玲说:

"小玲,阿英还没有发言哩……"

"好,欢迎阿英姐发言。"

大家的眼光全注视着圈子当中的汤阿英。汤阿英微微抬起头来,姊妹们都以期待的眼光望着她,便一边想一边慢慢地说:

"我有一肚子话要讲,不讲,心里难过得不行。想想早些日子的生活,真叫人要流泪。我们在弄堂里走来走去,生活哪能也做不好,锭子蛮好,清洁工作也不错,就是一个劲地断头,断头……我的脚在弄堂里简直停不下来,手也停不下来,总是跑来又跑去,忙着接头。想尽了办法,生活还是做不好。那天晚上,我在弄堂里跑来跑去,差点跑糊涂了,头发晕,眼睛发黑,金星在我面前闪来闪去,肚子痛得受不了,我还是跑着接头,接头。我怕耽误生产啊。后来,我实在没有办法了啊,才坐到地上去,一双手紧紧按着肚子,不晓得啥辰光,我就早产了。一想起这些事,我就伤心,忍不住眼泪就流出来了。"说到这里,她用油衣拭了拭眼角,说,"那辰光,谁也不晓得是啥原因,郭彩娣告诉我筒摇间骂我们细纱间,我当时没吭气,心里却不满意筒摇间,特别是不满意谭招弟。大家都晓得,谭招弟是我介绍进厂的。她为人也不错,为啥要骂我们细纱间?老实讲,当时我心里真有了一个疙瘩。不满意谭招弟,以为她一进厂就变了。筒摇间骂我们,我们也不仔细想想,也不把问题摊开来看看,我们就怪粗纱间,是哦?彩娣。"

汤阿英坦率地说出她心里的想法,停了停,望着郭彩娣。郭彩娣不好意思地歉然笑了笑,说:

"可不是么。"

"现在可看清楚了,是原棉问题,是徐义德问题。我们流血流汗,养活资本家,徐义德坐在家里吃好的穿好的,动也不动,还要在好花衣里掺上坏花衣,叫我们生活难做,害得我早产,使我们车间的姊妹不和,这不是向我们工人猖狂进攻吗?"

汤阿英昂起头来,激动地望着厂长办公室那个方向。姊妹们听了汤阿英的诉说,个个都很激动。等到汤阿英说"这不是向我们工人猖狂进攻吗",大家不约而同齐声地说:

"当然是向我们工人猖狂进攻!"

"是向我们工人猖狂进攻!"

董素娟忍不住站了起来,伸出小小的拳头,气呼呼地大声喊道:

"打退资产阶级猖狂进攻!"

姊妹们全举起手来喊叫:

"打退资产阶级猖狂进攻!"

愤怒的声音响彻了整个细纱间,有的不是张小玲这个小组的,她们刚来上夜班,也呼应地随着叫道:

"打退资产阶级猖狂进攻!"

声音越叫越高,好像车间已经容纳不下这个巨大的声音,都膨胀到车间外边去了,音波震荡在夜晚的空中,扩张开去,连库房、操场和办公室那一带也隐隐可以听到了。

愤怒的声音低下去,张小玲那个小组静下来,汤阿英喘了口气,接下去说:

"生活难做,不怪筒摇间,不怪细纱间,不怪粗纱间,也不能怪清花间,现在谁都看得清清楚楚的了,要怪徐义德这家伙。徐义德害得我们工人好苦啊。他一共掺了多少坏花衣,盗窃国家多少原棉,我们要算清爽这笔账。"

"对,要算清爽这笔账!"

"非算清爽不可!"张小玲语气非常坚定。

余静的眼睛一直盯着汤阿英。她很高兴看到汤阿英这个青年团员身上有一种前所未见的新的东西在成长:看问题比别人深一层,分析问题也比别人明确,从生活难做察觉出徐义德还有其它问题,提到资产阶级向工人阶级猖狂进攻的角度来看,问题的本质就给它揭露出来了。汤阿英一贯沉默地努力工作,从不跑车,也不误工,做起生活来很巴结,平常虽不大爱说话,工作有了成绩也不摆在嘴上,可是一发言,却句句话有道理,说得别人口服心服,而且能

够抓住中心——徐义德一共盗窃国家多少原棉,这不是工会正要设法弄清的问题吗?余静说:

"大家的意见很对,我们一定要算清爽这笔账!"她对汤阿英说,"阿英,你还有啥意见?你说下去。"

汤阿英的意见受到鼓励和支持,特别是余静也赞成她的意见,她更加满意。想起最近从中央人民广播电台里听到全国各地展开轰轰烈烈的伟大的五反运动,人民政府派"五反"检查队到那些五毒罪行严重的私营工厂和商店里去,检查出许许多多的耸人听闻的滔天罪行,在党和工会的领导下,不断取得重大的胜利。上海的五反运动开展得比其他省市稍为晚一点,她想如果人民政府也派"五反"检查队到沪江纱厂来,一定可以彻底揭发出徐义德的五毒罪行。她兴奋地说:

"我看徐义德不是一个好东西,他除了盗窃国家的原棉以外,一定还有许许多多花样经,一定还有许许多多五毒罪行。我刚才在想,我们要请求人民政府派'五反'检查队来,先把他盗窃原棉这笔账算算清爽,再彻底检查其它的五毒罪行。你们说,好不好呀?"

"好!"董素娟啪啪地鼓掌。

"当然好呀!"管秀芬说。

"请政府派'五反'检查队来!"

"越早越好!"

郭彩娣更进一步具体要求道:

"请余静同志把我们工人的请求写成书面意见,明天送给政府,希望早点把'五反'检查队派来。"

"这个办法好!"汤阿英说,她不禁乐得鼓起掌来。因为她看到姊妹们都和自己一样有相同的要求。

管秀芬听出了神,竟放下笔在望。大家你一句我一句争着发言。张小玲对她说:

"小管,你记呀!"

"记录工磨洋工啦!"

董素娟这么一说,大家都笑了。管秀芬在大家催促下,连忙拿起笔来说:

"重要的意见保险一点也漏不了,我全给补上!"

她低下头去,沙沙地把刚才大家说的重要的意见都补记了上去。张小玲看看表,夜班快开车了,就说:

"大家的意见很好,我完全同意。余静同志今天亲自来参加我们的小组会,也用不着我口头汇报了。"她对着余静说,"请你把我们小组的意见,报告给政府,希望政府派'五反'检查队来,好不好?"

余静点头说:"好!"

"越快越好!"郭彩娣加了一句,"最好这个礼拜就来。"

"看你性急的,"管秀芬有意和郭彩娣开玩笑说,"就是政府答应我们的要求,派'五反'检查队还要准备准备哩。"

"快一点不好吗?"郭彩娣红着脸说。

管秀芬看她那股认真劲道,就慌忙让步道:

"当然好,这一句我也给你记上。"

十一

老王问徐总经理要不要准备消夜。徐总经理看看左手的白金的劳莱克斯手表：才九点半，他摇摇头：

"用不着了。"他今天心里很乱，想了想，改变了主意，说，"准备一点也好。"

"是。"老王弯腰应了一声。

"啥辰光要，等我叫你。没事，你们都不要上来，在下面等着。"

"晓得了。"老王懂得徐总经理把三位太太和少爷都找到三太太的房间里来，一定有啥重大的机密事体。他迅速地退了出去，然后轻轻把林宛芝的房门关紧。

今天林宛芝房间的光线显得比往常暗得多，鹅黄色的绒布窗帷已经放下，好像要把这间房子和整个世界隔绝。从墙角落那里的落地反光灯透露出来的灯光很弱，再加上林宛芝坐在梳妆台前面的矮矮的沙发凳子上，遮住了一些光线，徐义德和大太太、朱瑞芳坐在沙发上，连面孔也看不大清楚。徐守仁坐在床上，对着电灯，惟有他的面孔可以清清楚楚地看见，头发依然是梳得雪亮，身上披着一件红绿相间的大方格子的薄绒茄克，胸前打着一条紫红的领带，那上面飞舞着一条黄龙。大家沉默，眼光都对着徐义德。

那天在星二聚餐会，徐义德突然不见，本想给人民政府一个措手不及，没顾上给大家打个招呼，悄悄离开了。他打算赶紧回家收拾收拾，干脆到香港去，一走了之。回到家里，他只和林宛芝商议这件事。她起先舍不得离开他，后来想和他一道去，再一想又怕引起人家注意，就勉勉强强同意他去了。她着手帮他收拾行装，给他准备了一些现款。他不要，说是到了香港这个钞票没有用。他有美金，再带点黄金首饰啥的就够了。当他收拾好了，准备向大太太和朱瑞芳说一声就走，忽然想起还没有办出境许可证，怎么到香港去呢？马上到派出所去申请，那不是叫人民政府知道了吗？为啥要走呢？不申请，没法弄到许可证。没有许可证，到深圳去闯吗？闯不过去，叫人发现，反而不好了。林宛芝再三劝他不要冒这个险，就是要去，等"五反"过去了也不迟，先写封信给守仁他叔叔，叫义信在那边先有个安排也好。徐义德盯视着她，越望越舍不得离开她，只好叹了一口气，把身上的美金和首饰掏出来放到柜子里去。从此，他心里一直郁郁不乐。陈市长做了"五反"动员报告，他心里更加沉重，考虑了再三，决定找家里人来好好商量一下。

徐义德喝了一口茶，扫了大家一眼，然后低声说，声调里充满了焦虑和失望：

"五反运动真的来哪。政府先从七十四个典型户开始，听同业的说，这次劲头大得很，哪一次运动也不能和这次比。上海吸收了各地的经验，准备得很充分。陈市长在天蟾舞台的'五反'报告，每一句话像一把锋利的刀子，刺痛我的心。沪江到现在还没啥动静，不过迟早要来的。只要'五反'工作队一来，沪江纱厂就完蛋了，我这个总经理也完蛋了，一切都完蛋了。"

徐义德说到这里声音越来越低。三位太太不知道今天晚上要做啥，大太太以为是叫她来打麻将，朱瑞芳估计是看外国电影，林宛芝料想是约大家一道到啥地方去白相。后来老王说老爷请她们到三太太房间里，那地方不好打牌也不好看电影，但谁也猜不到究竟是啥事体。等到徐义德一张嘴，各人轻松愉快的情绪顿时消逝得了无踪迹，心情也慢慢变得有点沉重，逐渐低下了头。只有徐守仁仿佛不懂啥五反运动似的，他望着爸爸，听他说下去：

"我怕临时发生事情来不及应付,今天晚上特地和大家商量商量。'五反'工作队一来,沪江纱厂就完蛋,这是肯定的。"

"为啥?爸爸。"

"你,"徐义德盯了守仁一眼,仿佛现在才发觉他坐在床上,不满地说,"你在香港好好的,为啥要回到这个倒霉的上海来?"

徐守仁嘟着嘴,有一肚子委屈似的,说:

"不是你叫我回来的吗?"

"我叫你回来,你就回来,这么听话?我的好孩子!"

徐义德不但后悔徐守仁回来,他还后悔没有完全把厂迁到香港,更后悔自己留在上海滩上受这份罪。现在得不到出境许可证,插翅难飞了。

徐守仁知道爸爸心情不好,放低语调,体贴地又问:

"爸爸,为啥'五反'工作队一来,我们就完蛋呢?"

"孩子别问这些事,你不懂。"徐义德心中平静一些,在盘算自己的违法行为,小的数目根本记不清了,大的主要几笔就不得了,要是清算出来,别说一个沪江,两个也不够赔偿啊。他深深叹了一口气,等了一会,说,"你们要徐义德呢?还是要洋房汽车?"

她们三个人都不言语,默默地愣着。大太太料想朱瑞芳和林宛芝一定是要洋房汽车,她们和徐义德好,还不是为了这些。她和徐义德是结发夫妻,当年徐义德没有现在这样发达,她和他就很好了。即使沪江纱厂有个三长两短,她也不在乎。朱瑞芳和林宛芝嫌贫爱富,一定要离开徐义德,她无论如何也不离开。想想自己快五十了,娘家也没有人,离开了也没地方去。她们两人要离开,正好,显得她和徐义德的爱情始终如一的,她要和徐义德共患难、同生死,一方面也好收收徐义德的心。但是她不马上表示意见,要看看她们,特别是要看看林宛芝那骚货。

林宛芝打定了主意:不离开徐义德,她要尽自己的力量帮助徐义德过这一关。她首先想到冯永祥。过去听徐义德说他是工商联的委员,工商界的红人,又和政府的首长有往来,凭现在她和冯永祥的交情,只要她说一声,难道他这个忙还不帮吗?不过,这个"忙"只能暗中"帮",现在不好提出来,将来也不能说出来。她生怕自己的心思被大太太和二太太发觉,不再想下去。她旋即想起这几年来她手里有不少积蓄,即使沪江出了事,没有汽车洋房,光是徐义德一个人,找个公寓房子,下半辈子的生活一点不愁。

半晌,大家还是不吱声。徐守仁不假思索地对爸爸说:

"我要你,我也要汽车洋房,我都要。"

"傻孩子,"徐义德点燃了一支香烟,深深吸了一口,好像要把所有的焦虑和苦恼都要吸到自己的肚子里似的,说,"要了爸爸,就没有汽车洋房;要汽车洋房,就没有爸爸了。"

"我都要,我都要,爸爸。"徐守仁的眼睛有点润湿,模模糊糊地看见林宛芝用手绢在擦眼角。

大太太见她们两个人不吭气,仔细一想,她自己不先说,她们不会说的,也不好说的。她听了徐义德刚才那两句话,有点心酸,安慰地说道:

"义德,我只要你,别的,我啥也不要。讨饭,我也和你讨一辈子。"

林宛芝鼻子一酸,她实在忍不住了,眼角那里的眼泪流下来了。她拭去眼泪,揩了鼻子,生怕给人看见,她侧过身子去,望着壁炉上的嘉宝的照片发呆。大太太讲完了话就注意朱瑞芳和林宛芝的态度,看见林宛芝哭咽咽的,就借题发挥了:

"男人还没出事,就哭了,真不吉利。肚里有啥心思,说出来好了,要洋房汽车也不要紧。有些人就是为了洋房汽车才爱人的,我早就晓得。"

"现在,你还说这样的话,忍心吗?"林宛芝的心噗咚噗咚地跳,有点激动，但是她努力忍受着。她不能再不说话了。她望了朱瑞芳一眼，好像说：对不起，我要先讲了。她说，"我要你，义德，我不要洋房汽车。要是真的出事，我还是要你，没有洋房，没有汽车，没有厂，我养活你。我会踏缝纫机，我踏缝纫机养活你。我要是有三心二意，我一定不得好死。"

大太太听林宛芝这一番话，感到有点失望，看上去这骚货要死缠着徐义德不放哩，说得多好听，踏缝纫机养活义德，真不要脸！

朱瑞芳没言语，不愉快的事情一件又一件地纠缠在她的心头上。从无锡传来不幸的消息：朱暮堂判了死刑，伏法了。朱筱堂想到上海来一趟，她和徐义德商量，他坚决反对。没有办法，她只好托人告诉朱筱堂，现在正碰上"五反"，过一阵子再说。从徐义德刚才的口气里可以听出来沪江前途是很黯淡的。徐守仁呢，虽说是徐义德的心头肉，又是独生子，但不给她争气，不断闹事，在街坊邻居的舆论中的声名很不好，书既没读好，办厂的能力更谈不上，前途很渺茫。她一时忽然感到自己无依无靠了，忧郁地说不出一句话来。她听林宛芝说完，便向林宛芝轻蔑地撇一撇嘴，冷笑了一声，说：

"我是不会说漂亮话的，我也不是说漂亮话的人。我要义德，保住人要紧。古人说得好，留得青山在，不怕没柴烧。不管哪能，一定要保住人。只要保住人，别的我啥也不要。"她想徐义德的家私，当然是徐守仁的，别说什么洋房汽车，徐义德名下的一切财产，将来都是徐守仁的。她不把大太太放在心里，因为不是她的对手。上了年纪的人，说不定啥辰光眼一闭脚一伸，就全完了。最讨厌的是林宛芝，长得年轻漂亮，从来又不生病，今天还表示要养活义德哩，鬼才相信。义德没出事，就和冯永祥那家伙眉来眼去，这样水性杨花的人，不变心才怪哩！她多少知道一点她和冯永祥来来往往的事情，有意不点破，也不声张，让他们混下去，等到把柄抓到手里,林宛芝就别想再在徐公馆里住了。

"啥人讲漂亮话?不要出口伤人!"林宛芝忍不住质问朱瑞芳。

"自己没说,何必多心?"朱瑞芳坐在徐义德旁边,连看也不看她一眼。

"那你说啥人?"林宛芝追问她。

"屋子里也不是你一个人……"

朱瑞芳没有说下去,林宛芝从梳妆台镜子里看到她的手暗暗碰了一下大太太的左胳臂。林宛芝轻蔑地睨视她一眼说:

"有话自己说好了,不用搬兵。屋子里不是我一个,可是也没有第三个呀!"

大太太开口了:

"为人不做亏心事,半夜敲门心不惊!"

"两个欺负我一个,我不怕。你们不信,拿缝纫机来,我踏给你们看。"

朱瑞芳根本不理她这一套,冷言冷语地说:

"别人的事,我不晓得,我也管不着。义德,不管哪能,我不会变心的,我和守仁永远跟着你!"

林宛芝刷地一下脸红了,她一肚子气真想吐个痛痛快快,可是一时又急切得说不出话来。她总感到在大太太和二太太面前抬不起头来。她的眼光盯着徐义德,好像质问他:你是哑巴吗?让她们欺负我,为啥不开口呢?

"有话好好商量。现在是啥辰光?你们这样,家庭不和,叫我哪能放心得下?"

徐义德这么一说,朱瑞芳不好再刺林宛芝,她装出一副可怜相,说:

"只要人家不给我脸色看,我总是让别人的。你放心好了,义德,为了你,我啥都可以牺牲。"

"义德说得对,"大太太叹了一口气说,"家不和受人欺,这不是有意和义德为难?……"

徐义德察觉林宛芝的眼光又望着他了,知道她肚里有话,他连忙打断大太太的话:"大家少说一句,好不好?"

大家真的不说话了。许久,也没一个人吭声。徐守仁急了,问:"爸爸,为啥不说话呀?"

徐义德对三个老婆的态度都很满意。他怕把事情说得太严重,反而会使她们遇到事情不知道哪能应付。见她们三个人都不言语了,给儿子一催,他靠到沙发上去,嘴里吐出一个圆圆的烟圈,轻松地打破了沉默:

"你们有这样的打算,很好,很好。沪江要出事,这是肯定的。不过,还要看我们的布置。事在人为,就是这个意思。可能事体不大,即使出了大事体,"他望着香烟上三个"5"字凝思,马上联想到香港新厂、瑞士银行的存款、徐义信……想起留了这个退步真是诸葛孔明的妙计,必要的辰光往香港一溜,走进新厂,徐义德又是徐总经理了。不怕你共产党有天大的本领,对香港的徐总经理又有啥办法?他嘴角上露出了笑纹,暗暗得意地说:"也不至于到那样狼狈的地步,太太,不会和你一道讨饭的。"

他转过脸去对林宛芝说:

"也不需要你踏缝纫机来养活我。倒是瑞芳说得对:留得青山在,不怕没柴烧。只要有我徐义德在,别说你们三四个人,就是三四千人我也养得活。开爿厂,哪里不需要三四千人。"

徐守仁从床上跳了下来,跑到父亲面前,天真地说:

"那么,没有事体了,爸爸。"

她们听徐义德这么说,也宽了心,抬起头来,眼光都集中在徐义德脸上。徐义德看见沙发旁边那个白铜制的一个年轻的侍者,头上戴着白帽子,身上穿着大红制服,下面是笔挺的白裤子,两只

手捧着一个圆圆的烟灰缸向着徐义德。徐义德把烟灰向烟灰缸里弹掉,想了想,说:

"也不是那么简单,这次运动政府很有经验,工作也很深入细致,听说到大厂去检查的'五反'工作队都是大干部带着,不像小干部容易马虎过去。他们啥地方都要检查,连资方的家庭也要派人去调查。厂里的事,有我去布置,也可能不出大事。家里吗,我完全靠你们了。"

朱瑞芳懂得徐义德的意思,她接上去说:

"你是讲,要是家里应付得好,就不会出大事不是?"

徐义德点点头。

"那不要紧,家里的事交给我们好了。"朱瑞芳拍一拍自己的胸脯,很有把握地说,"让他们派人来调查好了,一问三不知,看他们有啥办法!"

"是呀,"大太太说,"我们就说我们啥也不晓得。他们来一百个人也不怕。"

林宛芝心里稍为平静了一点,说:

"我也是这个主意。"

朱瑞芳指着守仁说:

"政府派人来,你不准瞎讲!"

"我真的啥也不晓得,"徐守仁退回去,靠着床边坐着,说,"我说啥?"

"只要大家讲话一致,应付起来就容易了。当然,还要做点准备……"

大太太不懂地瞧着徐义德:

"哪能准备?"

"值钱的东西不能留在家里,最好都藏到亲戚朋友家里去。万一沪江纱厂出了事,公家要我私人赔偿,可能会来抄家的。"

徐义德讲话没有留心手上的香烟已经快完了,烧烫了他的肥嫩的食指和中指,他生气地把烟蒂往那个年轻侍者双手捧着的烟灰缸里一扔。

大太太立刻想到自己那一盒的珠宝玉器和金首饰;她准备交给吴兰珍保存起来,学校里比较安全;但又想到吴兰珍不能整天带着珍宝盒子上课,放在宿舍里也不保险,不如礼拜天叫吴兰珍送到苏州藏起来,倒是个办法。朱瑞芳考虑自己的四十根金条和许多衣料往啥地方搁;林宛芝忧虑的是银行存款折子和三克拉的大钻石戒指不知道藏在哪一个姊妹家里安全,还有她最心爱的那二三十双各种不同料子不同颜色不同样式的高跟、半高跟的皮鞋最麻烦,找不到适当的地方摆,谁肯给你藏高跟皮鞋呢?每一个人的脑海里一时都想了很多收藏物事的地方,但旋即都推翻了,每一个地方似乎都不安全,好像人民政府干部的眼睛没有一个地方看不到的。谁都拿不定主意。还是朱瑞芳果断,她说:

"我想好了,藏到我弟弟家里去。"

徐义德直摇头:

"朱延年吗?他是泥菩萨过河——自身难保。不藏到他那里去,还有点希望;藏到他那里去,算是丢到水里去了。就是福佑不出事——我看这次福佑一定要出事的,你说,朱延年见钱眼开,他会让你拿回来?"

"那么,另外找一家好了。"

"这年头,亲戚朋友谁也信不过。"徐义德感慨系之地说。

"不用藏了,还是放在家里?"林宛芝问。

"义德不是说了,值钱的物事不能留在家里吗?"朱瑞芳瞪了林宛芝一眼。

"家里不能放,外边不能藏,这可为难啦。"大太太皱起了眉头。

徐义德想了一想,说:

"藏在亲戚朋友家,也不是不可以,但是千万不能讲里面是啥物事,等事后取回来,就保险了。"

"这个办法好,这个办法好。义德,你为啥不早说,害得我担心。"大太太一个劲地称赞。

"没有想起,哪能说。"

"这许多物事,哪能藏法,弄丢了,可担当不起啊!"

林宛芝本来想她多拿点物事出去藏,听朱瑞芳的话,她有点不敢了,怕万一弄丢了,朱瑞芳那张嘴不会饶人。全叫朱瑞芳去藏吗?万一徐义德有个意外,那就要在朱瑞芳手下过日子,那个罪也不是好受的。她没有做声,暗暗觑着大太太,想来大太太一定不会让朱瑞芳一人去藏的。

大太太也不做声。她心里早有打算,不管徐义德哪能厉害,也不管徐义德哪能喜欢林宛芝,他总不能把红媒正娶的大太太放在一边。朱瑞芳看出林宛芝眼光的用意,连忙对大太太说道:

"你把家里物事带到苏州藏起来,一定保险。"

"这个,"大太太心里高兴,又不高兴,高兴的是受到朱瑞芳的尊重和信任;不高兴的是这一来会得罪了林宛芝,朱瑞芳叫她做恶人,徐义德也不一定同意。她自己无儿无女,娘家也没至亲骨肉,何必做朱瑞芳的挡箭牌呢?不如往朱瑞芳身上一推,守仁将来不会忘记她的。她说:

"苏州路太远,带来带去不方便。瑞芳亲戚朋友多,还是你出个主意,藏在上海啥地方,拿起来也方便。"

"这个责任不小,我可承担不起。"朱瑞芳满意大太太这一番话,她有意往外一推,只要林宛芝不敢承担,自然落在她的身上了。

林宛芝紧紧闭着嘴,一句话也没答腔。大太太和朱瑞芳穿连裆裤,她感到自己孤孤单单的。幸好徐义德坐在她房间里,她还有点依靠。她要试试徐义德的心:

"我看义德的办法比我们哪一个都多。"

徐义德看透了她们三个人的心思,特别是朱瑞芳一把紧紧拉住大太太,叫他地位很难处,他爱林宛芝,也不能把大太太、朱瑞芳和儿子甩在一边呀!他胸有成竹地说:

"家里的珠宝首饰和一点存款,我已经考虑好了,暂时给你们平分成四份,一个人一份,由你们自己去收藏。不出事体,将来再取回来。"

"好的。"朱瑞芳对于自己分到两份(徐守仁那份当然也是她的)虽不十分满意,也觉得不错了。因为她知道大太太不能不分一份,林宛芝呢,徐义德的心头肉,当然非有一份不可。

大太太和林宛芝自然没有意见。

徐义德安排妥当,他站起来,走到窗口,拉起鹅黄色的窗帷,推开窗户,一阵夜晚的凉风吹来,心里感到很舒畅。他向花园里一望:静静的,四周的灯光早熄灭了,那些洋房的轮廓消逝在茫茫的夜雾里。他看看表:不知不觉已经快十二点了。

他怕家里人说错了话,又关照一句:

"大家要记住:讲话要一致。就说啥也不晓得,最好不过了。"接着,他打了一个哈欠。

"我无论如何也不会说的,义德,你放心好了。"大太太站了起来,斜视了林宛芝一眼,又说,"不早了,该睡觉啦。"

她悻悻地走出去,料到今天晚上丈夫不会到自己的房间去。

"我也要睡觉了,娘。"徐守仁走到朱瑞芳面前去。

朱瑞芳搀着他的手走了。林宛芝见她们都出去了,赶紧过去把门关上,转过身来,关怀地问徐义德:

"饿哦?老王还预备了消夜哩。要吃,我叫他送来。"

"不饿,"徐义德摇摇手,说,"消夜怕早凉了。"

林宛芝走到衣橱面前,拉开上面一个抽屉,拿出一个首饰盒

来。她坐到沙发上去,把首饰盒放在自己的膝盖上,仰起头来,对徐义德说:

"这个哪能办呢?"她把盒子打开,里面放着各色各样的手表。

手表是徐义德心爱的物事,也可以说徐义德是一个手表收藏家。凡是市面上出现一种名贵的新牌子的手表,他马上就买来。过去,还没有到上海的,他就托人从瑞士、从美国或者是从香港捎带来。全国解放后,上海市场上很少有新手表出现,他对自己所收藏的手表越发喜爱了。林宛芝不提起,他几乎忘记了。他坐到林宛芝身旁去,把盒子里的手表拿出八九个来看看,放到自己耳朵边听听走声,立刻又小心地放进去,说:

"这些物事我全权委托你了。"

"我给你好好藏起,一定丢不了,你啥辰光要,就啥辰光给你。"

"好,亲爱的……"徐义德搂着她的肩膀,附着她的耳朵,生怕有人来偷听似的,讲话的声音很低很低,说了一阵,最后声音才放高了,"那里面有二百根条子,必要的辰光,你可以设法拿来用。这是给你的。"

徐义德把后面五个字的语气说得特别重。林宛芝听得心里暖洋洋的,徐义德对她究竟是和别人不同啊。她在徐公馆里是最幸福的人。

第二天早上,徐义德把另外一个地方的五十根条子,单独告诉朱瑞芳:"这是给你留的。"

朱瑞芳感激地扶在徐义德的肩上,许久说不出一句话来。

十二

徐义德刚起来没有一会儿,正躺在沙发里伸懒腰,忽然听到外边有人在门上轻轻敲了两下。林宛芝问是谁,外边老王说:

"有客人看老爷。"

"这么早,是啥人!"林宛芝有点不满意。

徐义德霍地从沙发上站了起来,开了房门,对老王说:

"你招呼一下,我就来。"他转来代老王回答林宛芝,"是梅佐贤,我约他来的。"

他说完话就想下去,一把叫林宛芝抓住了:

"啥事体这么忙,把衣服穿穿好再走也不迟啊。"

她把深蓝色的条子西装上衣给他穿好,又用衣服刷子在他背上和胸前刷刷,像欣赏宝贝似的向他浑身上下打量一番,才放他走去。

梅佐贤听见楼梯响,知道是徐总经理下来了,他立即站了起来,迎出去说:

"您早,总经理,我来早了一点吧,打扰您睡觉。"

"不,我早起来了。"

客厅里满屋子都是太阳光,闪耀得有点刺眼。徐总经理对门外叫了一声老王,老王进来了。徐总经理对着落地的大玻璃窗说:

"怎么没把窗帷放下?"

"忘记了,"老王抱歉地向徐总经理弯弯腰,走过去把乳白色的团花绢子的窗帷放下。阳光给蒙上一层薄薄的纱,显得柔和,不再刺眼了。

"给我把纸笔拿来。"

"是。"

徐总经理坐在下边的沙发上,梅佐贤正坐在他的对面,中间给那张矮圆桌子隔着。徐总经理喝了一口狮峰龙井茶,说:

"佐贤,今天要你来,不是为别的事,请你代我写一份坦白书。"

"那没有问题。"梅佐贤马上从西装口袋里掏出一个笔记本,摘下胸袋里的派克钢笔,打开笔记本子,问,"哪能写呢?总经理。"他想先摸摸底盘,知道尺寸,好落笔。

老王送进来纸笔,放在矮圆桌子上。他看客厅里收拾得很干净,烟茶都有了,便轻轻移动脚步,退出了客厅。

徐总经理用右手的食指敲着自己的太阳穴,想了一阵,说:

"这份坦白书要这样写:第一,严重的违法行为不能写,写上去将来要坐班房的;第二,数目太大的项目不能写,不然,经济上要受很大的损失;第三,重要的地方,口气要肯定,不能含糊,不能有漏洞;第四,一般违法的事实要多写,特别是厂里的人都知道的事实都给我写上,越是细小的地方尤其要写得详细,这样就显得事实真切,坦白诚恳;第五,要写得增产节约委员会工商组的同志们看得满意,使他们相信沪江纱厂的五毒行为都彻底坦白了,这是最重要的一点,要特别动动脑筋。"

梅佐贤听了总经理这五点指示,暗暗叫了一声"啊哟",感到这样写比考状元还难。总经理的底盘虽然摊开了,可是尺寸的弹性太大,所谓一般违法事实的标准,就不明确。他提笔的勇气顿时消逝了。但想到自己不能在总经理面前坍台,特别是现在蒙总经理重用的辰光,正是大显身手的好机会,哪能放下笔呢。他装出很有办法的样子,说:

"总经理这五点指示实在太英明不过了,又原则又具体,想得实在周到,实在周到。"

"我只是临时想起的,恐怕还不够周到,工商组的同志听说都是懂得政策和业务的干部,我们要仔细考虑考虑,不坦白一些,是过不了关的。"

"这五点在我看来,的的确确很够周到了,总经理高瞻远瞩,当然还可以想得更周到的。要叫我想,再也想不出什么来了。"

徐总经理的眼睛眯成一条缝,在享受梅佐贤对他的阿谀。他歪着头想了想,自己也想不出啥名堂来了,就对梅佐贤说:

"先写起来再讲。我看,开头应该有个帽子,你给我想想看……"

"对。"几句开场白,在梅佐贤并不困难,这一阵子到处开会,听都听熟了。他提起笔来在笔记本上写下去:

> 我是沪江纱厂的负责人,听了陈市长为争取反行贿、反偷税漏税、反盗窃国家资财、反偷工减料和反盗窃国家经济情报的运动完全的彻底的胜利而斗争的报告,又在棉纺公会学习了三天,启发了我的思想,使我觉悟提高,发现自己的思想和行为有很多严重的错误。这个伟大的五反运动,是我们工商界彻底改造的试金石,也是犯有错误者的悔过自新的唯一机会。我需要深刻的检讨。我需要勇敢地作一个极清楚的交代……

梅佐贤把这一段念给总经理听,他微微点点头:

"这个头开得不错。"

梅佐贤得到徐总经理的赞许心中自然欢喜,可是下面的文章难做了。他仔细回忆一下过去给徐总经理经手的事,许多严重违法的事体立刻浮现在眼前,记得详详细细,就是那些芝麻大的违法事体却想不起来。这方面的事体实在太多了,也太小了,不容易记。慢慢,他想起了几件,有的数目不小,他没有提出来;有的情节

严重,当然不能写;终于他想起了两点,对徐总经理说:

"我想,有两件是可以坦白的,一个是欠美援纱问题,一个是包纱纸问题,大家都晓得的。总经理觉得哪能?"

"好,这两件事完全可以坦白,你给我写,佐贤,你想得真妙。"

梅佐贤在笔记本上沙沙地写:

一、我厂于解放前欠交前美援会各支纱共六百余件,解放后曾缴还当局二百七十五件,尚欠合二十支纱三百三十三件,虽然当局一再催促及早清缴,而总存在着观望态度,一味敷衍搪塞,延宕不还。直至一九五一年六月始因停车缴五十件,其余二百八十三件及截至一九五一年九月止应缴罚纱七十二件余,迄今仍未归清。这都是卑劣作风,我犯了欺诈行为,使国家对于财产之调节受到影响。我自愿悔过,承认错误。

二、我厂自一九五一年十一月份起,未经准许,擅将包纱纸抽去不用,以致绞纱容易沾污损坏,这是偷工减料行为,我也犯了错误。我保证立即买纱纸使用,决不再延。

徐总经理听梅佐贤念完,说:

"税务方面一定要写一点……"

梅佐贤马上想起方宇,脱口说出:

"方宇泄漏涨税消息能写吗?外边传说方宇已经在区上坦白了,这一点也可能坦白了。"

徐总经理霍地站了起来,右手向梅佐贤一按,生怕他写上去似的,急着说:

"这一点,不能写。我想方宇不一定坦白这个,就是他坦白,我们也不写,更不能承认。佐贤,你晓得,这是盗窃国家经济情报,五毒当中罪名最大的一项,无论如何不能写。"

"当然不能写。"梅佐贤马上把话收回来,说,"我不过提出来报告总经理一下。"

"小数目的偷税漏税倒可以多写几件……"

"这恐怕要找会计主任勇复基提供材料,他一查账就晓得了。"

"用不着找他。他是胆小鬼,树叶掉下来都怕打死的人。一找他,事体就麻烦了。还是你给我想几件。"

"好的,"梅佐贤满口应承。

徐总经理走到梅佐贤旁边,望着他的笔记本子,说:

"你先写出来我看……"

梅佐贤对着乳白色的团花绢子的窗帷认真地回想,透过窗帷,看见花园那边的洋房晒台上晒着两床水红缎子的棉被,他想起来了,在笔记本上连忙记下:

> 三、我厂自用斩刀花做托儿所棉被一百八十斤,做门帘四十斤,做棉大衣七十斤,共计用去棉花二百九十斤,并未作为销货处理,显然是偷税漏税行为,现决补缴营业税等税款,并保证决不再犯。

> 四、一九五〇年秋季起至一九五一年八九月止,我厂陆续将旧麻袋九千一百只合两万二千七百四十九斤向信大号掉换,每担旧麻袋换新麻袋四十只,过去认为是物物交换,不做进销货。旧麻袋价格每担六万至十万不等,若以统扯每担八万计,则销售废料约计人民币一千八百二十万元。我厂偷漏了营业税百分之三,附加税百分之三,印花税百分之三,共约人民币六十五万元左右。我厂漏缴税款,严重影响了国家税收,我犯了偷漏国税的重大错误,我保证以后决不犯同样的重大错误。

徐总经理见梅佐贤停下了笔,他赞不绝口:

"这两件想得实在好,事实具体,情节不重,数目不大,实在太好了。佐贤,累了吧,抽根烟歇歇。"

"不累。"梅佐贤放下笔记本和派克钢笔,弯腰到矮圆桌上对着淡黄色的自动烟盒一揿,一根三五牌的香烟从盒子里跳了出来,一端通着电流,正好把烟燃着。他拣起来深深地吸了一口。

徐总经理把两只手放到背后,在客厅里来回踱着方步。

太阳光已经移过去,客厅里显得清静和凉爽。窗外挂着的芙蓉鸟,张开嘴,发出清脆的歌声。

徐总经理踱到矮圆桌子面前站了下来,对梅佐贤说:

"我念,你给我往下写。"

"好的。"梅佐贤慌忙把香烟放在景泰蓝的小烟灰碟子里,拿起笔来在笔记本上记:

  五、1.我曾借给本厂税局驻厂员方宇人民币一百万元,两三个月以后还我,又借去人民币一百五十万元。2.一九五〇年六月送花纱布公司加工科洪科长戏票四张,并先后请其吃饭四五次;3.一九五一年七月,曾送加工科洪科长"劳莱克斯"钢表一只,约在一九五一年十月间还来。……以上各笔,因为厂中不能出账,纯系我私人贴掉,认为无关紧要,这样做事情可以方便,不知我犯了行贿行为,这是腐蚀国家干部的一件严重而又连续的大错误。我承认错误,保证以后决不再犯。

徐总经理念完了,又踱了一阵方步,然后站下来,果断地说:

"佐贤,我看这样差不多了,除了盗窃经济情报以外,我们每项都写了,可以过关了。"

"差不多了,差不多了。"梅佐贤连声应道,"当然可以过关了。"

"那么,你给我加上一个尾巴。"

梅佐贤的派克钢笔在笔记本上绕了几个圈圈,停了一会,才写下去:

  以上是我据实坦白,决无半点隐瞒。我充满了资产阶级的投机取巧惟利是图的意识。我是在反动统治社会里成长的,思想麻痹,认识模糊,存在着官僚主义作风。厂中内部在旧社会中遗留下来的腐败情形,亦因为我领导无方,尚未完全整顿改善。总之,过去一切思想和行为,根本未从人民的利益着想,严重地违反了共同纲领。我愿意接受处分并赔偿因犯上项各款而使人民所受的损失。我保证决不再犯,从今洗清污点,重新做人,站在自己的岗位上,全心全意为人民服务。我又希望对于我以上的坦白有严厉的检查和无情的批评。

谨致

上海市增产节约委员会工商组

梅佐贤一口气写完,真的有点累了,往沙发上一靠,很舒适地吐了一口气。徐总经理要他从头念一遍听听,研究一下有啥地方需要补充的。梅佐贤念到第五段关于花纱布公司加工科洪科长那里,徐总经理拍着摆在墙角落那边的钢琴说:

"这个地方有问题,最近没有碰到洪科长,不晓得他们公司里的'三反'情形哪能,要是不对头,就糟糕了,这是一个很大的漏洞。"

梅佐贤皱起眉头,说:

"这确是一个很大的漏洞。"

忽然电话铃叮叮地响了,接着老王走了进来,对梅佐贤说:

"梅厂长,您的电话。"

"我的电话哪能打到这里来了?"他怀疑地站了起来。

徐总经理最近既希望有电话来又怕有电话来,外边有电话来,可以知道市面上的行情;又怕有电话来,报告发生意外。一听到电话,他的情绪立刻紧张起来了,对梅佐贤说:

"你快去听听,可能有啥紧急的事体。"

梅佐贤去接了电话回来,脸色很难看,眉头紧紧皱在一起,他焦虑地报告徐总经理:

"是工务主任郭鹏打来的。重点试纺成功了,管纱光滑洁白,很少有疵点,断头率骤减至二百五十根,经过韩工程师检验,认为在品质上够得上一级纱……"

"陶阿毛在清花间睡觉了吗?"

徐义德同意工会主席余静重点试纺以后,当天晚上就要梅佐贤找陶阿毛,叫他无论如何设法争取到清花间监督重点试纺,另一方面又要郭鹏准备好掺杂劣质的花衣。陶阿毛真的争取到清花间监督试纺了,但是试纺成功了。徐义德就生气地问。

"陶阿毛没睡觉,这次试纺工会监督得很严,特别是清花间更加严格,有三个工人同时监督,余静和赵得宝还时不时去看。"

徐总经理听到这消息像是受到沉重的打击,颓然地坐到钢琴前面的长凳子上,不知道是徐守仁还是吴兰珍弹了钢琴没有把盖子盖上,他坐下去左胳臂正好压在黑白相间的键盘上,发出一阵杂乱的琴音。他用力把钢琴盖上,大声骂道:

"是谁弹的琴,也不晓得盖上!"

梅佐贤站在客厅当中愣住了,吓得不敢做声。

半晌,徐总经理冷静下来,焦急地问梅佐贤:

"韩工程师说啥没有?"

"没有。郭鹏说韩工程师只是讲这是一个值得研究的问题,至于啥原因,暂时还不能肯定。"

"那还好。"徐总经理慢慢站了起来,背靠着钢琴,对梅佐贤说:

"原棉问题是我们最大的漏洞,也是我们最大的弱点。不管工会余静哪能领导重点试纺,也不管重点试纺成功不成功,我们决不能承认原棉上的问题。这方面一松口,那我们很多方面就站不住脚。幸好韩工程师还够朋友,没有说出来。郭鹏当然不会说的。勇复基胆小,你去晓之以利害,他也不敢说的。问题就是我刚才讲的洪科长,你今天无论如何要找到他,要他千万不要坦白。如果花纱布公司开除他,我可以介绍他到香港新厂去工作。你今天能够找到他吗？"

"能够。"

"'三反'期间，找干部怕不容易吧。"

"不，我有办法，我要他家里人打电话约他。"

"那好。你把坦白书带到总管理处去，要他们打好四份送来。等你和洪科长谈好，我明天就亲自到工商组递坦白书去。"

"我现在就去。"梅佐贤收起笔记本和派克钢笔。

徐总经理送他到客厅门口，握了握手，说：

"有消息，马上告诉我。"

十三

徐总经理对着电话听筒说：

"是的,我就是徐义德……佐贤吗……唔,洪科长哪能讲……昨天夜里碰到的,因为太晚了,今天告诉我……那没有关系……唔……他说,他们机关'三反'开展得迟,还没完全结束……是的……沪江的事他没有坦白……戏票和吃饭的事讲了……表呢……没有提……这个可以坦白,就说是借用的,以后又还来了……别的呢……他不谈……那好……他的态度怎么样……很坚定,很沉着……这很重要……告诉他必要的辰光我可以介绍他到香港新厂去工作没有……讲了……好的……厂里那几个人你分别给我关照一下……告诉他们：只要这次帮我一下忙,我徐义德决不是忘恩负义的人,一定记在心里,将来要大大地酬劳他们……唔……加薪水,提升职位……都可以答应下来……佐贤,这一次我完全靠你了……现在一切都安排好了,不怕他们来检查……坦白书吗？……我就送去……好的好的……你也要小心注意……佐贤……再见！"

徐总经理最后叫的那声"佐贤",声音有点颤抖,声调里面充满了感激和希望。他把听筒放到电话机上,躺到床上去,两只手托着自己的后脑勺,满头整齐乌黑的头发散发出阵阵的香味。他的两只眼睛对着屋顶,把自己所经营的企业,从头到尾又想了想,那些挂名董事和董事长的厂以及有点股份的企业,他并没有实际去管事,暂时一脚可以踢开,即使自己过问的厂,也可以轻轻推到厂长经理们的身上,只有沪江这副担子他非挑起来不可。想想解放以后沪江一些严重违法的事情,有关方面都安排了,感到布置妥帖,万无一失了。不过,这份坦白书送上去,会不会发生什么意外呢?比方说,认为沪江根本没有坦白,坦白的尽是些鸡毛蒜皮的事,会不会当时扣留起来?他自己没有把握回答这个问题。他下了决心,硬着头皮去。他猛可地从床上跳了起来,叫道:

"宛芝!"

林宛芝站在窗前,随着声音转过身来。

"给我拿件衬衫,要淡灰府绸的。"

"你身上不是穿着一件衬衫吗?"

"还要一件。"

"为啥偏偏要淡灰色的呢?我不喜欢这个颜色。"

"这里面有道理,宛芝。今天我亲自到增产节约委员会工商组去递沪江坦白书,有可能被工商组扣留,那我就会到提篮桥去了。坐班房要多带一件衬衣,灰色的穿脏了不要紧,可以多穿些日子……"

"义德,"她指着他的嘴说,"我不要你讲这些不吉利的话。"

"我也不希望讲。"

"我们讲点高兴的事,讲点吉利的话。"

"我们不幸生而为民族资产阶级,倒霉透顶了。现在还有啥吉利话好讲,宛芝,你给我快拿衬衫吧。"

"民族资产阶级有钱有洋房有汽车,为啥不好?"

"你蹲在家里,不晓得现在世界变了,目前是工人阶级的天下,不像从前了。民族资产阶级是剥削阶级,投机取巧,损人利己,惟利是图,给人家骂臭了,一个铜钱都不值了。"

"我真不懂。"其实现在她并不像过去那样对外边的事体一点不知道,从冯永祥那里早就晓得"资产阶级""剥削阶级""惟利是图"这些新名词了。但她把这些新名词藏在心里,不轻易讲出来,也不随便表示自己懂得很多。她故作不知地这么说。

"你别管这些。"

她蹒跚地走到衣橱那边,在抽屉底层给他找出那件很久很久没有穿了的淡灰色的府绸衬衫。他脱下西装,穿上这件衬衫,两个硬领子夹在一道很不舒服,他把淡灰府绸衬衫领子放倒,扣好钮子,说:

"把那一套灰咔叽布的人民装拿来。"

"人民装难看死了,又是咔叽布的,别穿那个。你身上这件深蓝色的条子西装不是很好吗?"

"穿西装去坐班房,犯不着。"

"那么,你穿蓝哔叽人民装,这还像个样子。"

"这辰光,还谈啥样子不样子,唔,"他叹了一口气说,"也好,尊重你的意见。"

他平时很少穿人民装的,只有出席政府召开的会议或者是要见首长才穿上。就在那个辰光,他的汽车上也还准备好一套簇新的漂亮的西装和化妆用品,散了会以后,或者是临时要到啥地方去,好马上又穿起那身漂亮的西装。今天是下了决心,把深蓝色的条子西装留在家里。要是在平时,这身英国料子的上等西装,哪能忙法也得折叠整齐,放在汽车后面的车箱里。

他穿上蓝哔叽人民装,自己到卫生间里取了一把绿色的透明化学柄子的美国牙刷和一瓶先施牙膏放在口袋里。

她指着他的口袋说:

"这个也带上?"

"当然带上,你说提篮桥会给我准备好牙刷牙膏吗?"

"你又讲这些话了,义德,我不要你讲。"

她生气地嘟着嘴。

"讲不讲还是那么一回事——你给我拿点钱带上。"

"多少？"

"一百万差不多了。"

"多带一点好，"她嘴上虽然不希望徐义德说那些不吉利的话，但是她已经受了他的影响，不知不觉地在准备那些不吉利的事到来。她说，"带两百万吧。"

她把两百万现款给他分放在两个口袋里。他自己从西装口袋里掏出昨天晚上梅佐贤派人送来的坦白书，放在人民装的胸袋里，说：

"下去吧，她们在底下，还要给她们打个招呼。"

她知道大太太、朱瑞芳和徐守仁都在楼下客厅里，还不知道徐义德这番打算哩。

"给她们说一声也好，我想，不会有事体的。"

"但愿如此。"徐义德走到卧房门口看看表：已经九点零七分了，他退了回来，对林宛芝说，"还有一件东西，差点忘记哪。"

"啥？"

"我要换一只手表……"

她走到衣橱那儿，把上面一个抽屉拉开，取出首饰盒，打开盖子，问他：

"要哪一只？要白金的带日历的西马？要十七钻的劳莱克斯？要爱尔金？还是要自动的亚米加？"

"这些都用不着。"

"要啥？"

"你把那个自动的日历手表拿出来……"

"这个太大了，戴在手上不好看，白相白相还差不多。"

"现在要讲实用哪，宛芝，坐班房有了这个表，就知道日子啦。"

"又来了，你！"

徐义德换上自动的日历手表，和她一同下去。走进客厅，林宛

芝望见大太太坐在那里,脸上有点不耐烦了。朱瑞芳干脆提出质问:

"义德,在楼上哪能这久?我以为你永远不下来哩。"

"是呀,"大太太接上去说,"叫人家在楼下等死了,我还以为出了事哩。"

徐义德没有言语。林宛芝从她们的话里闻到了酸味,她解释道:

"他在楼上忙得不停,又换衣服又换手表,还带上牙刷牙膏……"

林宛芝这么一说,大太太和朱瑞芳发觉徐义德果然换了一身蓝哔叽人民装,而且眉宇间隐隐地露出心中的忧虑,知道有啥不幸的事了。朱瑞芳望着徐义德,关心地问:

"带牙刷牙膏做啥?"

"准备上提篮桥,省得你们整天吵个不停。"

如果在平时,朱瑞芳早跳得三丈高,瞪着眼睛,要和徐义德闹个一清二白;今天她却按捺下自己的气愤,知道这一阵子徐义德心情不好,遇事都让他。她低声下气地说:

"还不是为了你。啥人整天吵得不停?你嫌吵,我以后少讲话就是了。带上牙刷牙膏,做啥呢?"

徐义德还是没言语。

徐守仁莫名其妙地望着爸爸。

大太太对着徐义德说:"有啥事体,讲呀,义德。"

林宛芝把徐义德在楼上所讲的话重复了一遍,大家都黯然失色,客厅里给可怕的沉默笼罩着。窗外挂着的鹦鹉也好像懂得主人的哀愁似的,站在淡绿色笼子里的松枝上,出神地仰着头,紧紧地闭着嘴。

徐义德打破了可怕的沉默:

"没有关系,你们不要发愁,有事,我自己有办法处理。只要你们好好在家里过日子,大家说话一致,我就安心了。"

朱瑞芳安慰他:"家里的事,你放心好了。"

"出了事,你们可不能急,也不要慌,急了,慌了,反而误事。我啥都准备好了,估计也可能没有事,要是到今天下午两点钟还没有消息,那你们今天晚上,或者是明天早上,到提篮桥来看我。"

大家都不愿意往那不幸方面去想,徐义德这么说,又不得不表示态度,只好微微点点头。

老王走了进来,弯着腰向徐总经理报告:

"总经理,文宝斋那个商人来了,他说带来两件刚出土的古董,问老爷要不要?"

"刚出土的古董?啥古董我也不要,你告诉他以后不要了。"

"是,是是。"老王见情势不妙,知趣地退了出去。

徐义德望望大家,问:

"你们还有事吗?"

每一个人仿佛都有许多话要说,可是一点也说不出来。她们预感一桩不幸的事体要到来似的,留恋地盯着他瞧。他站了一会儿,见大家不言语,就说:

"我去了。"

大家站起来,送徐义德到门口。一辆一九四八年黑色林肯牌的小轿车停在走道上,老王照例地打开车门,请徐总经理上去。徐义德摇摇手:

"我今天不坐汽车。"

老王诧异地望着徐总经理从林肯车头走过去。

"义德,你为啥连汽车也不坐?"这是朱瑞芳的声音。

"我有道理。"徐义德心里想,这辰光出去还坐汽车吗?那不是更叫人笑骂民族资产阶级;并且,如果被扣留下来,叫司机看到,也不光彩。

朱瑞芳她们见旁边有老王,不便多问,也不好勉强要他坐。大家随着徐义德走去。徐义德走到黑漆大铁门那里,转过身来,对大家仔细望了一眼,说:

"你们回去吧。"

接着他又意味深长地说了一句:"再见。"

十四

徐义德跳上到外滩去的三路公共汽车。车上坐满了乘客,没有一个空位。他挤在人群当中,左手抓住车顶上的吊圈,右手紧紧按着胸袋里的坦白书。他感到有点孤单,同时也觉得自己在社会上的地位忽然降低了。车上的人都用轻视的眼光看他,好像知道他是去送坦白书的不法资本家。他浑身如同长了刺一般的,站也不是,靠也不是,尽可能挤向车窗跟前去,把面孔对着马路。马路上匆匆忙忙的行人好像也知道他是不法资本家,不然,为啥要狠狠望着他呢?他微微低着头,啥人也不望。

不知道过了多少站头,经过一段很长很长的时间,这趟车总算到了外滩。外滩公园门口站着一长行等候公共汽车的男男女女的乘客,一个个都仿佛注意徐义德从车上下来。他怕遇到熟人,连忙径自向南京东路走去。刚走了没两步,忽然响起一阵刺耳的喇叭,他站下来,一辆雪佛莱刷的一声过去了。接着后面又开来一辆。

"这汽车,真讨厌。"他干脆站在那里等汽车过去,抬头望见高耸云端的海关大钟,恰巧当当地敲了十下。

路口的红灯亮了。他和刚才下车的人一同穿过马路,顺着中国人民银行上海分行那座高大楼房前面的子街,吃力地迈着缓慢的步子。

上海市增产节约委员会工商组在从前的华懋饭店的楼上办公,接待室就在楼下右边那一排房子里。门口等候送坦白书的资本家已站成一条龙,一直排到惠罗公司那里,龙尾差点要转到四川路上去了。这条龙鸦雀无声,没有一个人讲话。

徐义德顺着龙身旁边走过来,看见里面有几个面熟的人,手里拿着一个大信封,没有封,里面装的是坦白书,大家只是会意地笑笑,不像过去亲热地打招呼,都怕有啥脏东西沾染到自己身上。徐义德索性低下了头,注视着那一排整整齐齐的鞋子:皮的,布的,呢的,黄的,黑的,灰的……他自己的步子走得很快,转眼的工夫,他站到最后一个人的后面去了。前面的人移动几步,他也移动几步。他啥也不看,只是盯着前面那个人的脊背。快移到工商组门口时,他看见只有进去的,没有出来的,马上意识到这是政府摆下的圈套,名义上要资本家递坦白书,承认了罪行,然后一个个都送到提篮桥去,一网打尽。政府把工商界的资财吃个精光。早就料到政府哪能会轻轻放过上海的工商界,这么肥的油水,哪个党派得势上台不在上海狠狠捞一票?看上去,共产党比任何党派都狠心,不但要钱,还要工商界的命。他不能眼睁睁地跳下火坑,现在是千钧一发,一跨进那道门啥都完了。他有座华丽的洋房,那里还有三位漂亮的太太,特别是林宛芝,他哪能把她丢下?林宛芝没有他又哪能生活?他还没有给她们好好谈谈,就这样永别了吗?哦,还有守仁那小王八蛋,年纪轻,阅历浅,不懂事,他要对儿子好好交代交代,长大了,别再上共产党的当。他不能就这样跨进那道门,现在还来得及。就是进去,也得给家里打个电话,好让她们有个准备。他果断地走出了人群,站在他背后的人很奇怪,不知道他忽然为啥向四川路那边走去。

他打了电话回去,叫林宛芝不要等他,他今天晚上可能不回去了。她问他为啥,他没有吭声,那边忍不住哭了。他一阵心酸,话也说不下去,挂上电话,痴痴地走出烟纸店,不知道该向哪个方向走!南京路朝东——他看到横在眼前的那波涛汹涌的黄浦江,不如投水,省得再受这个气。他踽踽地朝东走去,看见熙来攘往的人群,他的脚步子踌躇了。他问自己:这一辈子就是这样了结了吗?他望着浪涛滚滚的黄浦江,他的心也像是一条奔腾的黄浦江,汹涌澎湃,宁静不下来。正当他犹豫不决的时刻,旁边有一个人叫住了他:"德公,你怎么往那边走?"

他回过头去一看:是唐仲笙。他一时答不上话来。唐仲笙问他:

"坦白书递了吗?"

"没有。"

"那到那边去排队,一道走。"

"你也去吗?"他很惊奇智多星也去排队。

"当然去,不坦白哪能过关。"

"过关,"他思索这两个字,觉得智多星肯去排队,当然没有错。他信口应道,"好的,一道走吧。"

他们两个人排到龙尾那里。徐义德站在唐仲笙前面,心噗咚噗咚地跳,现在他不好再离开了。他只好硬着头皮随着前面的人一步步移动。

徐义德无可奈何地走进接待室。他看见满屋子都是人,贴墙摆着一排桌子,桌子连着桌子,形成一个柜台似的,每一个桌子后面坐着一个工商组的工作同志,在桌子前面正对着工作同志坐着的是资本家。他被引到最后一张桌子上,那里坐着一个人没谈完,另外还有两个人站着在等候。他踮起脚尖,想学学别人哪能交坦白书和答复工作同志问题的,自己好应付。可是人声嗡嗡,声音细碎,断断续续,听不清楚。他想倾听最后那张桌子上的谈话,又怕人猜疑。等前面的人谈完,轮到他,他恭恭敬敬地把坦白书送上去,两手下垂,挺腰坐着,等待问话。他的搜索的眼光时不时盯着工作同志。工作同志的眼光一碰到他,他立刻低下了头,望着自己人民装上的钮子,表现出老实诚恳的样子。他心里却在想:这个年轻小伙子今天可神气了,不是五反运动,你到我家来拜访,还不见你哩。

这个工作同志姓黄,名叫仲林,看上去不到三十岁,却沉着练达,办事很有经验。他接过徐义德的坦白书,很快就看完了。他每天要看上百份这样的坦白书,已经摸出一个规律,头尾那些坦白彻底诚恳的话,完全可以猜出,照例不必细看,主要看坦白的具体事实,就知道坦白的程度了。他看徐义德坦白的五点都是鸡毛蒜皮的事情,显然是来应付应付的。他登记好姓名厂址,把坦白书往桌子上一放,手里拿着钢笔,问徐义德:

"你还有啥要坦白的吗?"

"我坦白的,都写在这上面了。"

"这个我已经看过了。我问你,除了上面写的以外,还有啥要坦白的?"黄仲林说。

"还有啥要坦白的?"徐义德用力搔着自己的头皮,出神地想了一会,说,"没啥坦白了。"

"我怕你有些事体忘记了,你想想看。"

徐义德脸上忽然热辣辣的,心里想:这个年轻小伙子哪能这样厉害,瞧他不起,看了一下坦白书,就知道还有没坦白的,而且话说得那么婉转,给自己留下了补充坦白的路子。他听说"三反"干部过了三道关,"五反"恐怕也得坦白七八次,一次不能坦白完。有些事体根本不能坦白,坦白出来,别说沪江这爿厂要赔掉,恐怕自己的脑袋也保不住。他咬咬牙,肯定地说:

"我的记性很好,没啥忘记的。"

"资本家的记性总是不大好的,我们这里常常有人来坦白三次四次,还有的坦白七八次……"

徐义德惊奇地"啊"了一声,坦白七八次,那自己以后还要来吗?

黄仲林接着说：

"还是一次坦白的好,省得下次再来了。"

"我和别人不同,我的记性很好。"徐义德说。他想黄仲林的话："下次再来",那么,这一次还不去提篮桥？他有点莫名其妙了。

"多想想不吃亏。"

"那是的。"徐义德含笑点点头。

"那么,你想想有啥补充吗？"

"补充？"

"是的,把那些重大的见不得人的事体补充上去。"

徐义德感到黄仲林的眼睛里有一股逼人的光芒,这光芒似乎可以照得见徐义德那些重大的见不得人的违法事体。他奇怪这个年轻小伙子懂得这么多,为啥几句话就说到自己心坎的深处呢？徐义德不单是脸上发烧,心也跳动得剧烈,表面竭力保持着平静。他想站起来走掉,可是话没有谈完,哪能好走？身子背后还有唐仲笙在等着哩。他毫不犹豫地说：

"真的没啥补充了,如果查出来,我愿意受加倍的处罚。"

"话不要讲尽,"黄仲林笑了笑,说,"要给自己留点余地,今天不补充,将来好补充。"

"你不相信,我可以发誓。"

"那倒用不着,我们不相信这个。"

"真的没啥补充了。"

"一点也没有了吗？"黄仲林用眼睛盯着徐义德。

徐义德斩钉截铁地说：

"一丝一毫也没有了。"

"你可以具结保证吗？"

"绝对可以,绝对可以。"徐义德毫不含糊地问,"是要签字还是打图章？图章我也带来了。"

"今天用不着了。"他对徐义德微笑,说,"将来想起,还可以补充坦白。"

徐义德坦白的门关得越紧,黄仲林欢迎坦白的门开得越大。他耐心地对徐义德说:

"陈市长'五反'动员报告你们学过了吗?"

"学过了。"

"你还要再学习学习。"

"是的,新时代的工商业家要不断学习,努力进步,好为人民服务……"

黄仲林打断他的话,问:

"你有啥检举吗?"

"检举?"

"是的,就是说,你晓得别的工商业家的五毒行为,可以向人民政府检举。"

徐义德认为检举别人给对方知道了,对方一定也会检举自己,那是不利的。千万检举不得。他说:

"隔行如隔山,别的行业的事情,我一点也不了解。至于棉纺这方面,我倒是熟悉,不过平时厂里事体忙,很少和同业往来,也不大清楚。"

"检举也可以说明对五反运动的态度是不是诚恳坦白,检举出来的违法事情,对五反运动有好处,对人民政府有帮助,在你来说,立了功,也有好处的。"

检举有这些好处,徐义德觉得可以考虑考虑。一看到四面站着的坐着的都是工商界的人,尤其是唐仲笙就站在背后,他是智多星,工商界的巨头没有一个人不认识的。哪能好当面检举别人?传到对方耳朵里对自己就不利了。他想了想,说:

"同业的事不大了解,就是听到一点半点的,也记不清楚了。"

"你记性不好,我是晓得的,可以多想想,一想就记起来了。"黄仲林对他笑了笑。

徐义德感到有点难为情,但旋即给自己解脱了:

"别人的事我记不清,我自己的事是记得很清楚的。"

"这没有关系。"

"我可以不可以想好了再写给你?"

"可以。"

徐义德提心吊胆地问:

"还有啥事体吗?"

黄仲林放下了钢笔,答道:

"没有了。"

"可以走了吗?"

"当然可以。"

徐义德站了起来,唐仲笙坐了下去。徐义德跨出了接待室,像是怕后面有人追来似的迅速向大门方向走去,半路上给一个人拦住了,要他从后门出去。他这才了解为啥刚才只看到有人进来没人出去的原因。他走出后门,一个劲向外滩那个方向走去,走了不到十步,回过头去一看:身后没有政府工作人员跟着,他才安定下来,放慢脚步,徐徐向江边望去。

黄浊浊的黄浦江面上从吴淞口那个方向迟缓地驶来一只江华号客轮,朝十六铺那边开去,快靠岸了。江华号驶过去,江面上一只只小舢板,在波浪上起伏着,自由自在地摇摆着。靠近江边的新修成功的快车道,无数辆的各种汽车呜呜地疾驶着。徐义德羡慕船上的车上的人们无忧无虑地生活着,多么快乐啊。徐义德出神地望着江边,他的右边肩膀上猛可地有人敲了一记。他想:这下可真完蛋了。共产党和人民政府怎么会放松资本家呢,随随便便送一份坦白书就让走了,天下没有这样便宜的事体。交了坦白书,出了工商组的门,在马路上下手,人不知鬼不觉,就把人抓走了,政府想的办法多巧妙,逮捕了人不留痕迹,追问起来,可以赖得干干净净。这一手太厉害了!好在早已准备妥当了,知道要进提篮桥的。现在就走吧。他准备跟着后面来逮捕他的人到提篮桥去。在嗡嗡的人声中,忽然听到很熟悉的声音:

"你在这里做啥?"

他回过头去一望:是朱延年。徐义德满脸怒容,盯了朱延年一眼:

"现在是啥辰光?老弟,开这样的玩笑!"

"为啥?"朱延年莫名其妙地笑着说。

徐义德不愿意说出内心的恐惧,定了定神,若无其事地说:

"没啥。"

"我在这里等公共汽车,远远看见你从接待室出来,叫你好半天,你听不见。我就走过来找你了。"

"你也来送坦白书的?"

"五反运动嘛,就是要资产阶级向工人阶级低头,过去我们一向是朝南坐的,这次要朝北坐一下,找几件事体坦白坦白,应应景,低低头,就过关了。"

"你还那么轻松,这次运动和过去不能比,听说单是职工的检举信,增产节约委员会就收到三十万封呢,来势很凶!老弟,你要小心点。"

朱延年不了解三十万封检举信的内容,但装出好像知道的神情,摆出满不在乎的样子,轻轻一笑:

"这是共产党人民政府的宣传攻势,职工哪能晓得那许多?检举的还不是鸡毛蒜皮的事情。有的一件芝麻大的小事要写好几封检举信,凑起来当然有三十万封。这样的检举信,要一百万封也不难。姊夫,你要笃定泰山,不要上共产党宣传攻势的当,打仗就要心定。"

"这一仗稳是我们输的,只要不惨败,就是上上大吉。老弟,不管哪能讲,这次运动来势凶啊……"

"算它是台风吧,刮过去也就没事了。"朱延年忽然想起一件事,问徐义德,"你得到星二聚餐会的通知吗?今天晚上七点在思南路老地方聚一聚。"

"现在还聚餐?"

"唔,我早一会在店里得到通知,说无论如何要去,好像有要紧的事。"

"我今天没有到总管理处去,还不晓得。"

"去听听行情,领领市面。"朱延年怂恿他去。

他无可无不可地应道:"去去也可以。"

朱延年高兴地巴结道:

"现在快一点了,吃饭去,我请你,你看是吃中菜还是西菜?"

徐义德想起早一会给林宛芝打电话的哭声,怕出事,得赶快回家。他没有心思和朱延年一道去吃饭,说:

"我还有点事。晚上碰头吧。"

十五

太阳的余晖照在绿茵茵的地毯一般的草地上,在草地上的北面有一个大金鱼池,池子当中站着一个石雕的裸体的女神像,她的左手托着一个花瓶,从花瓶里喷出八尺来高的水柱,一到上空就四散开去,雨点子似的落在池子里。四五寸长的"珍珠鳞"、"蓝丹凤"、"望天球"和各色各样的金鱼在雨点子下面偷快地游来游去。

在金鱼池后边是一排葡萄藤架子。架子下面两旁放着四张绿色的长靠背椅子,都坐满了人。向晚的微风徐徐吹来,吹得人们的脸上有点凉丝丝的,但并不冷,反而使人感到清醒和爽快。宋其文给风一吹,心里尤其舒畅,他一个人兴高采烈地说个不停:

"陈市长的报告实在太好了,实在太好了:又诚恳,又坦白,又严厉,又宽大,又具体,又明确,'五反'就是'五反',你看,多么明确!把我们工商界分为五类,严重违法户和完全违法户不超过工商业总户数百分之五,这个办法实在是公平合理仁至义尽了。我听了报告以后,心中好像放下一块大石头。陈市长这样宣布开始五反运动,人心定了。三月二十五号那天的《解放日报》,我整整看了一天,看完了就舍不得丢掉,放在口袋里,没事的辰光,我就拿出来看看。"

宋其文从口袋里把刊登陈市长五反运动报告的那天《解放日报》拿出来给大家看,证实他的话句句是真的。

"这也是陈市长厉害的地方。"唐仲笙说,"陈市长不但把上海十六万三千四百户工商业分成五类,而且把各类的百分比也大体做了估计：守法户，估计大约可占工商业总户数的百分之十五左右；基本守法户，估计大约可占工商业总户数的百分之五十左右；半守法半违法户，估计大约占工商业总户数百分之三十左右；同时，又放宽尺度，违法所得虽在一千万元以上，要是彻底坦白，真诚悔过，积极检举立功的，也算做基本守法户。这么一来，陈市长就把我们工商界的人心争取过去了，然后集中力量，对剩下来的百分之五进行工作。这百分之五的严重违法户和完全违法户在工商界就孤立了。这是陈市长的战略：团结绝大多数，集中优势兵力，进攻主要方面。"

潘信诚点点头，觉得唐仲笙看问题比宋其文又深了一层，讲的句句有道理，忍不住赞扬道：

"真不愧是智多星！"

宋其文心头一愣，他刚才没有想到这方面，给唐仲笙占了上风，又无从反驳，他望着女神左手里的花瓶，说：

"不管哪能，按陈市长的政策办事，我想，大家都肯坦白的。要是陈市长早些日子报告，叶乃传不会跳楼自杀了。他究竟是个干才，想起来，有点替他可惜。"

"叶乃传吗，"马慕韩瞧了宋其文一眼，说，"再宽大也宽大不到他头上，像他这样罪大恶极的工商界坏分子肯坦白，那才是怪事体哩。"

宋其文看马慕韩的脸色不对，马上转过口来说：

"慕韩兄的话也有道理。"

柳惠光自从"五反"以来很少看报，在利华药房楼上整天板着面孔，像是家里死了什么人似的。他就是到星二聚餐会来，也是愁眉苦脸提心吊胆的，看了陈市长的报告以后，脸上开始有了笑容。他和宋其文一样，把那张报纸藏在口袋里，整天带在身边。每逢听人家提到陈市长的报告，他就按捺不住地兴奋起来，激动地说：

"政府的宽大,大大出乎我们的意料之外,基本守法户的数字以违法所得一千万元为标准,因为上海行业多,交易进出数字大,因地制宜,太正确了。"照柳惠光自己的估计:利华的违法所得可能不超过一千万,所以他对这一点特别感到兴趣。他说,"陈市长的报告,句句听得进。老实说,以前听见检查两个字就有点儿心惊肉跳,听过陈市长的广播,又仔细看了看报告,就希望赶快到我们利华来检查。我这两天饭也吃得下了,心也笃定了。'五反'没啥了不起。我估计:我顶多是属于前三类的。"

柳惠光得意忘形,边说边笑,只顾谈自己,不知道话里伤了别人——仿佛别人是属于后两类的样子。潘信诚有涵养,只微微望了他一眼,内心虽不满意,却没有透露出来。马慕韩没有注意听柳惠光说啥,他扶着葡萄架的栏杆凝神地望着那条浑身装饰着珍珠似的"珍珠鳞"游到水面上来争食吃。唐仲笙句句听见了,他忍不住刺了柳惠光一下:

"老兄,你现在轻松了,忘记早两天你那股紧张劲。你急起来,走投无路,唉声叹气;松起来就天下太平,嘻嘻哈哈;真是落水要命,上岸要钱,现在又神气活现了。"

柳惠光给唐仲笙一刺,这才感到自己话里语病太大,可是说出去的话,泼出去的水,收不回来的。他顿时收敛了脸上的笑容,想法慢慢把话拉回来,抱歉地说:

"我不过这么说说,其实我还是很担心的。"

这句话马慕韩听见了,笑着对他说:

"惠光兄,你啥辰光不担心?你天天担心,事事担心。你说,对不对?"

"对,完全对。"柳惠光借此把话岔开去,说,"慕韩兄的话当然对。"

"那倒不见得。"马慕韩并不在意柳惠光捧他。

唐仲笙没再理柳惠光,他对潘信诚说:

"从陈市长的报告里可以看出:处理工商业者比处理公务人员宽;处理公务人员又比处理共产党员宽。幸而我们是工商界,犹得宽处。否则,'三反'起来,真正吃不消,不管多大的干部都会撤下来。"

潘信诚信口答道:

"不过,和共产党相处也不容易,随时要小心谨慎。"

"是呀,"潘宏福给爸爸的话做注解,说,"不然要吃亏的……"

潘信诚怕儿子谈家里的事,连忙瞪了他一眼。他会意地没有说下去。唐仲笙不了解他们父子话里的意思。马慕韩正坐在潘信诚斜对面,他歪着头插上来说:

"和共产党共事倒不难,只要为人民服务就行了,难就难在从半封建半殖民地社会走上社会主义社会,这却实在不容易。"

"从半封建半殖民地社会走上社会主义社会,实在不容易。"潘宏福觉得马慕韩说得对。

"道理容易懂,就是做起来难。"潘信诚接着对潘宏福说,"你年纪轻轻的,不懂事,少多嘴多舌的。"

他说完话,微微垂下眼皮,暗中睨视了马慕韩一眼。马慕韩扶着栏杆,想主意来驳他。

"那不是马慕韩吗?"

空中忽然传来一声尖锐的叫喊,马慕韩从女神旁边望过去:冯永祥站在草地那边,举着右手,向葡萄架这边指着。

草地那边聚集着两堆人,右侧那一堆里梅佐贤站在前面,唉声叹气地说:

"我们的日子也不好过。"

"为啥?"朱延年感到有点奇怪,说,"'五反'也反不到你们资方代理人的头上。"

"你说得好,延年兄,我们有我们的苦处。"

福佑药房没有资方代理人,除了童进那些伙计,就是朱延年代表一切。他不用代理人,也不知道资方代理人有啥苦衷。他轻松地问道:

"你们苦在何处?工人斗资本家,资本家挨斗。你们苦啥?"

"你们当老板的,哪里晓得我们的苦处。"梅佐贤想起最近厂里各个车间工人高涨的斗争情绪,那紧张的空气,好像擦一根火柴就可以点着似的。他一想到这点,就怵目惊心,忧虑地说,"我们不是劳方,也不是资方,可是资方拿你当职员,劳方又拿你当资方。我们夹在当中,非劳非资,左右做人难。"

"这叫做夹心饼干?"

"不,"江菊霞很理解梅佐贤的心情。她虽然是大新印染厂的副经理,那是老板为了拍史步云的马屁,特地给她的干股。她认为自己不但在工商界是一位资方代理人,就是在大新印染厂也是一位资方代理人。她亲身体会这个处境,说:"工商界给它取了个名字,叫劳方。"

"糟坊?"朱延年不解地问,"是不是糟糕的意思?"

"不是。这是一个新的词儿,这个字也是新的,把劳方的劳字上面的两个火字去掉,加上资方的资字上面的那个次字,连在一块儿,叫做劳方,又是资方又是劳方的意思。"

"这个词叫得妙,这个字也创造得好。江大姐真是天才,变成现代的仓颉了。"梅佐贤竭力赞扬江菊霞。

"这个词不是我取的,是大家凑的。"

"我想:一定是你首先想的。这个词儿实在太妙了,把我心里要说的话都包括进去了。"梅佐贤的心情很尴尬:他希望甩掉资方代理人的身份,至少要辞去厂里劳资协商会议资方代表的身份,害怕在"五反"当中被当做斗争的对象。但他感到不好当面向徐总经理提。养兵千日,用在一时。哪能好在徐总经理困难面前临阵退却呢?要是在"五反"中出一把力,说不定徐总经理以后会提拔他哩,至少加点薪水是不成问题的。怎样过"五反"这一关呢?他向江菊霞求教,"江大姐,你是我们的领导者,我们劳方的日子难过。你得出点主意,领导领导我们。"

她给他这几句话说得心痒痒的,觉得梅佐贤这个人倒是蛮讨人喜欢的。她俨然是个上级,认真地想了想,用教训的口吻鼓励他:

"你说的倒是一个重要问题,应该很好解决的。不过,目前资本家自身难保,顾不上考虑资方代理人的问题,暂时只有代理下去。资方代理人当然代表资方,这一点,不用怕。"

"代理没问题,"梅佐贤皱着眉头说,"就怕挨斗,那可吃不消。"

梅佐贤无意之中流露出恐惧的心情。朱延年不以为然,他毫不在乎,耸一耸肩膀说:

"大不了是开会斗争吧,共产党就喜欢这一套。怕啥?把心一横,让他斗,看他能斗出个啥名堂来?我早就想透了,心里很轻松。"

朱延年怕梅佐贤顶不住,拆姊夫的台。他想了想,又说道:

"天大的事,有徐总经理在前面挡着,你大不了是个代理人。工人就是三头六臂,能把你怎么样?别以为工人斗志昂扬有啥了不起,尽是跟着瞎嚷嚷!"

"不见得吧?"梅佐贤不把朱延年的话放在眼里。

江菊霞却有不同的看法:

"延年兄的话,也有他的道理……"

梅佐贤听到她的意见,不好马上转过来,也不好马上不转过来。他想了一个说法:

"当然,延年兄的话,不能说完全没有道理。"

"共产党善于搞宣传攻势,不能叫他们给蒙住。但是共产党有个特点,说一句算一句,也不能不有所提防……"

"江大姐的分析再正确也没有了。"梅佐贤一边热情赞扬,一边向江菊霞点头。

朱延年不满地望了梅佐贤一眼:觉得他不把朱延年放在眼里,他大小也是个经理呀!他有意刺梅佐贤一句:

"江大姐讲的话,没有不正确的。"

江菊霞红润的脸庞上闪着愉快的笑容。朱延年以为他这两句话讲到她的心坎里,发挥了作用,不知道她是因为看到徐义德从外边走进来了。

徐义德和朱延年分手以后,立刻跑到一家糖果铺子里借了一个电话打到家里,说马上就回去,叫家里预备中饭,弄点好吃的菜。他回家吃过饭,洗了个澡,对林宛芝说,自己这几天神经紧张,过分疲劳,现在坦白书送上去,可以稍为安心一点了,要好好地养养神,美美地睡他一觉。他躺到床上,蒙头睡去。他翻来覆去哪能也睡不着,接待室那个青年工作同志的笑容和声音在他的脑海里如浪涛一般地翻腾着,滚来滚去,老是不散。他坐了起来,干脆不睡了,一看日历手表,已经是五点三刻了。他跳下床,早上那一套行头全部留下,穿上原来那套深蓝色的条子西装,林宛芝给他选了一条深黄底子印着大红枫叶的领带打上。他坐上一九四八年黑色的林肯牌轿车,像一阵风一样地急驶而去。

他在车上想起应该先打个电话约江菊霞早点到思南路来,好闲聊聊,轻松轻松。他看车子开得那么快,忽然叫司机停下来也不好,就改变主意:到了那里再打电话也来得及。谁知道他一走进去,花园里已经有很多人了,而且江菊霞比他先到了,就站在靠大理石台阶附近的草地上,正和梅佐贤、朱延年他们在聊天。江菊霞今天在徐义德眼里显得更加美丽动人。她上身穿的是一件大红色的兔毛拉绒衫，下面穿着一条淡青色的西装裤子，裤脚管很长，一直罩到脚面上，几乎把黑高跟皮鞋的后跟全遮上了。她站在台阶右前方，给绿茵茵的草地一衬，远远望去就像是盛开着的一朵大红花。

徐义德悄悄走过去，站在朱延年的背后，正好斜对着江菊霞。她看见徐义德盯着她望，她的眼睛向他转了一转，微微笑了笑，没有吭气。离他们左边三四步远近的地方，金懋廉和冯永祥谈得兴高采烈，不断发出格格的笑声。江菊霞借故对梅佐贤说：

"阿永在谈啥消息，我们听听去。"

大家走过去，徐义德也不声不响地跟过去，站在冯永祥背后，听金懋廉高谈阔论：

"马慕韩讲话究竟有力量，他向陈市长反映市场情况，真起了作用。国营企业都在收购、加工、订货了，华东区百货公司收购了三千六百五十多亿，华东区工业器材公司投了一千多亿，花纱布公司除加工订货不算，单是棉布一项，就收购了六百多亿，连市的贸易信托公司也收购了二三百亿……这一来，工商界开始松动，有生气了，连我们银行也沾了光，行庄存款都转稳了。"

冯永祥等金懋廉说完，他鼻子一哼，不同意金懋廉的意见：

"市场好是好些，可不是马慕韩反映的。"

"那么，是谁？"金懋廉奇怪地问。

冯永祥有意卖关子，笑而不答。

"是你？"江菊霞问，"阿永。"

"不在其位，不谋其政。"冯永祥开口了，"那天大家不是请慕韩兄反映的吗？我为啥要和他抢生意呢？"

"究竟是谁？说吧，阿永。你讲话总是说一句留一句，叫人家听了老是心里痒痒的。"

"好，我说，"冯永祥生怕别人偷听去似的，放低了声音，说，"那天协商会开会,休息的辰光,慕韩兄走过去,刚提起工商界的情形,你猜,怎么样？陈市长早就晓得市场的情况了。他了解工商界有困难,开协商会前好几天,陈市长就通知华东财委和上海财委共同商议,帮助解决工商界目前的困难了。"

金懋廉吃惊地问:"工商界这些情况,陈市长早晓得了？"

"当然早晓得了。陈市长是华东军区司令员,曾经率领百万雄兵,在淮海战役中消灭了蒋介石匪帮主力部队好几十万,每个连队的情形他都晓得,不然哪能指挥这许多的军队打胜仗？孙子早说过,知己知彼,百战百胜。陈市长是战略家,他亲自指挥五反运动,你说,他会不晓得我们工商界的具体情况？"

金懋廉的眼睛里露出惊异和钦佩:

"陈市长了解的比我们详细。"

"这还用讲？人民政府对工商界的大事体,没有不晓得的。政府经常注意各界人士反映的。政府的干部不是常常问我们有啥反映吗！不然,人民政府怎么订政策呢？"冯永祥俨然在代表人民政府讲话,接着反问金懋廉:"你说,这能算是马慕韩反映的吗？"

徐义德站在冯永祥背后一直没做声,这辰光他答了一句:

"阿永说得对,当然不能算是马慕韩反映的。"

冯永祥听见徐义德在他背后说话,奇怪地问:

"咦,德公,你啥辰光来的？我哪能不晓得。"

"姊夫啥辰光来的？"朱延年对徐义德特别亲热,有意让梅佐贤看。

梅佐贤没有理会他,只是恭恭敬敬地向徐总经理点了点头。

"我早来了,因为你们谈得正起劲,没敢打搅你们。"他走到冯永祥左边,望了大家一眼,笑了笑,算是补打了一声招呼。他看台阶附近两堆人里都没有潘信诚、马慕韩那些巨头们,是他们没来,还是他们出了事。他就问冯永祥,"慕韩兄呢？"

冯永祥四面一望,正好看到葡萄架那边,就举起右手尖声尖气地怪叫了一声:"那不是马慕韩吗?"

马慕韩看看太阳已经落了,草地上暗下来。他从葡萄架下面走出来,大声问道:

"人到齐了吗?"

冯永祥用双手做一个话筒,对马慕韩叫道:

"差不多了,你们来吧。"

朱延年生怕马慕韩不知道他也来了,他也补了一句:

"马总经理,全到了!"

冯永祥他们走上台阶,江菊霞回头向花园四面扫了一眼,留恋地说:

"这花园真不错。"

金懋廉走到台阶上停下来,指着洋台说:

"这法国式的洋房也不错啊。"

冯永祥连声叹息:

"实在太可惜了,实在太可惜了。"

徐义德因为迟到,不知道今天有啥事体,也不知道他们说这些话的意思。他不愿意问,只是跟着莫名其妙地说:

"是呀,是呀!"

大家走进餐厅,外边已经暮色苍茫,里面的电灯都开了,照得餐厅雪亮。今天吃的是中菜,一共摆了三桌,每张圆桌子上都有一瓶满满的威士忌。坐在最上面一桌的是潘信诚、宋其文、马慕韩、冯永祥、潘宏福和徐义德他们,其余的人都坐在下面两桌。

今天轮到马慕韩当主席。他站了起来,用筷子敲了敲碟子,餐厅里立刻静了下来。他提高嗓子说:

"今天请大家来,想商量一桩事体。"

徐义德一听到这两句话,顿时预感到有什么不祥的兆头。他看到大家都静下来了，餐厅里鸦雀无声，聚精会神在听马慕韩讲下去：

"自从重庆星四聚餐会的事情公布之后，聚餐会的名声很不好，一些会员担心，怕引起政府误会，请大家一道研究研究，我们星二聚餐会该哪能办法？"

潘信诚一看到重庆星四聚餐会的消息，当时就想到星二聚餐会，不禁毛骨悚然，觉得骑虎难下，万一政府追查起来，有口难于分辩。他蹲在家里整整思索了一天，想出了一个妙法：自动结束，可以避免政府的注意。他暗示马慕韩约大家来商量一个对策，也好布置一下善后的事。不料马慕韩说得太简单，把问题提出去，一时又没有人发言。他不露痕迹地接上去说：

"重庆那个星四聚餐会确实别有作用的，是大规模破坏国家经济的集团，是联合同业向国营经济猖狂进攻的集团，应该受到严厉的处罚。政府处理得非常正确，我完全拥护。我们这个聚餐会和重庆星四聚餐会性质上当然不同，我们是学习政府政策法令，交流情况和经验的。不过，星四出了毛病，星二确实要研究研究，该不该办下去？慕韩老弟提的这个问题很重要，也很及时。"

朱延年自从参加了星二聚餐会，兴趣特别浓厚。他成了星二聚餐会的会员，不仅在西药业，就是在整个工商界，他的身价忽然提高十倍。工商界的朋友见了他，都另眼相看。在银行界调点头寸，在西药业进点货，都比过去方便。而且，通过姊夫和这些巨头们发生了关系，他希望把西药业公会抓过来，那发展的前途，就不是一个小小的福佑药房经理可比了。他今天接到通知，以为会讨论工商界怎样对付政府的五反运动，没想到要研究该不该把这聚餐会办下去，这完全出乎他的意料之外。星二聚餐会应该办下去，在他看来，是不成为问题的。他还希望星二聚餐会进一步发展，多吸收一些会员，好扩张自己的势力，研究对人民政府的合法斗争。

马慕韩对这个问题提得不太明确,潘信诚的意思显然不主张办下去。他盼望有人出来反对,他好跟进。可是大家都默默无言,你望望我,我看看你,没有一个人吱声。他忍不住站了起来,朝马慕韩说:

"信老说得对,我们星二聚餐会和星四聚餐会的性质完全不同,这一点非常重要……"

潘信诚从来没把朱延年这样的人放在眼里。朱延年参加星二聚餐会之后,潘信诚不和他往来,也很少和他谈话,认为他是一名危险人物,一沾上边,说不定啥辰光要吃他的苦头。但他是徐义德的小舅子,和冯永祥也算有些关系,不必去得罪他。潘信诚对他采取敬而远之的办法,料他成不了气候。听到他赞成自己的意见,暗暗看了他一眼,奇怪连朱延年这样的人也看到这一点了。等到他说下去,潘信诚听来又不觉得奇怪了:

"两个聚餐会性质不同,坐得端,行得正,也就不必怕政府误会。我认为我们星二聚餐会完全可以继续办下去。上海像我们这样的聚餐会,少说一点,也数得出几百个。据我知道,这几百个聚餐会没有一个要结束的,他们照样聚餐,政府从来没有过问过,更没有禁止,我们为啥要结束呢?没有事情,聚聚餐,聊聊天,有啥不好?"

潘信诚的眼光从朱延年的身上转到第二桌,他看到金懋廉站起来了。金懋廉支持朱延年的意见:

"这个聚餐会对我们联系工商界的朋友,学习政策,倒是有些帮助。如果可能的话,还是继续办下去的好。要是结束了,连个学习的地方也没有了。"

唐仲笙坐在金懋廉对过,直是笑,仿佛笑他不了解行情。梅佐贤坐在朱延年的右边,也赞成他的意见:

"延年兄的意见值得考虑,"他想到徐义德坐在第一桌始终没吭气，他的态度怎么样还不清楚。他马上退了一步，说："各位可以研究研究。"

潘宏福坐在潘信诚旁边，生怕爸爸听不清楚，他歪过头去，低声对爸爸说：

"看样子他们都不同意结束，是不是要重新考虑考虑？"

"现在结束都嫌晚了。"潘信诚碰了碰他儿子的胳膊，小声地说，"少说话。"

潘宏福不声不响地闭上了嘴。

马慕韩听听大家的口风不对，没有人提出要结束。这个星二聚餐会是他和史步云、冯永祥几个人发起的，别的人不过是一般的会员，惟有他们这几个人是核心分子，承担的责任和别人不同。政府如果追查起来，首当其冲的就是他们这几个人，特别是他，政府首长都知道他是工商界的进步分子，党与政府也注意培养他，他哪能还和大家一道搞星二聚餐会呢？潘宏福昨天告诉他不如自动停止活动，希望星二聚餐会能找大家来商量一个办法。马慕韩懂得潘宏福是他爸爸授意来的。显然潘信诚是主张结束的。因为事情很紧急，昨天晚上他就约了冯永祥、江菊霞一同到史步云家里商量这件事，经过再三考虑，认为目前风头不对，还是结束的好，过一阵子，看看再说。今天史步云身体不舒服，要马慕韩和大家研究研究。他原来估计大家一定赞成结束的，没想到半路杀出个程咬金来，朱延年公然不赞成，简直是不识大体。马慕韩几次望着冯永祥，希望他发言。他兀自一杯又一杯灌老酒，不了解他葫芦里卖的啥药。

冯永祥昨天夜里回去，躺在床上，半宿合不上眼，在动脑筋：星二聚餐会就这样结束了吗？他向政府首长和中共市委统战部反映一些情况，主要是靠星二聚餐会听来的，而他谈一些政府首长的指示，大部分是在星二聚餐会上透露的。星二聚餐会虽说没有市工商联人多影响大,但是工商界巨头们大半在这里,并且没有一个政府方面的人,讲话不受约束,商议起来方便,起的影响也不小。从心里说,他是不主张结束的。但是巨头们要结束,度察当前的形势,结束比不结束好。他虽想坚持,如果巨头们不参加,那星二聚餐会就没有啥意思了。他昨天赞成马慕韩结束,就是由于这个原因。今天听听大家的口吻,特别是金懋廉也不主张结束,这就值得考虑了。金懋廉是金融界消息灵通人士,对政府的行情摸得也熟,办事老练而又持重。他希望办下去,看样子,星二聚餐会的命运还有挽回的余地。他明知道马慕韩的眼光是要他发言,他故作不知,端起酒杯,一饮而尽,夹了一块盐水鸡放在嘴里,细细咀嚼。

马慕韩怕大家意见一面倒,再说服就吃力了。冯永祥既然避开他的视线,其中谅必有苦衷,没有办法,他只好亲自出马了:

"有这么一个聚餐会,大家经常见见面,学习学习政策,研究研究理论,当然对大家都有帮助。偏偏不巧,冒出一个重庆星四聚餐会,把聚餐会的名声搞臭了。我们这个聚餐会虽说和星四聚餐会不同,可是谁也不能保证个别会员没毛病,有的会员的毛病可能还很大。当然,我们联合起来向国营经济猖狂进攻是没有的。大家考虑考虑,是不是把它结束了,免得引起别人的怀疑。"

朱延年正夹了一块广东叉烧往嘴里送,听了马慕韩这一番话,他的脸顿时红得像箸子上的那块肉。他以为马慕韩讲的那个"个别会员"就是指的他。难道马慕韩深知福佑药房的内幕吗?是谁向他报告的呢?怪不得在林宛芝三十大寿那天,一再不肯认福佑的股子哩!他把那块肉往面前的绿瓷碟子里一放,歪过头去,对第一桌上的人说:

"慕韩兄的担心,我看,是多余的。我们星二聚餐会的人都是很正派的,一向奉公守法,根本没有人向国营经济猖狂进攻。要是有的话,早叫政府发觉了。"

餐厅里的电灯光本来就够强烈,给雪白的屋顶一衬,更加明亮,照得朱延年额角上暴露出来的青筋都看得清清楚楚。马慕韩见他那一股紧张劲,心里不禁好笑,原来在徐义德书房里自鸣得意的干部思想改造所的所长,无意之中给他戳痛了疮疤。马慕韩并不因为他的撇清,而改变自己的说法:

"话不能说绝,十个指头伸出来有长短,在很多人当中,难免有个把人出毛病……"

朱延年站在那里追问:

"你说是谁?"

马慕韩没有正面回答他,只是说:

"没有人有毛病,政府为啥要'五反'呢?"

朱延年把嘴一撇:

"谁晓得政府想的啥主意?……"

潘信诚见朱延年不识相,和马慕韩一来一往,把别人放在一边,耽误了今天要结束星二聚餐会的大事。他嗫嚅地想说,考虑到现在正是五反运动紧张关口,不要得罪了他,说不定将来咬自己一口,跟朱延年这种人犯不着去争执,自然会有人出来打头阵的。他于是厌恶地白了他一眼,摸摸自己发皱的脸皮,这一摸,好像把心里的气也给摸得没有了。

徐义德看马慕韩脸色不对,他们两人抬杠,徐义德感到自己也有一份责任。朱延年是徐义德介绍进星二聚餐会的呀。果然不出潘信诚所料,徐义德打断朱延年的话:

"延年,那些事谁也说不清,还是谈我们星二聚餐会吧。你听听大家的意见。"

朱延年听出姊夫最后一句话的意思。但他觉得结束星二聚餐会对自己的损失太大了,以后再和这些巨头们往来就困难了。这和自己的前途有莫大的关系。他忍不住改口说道:

"慕韩兄讲得对,我们星二聚餐会和那个星四聚餐会性质不同,政府不相信,派人来领导好了。"

马慕韩听他的口气坚持星二聚餐会要办下去,有啥风险,一定是落在自己的头上,朱延年那个小药房反正是不在乎的。马慕韩不再和他纠缠,老实不客气地说:

"别让我们两个人把话讲完了,现在听听大家的意见!"

马慕韩的眼光又向冯永祥面前扫了一下,衷心盼望他站起讲两句,扭转这个一面倒的局面。冯永祥仍然不吭气。那边朱延年的嘴叫马慕韩给封住了,只好没精打采地坐下去,夹起碟子里的那块叉烧,报复地一口把它吞下去。

马慕韩的眼光失望地离开冯永祥那里,转到柳惠光脸上。柳惠光认为星二聚餐会越快结束越好,甚至于以为今天最后一次集会也是多余的。他两次想站起来讲话,都叫别人占先了。朱延年一闭嘴,马慕韩的眼光又盯着他。他慢慢站了起来,说:

"我看,还是结束了稳当,保险。"柳惠光总是找最保险的路走,他宁可自己吃点亏,也不肯冒险的。

坐在他正对面的江菊霞答腔道:

"我赞成惠光兄的意见。结束了,可以省掉许多口舌。"她从史步云那里了解行情不对,昨天晚上又商量过了,她早就想讲话,因为没有人赞成结束,不好先提出来。

"是呀,"柳惠光一听江菊霞赞成他的意见,气更壮了。他紧接上去说,"要是不结束,发生问题,对大家都不好。"

朱延年心里想,不结束会发生问题,过去为啥没有发生问题呢?上海工商界有好几百个聚餐会都没发生问题,为啥星二聚餐会会发生问题!哼!他不同意柳惠光的意见,认为胆小,成不了气候。办事就要大刀阔斧,敢想敢做,才能闯出个天下来。但他没有说出来,马慕韩刚才给他一记,着实打得很痛,不好再顶上去。

马慕韩认为形势转过来了,正是说话的好机会,偏偏冯永祥的眼光还是注意着面前酒杯里的加饭黄酒。他怕这个机会再错过去,时不再来,连忙点冯永祥的名:

"阿永今天哪能? 好像肚里有啥心事,一句话也不说。"

"是呀,阿永今天哪能变成了哑巴?"唐仲笙凑趣地说。

冯永祥没法再躲闪了。他打扫了一下嗓子,接连咳了三声,眼光向三张桌子巡视了一阵,耸一耸肩膀,嘻着嘴,停了一会儿,说:

"说我有心事吗? 我可是没有心事。说我完全没有心事吗? 那也不见得,多少有这么一点点。"

他伸出右手的小手指在空中划了一个小小的圆圈。

"你有啥心事?"江菊霞不相信,说,"你是乐天派。"

冯永祥喟然长叹了一声,提高了嗓子说:

"诸位明公有所不知,各人有各人的心事,各人的心事也各有不同。可是,我这个心事呀,却和诸位明公多少有这么一丝关系。"

他讲到这里,突然煞车,叫江菊霞听得上气不接下气,怪痒痒的。她嗔怒地质问:

"阿永,你是讲话,还是唱戏? 开场白倒蛮有噱头,哪能忽然又不讲下去呢?"

"叫一声大姐呀,且慢慢听我道来……"

说到这里,他又不讲下去了。

"快说吧,别再卖关子了!"江菊霞指着他的脸说。

"好,好好,我就说,我就说,"冯永祥收敛了脸上的笑容,一本正经地说道,"我心里想的,不是别的,就是我们这个星二聚餐会。想当年我和步老、慕韩兄费了几许心血,再三筹划,好容易才办到现在的规模,连会址也有了。这幢花园洋房原来是大沪纺织厂王怀远董事长的,多亏慕韩兄的面子,借我们一直用到现在,一个房钱也不要,还倒贴我们的水电烟酒。各位说,这样的房东啥地方找去？原来以为我们这个聚餐会可以万岁千秋,现在却要半途夭折,好不叫人悲伤也!"

他这一番话说得大家脸上黯然失色,显得靠墙的玻璃橱里的全套银制的餐具越发光芒夺目,叫人留恋不已。徐义德从玻璃橱里看到墙壁上装饰的雪亮的烛光,又看到用红艳艳牡丹花图案的花纸糊的墙,这些事物他看到不知道多少次了,但从来没有今天这样可爱。他想到那次早上和江菊霞在楼上房间里谈心,更觉得这幢华丽的花园洋房亲切而又温暖。

朱延年始终心不死,听到冯永祥这番话,他的劲头又来了。为了保持星二聚餐会这个活动场所,他顾不得马慕韩的脸色,忍不住附和冯永祥的意见,高声地说,希望引起大家的注意和同情:

"永祥兄讲的再对也没有了,结束了实在太可惜了!"

他把"太可惜了"四个字的语气特别加重,生怕别人不注意听。他觉得更可惜的是他讲了之后没有反响,而且出乎他的估计之外,冯永祥的腔调忽然一变:

"不过么,正碰上五反运动搞得轰轰烈烈,看上去,不结束也不好。"

朱延年听到最后一句话,脸上刷白,好像突然下了一层霜。他按捺不住,提心吊胆地问道:

"我们星二聚餐会就是这样完蛋了吗?"

"我正在想这个问题,找不到一个两全其美的办法,所以一直没有开口。诸位明公,你们说,我这个心事是不是和各位多少有这么一丝关系?"

金懋廉本来支持朱延年的意见,因为马慕韩和朱延年有点顶撞起来,苗头不对,他就没有再吭气,心中老是觉得惋惜。冯永祥谈到"两全其美的办法",给了他很大的启发,连忙接上去说:

"阿永真是深谋远虑,了不起的干才!"

冯永祥笑了笑,说:

"讲到深谋远虑这四个字,那要数我们的军师,怎么样才能两全其美,还得听智多星的高见!"

"阿永又出题目叫人做文章了。"唐仲笙没有推辞,可也没有说出他的意见。

冯永祥端起酒杯来,冲着唐仲笙那张桌子,说:

"来,先敬我们军师一杯酒,请山人想一条锦囊妙计。"

唐仲笙推辞再三,拗不过冯永祥的盛意,只好饮了半杯黄酒,皱着眉头说:

"阿永可给我出了一个难题!"

冯永祥的想法和宋其文的想法不谋而合。宋其文满意地摸一摸胡须,心里感到愉快:星二聚餐会在绝境里看到一线生机。他从旁凑合:

"军师也觉得是难题?只要你想出一条妙计来,我请你吃一桌酒席。"

"其老,你不要腐蚀干部,山人心中自有妙计。"

宋其文听到"腐蚀干部"四个字心头兀自一惊,等听到下面那一句,知道是冯永祥和他开玩笑。他也笑嘻嘻地对冯永祥说:

"怎么,就在筵席上开展五反运动?你啥辰光当了'五反'检查队的队长?阿永。"

"其老没有委派,我这个队长还没有上任。你要是真的请客的话,我一定甘心情愿接受其老的腐蚀,而且保证不检举。"

他们两人一问一答,引得大家哄堂大笑,异口同声地说:

"我们也愿意受腐蚀!"

格格的爽朗的笑声消逝,马慕韩高声对唐仲笙说:

"智多星,想出啥好计策来了?"

唐仲笙摇摇头,说:

"这回我可要缴白卷了,实在想不出啥办法来。"他给自己却想出了一个脱身之计,说,"这样复杂的事情,只有我们德公才有办法。"

徐义德待价而沽。他心里早在盘算了,因为大家都推崇唐仲笙,他不好抢生意,也没有必要贬低自己身价,送上门去。为了提高自己的身价,有意再往唐仲笙的身上一推:

"我哪能和你比哩。"

"你也不含糊,别推来推去。想出一条妙计来,对大家都有好处的哇。"

冯永祥的京剧道白腔调没有引起大家的兴趣。大家都在动脑筋,想办法,连马慕韩也给冯永祥说得动摇了,有个两全其美的办法倒是不错的。他催道:

"德公,有啥妙计,快说出来吧。"

在大家邀请之下,徐义德站了起来,不慌不忙地说道:

"我同意慕韩兄的意见,还是结束的好,省得我们留着把柄在别人手里。要聚餐那还不容易吗,随便哪位朋友请客,我一定到;我也希望有机会请朋友们到我家里吃点便饭,谈谈天。"

他这么一讲,三张桌子上的人都齐声叫道:

"妙!"

潘信诚对徐义德伸出大拇指来,笑着说:

"德公,你真行!"

"铁算盘嘛,谁能算过他。"冯永祥醉醺醺地对徐义德说,"这真正是一条妙计,形式上聚餐会结束,实质上保留,轮流坐庄,不露痕迹,实在太妙了。德公,亏你想得出!"

马慕韩征求一下意见,没有一个人反对的。他站了起来,说:

"根据各位的意见,绝大部分会员都同意结束,担心的是以后学习问题。我想,这个问题容易解决,在座的有不少位是我们民建会的会员,将来可以参加民建会的学习。有些朋友不是民建会员,我代表民建上海临工会欢迎朋友们参加我们民建,也可以和我们一道学习。……"

最后,他隆重地宣布:

"星二聚餐会现在正式结束了。"

马慕韩说了最后一句话,他心里感到无比的轻松。星二聚餐会结束,他再向政府那方面交代一下,今后有啥事就惹不到他头上来了。至于徐义德说的那个无形聚餐会,他可以根据情况,有时参加,有时不参加。他不固定参加,万一有事,也找不到他头上来。他举起杯来,敬大家:

"来,我们干一杯!"

朱延年一杯分离酒喝下肚,还是有点恋恋不舍。他玩弄着绘了太白遗风的瓷酒壶,低低对梅佐贤说:

"要不要唱个《何日君再来》?"

这支歌是他当年和马丽琳热恋的辰光,跟她学来的。梅佐贤没有答他的话,碰碰他的胳臂,指着第一桌徐义德正和马慕韩谈话,暗示他不要打断。不料叫隔壁桌上的金懋廉听见了,说:

"好,唱一个。"

朱延年真的唱了:

> 好花不常开,
> 好景不常在。
> 愁堆解笑眉,
> 泪洒相思带。
> 今宵离别后,
> 何日君再来……

那边金懋廉和江菊霞跟着唱了起来。第一桌的冯永祥兴趣更大,声音更高,他一边打着拍子,一边放开嗓子跟着唱:

人生难得几回醉，
　　不欢更何待，
　　…………

　　大部分人放下箸子，听冯永祥他们唱。那充满了惋惜和留恋情思的歌声透出华丽的餐厅，飘荡在花园的上空。

十六

早晨,阳光照在人们身上暖洋洋汗浸浸的,虽然是春天,却好像已是初夏的季节了。

从沪江纱厂办公室门口起,顺着库房、篮球场、传达室,一直到大铁门那儿,职工们靠左边一字儿排开,很整齐而有秩序地临时形成了一条人的弄堂。站在最前面靠近大门那儿的是余静和赵得宝。

余静看见"五反"检查队快走到大门那边,她迎上去,热情地和杨队长紧紧握手,然后陪着杨队长他们一道走进沪江纱厂。站在左边欢迎的人们,一看到"五反"检查队进入了大门,兴奋热烈的情绪如同决了堤的洪水似的,浩浩荡荡哗哗啦啦地奔放开来:暴风雨般的掌声,响彻云霄的欢呼和愤怒激昂的口号混成一片,分别不出谁在讲什么,谁在叫什么,连右边车间里机器震动的声音一点也听不见了,只听见轰轰的巨响。这声音好像有一种排山倒海的伟大力量,仿佛世界上没有任何东西能够阻挡它的前进。

在热烈欢呼的巨响包围里,余静陪着杨队长和"五反"检查队的队员们慢慢走进来。杨队长举起右手一个劲向欢迎的行列挥动,表示对热烈欢迎的感谢,跟在他后面的队员们都笑嘻嘻地鼓着掌,答谢大家对"五反"检查队的热望。

职工们的欢呼一直不停,有的把嗓子都叫哑了。秦妈妈用两只手做成临时话筒罩在嘴上狂喊:

"欢迎'五反'检查队!"

"欢迎'五反'检查队!"汤阿英跟着高声欢呼,她的嗓子叫得有点嘶哑了。她今天一清晨就到厂里来了,站在欢迎行列的最前面;那对机灵的期待的眼光对着门口,时不时向大门外边马路上张望。她一见了"五反"检查队向沪江纱厂走来,马上便带头热烈鼓起掌来。她看到"五反"检查队,心中无比的兴奋:她们要求人民政府派"五反"检查队到沪江纱厂来,果然很快就派来了,怎不叫人高兴?像是遇见久别重逢的亲人似的,她热情地和每一个"五反"检查队的队员紧紧握手,虽不认识他们,却好似见到相识多年的老战友一般。她不认识叶月芳,亲热地握着叶月芳肥嫩的右手,仿佛是亲姊妹那样熟识,紧紧跟在杨队长和余静后面,一边走,一边用力挥着右胳臂,高声欢呼:

"热烈欢迎检查队领导我们进行'五反'斗争!打退资产阶级的猖狂进攻!"

大家跟着喊叫:

"热烈欢迎检查队领导我们进行'五反'斗争!"

"打退资产阶级的猖狂进攻!"

只要有一个人喊一声,所有的人都跟着喊,你喊,他喊,大家喊,甚至几句不同的口号在同时都喊了出来。站在大门口欢迎的队伍跟在"五反"检查队的后面,一同向里面走来,"五反"检查队越向里面走,他们后面跟着的人越多,到后来,欢迎的人和被欢迎的人分不清了,形成了一支强大的"五反"检查队伍。郭彩娣觉得声音已经不能表达自己的感情,就挥动着胳膊,快乐地边走边跳了起来。钟佩文干脆摘下自己的帽子向空中扔去,越扔越高,前面几顶帽子从空中落下来,后面又有许多帽子向空中飞上去……

队伍里管秀芬、谭招弟她们高兴得唱起了《我们工人有力量》,大家跟着唱了起来。余静也唱了。杨队长虽然不会唱歌,他也忍不住腼腆地跟着大家一道唱:

我们工人有力量,

嗨!我们工人有力量!

每天每日工作忙,

嗨!每天每日工作忙,

盖成了高楼大厦,

修起了铁路煤矿,

改造得世界,

变呀么变了样……

杨队长就是中国共产党长宁区委员会统一战线工作部部长杨健。三反运动基本结束以后,区委在中国共产党上海市委员会的指示和统一的部署下,成立了区的五反运动委员会,区委李书记担任主任委员,集中一批干部,加紧训练,学习五反运动的政策方针,研究私营企业的"五反"材料,准备行动。区委统战部只留下少数干部在部里处理日常工作,其余的人由杨健带着都参加了区的五反运动委员会的工作。区的五反运动委员会指定杨健担任"五反"检查队第一队的队长。当陈市长在天蟾舞台宣布全市伟大的五反运动正式开始的前四天,杨健带着"五反"检查队第一队参加了全市七十四户的典型厂的检查工作。中共上海市委亲自领导这七十四户,典型先行,取得经验,然后逐步展开,使五反运动稳步进行。杨健被分配检查的对象是本区的振兴铁工厂。经过检查,胜利地解决了战斗,做了总结,回到区上。区的五反运动委员会认为沪江纱厂是本区私营大型企业,五毒行为很严重,资方又很狡猾,并且和市里的上层资本家代表人物有往来,检查这样一个单位是非常复杂而且十分艰难的。李书记决定由杨健带第一队的全体干部到沪江来。

杨健走到办公室门口,余静指着站在那里的一个四十开外的中年人,对杨健说:

"这是梅佐贤厂长。"她同时对梅佐贤说,"这是杨队长。"

杨健点点头,说:"我们认识,在区里开会时见过。"

梅厂长长方形的脸庞上露出两个圆圆的酒窝,鼻梁上架着一副玳瑁色框子的眼镜,低头弯腰说:

"欢迎,欢迎,杨队长请里面坐。"

梅厂长伸出冰冷的左手向办公室里一指,请杨健他们进去。梅厂长今天早上到厂里来以后,就听见外边人声闹哄哄的,他以为出了事,走到窗前,打开窗户一看:库房里的工人,饭厅里的工人,保全部铜匠间的一部分工人,托儿所的保育员,还有办公室里的许多职员都站到外边去了,从办公室一直排到大门口那边。他心里已经有点数目了,但是还不敢完全肯定。他走到厂长室门口叫人,一个人也没有,都到外边去了。厂里除了车间里的工人和往常一样在紧张进行生产以外,差不多都出去了。他找不到一个人。外面尽是人,他又不便去找。他一个人在厂长室里不安地踱来踱去,一会儿走到窗口去望望,生怕被人发现,连忙退回来。其实谁不知道梅厂长在楼上呢。在里面走了一会,还是不放心,又走到窗口去,他看到余静陪着杨健进了大门。杨健他们的左边胳臂上都有一个白底红字的"五反"检查队的臂章,这还用怀疑吗?他们终于来了。他们要来的,是在梅佐贤的意料之中;等他们真的来了,又有点出乎梅佐贤的意料之外。他听到工人们高呼"欢迎'五反'检查队",他问自己:要不要出去欢迎呢?出去欢迎,人家会不会说:你是资方代理人,也神气活现出来欢迎"五反"检查队哪!不去,留在厂长办公室里。仔细一想,不行。人家更会说了:你看,"五反"检查队到厂里来了,梅佐贤厂长都不出来欢迎,不是有意抗拒"五反",不愿意接受检查吗?这可吃不消。正在他进退两难的当口,听到欢呼声越来越近越来越高,在空中飞舞着的帽子在窗口也清清楚楚看到了,得赶快拿主意,迟了,就来不及了。

"去!"他对自己说。

他踉踉跄跄跑出去,几乎是从楼梯上滚下来的。他听到那种排山倒海似的集体的强大的呼声,他的心急邊地怦怦跳着,赶到办公室门口站着,上气不接下气,两腿发软,手冷冰冰的了。他看见数不清的人向办公室门口拥来,他的大脑已经失去指挥自己行动的能力,也不晓得上去迎接杨健、余静他们,木头一般地站在那里不动,愣着两只眼睛发痴地看着前进的人群。等余静指着他介绍给杨健,他才清醒过来,低头弯腰欢迎他们进来。

杨健和他的队员们在会客室的沙发上坐了下来。梅佐贤挑选靠会客室门口的那张木椅子坐下,低着头,望着一条条赭黄色的发光的地板,别的地方也不敢看一下。他感到所有"五反"检查队队员都在注视着他。他们心里一定都在骂他这个不法的资本家。他想声明:他只是沪江纱厂的厂长,徐义德的代理人,并不是真的资本家。他又一想:现在声明有啥用场呢?

"徐总经理来了没有?"

他知道是问他。他不得不抬起头来,望见杨健正坐在他对面的长沙发上,余静坐在杨健旁边。杨健望着梅佐贤微微发青的长方形面孔,等待他回答。他低下头去,小声地说:

"报告杨队长,徐总经理还没有来。要不要请他来?杨队长。"

"徐总经理今天会来吗?"

"不一定,他可能到总管理处去。"

"沪江纱厂的账簿是在厂里还是在总管理处?"

"历年的账簿都在总管理处,总账在那边,厂里只是流水。"梅佐贤的眼睛还是望着地板,一点也不敢移动,小心地问,"要拿来吗?杨队长。"

"好的。"

"是我自己去拿呢,还是杨队长派人去取?"

"你去也可以,"杨健又加了一句,"工会派一个人陪你去。"

"工会派一个人陪我去很好。"梅佐贤的头低得几乎要碰上自己的肚子。

"赵得宝同志陪你去。"

梅佐贤完全同意余静的意见,他说:

"那再好也没有了。"

赵得宝和梅佐贤坐上那辆小奥斯汀到了总管理处。梅佐贤一边通知勇复基把历年的账簿清理出来,一边打电话告诉徐义德"五反"检查队已经进了厂,希望他早点来。徐义德换上那身灰咔叽布的人民装,匆匆忙忙赶到总管理处,带着账簿,随梅佐贤、赵得宝一道坐上那辆小奥斯汀。因为有赵得宝坐在车上,他不便多问梅佐贤"五反"检查队进厂的情形,但是有点不放心,就催司机开快点。车子一开到沪江纱厂的办公室门口,徐义德首先跳下了车。赵得宝帮助梅佐贤拿着账簿。他们一同走进会客室。

余静把杨健介绍给徐义德。徐义德上去紧紧握着杨健的手,很沉着地说:

"早就盼望你们来了。你们实在太忙,今天才来。欢迎,欢迎!"徐义德向全体"五反"检查队的队员望了望,关心地说:"同志们辛苦了。"

梅佐贤把十几本洋装的厚厚的账簿放在会客室当中的长方桌上,他仍然坐到门口那张木椅子上,不过头没有刚才那样低了,有时他还微微抬起来,但不敢对着杨健和余静,只是望着那些队员们。

杨健把上海市增产节约委员会所发的检查长宁区沪江纱厂的检查证交给了徐义德,然后根据陈市长开展伟大五反运动的报告,向徐义德详详细细谈了谈上海市人民政府关于五反运动的政策方针,打破他可能有的一些顾虑。最后,他很诚恳地说:

"现在摆在你面前的有两条路:第一条路,坦白从宽;第二条路,抗拒从严。请你仔细考虑,要慎重地选择你的道路。我们是希望你走第一条道路,并且愿意帮助你走第一条道路。不过,你的道路要由你自己选择。"

徐义德凝神听完了杨健的话,他点头称是,说:

"陈市长的广播报告我就是在外边场子上听的。经杨队长这样详详细细地一解说,我更加明白了五反运动的伟大意义。如果让资产阶级这样猖狂进攻,自由泛滥下去,真的像陈市长所说的,我们国家新民主主义的经济就不能建设成功,人民的生活也不可能改善,社会主义的前途更不可能实现。国家国家,没有富强的国,家也就成问题了。中国过去受外国人的欺侮,我们工商界吃够了苦头,现在谁不巴望国家好起来?为了抗美援朝,我们厂里捐献过三架飞机。政府每次发行公债,我都是踊跃认购。税款,厂里都是按时缴纳的。根据《共同纲领》,在国营经济领导之下,敝厂在发展生产繁荣经济方面,多少尽了一点微薄的力量。我们工商界,爱国不甘后人这一点,杨队长是清楚的。政府有啥号召,我没有不响应的。这次'五反'是人民政府在挽救我们工商界,在改造我们工商界,实在是太适时了,太好了。再不改造,哪能配称为新民主主义时代的工商业家呢?老实讲,我过去确实不大了解,听了陈市长五反运动的报告,特别是今天听了杨队长的谈话,我是完全了解了。"

"徐总经理做了一些有利于国家的事,这方面,我很清楚,从来没有怀疑过,并且给予足够的评价。"杨健说,"不过,这次五反运动,你要是真的了解就很好了。"

"我确实完全了解五反运动的伟大意义,也知道选择我应该走的道路。坦白从宽是光明大道。人民政府这样宽大,再不坦白,实在是对不起人民,也对不起首长们的好意。"他心里想:人民政府就是再宽大,别说是违法所得一千万元也算基本守法户,就是放宽到一个亿十个亿也宽大不到徐义德的头上。他感到人民政府越是宽大,自己就越孤立。因为一般有轻微违法行为的工商业者都团结到人民政府那方面去了,留下来最少数像徐义德这样的严重违法户不是孤孤单单举目无亲了吗?徐义德表面却装出衷心感激的神情,望了望杨健和佘静,继续说,"我一定交代我的不法行为,来报答杨队长和同志们的关怀。"

徐义德又望了望会客室里的全体队员们。

杨健站了起来,很冷静而又严肃地对着徐义德说:

"我们希望你从行动上表现出来,——你慎重考虑考虑吧。"

十七

"主要问题是在徐义德身上。我们要把力量集中对付徐义德。只要徐义德问题解决了,其它的问题就容易解决了,我们沪江厂的五反运动便可以取得胜利了。"余静说到这儿停了停,她怕自己的见解没有把握,又加了两句:"杨部长,你看怎么样?"

杨健微微低着头,燃起一支中华牌的香烟,抽了一口,静静地望着乳白色的烟在袅袅地向上飘浮而去。他陷入沉思里。

杨健从会客室回来,立即在工会办公室隔壁那间俱乐部储藏室里召开了中国共产党沪江纱厂支部委员会的大会,并且吸收了中国新民主主义青年团沪江厂支部委员会的骨干分子列席了大会。他带来的"五反"检查工作队的全部党员当然都参加了大会,就是非党干部也列席了。杨健首先宣布"五反"检查工作队的党员和沪江纱厂的党员共同成立临时支部,选举支部委员会。选举结果:支部书记是杨健,支部副书记是原来沪江纱厂的支部书记余静。余静向支部大会报告了沪江纱厂最近的情况,资方的动态,高级职员的想法,工人群众的情绪和本厂的五毒罪行。根据她的了解,提出对本厂"五反"的看法。赵得宝见杨健没有做声,便说了几句:

"杨部长一到,徐义德的态度就不同了。我觉得他比过去确实有了一些的改变。"

杨健认为余静提出的问题关系到沪江纱厂"五反"整个部署问题,关系到"五反"成功与失败的问题。这样重大的问题,必须在党

内思想上取得一致的认识,步伐才不会乱。他没马上表示意见,只是说:

"这个问题需要讨论一下,先听听大家的意见。"

"我同意余静同志的意见。问题主要在徐义德身上,首先要集中力量对付这个坏家伙。"张小玲气愤地说,"只要解决他的问题,别的问题都好解决。"

一个三十多岁的男工问:

"徐义德自己会坦白吗?"

他是严志发。区增产节约委员会为了组织"五反"检查工作队,曾经向各厂抽调了一批干部到这里来训练,然后编到队里去工作。严志发就从庆祥纱厂抽调来,编在杨健这个队里。

赵得宝说:"从今天的情形看,徐义德大概会坦白的。他不是对杨部长说,一定要交代他的不法行为,来报答同志们的关怀吗?"

"对,"张小玲充满信心地接过去说,"杨部长来了,他不敢不坦白,不坦白也得坦白。要是集中力量对付徐义德,我报名参加一个。"

"是不是把徐义德估计得过于低了一些?"和杨健一同参加振兴铁工厂"五反"工作的叶月芳提出了问题。

"这个,"余静给叶月芳一提,马上想起上次在区委统战部里听杨健所说的话:你很年轻,余静同志,你不了解资产阶级的那一套。她想了想,自己在"五反"这个重大问题上不能太老实了,但想起刚才徐义德对杨健说的那些话,徐义德准备坦白不是很明白了吗?但是要提高警惕。她说,"徐义德自己对杨部长是讲了要坦白,我们不花力量,我想,他不会彻底坦白的。要是他能够坦白,下面的人就好办了。"

"我有一个经验,"严志发直率地说,"资产阶级的话不可靠。可是我讲不出理由来。"

"是的，"钟佩文说，"资产阶级的话是不可相信的。当面一套，背后一套。如果每句都是真话，那就不叫资产阶级了。"

叶月芳接上去说："那便是工人阶级了。"

"还是请杨部长谈谈吧。"余静说完了，望着大伙，仿佛征求大家的意见。

大家都望着杨健。

杨健向俱乐部储藏室四周看了看：虽然是上午，屋子里的光线不强，阴沉沉的。靠左面窗下放了一套洋鼓洋号，再上面摆着十多个腰鼓，正对着他的墙上放着五星红旗和游行用的竹柄领袖像。这是储藏室，也是工会的另一个办公室。因为是储藏室，平时无事没有人到这里来的。党团会议常在这里举行。杨健不放心，他怕窗外有人偷听，特地把声音放小了说：

"根据余静同志刚才的报告，毫无疑问，我们主要的对象是资方徐义德。三年以来，党和工人阶级对民族资产阶级是完全按照《共同纲领》规定的政策团结他们的。他们获得了政治上的地位和经济上的高额利润之后，不但不感激工人阶级和共产党，而且忘恩负义地向工人阶级和共产党猖狂进攻。他们破坏国家经济建设事业，进行种种罪恶活动。要是让他们这样猖狂进攻下去，不但新民主主义经济建设不能成功，社会主义的前途也不能实现。我们要走社会主义的道路，巩固无产阶级专政，改造民族资产阶级分子，是我们工作的一个方面，改造徐义德，这样的人，不是容易的事。一定要发动工人群众，迫使徐义德彻底坦白，彻底清算徐义德的'五反'罪行，加强工人阶级的领导，监督资方，沪江纱厂的五反运动才能取得胜利。我们斗争的锋芒主要指向徐义德，但目前不能孤立地来对付徐义德，如果这样的话，那我们沪江纱厂五反运动的时间就要拖长，甚至于要影响彻底胜利。这就是需要我们仔细周密讨论的地方。"

杨健把问题提到这样的高度，顿时引起全场非常的注意，张小玲有点闹不清楚，她问自己："目前不能孤立起来对付徐义德，对付谁呢？"

杨健接着说：

"我们要仔细分析一下徐义德今天的态度：他是一名很好的演员，他装腔作势来麻痹我们，迷惑我们，演得就像是真的一样，骗取别人对他的信任。这就是一个证明。我认为徐义德今天的态度并没有变，还是过去那个徐义德。如果说有改变的话，那是变得比过去更狡猾一点。要是他真的认识到五反运动的伟大意义，也知道抗拒从严坦白从宽的道理，他为啥早不坦白呢？当时又为啥不坦白呢？这就是麻痹我们，松懈我们的战斗意志。相信他这些鬼话，我们就要上当了。"

余静听到这儿心头一愣，她想起那次劳资协商会议的事。杨健给她指出，是一个重大的经验教训。赵得宝当时也认为应该记取这个经验教训，怎么遇到具体问题，这个宝贵的经验教训就忘记了呢？她托着腮巴子静静听杨健的分析：

"你听他说：老实讲，过去确实不大了解，听了陈市长开展五反运动的报告，特别是今天听了杨队长的谈话，是完全了解了。他把我抬得比陈市长还要高，好像我的谈话更能启发他似的。其实我的话不过是根据陈市长的报告，重复说了一遍。徐义德为啥这样说呢？捧我，抬高我，想取得我对他的好感，想蒙混过关，是一种糖衣炮弹。如果一次谈话他就彻底坦白，他就不叫徐义德了，他也不是民族资产阶级了。根据我们在振兴铁工厂的经验，民族资产阶级只有在他不得不坦白的时候，他才会坦白。说得更确切一点，只有坦白对他更有利的时候，他才会坦白，而且是挤牙膏式的坦白。"

"这是一点不错的，"严志发为了加重他的语气，又说道，"我亲眼看见的。"

随着杨健来的"五反"检查工作队的同志们都默默地点了点头。

"要是我们孤立地集中力量对付徐义德个人,那我们就是攻坚,花的力量大,拖的时间长,可能是吃力不讨好的。时间久了,不能解决战斗,不但提高徐义德的斗志,同时还会增加资方代理人和高级职员的抵抗的信心。这对我们是不利的。我们要迅速形成广泛的'五反'统一战线,首先要放手发动工人群众,组织工人群众,提高工人阶级的觉悟,明确伟大的五反运动的伟大意义,广泛搜集材料,这是'五反'统一战线的主体;其次要争取高级职员,特别是技术工作人员和会计工作人员。陈市长说他们对资本家的不法行为,比一般工人知道得更清楚些。打破他们的顾虑,指出他们的光明大道,能够争取他们回到工人阶级的队伍中来,资本家就站不住脚。资本家的家属也应该争取,他们也会站到人民政府和人民这方面来……'五反'统一战线形成以后,我们掌握了资本家五毒不法行为的材料,内外夹攻,剩下来的只有一个孤零零的资本家,一个孤零零的徐义德,他才会老老实实地坦白。我们不要忘记,坚强的堡垒最容易从内部攻破,能够避免攻坚,我们必须避免。按着这样的部署进行,我们能够胜利,我们一定胜利。"

杨健精辟的分析吸去了大家全部的注意力,会场上一点声音也没有。他讲到后来声音越来越高昂,字句越来越有力,简直是像一首美丽动人的诗篇。他的话像是有一股不可估量的伟大的力量,把大家各种不同的想法统一到一个正确的认识上。在静穆中爆裂开清脆的充满信心的热烈的掌声。杨健并不以为自己的意见很完整了,他又虚心地说道:

"大家有不同的意见,可以提出来研究。"

大家没有意见。杨健征询意见的眼光对着余静:

"你有不同的意见吗?"

"没有。"余静站起来说,"过去我缺乏对民族资产阶级斗争的经验,上次在区里杨部长对我说的一点不错,对民族资产阶级不能太老实了。……"

"是的,"杨健插上去说,"对党,对人民,要忠诚,要老实;但是对不老实的资产阶级,就不能太老实,你太老实,就上他的当了。"

余静还站在那里,接下去说:

"我完全同意杨部长的意见。"

"没有反对的吗?"杨健向大家看了一眼,没有一个人提出异议的。他说,"那该考虑怎样配备我们的战斗的力量了。"

杨健建议在"五反"检查队下面成立五个组。他和余静、赵得宝商量了一下干部配备,就提出下面的名单:

群众工作组　　赵得宝　秦妈妈　陶阿毛

职员工作组　　余　静

资方工作组　　严志发

材料联络组　　钟佩文　叶月芳

纠察组　　　　张小玲

杨健念完了名单,全场一致通过。正要讨论下一个议程时,忽然听见有人在外边砰砰地打门。从打门急促的声音上,听出有啥紧急的事情发生了。张小玲过去开了门,站在门口的是细纱间的郭彩娣。她想跨进来,看见屋子里满是人,正在开重要的会议,她于是把脚停留在门槛上,匆匆地问:

"我可以进来吗?"

余静说:"可以。"

郭彩娣跑到余静面前,上气不接下气地报告道:

"刚才厨房里的同志说,今天晚上没有钱买菜,向会计领钱,会计说没有钱。向徐义德要,徐义德说一个钱也没有。今天晚饭开不出来了,大家急得没有办法,要我来告诉你……"

余静给这个突然而来的消息愣住了。她想不到像沪江这样的大纱厂会突然一个钱也没有了。她惊诧地问杨健：

"这是怎么回事呀？"

"这还不明显吗？是徐义德的花招。他现在开始和我们斗法了，有意违反上海市军事管制委员会的四项规定。不准三停，他却公然想用停伙来威胁工人群众。你们热烈欢迎'五反'检查队来沪江纱厂检查吗？就让'五反'检查队到沪江纱厂的当天晚上，使大家没有饭吃。徐义德会忽然一个钱也没有，那才是天大的笑话哩。"杨健对余静说，"你把严志发带去，找徐义德好好谈一谈，要他必须遵守军管会的四项规定，不准三停。"

"好，"余静站起来，对严志发招招手，说，"你这个资方工作组组长马上就上任了。"

"那不很好吗？我正愁着不知道资方工作从何下手哩，这一来，倒好办了。"

十八

徐义德很快就知道郭彩娣到工会报告去了。他料到工会方面马上一定会派人来,便对梅佐贤说:

"你让他们给我送一碗阳春面来。"

"阳春面?做啥?"

"其中自有道理。你给我照办好了。"

"那容易。"

梅佐贤刚走出厂长办公室没有一会,余静带着严志发和郭彩娣走了进来。余静刚才在路上想:过去上了徐义德的当不止一次了,这一次得牢牢记住杨部长的话,好好研究徐义德的言行。一个单纯而又老实的人,对付像徐义德这样的人,实在感到棘手。她想不到世界上竟有像徐义德这样的人。但是也很有兴趣,可以得到非常宝贵的斗争经验。杨部长亲自到厂里来领导,她的信心更高了。

徐义德见他们三个人走了进来,立刻从办公桌那边走过来,把他们三个人让到迎窗那边的咖啡色的皮沙发上坐下。他自己坐在下面那张单人沙发里,正好靠近余静旁边。他向他们敬香烟,没一个人会抽的。他自己点燃了一支中华牌香烟,跷起二郎腿,暗暗向严志发扫了一眼,脸上堆起一片假笑,说:

"这位还没有请教,贵姓是——"

余静给徐义德介绍了严志发。徐义德笑着说:

"我们早一会在会客室见过。"徐义德看见郭彩娣坐在上面那张单人沙发里,正和他面对面,一直在盯着他望。他早猜出他们的来意,但是他装出完全不了解的神情,弯着腰,低声问余静,"诸位光临,有啥指教吗?"

"有点事想和你商量。……"

余静还没有讲完,徐义德就接上去说:

"欢迎,欢迎。请问,啥事体?"

"伙房里今天晚上没有钱买菜了,你晓得哦?"

"啊!"

"希望你早点发钱给他们。"

"哦……"徐义德漫不经心地应了一声。

郭彩娣看徐义德这副腔调心头早就冒火了,见他不慌不忙的劲,更叫她忍受不住。她大声叫道:

"你还不晓得吗?别装蒜了,你想停伙吗?"

徐义德欠身说道:

"不敢,不敢。"

郭彩娣对着徐义德说:"今天晚上要开伙。"

"当然,当然。"徐义德坐在沙发上,抽了一口烟,慢吞吞地说,"不开伙哪能行呢,那大家会饿肚子的。"

"那你快点发菜钱吧。"余静以为问题解决了。

"钱吗?实在对不起,我没有了。"

"你会没有钱?"郭彩娣嘴上溅着白沫,说,"鬼才相信!"

"实在没有钱。"徐义德不动声色地说。

"徐先生,我希望你讲话老实点。"一直没有吭气的严志发开口了。

"我讲话从来老实的。没有钱,我说有钱,那不是骗你们吗?"

工友送进来一碗阳春面。徐义德要他把面放在沙发前面那张长方形的矮桌上面。徐义德看见阳春面上撒了一些碧绿的雪白的

葱花,随着面的热气,散发出一股清香。徐义德问大家:

"诸位用过早点了吗?"

大家点点头。

"对不起,我还没有吃早点,"徐义德端起那碗阳春面来,吃了两口,说,"一个钱逼死英雄汉。没有钱也实在没有办法。老实讲,我这一辈子从来没有吃过阳春面,也不晓得阳春面是啥滋味。可是没有钱,我今天也不得不端起这碗阳春面了。"说到这里,徐义德深深地叹了一口气,好像不胜伤心似的。他吃了一口又停了下来,仿佛没有浇头,很难咽下这碗面。

郭彩娣不满地瞅了徐义德一眼:

"吃阳春面有啥稀奇?我们工人天天吃。有的吃还算好的呢,有的人连阳春面也吃不上。"

"那是的,那是的。"徐义德避着郭彩娣的眼光,低着头又很快吃了一口。

余静看徐义德一口一口地在吃阳春面,这无论如何不是假的。难道徐义德真的没有钱了吗?徐义德有钱余静是了解的,是不是徐义德一时没有现款了呢?这一点,余静就不清楚了。

"你吃阳春面,你吃海参鱼翅,你爱吃什么就吃什么,同我们都没有关系。"严志发看徐义德这位演员又在他们面前表演了,心中作呕,忍着一肚子气,指着阳春面,对徐义德说,"徐先生,你的态度要老实点。"

"严同志说得真不错,现在是新社会,每个人都应该老老实实的。我徐义德一向老老实实的,在同业中没有一个人不晓得的。严同志刚到我们厂里工作,大概还不十分了解鄙人的脾气。鄙人办事从来都是老老实实的。不信,你问问余静同志。她了解人最深刻细致了。她是了解我的。"

余静上过他的当,尝过滋味,听他这么说,特别提高了警

惕,说:

"我过去不了解你。最了解你的是你自己。不要再花言巧语的了,老老实实地解决问题吧。"

徐义德大吃一惊:余静居然讲出这样的话来。他不相信是余静讲的。他把眼睛眯成一条线,向余静瞟了瞟,千真万确是出自余静的嘴。他预感到"五反"检查队进厂以后的变化,连余静也和过去不同了。他在余静身上看到杨健的影响。他对自己说:今后得小心点。他不正面回答余静的话,只是说:

"余静同志的话真有道理,最了解一个人的是他自己。这说法再对也没有了,再对也没有了。"他接着哈哈奸笑了两声。

梅佐贤从外边走了进来,看见厂长办公室里的气氛很紧张,他站在门那边,没有往前走,眼光落在徐总经理的身上,想从他的表情上来判断自己该不该进去讲话。徐义德料他有事情,因为他们谈得很僵,来个梅厂长,正好做自己的帮手。他便对梅厂长点点头:

"进来坐吧。"

余静往长咖啡色的沙发角上一靠,让出点地位给梅佐贤坐。他知趣地端了一张椅子,坐在徐义德旁边。徐义德想把刚才的事岔开,特地问梅佐贤:

"有啥事体?"

"有,"梅佐贤的眼光对着余静,没有说下去。

"说吧。"

"工务上报告,明天花衣不够了,再不进花衣,明天要关一部分车……"

郭彩娣一听要关车,不等梅佐贤说完,便跳了起来,指着徐义德的鼻子说:

"徐义德,你好厉害啊!停伙不算,又想停工!"

151

"讲话斯文点,不要动手动脚的。"

"你为啥要停工?"郭彩娣并没有给徐义德吓倒,仍然指着他的鼻子,丝毫也不放松,气呼呼地说,"你讲!"

"这件事和我一点关系也没有。我和大家一样,希望每部车子都转动。没有花衣,那是工务上的事,为啥不早进,我刚到厂里来,也没把花衣藏到家里去,怎么质问我呢?"

"你是总经理,厂里的事,你不负责,要我们工人负责吗?没有花衣,要我们工人空手纺出纱来吗?"

徐义德见郭彩娣一步不让,他的口气缓和了一些,说:

"厂是我办的,我当然要负责。没有花衣,可不能怪我。这是工务上的事。为啥早不报告?我正要查……"他转过来,一本正经地对梅佐贤说,"你要工务上写份报告给我,没花衣为啥早不报告?办事太不负责了。"

"是呀,我也这么说。"

郭彩娣怕徐义德往郭鹏身上一推,自己滑过去,接着说:

"不管哪能,不能停工。别往工务上推,你不设法,今天可不能放你过去!"

徐义德见她直蹦直跳,指手画脚,他越是显得冷静和安详,不慌不忙地说:

"不放我过去,那好,我就不过去。"

严志发懂得对徐义德这样的人发脾气是解决不了问题的。他让她坐下来慢慢谈。她一屁股坐到沙发里去,身子给弹簧一震,又跳了起来。她气得一句话也说不出来。严志发对徐义德说:

"你看过军管会开展五反运动的四项规定吗?"

"看过,看过。"

"徐总经理可关心政治哩。人民政府的政策法令他都要看上几遍。"梅佐贤在旁边帮腔说。

"看过了,很好。那你为啥要违反军管会的规定?今天停伙,明天停工,我看过几天就一定要停薪了。"

"是呀,"余静给严志发一提醒,顿时察觉出徐义德的阴谋,涨红着脸说,"你有意三停!"

"没有这回事。"

严志发逼紧一句:"那为啥停伙停工?"

"这是误会。"

"那你要开伙开工。"

"当然要开伙开工。"

"先发菜金,后进花衣。"余静紧接着说。

徐义德对余静这两句很同意:"这样安排很好。"

"钱呢?"严志发问。

"没有。"徐义德把门关得紧紧的。

"你会没钱?"郭彩娣的声音又高了,"哼,鼎鼎大名的徐义德忽然一个钱也没有了,就是三岁小孩子也不相信啊。"

"这是事实。"

"我晓得,徐总经理真的没有钱。"梅佐贤堆下满脸的笑容说。看见严志发气呼呼的,他连忙收敛了笑容,阴沉着脸。

"事实?"严志发也有点忍不住,他大声质问。

"事实,"徐义德不动声色地说,"这两天头寸紧,同业中拉不动,行庄又不放款,人民银行要押款,再借,我厂里机器脚上都要贴满了人民银行的封条了。没有钱,这是铁的事实。"

"真的一点钱也没有了吗?"余静不相信徐义德哭穷。

"真的一点钱也没有,我要是骗你,余静同志,我可以对天发誓……"徐义德把希望寄托在余静身上。

"一点办法也没有吗?"余静不相信的眼光注视着徐义德。

"要是有办法早就想了,何必费这些口舌哩。如果有钱,早就拿出来了。我不是那种耍手段的人。"

"徐总经理办事从来是爽爽快快的。"梅佐贤对大家说,"这一点请各位放心。"

严志发懒得听徐义德这些鬼话,他直截了当地说:

"我们不管你办事爽快不爽快,简单一句话,你应该遵守军管会的规定。违反规定,人民政府会依法处理的。请你好好考虑。"

徐义德料到严志发会有这一手,这几句话打中他的要害。他连忙解释道:

"这方面还要请各位帮帮鄙人的忙,我绝对不是违反军管会的规定,鄙人对于人民政府的政策法令从来是完全遵守的。这一次实在是太困难了,我自己要是有一点点的办法,我早就想了,绝不会麻烦诸位费这许多的时间,实在过意不去。"他说到这里,顿了顿,把眉头紧紧皱在一起,叹了一口气,说,"要么,把这爿厂押给人民银行,拿些现款来救急。"

郭彩娣脸上露出了笑容,她高兴交涉胜利了,停伙停工问题可以解决了。她问:

"真的吗?"

"当着诸位的面还能说假话吗?请诸位帮帮忙,只要人民银行答应,我一定签字。"

"这是你自己的事。"严志发怕徐义德将来反咬一口,说工人逼他押厂,便往徐义德身上一推,"我们没法帮你的忙。"

"当然是我自己的事。"徐义德见严志发和郭彩娣都没有反对的意思,内心忍不住地高兴。这一来不但真的解决了停伙停工的问题,而且可以得到一大笔现款,不管五反运动怎么厉害,他也不必担心自己的厂了。工会方面不帮忙,人民银行肯押款吗?连他自己也不敢相信。但有了这个主意,至少可以把他们搪塞过去。严志发既然不肯帮忙,只有自己动手了。他对梅佐贤说,"你快和银行联系一下……"

"好的,我马上就去……"

梅佐贤迈步要出去,走到门口那儿,给余静叫住了:

"等一等。"

梅佐贤退回来,坐在椅子上,不安地瞅着余静,不知道她要说啥。他见她的眼光一个劲盯着徐义德,料想事情没有想的那么顺利,铁算盘今天也遇到了对手。办公室里静悄悄的,不时传来门外会计打算盘的清脆的声音。余静冷冷地问道:

"你真的准备押厂吗?"

"当然不是讲笑话。"

"'五反'工作队进了厂,你就要把厂押给人民银行,这是啥意思?"

余静几句话说得徐义德的面孔忍不住绯红了。他认真看了她一眼,旋即又很自然地避开,显出无可奈何的神情,说:

"一个办厂的人当然不愿意把厂押出去,眼看着没有钱买菜,也没有钱进花衣,不得已想出这个下策,解决目前的困难。"

"你看,人民银行肯吗?"

"这个,很难说。工会方面帮忙说两句,也许可以……"

"大家都把厂押给人民银行,'五反'可以不必进行了。"

"像沪江这样困难的厂不多……"徐义德感到现在和余静讲话比过去吃力,得好好想想,一边留神她的脸色。

"所有困难的厂都把包袱甩给人民银行?"

这一句突兀有力的话把徐义德问住了。他脸上漾开了笑纹,竭力保持着镇静:

"不是这个意思。"

"是啥意思?"余静逼紧一步。

"这是不得已的权宜之计,渡过了目前的难关,让我喘口气,我还是要想办法赎回来的。"

"人民银行不要呢?"

徐义德一时答不上来。他的眼光转到梅佐贤身上。梅佐贤会意地说:

"事在人为,人民银行不要,私营行庄也可以活动活动……"

"哪个私营行庄?"

梅佐贤信口答道:

"金懋廉的信通银行和我们有往来……"

梅佐贤发现徐总经理瞪了他一眼,他发觉提出信通银行来不好,就没说下去。

"信通银行也不要,"余静对徐义德说,"那么,今天停伙?明天停工?"

徐义德兀自吃了一惊,想不到余静话题一转,又把问题摆在他的面前,叫他躲闪不开。大家的眼光都对着他。他毫不在乎,慢慢地说:

"当然不能停伙停工。"

郭彩娣心里想:幸亏有余静在旁边,差点又要上徐义德的当了。她一直在观察徐义德的表情,见他那个不慌不忙的样子,恨不得骂他两句。她憋不住,心直口快地说:

"说话少绕弯子,快发菜钱!"

"刚才鄙人已经说了,别的事好办,就是没有现钱。"

"停伙你负责!"

"我当然要负责。"徐义德对郭彩娣点点头,说,"我这爿厂能办到今天,全靠党和工会的领导。现在厂有困难,我想余静同志一定会帮忙的。好在杨部长也在厂里,只要党和工会肯想办法,一定可以渡过难关的。"

"你呢?"余静的眼光对着徐义德,冷静地质问他,"你这个总经理就不管吗?"

"我实在无能为力!"

"你无能为力?"郭彩娣气得霍地站了起来,冲着徐义德,指着他的鼻子说,"问题不解决,你今天别想跨出沪江的大门!"

"我正想睡在厂里,和工人同志们一道渡过难关!"

十九

杨健仔细听完了余静的汇报，没有表示意见，在静静深思。他所率领的"五反"工作队像是一只航行的船，刚开出去就遇到危险的暗礁，幸亏发现了，但不突破这个暗礁，船就不能继续航行了。他早就知道徐义德的为人，到了沪江纱厂，又有了深一层的了解。

郭彩娣对杨健寄托了很大的希望，以为一到杨健这里，问题马上就可以解决了。她没料到他一言不发，大概也没有啥办法。她感到屋子里的空气沉闷得很，大家都不说话，真急死人哪！她一个劲瞅着杨健。他的脸色十分安详，看郭彩娣想讲话，笑着问：

"你有啥意见？"

"徐义德岂有此理，我看他一心想破坏'五反'！"

"你说得对。"杨健见郭彩娣一针见血地指出徐义德的心思，便鼓励她，说，"我们让他破坏吗？"

"哪能行。"

"那么，让大家饿肚子？"

"这也不行。"

"可是没有钱买菜呀，也许过几天米也没有了。"杨健对郭彩娣说，眼光却向余静、严志发和汤阿英扫了一下，好像对他们说：听听郭彩娣的意见看。

"我就不相信徐义德没钱。要是他真的没钱，算我看错了，你们把我两只眼睛挖掉！"

"事情没那么严重，用不着挖眼睛，"杨健看郭彩娣涨红着脸，真是快人快语。他喜欢她的直爽。他幽默地说了两句,有意没有说下去,使得她有点怀疑了,不知道说得对也不对。她正想问个明白,他接下去说道,"你说得对,彩娣,我同意你的看法。徐义德确实有钱,在这点上,我们看法一致。问题是怎样揭露他的阴谋。"

"揭露阴谋,这个,我可没有办法。"郭彩娣皱着眉头,瞪着两只眼睛在动脑筋。半晌,她眉头开朗,脸上微微露出得意的笑意,说,"想起来了,我有个法子。"

她的话引起了严志发的兴趣:

"说出来大家听听。"

严志发离开办公室,心里就一直在想怎样和徐义德斗,没有想出什么好主意来,就一直没有开口。郭彩娣对他点点头,说:

"徐义德天天吃山珍海味,在厂里吃阳春面,是装给我们看的。今天晚上没菜金,他家里一定有钱,我们全体工人开到他家里去……"

余静觉得这不是个好办法。工人都到徐义德家里去,厂里的生活谁做呢?中共上海市委号召:要五反运动和生产两不误,工人不能随便离开生产岗位。凭气愤不但不能解决问题,可能使得问题复杂。她问严志发:

"你看,行吗?"

严志发认真地想了想:

"这也是一个办法……"

"大家都到徐义德家去,厂里的生产谁管呢?"余静问严志发。

"这个,我没想到。"严志发摇摇头,觉得那不是办法。

"不怪你,我也没有想到这些。"郭彩娣插上来说,"徐义德太欺负人,我才想出了这个主意。给余静同志一说,看样子,行不通。"

"不是行不通,而是不能这样做。"杨健说,"市委有指示,要'五反'生产两不误,工人不能停止生产。"

"那么,就让徐义德耍死狗吗?"郭彩娣问杨健。

"当然不能。"杨健看严志发在思考,便问他,"你有啥好办法吗?"

严志发沉毅的脸庞上慢慢露出了得意的神情,扬起了眉头,说:

"我倒想出了一个主意,不晓得行不行,杨部长。"

"你不说,我们一不是神仙,二不会神机妙算,哪能晓得行不行呢?"

"你说给大家听听。"余静鼓励他说,"我们研究问题,啥意见都可以提。"

"对。三个臭皮匠,赛过诸葛亮。"杨健说,"有时我的意见也不对,经过大家一讨论,意见就比较完整、正确了。"

严志发理直气壮地说:

"徐义德违反军管会的法令,有意三停,应该把他抓起来,杀杀他的威风,看他再耍不耍死狗?"

"这一着再绝不过了!"郭彩娣高兴得啪啪鼓起掌来了。

汤阿英认为这也是个办法,但她看见杨健皱着眉头在聚精会神地沉思,说明问题不是这么简单。她觉得徐义德这家伙真是坏到骨髓里去了,叫你奈何他不得。她在思索,看杨健想啥办法。

大家没有言语。余静打破了沉默:

"按照军管会的法令,我们随时可以逮捕徐义德。抓起来以后,怎么办?薪金还是没有,花衣也没有,徐义德更不会管了。徐义德下决心三停,你说,他没想到这一层吗?把他抓起来,正中了他的计。他一进监狱,把手一甩,啥也不管了。沪江'五反'怎么进行呢?"

"让他这样横行霸道?……"郭彩娣憋了一肚子气,急得话也讲不下去了。

"他横行霸道的时代已经过去了。……"杨健很有把握地说。

"徐义德给我们的颜色看……"郭彩娣愤愤不平地说。

"那我们就看吧!"杨健微笑地说。

"你受得了这个气,杨部长,我可受不了。"

"现在人家要给我们颜色看看,我们怎么可以不看呢?"杨健轻松地笑着说,"当然,以后我们工人阶级也要给他颜色看看,这叫礼尚往来,来而不往,非礼也。"

"我们有办法吗?"郭彩娣的眼光一直盯着杨健,流露出有点不满的情绪。她站了起来,想一个人去找徐义德,把他问个明白。

"彩娣,别急,坐下来好好商量,"汤阿英对她按一按手,说,"当然有办法。"

"我在这屋里待不住。"

"你想到啥地方去?"

"找徐义德算账!"

"你这个账哪能算法?"杨健想好了主意,他劝郭彩娣坐下,说,"还是我们先算算账,自己算好了,再去找徐义德不迟。"

这一回轮到郭彩娣问杨健了:

"你说:哪能算法?"

"徐义德从心里反对'五反',但他嘴上又不得不赞成。我们现在不能急躁,办事要谨慎,不然就要上他的圈套。他吃阳春面,他哭穷,当然是表演给我们看的。要是让他停伙停工,就要影响'五反',说不定他还会煽动部分工人和工会对立,怪'五反'不好。"

"这个道理我懂,"郭彩娣说,"我们不让他停伙停工!"

"可是他不听我们的话。我们现在面临着一场严重的斗争。这个问题不解决,就别想进行'五反'。"

"是呀!"汤阿英点头同意。

"装假总是装假,徐义德不能持久的。时间对他不利。我们要想办法叫他继续开伙开工,老严,你去找梅佐贤和勇复基,他们一个是厂长,一个是会计主任,两个人都是怕事的,特别是勇复基,更是个胆小鬼,要他们两个人负责开伙。如果他们也说没钱,你就透露出去:我们准备查账。这么一来,他们态度一定会软下去。账面要是真的没有现金,可以设法向人民银行贷款。但是像沪江这样规模的大型纱厂,会忽然没有现金买菜,谁也不相信的。他们两个人一定有办法,万一没有办法也不要紧,可以分化他们内部,不至于一致对付我们。我们也要想好下一步,这是个群众问题。这是徐义德和我们斗争的第一个回合。这个问题不解决,'五反'工作就很难展开了。我们不能要工人饿着肚子搞'五反'。"

"对,解决了这个问题,厂里才好进行'五反'。"余静同意杨健的看法。

"全体工人不必到徐义德家里去,余静同志,你到徐义德家里去一趟。徐义德在厂里装穷,他家里却装不了穷。"

"我现在就去……"

"不,"杨健对余静摇摇手,说,"徐义德今天一定有布置,现在去,看不出真相来。今天一天不去,他家里以为没事了,明天突然去,可能看到一些真实情况。"

"你想得真周到。"余静脸上露出钦佩的神情。

"不是我想得周到,是徐义德布置得周到。他和我们斗法,布置了圈套,要我们上。我们不得不多想想。我得把厂里的情况向区委汇报,防止徐义德再耍出啥花招来。不怕他有天大的本事,我们有军管会的法令管着,必要的辰光,可以按老严的意见做,逮捕法办。"

严志发听到这里兴高采烈,眉头一扬,大声说道:

"这个最省事,也最灵光。"

"这是最后一着,能够不用,还是不用的好。"

严志发的脸上恢复了平静,低声说:

"那我现在去找梅佐贤、勇复基去!"

"不,"郭彩娣拦住他的去路,对杨健说,口气里有些不满的情绪,"杨部长,你把工作都分配了,我做啥呢?"

"你不提起,我倒忘记了。"杨健对她笑了笑,说,"你想做啥?"

"你要我做啥就做啥,我不能闲着。"

"倒有一件工作,就是性子不能急!急了要误事的。"

"啥事体,杨部长,你快说,我一定不急。"

"你看,你又急了!"严志发指着她说。

"好,不急,不急。杨部长,你慢慢说,我耐心地等着。这,对哦?"

"很好。"杨健没有说下去,有意试试她的耐心。她果真屏住气,一言不发,纹风不动地坐在板凳上。杨健看她那副严肃认真的神情,暗中忍不住要笑,便对她说,"徐义德早上吃了阳春面,中饭、晚饭一定到饭厅去吃。你和汤阿英坐在他附近吃,看他还有啥花招。你们要仔细观察他,不动声色,不要让他发觉你们在注意他。他要啥花招,你们不要理他,赶快回来给我报告就行了。你的行动要听汤阿英的指挥,她比你沉着冷静,看问题也比你全面周到。"

"我以为是多么困难的事体,原来是这个,那容易。"

"不容易,性急要误事的。"

"杨部长,你放心好了,一定误不了事。"郭彩娣充满信心地拍拍胸脯。

"这回该让我走了吧?"严志发站了起来。

郭彩娣让开路,弯着腰,对严志发说:

"不送,不送!"

二十

徐义德利用大家都到饭厅吃晚饭的时候,把梅佐贤叫进了办公室。梅佐贤忐忑不安,不知道总经理要谈啥。严志发今天给他谈话的内容估计总经理不会知道,那为啥突然找他来呢?他摆出若无其事的神情,坐在长沙发上,等候徐总经理的吩咐。徐义德亲自把门关好,紧靠着梅佐贤坐下,亲热地小声对他说:

"佐贤,我现在一切全靠你了……"

梅佐贤听了这话心头一愣,对自己说:总经理知道严志发来找过他吗?总经理知道他和严志发谈啥吗?他竭力保持着镇静,微笑地对徐义德说:

"我的一切都是总经理的。你的事情也就是我的事情。我能有今日,全靠总经理的提携。现在正是报答总经理的辰光,你有啥事体,吩咐好了,赴汤蹈火,我梅佐贤决不推辞。"

"事体还没那么严重……"

梅佐贤听了这句话心里稍为轻松一些,仔细听徐义德往下说:

"我今天准备不回家了……"

"不回家?为啥?"

"杨部长带了'五反'工作队进厂检查,今天停伙,明天停工。你说,那位杨部长会放过我吗?"

"总经理估计得正确。"他又怀疑严志发来看过徐义德了。

"我想,他们可能不让我回家。我不如主动不回家。根据军管会颁布的法令,三停是违法的。现在印把子捏在人家手里,人家要立啥法,就立啥法,我们做生意买卖的人有啥办法呢?共产党根据法令,随时可以逮捕我。也好,我就在厂里等共产党来抓,把我关进提篮桥,好得很,用不着担心'五反'不'五反'了。"

"会有这样的事吗?"梅佐贤感到事情严重,万一总经理给抓进去,那么,沪江纱厂的全副担子都压在他的肩胛上了!他没有这个膂力,也没有这个胆量。这么一来,倒真要给总经理想想办法了。只要有总经理在,天塌下来,有总经理顶着。他即使有点责任,也不怎么严重。他安慰徐义德,说:"总经理,不会的。"

"共产党说到哪里,做到哪里,——他们啥事体做不出来?不过,倒希望他们把我抓起来,我就好避开'五反'了。请你今天到我家里去一趟,叫她们放心,我今天住在厂里,明天也可能不回去。"

"我一定给总经理办到。"梅佐贤同情地看着徐义德,表示愿意和他共患难,说,"我也住在厂里。"

"为啥?"

"陪总经理。"他的声音有点呜咽。

"谢谢你的好意。"徐义德感激地点点头,觉得梅佐贤究竟是厂长,在紧要关头没有忘记他。他注视梅佐贤穿着一身深蓝咔叽布的人民装,长方形脸庞上那两个酒窝好像为他隐藏着忧虑,感觉梅佐贤比过去更可爱了。现在他更需要梅佐贤这样的人。他说:"你不要住在厂里。厂里,有我顶着。你每天照样回家,好在外边探听探听风声,和我家里联系,省得叫她们待在家里担心受吓。"

"我白天可以出去给你办事,晚上在厂里陪你。"

"不。不能够让共产党把我们一网打尽。我要是出了啥事体,守仁年纪还轻,办厂、维持这份企业,全要拜托你了,佐贤。"徐义德说到这里很激动,声音十分低沉。

"我,我……"梅佐贤认为自己是厂长,也有义务留在厂里,但是总经理那么恳切,要是自己坚持,反而显得自己推卸责任了。他只好说："我听总经理的吩咐,总经理要我做啥,我就做啥……"

"很好,以后完全靠你了。"徐义德说到这里,把头低了下去。

梅佐贤见总经理对他那么信任,想起和严志发谈话的情形,不禁感到内疚,脸上热辣辣的了。他坐在那里,想原原本本地告诉总经理,又怕总经理怀疑自己;不讲呢,心里又不安。他吞吞吐吐地说：

"总经理,严志发今天找了我……"

"他找你？"徐义德警惕地抬起头来,两只眼睛注视着他。

梅佐贤一看到那眼光,他就有点心虚,徐义德炯炯的眼光仿佛可洞烛一切,啥细微的事物也瞒不过他的视线。梅佐贤慢慢地说：

"唔,他要我负责继续开伙,维持生产……"

"你哪能讲？"徐义德每根神经都紧张起来了,全身的血液好像一下子都循环到他的脸上了。他涨红着脸,急切地想知道下文。因为他对付杨部长和"五反"工作队,主要靠这一着。这一着万一突破,五反运动不可避免地要在全厂展开了。

"我说总经理在厂里,你们可以找他去交涉……"

徐义德脸上的皮肤松弛了,换了一口气,赞扬地说：

"你回答得对。他们有本事,找我徐义德好了。就是杨部长亲自出马,我也不在乎。没钱就是没钱。我没有点石成金的法术。别逼人太甚,顶多我把厂献给政府,省得我担这份心事！"

"他们当然不是总经理的对手。"

"严志发要来找我吗？"

"不,他不肯找你,硬要我和勇复基负责……"

徐义德打断他的话,插上来问：

"你说啥？"

"他硬要我和勇复基负责……"

"勇复基？"徐义德咬着下嘴唇,气愤地说,"他们想得真绝,啥人不好找,要找勇复基!"

"他还要我们保证明天不停伙不停工!"

"你保证了吗?"

梅佐贤给总经理突如其来的一问,没有想好怎么说法,当时愣得说不出话来。徐义德感到事体有点不妙,逼紧了梅佐贤也许不敢说真话了。他放慢了语调,轻轻地说:

"保证了也没有关系。"

梅佐贤从总经理的口吻里,了解总经理并不知道严志发找了他,当然更不晓得他们谈了啥。他心里有了底,情绪稳定一些,便笑了笑,说:

"我哪能保证?我一口回绝了他。"

"你做得对!"徐义德靠到沙发背上,悠闲地跷起二郎腿来,穿着黑乌乌皮鞋的右脚左右摆动着。

"他还缠着勇复基不放……"

"啊!"徐义德的脚停止了摆动,把腿放下,问,"他怎么说?"

"他,"梅佐贤想到勇复基是他手下的人,如果说了什么不妥当的话,他这个做厂长的也有一份责任,便说,"他见我口气很硬,就没吭气。严志发再三要他想办法,他说这一阵厂里银根确实紧,头寸不够,他是小职员,没有办法想。严志发还要他动动脑筋,他往我身上推,要厂长出点子。他能办到的,一定办。"

"想不到勇复基的本事也不小。"徐义德心中深深感到每月给勇复基那点暗贴,是完完全全值得的。杨部长真是无孔不入,连勇复基这边也想去动摇,幸亏勇复基应付得好,不然坏了他的事,那就很难收拾了。

"我在旁边相帮他,递眼色给他看,暗示他有啥事让我负责……"

"怪不得他的胆子这么壮哩!"

"这全靠总经理的栽培,从前他可是个胆小怕事的人啊!"

"你也有一份功劳!"

"多承总经理的夸奖。"梅佐贤想起严志发的话,试探地说,"你看,停伙停工下去,行吗?"

"这个……"徐义德想了半晌,反问道,"为啥不行?"

"停伙停工,工人闹起事来,怎么办?"

"闹事正好,'五反'就没法进行了。"

梅佐贤看这一点没打动徐义德,改口说:

"停伙停工,大家都没饭吃,高级职员和工程技术人员会有意见,还有总经理……"

"你怕我们饿肚子吗?这没关系,我们可以准备点干粮。"

"我们当然没有问题。"梅佐贤说,"我担心怕坚持不下去。"

"为啥?"

"万一杨部长要查账,账面上是有现金的……"

"你说啥?"徐义德打断他的话,问。

"我说,万一杨部长要查账……"

"查账?"徐义德脸上的肌肉顿时绷紧了,说,"杨部长提了吗?"

"杨部长没有提,从严志发的口气里听出来,好像已经想到这一层了。"

"哦!"徐义德半晌没有做声,等了一会儿,说,"查账也不怕,要勇复基想办法明天把现金支付出去。我们能停伙多久就停伙多久!"

"那当然。"

"你要稳住勇复基。"徐义德的二郎腿又跷了起来,他看到窗外的暮色越来越浓,通向大门的路上的电灯已经亮了,便说,"时候不早了,你快上我家去一趟……"

"今天你睡在啥地方呢?"

"就是这里!"徐义德指着空荡荡的办公室说。

"我给你送张行军床来?"

"也好。要是没有现成的行军床,千万别去买,我在长沙发上也好过一夜。"

"有现成的,一会叫他们送来。"

梅佐贤走出了厂长办公室,严志发的话有力地在他耳际萦绕。他在严志发面前答应下来,明天一定想办法继续开伙、开工,今天晚上日子好过,明天白天难熬。这话不能告诉徐义德,幸好勇复基不清楚个中底细,徐义德就是找到勇复基,他也说不出啥名堂来。但自己夹在徐义德和杨部长之间,这个夹心饼干的日子可不好受啊!不开伙开工,杨部长那边交代不过去;不停伙停工,徐义德这边不答应。他深深叹息了一声,低着头,喃喃地说:这本是徐义德的事,为啥推来推去推到我的头上来呢?他想起刚才徐义德的口气松了些,明天杨部长要是真的派人查账,逼得徐义德非让步不可,让他们面对面去斗,他就可以跳出夹心饼干的处境了。

他回过头去,向办公室望了一眼:里面的电灯亮了,门轻轻地给关上了。

徐义德走到窗口,把天蓝色的窗帷拉起,旁边留下一些空隙,这样,外边的人看不清屋里的动静,他在屋里却可以清清楚楚看见窗外的一切。梅佐贤在楼下待了一会,交代了几件事,跨出总办公室的大门,在通向大门的煤渣路上踽踽地走着。他今天没有坐那辆黑色小奥斯汀汽车回去。汽车停在他家的车房里。"五反"工作队进了厂,不是坐汽车的辰光,生活应该朴素点。徐义德的眼光一直把梅佐贤送到大门那边,见他顺利走出大门,没有遇到一丝的阻碍,他完全放心了。

徐义德反剪着两手,从窗口走了回来。他走到墙那头,又走回窗口:看到日班工人已经吃过晚饭换了衣服慢慢回家去了。夜班工人断断续续地从门外走进来。他见到那些精神抖擞的工人，要是在从前，心头马上涌起喜悦，做了一班之后，许许多多的棉花就变成无数的棉纱了。可是今天晚上啊，心里充满了无名的仇恨！

"你们都来吧，来吧，反正把我这爿厂糟蹋完了就称心如意了。你们在厂里生产得蛮好，要搞啥五反、五毒！五毒？这算啥毒？多少年来，哪一家工厂不是这样做的？我徐义德还算是好的哩，哼，别的厂，你们去看看，比沪江厉害得多啊！别说中国，外国可更厉害。美国那些资本家，哪一家厂不是一年赚很多美金，有的赚上十亿八亿也不稀奇！政府官员都听资本家的话，这多么好哩！不像中国，做个资本家一点也不威风，赚了一点钱，政府就眼红了，要'三反''五反'，一定要反得个净光才甘心！好吧，爱怎么反就怎么反，就是锅里这些面，煮干了拉倒！你们来得很好，都来吧，呸！看你们明天能开工！"

他轻蔑地对窗外看了一眼，然后得意地走回来。他有意叫梅佐贤不进花衣，像是在厂里埋了个定时炸弹。这个炸弹明天就要爆炸。没有花衣，所有的车子都得关上。工人进饭厅没有饭吃，不怕杨部长有天大的本事，看他怎么领导"五反"？他仿佛已经看到明天厂里发生的事，脸上浮着胜利的微笑。

他在室内踱着方步，计算梅佐贤离厂的时间，现在大概已经见到他家里三位太太，只要家里那道防线不被突破，他料到杨部长对自己是没啥办法的。他脸上显得十分安详，想起在家里安排的后事，他的眼光自然而然地向右边墙上望了一下，但立刻警惕地把眼光收回，怕给啥人发觉似的。他匆匆走到门口，向门外一看：办公室里一个人也没有，每一张办公桌都收拾得干干净净，人们下班回家去了。电灯的光亮很弱，照得办公室显得静幽幽的。他缩回头来，轻轻把门关好。他的眼光这才毫无顾忌地盯着右边雪白的墙壁。他轻手轻脚走过去，站在墙跟前，像是忽然给人发现自己的秘密,慌忙两手下垂,一言不发,脸孔如同雕塑的石像一样,毫无表情。半响,他的眼光从墙壁移开,向室内扫射了一番:整个办公室除了他以外,一个人也没有。他于是举起手来,向墙壁轻轻敲了一下,用耳朵贴墙仔细听听。接着在墙的另一个地方又敲了敲,凝神地用耳朵去听。这次脸上堆满了笑容。他点点头,仓皇地退了回来,倒走了三两步,又走到墙跟前,认真地望了又望,不放心地再敲了一下,才满意地退了回来,坐在长沙发上,眼光却还斜视着右边的雪白的墙。……

汤阿英和郭彩娣到饭厅里去等徐义德,第一批吃饭的人走了,第二批吃饭的人也吃完陆陆续续走去,可是不见徐义德的影子。饭厅里闹哄哄的人声逐渐消逝了,现在只听见洗碗洗筷子的响声。桌子上空荡荡的,吃饭的人留下没有几个了。汤阿英心里想:难道徐义德回家去了吗?她到饭厅来以前,他还在厂长办公室呀!难道徐义德不在饭厅里吃饭了吗?中午却在饭厅里吃的啊!徐义德又有啥花招吗?

郭彩娣的眼光在整个饭厅搜索,找不到徐义德,她笃笃地走到饭厅门口,慌慌张张赶回来,对着汤阿英展开两只手,神情紧张,小声焦急地说:

"糟糕,徐义德溜走了!"

"你看见他走的吗?"汤阿英以为郭彩娣刚才在饭厅大门外边发现徐义德溜走了。

"我没看见。"

"哪能晓得的?"

"饭厅里没有,那还不是溜走了!"

"也许他又要了一碗阳春面去吃哩!"汤阿英估计徐义德不会溜走,张小玲领导的纠察组从厂的大门到各个车间都布置了人,徐义德一溜走马上就会发觉的。她低声对郭彩娣说,"他可能还待在厂长办公室,我们去看看。"

她们上了楼。厂长办公室的门紧紧关着,里面的电灯却开着。汤阿英好奇地轻轻走过去,侧着耳朵去听:没有人声,但是一种悠然自得的脚步声时不时传出来。她哈着腰,从钥匙孔里向里面窥视,屏住呼吸,两只眼睛炯炯发光,看出了神。她看见徐义德从右边墙跟前走过来,举手轻轻向墙壁敲了一下,用耳朵贴墙仔细听听,仓皇地退了回来,倒走了三两步……汤阿英悄悄地把郭彩娣拉过去,指着钥匙孔要郭彩娣看。郭彩娣睁大两只眼睛细心地向里面看,她的脖子红了,那一股红潮一直涨到脸上,心也急剧地噗咚噗咚地激烈地跳动,看到刚才汤阿英所看到的一样的情形,马上转过身来,诧异地低声问汤阿英:

"啥事体呀?"

汤阿英指着她的嘴,摇摇手,她懂得是叫她不要吱声。她伸了一下红腻腻的舌,蹑着脚尖,轻轻走到汤阿英身边,附着汤阿英的耳朵说:

"徐义德搞的啥鬼把戏?"

"小声点!"汤阿英把她拉到靠墙的写字台那边,轻轻地说,"墙里可能有物事……"

"有物事?"郭彩娣兀自吃了一惊,圆睁着两只眼睛,焦急地说,"我们冲进去,当面问他!"

"他不会讲的。"

"我们把墙挖开!"郭彩娣拉着汤阿英的手,想朝厂长办公室的门那边走去。

"你又性急了,忘记杨部长怎么对你说的吗?"

郭彩娣顿时想起临走时杨部长的吩咐,她稍为冷静了一些,慢慢说:

"好,我听你的。"

"现在别惊动他,"汤阿英沉着地说,"我们马上回去,向杨部长报告,请杨部长决定,想好了再动手。"

"对!"

郭彩娣慌慌张张退回来,和汤阿英一同悄悄下了楼,一出了总办公室的大门,她们两个飞也似的跑到杨健的办公室去了。

杨健和余静正在听严志发的汇报,郭彩娣抢先一头闯进去,见了杨健劈口就说:

"杨部长,告诉你一件怪事……"

杨健看见汤阿英也走了进来,他不慌不忙,让郭彩娣她们坐下,对她们说:

"老严快谈完了,等他谈完了,就听你们的,好哦?"

"好的。"汤阿英坐了下去。

"老严,你快说。"郭彩娣站着等,有点不耐烦。

严志发汇报完了和梅佐贤、勇复基谈话的情况,最后说道:

"梅佐贤在我面前表示:他一定想办法维持生产,继续开伙,看上去,问题快解决了。"

"不,现在还不能乐观。梅佐贤这种人,是西瓜装在油篓里——又圆又滑!"

"他说话不算数吗?"严志发感到有点奇怪。

"对这些人的话要仔细听。他不是说一定想办法吗?他可以想出办法来,也可以说想是想了,还是没办法。"

"那我马上去找他,把话说死,叫他一定要想出办法来。否则,不答应。"严志发心里很气愤。

"用不着了,看他明天哪能办,再说。"杨健转过脸来,对汤阿英和郭彩娣说,"现在该听你们的了,什么怪事?是人咬了狗吗?"

杨健最后一句话引得大家都笑了。郭彩娣站在杨健旁边,笑弯了腰。她两只手按着腹部,说:

"杨部长,你真会开玩笑,把我肚子都笑痛了。我只听说狗咬人,没听说过人咬狗。"

"狗咬人就不是怪事了。"杨健微微笑了笑,说,"那么,你的怪事是啥?"

郭彩娣把她刚才在钥匙孔里看到的一切详详细细叙述了一番,然后反问道:

"杨部长,你说怪不怪?"

"你有啥补充?"杨健望着汤阿英。

"情况就是这样,没啥补充的。"

杨健深深陷入沉思里去了。从郭彩娣刚才的叙述里,他想起在山东参加土改时候地主的一些情形,同时,他又想起最近别的厂里资本家的一些活动。他感到"五反"检查队在沪江纱厂任务的沉重,如果不提高警惕,说不定要出大乱子。敲墙壁一定有蹊跷,里面不是藏了武器,一定藏了金银财宝,也许是个假墙,里面有个另外的世界?窝藏了啥?他越想,越发觉得这个墙壁很危险,必须立刻打破这个谜。他把他的想法告诉了大家,说:

"这是一个很重要的征候。墙壁里肯定藏了东西,也许是武器,也许是金银财宝,也可能还有其它东西。徐义德这个人不简单。我们应该做最坏的打算,不能麻痹大意。"

"我也猜想墙里一定有物事,可是没有杨部长想得这么仔细。"汤阿英说。

余静和严志发都同意杨健和汤阿英的看法。郭彩娣开初没有想到这么严重,给杨健一说,脸上气得铁青,破口骂道:

"徐义德这人狼心狗肺,干脆把他抓起来,省得让他搞鬼!"

"没有证据,怎么好随便抓人?"汤阿英反问郭彩娣。

"他违反军管会法令,三停有了两停,为啥不能抓他?"严志发赞成郭彩娣的意见。

余静觉得情况越来越严重,她也认为应该先下手:

"迟了怕误事。杨部长,你看要不要马上报告区委,还是抓起来好,别出乱子。"

"现在要抓,当然也可以。让徐义德这个狡猾的狐狸再表演一下他的丑态,证据更多,那时抓他也不迟。刚才我谈的只是几种可能,究竟哪一种可能性大,目前还很难说。现在报告区委要抓人,区委要是问这方面的证据呢?我们哪能回答?抓人是大事,不能鲁莽。"

"万一出了乱子,哪能办法?"余静有点担心了。

"是呀,杨部长。不抓他,传询一下该可以吧?"严志发不放弃他的意见。

"对,传询一下,我去把他叫来!"

郭彩娣越想刚才徐义德的一举一动越觉得可怕,仿佛那个办公室随时可以爆炸似的。她赞成传询,便想去叫徐义德,见杨健没有吭气,便站在那里木愣愣地盯着杨健。杨健听余静和严志发议论,他没吭声,心里在打主意。他想了又想,说:

"我们现在到徐义德那里去!……"

"对,现在就去!"郭彩娣感到有点突然。

"你别急,杨部长的话还没有讲完哩。"汤阿英拉住郭彩娣,凝神听杨健说。

"现在就要去。"杨健对大家说,"过了今天晚上,可能发生变化。"

"变化?"郭彩娣惊诧地问。

"今天夜里他可能把墙里的东西挖走。"

"那我们走吧。"余静站了起来。

"不忙,等一会。"杨健也站了起来,但是没走。他把汤阿英拉到面前,附着她的耳朵低声说了一阵,生怕给门外啥人听见似的。

汤阿英一边听着，一边点头。

杨健和余静她们走进厂长办公室，徐义德暗暗吃了一惊，以为梅佐贤出了事，可是自己分明看见梅佐贤顺利走出了厂，该不会出岔子。那么，要逼他保证明天继续开伙维持生产吗？不然，为啥这么晚了，杨部长亲自出马呢？在梅佐贤和勇复基那里没有突破，休想在徐义德这里找到一丝进攻的空隙。他显得十分镇定，把杨健他们迎进了屋，一边让座，一边不胜钦佩地说道：

"杨部长真了不起，这么晚了，还没有休息，实在太辛苦了。"

杨健坐在沙发上，直摇头：

"不。做这点工作，算不了啥，我们的工作也没有做好……"

"杨部长，你做的工作很好，自从你到了我们厂里，厂里都有了新气象，个个生气勃勃，给了我很大的帮助……"

"可是明天饭厅开不了伙，车间里要关车……"

徐义德料到杨健要谈到这个问题，马上皱起眉头，深思地说：

"我正在愁这桩事体哩，无论如何不能停伙停工。今天白天，我和余静同志谈过。我这爿厂能办到今天，全靠党和工会的领导。现在厂有困难，正好杨部长也在厂里，只要党和工会肯想办法，一定可以渡过难关的。"

"那么，你准备袖手旁观吗？"

杨健简单一句话把徐义德问得一时答不上话来。他愣了一下，立刻顺口答道：

"我当然也要想办法。"

"你想啥办法？"郭彩娣忍不住劈口问道。

"我要梅厂长和私营行庄商量商量，能不能把我这爿厂押点款……"

"你是不是还打算把厂卖掉？"

"这，这，"徐义德感到杨健这句话的分量很重，连他心里想的事杨健也了解,对杨健这样的人讲话不能马马虎虎。他否认道:"绝没有这个事,绝没有这个事。"

"除了押款没有别的办法吗？"

"我挖空心思,实在想不出啥办法来。"

"银行里一点存款没有吗？"

"真的没有。"

"手里一点现钱也没有吗？"

"实在没有。"

"人家欠沪江的款子收不回来吗？"

"要能收回来,早就想办法了。"

"黄金,外钞有没有呢？"

"这,"徐义德心头一愣,但马上沉着地接着说,"早就没有了,过去,倒是有一些。"

"你自己一点现款也没有吗？"

"唉,每家有本难念的经。"徐义德好像受了什么委屈似的,叹息地说,"别人总以为我们徐家是殷实富户,实在是天晓得。一个钱逼死英雄汉。说没钱,可真是一个钱也没有。"

"像你这样的总经理,厂里连买菜的钱也没有？"

"可不是,说出去,谁也不相信。最近银根紧,月底轧了一些头寸付到期的支票。要是在平时,也不至于把我逼成这副狼狈相。老实说,这事传出去,我徐义德脸上也不光彩。"

杨健意味深长地"哦"了一声,没有说下去,注视着徐义德。徐义德刚才应付杨健,没有注意汤阿英她们。现在杨健没有说话,他发觉汤阿英靠着右边的墙站着,两只手反剪着。他心头有点纳闷,她为啥站在那边？他不动声色地说:

"尽顾谈话了,也没招呼你们。来,大家坐下,喝点茶……"

他指着沙发前面的长方矮几上的茶望着汤阿英。汤阿英站在那里,在背后用右手食指轻轻敲了敲墙,没有发现啥,但又舍不得离开。她移动了一步,又敲了敲墙,也没有发现啥。她心里有点奇怪了:徐义德为啥敲了墙那么得意呢?难道自己眼花,看错了吗?不,她和郭彩娣亲眼看见,一点也没有错。她站在那里,脊背靠着墙,稳稳不动,摇摇头,对徐义德说:

"我不渴。"

"那么,请坐下。"徐义德指着一张空着的皮沙发说。

"我们不坐。"郭彩娣代汤阿英回答。她站在汤阿英的左前方,有意挡着徐义德的视线。

"站着,怪累的。"徐义德看汤阿英又机警地靠墙移动了一下,他心里有点发慌,但表面上一点痕迹也没有露出来,说,"坐下来,歇一歇。"

"我们在车间里站惯了,"汤阿英仍然靠墙站着,说,"不用歇。"

"你……"

徐义德还想说下去,杨健插上来说:

"主随客便,汤阿英喜欢站着,就随她去吧。"

徐义德哈哈大笑一声,那笑声仿佛震动了整个屋子。笑声消逝了,他说:

"杨部长说得好,主随客便,那么,你就站着吧。"

汤阿英的右手的食指在背后又敲了两下,这次让徐义德发觉了。他的脸色有点红里发白,但装作若无其事的神情,质问她:

"你为啥敲墙?"

"为啥不能敲?"

"好好的墙,敲坏了,算谁的?"

"墙还会敲坏吗?"汤阿英继续在敲。

"心里没鬼,就不怕人敲墙!"郭彩娣瞪了徐义德一眼。

徐义德没法阻止她,又怕露出内心的恐慌,便镇静地说:

"那你就尽量地敲吧。"他转过脸来,向杨健进攻,"现在厂里的事全靠党和工会的领导了。杨部长,你是不是可以给我想点办法?"

杨健心里想:徐义德简直在和他开玩笑。鼎鼎大名的徐义德,上海有名的铁算盘,办厂的老手,忽然发不出菜金,进不了花衣,谁能相信?他自己有办法不想,反而推在党和工会的头上,这不是欺人太甚?杨健本想当面戳穿,可是察觉他对汤阿英敲墙眼色有点慌张,肯定墙里有问题,权且顺着他扯一下,好让汤阿英和郭彩娣她们方便行事。他语义双关地说:

"可以想点办法。"

"杨部长今天晚上来,就是给你想办法来的。"余静说。

"那太感谢杨部长了。"徐义德转过来对余静说,"过去余静同志给我们厂很多帮助,我永远不会忘记的。"

他说完了话,暗暗觑了汤阿英一眼,见她站在那儿稳稳不动,生怕给人们发觉,马上很快收回眼光,向杨健点点头,表示对他衷心的感谢。杨健反问他:

"你要我哪能帮忙呢?"

"这个,"徐义德想直截了当请杨健给他向人民银行贷款,但已经碰过钉子,再谈,不一定有效,可是自己又不死这条心,因为真能办到的话,那就太好了。他转弯抹角地说道,"杨部长肯帮忙,办法太多了。你是区委的领导同志,你在区里说一句话,哪个不听你的?市里你的熟人又多,不管是党的方面和政府方面,也不管是银行界和工商界,你都有朋友。只要杨部长肯出面,一定十拿九稳。"

"我没那么大的本事。"杨健很严肃地说,"你谈得具体点,要是能办到,可以帮忙。"

"具体点?"徐义德这一着没有成功,不得不直接说出来,"银行方面要是肯帮忙,事情就好办了。"

"你说得对。"杨健想起早一会余静汇报的内容,说,"信通银行金懋廉经理不是同你很熟吗?"

"有点交情。"

"你向他商量商量,一定成功。可见得最有办法的还是你……"

"我?"

"唔。"

"我要是有办法,早就想了。"

"你一点办法也没有了吗?"

"是呀!"徐义德认真地说,"杨部长,你不相信,我可以向你发誓……"

"我对发誓没有兴趣,主要看行动。"

"咦!"

汤阿英忽然大叫一声,吸引了大家的注意。杨健撇下徐义德,急着问她:

"发生了啥事体?"

"杨部长,快来,"汤阿英向杨健招手,等杨健不慌不忙走过去,她用手敲墙,说,"你听!"

杨健曲着背,侧着耳朵,仔细在听:墙里面发出唑唑的声音。他问徐义德:

"这是怎么回事?"

徐义德脸色铁青,但是勉强保持着镇静,有意把话岔开:

"这些房子建造的质量不好,偷工减料。杨部长,你的意思是不是要我向金懋廉贷款?现在向私营行庄贷款,他们可能也要征求党和工会方面的意见。如果你同意,我可以试试……"

杨健没有答腔,他自己用手对着汤阿英指的地方又敲了敲,里面唑唑的声音说明墙壁是假的。杨健征求徐义德的意见,是不是

打开了来看看。徐义德硬着头皮说:

"当然要打开来看看……"

严志发出去找了人来,他相帮着打开墙壁,里面果然是空的,再挖下去,那儿端端地放着一个长方形的白铁盒子。郭彩娣眼明手快,首先发现那盒子,马上伸手进去把它抱了出来,放在沙发前面的长方形的矮桌子上。她打开一看,里面闪着耀眼的黄嫩嫩的金光,很整齐地排列着十根金条。她把它拿出来,里面还有十条,每层十条,齐臻臻的一百根金条。墙里面另外一个白铁盒子,也整整齐齐装了一百根金条。郭彩娣脸气得发青,指着金条问徐义德:

"这是啥?"因为太气愤,她激动得讲话的声音有些颤抖。

沪江纱厂建造那年,徐义德埋藏下了这二千两黄金,他是准备万一自己经营失败宣告破产,最后还能够保存这二千两黄金,作为自己东山再起的资本。早几天他预感到自己会有突然不幸的下场,在家里安排后事的辰光,曾私下把藏在办公室右边墙壁里的二百根条子许给林宛芝。他很奇怪:这件事只有他一个人知道,为啥让汤阿英发觉呢?面对着这二百根条子,徐义德陷入狼狈不堪的境地里:不承认吧,这是自己的金子,而且是二千两啊;承认吧,那就完全证实他刚才那一番话是欺人之谈。

杨健见徐义德尴尬地望着金子不言语,问道:

"这金子是不是你的?"

徐义德立即皱起眉头,慢慢思索地说:

"让我仔细想想看,"他用右手肥肥的食指和中指不断地敲着自己右边的太阳穴,好像在唤回久远了的记忆。过了半晌,他的眉头开朗,恍然大悟一般,说,"记起来了,你看我这个人多糊涂,还是盖厂那年放进去的。这是一位阴阳先生教我的,说是墙下埋黄金,前途日日新。我居然会把它忘得干干净净。幸亏汤阿英、郭彩娣帮助,否则忘记了多可惜。谢谢你们。"

"你这样聪明的人会忘记,我才不相信呢。"汤阿英望了徐义德一眼,说,"你不是讲黄金外钞也没有吗?"

"这个,这个……"徐义德不知怎么说才好。

余静对徐义德说:

"这金子是你的,可以由你支配。你要保证按时开伙,不准停车。"

徐义德拍拍自己的胸脯,说:

"这没有问题。"

"不要再说没有钱了。"杨健幽默地说,"我晓得你一定有办法的。"

徐义德忸怩地说:"过去的事别提了,杨部长。"

郭彩娣跟在余静和杨健后面跨出了厂长办公室,她回过头去轻蔑地对徐义德狠狠地盯了一眼。

二十一

夜班已经开车,做日班的张小玲、汤阿英她们都还没有走。"五反"检查队进了沪江纱厂以后,车间里工人的情绪沸腾了。下了班,谁也不愿意走,都想在厂里做点工作。张小玲她们不怕机器嘈杂的声音,在细纱间的小阁楼上热火朝天地谈论着。陶阿毛在细纱间检查过车子,没有走,也夹在当中听大家议长论短。

董素娟的两只手按着郭彩娣的肩膀直摇,一边对着她的耳朵叫道:

"你说呀,那二千两金子哪能发现的啊。"

"做做好事,别再摇了。再摇,要把我的骨头摇酥了,就不好上工了呀。"郭彩娣歪过脸去望着董素娟,说,"小鬼头,你越是摇,我偏不讲给你听。"

董素娟的两只手放下来,硬功不行,她只好用软功了。她双手合十,对着郭彩娣作了一个揖,用祈求的声音说道:

"好姐姐,我不摇你的肩膀了。你快点讲给我们听听吧。"

郭彩娣天不怕地不怕,就怕软功。你软,她就硬不下心肠了。她看董素娟那副可怜相,忍不住笑了,说:

"讲就讲,作啥揖呀!"

"佛答应了,"管秀芬说,"小鬼头,别再拜啦。"

"你这张嘴啥辰光才饶人?"郭彩娣望了管秀芬一下。

管秀芬说:"你这张嘴也不推扳。"

汤阿英站在管秀芬旁边很兴奋地望着郭彩娣,见郭彩娣卖关

子不肯说,怕管秀芬和郭彩娣顶嘴会岔过这件大事,便催促郭彩娣道:

"谈正经的吧,彩娣,你说吧。"

"你再不说,我们就让阿英姐说了。"管秀芬急于想了解这个惊人的消息。

"从何谈起呢,"郭彩娣不再拖延,把鬓角上披下来的黑乌乌的头发往耳朵后面一拢,想了想,认真回忆当时的情景。想着想着,她就站了起来,学徐义德坐在沙发里的派头和讲话的腔调。大伙把她包围起来。她在当中边说边讲,就像演戏似的。

董素娟听得笑弯了腰,对郭彩娣说:

"做做好事,等一等再讲……"

郭彩娣停下来,笑着说:

"一会求我讲,一会又求我不讲。要我不讲,我就再也不讲了。"

"不是的,"董素娟慢慢伸直了腰,喘了一口气说,"你讲的把我肚子笑痛了。我是求你等等讲,叫我喘口气,我怕拉下一句半句的。"

"小鬼头,别再闹了,"管秀芬拉着董素娟浅蓝布上衣的摆说,"你让彩娣讲完吧。"

郭彩娣慢慢讲下去,最后谈到二千两金子处理的问题。陶阿毛暗自吃了一惊,站在旁边,故意挑起问题,梦想瓦解大家对徐义德斗争的意志。他信口说,徐义德办这个厂,养活了二千多工人;现在工人这样对付他,他会不会报复?张小玲顿时发现他的看法错误,但是并不即刻批驳他,抓住这个机会,要大伙儿谈谈究竟是徐义德养活了工人,还是工人养活了徐义德,这样可以提高大家的认识。

董素娟听了郭彩娣绘影绘声的报告,她很愤怒。但陶阿毛提出那问题,她的愤怒情绪有点消逝,思索陶阿毛提的问题,不解地问他:"徐义德怎么养活了工人?"

"徐义德拿出钱来办工厂,他雇工人,每个号头发工资。我们拿工资去买柴买米,不是他养活我们吗?"陶阿毛振振有辞地说,心里想当然是徐义德养活工人,这还有疑问吗?

"他养活我们?我不信。"郭彩娣不同意他的看法,想了想,说,"徐义德整天坐着不动,连车间里也不来看看。有些工人还不晓得徐义德是高个子还是矮个子,只听说是个大块头,可没见过面。他不劳动,我们厂里赚的钱都上了他的腰包,这是谁养活谁?"

管秀芬听得大家说的仿佛都有道理。她不知道哪个道理对。她说:

"这么讲,我们养活了徐义德,徐义德也养活了我们,谁的意见对?"她冲着张小玲的耳根子说的,问她的意见。

张小玲有意不立即表示自己的看法,对大家说:"不好讲互相养活,总有一个为主的。究竟谁养活谁呢?"

汤阿英说:

"我认为是我们工人养活了徐义德。我们在厂里劳动,流血流汗,徐义德在家里享福,吃喝玩乐;徐义德坐汽车,我们走路;徐义德住洋房子,我们住草棚棚;徐义德吃大菜,我们吃咸菜;徐义德有三个老婆,我们工人有的连一个老婆也没有;徐义德的钱花不完,把二千两黄金埋在墙壁里,我们工人没钱花。为啥这样?还不是徐义德靠我们劳动,靠我们流血流汗,赚来了钱,让他剥削去,让他享福去,不是我们养活了他吗?"

陶阿毛慌忙退了一步,装出不解的神情,改口说:

"我也这么想,但是我听人家说,工人劳动,徐义德给我们的工资,也不能说他没养活工人。"

董素娟听陶阿毛这么一说,有点迷惑不解了:对呀,徐义德每个号头发工资,虽说我们劳动,可是领了工资呀,这个问题怎么解释呢？郭彩娣不同意陶阿毛的说法,徐义德整天不劳动,尽享福,怎么能说他养活工人呢？工资,每个号头倒是拿的,陶阿毛这个歪道理她不赞成,一时自己又提不出有力的反驳的理由。她心里很急,盼望张小玲给大家说说清爽,她的焦急的眼光对着张小玲,那眼光仿佛对张小玲说:你懂的道理多,快点给大家说吧。张小玲还是不说,可把她急坏了。半晌,张小玲提出了问题:

"我们工人一个号头拿多少工钿？"

汤阿英立刻想起解放前的工人贫困的生活,她说:

"解放前,一个号头发的工资,顶多只能买三斗黄糙米；钞票不值钱,物价天天涨,买迟了,一斗黄糙米也买不到。"

郭彩娣接上去说:

"那辰光,钞票不能搁在屋里过夜,一过夜,迟了几天去买,真的一斗黄糙米也买不到,有时只能买到一块肥皂,一刀草纸,一个号头的工资,别说家里人了,就连自己也养不活呀！"

张小玲点点头,同意汤阿英和郭彩娣的说法,她问道:

"我们一天给资本家做多少生活呢？"

"八小时。"董素娟应声说道。

"那是现在,"管秀芬直摇头,纠正说,"从前我们给资本家做生活一天何止八小时,十二小时也不止！"

"有时做到十六小时,把人累坏了。"郭彩娣一想起过去做生活的情况,仿佛现在身上还感到有些痛哩。

董素娟发觉自己的说法不对头,把现在的事当成过去的事,慌忙更正道:

"我进厂比大家都晚,对过去许多事体不清爽,我也听说过去一天做生活的时间可长哩。"

"我们一天做生活的时间那么长,就值三斗黄糙米吗？"张小玲进一步提出问题。

"当然不止!"郭彩娣马上接着说。

"工厂赚了许多钱都到啥地方去了?……"张小玲又问。

"都装进徐义德的腰包里去了。"郭彩娣不等张小玲说完,便连忙接上去说。

"徐义德整天不劳动,为啥能赚那许多钱?"张小玲提出这个问题,暗暗望了陶阿毛一眼。

陶阿毛见张小玲抓住谁养活谁这个问题不放,提出一个问题又一个问题,不了解她究竟有多少问题要提,他一直在想怎么从侧面把她的问题顶回去,没等他开口,郭彩娣她们一一做了回答,都是事实,叫他没法顶回去。现在趁汤阿英她们在思考张小玲提的这个问题,觉得是一个机会,也有他认为的所谓理由,但又怕给人发觉他在帮资本家说话,便绕了一个弯,装出气呼呼的神情说:

"郭彩娣说得对呀,我们工厂赚的钱都上了徐义德的腰包,他为啥要赚那许多钱? 真是岂有此理。过去,我听人家说,徐义德经常对梅佐贤他们讲,是他徐义德拿出本钱办厂,将本求利,厂里赚的钱应该是他的;还说啥他不拿钱办厂,工人到啥地方去劳动? 我听到这些没心没肝的话,心里非常生气。"陶阿毛十分巧妙地把自己的意见放在徐义德的嘴里说出来,然后又破口咒骂两句,语气之间显出他并不赞成,可是绝不正面提出反对,叫你捉摸不定他的真正态度。

陶阿毛的一番话在董素娟的心里起了作用,她以为这话也有道理:办厂的确需要钱啊,没有钱啥人也没法子办厂;徐义德不办厂,工人哪能来做生活啊。她没有再深一层去追问这些问题。汤阿英静静在想张小玲提出的每一个问题,她觉得问题提得对,讲得有道理,而且非常重要,很能给人启发,越听使她兴趣越浓。她感到陶阿毛的说法使人认识不清,立刻提出来问他:

"徐义德的钱啥地方来的？"

陶阿毛见汤阿英问题提得尖锐，来势凶猛，预感到有些不妙，不敢再多说，便放下笑脸，谦虚地说：

"这个我不了解。"

"徐义德的钱不是从娘胎里带来的吧？不是他娘老子给他的吧？还不是工人劳动赚的钱，上了他的腰包，才有钱办这个厂那个厂。"

汤阿英问得陶阿毛无话可说，他心里有不少话可以说，可又不敢再直接说出来，那会暴露他的面目的。但他又不甘心不说，叹了一口气，显出不解的样子，说：

"我们工人劳动，赚了钱却上了徐义德的腰包，真叫人生气。徐义德说啥工人劳动，给工人发了工资，正像汤阿英说的，一个号头的工资还买不到三斗黄糙米，够啥呀！"陶阿毛以为徐义德拿钱办厂应该多赚钱的谬论给汤阿英驳了回去，他不好再说下去，便又拉到工资问题上来纠缠，并且有意把问题摊在张小玲面前，看看她的态度。他皱起眉头，说："这问题看起来简单，实际上真是复杂，闹得人头昏眼花，小玲，你给我们讲讲吧！"

"陶师傅也弄得头昏眼花，问题真不简单呀！"这是管秀芬讪笑的声音。

郭彩娣等得不耐烦了，她急着想快点弄清这个问题，也对张小玲说：

"还是你给我们讲讲清爽吧！"

"逗能逗不下去了，只好搬救兵了。"

郭彩娣听了管秀芬这两句带刺的话，嗓音高了，态度激昂了：

"搬救兵哪能！犯法吗？"

"别吵，谈正经的。"张小玲按了按手，觉得问题都摊开了，她该说两句了，"我们工人做一个号头的生活，徐义德发一个号头的工资,表面上看,好像我们的劳动都得了报酬;仔细想一想,徐义德一个号头给我们多少工资呢?三斗黄糙米还不到;我们一个号头给他做多少生活呢?花衣是我们工人运来的,纱是我们纺的,布是我们织的,又是我们运到市场上去的,……我们劳动创造的财富三担黄糙米也不止,都叫徐义德剥削去了,上了他的腰包。凭那三斗黄糙米工资,我们每天顶多劳动两个钟头,也就差不多了,过去一天劳动十多个钟头,多劳动的时间都是徐义德剥削的,这个多劳动的时间,叫做……"张小玲在细细回忆杨健同志在这里党课上的报告,说,"我听杨部长说,叫做剩余劳动,创造的价值,叫做剩余价值,徐义德剥削的就是这个,他办厂的钱也是从这个上头刮来的;汤阿英说得对,徐义德从娘胎里没有带一个铜钿来,靠工人劳动赚的钱,上了他的腰包,才有钱办厂。单有钱办厂,没有工人劳动,钱和机器能变成纱吗?能织成布吗?要靠我们工人劳动,棉花才能变成棉卷,棉卷才能变成纱,纱才能变成布,他才能拿出去赚钱。他不劳动哪能赚这许多钱?当然是剥削我们,也就是我们工人养活了他!"

"我们工人养活了他?"董素娟仔细咀嚼这一句。这一句话打开她思想上的窗户,越发感到自己太年轻,进厂的时间不长,知道的事情太少,道理懂得更少。听张小玲她们这么一说,她心里亮堂多了。这样说,五反运动更加迫切需要展开了。"五反"检查队在汤阿英她们的要求下果然来了。人民政府派人来撑工人的腰了。她浑身感到温暖,觉得有一股热力,懂得了许多道理,增加了勇气,提高了和徐义德斗争的认识和信心。

汤阿英听见张小玲这一番话,她的意见得到支持,心里说不出的高兴。她挤到张小玲旁边,高声大叫:

"张小玲说得对呀,是我们工人养活了徐义德。他对待我们工人这样,简直是没有良心呀。这次五反运动,我们要参加进去,不能让徐义德再欺骗我们。"

"今天我讲的很简单。过两天要开诉苦会,秦妈妈今天没来,她准备诉苦会的材料去了,她受的苦比我多,懂得的事体比我多,经验更比我丰富,你们再听听她的诉苦,就会更加明白谁养活谁了。"

"那好呀!"董素娟高兴得跳了起来,手舞足蹈地拍了一下管秀芬的肩膀,"开诉苦会的辰光,你去做记录,这回可要认真学习学习,我懂的事体太少了。"

"小鬼头,你懂的事体太少,打我一下肩膀,懂的事体就多了吗?"

"啊哟,对你不起,"董素娟抱歉地说,"我给你按摩按摩。"她真的用右手轻轻抚摩着管秀芬的肩膀。

"我可没那个福气,"管秀芬把她的手甩开,半认真半开玩笑地说,"以后别打我,就感激不尽了。"

"小鬼头,你怎么碰起我们的记录工来了,胆子可不小,当心以后别人给你小鞋穿!"郭彩娣同情地望了董素娟一眼,她想张小玲刚才那番话讲的道理很深,证明自己的看法对,但没有张小玲讲得那么有条有理。她兴奋地说,"张小玲讲得有道理呀,我们工人养活了徐义德,'五反'当中要好好检举徐义德;听说打包间已经动起来了,准备成立'五反'分队,我们也……"

管秀芬听见张小玲说郭彩娣的意见对了,有力地批驳了陶阿毛的看法,也就是批评了她的意见不明确也没有倾向性;刚才郭彩娣又帮助董素娟讽刺她两句,她心中有些不满,却又找不出道理来讲。陶阿毛见苗头不对,不好再从中挑拨,说多了怕露馅,同时又听说要开诉苦会,这是新消息,急着要去报告梅佐贤,就赶紧说了一句"张小玲的看法高明……"然后悄悄地离开了。管秀芬听郭彩娣谈到打包间成立"五反"分队的事,正好给她一个机会。她说:

"这次可说错了。我晓得打包间早成立了'五反'分队;选出刘三嫂当队长。粗纱间也动起来了,吴二嫂当了'五反'分队的队长。清花间也成立哪,他们的分队队长是郑兴发……"

郭彩娣冷笑一声:

"我当然比不上你,——谁也比不上你,你有顺风耳,你有千里眼,天下的事谁也瞒不过我们的管秀芬啊。"

管秀芬正要回敬郭彩娣两句,汤阿英补充道:

"我听学海说,保全部今天也成立了……"

"哦!"管秀芬愣了一下,她居然一点也不知道保全部的消息。

郭彩娣说:"想不到保全部的消息你却不晓得。"

"我也没有内线在保全部,"管秀芬这句话是讲给汤阿英听的。同时,她反击郭彩娣一句,说,"我也不是包打听。"

"早一会我出去上小间,看到工会的快报,筒摇间也成立了。谭招弟还提出来向打包间挑战哩。"董素娟插上来说。

"讲筒摇间就讲筒摇间,提谭招弟做啥?"郭彩娣对董素娟说。

董素娟吓得伸出舌头来。她想起了那次谭招弟骂细纱间,郭彩娣就没和谭招弟讲过话,她心中有个疙瘩,在厂里碰到谭招弟待理不理的,有时故意低下头,装作没有看见的样子。董素娟有点怕郭彩娣,连忙抱歉地说道:

"我以后再也不提她了。"

"提也没有关系,"张小玲说,"彩娣,你不应该不理谭招弟,是自家姊妹啊。"

"谭招弟这号子人,这一辈子我也不想理她。"

"她骂细纱间不对,你这样的态度对她也不对啊。"张小玲说,"彩娣,你要好好想一想。"

郭彩娣没有再吭气。

"别的车间差不多都成立了,只有我们细纱间,这次落了后哪……"董素娟总希望细纱间啥事体都跑到别的车间前面。这次运动,细纱间乙班还没有成立"五反"分队,心中有些惋惜。

"细纱间这次并不落后,我们甲班早就成立'五反'分队,乙班她们今天夜里下班以后就成立,她们的情绪可高哩。今天上班以前,她们就想停止生产成立。杨部长没有同意。杨部长说,'五反'生产两不误,不能够停止生产搞'五反'。乙班只好推迟到明天早上下班成立。"张小玲说。

"那我们全厂的工人同志们都动起来了,都参加了伟大的五反运动哪!"

郭彩娣兴奋地鼓掌。大家跟着鼓掌。热烈的掌声把小阁楼外边机器的声音都遮盖得听不见了。

"过去徐义德他们在我们工人面前神气活现,今天总算把头低下来了。这次我们工人一定要把他斗得服服帖帖的。"汤阿英兴高采烈地望着大家,她的眼睛里闪耀着充满了信心的光芒。

"陈市长讲得好,要到社会主义社会,就要进行五反运动,否则到不了。我们要和资产阶级划清界限,斗争到底。这次五反运动,有政府支持,有杨部长亲自掌握,徐义德违法,就要依法办他。一定要把他斗得服帖。"张小玲说。

郭彩娣说:

"那是的。我就听见严志发同志对徐义德讲过。徐义德一听到军管会的四项规定,面孔就变了色,比过去老实一些。有共产党和人民政府撑腰,我们工人天不怕,地不怕。这次杨部长带着'五反'检查队到我们厂里来,事情不弄清爽,我们工人就不让他们走!"

"对,事体弄清爽才让杨部长走。"董素娟钦佩地望着郭彩娣,她举起拳头,向空中一击,说,"问题解决了,生活就好做了,阿英姐姐再也不会累得早产了。"

她同情地碰一碰汤阿英的肚子。汤阿英身上那股热力不断增长,勇气百倍地举起手来,说:

"不胜利,决不收兵!"

二十二

"……我家原来在无锡梅村镇,住在人家的猪窝里。我十五岁那年地里打下粮食全叫朱半天拿走了,害得我们家揭不开锅盖,到冬天,拣野菜糊口。我爹得了胃病,面黄肌瘦,饿得皮包骨,躺在床上,动弹不得。家里没吃没喝的,娘带我到处去讨饭,讨到饭就吃一顿;讨不到饭,饿一天半天也是常有的事。娘身体很虚弱,走路迈不动脚步,扶着我的小肩胛,算是她的拐棍,到每家每户门前去伸手,有钱的老财家不给,没有钞票的贫苦人家想给,他们自己也是勉强过日子,哪有多少饭菜给我们吃?我和娘就到人家猪食缸里去捞饭菜,到垃圾堆里去拣菜茎菜叶子,把馊饭馊菜淘一淘,把菜茎菜叶洗一洗,煮了煮,凑上一顿,勉勉强强糊口度日。

"有一天,落着鹅毛的大雪,刮着寒冷的北风,爹躺在床上睡觉了,娘看我穿着那件棉袄,半个身子露在外边,冻得直抖索,牙齿不断地打颤战,就把她穿了二十多年的破棉袄披在我身上。她自己穿着一件破夹袄,抵挡不住一阵阵的冷风,怎能忍心让娘受冻,我把棉袄还给她,让她穿上。她怎么也不肯穿上,后来我想了个办法,要求娘穿上,我坐在她怀里,娘才答应了,但她还是不穿上,只是披在肩上,用棉袄把我包在她怀里。我们母女两个紧紧挨着,娘用她的身子温暖着我弱小的身子。冷得好一些了,可是肚子饿得哇哇叫,眼睛发黑,头发晕,望着猪窝外面的雪还是下个不停,我忍受着饥寒交迫的熬煎,不让娘晓得。娘其实早就晓得了,她唉声叹气地望着混混沌沌的天空咒骂:老天爷,你也不睁睁眼睛,看看穷苦人家过的啥日子,下雪下了一整天,刮风也刮了一整天,狂风大雪,漫天盖地,连路也遮盖上了,叫我们穷人到啥地方去讨饭啊!不出去讨点吃的喝的,我和小孩还可以勉强忍受,爹有病,这一天哪能熬得过去!到了夜里,怎么受得了?娘一边说,一边抚摩着我瘦削的肩胛骨,和我商量:还是出去讨点吃的喝的去吧。我正在想吃想喝,一听娘的口气,我霍地站了起来,可是万道金星在我面前飞跳,冷风在我耳边狂啸,两腿无力,身子站不稳,一晃,身子一歪,跌到地上去了。娘吃了一惊,走过来把我拉起来,急着问我是不是跌坏了。我拍了拍身上潮湿的猪尿气味的泥土,摇摇头,说:没啥。我大腿跌得痛得要命,咬着牙齿忍受,不让娘晓得。娘以为真的没啥,扶着我的肩胛向猪窝外边走去。

"忽然刮起一阵狂风,掠过漫漫的雪野,把雪卷起,正好迎面向猪窝卷来,弄得我们满头满脸浑身都是雪,加上那狂风的强大的力量,把我们刮得摇摇晃晃,站也站不稳,走也走不动,不由自主地退回了两步,靠着一扇矮墙,才算站住了。等狂风过去,娘才扶着我一步一步迈出了猪窝的木栅栏,踏着半尺来深的白雪,一步一个脚印,脚陷在雪里,光着脚丫子,鞋后跟裂开了,走起路来不跟脚,走一步要吃力地把鞋子从雪里带出来,慢慢移动着,身子背后留下一个一个深深的脚印,一转眼之间,身子背后的脚印又给纷纷扬扬的鹅毛大雪填平了。前面是一片漫漫的刺眼的雪野,没有人声,没有鸟语,除了我们母女两个,看不到一个人的影子。娘自言自语地说:这么大的雪,一个人也看不到,到啥地方去讨吃讨喝啊?

"我们漫无目的走着,东张西望,多么盼望能够遇到人啊!这样的大风大雪,啥人到外边走动啊!我们一步一步走着,身上发冷,肚子饥饿,越走越吃力了。天慢慢暗下来,连路也看不清楚了,这样走下去,大路给雪盖上,晚上连路也看不见了,哪能回家呢?没有办法,我们空着两手往回走了。

"走到猪窝那里,天黑了,爹躺在床上唉声叹气地叫唤,他饿得忍受不住了,又看不见人,在叫我们哩!我连忙跑进去,点了油灯,看见爹瘦骨嶙嶙的面孔上直往下流着眼泪,一把抓住我的小手,问我们到啥地方去了。我告诉他出去讨饭了。他眼睛露出喜悦的样子,一看我和娘的手都是空空的,他立刻闭上了眼睛,眼泪流得更多了。我用小手给他拭去,低低地对他说:等雪停了,我们再出去讨饭,这回一定要讨到饭才回来。娘晓得爹的心思,不但肚里饿了,更重要的是爹的病,一直躺在床上,没有钱请医生,也没有钱买药。娘对爹说,等天晴了,再到村里找找人,求求情,借点钱回来,找医生看看,慢慢会好的。

"我和娘站在爹旁边,我们讲了很多话,没有听见爹说一句话,也没有听见他的声音。我见爹的眼睛紧紧闭着,忍不住放声大哭了。娘连忙用手对着他的嘴一试:手心里感到爹微弱的呼吸。娘叫我快拿水来,我弄了一碗水送过去,娘慢慢用调羹喂他。

"猪窝外边还在落着大雪,北风哭泣一般地哇哇叫喊。这一夜,我和娘都没敢睡觉,守在爹的身边……"

汤阿英坐在夜校教室第五排座位的左边,秦妈妈一提起在无锡乡下往昔的生活就深深地吸引了她。她和秦妈妈相处的日子不短了,还不知道秦妈妈这样悲惨的身世,原来秦妈妈的童年过着比她家还不如的贫困生活,受着饥寒的熬煎,遭到朱半天的迫害,朱半天在梅村镇害死了多少劳苦的农民,欠下了多少血债啊!要不是共产党和毛主席解放了大江南北,朱半天不会被镇压,他骑在人民头上,不晓得又有多少农民兄弟姊妹遭到迫害哩!她同情地望着秦妈妈,想到秦妈妈站在那里痛诉旧社会反动统治的罪恶,好像也代她把自己肚子里的苦水倒出来一样的痛快。郭彩娣坐在汤阿英旁边,她不了解农村生活的情形,听到秦妈妈她爹病在猪窝里,忍不住掉下了眼泪,晶莹的泪珠从眼眶里流出,顺着她丰满的腮巴子流下,连成了两条线,一直滴到她的淡蓝色的对襟的褂子上面,接着发出幽幽的低沉的哭泣声。汤阿英用胳臂轻轻碰了郭彩娣一下,小声地对她说,要她别哭,仔细听秦妈妈讲下去。她用淡蓝色褂子的下摆,拭了拭面孔上的泪水,竭力忍住哭声,听秦妈妈往下说。

杨健坐在黑板前面的椅子上,看到夜校教室里里外外黑压压一片,人像潮水似的,从四面八方向教室涌来,外面的人越来越多,把教室围得水泄不通,从拥挤的人群中猛的挤进一个人来,满头满脸的汗水,气咻咻地大步走到杨健面前。杨健站起来,迎上前去,急着问道:

"小钟,准备好了吗?"

"准备好了。"钟佩文上气不接下气地说。

"现在去行吗?"

"行。"

"你先去,我们马上就来。"

钟佩文掉头就走,挤出人群,匆忙的背影很快就消逝了。杨健旋即走到秦妈妈旁边,小声地对她说:

"你等等再讲,我对大家讲几句。"

秦妈妈让开,站在一旁,以为发生了啥事体,注意听杨健在对大家说:

"同志们,今天的诉苦会,原是细纱间甲班召开的,但是别的车间的工人同志听到消息,也纷纷主动来参加,可见全厂工人参加伟大的五反运动的积极性很高,我们表示热烈的欢迎。"

杨健鼓掌欢迎。整个教室的人都鼓掌欢迎,清脆的激越的掌声一浪接一浪地传出去,等掌声消逝,杨健接着说:

"教室地方太小,容纳不下这许多人,我刚才和余静同志商量,把会场搬到篮球场上去,特地要钟佩文同志带几个工人同志临时去布置,现在已布置好了,请大家到篮球场上去开会……"

又是一阵掌声,特别是教室外边的掌声更高,欢呼和感激杨健适时的安排,满足广大工人参加大会的愿望。挤在教室外边的人先走了,教室里的人也陆陆续续向篮球场上走去。秦妈妈跟在杨健和余静他们后面,也向篮球场上走去。

今天细纱间甲班召开诉苦大会,因为是全厂第一个车间召开的,杨健和余静都亲自参加,以便取得经验,好在其它车间推广,杨健并且亲自主持今天的大会。其它车间白班的工人下了工,像谭招弟、吴二嫂和郑兴发他们已经走出了工厂的大门,听说细纱间甲班要开诉苦大会,又走回来参加了。杨健看到出席的人越来越多,派钟佩文去布置新的会场。

杨健走到篮球场,向会场一看:当中悬空挂了毛主席的画像,四周贴了许许多多的标语,从工会办公室里搬来了一张写字台和三四张椅子两条板凳,都放在毛主席画像的下面,正好布置成一个简单的主席台。他觉得钟佩文真有一手,很短的时间里就布置得这么齐全,可不容易。他和余静、秦妈妈她们走进会场,在板凳上坐了下来,看钟佩文站在写字台旁边像是一位指挥员,在调兵遣将,指挥队伍:他把细纱间甲班的工人都安置在前排席地坐下,其它车间的工人坐在细纱间甲班工人后面,科室的职工都在会场的左侧,早来的就坐在黄澄澄的沙地上,迟来的没有地方坐了,便站到进门的那一条宽阔的乌黑的煤渣路上了。钟佩文见夜校教室里的人都来了,回过头去,对杨健说:

"都来了,是不是开始……"

杨健走到写字台面前,宣布继续开会,秦妈妈接着说下去:

"……第二天,雪停了,我和娘出去讨了点吃的,先给爹吃了,他慢慢好了一些,但是他的病还是没钱治啊!这辰光,村里来了个上海人,头上戴顶草帽,身上穿着黑绸长袍,反卷两只袖子,里面露出雪白府绸袖子,手里拿了把黑油纸扇子,在村子里一摇二摆走着,东张西望,像是找啥物事。他说自己是上海的带工老板,逢人便说到上海做厂哪能好,进了工厂,住洋房吃白米饭,还有工钱拿,把大家讲得心痒痒的。我听到这消息,高兴得不得了,就问那人有啥手续。那人说手续很简单,只要听老板的话,吃包饭,一年十块,三年以后,工钿完全归自己。包洋三十块,先付五块,在契约上打个手印就行了。娘一听就动了心,那五块定洋可以给爹抓药治病,救人要紧啊。娘和爹商量,想让我去。爹躺在床上直摇手,他知道这叫包身工,等于把女儿卖了,说啥也不让我去。娘急了,一把鼻涕、一把眼泪哭个不停,再三再四地说,就是包身工吧,过了三年,工钿归自己了。眼前还是治病救人要紧。我央求爹娘让我去,好拿五块钱请医生看病救命。爹起先还是不肯,见我一个劲哭,叹了一口气,摸着我的头说:可是苦了你啦,孩子!娘找到带工老板,在契约上打了手印。那上面写着:生死疾病,一听天命。先付包洋五元,人银两交,恐后无凭,特立此包身契约。娘把我交给带工老板,他却说:这两个小姑娘卖给我啦,每人五块钱,你收下吧。原先说是三十块包洋,只付了五块,再也没有付过了。带工老板在村里又找了六个,我们七个小姑娘都成了包身工。

"第二天晚上,带工老板领着我们到上海来了。我们进了沪江纱厂一看,啥洋房白米饭,全是骗人的鬼话。三四十个人挤在一间小房子里,两个人盖一床被子,连腿都伸不直,也看不见阳光,又黑又潮湿,臭虫虱子一大堆,伸手就可以抓一把。到了夏天,尽是蚊子苍蝇,嗡嗡叫,呜呜飞,老向你身上叮,闹得你白天疲劳得要死,晚上又没法闭眼。臭虫蚊子咬得身上斑斑点点,又痛又痒,只好拼命去抓,抓破了,生了烂疮,粘在衣服上,自己脱不下来,要靠别人帮忙,才能脱下。我身上和胳臂上到现在还有疤痕哩!"秦妈妈卷起袖子,指着胳臂上的斑斑疤痕给大家看,说,"冬天虽然冷,倒还好些,你靠我的身子,我靠你的身子,可以取暖;一到了夏天,在闷热的房子里就别想睡觉了。天不亮就给叫醒,连大小便也没有一个地方,几十个人只有一个木桶,得排长龙,一个挨一个。吃饭也要排长龙,一桶杂米薄粥,大家轮着盛,有的一碗还没有喝完,桶就见底了,臭咸菜也光了。吃不饱吗?照样得去上工。一天做十五六个钟头并不稀奇,累得我们精疲力尽,浑身动弹不得。

"我们工人,受尽了折磨,吃尽了苦头,在旧社会反动派统治下,没有好日头,许许多多童工女工被折磨得未老先衰,过早死亡,一条条年青的尸体从后门拖出去。童工侥幸不死,即使熬到满师,徐义德又寻找各种各样的借口,一批又一批解雇,然后又一批批招收新的童工,再在新的童工身上压榨剥削。我们工人生活不下去,组织起来,团结起来,跟徐义德斗。徐义德就去叫包打听和三道头来,用手枪威胁工人。包打听,我们不怕;手枪,我们也不怕,还是和徐义德斗,这样徐义德才不敢再随随便便开除工人了。我能在沪江纱厂细纱间做生活到现在,也是和徐义德斗争斗出来的。

"我们工人这样给徐义德拼命做生活,他一个号头给我们多少工钿呢?正像细纱间早两天讨论的那样,解放前一个号头的工资还买不到三斗黄糙米。就是这么一点工钿,徐义德还要在上面动我们的脑筋,他顶刮皮,不按时发工钿,每个号头的工钿他都要拖几天。那辰光钞票天天跌价,物价时时涨价,到饭馆去吃一顿饭,第一碗饭刚吃完,添第二碗饭,这碗饭比第一碗贵了一倍,涨价了,你得赶快吃,不然第三碗饭又要涨价了。别说徐义德晚发我们两三天的工钿,就是晚个一天半天,我们也吃不消。好容易等到徐义德发工钿,拿到手里一看:不是钞票,是本票[①]。我们拿到本票,下工要到银行去排队,还要贴水,才能换现钞,这么一折腾,钞票少

---

① 国民党反动统治时期,滥发钞票,票面数额很大,买东西发工资要一大堆钞票,就进一步发本票,数额更大,要贴水换现钞才能用。

了,物价涨了,买到的东西更少了。本来每月工钿勉强可以买三斗黄糙米,这么一来,连三升也买不到,只够买一块肥皂一刀草纸,一个号头的生活白做了。这样的日子我们工人实在受不了,四八年冬天,为了配合迎接亲人解放军,同国民党反动派和资本家做斗争,我们在厂里摆平①了,徐义德才不得不答应按时发工钿,不发本票发现钞。

"徐义德不单在工钿上扣我们工人,在劳动上更是压榨我们工人,一再提高工人劳动强度,加速机器运转,提高劳动定额,减人不减活,车间生活难做,许多工人累倒了,躺在床上不能起来上工,缺勤率当然要增加,徐义德看出工的人少了,他就出了坏点子,要我们细纱间的工人放长木棍。汤阿英原来身体不好,又怀了孕,劳动强度这么大,身子自然顶不住,肚里的孩子就早产了,这都是徐义德压榨剥削我们的缘故。徐义德这个资本家从骨头里也要榨出油来,把我们工人身上的血汗榨干了,他就解雇开除,打发你走。我们工人真是'吃的猪狗食,干的牛马活,做工做到老,不及一根草!'

"我们全厂工人成年到头辛辛苦苦劳动,沪江厂一年赚了许许多多的钞票,都到啥地方去了?都上了徐义德的腰包了。有人说,徐义德拿钞票办厂,赚了钞票自然归他,他不办厂工人到啥地方去做工呀?我倒要问:徐义德办厂的钞票从啥地方来的?汤阿英问得好:是从他娘胎里带来的吗?不是,是他父亲传下来的吗?他父亲的钞票,又从啥地方来的?是生下带来的?不是;并且他父母原来也没有钞票。这厂是徐义德办的,开头只有一个车间,工人劳动赚了钱,才慢慢发展起来,越做越大,现在徐义德不单是一个沪江纱厂,他还有许多别的纱厂,印染厂,纺织机械厂……都是靠沪江发展起来的,都是靠我们工人的血汗聚积起来的。工厂的机器哪一部不是我们工人造的?哪一寸纱不是我们工人纺的?哪一寸棉

---

① 摆平,即罢工。

布不是我们工人织的？徐义德这个资本家整年不劳动，我们工人在车间里做生活，累死了，连徐义德的影子也没有见过。他一不捏锒头，二不开机器，三不挡车，连地也不扫一下。工人劳动，创造了大量财富，一个号头发那点工钿，养不活一家人，绝大部分都上徐义德的腰包了，都给徐义德剥削去了。啥人养活啥人不是清清楚楚吗？哪一个资本家的企业不是建筑在我们工人的白骨堆上？哪一个资本家不是靠我们工人的血汗养肥的？

"我不会唱歌，上海刚解放的辰光，流行过一支民歌，我倒记得清爽，我说出来，大家也许还会唱哩。我念给你们听听：

　　大家看一看，
　　大家想一想：
　　地主和农民；
　　资本家和工人，
　　到底啥人养活啥人？
　　三件事情吃穿用，
　　没有劳动不成功！……"

秦妈妈刚把歌子念完，钟佩文便走到秦妈妈那里，站在写字台旁边，展开两只胳臂，向大家号召：

"我们大家一道唱一唱，好不好？"

会场上立刻响起雷鸣般的欢呼声：

"好哇！好哇！"

钟佩文先唱了一句，定了音，然后挥舞着两只胳臂，指挥大家唱了起来，会场上的工人随着他的手势，齐声唱了起来，慷慨激昂，清脆嘹亮，歌声里充满了力量，洋溢着愤愤不平的情绪。汤阿英也提高嗓子跟大家一齐唱。她和在城市里生长的工人不同，她是从农村到城市的，亲身遭受地主和资本家双重压迫和双重剥削，感到歌词亲切，仿佛是唱出她心里的话，唱得十分激动。

晴朗的天空,蓝湛湛的,飘浮着几片薄絮似的白云,在缓缓移动。歌声越唱越高,好似直冲云霄,连白云也像是感动得停止移动了。激越的歌声四散开去,逐渐消逝在远方。秦妈妈又接着讲下去:

"我们工人劳动一个号头,只拿那么一点点工钿,住的草棚棚,穿的破布衣,饥一顿饱一顿,下雨天,连把像样的雨伞也没有。可是徐义德这个资本家呢?不劳动,整天动脑筋怎么剥削我们,一门心思想钞票赚更多的钞票,住在花园洋房里,这里几间,那里几间,楼上楼下,房子多得很,没有人领着,走进去还出不来哩!天天吃的是山珍海味,鱼翅燕窝,平常一顿饭就是一二十种菜,还嫌不好吃!请起客来更是吓坏人,二三十只菜也不稀奇,一张圆桌面,小菜放在上头,可以转到每一个客人的面前,你爱吃哪一样小菜,哪样小菜就转到你面前来了,这圆桌面里头有机关哩!徐义德出门就坐汽车,冬天汽车里有暖气,夏天汽车里有冷气,出去兜风还有敞篷汽车哩。徐义德一个人就讨了三个老婆,轧的姘头那就数不清了。她们每个人都有几十套衣服。我们工人春夏秋冬换季有时都换不上,他们是一天换一套,天天变花样;鞋子就不要说了,恐怕连她们自己也记不清有多少双,高跟皮鞋,半高跟皮鞋,平底缎子鞋,绣花拖鞋,简直是叫人眼花缭乱,没有办法看得清爽说得明白。别的暂且不去说它,单讲徐义德的小老婆林宛芝过三十大寿吧,请了几百号客人,吃了几十桌酒席,客人的汽车一条马路都停不下,一直停了好几条马路,把附近的街道都塞满了!大家想一想,这一天开销要多少?我们工人做多少年的生活流多少年的血汗,叫徐义德一天都花掉了。徐义德送小老婆林宛芝的生日礼物,是一只三克拉的白金钻石戒指,听说花了五千八百万买的。我们工人做一辈子生活也拿不到这许多工钿啊!徐义德花的这些钱都是我们工人的汗啊,全是我们工人的血啊!……"

郭彩娣坐在地上听得只气得眉毛倒竖，面孔发青，攥紧了拳头。汤阿英坐在她左边，看她坐立不安，神色不对，低声问她想做啥。她说想找徐义德算账去！汤阿英要她安静坐住，听秦妈妈讲下去，账当然要算，但不忙现在去，听完了，大家讨论讨论，研究研究，听杨部长和余静同志的指挥，那辰光再算。郭彩娣想想汤阿英说得对，不能现在一个人单独去找徐义德，只好耐心等着，可是她心里忐忑不安。

"徐义德这样残酷压迫剥削我们工人，他并不满足；他那贪得无厌的心简直是填不满的万丈深渊，他还向我们党和工人阶级发动了猖狂进攻：偷工减料，偷税漏税，行贿干部，盗窃国家资财，还盗窃国家经济情报，无恶不作，挖我们国家的墙脚，猖狂透顶，罪恶滔天！我们工人坚决不答应！我们要响应党中央和毛主席的号召，在我们厂里开展伟大的五反运动。工人同志们要起来检举资本家的五毒罪行，打退资产阶级的猖狂进攻，走社会主义的光明大道，建设我们伟大的祖国！"

秦妈妈的声音越讲越高，越讲越有劲头，越讲越精神焕发，越讲越激昂慷慨，最后忍不住挥舞着右胳臂，高高举起，每一句都变成有力的口号，响亮的号召，激动会场上每一个人的心弦。郭彩娣在地上怎么也坐不住了，她猛地站了起来，也向空中有力地伸出右胳臂，一边响应秦妈妈的号召：

"打退资产阶级猖狂进攻！"

"工人同志们起来！检举徐义德资本家的五毒罪行！"

汤阿英站了起来，会场上的人都站了起来，呼口号的声浪此起彼落，一浪推一浪，一浪高一浪，整个会场沸腾了，一个个都高高举起胳臂，像是密密麻麻的森林，跟着就爆发出巨大的口号声，向四面八方扩张开去。

杨健在高昂的口号声中走到毛主席画像的下面，站在写字台面前来了。他觉得秦妈妈今天讲得生动有力,一桩桩一件件都是活生生的事实,全是农民和工人亲身遭受的血淋淋的经历,把大家带到解放前的黑暗的悲惨的社会里去,使大家更加感到解放后新社会生活的甜蜜;指出徐义德残酷剥削和糜烂的生活,他深深感到忆苦思甜的威力激发工人迫切要求参加伟大五反运动的心情,会场上像是在燃烧似的激昂情绪,热火朝天。他原来准备讲的话,都由秦妈妈代表工人说出来了。他没有多讲,只是向工人说:

"今天秦妈妈讲的非常好,说出了我们广大工人多年的痛苦和强烈的愿望。徐义德这个资本家不但压迫我们工人,剥削我们工人,还向党和工人阶级发动猖狂进攻,犯了许多五毒罪行,沪江纱厂的五毒是严重的。他到现在还不低头认罪,并且顽强抵抗,企图停伙停工,和我们斗争,企图破坏沪江纱厂伟大的五反运动。这是他的梦想。资本家压迫工人的时代已经过去了。他的梦想永远不会实现。我们党和工人阶级坚决领导伟大的五反运动,打退资产阶级的猖狂进攻,要资产阶级根据《共同纲领》办事,规规矩矩,不准乱说乱动。

"大会以后,细纱间甲班工人分组讨论,其它车间的党团小组和'五反'分队要准备也开这样的诉苦会,响应党支部的号召:全厂工人同志们动员起来,都参加伟大的五反运动,和资产阶级划清界限,检举资本家的五毒不法行为,打退资产阶级的猖狂进攻,走社会主义的光明大道!"

二十三

　　苍茫的暮色悄悄地从四面八方袭来,高大的仓库和厂部总办公室的轮廓逐渐模糊了,闪的一下,煤渣路上的路灯亮了,总办公室和仓库里的电灯也亮了,憧憧的人影匆匆地在浓厚的暮色中移动着。汤阿英望着煤渣路上来往的人少了,夜班工人已经到车间上工去了,白班工人也陆陆续续走了。她一个人坐在篮球场上,心潮澎湃,回忆秦妈妈刚才讲的话,每一句都打动她的心弦,使她很久不能平静下来。她怀着对徐义德无比愤恨的情绪,往事像是电影一般,一幕一幕在她面前展开,一幅一幅的画面又清晰地闪现在她的眼帘。她根据画面出现的情景,努力追寻它的来踪去脉,随着思考的线索反复寻根究底,有时她的两道淡淡的眉头皱起,有时她的鸭蛋型的面孔上露出得意的微笑。她那对机灵智慧的眼睛从总办公室望到车间,又从车间望到仓库,那晶莹的眼睛好像有着透视一切物事的能力,隐藏在任何阴暗角落里的物事都可以看得清清楚楚似的。从后门那个方向,踽踽地蠕动着一个人影,一边走着,一边向左右张望,顺着工会办公室面前那条乌黑的煤渣路轻轻走来,在路灯的光线照耀下,面孔的轮廓也慢慢可以辨认出来了。汤阿英看到那个人,按捺不住内心的喜悦,霍地站了起来,迎上前去,兴高采烈地说:

　　"小玲,我正想找你,恰巧你来了。"

　　"有啥事体?"

　　汤阿英向前后左右望望,见有几个人走动,她就没有言语,等

了一会,才说:

"后面有事吗?"

"我到各处走走,查看查看纠察队员们是不是都在值班,后面没啥事体。"

"纠察组长真忙……"

"你为啥还没回家?上了白班,又开了会,该回去休息了。"

"一点也不累,刚才在想过去厂里的事,我想现在就检举徐义德,你说,好哦?"

"当然好。"

"现在就写,"汤阿英腼腆地靠着张小玲,低声说,"我虽认识一些字,可提不起笔来哩。"

"这个我晓得。你上夜校学习的时间不短了,字也认识了不少,成绩蛮不错哩。我们工人要学文化,旧社会不让我们学文化,怕我们懂的事体多了要闹革命。新社会就怕我们懂得的事体太少。现在有了条件,你要继续抓紧学习,多认识一些字,自己就可以提笔了。"

"现在要写检举信,来不及了。你帮我一把手。"

"这没问题,马上写!"

"马上写,"汤阿英向四面望了望,指着夜校教室说,"里面有灯,到里面去写吧。"

她们两个人一边低低谈着,一边走进了教室,靠角落坐了下来。张小玲低下头正要给汤阿英写信,忽然听到一个人说话:

"交头接耳谈话,有啥秘密瞒着人吗?"

汤阿英一门心思在想写检举材料,没有注意教室里有人,连忙抬起头来一看:是管秀芬这个记录工。张小玲一进教室的门就看见在整理会议记录的管秀芬,因为忙着给汤阿英准备纸笔,没有招呼她。汤阿英对她说:

"有秘密还瞒过你,你的顺风耳可灵光哩!"

管秀芬放下笔来,笑了笑,说:

"小组长和你的秘密我可不晓得。"

"那就告诉你,"张小玲急着要给汤阿英写检举信,没有时间和她斗嘴,就让了她一步,说,"我帮汤阿英写检举信,也不是啥秘密。"

"这可是个大秘密,不能让徐义德知道。"

"你那张嘴不说出去就行了。"

"我一定保密。不信,用张封条把我的嘴封上。"

"你那张嘴封得住?"

"不封就算了。"

管秀芬低下头去,在电灯光下,沙沙地整理记录。这边张小玲对汤阿英说:

"你讲吧,我来写。"

汤阿英望着教室的黑板,秦妈妈和杨部长号召的声音在她耳际萦绕,过去的事又在她眼前显现了。她回忆地说:

"厂里那一阵子生活难做,为啥断头率那么高?这里面一定有鬼,准是徐义德在里面掺了坏花衣!盗窃国家代纺的原棉。仔细把这笔账算一算,可多哩。……"

张小玲停下笔来,兴奋地说:

"我们厂里生活难做辰光长远啦,这笔账算起来一定不少。"

"我想想粗纱里也有鬼,有时粗纱间送来二十支的粗纱可粗哩,一定只过了头道,没有过二道,徐义德在这个上头又偷工又减料。像这样的粗纱,大概用了有一年。……"

张小玲放下笔,用右手数着左手的指头算了算,说:

"一年也不止,至少有一年两个号头。"

"差不多。"汤阿英点了点头,思索地说,"还有一桩事体,我想来想去总觉得徐义德搞鬼,可是不具体,也没有把握,你看可以不可以写?"

"啥都可以写,不具体也没啥关系,材料组他们可以根据大家的检举材料综合整理,你提一点,他提一点,汇拢起来,就多了,也具体了,可以发现问题看出问题,经过调查研究,最后就可以找出问题来了。你看到的,听到的,都可以写。"

"那还是大前年六月间的事体,我下了工,路过仓库,看到那边停了好几部大卡车,一蒲包纱一蒲包纱往外搬,堆在大卡车上,装满一车开走了,又装一车。我朝仓库里面一看:许多人走来走去,忙忙碌碌,特别是方宇驻厂员,手里拿着个紫蓝色的印色盒子,在一个个纱包的骑缝上打印子,满头满脸是汗,从来没有看见他那么卖力,那天晚上可精神啦,这边纱包打完了,又到那边纱包上去打,不像过去磨洋工,做起活来死样活气,那次动作可快啦,满嘴新名词,说的可好听哪,猪嘴上插葱——装象哩!方宇好像突然变成另外一个人了。我刚才想,这里面一定有啥鬼名堂,自从我进了沪江厂,没看见方宇这么忙过,也没看见他那样卖力气过,⋯⋯"

"那天我也亲眼看见了,"管秀芬听汤阿英检举这桩事体,她停下笔,听出了神,插上来说,"我也从来没有看见方宇那样积极过,经阿英一分析,这里面大概有蹊跷。"

汤阿英得到管秀芬的支持,她的怀疑更大了,进一步提出自己的看法:

"还有一点,我觉得很奇怪!哪家买纱这么急的,连夜装货,早过了下班的辰光,方宇加班加点,栈务主任马得财加班加点,整个仓库的人都加班加点。这是从来没有过的事。"

"这确实从来没有过。"张小玲听汤阿英讲的这些情形,也觉得奇怪。她问,"你想一想,那天夜里他们运走了多少件纱?"

管秀芬没等汤阿英开口,马上答道:

"我和阿英看了一会,就走了,不晓得他们运走了多少件纱。"

"你也走了?"张小玲问汤阿英。

汤阿英点点头。张小玲惋惜地说:

"要是晓得运走多少就更好了……"

"当天晚上回家,我老想着这件事;第二天到厂里上工,特地去仓库看了一下,啊哟,一夜工夫,整个仓库都搬空了!"

管秀芬听汤阿英说的情形大吃了一惊,竟有这样的事,她怎么不晓得呢!她十分钦佩汤阿英深入细致,看到一个问题就抓住不放;而她自己却有点粗枝大叶,那天晚上的事看过就算了,没有仔细去想,第二天根本没有想到要去仓库看一看,惭愧地说:

"你不说,我还不晓得哩。"

"过去我听方宇说的那一套,以为是真的,听了秦妈妈和杨部长的讲话,我想徐义德在里面一定搞鬼,可是具体哪能搞鬼,我就不晓得了。"汤阿英抱歉的眼光对着张小玲,仿佛希望她原谅自己不能进一步提供具体的内容。

张小玲迅速记完汤阿英讲的检举材料,满意地放下了笔,兴奋地对汤阿英说:

"你检举的材料十分重要。你不晓得徐义德在这里面搞的啥鬼名堂,不要紧,工人群众发动起来了,一调查,一研究,多么复杂的问题也可以弄得清清爽爽。"又问道,"还有吗?"

汤阿英一口气又想了几条,最后,她问:

"别的车间的可以不可以检举?"

"当然可以检举。"张小玲举着手里的金星钢笔说,"检举不分车间,只要你晓得,哪个车间的事都可以检举。"

"那我还有哩。"

张小玲又给她一件件记上,五张纸写得满满的。张小玲读了一遍给她听,问她有啥遗漏没有?她仔细想了想,没有了。张小玲

要她在上面签个名,她说:

"我写得不好,你代我写上吧。"

"那不行,啥都可以代,惟独签字这桩事体不好代,要你自己来。"

管秀芬整理记录手有点累了,听张小玲回答汤阿英的话心里好笑,便放下钢笔,接上去说:

"还有吃饭不好代,别人代吃了,自己还是饿。大小便也不好代,别人大小便了,自己的肚子还是胀。不好代的事体可多哩。"

张小玲听管秀芬这几句话,又好气又好笑,气的是她挑剔自己说错了话,笑的是她讲的那两个比喻又具体又生动,驳也驳她不倒的。张小玲没有办法,只好说:

"你这张嘴啊,真不饶人!"

管秀芬走过来,隔着三张课桌,对张小玲作了一个揖,说:

"对不起,又碰了我们的小组长了。"

"你那张嘴就像把刀子,哪个你也要碰一碰。说起话来,总是出口伤人。"

"哎哟,不得了哪,"管秀芬把两只手合在一道,耸了耸肩,装出有些吃不消,惊慌地说,"那我以后不敢再讲话了,这回真要用封条把嘴封上。"

张小玲向管秀芬撇一撇嘴,脸上浮着不信任的微笑,慢吞吞地说:

"谁能封住你的嘴,那日头要从西边出来了。"

"那我就干脆不封了。阿英,你做证人,这是我们小组长讲的啊。"

"大家都羡慕你会说话,"汤阿英说,"别人想学也学不会哩。"

"你别跟她学,阿英,"张小玲向管秀芬看了一眼,把课桌上写好的那封检举信递给汤阿英,说,"你检举的材料很重要,快点送去吧。"

汤阿英拿着检举信飞快地到"五反"检查队的办公室去了。张小玲坐到管秀芬那里去,看她整理会议的记录,准备待一会送到材料组叶月芳同志那里去。

二十四

徐义德见严志发走进厂长办公室,慌忙从沙发上站了起来,弯着腰,笑嘻嘻地欢迎道:

"严同志,请里面坐。"

他的肥胖的左手向咖啡色的皮沙发上一指。他下巴那儿垂下来的肉却有些颤抖。他一见了严志发,心中就有些忐忑不安。他知道严志发是纱厂工人,对纱厂内行,讲话一句是一句,一点儿不含糊,也不讲情面。他像是一块钢铁,徐义德在他身上找不到一点可以活动的空隙。看上去,严志发在"五反"检查队里担任的工作蛮重要,许多场合都看到他。昨天他和余静她们一道来,徐义德找不到机会给他拉拉知己。今天严志发一个人走进来,不是送上门来的好机会吗?徐义德小心翼翼地抓住这个机会,请严志发坐到沙发里。

徐义德没有叫工友,也没有叫梅佐贤,他亲自倒了一杯茶,恭恭敬敬送到严志发的面前:

"严同志,你们实在太辛苦了,喝点茶。"

严志发见徐义德这样低声下气的态度,忽然恭恭敬敬地送过一杯茶来,兀自吃了一惊。他身子往皮沙发上不自主地一靠,很严肃地直摇右手:

"我不渴,我不渴。"

徐义德轻松地笑了笑:

"烟茶不分家,喝点茶,没有关系。"

徐义德本想把那杯茶推送过去,见严志发惊慌的神情,怕把事情弄炸了,就没有动。

严志发不愿意靠近徐义德,仿佛怕徐义德身上啥脏东西会沾染到他的身上去。他向长沙发的上面移去,抬起眼睛盯着徐义德,防备他还有啥花样经。徐义德静静地坐在那里没动。他的眼光虽然对着长方形矮桌子上面的那把江西景德镇的宝蓝色的瓷茶壶,可是暗中时不时觑严志发一眼。

他们两个人相互注视着,谁也不言语。半晌,还是徐义德先开口:

"严同志,有啥指教吗?"

"有啥指教,"严志发警惕的眼光从徐义德的身上移过去。他解开深灰布人民装的右边口袋,从里面掏出三张折叠好的十六开大小的白纸来,把它打开,弄平,送到徐义德的面前,说:

"你不是对杨队长说:一定要交代不法行为,来报答杨队长的关怀吗?"

徐义德心头一愣:他竟想不起在啥地方说过这样的话了,但他知道自己一定说过这样的话。他轻轻点了点头,说:

"是的,我要交代我的不法行为,我要坦白。"

"那很好,你现在就坦白吧。"

徐义德感到愕然:他摸不清严志发是要他当面把坦白的材料写出来呢,还是写好了以后送去。他试探地说:

"我一定坦白……"徐义德有意不说完,而且把这句的尾音拉长,等候严志发接上来说。

严志发很简单地说:"那你写吧。"

"是现在写呢,还是等我写好了再送给严同志?"徐义德等了一会儿,说,"材料倒有一些,一时恐怕写不完。"

"写好了送来吧。"

"那再好也没有了。严同志办事真精明。"徐义德笑眯眯地望着严志发,说,"你看,哪能写法?"

"这个,"严志发顿时想起杨部长刚才对他说的话:你现在到徐义德那里去一趟,送几张纸给他,要他写坦白书。他目前不会老老实实坦白的,不必限他的日期,让他写好了再送来。这必然会引起他内心的斗争,他不了解我们掌握他多少材料。他当然希望能够蒙混过去。他不写点真实材料出来,又怕蒙混不过去,唯一的办法就是要摸我们的底。你去了,他一定要想办法摸底。你可不能漏一句半句话出去。这种人,你眉毛一动,他就知道你肚里要说的话了,可刁哩。最好的办法是不给他多说,他就无计可施了。杨部长的估计,果然不错。严志发说:"哪能写法,你自己晓得。"

"对,对。哪能写法,我自己当然晓得。"徐义德暗中瞟了一眼。他并不灰心,又试探道,"不过,严同志能够指教指教,我可以写得更好一点。是不是,严同志。"

"你老老实实把五毒不法行为写出来就行哪。"

徐义德一听这口气好像有了一点苗头,他拿起那把江西景德镇的宝蓝色的瓷茶壶向严志发的茶杯里加了一点茶。他自己的身子倾向严志发那边去,小声地问:

"你看从啥地方写好呢?严同志,我们厂里没啥严重的五毒行为。我领导这个厂真是官僚主义浑淘淘,许多事体我也不晓得。偷工减料这方面,我想,可能是有的。别的方面,就很难说……"

徐义德说到这里,暗中注视严志发的表情。严志发霍地站了起来,对他不客气地说:

"你的五毒不法行为你自己晓得。我们也晓得。怎么坦白,你自己晓得。我不会告诉你的。"

严志发径自向门口走去。跨出厂长办公室的门,他向徐义德留下了一句话:

"你的坦白书啥辰光写好,就啥辰光送来。"

徐义德讨了个没趣。他也站了起来,过去把办公室的门紧紧关上,接着把刚才倒给严志发的茶一口喝得干干净净,好像把怨气吞下去似的。他躺到沙发上,慢慢平静下来。

他的头靠在沙发背上,正对着粉刷得雪白的天花板。他自言自语地说:

"坦白?我徐义德有啥好坦白的?将本求利,凭本事赚钱,人不为己,天诛地灭。损人利己吗?愿者上钩,怪不了徐义德。办厂的目的,当然不是为了亏本。要赚钱,要赚更多的钱,这是天经地义的事。难道钱赚多了就错了吗?就犯法了吗?不法行为?五毒?哼!"

徐义德忽然感到身旁有一个人,数说他的五毒行为,什么套汇呀,什么偷税漏税呀,什么偷工减料呀……徐义德怵目惊心,没法否认。他深深叹了一口气,想了想,认为即使有错,也可以原谅:

"好,就算要坦白吧,我徐义德已经坦白过了。市的棉纺公会送了一份,市工商联送了一份,市增产节约委员会的工商组也亲自送去一份,区增产节约委员会里,当然也送了一份去。用打字机打的,完全一样,多送一份两份没啥关系,反正有的是。已经送了这么多的坦白书还不够吗?一定还要坦白?也好,那把过去的坦白书再抄一份就是了。"

徐义德的眼光望着灰咔叽布的人民装口袋,想起那份坦白书的原稿没有带在身边,留在家里了。他准备明天带来抄好送给杨部长。不,不能越级,要送给严志发。但也不能把杨部长放在一边,决定沪江纱厂问题的到底是杨部长而不是严志发。他想了一个妙法,写严志发同志转呈杨部长。这样面面俱到,万无一失了。

"已经交过了坦白书,为啥还要写呢?过去写的不算吗?过去坦白不彻底?唉,这就很难了。啥叫做彻底呢?坦白一件,不彻底;坦白十件,不彻底;坦白一百件,还是一个不彻底。一件也不坦白,倒反而彻底了。最好一件也不坦白,不然的话,坦白没有一个完。"

"你的五毒不法行为你自己晓得,我们也晓得。"徐义德想起刚才严志发对他说的这句话。"你们也晓得,那很好,按照我的五毒不法行为定罪好了,何必要我坦白呢?朱延年说的对,政府既然知道我们资产阶级的五毒罪行,掌握了充分的材料,全市职工检举了三十多万份材料,那宣判就行了,为啥还要资本家坦白呢?要资本家自己检举自己,提供材料好定罪。"

杨健在会客室里对徐义德讲的话有力地在他的耳朵里回响着:

"现在摆在你面前的有两条路:第一条路,坦白从宽;第二条路,抗拒从严。"

"坦白从宽?那才是天下的大笑话。共产党讲的,总是好听的,不坦白,你不晓得我的材料,你要从严也无从严起。坦白了,有了材料,有了证据,倒反而会从宽?三岁娃娃也不会相信。坦白了好定罪,没收财产。房子没有了,住在啥地方去?另外租一幢花园洋房或者公寓房子?没钱。弄堂房子?又脏又闹,哪能住得下?黑色大型林肯牌汽车没有了,出门坐啥车子?祥生汽车,太寒伧。人家一看到那刺眼的粉绿颜色,就晓得是营业车子。偶尔坐一下,人家不晓得倒也无所谓。长了,人家必然会看到,一定要说:徐义德也落架了,坐在一辆祥生汽车里。还有,三个老婆谁赡养呢?守仁的开销呢?有些可以预先藏起来,这倒是一个办法。"

他想到这里,眼光正好望见办公室右边那块墙壁。墙壁是新粉刷的,还没有完全干燥,隐隐看得出是补上去的,散发着一股刺鼻的石灰气味。他从沙发里站了起来,走到墙壁那儿去,弯着腰,一边用手指轻轻敲着墙壁,回音是坚实的,取出里面私藏的二千两

金子以后,都填满了砖头。他叹息地说:

"足足二千两金子,完了!放在墙壁里都不可靠,放在别的地方可靠吗?现在看来,一切的地方都不可靠。最可靠是不坦白,政府没法定罪,没法没收财产。抗拒从严吗?顶多送进提篮桥。"徐义德的右手立刻放到人民装的口袋里,那把绿色的透明的化学柄子的美国牙刷和先施牙膏还在,撇一撇嘴说道,"进提篮桥吗?早准备好了。"

他的眼光对着早一会严志发坐过的长沙发上,喃喃地说:

"想我坦白吗?我徐义德不上那个当!"

二十五

戚宝珍今天睡了午觉,起来感到精神很好,看到屋子里有些乱糟糟的,便兴致勃勃地动手整理了。她首先把杨健的衬衣短裤和珍珍的小衣小裤拿到卫生间里,在浴缸里放了水,给泡上;转过身来,又把桌子上的什物摆齐,铺好床,扫了地,就到卫生间去洗衣服。她弯着腰洗,因为很久没有做事,劳动给她带来了愉快,不洗完,手简直停不下来。等她把衣服晒上,走出卫生间的时候,她额头上飞舞着金星,整个房间在她面前旋转,身子也不由自主地摇摆着,仿佛大地在动荡,哪能也站不稳。她扶着床,一步步好容易走到床边,仰身往床上一倒,紧闭着眼睛,房间里静静地,只听见胸口怦怦地激烈跳动,十分闷塞。她勉勉强强地给自己加了一个枕头,稍为好一点,可是呼吸还是不顺畅。

过了约莫有半个时辰,她慢慢恢复了正常,睁开眼睛,看到整洁的房间和卫生间晒的衣服,心里又是高兴又是气恼。高兴的是今天总算打扫了房间又洗了衣服,这是她好久想做而没有能够做的事。也是这样的事叫她气恼:为啥做了这么一点点的事,就感到那样吃不消呢?要是在过去,别说这点事,就是再多一些活也不打紧。现在哪能竟变成另外一个人了?她不相信自己的体力坏到这个程度,伸手到枕边拿过一面小小的圆镜子,对着自己的面孔照过来又照过去,好像在追寻失去了青春的体力。

如烟一般的往事,又一幕一幕出现在她的眼前。

那是一九四一年,她和杨健都在上海一座私立大学里读书。

杨健读的是中文系,戚宝珍是教育系,虽然他比她高一班,选修课却常碰在一班里。中国通史这一课,他们俩人不仅在一班,而且同一张桌子。杨健在学校里的功课很好,几乎他所读课程的成绩都名列五名以前。当时他已经是中共党员,在学校里很活跃,学生方面有啥组织,他不是委员,就是代表。他是消息最灵通的人,对于抗日战争的前途他比任何人看得清楚,分析得头头是道,和他接近的人得到鼓舞,同他谈过话的人找到前进的方向。同学们有疑难不决的问题都去找他,他总满足你的要求,设法给你解决。经过他用各种办法介绍,许多同学暗中去了抗日民主根据地。在学校里,在公开的场合,他非常沉默;在校外宿舍里,在个人接触中,他是个富有风趣的人,谈起来就滔滔不绝,可是一点也不啰嗦。

认识他的人常常到他的宿舍里来,不认识他的人想法和他接近。戚宝珍发现他常到图书馆去,她也常到图书馆和他一道看书。他每次到图书馆都挟了许多书,放在他面前,低头在看书,在写笔记,没有注意她有意坐在他的附近。她故意和他谈论中国文学啥的。吃饭后,他们两个人常常肩并肩地在校园里散步。

一九四三年夏天,杨健读完了大学,组织上决定他到苏北抗日民主根据地党校去学习。两人相约:她毕了业,便到苏北来,参加抗日民主根据地工作。

临别前夜,他们两个人手挽手地在河边草地上走来走去,几次走到校园门口,她又把他拉回来,舍不得离开校园,舍不得离开草地,舍不得离开小河,舍不得离开夏夜的宁静。

一九四四年八月,她来到了苏北,和杨健结了婚。婚后,她分配在县政府教育科当干事。这个工作正投合她的兴趣。

第二年十月,她生下珍珍。那时抗日战争虽然胜利了,国内并没有取得和平,解放战争的烽火在各地燃烧起来了。杨健和戚宝珍随着部队转移到山东。他担任县委宣传部长工作。

人民解放军百万雄师横渡长江,上海解放,组织上调动大批干部支援上海,杨健到了上海,分配在长宁区委统一战线工作部工作。不久,戚宝珍带着珍珍也到了上海,在长宁区人民政府文教科担任副科长职务。同时还在沪江纱厂夜校里兼一点课。开头一年多,她工作非常努力,从清早忙到深夜也不感到疲倦。在解放区积累的教育行政工作经验,她研究怎样在区里运用,有时还挤出时间给区里小学教员做报告。自从发现自己有心脏扩大症,精力就不如从前了,开始并不服输,一次又一次躺下,不得不叫她徒唤奈何了……

　　过去这些事在她脑海里涌起,非常新鲜,就好像是昨天发生的一样,自己却变成了另外一个人,做了这么一点点家务事,身子竟支持不住。从那面小小的圆镜子里看,自己的容颜并未消瘦,眼角上也没有长起扇形的皱纹,从表面上看,还是年轻有为不减当年,她生气地把镜子往床头一放,怨恨地深深叹了一口气:

　　"这个鬼身子!"

　　叶月芳笑嘻嘻地走了进来,劈口问她:

　　"你骂啥人?"

　　她没有注意有人来,突然听到人声,兀自吃了一惊。她侧过头去看,见是叶月芳,想起床招呼,立刻给叶月芳按住了。叶月芳坐在床边,对她说:

　　"你躺着好了……"

　　沪江厂的"五反"工作热烈展开,杨健一连几天抽不出时间回家。他嘴上不提,叶月芳心里知道的。今天叶月芳到区里来有事,杨健对她说:办完事,有空,到他家去一趟看看。

　　她见了叶月芳,有一种矛盾的心情:一个人老是蹲在房间里,总希望见到一些朋友,等到朋友来了,又觉得不如一个人在房间里安静。她以为区文教科叫叶月芳来的,不等她讲下去,抢先说道:

"唉,今天睡了午觉,起来精神好些,收拾了一下房间,就又倒下了。"她的眼光望着叶月芳,那意思说:别看我躺在床上好好的,我的身子可是不行呀!

叶月芳没有留意她的眼光,不假思索地说:

"医生不是要你好好休养,一个人蹲在家里哪能工作,我劝你还是到疗养院疗养一个时期才好……"

她每次见到人,总怕别人误会她蹲在家里好吃懒做,暗中说明自己的病,但听叶月芳的口气,完全了解她最近的健康情况。她就不详细说下去,改了口:

"厂里正在'五反',你说,我一个人在家里哪能闲得住?"

"这个心情,我是了解的。"叶月芳的两个腮巴子上浮着两个小小的酒窝,同情地说,"我一闲下来,就觉得闷得慌,一天不做许多工作,就仿佛一天白过去一样,想起来心里就不舒服……"

"你说的是呀,简直是说到我心里去了。老实讲,见到你们生龙活虎般工作,我心里就静不下来。好几个月没上班了,在家里也不能给杨健一点帮助。"

"杨部长晓得你在家里闷得慌,特地叫我来看看你。这两天厂里忙……"

"厂里'五反'进行得哪能?"

"'五反'吗?"叶月芳怕讲起厂里轰轰烈烈的五反运动会妨碍她休息,迟疑地没有说下去。

"为啥不肯告诉我?"

"你还是好好休息,别操这份心了。"

"你告诉我,我不操心就是了。"

叶月芳简单地告诉她最近"五反"的情况,她顿时兴奋地从床上坐了起来,焦急地问:

"徐义德这么顽固?"

"资本家不会痛痛快快地坦白的。"

"让他这样纠缠下去吗?"

"只要群众发动起来,形成'五反'统一战线,徐义德就孤立了。"

"你这个意见很对!"她钦佩地望着叶月芳。

"这不是我的意见,是杨部长的。"

"哦。"她没有再赞扬,改口说,"夜校的人都参加'五反'了吗?"

"当然都参加了。"

"只有我这个病号蹲在家里。"她的手按着胸口,内疚地说。

"杨部长常常想念你,觉得他不能多照顾你,心里老过意不去……"

"让他忙吧。我这个病号不能工作,还能妨碍他工作吗?叫他安心在厂里工作,别挂念家里。告诉他我很好,别说我又躺下。"

叶月芳感到有点为难:她怎么好不把真实情况告诉杨部长?但又不好违背病人的嘱咐。她未置可否地"唔"了一声。戚宝珍接着说:

"你以后也别来看我,影响你的工作。"

"来看你,也是我的工作。"

"不,你别听杨健的话。"

"不单是杨部长,夜校里的人都关心你,余静同志也常常想你。本来余静同志今天要同我一道来看你,给余大妈找回去了。明天是清明,她们准备到龙华上坟去。"

她望着挂在墙上的日历,果然上面有四个老宋字:"明日清明"。她叹了一口气说:

"你不提起,我倒忘记了。国强过世快三年了。在解放区的时候,我和杨健常常谈起他,以为进上海一定能够见到他。谁晓得永远见不到呢！他牺牲得很英勇,照道理我也应该和余静一道去上坟,只是这个身体……"

"等明年清明再说吧。"

"唉,这个病啥事体也做不了。你告诉余静,别关心我。她在厂里够忙了,别来看我。你,忙你的工作,也别来看我。"

"再忙些,我也应该来看你。希望你好好休养,不要急。组织上决定你休养,这就是你的任务。等休养好了,要做的工作多着哩。"

"这个道理我懂。我也劝过别的同志,可是临到自己头上,老是想不开……"

"这道理你当然懂,那你就休息休息吧。闭着眼睛睡一会,好不好?"叶月芳像是对小孩子说话似的。

她讲了半天话,确实有点累了,上眼皮搭拉下来,慢慢地睡着了。叶月芳看到卫生间的衣服,她走过去,悄悄地拿到院子里去晒。

二十六

一辆三轮车从衡山路那边向谨记路踏来,坐在车上的余大妈望着两边的田野心里豁然开朗了,对她身旁的女儿说:

"一眼望这么远,心里开阔,人也舒服哪。"

"可不是,你整天闷在屋子里,眼光看不到两丈远。"余静深深吸了一口田野的空气,说,"这里空气多新鲜。你常出来走走,不要老是呆在家里。"

"你说得倒好,家里没人,哪能走得开?"

"那也是的,"余静想出了一个主意,说,"厂礼拜我呆在家里,你带小强出来走走。"

"这个……"

余大妈一句话没说完,坐在她怀里的小强转过身来,渴求地望着她:

"带我出来白相,婆婆。"

"唔,坐好了,别动,小心摔下去。"余大妈紧紧抱着他。

他贪婪地东张西望,在他眼前出现的事物,都感到新奇。外边实在比家里好白相得多了,家里老是那间小房子,小房子里老是那几样物件,别的啥也没有。他顺着眼前的绿油油的一畦一畦的菜地望过去,是一排排错落有致的房屋,在一片黑瓦和红瓦的后面,矗立着一个高大的赭色的宝塔,给它背后的蓝色的天空一衬,再加上一块一块的白云缓缓飘过,越发令人注目。他举起小手,指着天空,歪过小脑袋,对婆婆说:

"你看，……"

余大妈眼光随着他的小手指看过去，有意问他：

"这是啥？"

"这是……这是……"他不知道它叫啥名字，小脸上泛着羞涩的红晕，结结巴巴地说，"这是……你告诉我……"

"宝塔，有名的龙华宝塔，站在上面，全上海都看得见……"

"啊！"他鼓着眼睛，婆婆最后一句话对他非常有诱惑力，上海有多大呢？他从来不知道；全上海是个啥样子呢？他也不知道。他想跑到塔上去看看，一定很好白相。

三轮车经过从前的伪龙华警备司令部，转过弯去，到了龙华塔下。小强拉着婆婆的手，要求道：

"带我上去白相！"

"现在没工夫……"

他嘟着小嘴，说："不，我要……我要……"

余静劝他："听大人的话，以后带你来……"

他的一对小眼睛对着宝塔一层一层望上去，一直望到塔顶，要是上去了，人就像站在天上一样，多好白相呀！他的脚情不自禁地踏着三轮车的脚踏板。车夫以为是大人踏的，他停下车来，问：

"下来吗？"

"不下来，"余静说，"走吧。"

三轮车向前面踏去，龙华古塔留在车子后面去了。小强转过身去，对着高耸入云的赭色的宝塔呜呜地哭了起来。余大妈用手绢给他拭了拭眼泪，哄他道：

"你看，你看，这是啥？"

他转过去，看婆婆指的右边。龙华寺赭色墙壁旁边有一座古老的牌楼，经过历年的风吹雨打，朱红的柱子已经变成紫黑色了，许多地方的油漆剥脱下来，露出灰色的粉底和黝黑的木料。通过这座牌楼,向里面望去,却是另外一个世界:一片绿茵茵的草地的边缘有一排蝴蝶花,蓝的,紫的,杏黄的和粉红的花瓣像真的蝴蝶一样,仿佛在那里展开翅膀飞翔。在这些蝴蝶上面,如同一片熊熊的火焰似的,是龙华著名的桃林,娇艳的桃花给四月早晨的阳光一照,显得特别妩媚,像是少女含羞欲笑的红润润的脸庞,逗人喜爱。

小强看着那片红红绿绿的花草也觉得新奇,尤其是那耀眼的桃花引起他很大的兴趣。他不哭了,眼泪干了,嘻着小嘴傻笑。慢慢,宝塔的印象淡漠了,他的眼光对着前方。

一条广阔的煤渣路伸向远方,看不到尽头,尾端和天空连接起来了。煤渣路两边是辽阔无边的田野,一片新绿,上面好像浇了一层油似的发着亮光。路上的人不多,大半手里都拎着提盘,腰间扎着白布腰带,迈着迟缓的步子,向着同一方向走去。

龙华公墓埋葬的大部分是解放上海英勇牺牲的人民解放军的指战员和上海解放以前被国民党反动派屠杀的忠贞的革命烈士。许多坟还没有修好,只是靠马路这边的坟修好了,雪白的墓碑肃穆地对着雪白的墓碑,矮矮的松树静静地靠着矮矮的松树,一个一个墓穴用长方形的白石板垒起,默默地躺在蓝色的天空下。一片黄沙在半空中卷来,这是咖啡色的鹈,形成一条曲线,飞过宁静的墓地。

余静她们三个人顺着墓道向里面走去,那边是一片新坟,一堆一堆隆起的黄土整齐地散布在平地上,有的坟前残留着纸钱的余烬,给风一吹,轻轻的飘起,银灰色蝴蝶似的浮荡在空中,慢慢飞去,渐渐消逝在远方。

余静走到一座长满了青草的坟前站了下来,一个熟稔的面影立刻闪动在她的眼前,亲切而又刚毅的声音在她耳际萦绕。她像是一尊玉石雕塑的女像静静地立在那里,啥闲话也讲不出来,也不知道来了要做些啥。她的眼睛忽然给蒙上一层翳,饱满的泪水遮住她的视线,面前那长满了青草的坟墓模糊起来了。她竭力忍住泪水。

昨天夜里余静躺到床上已经快一点钟了。今天是清明,大家吃了点水泡饭,收拾收拾,雇了一辆三轮,到龙华公墓来。袁国强虽然离开她快三年了,她总以为是昨天的事。一个人独自从厂里回来,孤寂地在家里,她就常常想到他了。他也在这个辰光悄悄地出现在她的面前,像往常一样,和她低低地谈论着厂里的事,展望上海解放以后的幸福的生活。刚才她坐在车上,紧紧闭着嘴,不大言语,心里在想念着他。她一步步走近长满青草的坟边,透过青草和泥土,好像可以清清楚楚看见他躺在那里。看着,看着,她的眉头紧皱,眼泪就忍不住从腮巴子上流下来了。

余大妈见她兀自站在那里不动,等了一会,还没动静,便歪过头去,觑了她一眼,看到她脸上晶莹的泪水,有意装做不知道。小强站在坟面前,歪过小脑袋瓜子,望着婆婆。余大妈点点头。他知道现在该行礼了。他对着坟头行了三鞠躬的礼,婆婆在他身后说:

"还有这边哩。"

他又向左上侧陪祭的祖先位置鞠了躬。余静过去行礼,余大妈在她旁边呜呜咽咽地哭了。

余大妈没有儿子,丈夫是拉橡皮塌车的,"八·一三"事变那年死在闸北的炮火下。她一个人帮人家做活,饥一顿饱一顿的,把余静抚养长大,余静进了沪江纱厂,家里才勉强够糊口。余静和袁国强结了婚,日子算是安定下来了。袁国强的家在无锡,平常就住在余大妈家里。她拿他当自己的儿子一样看待。刚才余静的眼泪就勾引起她的悲伤。怕余静伤心,她忍住了。现在看到余静扎着宽大白布腰带的背影,小强戴着白帽子,两手下垂,年纪虽小,也懂事地站在侧面,一声不响。对着那年轻的寡妇和八岁的孤儿,她一阵心酸,再也忍耐不住,放声哭了,有条有理地诉说着:

"国强呀,你去了,我们是怎么想你啊。开饭的辰光,你不在;出去的辰光,看不到你的影子;阿静放工的时候,也看不见你同她一道回来。阿静想你,小强想你,到处找爸爸,大家都想你。你晓得哦?国强。你活着的辰光,啥人不喜欢你?啥人不说你好?你年轻,你办事认真,你走路笔挺,……你在家孝父母,出外爱朋友,啥人有困难,找到你,你都相帮人家,……你一天忙到晚,从不想到你自己……庆祥纱厂上上下下几千人,没一个人说你的坏话。弄堂里的邻居,男男女女,老老少少都喜欢你……只有反动派不喜欢你,恨你,把你抓去,活活的埋了你……你苦了半辈子,没过过一天好日子,从早到晚都是为人忙……好日子快来的辰光,你就去了……你把我们三个人丢下,叫我们想死了你,叫我们恨死了反动派……"

她越哭越有劲,声音也越喊越高,到后来有些儿嘶哑了。余静站在一旁,低着头,暗暗地流泪。小强望着她们俩人发呆,一个大哭,一个流泪。他不知道怎么是好了。他睁着小眼睛向四面望望:别的坟上也有人在哭,有的呜咽地低泣,有的嚎啕地痛哭,有的一声不响地在流泪,门口那边有好几个人站着,可是谁也不来帮个忙。他没有办法,就走到婆婆面前,叫道:

"婆婆,婆婆……"

婆婆没有答应。他拉婆婆的手,用哀求的语调说:

"婆婆,婆婆,你别哭……"

婆婆还是哭。他去找妈妈。妈妈鼻子一抽一抽的,眼泪簌簌往下流。他叫了一声:

"妈妈,你劝婆婆……"

余静站在那里纹丝不动,头低下来,眼睛对着她身上的白布腰带,擤了一把鼻涕,鼻子又一抽一抽的了。他叫婆婆,婆婆不应;叫妈妈,妈妈不响。他有点怕妈妈,不敢再叫下去。他靠到婆婆身

边,大声叫道:

"婆婆……"

婆婆仍然不做声。他没有办法,也放声哇哇地哭开了。余大妈拭了拭眼泪,摸着他的白帽子,反而劝解他了:

"小强,不要哭……"

他真的不哭了,抬头望着她。

余大妈对坟说:

"你去了,我们天天想你,你晓得哦?……小强今年八岁了,长得很结实,也常常想你……家中生活比过去好了,你不要惦记……你在阴间要保佑我们……"

余静跟随余大妈在坟地走了一圈。她站在坟前,出神地望着长满了青草的坟头,不忍离去。小强怕她又要哭,拉着她的白布腰带说:

"走啦,妈……"

她给他拉走,快走出墓道,从一片雪白的墓碑上头望过去,又凝视着长满了青草的坟头。她心里想:今年无论如何要挤点钱出来,把坟修理修理,种点松树,立块墓碑。

她们缓缓地走出了龙华公墓,跳上了三轮车。余静轻轻地叹息了一声,眼光对着公墓里面那个长满了青草坟头的方向望了又望,依依不舍。

她们三个人坐在三轮车上谁也不言语,经过龙华塔,小强歪过头去,叫了声"婆婆"。婆婆懂得他的心思,没等余静开口,她说:

"你妈要到厂里去有事,下次带你来。"

他留恋地望着云端里的塔尖。

余大妈瞅见余静皱着眉头,像是有一肚子永远说不完的心事。袁国强过世快三年了,余静经常提到他,刚才上了坟,更是忘不了他。她想:人已经去世了,再也不能回来了。余静还很年轻,就带着小强这孩子守一辈子寡吗？她想劝余静早点找个对象,可是看到她满脸悲伤的神情,又不好开口,无可奈何地叹息了一声,对三轮车夫说：

"踏快点！"

三轮车在平坦的衡山路上飞一般地踏过去。

二十七

"还是替我搬到楼下来好。"杨健幽默地对余静说,"不要孤立我。"

"你住在楼上清静些,对工作也没啥不方便。"余静希望他不要搬动。

"五反"检查队队员住在工会办公室斜对面的两间空房子,原来是沪江纱厂工人夜校的教室,他们来了以后特地腾出来的。那里靠着仓库和托儿所很近,白天和夜晚都很吵闹,余静就给杨健设法在楼上职员宿舍里找到了一小间房,光线好,环境安静,只是离队员远了些。昨天晚上余静领杨健去,他当时就不肯住下,硬要搬到工人夜校的教室里来。余静跟他说教室里没有空。杨健说他有办法挤,真正不行,他还可以睡地铺。余静没有话说,她推托当时没人搬,队员们都睡了,搬过去会吵醒他们,不如先睡一夜,明天再搬。余静希望他能够一直在楼上睡下去,怕他搬下来睡不好,影响身体健康。料不到她今天从龙华公墓赶到厂里,一碰见杨健,他就给她提起这桩事。

"我欢喜和大家住在一道,有事随时好商量,空闲下来,也可以了解了解同志们的思想情况。一个人住在楼上有点特殊,也有点寂寞,还是让我和大家住在一道吧。"

"对面教室闹得很。"

"但是可以和同志们接近,就是工人同志有事来找我也方便些。你要是不给我搬,我把铺盖一卷,自己就捎到下面来了。"杨健双手往肩上一放,好像自己真的把铺盖搬下来。

余静拗不过他,无可奈何地说:

"好,好好,今天一定给你搬下来。"

"让我先谢谢你。"

"那倒用不着,"余静叹了一口气,说,"我怕你睡不好啊。"

她还是放心不下杨健的健康。她知道杨健的身体并不好,近来领导"五反"检查队的工作,比过去在区委统战部里显得消瘦一些。她深知杨健的性格,可能办不成功的事,一定不先讲;凡是他讲的事,一定要办成功。她不再言语,走出工会办公室(现在也是"五反"检查队的办公室)给他去安排。

当余静和杨健谈话的时候,钟佩文走过去要向杨健报告,半路上叫叶月芳摇手阻止了。叶月芳希望余静能说服杨健睡在楼上,这对杨健的身体健康会有帮助。余静一出门,钟佩文就连忙走进去,把手里的几十份检举材料放在杨健面前,说:

"这两天又收到许多检举信,第五百八十六号到五百九十四号是细纱间汤阿英她们的检举材料……"

杨健一边看着登记的目录,一边翻阅着工人们写的检举信,正好翻到汤阿英写的那封,他从头仔细看下去,看到前年六月底沪江纱厂忽然运出许多件纱,把整个仓库都搬空了,引起他特别注意。他看完了,又从头看了第二遍,盯着手里那份材料,陷入沉思里去了。

钟佩文屏住呼吸,觉得杨健一定发现啥重大问题,他想了解,在等待杨健指示,材料联络组好进一步进行工作。半晌,杨健的充满了智慧的眼光从汤阿英的检举信上移开,慢慢转到靠里面墙角落那张桌子旁边的叶月芳的身上,注视着她的圆圆的脸庞,低声问道:

"小叶,你记得前年六月底有啥重大事件发生吗?"

叶月芳这个活字典,皱起眉头一想,肯定地说:

"前年六月底区里没啥重大事件,我们部里也没啥重大事件。"

"七月一号呢?"

"党的诞生二十九周年的纪念日。"叶月芳记得丝毫不错。

"这个我晓得。"杨健摇摇头,料想叶月芳误会他问的意思,解释道,"我是说,七月一日在我们这里,或者市里有啥重大的事件发生,特别是关于工商界的事体……"

叶月芳歪过头去,回忆了一下,立即说道:

"前年七月一日,上海市人民政府税务局宣布全市加税,这是市里和区里的重大事体,你传达市税务局通知时,不是说要全体干部注意保守秘密,不要泄露出去吗?"

"对了,我想起来了,是有这回事,确实是桩重大事体。"杨健会意地点点头,他又赞赏地望了一下汤阿英那封检举信,感到十分珍贵,非常重要。汤阿英真是个了不起的人物,常常从表面现象里发现重大的问题,眼光十分尖锐,看问题真是入木三分。他兴奋地问钟佩文:

"还有人检举徐义德六月底赶运棉纱的材料吗?"

钟佩文见杨健对汤阿英的检举信那么重视,有点像丈二和尚摸不着头脑;听杨健查问六月底发生啥重大事体,起初还是莫名其妙,等到叶月芳说出七月一日加税的事,他心中有些数目了。他看到汤阿英那封检举信,也认为重要,但没有像杨健那样重视,更没有杨健那样仔细查问前年六月底发生啥重大事体,暗暗感到自己看材料没有杨健细致,内心有点惭愧。幸好他注意把有关问题的检举材料归纳在一起,经杨健一问,他不慌不忙答道:

"有,仓库的栈务主任马得财检举了赶运棉纱的材料;细纱间记录工管秀芬也检举了这桩事体,别的车间也有检举的,还有……"

杨健看钟佩文没有说下去,便追问:

"还有谁写了?"

"我也写了一点,"钟佩文脸上显出不好意思的表情,一则不愿提到自己,二则他写晚了,但主要的是他写的没有汤阿英那么明确,更没有汤阿英看的那么严重。他微微低着头,小声地说,"在别人写的这方面的检举材料后面,作为附件,抄了个目录,放在汤阿英的检举信的后面。"

"你也看到这个问题,很不错啊。"

"我没有汤阿英看得透彻,提得严重。"

"这的确是个严重问题,汤阿英看得对。这封检举信给我们工作队的帮助很大。"杨健转脸去,对叶月芳说,"方宇过去在这里没有交代这方面的问题,你今天到区里去一趟,看他最近交代这个问题没有!把方宇的问题进一步搞彻底,对沪江厂的'五反'检查工作有很大的帮助。"

"我先把新收到的材料整理一下,然后就去。"

"好的。"杨健转过来,对钟佩文说,"汤阿英写的这个检举材料,要做为一个专题立案,有关的检举材料都放在一个卷宗里,好综合研究,进一步发现问题。"

"我也这么想……"

"那我们的意见完全一致。"

钟佩文站在杨健旁边,指着五百九十五号到一百零七号说:

"这都是打包间检举的……"

"日期、地点都有了,连数量也写得很清楚。"杨健对着那一张张大小不同的纸头上所写的歪歪扭扭的字发生特别大的兴趣:从那些字里他看到工人发动起来以后的热情,从那些字里他看到工人的力量,从那些字里他看到徐义德的不法行为,也从那些字里他预见到沪江纱厂五反运动胜利的光辉。他的嘴角上浮着笑纹。

"工人检举材料有个特点,"叶月芳坐在紧靠里面墙角落那张桌子说,"明确,具体,一点也不含糊其辞。"

"你已经从五六百份的检举材料中总结出经验来了。"

叶月芳给杨健一讲,羞答答地低下头去,小声问了一句:

"不对吗?"

"你说得对,这就是工人阶级的特点。"

钟佩文望着登记目录,心里很高兴,在短短的几天中就收到这些检举材料。他还有些不满足,微微皱起眉头,说:

"这都是工人同志检举的材料,高级职员,特别是技术人员,一份具体材料也没有。有两份,都是空空洞洞的。"

"你有点儿着急了吗?"杨健笑着问钟佩文,然后很有把握地告诉他,"不用着急,高级职员是要慢一步的,技术人员更要慢一步,但是他们会提供材料的,而且会提供很有价值的材料。解决一个单位的'五反'问题,工程师和会计师这些人提供材料是十分重要的。他们是资产阶级堡垒里面的重要成员。正是因为如此,在他们还没有正确认识以前,他们是不会说真话的。我倒不希望马上就收到那些不痛不痒的检举材料。宁可慢些,但要真实有用的材料。"

"我有点性急,是吧?杨部长。"

"你的性子不慢。"杨健笑着说,"听说你准备写个'五反'的剧本,是不是?"

钟佩文顿时把脸转过去,对着墙壁,红着脸,说:

"没有这回事,他们乱说。"

"真有这回事,你给我说过。你还想写多幕剧哩。"叶月芳说,"现在不好意思承认了,看你脸红的!"

"那是说着玩的。"钟佩文给叶月芳一点破,不好再否认,对叶月芳暗中指一指杨部长,摇摇手。他说,"不是真的。"

杨健不但从叶月芳那里知道钟佩文要写剧本,而且从余静那里就知道沪江纱厂工会里有一位工人作家,叫做钟佩文。杨健说:"创作也不是丢脸的事,为啥脸红呢?"

钟佩文捂着脸否认道:

"我没有。"

"文艺工作是我们党的工作一部分。毛主席在延安文艺座谈会上曾经发表了讲话,指出文艺为工农兵服务的方向。解放后创作太少,尤其是真正反映工人生活的有力作品太少。"

"那是的,"钟佩文脸上的红晕消逝了,转过身子,恢复了平静,说,"工人同志们常说没有文艺作品看。"

"这需要大家来创作。你做过工,现在又是在纱厂里脱产搞工会工作,文化水平不低,条件是很好的。我听说你准备写个'五反'剧本,我心里非常高兴。五反运动是一场严重的深刻的阶级斗争,主体当然是工人阶级领导对民族资产阶级斗争,但是技术人员也是一个方面。你那个剧本里,我觉得技术人员不可少……"

钟佩文不再隐瞒要写剧本这个事实了,说:

"可是现在技术人员的材料最少……"

"从文艺创作要求来看,现在技术人员的材料已经不少了。他们不是没有检举吗?他们不是还在观望吗?他们不是顾虑重重吗?这是必然的过程,这是他们发展的过程,剧本里很需要写。'五反'检查队一来,技术人员马上就站稳立场,那是不现实的。"

"杨部长分析得很内行。"

叶月芳说:"他当然内行,小钟,你还不晓得杨部长是个诗人哩。他休息的辰光,总爱拿本文艺书看。"

"杨部长你帮我忙写剧本好不好?"钟佩文现在不隐瞒他的愿望了,进一步提出了要求,说,"我不会写剧本,其实我想写个活报,配合五反运动。工人同志们老问我要剧本演,常常找不到适合的

237

剧本。我这个工会文教委员推卸不了责任,就大胆试试看。"

"我确实搞过文艺工作,那是十多年前的事了。在大学里读的就是中文系,但早就放弃当一个诗人的愿望。不过我现在对文艺仍然还有些兴趣。如果能够帮助你,我当然是很愿意的。"

"我就怕写不好……"

"遵照毛主席的教导,有了生活,慢慢总可以写好的。你现在是工会文教委员,'五反'检查队的材料联络组的组长,从'五反'工作上看,你需要搜集材料研究材料;从作家的角度来说,你也需要搜集材料研究材料,这真是公私兼顾。"

"我这个私可不是资本家的私。"钟佩文笑着声明。

"那当然,"杨健也笑了,说,"否则,我就要带着'五反'检查队到你家去了。"

叮当,叮当……一个工人摇着铃从"五反"检查队的办公室前面走过去。

杨健把检举材料交还给钟佩文,说:

"锁起来,吃完饭再看。"

钟佩文接过去,收拾好桌子上的东西,他和叶月芳准备到饭厅去吃饭。杨健跟着也走过来,到门口那儿,正好遇到余静。她拦住杨健的去路,说:

"你的饭,我已经叫他们打到这里来吃,你别到饭厅去吃了。"

"为啥?"杨健站在门口愣住了。

"饭厅太杂乱,"余静因为他身体不好,打来吃,加菜方便些。但是余静没有讲出来。

"怕啥?"

"人多!"余静还没有直接说出她的意思来。

"人多,不好吃饭吗?"杨健猜出她心中的意思,说,"别人能去,我为啥不能去?我不能脱离群众,我喜欢和工人同志一道吃饭,同时还可以向工人同志学习,了解群众的思想情况。"

余静细心的安排受到杨健的拒绝,而且拒绝得很有道理,但她心中还是有点怏怏不乐,不过尽量不让它表露出来,只是说:

"那么,随你吧。"

"谢谢你的好意。"

杨健和余静一同走进饭厅,黑压压一片人头在攒动,有的桌子已经坐满了人在吃饭,有的桌子上人还不齐,有许多人跑到当中主席台那边去(这里既是饭厅又是会场),看今天刚出版的"五反"墙报。每张桌子上放着三碗菜和一碗汤,菜饭的香味在空中飘浮着。

靠着饭厅门口那边有一张桌子,才坐下六个人,杨健问余静:可以坐吗?余静告诉他哪一张桌子都可以坐,只要有空位就行。杨健坐下去,余静刚要给她们介绍,她们都异口同声地说:

"杨队长,我们认得你。"

"你们来了,大家心里非常痛快,"管秀芬说,"我们欢迎你们来,鼓掌都把手鼓痛哪。"

董素娟端着饭碗正要去装饭,看见大家和杨健谈,她就站下来说:

"大家高兴得把帽子扔得高高的,我也扔了,掉下来差一点飘到别人的手里去。"

"大家从来没有那样痛快过,见了你们,我们勇气比过去更足了,劲头也更大了。"

这是汤阿英的声音。余静把大家介绍给杨健,最后介绍到汤阿英,杨健关心地问:

"早产以后,身体复原了吗?"

汤阿英奇怪地看了杨健一眼,觉得杨健啥事体都晓得,连她早产也知道,并且像一家人似的关心她。她感激地点点头,说:

"好了,谢谢杨队长。"

杨健看到大家都站在那里谈话不吃饭,附近桌子上的人也投过来关注和问候的眼光。他说:

"装饭吧,边吃边谈,好不好?"

"好。"

郭彩娣伸过手来拿了两个碗要去替杨健装饭,给杨健看见了,连忙拿过来说:

"我也有两只手,从来不要人装饭的。"

郭彩娣一番好意,却突然叫杨健把碗拿走了,她走上一步问道:

"嫌我的手不干净吗?"

"不是的。"杨健解释道,"我的手也不脏。我也会装饭。为啥自己不劳动,要让你装饭?"

"哦。"

郭彩娣不再勉强,杨健自己装了饭来,坐下和大家一道吃。他吃了两口,问:

"细纱间的情绪怎么样?"

"情绪可高哩,……"郭彩娣说。

没等郭彩娣说完,管秀芬接上去说:

"情绪高极哪。"

"大家整天在动脑筋,写检举材料,真有劲道。"

"每一个工人都是这样吗?"杨健问郭彩娣。

郭彩娣一愣,想了想,说:

"不能那么讲,也有少数人情绪不太高,你推他一下,他动一下。你不推他,他就不动。整天只顾忙生产,忙完就走了。这些人的脑筋,不晓得是木头做的还是铁打的,轰轰烈烈的五反运动好像同他没有多大关系。"

杨健更正郭彩娣的意见,说:

"这不能怪他们。工人应该热心生产。他们对五反运动不够积极,说明我们的工作还没做好,也就是说我的工作还有缺点,群众发动得不普遍。"

汤阿英同意杨健的意见:

"我也感到群众发动得不普遍。我们青年团员也有责任,没有当好党的助手。"

"这责任不在你们青年团员,是我抓得不紧,因此还有一部分的群众没有发动起来。"杨健望着坐在他旁边的余静说,"开过大会,成立组织,诉苦运动要抓紧在各个车间,连续进行。群众工作要普遍,要深入,有时还要反复进行。当群众还没有亲身体会到运动和他自己的关系时,当然不会主动积极的。"

杨健讲到这里,郭彩娣吞吞吐吐地说:

"我们有个意见,好不好谈?"

"言论完全自由。你们有啥意见都可以谈。"杨健说。

"我们细纱间希望这次运动彻底胜利,解决生活难做问题,肃清徐义德的五毒罪行,问题不解决,我们不放杨队长回去。"

"这个意见很正确。问题不解决,你们要我们回去,我们也不回去。市增产节约委员会召开大会的辰光,陈市长早就指示了:要我们带着铺盖进厂,什么时候取得胜利,什么时候才准带着铺盖出厂。"

陶阿毛手里端着一碗饭,站在杨健身后,留心地在听大家的谈话。他听杨健很有力量的话,便火上加油,插上来说:

"问题不解决,把徐义德、梅佐贤关进提篮桥。"

杨健听了大吃一惊。他回过头去一看,见是陶阿毛,便对他说:

"解决问题不一定要靠提篮桥……"

陶阿毛不等杨健说下去,他坚持自己的意见,加了一句:

"资本家是蜡烛,不点不亮!"

"只要大家团结起来,根据'五反'政策办事,就一定能够解决问题。"杨健很有信心地说。

"真的吗?"郭彩娣问杨健。

"当然真的。"杨健肯定地说。

"杨队长讲话不会假。"这是管秀芬的声音。

管秀芬、郭彩娣兴奋得不约而同地用筷子敲着碗,欢呼道:

"那太好了。这样一来,我们工人的劲头更足。"

杨健和余静回到"五反"办公室,大家都靠在沙发上和椅子上睡午觉了,只有叶月芳用右手托着下巴靠在办公桌上打瞌睡。她听见脚步声,警惕地抬起头来望望,又闭上了眼睛。杨健对余静说:

"你看,他们睡得多甜。"

"'五反'以来,你们睡眠一定不够的。"

"大家一样。"杨健坐下来说,"和工人同志多接近,可以多得到一些益处。今天郭彩娣她们的意见对工作就很有帮助。"

"她们有亲身体会,反映问题很具体,也很深刻。"

"午觉以后,我们要找老赵来讨论一下群众工作组的意见。细纱间的诉苦会先行一步,工人群众发动得就好一些,检举的材料也多些。我看这两天诉苦会要普遍召开。"

"我听说,有几个车间准备明天开。粗纱间吴二嫂那个小组已经谈开了,昨天晚上她们就诉苦了。"

"那很好。"杨健思索地说,"最好今天晚上先把张小玲那个小组的经验传达下去,明天白班下工以后各车间普遍召开就更有把握了。"

"你的意思是说,把张小玲的经验今天推广到各个车间去?"

"就是这个意思。典型先行一步,取得经验,现在要普遍推开。"

杨健昨天从戚宝珍宿舍回来,熬到深夜两点钟才睡,现在感到有些疲乏了。他不禁打了一个哈欠。余静怕他再谈下去,就说:

"你也去困一歇吧。"

"也好,"杨健刚站起来,准备去困觉,立即想到今天下午余静约好韩云程工程师谈话,便又坐下去,说,"你忘记今天下午约人谈话了吗?"

"没有。我要和韩工程师谈话。"

"我们来研究一下怎样和他谈话。"

"你昨天夜里两点钟才睡,听说你今天一早就醒了。看你眼皮都有点睁不开,先困一歇再说吧。"

"事体没安排好,我也困不了觉。"

"我约韩工程师下午三点钟谈,现在才一点,你困个把钟点起来再谈也不迟。"

"不,现在他们都午睡了,"杨健指着沙发上和椅子上的人说,"我们谈起来清静些。现在谈,时间也充裕些。"

杨健接着问余静:

"你准备怎样和他谈呢?"

余静于是提出她准备好的意见……

二十八

闹钟指着三点。

韩云程工程师准时走进细纱间的车间办公室。他在藏青条子呢西装外边穿了一件深蓝色阴丹士林布的工作服,左边口袋里装着一把皮套计算尺,它的铜头子显眼地露在外边;右边口袋里凸凸的,那是一本《棉纺织经营标准》。他摸不清今天余静找他谈谈有啥事体,心里有点恐惧。他猜想可能是关于重点试纺的问题。重点试纺的成功完全证明过去生活难做的原因是由于配棉问题,这一点,他心中是雪亮的。当余静她们拿着管纱到试验室来,他感到突然,也估计到这是必然的事。当时,他没敢说出真实的原因,怕得罪徐义德。这消息传到徐义德的耳朵里,徐义德又是高兴又是担心,高兴的是韩云程总算够交情,没有说出来;担心的是韩云程没有把门关紧,还得研究,研究的结果怎么样呢?这就有问题。可能说出去,当然,也可能不说出去。徐义德和梅佐贤商量,想办法叫韩云程把门关紧。在徐义德授意之下,第二天清晨梅佐贤亲自跑到韩云程的家里。韩云程刚起来,还没有穿好衣服,披着一件紫色薄呢的晨衣,听说梅厂长来看他,暗自吃了一惊:厂里发生啥重大事体吗?有啥意外吗?还是……他急急忙忙穿着晨衣到楼下客堂里来,梅佐贤一见他,立刻迎上来,满脸笑容,很客气地说:

"您早。"

韩云程回了一句:"您早。"

梅佐贤看他穿着晨衣,抱歉地说:

"打搅您睡觉了。"

韩云程说:"不,我已经起来了。"

"您每天都起得很早吗?"

"我每天都起得很早,这是在大学里养成的习惯,一早起来,散散步,呼吸呼吸新鲜空气,运动运动,对身体是有益处的。"

"这很不错。你们学科学的人,比我们工商界确实懂得养生之道。"

"那也不见得,"韩云程心中很纳闷:梅厂长无事不登三宝殿,他是不随便到比他地位低的朋友家去的,要是去了,一定有目的,何况今天来的这么早,必然有事,却见他慢吞吞地随便聊闲天的样子,又不像是有啥紧急的重要的事体。这样乱扯下去,别误了上班时间。韩云程想问他究竟有啥事体,怕显得唐突,难道说梅厂长不能来坐坐随便谈谈吗?韩云程按下没问,只是说,"梅厂长的养生之道也不错,你身体多健康。"

"究竟比你差得多了。我是虚胖,没有你结实,早上常睡懒觉,新鲜空气我就呼吸不到。"

"因为你睡得太迟了。"

"唔,"梅佐贤说,"你说得对。不像你睡得早起得早,合乎养生之道。精神好,办事精。"

"你办事也很精明。"

"那和你差远了,"梅佐贤马上联系到重点试纺问题上去,说,"比方说,这次我们厂里重点试纺,工人来问你,你回答得真妙,要研究,不能轻易下结论。这说法真是又冠冕堂皇,又科学,又公正,再妙也不过了。"

韩云程听出一点梅厂长的苗头,没有插上去,让他说下去:

"将来研究的结果,当然不是原棉问题,不是配棉量的问题。因为重点试纺,机器检查得好,工人劳动态度好,清洁卫生工作好,产品质量自然一定好了。你说,是不是?韩工程师。"

韩云程心头一愣:想不到没有经过研究试验,梅厂长就替他把答案做得那么完整。这是不符合客观事实的。他嗫嚅地说不出话来。梅佐贤看见他板着面孔,眉头微微有点皱起,知道事情不妙。梅佐贤不强求韩云程马上同意,他急转话题:

"徐总经理很欣赏你的才能,认为不单是我们沪江纱厂独一无二的纺织专家,而且是上海有名的纺织专家,当然,也是中国难得的纺织专家。我们庆幸沪江有了你这样的人才,我们非常高兴。徐总经理觉得过去有点委屈了你,你只是在技术上负责,其实应该全面负责,因为你是纺织方面的全才。"

韩云程的眉头开朗,心里暖洋洋的,眼睛里闪着知恩的光芒,在关怀梅厂长所谓"应该全面负责"是啥意思。他理一理晨衣上垂下来的有点乱了的紫色的丝穗子,不好意思地说:

"这太过奖了。"

从韩云程的神情上看,梅佐贤知道他的话已经打中了,就凑过去进一步低声说:

"徐总经理不久想请你担任副厂长……"说到这里,梅厂长有意顿了顿,他暗中觑着韩云程的表情。

韩云程有点摸不着头脑。他马上想到重点试纺和刚才梅厂长的答案,怎么能同意呢?谦辞道:

"不敢当,不敢当。请你代我谢谢徐总经理的好意。我没有行政工作的经验,没有能力担任副厂长。"

"你别客气,云程。我晓得你办事有一套的。副厂长的职务你是能够担任的。我们俩人合作,我相信,一定能够胜任愉快。"

"我实在不行。"韩云程还是谦辞,说,"厂里很忙,技术上的事都有点照顾不过来了,没有时间再担任其它工作。"

梅佐贤看他一再谦辞,不好再说下去,改口说:

"这是总经理的一点意思,暂时还不会发表。你不要着急。总经理是很爱惜人才的,特别是像你这样的纺织专家,总经理当然是更关心的。"

"谢谢总经理的好意。"

梅佐贤站了起来,说:

"昨天听到这个好消息,今天早上特地来告诉你,并且向你恭喜。打搅你半天,我们停一歇厂里见吧。"

"好。"韩云程不知道说啥是好。他把梅厂长送到门口,就匆匆上楼换衣服到厂里去了。可是这件事老是搁在他的心上,忘却不了。

重点试纺研究一直没有结果。在韩云程来讲,说明确实由于原棉的问题,这当然要得罪徐义德。照梅厂长的答案报告呢,又对不住自己的良心。自然,工会也一定不相信的。他原来打定主意不偏袒任何一方面,也不参加任何一方面,可是这桩事体却把他卷到是非的漩涡里,非要他表示态度不可。而这个态度又很难表示,在没有办法当中想出了一个办法,就是拖下去,来一个没有结果的结果。徐总经理和梅厂长不催问这个结果是毫不奇怪的,奇怪的是工会余静也没有催问,甚至杨部长率领"五反"检查队进了沪江纱厂,也没人提起这桩事体,更是奇怪了。

余静约他今天谈谈,他想起可能是谈这件事。哪能回答呢?能够说还没有结果吗?不能。啥结果呢?这很难说了。不去谈话行不行呢?不行,伟大的五反运动开展了,工会主席约了谈一谈,不去,要不是和资本家有啥勾结,便是有啥亏心事。一定要去。转眼的工夫,韩云程还没有想妥帖,三点钟已经快到了。他不得不离开试验室,到余静约好的细纱间的车间办公室来。

韩云程一跨进车间办公室,两只手就放进深蓝色的阴丹士林布的工作服的口袋里,态度显得很安详,可是眉宇间微微皱起,露出心中的忧虑。

余静和钟佩文早坐在里面等候了。余静请韩工程师坐在自己的对面。钟佩文坐在余静和韩工程师的侧面,他面前放着一个笔记本和两支削得尖尖的铅笔。余静直截了当地对韩云程说:

"五反运动在我们厂里开始了。各个车间的工人都热烈参加这个运动。我们希望你也参加这个运动。"

"这没有问题,这没有问题。"韩云程连忙接上去说,生怕引起余静的误会,很快表示自己的态度,"我完全拥护五反运动。我当然要积极参加运动。老实讲,中共中央发起三反运动,特别是上海市委撤了一大批高级干部,给我的印象很深。我非常兴奋。这是从来没有过的新现象。从三反运动可以看出,共产党一定能够把国家的事体办好,中国的前途一定是光明的。……"

钟佩文听他滔滔不绝地谈三反运动,就把话题拉到五反运动上来,问他:

"你看五反运动呢?"

"这也是中共中央发起,当然也是完全必要的。陈市长说得好,不展开五反运动,就不能到社会主义社会。"韩云程一进门就担心余静提到重点试纺的问题,谈了半天,没有接触到这方面,心里稍为定了些,说话的声音也逐渐高了起来,"几年来资产阶级猖狂进攻,再不'五反',不晓得资产阶级要猖狂到啥程度了。"

余静见韩云程眉头慢慢开朗,态度不像刚才进门时候那样拘谨,放在深蓝色阴丹士林工作服口袋里的手也伸出来了,按着桌子侃侃而谈。她就进一步说:

"要打退资产阶级的猖狂进攻,当然要展开五反运动。要想五反运动胜利,我们必须和资产阶级划清界限。"

韩云程听到最后一句,不禁吃了一惊,脱口流露出一句:

"划清界限?"

"是的。"钟佩文插上来说,"像你这样的高级技术人员,参加运动,一定要划清界限。不然的话,很多问题看不清楚的。"

韩云程给钟佩文这么一说,慢慢镇定下来,脸上浮着微笑,暗暗掩饰过刚才自己的震动,把声调有意放得很慢,说:

"参加五反运动当然要划清界限。我们技术人员,由于工作上的关系,平日和资产阶级往来的多,更需要划清。不过,我倒想问一问,余静同志,不要见笑,我们哪能划清呢?"韩云程对这问题感到有些模糊,觉得自己担任这个工程师的职务,哪件事不是为总经理服务的,现在要和他划清界限,以后要不要再担任工程师这个职务呢?

"划清界限就是要站稳工人阶级的立场,为工人阶级的利益服务,为劳动人民的利益服务,不为资产阶级的利益服务,……"

"不为资产阶级的利益服务?"韩云程问,这么说,果然不要我担任工程师了。那做啥呢?他自己找不到正确的答案。

"是的,不要为丑恶的资产阶级的利益服务。"钟佩文见韩云程有些疑惧,便说,"资产阶级惟利是图,损人利己,投机取巧,寡廉鲜耻。我们要和他划清界限。"

"一定要划清界限。"韩云程对如何划清界限还是搞不清楚。他问余静,"那以后我要不要担任工程师呢?"

余静看见韩云程眉头开朗了不久,又慢慢皱起,不打破他的顾虑,别的问题听不进去的。她说:

"韩工程师,划清界限和你担任工程师的职务是两回事。我们讲的划清界限,是在各人的工作岗位上,站稳工人阶级的立场,不为丑恶的资产阶级的利益服务。"

"唔,"韩云程的眉头舒展开来,愉快地说,"我当然要站稳工人阶级的立场。"

"你是脑力劳动者,照工会规定,可以参加工会。很可惜,你到现在还没有参加。这不要紧,如果你想参加,任何辰光都可以提出要求。我们欢迎你回到工人阶级的队伍里来。"

"工会的门永远对你开着。"这是钟佩文的声音。

"作家讲话究竟不同,"余静望着钟佩文说,"比我文雅多了,像是一句诗。"

"钟佩文同志很有前途。我在壁报上看过你的大作。"韩云程凑趣地说。

"写得不像样子,要笑掉你的牙齿的。"钟佩文捂着嘴说。

"很好,很好。"

钟佩文怕岔开去,把话拉回来说:

"余静同志欢迎你归队,韩工程师。"

韩云程眼睛睁得大大的,有点惊异,望着余静,说:

"我可以参加工会吗?"

他过去总以为自己在工作上和徐总经理梅厂长他们往来密切,没有参加工会的可能,如果提出要求,工会不答应,他这个脸搁到啥地方去?没有绝对把握的事,他不做。工会的会议多,他对会议没有兴趣。他担心参加了工会,要挤掉研究的时间。但是,工会那张红派司,他私心却又非常羡慕。他在这个问题上下不了决心。逢到人家谈起工会的事,他尽量设法把问题岔开去,要不,就借故悄悄离开。余静说他可以参加工会,那渴念已久还没有拿到手的红派司在他面前闪耀着。他不相信自己也可以参加工会。

"当然可以参加。我们也欢迎你参加。"

"那再好也没有了,"韩云程兴奋地说,"我一定回到工人阶级的队伍中来。"

"我代表工会欢迎你!韩工程师。"

韩云程听到余静热情的语句,他浑身感到温暖。好像在寒冷的冬季,外边飘着鹅毛大雪,北风像刀子一样迎面吹来,而他从外边回到暖洋洋的生着火的屋子里,一股热气迎面扑来,使他感到温暖和舒适。

"技术人员为丑恶的资产阶级服务是可耻的,只有为工人阶级服务,才有伟大光明的前途。"

"这个,"韩云程听钟佩文这两句尖锐的对比的话,仿佛是猝不及防的一盆冰冷的水迎头泼下,使他感到突然。他不同意这个说法。他认为自己是凭技术吃饭。对他这个技术人员来讲,无所谓可耻的和光明的。但他口头上不得不顺着钟佩文的话讲,"完全对,完全对。只有工人阶级和共产党才有远大的光明前途。我们这些技术人员从来就没有找到过正确的道路,现在找到了:跟工人阶级和共产党走,技术人员有了伟大光明的前途。钟同志的话,真是一针见血。"

"我们厂里现在展开五反运动,正是你站稳工人阶级立场,为工人阶级服务的最好的机会,韩云程同志。"余静说。

余静亲切的谈吐,热情的关怀,特别是称呼同志,使韩云程觉得真的像回到自己家里见了亲人似的。他的手也很自然了,放在桌子边上,没有拘束地望着余静和钟佩文。钟佩文手里拿着那支削得尖尖的铅笔,在笔记本上学着写鲁迅的签名,一边等候韩工程师谈点材料。他准备记录下来。

韩云程激动地伸出手来,问余静:

"工会要我做啥,我一定做啥。余静同志,我做啥好呢?"

"这要看你自己了。"钟佩文把问题退还给他。

"看我自己?"韩云程的眼光对着余静。

"站稳立场,检举徐义德的不法行为。"

"徐义德的不法行为,"韩云程马上想到重点试纺,他所猜想的问题终于提到他面前来了。哪能说法呢?他还是找不到恰当的说法。他安慰自己:余静也许不是问这个问题。他接着一想,觉得是问这个问题,余静不是要他检举徐义德的不法行为吗?在代纺中掺进大量劣质花衣不就是不法行为吗?哪能说呢?

钟佩文见韩工程师话到嘴边没有说下去,愣在那里,便催促道:

"你把徐义德的那些不法行为,说出来吧,别怕。"

韩云程给钟佩文一催,心有点慌,不禁脱口问道:

"要我谈重点试纺吗?"

"你从重点试纺谈也可以。"余静想起杨部长早一会在"五反"办公室里和她商量的情形,要她先谈大道理,打通思想,然后就韩工程师所提的材料谈起;条件成熟,再深入扩大开去。既然韩工程师提到重点试纺,她就让他谈。

"重点试纺?"韩云程给余静一提,他奇怪自己怎么竟然说出这个重大的问题,可是现在又收不回来。这个问题考验自己究竟站在哪一边了。他想争取做个工会会员。他应该原原本本地把事实经过报告给余静。否则,他有啥资格参加工会呢?他回想那次在总管理处参加的秘密会议,徐总经理怎么安排的,梅厂长坐在徐总经理旁边……梅厂长、徐总经理,梅厂长……他想到那天早上梅厂长对他说的话,人才,副厂长……他对行政工作虽然没有兴趣,可是副厂长的地位和收入却也有它的吸引力。他徘徊在十字路口。问题提出来了,不说也不行啊。他半吞半吐地说,"重点试纺这问题还没有解决,我觉得应该解决,这关系我们厂里的生产太大了。我个人初步研究,认为这是成功的,一级纱本身就说明了问题。原棉问题可能是其中的原因之一……"韩云程说到这里就连忙煞住。

钟佩文刚在笔记本记了几句,韩云程就不说下去了。他奇怪地抬起头来,催他:

"具体的说吧。"

"这个,"韩云程发现他在记录,认为自己说话更要谨慎小心,不可随便漏出去。他的右手托着自己的下巴,迟缓地说,"具体的情况还要研究研究。"

钟佩文看他欲说不说,有点忍耐不住,高声地点破他:

"还要研究啥,站稳立场,打破顾虑,痛痛快快地说吧。"

韩云程的脸上发热,辩解道:

"我当然要站稳立场。我没有啥顾虑。问题不研究是不清楚的。根据研究的结果,说起来当然就具体了。"

余静想:一个人思想上的认识总有一定的过程,不能急躁,特别是知识分子,尤其是像韩云程这样的高级知识分子,性急是没有用的,早检举也不会真实的。今天韩云程的态度比过去显然有点进步,承认了原棉是重点试纺成功的原因之一。思想未完全通,谈问题不可能彻底的,她同意他的意见:

"你研究研究,想一想再谈也好。"

二十九

　　林宛芝的左手托着红润润的腮巴子,一对晶莹的眼睛望着书房墙壁上那幅唐代《纨扇仕女图》,发痴发呆一般,许久许久不说一句话。

　　冯永祥坐在她左边侧面,看她细细的眉头慢慢地皱起,不知道她想啥心思,几次想和她讲话,话到了嘴边,又吞回去了。一直这样相对无言坐下去吗?他有意咳嗽了一声。她却像没有听见似的,仍旧宁静地坐在那里。

　　沙发面前那张矮长方桌上有一个米黄色的电动烟盒子,他向烟盒子上面的揿钮一按,里面自动地跳出一支镶着金头的三九牌香烟。他捡起香烟,深深地吸了一口,张开嘴吐出一个圆圆的烟圈,向她面前吹送过去。圆圆的烟圈越远越大,快到她面前,慢慢散开,飘浮上去,消逝了。

　　她还是没有吭声。

　　他终于忍不住,试探地开口了:

　　"今天为啥不讲话呢?"

　　"不为啥。"

　　"生我的气吗?"

　　她没有答腔。

　　"我啥地方待你不好,你给我讲,我以后改正就是了。"

　　她摇摇头。

　　他摸不着头脑。他尽可能在自己身上来寻找原因,想了半晌,又问：

"是不是因为最近不常来,生我的气吗?"

陈市长宣布五反运动正式展开以后,他确确实实比较忙碌,自己的行径也比较检点。他知道什么事不能碰在风头上,要识相。他有几次想到林宛芝这儿来,跨出了大门,又退回去了。他常常想念着林宛芝。他知道"五反"检查队进了沪江纱厂,徐义德天天蹲在厂里,徐公馆里整天看不见他的影子。这是一个好机会。他今天下午悄悄地走进徐公馆,在徐义德的书房里碰见了林宛芝,想不到她一直坐在那里不言语,怎不叫冯永祥纳闷?

他瞧她紧紧地闭着嘴,又进一步解释道:

"我最近不常来,是因为五反运动很紧张。你别以为我无产无业,我也是工商界的一分子。在你面前我没啥了不起,可是在工商界里,我也算得上是一个小头头啊。我没有工厂,也没有商店,'五反'检查队当然不会到我家里来的。可是,我也参加了五反运动。市增产节约委员会把我们工商界上层代表人物三百零三位组织起来,在市里进行交代……"

说到这里,他眉飞色舞,洋洋得意,俨然就是上海工商界的领导人物,仿佛在她面前的地位也一步步高了起来。她经常从他那里听到一些在徐公馆里听不到的新鲜事。徐义德从来不大给她谈外边的事,即使偶然提到,也是老气横秋,简单几句,不像冯永祥谈的这样原原本本,更不像冯永祥谈的这样娓娓动听。她像是一只美丽的小鸟,被关在徐公馆这个鸟笼子里,徐义德不大让她出去,连外边的新鲜空气她也呼吸不到。她闷的辰光,就想有个冯永祥这样的人坐在旁边谈谈。她一叫,或者正在想他,冯永祥就来了。冯永祥又善于观察神色,尽挑她高兴的讲。

她听他讲到三〇三的五反运动,真的感到兴趣。她的眼光逐渐从《纨扇仕女图》那幅唐代的画面上移转过来,斜望了冯永祥一眼。他见她移动身子，像是得到鼓舞，讲话的劲头高了，声音也大了：

"在市里交代的人，区里管不着，厂店里的职工当然更管不着。我们工商界三〇三代表人物是由陈市长亲自领导的，第一天他还给我们做了动员报告。工商界上层代表人物的五反运动是：工人和资本家背靠背。懂哦？"

她询问的眼光正对着他。他说：

"我晓得你不懂。这是新名词。五反运动本来都是在厂店里展开，工人和资本家面对面斗争。上海发明了新办法，两边不照面，脊背靠脊背，职工在自己厂店里检举，资本家在市里交代不法行为，简单地说，就叫背靠背。你说，妙不妙？"

她开口了：

"当资本家也要是代表人物才好，你们讨了便宜。"她想：假如徐义德也在三〇三里面该多好呀！

"我们也并不便宜啊。这个背靠背的关也不好过。谁晓得厂店里的职工哪能检举的，心中没有一个底，怎么交代法？江山好改，本性难移。资产阶级哪会痛痛快快地全交代？能够留一手，总希望留一手。共产党门槛精，他们把同行同业的编在一组，比方说马慕韩、潘宏福他们吧，就在棉纺小组上交代。小组组员都是棉纺界的资本家，棉纺界的五毒行为，每个资本家都是过来人，谁心里头不是雪亮的？斗起来比任何人都凶。大家都是行家，谁也骗不了谁。这叫武戏文唱。"

"武戏文唱？"

"对啰，武戏文唱。这是陈市长给我们工商界上层代表人物的面子。五反运动，阶级斗争，当然是一场武戏。可是陈市长把我们工商界上层代表人物三百零三位集中在一道，动员，启发，教育，帮助，让我们在同行面前交代自己的五毒不法行为。你看不是很文明吗？暗骨子里,"他伸出右手的食指来在空中一比划,加重语气说,"是一场激烈的阶级斗争！"

"阶级斗争？"

"唔,别看我轻松,我们也很紧张。"

"你们也紧张？"她显然不相信冯永祥这样整天嘻嘻哈哈的人物也会紧张。

冯永祥生怕她不相信,顿时严肃起来,认真地说：

"当然紧张。"

"你们不是背靠背吗？只要自己坦白交代一下,就啥事体也没有了,怎么也紧张？"

"背靠背也要过关。这两天慕韩兄的日子就不好过。"

"慕韩兄的日子也不好过？他不是很进步吗？他也有问题？"她想：连马慕韩的日子也不好过,那就无怪乎徐义德的日子更不好过了。

"只要一检查,工商界没有一个人身上干净的,多少都有这么一点毛病。"

"马慕韩有啥毛病？"她好奇的眼光望着他。

"他的毛病也不轻,他正在准备坦白交代,看上去问题不少。"

"想不到他也有问题。"她叹息了一声。

"工商界的人一检查,大半都有问题,不过问题大小不同,对问题认识的态度不同罢了。"

"有问题,坦白就完了。"

"讲起来容易,做起来可不简单。要自己讲出自己的五毒不法行为,谈何容易！"

"确实不容易。"

"你说,我们紧张不紧张？"

"不管哪能,你们在市里交代,比在厂里交代好多了。政府给你们面子,只要坦白一下就完了。义德很羡慕你们哩。"

"我们是外松内紧,像水鸟一样。"他的面部表情和上半身显得轻松无事,踩在墨绿色厚绒的地毯上的两只脚忽然紧张地动了起来,用右手指给她看,"这就是我们最近的生活。"

她噗哧一声笑了:

"你真会做戏。"

"我是武戏文唱。"

"你能文能武。"

"不敢当,不敢当。"他见到她脸上的笑容,扬起眉毛,把头一摆,得意地说,"不过,我也算得是一个文武全才,虽然不是躺着的头牌,也不是站着的戏抹布,不大不小,是个蹲着的二三流角色。"

"你对京剧这一门也是内行。"

"略知一二。什么慢板、原板、倒板、快板、散板、摇板、垛板、二六、流水、回龙、紧打慢唱……全会。"他右手搬弄着左手的手指,一路数下去,像是说急口令那么流利。

"这许多板,哪能弄清爽?"

他的头一摇,卖弄地说:

"其实也很简单,不论是西皮或是二簧、慢板都是一板三眼,原板都是一板一眼,倒板、散板和摇板都是无板无眼,垛板、流水和紧打慢唱是有板无眼……"

她钦佩地叹了一口气:

"这许多板眼,我一辈子也弄不清爽。"

"你有兴趣,我慢慢教你。像你这样聪明的人,包你很快就学会了。"

"学戏?没有这个心思。"她的眉头皱起了。

"是呀,现在不是学戏的辰光。"他马上把话拉回来,对她解释道:"我最近来得少,主要是因为参加'五反',没有工夫。我不是不想你,我昨天夜里还梦见你哩,……"

他最后一句话已经说得很低了,她还怕有人听见,她的涂着艳红蔻丹的食指向他一指。他大吃一惊,伸了伸红腻腻的舌头,没敢再说下去。

"你别再生我的气好不好?"他苦苦哀求。

"谁生你的气哪?"

"你啊。"

"我没有。"

"那为啥很久不讲话,对我冷淡呢?"

她最近心上有个疙瘩。自从徐义德那天晚上在家里和大家商量预备后事,她心里就郁郁不乐。她老是担心会忽然发生什么意外的事情,听到一些响动,就有些惊慌。她夜里睡觉也不酣沉,往往半夜惊醒,以为徐义德真的进了提篮桥。她睁眼一看,有时发现徐义德就睡在自己的身旁,有时徐义德熟悉的鼾声从朱瑞芳的房间里送过来,于是才闭上眼睛睡去。这几天老是看不到徐义德的影子,他深更半夜回来,一清早又走了。这更增加她的忧虑。她整天无事蹲在家里,大太太不想打麻将,朱瑞芳也不闹着出去看戏看电影。大家无声无息地蹲在家里,徐公馆变成一座古庙。这座古庙连暮鼓晨钟也听不见,死气沉沉的。林宛芝望见那幅唐代《纨扇仕女图》,想起自己最近的生活,和画里的宫女差不多,被幽闭在宫闱里,戴了花冠,穿着美丽的服装,可是陪伴着她的只是七弦琴和寂寞的梧桐树。

不过她比宫女还多一样东西,就是挂在书房里的鹦鹉。林宛芝过三十大庆第二天,鹦鹉就从客厅外边搬回书房来。站在黄铜架子上的鹦鹉给一根黄铜链子拴着,全身是雪白的羽毛,头上的羽毛白里透红,一张黑嘴可以讲几十句话。这是徐义德花了三两金子,从五马路中国鸟行买来送给林宛芝的。每天林宛芝亲自喂它,

教它学几句话,散散闷。这两天林宛芝不大理它。冯永祥没有到来以前,它逗她,清脆地叫道:

"林宛芝,林宛芝。"

林宛芝瞪了它一眼:

"叫啥?那么高兴!"

它学林宛芝的口气:

"叫啥?那么高兴!"

林宛芝指着它:

"不要叫,不要叫。"

它照样说:

"不要叫,不要叫。"

林宛芝噗哧一声笑了,不再理它。她一肚子心思鹦鹉当然不知道。她对着《纨扇仕女图》,多么希望有一个人来谈谈啊,焦急地想听听外边的声音。可是没有人来。往日到徐家来的像流水一样的客人,都忽然不知道到啥地方去了,好像徐家充满了污秽和危险,谁来了都要沾染上似的,连冯永祥的笑声和影子也不见了。今天下午,冯永祥终于来了。但是她还没有从《纨扇仕女图》的境界里跳出来。她并不是对他冷淡。冯永祥谈了这些闻所未闻的三〇三的情况,固然引起了她的一些兴趣,可是一想起徐义德在沪江纱厂里的情形不知道怎么样,又叫她眉头舒展不开,笑容慢慢从她红润润的脸庞上消逝。她轻轻叹息了一声:

"唉……"

他注视着她,有点莫名其妙,诧异地问:

"为啥叹气呢?"

"不知道义德在厂里的情形怎么样。"

"他吗,我想,也没啥。"他安慰她说,"当然,在厂里面对面斗争是比较厉害的,不像我们在市里武戏文唱。那是武戏武唱,真刀真枪,全武行,一点不含糊。"

他见她眉头紧紧皱起,知道她为这事担忧,不好再把厂里"五反"的情况描绘给她听,改口说道:

"德公老练通达,深谋远虑,啥事体都有自己的一套办法。工商界没有一个人是他的对手。我看,区里那些小干部一定也斗他不过,你放心好了。"

"不。这一次和过去不同。我看,来势很凶。义德不一定有办法,可能会出事。他自己早预备好衬衫牙刷牙膏,准备进提篮桥哩。"

"他不了解五反运动的政策:坦白从宽,抗拒从严。只清除资产阶级的五毒不法行为,并不消灭民族资产阶级。为啥要把德公送进提篮桥呢?你别冤枉操那份心。"

"万一出事呢?"

他很有把握地拍着自己的胸脯,说:

"别的事我没有能力,这点小事,还有点办法。你找我好了。"

"找你行吗?"

"当然行。"

她还有点不相信,问:

"说人情有用吗?"

"人民政府说人情自然没用,不过我吗,和首长比较熟悉,工商界的行情比较了解。德公也不是外人,根据'五反'政策,各方面奔走奔走,疏通疏通,可以有点帮助。"

"义德出了事,我真不晓得哪能办法。"

"你别怕,有我。"

她凝神地望着他:

"那辰光,你还会想到我吗?"

他认真地说:

"当然想到你,我永远想到你。德公有啥意外,你跟我一道好了……"

他的话还没有讲完,书房外边忽然"砰"的一声,把他的话打断了。他惊诧地问:

"啥?"

"小霸王回来了。"

"啥人?"

"朱瑞芳的好儿子,徐守仁。"

"哦。"他一愣,说不下去了。

她从徐守仁"砰"的一声中想到徐义德在沪江纱厂里"五反",自己和他在书房里叫徐守仁撞见不好。她内疚地匆匆对他说:

"你走吧。"可是她心里又不希望他离去。

他会意地站了起来。

三十

刚才"砰"的那一声是徐守仁的飞刀打在客厅外边墙壁的木靶子上。

徐守仁原来就喜欢看美国电影,在香港看了更多的美国电影。回到上海来电影院虽然不放映美国电影了,可是《大侠翻山虎》和《原子飞金刚》这些美国片子在他的脑海里留下了难以磨灭的印象。他连夜里做梦都希望自己成为美国电影中的"英雄"人物,特别使他醉心的是《原子飞金刚》影片里的那个会飞的强盗,独来独往,刀枪不入。那个会飞的强盗抢了一架能使黑煤变成黄金的机器,发了横财,……这样一个了不起的"英雄",徐守仁是多么羡慕啊。假使自己就是那个会飞的强盗,有那么一架会变黄金的神奇的机器,那该多美呀!东西南北,海阔天空,自己要飞到啥地方就飞到啥地方,自己要多少黄金就有多少黄金,自己要吃啥就吃啥,自己要穿啥就穿啥,自己想怎么样就怎么样,简直是太理想了啊。

徐义德托人设法把他介绍进了私立文汇中学高中二年级。可是他哪有心思念书,一心就想当会飞的强盗。他飞不起来,不能马上成为心目中崇拜的那位了不起的"英雄",他就从"英雄"的仪表学起。皮茄克有了,宽边的草帽买了,红红绿绿的大格子的花衬衫穿上了,尖头的黑漆皮的皮鞋也穿在脚上了,就是没有小裤脚管的西装裤子。他向妈妈提出了这个要求。

朱瑞芳只有这个唯一的宝贝儿子,平时爱得像自己心头上的一块肉,放在肩上怕老鹰叼了去,含在嘴里怕化了,不知道把他安放在啥地方好。徐义德要他到香港去上学,准备到英国去留学,她老是不放心,恨不得一天给他去一封信。他不来信,就整天惦记着,偶尔来一封半通不通的信,朱瑞芳不知道要看多少遍,以至于都背了出来,晚上临睡以前还得拿出来看一下才能安心闭上眼睛睡觉。徐义德让他回到上海来念书,有一半就是朱瑞芳促成的。徐守仁一回来,不但母子可以天天见面,而且使母亲感到自己在徐公馆的地位任何人都不能比。林宛芝当然不必提,就是大太太也得让她三分。如果她的意见行不通,怂恿徐守仁一说,谁都没有意见。徐义德也要听徐守仁的。徐守仁有啥要求,朱瑞芳总是百依百顺的。倘若不答应,他只要把脸一沉,母亲就心软了,连忙照办。徐守仁是徐公馆里的天之骄子。他向母亲要条小裤脚管的西装裤子,那算得啥。母亲想裤子总是要穿的,反正有的是钱,多做两条不是更好吗?

徐守仁的外表差不多有点像美国电影里的"英雄"了,可是还不能像那位了不起的"英雄"飞起来。他在香港也没有把"飞"的本领学会。他回上海不久,在隔壁弄堂里认识了"阿飞"流氓楼文龙。

楼文龙比徐守仁的年纪大一些,看上去有二十六七岁光景。楼文龙在上海解放以前,拜了当地的一个叫做"独眼龙"的流氓做老头子,在这一带很有势力。他是一条"黄牛"。解放前做火车票和银元的买卖,解放以后银元不能流通,火车票也不能买卖,就做戏票"黄牛"。戏票"黄牛"也不容易做,公安局注意了,抓紧了,洗手不干,当上了"阿飞"。他早就注意上徐守仁。徐守仁外表、举止竭力摹仿美国电影中的"英雄",更引起他的注意。最初,他要徐守仁请吃糖,徐守仁不肯。他马上伸出一个拳头威逼徐守仁:

"你肯不肯?"

徐守仁没有办法,只好答应了,心中暗暗佩服他是"英雄",是"好汉"。他也请徐守仁吃糖,带徐守仁出去白相,特别是到南京路五层楼那些地方去,简直是把徐守仁迷住了。一走进五层楼,楼文龙更是神气活现,男阿飞,女阿飞,男招待,女招待,……这边和他点头,那边跟他招呼。他忙不过来,就向四面八方拱拱手,给全体打招呼。这天回来很晚,徐守仁兴奋得上床很久也睡不着觉。从此他就更没有心思念书了,白相得昏天黑地,到了上课的辰光就请病假,有时勉强上课,脑筋里想的也是楼文龙教给他的那一套吃喝玩乐的腐化堕落的本事。

楼文龙知道他是徐公馆的"小开",有的是钱,便向他献上一条妙计:拿钱出来做生意。徐守仁想:做生意赚了钱更可以痛痛快快地白相。但是他不敢向父亲提,给母亲说了。朱瑞芳认为他年纪还轻,正是读书的辰光,不忙做生意,等到大学毕业,那时再做生意也来得及。沪江纱厂这些企业,将来还是要靠他管,现在更不忙做别的生意。做母亲的哪里知道徐守仁的用意。徐守仁也不敢坦白说出来,那更没有希望。

不能做生意,可是吃喝玩乐没钱不行。不但徐守仁自己要花,就是楼文龙的挥霍也得要徐守仁支付。每次向母亲要,朱瑞芳总是满足他的,要的次数多了,要的数目大了,引起她的注意。徐守仁又不能说出原委,更不能不和楼文龙出去,就开始卖自己身上的东西,手表呀,钢笔呀……花光以后,欺骗母亲,说这些物事掉了,要再买。刚买来,不好马上又掉了,不卖手表钢笔,就卖衣服。

徐守仁自己的物事卖的差不多,在楼文龙的授计下,偷家里的物事卖。有一次,他和楼文龙勾搭着肩膀在马路上卖衣服,叫文汇中学的老师看见了。文汇中学请朱瑞芳去商量这桩事体。老师一讲徐守仁当时卖的啥颜色啥料子的大衣,朱瑞芳心中就一跳:她知道这是自己的一件皮大衣,早些日子不见了,到现在还没有找到。她板着面孔硬不承认:

"老师,可能你看错了,我们家里没有那样的衣服。"

老师说衣服不像,那就更糟糕:一定是徐守仁和那个阿飞偷别人家的衣服卖。朱瑞芳眼睛一动,想了个主意,说:

"许是你看错了人,恐怕不是我们的徐守仁,是旁人。"

"我亲眼看见是他。"

"也许旁人长得有点像他。守仁手里从来不缺钱用,不会去卖物事的,绝对不是我们的守仁。"

老师见她一个劲不承认,也不好再追问,就告诉她徐守仁有时和阿飞一道出进,学校里注意教育,希望家里也要严加管束。这一点她不否认,答应回去管束。

当天晚上朱瑞芳对徐守仁管教了。她把他叫进自己的卧室,轻轻把房门关起,生怕被人发觉。徐义德知道徐守仁这些事,一定不会轻易放他过去。大太太晓得了,当然会有闲言闲语。传到林宛芝耳朵里去,必然说短论长。朱瑞芳坐在沙发上,低声地对徐守仁说起这桩事体。

徐守仁站在母亲面前咬紧嘴不承认:

"没有这回事,老师看错了人。"

她见儿子当面撒谎,气得她面孔发青,想大声训斥他,又怕给人听见,按捺住心头火气,瞪了他一眼,指着他的鼻子说:

"你在我面前还赖?那件皮大衣是我的。除了你,谁还能从我的房间里偷去!"

"也许是旁人,老王啊,娘姨啊,……"

"就算是他们偷的,为啥要你去卖?你同他们勾搭起来了吗?"

"没有。"

"不是你,是啥人?你不承认,瞧我把你的皮打烂。"她真的举起了手,预备要打他。

他想想实在没有办法抵赖,不得不低下了头,细声细气地说:

"我下次再也不敢了。"他的声音有点哭咽咽的。

她看见儿子那一副可怜相,她的手软了,打不下去,慢慢收了回来。可是她的气还没有消,眼睛望着儿子的右手,咬牙切齿地说:

"你以后再偷物事出去卖,我就打断你的手指头!"

"一定不做了。"他慢慢抬起头来,觑见母亲正望着自己,连忙不自然地又低下头去。

她原先是怕儿子不承认,等儿子承认了,却又怕文汇中学里老师跟家里大太太和林宛芝知道,希望儿子别在这些人面前承认,这种话又不好说出口。想了好半晌,她才想出了一个主意:

"你想想,你做了多么丢脸的事!学校里找我去商量,我都不好意思承认。要是承认你做出这样下流的事,把你娘老子的脸搁到啥地方去?"她深深叹了一口气,说,"就是在家里,也不好意思让别人晓得,大太太晓得了,林宛芝晓得了,那两张嘴还会饶你,唉。"

他一听母亲的口风,就猜到她的心思,懂事地应道:

"我不会对那些人讲。"

徐守仁再不敢随便偷母亲的物事。他想办法偷家里别人的物事,卖掉,有了钱,就出去胡搞。家里丢的物事越来越多,引起大家的注意和猜疑。两位太太都怀疑是娘姨她们,娘姨她们确实冤枉。她们经常看到徐守仁挟一个包裹出去,但又不敢点破是大少爷自己偷的,只有朱瑞芳心中明白。要是别的事,她一定打破沙锅问到底,追个水落石出。偏偏这些事,她不过随便问一声,就不再查了。她不查,谁有兴趣问呢?大太太知道点风声,林宛芝也晓得七八成。大家都装作没看见。徐守仁自己也加倍小心,偷点物事总是考虑再三,然后才选择时机动手。

五层楼阿飞活动的场所叫公安局取缔了,阿飞敛迹了。楼文龙和徐守仁有他们自己的去处,唯一困难的是钱。家里的物事不能随便偷,钱来得就不容易,徐守仁又想到美国电影《原子飞金刚》

里的那个了不起的会飞的强盗。他要是也有一架能使黑煤变成黄金的机器,该多好呀!徐守仁没有这个神奇的机器。不能成为美国电影里的"英雄",做一个像楼文龙那样的"好汉"也不错。这要有本领,要有膂力。他想起美国电影里的"英雄"不是打得一手的好枪,就是会飞刀飞剑。他弄不到手枪,也找不到好剑,他买到三把德国造的匕首似的锋利的小刀。在客厅外边的墙壁上安了一个木靶子,他自己在上面画了十道黑圈圈,最中间那里涂了一个红心。他一有空闲,回到家里,就拿那三把小刀轮流地向木靶子上扔去,练习自己的手劲和眼力。

徐守仁在家里独来独往,横眉竖眼,见了谁都要碰一下敲一下,表示自己有过人的本事。谁也不敢惹他。他是徐义德的爱子,是小开,是仅次于徐义德的主人。徐义德只知道他喜武好玩,别的事就不大清楚,平时很少管教。五反运动展开以后,徐义德自顾不暇,更没有时间管他了。林宛芝私自给他取了一个外号:"小霸王"。

今天是星期六,正是徐守仁活动的好时光,可是他口袋里空空的,在转念头弄点啥出去换钱。到处有人,一时下手不得,他就拿了那三把德国造的小刀子到外边来打靶。

他刚才一扔,那把小刀不偏不歪,恰巧插在木靶当中的红心上,鼓掌欢呼道:

"妙啊,百发百中!"

他拿起第二把小刀,又向木靶上扔去。

三十一

大太太没谈了几句话,感伤地叹息了一声,坐到古老的红木床上,右手往左手上一搁,无可奈何地说:

"这是命里注定的啊,没有办法,兰珍。"

"啥命不命呢,姨妈,我不同意你的看法。"

吴兰珍从红木靠背椅上站了起来,走到大太太面前,嘟着嘴说。她最近参加了新民主主义青年团,成为充满了青春朝气的活跃的青年团员。她努力争取在青年团的活动上,也像自己在化学上的成绩一样,站在队伍的前列。她希望把自己的青春生活得更美丽。伟大的五反运动在上海轰轰烈烈地展开,像一场具有不可抗拒的伟大力量的暴风雨,上海每一个角落都卷进运动里面去了。新民主主义青年团复旦大学的组织上一再指出了资产阶级的丑恶罪行和资产阶级的思想对祖国的危害,又听了陈市长开展五反运动的动员报告,更加了解不彻底展开五反运动,是不能进入社会主义社会的。团支委给她谈了很多道理,使她对资产阶级的丑恶本质非常憎恨。团组织希望她好好帮助姨父。在研究化学的公式时,在化学试验室里,她都想起了姨父。她要实践奥斯特洛夫斯基的名言:要把整个生命和所有的力量都献给世界上最美丽的事业——为解放人类的斗争。伟大的五反运动给她带来了最好的机会,也是对她一个考验。今天虽然是礼拜六,学校里并且有个音乐晚会,而她是最欢喜音乐的,但是她还是提了书包,带上实用工业化学的试验报告和《中国青年》杂志,跳上公共汽车,赶到姨父家里来。姨父不在家,在沪江纱厂,还没有回来。她便上楼走进古香古色的姨妈的卧房。她给姨妈谈伟大五反运动的重要意义,希望姨妈规劝姨父早点儿彻底坦白。

姨妈说没有用,啥人也拗不过徐义德的脾气。这是他命中注定了的,今年走坏运,谁也没有办法。吴兰珍公然不同意姨妈的意见。姨妈有点生气了,说:

"兰珍,你还年轻,不懂得事体。义德这回事,我早请张铁嘴算过命了,张铁嘴说,这是命中注定的,过了这个坏运,也许会好些。"

"算命先生哪能会晓得姨父的事体呢?还不是闭着眼睛瞎说。"

"他当然晓得,有年庚八字嘛。每个人的八字不同,只要告诉算命先生,他一排算八字,就了解人的过去未来了,可灵验哩!"

"一个人的事只有自己晓得最清楚,别人哪能晓得?素不相识的算命先生,更没法晓得。一个人的未来,主要靠自己努力,看你是不是为人民为祖国服务。每一个人的未来,都要靠自己创造。"

吴兰珍的话里夹了一些新名词,大太太搞不大清楚,她抬起头来,问吴兰珍:

"你说的啥啊?"

吴兰珍见姨妈不懂,忍不住笑了,说:

"我说的是中国话啊。"

"我这个中国人就听不懂你那些中国话。"

吴兰珍给她解释了一遍。她还是不满意,说:

"你年纪还轻,不懂得这些事,张铁嘴可灵哩。"

"劝姨父向人民政府坦白有啥坏处吗?"

"这个,也许没坏处。"

"那就应该劝劝姨父呀。"

"坦白不坦白,我看,是一样的。"

大太太心里另有打算。那天晚上徐义德在家里安排后事,她就紧张起来。等听到"五反"检查队进了沪江纱厂,她心神更是不安,整天在惊慌和恐惧当中,夜里躺在古老的红木床上,也闭不上眼,老是望着帐顶发愣。第二天下午,她换了衣服,对啥人也没讲,坐上汽车,到城隍庙去了一趟。她对着灵佑护海公上海县城隍菩萨,求了一签,是第一签,上上,那上面写道:

巍巍碧落处高空
复悖涵仁万古同
莫道先天天不远
四时运用总亨通

穿着深蓝布长夹袍的管签的老先生,看完了签,摸一摸自己花白了的长胡须,很严肃地说:

"这是天道运行之象,乾道轻清,混沌始分;两仪化象,八卦成形。金木水火,四季流行,一顺一逆,不测风云。土为老母,亘古到今。太太,你问的是啥事体?"

大太太告诉他问的是丈夫"终身"。

老先生皱着眉头,同情地说:

"暂屈必伸。"

"啥意思?"

"你那位先生目前交的是蹇运,只要能守正直,定可逢凶化吉,不久便可以交好运道了。"

"哦……"大太太心里暗暗吃了一惊:城隍菩萨真灵,也知道她丈夫的事,现在正在交坏运,和张铁嘴算的命一样。

老先生怕她不相信,用力"唔"了一声,又怕她担心受不住,便劝她:

"你只要向城隍许许愿,一定可以逢凶化吉的,不要担心。"

她点点头,又在城隍菩萨面前叩了三个头,默默许了一个愿:

请求菩萨保佑徐义德平安渡过坏运,等"五反"过去,弟子一定捐助一千万元,装修佛像,点九十九天的油灯。请求菩萨慈悲,万万保佑徐义德。

从城隍庙回来,她心里安定了。她好像有了依靠,有了保证。现在她希望"五反"快点过去,好到城隍庙去还愿。在她看来,徐义德能够平安过去,似乎很有把握。徐义德坦白不坦白是无关紧要了。

吴兰珍不明白姨妈肚里的安排,她对姨妈一个劲地直摇手,急着说:

"坦白不坦白,那分别可大哩!共产党的政策,治病救人。坦白了就从宽处理,不坦白就从严处理。"

"这个我也听说了。"大太太表示自己也并不比姨侄女差,外边有些事,她也知道哩。

"你既然听说了,为啥讲坦白不坦白是一样呢?"

她站在姨妈面前,歪着头,等姨妈回答。她头上两根长长的黑乌乌的辫子垂到肩上来,显得她身上那件兔毛的绒线衫更加雪白得耀眼。她两只手插在厚蓝布的工装裤子里。

姨妈给她这么一问,一时回答不上来,既不愿意说出暗中许愿的事,也不承认自己说的不对,便借故岔开,训斥吴兰珍道:

"看你歪头歪脑的,哪里像个女孩子。讲话没高没低,也不懂个规矩,给我好好坐到那边去!"她对着姨侄女向右边的靠背红木椅子一指。

吴兰珍退到靠背红木椅子上坐下,她并不灰心。她知道这是姨妈的老毛病:逢到说不过晚一辈的辰光,就信口骂两句,显得还是自己对。她懂得遇到这样的情形,不能和姨妈正面顶撞,要迂回曲折地说,姨妈有时也会接受你的意见。吴兰珍小心翼翼地改口说:

"姨妈当然比我懂得多,晓得人民政府讲得到做得到,坦白了只有好处没有坏处。不坦白人民政府也会晓得的,那辰光,对自己就不好了。"她望了姨妈一眼:姨妈两只手交叉在一起,放在胸前,头微微歪着,出神地听她说话。她了解可以再说下去,"为了姨父,只有劝姨父坦白,才能挽救姨父啊。"

姨妈突然把眼睛对她一瞪,说:

"这些我都晓得,还用你说。"

姨妈心里想:城隍菩萨和救苦救难大慈大悲的观世音菩萨一定会保佑徐义德的,因为她已经许下了愿。

"吴兰珍,吴兰珍!"

这是徐守仁在楼下叫唤的声音。

吴兰珍走到姨妈的卧房门口,提高嗓子,对楼梯口那个方向应道:

"我在这里,有啥事体呀?"

"快下来,快下来啊!"

这一次徐守仁的声音比上一次高而清晰。他走到楼梯那里,按着扶手,抬头对楼上叫。

吴兰珍以为有紧急的事体,连忙飞一般地跑下楼来。

徐守仁手里拿着一把德国造的小刀,见她下楼来,上去一把抓住她的右手,说:

"快来,我们两个人比飞刀白相。"

天黑了,外边看不见,徐守仁一个人也白相得腻了;他摘下客厅外边墙上的木靶子,挂到客厅里面的墙上来,叫吴兰珍下来陪他白相。她看见小刀和木靶子就摇头:

"这做啥?"

"练飞刀!"

"现在是啥辰光?姨父在厂里'五反',你还有兴趣在家里练飞刀?"

"我,我……"徐守仁讲不下去了。他想:父亲"五反",自己也不"五反",待在家里,不白相做啥?林宛芝老是蹲在楼下看书,像是有意监视他一般,叫他不好活动。他本有意到书房里挑选一两件值钱的物事,偷出去换点钱花,林宛芝在那里,不好下手,多可恶!没钱不好出去,留在家里一刻也闲不住,他总想活动活动。他原来盼望吴兰珍下楼来和自己一起白相,热闹些,不料吴兰珍朝他头上浇下一盆冷水。他不得不装出一副忧愁的样子,说:"实在闷得慌啊。"

"你为啥不给姨父想想办法呢?"

"我?我有啥办法!"徐守仁一屁股坐到客厅里的单人沙发上,闷闷不乐地说。他望着手里的德国造小刀,嘟着嘴,解释地说,"我不是经理,也不是厂长,我百事勿管,我啥事体也不晓得。爸爸也不给我讲。这几天他回来很晚,我看也看不见他,我有啥办法!"他讲到这里,把眼光从小刀上移到吴兰珍的脸上,理直气壮地盯着她。

她坐在徐守仁斜对面的沙发上,两根辫子垂在胸前。她两只手抓着右边那根辫子梢,出神地望着绕在辫子梢上的橡皮筋,想起学校里新民主主义青年团的支委对她讲的话:"你不是一个青年团员吗?在'五反'中应该起啥作用呢?你的姨父是上海有名的工商业家,他那爿沪江纱厂的五毒行为很严重。你打算怎么样帮助他彻底坦白呢?"她在团支委面前保证:绝对不失掉一个青年团员的立场,要到姨父家里去帮助他。她感到自己的肩上担负着神圣的责任。姨妈的态度已经有些改变,徐守仁还是糊里糊涂,整天只知道吃喝玩乐,不知道姨父严重的五毒的不法行为。她要启发启发徐守仁。姨父很喜欢徐守仁,徐守仁讲话的作用比她大啊。她说:

"不一定要当经理厂长才有办法,……"

"哦,"他惊异地说,"那你的本事比我高强,我愿意甘拜下风,听你的!"

他伸出右手的大拇指对着她一跷,钦佩的眼光注意着她那圆圆脸庞上一对亮晶晶的眼睛。它掩藏在长睫毛下面,越发显得动人。她问:

"你晓得姨父厂里的情形吗?"

"不晓得。"

"听说沪江纱厂的五毒不法行为很严重。"

"啊?"

"唔。姨父不坦白的话,就要抓起来,吃官司,坐班房……你也没有好日子过。"

"我?"他想想也是的,假如父亲被关起来,那怎么办呢?父亲不在,他就是徐公馆的主人。他可以支配一切。他要多少钱就有多少钱,没有人敢碰他一根毫毛。那他不是可以痛痛快快地白相了,也不必动脑筋偷啥出去了。他旋即否定了这个可耻的念头。他想到父亲。如果父亲被关进了监牢,自己哪能够忍心出去吃喝玩乐呢?他说:"是呀,有啥办法帮助爸爸呢?"

"只有一个办法。"

"啥办法?"

"劝他彻底坦白。"

"我劝他,行吗?"

"当然行,他可听你的话哩。"

"他听我的话?"徐守仁突然觉得自己了不起,真的变成一名"英雄",好像自己有一股无上的威力,自己讲啥,别人听啥,精神因此抖擞起来。

"姨父最心疼你。"她知道他一贯好胜逞强,整日价就想做英雄豪杰,给他一个高帽子戴,要他做啥就做啥,如果说动了他,做起来,劲头不小哩。她说:"姨父最听你的话啊。"

他兴奋地站起来,拍一拍胸脯,大声地说:

"那好,我叫老头子彻底坦白。"

叮叮,叮叮叮……

客厅外边忽然传来一串铃声。徐守仁耳朵对着客厅门口,右手放在耳根子后面,在凝神地谛听。他仿佛从铃声里可以辨别出谁在揿电铃。他最初以为是楼文龙来找他,今天是礼拜六啊,多么好的时间啊。徐守仁蹲在家给姨表妹谈啥坦白不坦白,真扫兴。父亲坦白不坦白,同徐守仁有啥关系呢?想到这里,他的心已经飞到门口,在和楼文龙低声商量,到啥地方去白相?再一想,他的心又回到客厅,因为从那铃声可以辨别出门外的人揿得轻而稳,仿佛心情很沉重,没有一点儿年轻人的火气,完全不像楼文龙过去揿得重而急。可是他又希望是楼文龙来,也许这次楼文龙有意揿得轻而稳呢。他拔起脚来,想出去看个究竟。他走到客厅门口那里,大门的电灯亮了,黑漆大铁门上的那扇小铁门咔嚓一声开了。

从外边走进来的是徐总经理。徐总经理今天和往常不一样:他穿着深灰咔叽布的人民装,头上那顶布帽子几乎要压到他的眉毛上,远远望去,他的圆圆的脸上只有鼻子和嘴。过去他出去,气概轩昂,洋洋得意,到什么地方都引起人家注目,有意让人家知道,这位矮矮的胖子就是大名鼎鼎的沪江纱厂总经理徐义德。陈市长宣布五反运动正式开始,徐义德低下了头,惟恐让人家知道他就是那位沪江纱厂的总经理。杨健率领"五反"检查队进了沪江纱厂,他的头更低了下来。他脱下西装,穿上人民装,开口闭口工人阶级怎样怎样,你不知道他是徐义德,有时会误会他的人民装的口袋里恐怕还有一张红派司哩。以往他回家来,汽车还没有开到门口,司机就揿喇叭,门房一听见熟悉的林肯牌轿车的喇叭声,立刻就开好黑漆大铁门,站在门口等候徐总经理。最近门房得听电铃声。不坐汽车,黑漆大铁门也不必开,开那扇小门,徐总经理就跨进来了。

门口电铃声传到楼上,大太太和朱瑞芳都下来了。林宛芝捧着冯永祥借给她看的托尔斯泰的《复活》,也从书房里走进了客厅。

徐义德走进客厅头一件事是嫌电灯光线太亮,厌恶地说:

"是谁开了这许多电灯?"

这是徐守仁做的事。他在家里总喜欢把一切电灯都开了,自己好跳来蹦去。他听父亲生气地质问,不敢正面承认,把责任推到老王身上:

"大概是老王吧。"

徐义德并不真的要追究谁开的电灯。他回过头去,把屋顶上那盏最亮的大灯关了,把火炉上的两盏壁灯关了,只留下右边那一盏立灯。在米黄色的府绸的灯罩下,灯光显得柔和,稍为远一点的事物,这个灯光就照不到,靠窗户放钢琴那里几乎是模糊一片。徐义德在外边怕人见到,在家里,最近也不喜欢刺眼的灯光。仿佛灯光一亮,看到徐义德的人就多了似的。

徐义德坐在矮圆桌子面前那张双人沙发上。吴兰珍和徐守仁坐在他正对面那边双人沙发里,朱瑞芳和林宛芝则坐在右边靠墙那一长排沙发上。大太太走过来,一屁股坐在徐义德身边。她的眼光从他的头打量到他的脚,好像从他的外表可以猜测到最近厂里的"五反"情况。徐义德那身灰色咔叽布的人民装并没有告诉她啥。她关心地问:

"厂里情形怎么样?"

一提到五反运动,徐义德就生气。他恨不得离开上海,站在天空,痛痛快快大喊大叫几声,抛却那些烦恼的事,把自己的财产和资本家这个臭名义都扔掉,舒舒服服歇一会。徐义德有天大的本事,可是没有翅膀。他今天从厂里回来,对严志发说要细细想一想,好坦白。他本来打算到家里轻松轻松,想不到大太太一张开

嘴,就给他提厂里的事。他把脸一板,说:

"厂里的事,提他做啥?"

大太太给顶回去,一时想不起哪能说才好。吴兰珍也摸不清姨父为啥这样,不好接上去说。

大家沉默着。老王刚走进来,见空气很紧张,连忙知趣地退出去。过了一会,幸好朱瑞芳打破了沉默,说:

"你讲讲,也叫我们放心。别的人我不晓得。"她的眼光朝林宛芝一扫。她知道今天冯永祥来看过林宛芝,两个人在书房里谈了很久,不知道讲些啥。她不满地说:"这一阵子,我待在家里总没有心思,老是惦记着你。"

徐义德没有答理她,脸上也没有表情,心情却平静了些。林宛芝靠在长沙发上,把《复活》放在膝盖上,搭了两句:

"别老闷在心上,讲出来,大家也好出出主意。"

吴兰珍听林宛芝讲话,有意把脸转过去,心里说:"整天讲究吃穿,懂得啥,还出主意哩!"

徐义德摘下头上那顶深灰咔叽布帽子,往面前矮圆桌子上一扔。这时候,他好像才感到自己三位太太都坐在旁边,全关心他的事;并且发现姨侄女就坐在徐守仁身旁。他漫不经心地问:

"你哪能不在学校里念书?"

"今天是礼拜六,姨父。我惦记你,特地来看看你。"

"今天是礼拜六?"徐义德怀疑地暗暗问自己。他最近一些日子是在糊里糊涂中过去,根本不记得哪一天是礼拜几了。他猛然想起究竟是在自己家里,家里人惦记他,姨侄女也惦记他。他在家里感到了温暖,这里还有不少人惦记着徐义德啊。他深深地叹了一口气,说:

"还不是那个样子。"

"检查队走了没有?"大太太焦急地问。

"杨部长可厉害哩,不解决问题,他会走?"

朱瑞芳生气地说:

"那就让他住下。"

"他住下不是光吃饭睡觉的,"徐义德想起最近厂里闹得热火朝天,车间工人开会,公司职员开会,三两个人走在路上都是喊喊喳喳地谈论。"五反"检查队老是找人谈话开会,谁也不知道他们在谈啥。梅佐贤也不知道,甚至陶阿毛也不照面,即使见了面,也吓得远远避开了。自古道:养兵千日,用在一时。现在正是陶阿毛卖力气的机会,料不到他不起作用。他自己不好去接近,得告诉梅佐贤。梅佐贤这家伙是个胆小鬼,近来的态度也有些变。他大概看见徐义德不吃香了,有意避着不见面。徐义德一个人像是闷在鼓里,厂里的事不知道,而"五反"检查队的同志,比如严志发吧,见了他也不催也不急。越是这样,徐义德心里越是没底,有点沉不住气了。杨健带着"五反"检查队住下去,徐义德担心他那老底子会给翻得一清二楚。他显出自己无能为力,说:"不走,当然住下。"

"不走,请他走!"徐守仁拿出手里那把德国造的小刀子,雄赳赳的神情像是准备帮父亲把检查队打出去。他气呼呼地说:"也不是他的厂。"

"人家是政府派来的检查队,谁敢请他走。"

大太太同意丈夫的话:

"那是啊。"

吴兰珍不了解徐义德厂里的情形。她想知道,又不晓得从啥地方谈起好。她从厚蓝布的工装裤子里掏出她一直好好保存着的三月二十六日的《解放日报》,看了大家一眼,最后对徐义德说:

"姨父,我念段新闻给你们听,好不好?"

徐义德正懒得谈厂里的事,念段新闻调剂调剂,倒也不错。他信口应道:

"好吧。"

吴兰珍走到米黄色的立灯旁边,高声朗诵:

"我们根据政务院所批准公布的《北京市人民政府在五反运动中关于工商户分类处理的标准和办法》,也同样大体把上海十六万三千四百户工商业分为五类:守法户,估计大约可占工商业总户数的百分之十五左右;基本守法户,估计大约可占工商业总户数的百分之五十左右;我们并拟放宽尺度,规定凡违法利得在一千万元以下并彻底坦白交代者,仍算做基本守法户;半守法半违法户,估计大约占工商业总户数的百分之三十左右;我们也拟放宽尺度,违法利得虽在一千万元以上,但如能彻底坦白、真诚悔过并积极检举他人而立功者,亦可算做基本守法户;严重违法户和完全违法户,估计不会超过工商业总户数的百分之五,其中罪恶很大如能彻底坦白、真诚悔过并积极检举他人而立功者,仍可酌予减轻。"

念到这里,吴兰珍停了下来,喘了一口气,坐在徐义德坐的那张双人沙发的扶手上,歪过头去问:

"姨父,你是啥户?"

徐义德想不到她念陈市长宣布五反运动正式开始的报告,更想不到她突然会问这句话。他愣了一下才说:

"我么,自评基本守法户,人称两个半。"

"你啊,不是基本守法户,也不是半守法半违法户,我想,你是严重违法户。"

吴兰珍两只眼睛望着姨父,看他怎么说。

姨父的面孔微微发白,他想自己的事,怎么连姨侄女也知道了哩,转过身子,问她:

"你哪能晓得的?"

"我当然晓得。"吴兰珍很有把握地说。

"瞎讲!"

"你的五毒怎么样?"吴兰珍并没有叫姨父"瞎讲"两个字吓倒,进一步了解他的情形。

徐义德看姨侄女那股认真劲,有意和她扯:

"啥叫五毒?"

"五毒就是——"吴兰珍伸出左手来,用右手扳左手指数给他听,"行贿,偷税漏税,盗窃国家资财,偷工减料,……还有,哦,盗窃国家经济情报。"

"不好好在学校念书,管这些闲事做啥?"

"这不是闲事,这是关系我们全国人民能不能到社会主义社会的大事体。姨父,你有几毒?"

"我一毒也没有。"

吴兰珍见姨父赖得干干净净,她有些生气,觉得这真是丑恶资产阶级的本色,却又不好发作,团支委不是对自己再三嘱咐:要采取耐心说服的办法吗?她按捺住火气,慢慢地说:

"你至少有个三毒四毒,我晓得。"

"你晓得?"徐义德以为她和"五反"检查队的人认识,从他们那里得到一些材料。那他可以从她的嘴里探听出"五反"检查队掌握了啥材料。他便问:"你倒给我说说看。"

吴兰珍并不知道沪江纱厂的五毒具体情况,但她表现出来好像知道一些却不愿意告诉姨父。她说:

"我呵,我才不告诉你呢,你的事,你自己晓得。"

徐义德知道厂里的事瞒不了大家,也骗不了姨侄女。他轻描淡写地说:

"厂里不能说没有问题,有是有些,但不像你说的那么严重。"

"你坦白了没有?"吴兰珍紧接着追问。

"当然坦白了,我没啥好隐瞒的。"

徐义德这句话刚讲完,朱瑞芳大吃一惊。她是最关心厂里的事了。徐守仁是徐义德唯一合法的继承人。徐义德的财产就是徐守仁的财产。徐守仁的财产就是朱瑞芳的财产。徐义德坦白了,他的财产充公没收,就是徐守仁的财产充公没收,也就是朱瑞芳的财产充公没收。她焦急地问:

"真的坦白了,义德,一共多少钱?要不要赔给公家?"

徐义德泰然地说:

"我没啥严重的五毒不法行为,赔啥?"

朱瑞芳吃了定心丸,松了一口气,嘻着嘴说:

"对啦,没啥五毒,自然不要赔的。"

这一来,可急坏了吴兰珍:姨父没有坦白呀!她涨红着脸质问:

"你为啥不坦白呢?"

"没有材料,"徐义德慢条斯理地说,"坦白啥?"

"你是沪江纱厂的总经理,你又是这个厂那个厂的董事长。许许多多的事都是你亲自做的。你会没有材料,啥人也不相信。你不坦白,政府是不会宽大你的。"

吴兰珍接着举了一些彻底坦白得到政府宽大处理和拒不坦白政府严办的例子给姨父听,然后激动地说:

"你要想想自己,你要想想家里的人啊。"

吴兰珍讲完了话,眼睛盯着姨妈。大太太说:

"义德,你还是坦白算了吧,刚才兰珍说得好,坦白了政府宽大处理,不会加重罪行的。不坦白,倒是危险,政府要严办的,你要是有个意外,丢下我们怎么办啊!"

徐义德避开吴兰珍和大太太的视线,他的眼睛望着下沿窗口那架钢琴,在出神地想。大太太见他不吭气,唠唠叨叨地往下说:

"我给你算过了命,你今年正好交坏运,坦白了,坏运走完,就没有事了。"她心里盘算:要是徐义德真的平安渡过,头一件要办的事是到城隍庙去还愿。

林宛芝从吴兰珍的例子里想起冯永祥今天下午也给她谈了坦白从宽抗拒从严的道理。她相信坦白出来是没有啥了不起的。不坦白,说不定真的会关进提篮桥监狱的。她劝徐义德道:

"大家都说坦白了没事,不会判罪的。义德,你就坦白了吧,也叫我们放心。"

徐义德没吭声,只是轻轻叹了一口气。吴兰珍向徐守仁撅一撅嘴。徐守仁会意地点点头,挺起胸脯大声地说:

"大丈夫顶天立地,啥也不在乎。好汉做事好汉当。爸爸,别怕,你去坦白好了!"

徐义德的眼光从那架钢琴上移到儿子身上,对儿子这句话又是喜欢又是恼,喜欢的是儿子这几句话有英雄气概,将来一定有出息;恼的是这几句话不像是儿子对父亲讲的,仿佛是长辈对晚辈的口吻。他瞪了徐守仁一眼,训斥道:

"你年纪轻轻的,懂得啥!"

全家都劝徐义德,只有朱瑞芳没有言语。吴兰珍趁热打铁,连忙加上一把劲,说道:

"姨父,大家都劝你坦白。为了你好,为了大家,也为了祖国。你还有啥顾虑呢?明天去坦白吧,姨父。"

吴兰珍的语气里充满了激动的感情,声音都有点颤抖。

"我一定重新坦白,"徐义德在吴兰珍激动的言词下,信口说出了这一句,话出了口,又有点后悔。他改口说:"可是我没有材料,哪能去坦白呢?"

吴兰珍见姨父讲话前后矛盾,顾虑重重,态度恶劣,她生气地从双人沙发的扶手上站了起来,指着徐义德的脸,庄严地对徐义德说:

"你是总经理,坏事就是你做的。你会没有材料?你一定要去坦白,你不坦白,我就不承认你是我的姨父,因为我是一个青年团员!"

三十二

朱延年坐在卧房淡绿色小圆桌子的面前,右手托着腮巴子,两只眼睛木愣木愣的,不断地长吁短叹,像是有一肚子心事,可是嘴里连一个字也不肯透露。马丽琳问他是不是出了事,他的牙齿紧紧咬着下嘴唇,微微摇了摇头。她今天特地给他煮了浓香扑鼻的 S.W. 牌子的咖啡,还给他准备好一小杯白兰地酒。现在却放在一边,他连看也不看一眼。他自己刚才点燃的一支香烟,也放在堇色的景泰蓝的小烟灰碟子里,淡淡的青烟袅袅地飘浮着。她走过去,坐在他对面淡绿色椅子上,见他垂头丧气的样子,心里也难过起来,想分担他一点忧愁,却又不知道是啥事体。

她倒了小半杯白兰地在咖啡里,放了点糖,搅了一阵,送到他面前,温柔地说:

"快凉了,喝吧。"

咖啡杯里冒着喷香的热气。

"不喝。"

"你有啥心事?这么不高兴!"

"唉。"他长长叹息了一声,低低地说,"这回可完了,啥都完了。"

她大吃一惊,丈二和尚摸不着头脑。她认识他以来,他从没有像今天这样失望过,总是生气勃勃,不管多么困难的事体,他都有办法的。他忧虑的事,大概是十分困难的。听他那口气,她不禁发愣了,痴痴地凝视着他,不知道怎么是好。

他暗中觑了她一眼,见她默默地一句话也不说,便用右手中指和食指不断敲着自己的太阳穴,无可奈何地说:

"真想不到会落到这步田地!"

她紧紧皱着眉头,心中像是给火烧似的焦急,用恳求的语调说:

"究竟是怎么回事啊?延年,你说呀!"

"童进他们在店里开了职工检举大会。童进他自己要检举就检举吧,他还煽风点火,鼓动别人也要检举。你说,他该死不该死?"

"真该死!"

"他在会上瞎三话四,我们好心好意请他们喝咖啡吃点心,硬说是我要摸他们的底。他们的底我用着摸吗?童进这家伙,从浙江光着屁股到上海,是我朱延年收留了他,给他事做,给他饭吃,讨了老婆,成了家,立了业。没有我朱延年,童进有今日!这个忘恩负义的家伙,他哪桩事体我不晓得?我没事不会洗煤去,要摸他的底?他有屁底!"

"那他把好心当做驴肝肺?"

"气人就气在这上头!我们资本家一万个不是,请伙计喝点咖啡吃点点心也犯罪吗?"

"别理他就是了。"

"别理他?人家现在可抖哪,当上青年团了。你没看见他那股神气呢,眼睛都长到头顶上去了,走起路来一摇二摆,把谁也不放在眼里!"

"哦?"她没想到童进变得这么快。

"唔。童进现在变成一个小头目了,伙计都听他的话,成了他手下的人,一心要反对我哩。"

"他再神气,还是你的伙计。你不管怎么说,总是老板。天下伙计总要听老板的。"她想自己在百乐门当舞女的辰光,只要舞女大班一句话,没有一个舞女不听的。童进一定会听朱延年的。

"啥伙计老板,人家才不听这一套哩。"

"不听,不怕歇生意?"

"军管会颁布了四项规定,像是紧箍咒,把工商界管得紧紧的,叫你动不得,只好乖乖地让政府牵着鼻子走。现在哪个老板有胆量辞退职工?"

"你别理童进。他能有多大作为?"

"嘿,你别瞧不起他,现在他把店里的人都抓在手里,整天不做别的,一门心思找材料,要检举我!"

"你怕他检举吗?"

"我?"他心头一愣。她这句话问得突兀。福佑药房的事她始终不大清楚,认为福佑是一个殷实而又发达的药房。他当然不能告诉她福佑药房的一本账就在童进的肚子里。比童进知道更详细的是夏世富。这次职工大会夏世富虽说没有跟着瞎嚷嚷,但是童进一带头,别的人就很难说,谁也不能打保票。必须先抓住童进,才能稳住叶积善和夏世富这班人。他不能把这些事告诉她,漫不经心地说:"我怕他检举?那不是笑话!"

"那你让他检举去好了,何必担这份心事!"

"你讲得倒轻巧,现在的事不像过去。解放前,政府听资本家的话。现在,政府听工人的话。童进这些人,抓住一点鸡毛蒜皮的事,加酱油加醋,谁知道他乱编乱说啥。政府听到了,一定信以为真,有啥是非黑白?我一张嘴也说不过他们,印把子又在他们手里,到头来,吃亏的还不是我们倒霉的资本家。政府这回搞'五反',名义上说得好听,反五毒不法行为,暗骨子里是想狠狠捞一票。福佑药房这么肥的油水,政府早就眼红了,这回怎么肯不下手?正愁不晓得从啥地方开刀,有童进这些人胡乱检举,不是送上门去的好买卖吗？这么一来，可就完了，啥都完了。"

他又低低叹息了一声，然后把头慢慢低下去。他面前烟灰碟里的那支香烟已经烧光了，留下一条烟灰。咖啡的香气早已散尽，杯子也凉了。太阳已经西下，窗外的阳光很黯淡。楼下对面人家的灶披间里传来切菜的声音，在准备做晚饭了。

她了解到今天朱延年为啥这样心情沉重。她也感到事体不妙。福佑药房出事，和她脱不了干系。早几天朱延年不是当着伙计的面，说她也是一个股东哩。说真的，她手里的一点私蓄，通过朱延年的手早投资到福佑了。

"能够挽回吗？"

"挽回？"

"唔，不能眼睁睁看着福佑垮了！"

"当然，我也不甘心让福佑葬送在童进的手里！"

"你的办法不是多得很吗？"

"唉，山穷水尽了。"

"一点办法也没有了吗？"

"办法？不是没有，……"

她脸上闪着爽朗的笑容，说：

"快说，啥办法？"

"要想法把童进抓在手里……"

"对。"

"我本来准备给童进一人加薪，怕他不要。那天说给大家加薪，大家也不要。昨天我支给童进下个月的薪水，他退回来了。他说，他现在不等钱用，用不着借薪水。我鼓励他，以他的才能只管会计，太大材小用了，应该管整个店的业务。我暗示将来要提拔他当副经理。你猜，他哪能讲？"

"他一定很高兴，感谢你的提拔。"

"要是这么说事情倒好办了。狗咬吕洞宾,不识好人心。哼,他说他的能力小,连管会计部的工作都有点吃力,管全店,他没这个本事。要我另请高明。你说气人不气人?"

"这么不识抬举?"

"他的脑筋坏透了,顽固得像是铁打的,一点水也滴不进去。"

"你别理他。"

"现在在刀口上,不理他不行。"

"有啥法子呢?"

"我绞尽了脑汁,整整想了一天一夜,还剩下一个办法……"说到这里,他没再往下讲。

"啥法子?"她按着他的肩膀,高兴地问。

"办法倒好,可是我不愿意……"他又不说下去了,脸上露出了难色。

"只要有办法保住福佑,管他啥办法,你为啥不愿意呢?你不愿意去做,我来帮你忙。"

"你?"他歪过头来端详她一番,黯然地摇摇头。

"看不起我们妇女吗?现在是新社会了,男女平等。你们男子能做的事,我们女子也能做。"

"你有这个精神,我十分佩服。"

"那你就说出来吧。"

"我不愿意说,也不愿意你做。"

"究竟是啥办法呀?"

他不言语。她催他:

"说呀!"

"我不能说……"

"夫妻家有啥闲话不好说的呢?现在保住福佑要紧。你还有啥顾虑哩!我们一家子,你的事就是我的事,有啥客气的啊!"

"我,我不好意思张口……"

"男子汉大丈夫还不好意思张口,不怕人笑话。"

"你真的愿意吗?"

"当然真的愿意帮助你,啥人还和你说假话……"

他歪过头去,一把把她搂在怀里,附着她的耳朵低声细语。她先是凝神地听,听了两句,眼睛一愣,仿佛怀疑她的耳朵听错了,接着又听了一遍,她的脸色一会红又一会白,最后眉头立刻棱起,脸庞如同忽然给一阵乌云笼罩住了,满是怒容,霍地一下站了起来,说:

"这哪能可以!"

"你不是说愿意帮忙吗?"

"啥忙都可以帮,这个忙——不行。"她怒冲冲地说,"我自从跟了你,大门不出,二门不迈!啥地方也不大去,过去百乐门的姊妹也很少往来。我没有别的指望,我就指望你把福佑药房办好,给你生个一男半女,带大成人,享个晚年的清福。哪能做这种事,对不起自己,也对不起你,亏你说得出口!"

"我是不肯说的,是你要我说的啊!"

"是我要你说的,可是我也没叫你说这个呀!"

"除了这个,没别的法子呀!"

"这种事,无论如何不能做!"

"我也晓得,不能做。这回福佑注定完了,我也完了。我为了你,整天在上海滩上奔走,早出晚归,总想办好福佑,扎下根基,和你过一辈子荣华富贵的生活,百年偕老。现在算完了,"他也站了起来,边向床边走去,边说,"我们夫妻也到头了。"

"你这是啥意思?"她跟过去,急切地问。

"我完了,你不也完了吗?"

他一头倒在床上,两只手放在后脑勺,眼睛出神地盯着淡青色的屋顶,一言不发。她回味他最后那一句话,心中不禁发慌了。她现在的命运完全寄托在朱延年的身上。朱延年有个三长两短,她也好不了。再下海当舞女吗?人老珠黄不值钱。她年青的黄金时代已经过去了,不能再去货腰,靠"吃汤团"过不了日子。她默默站在床前,好像自己忽然悬在空中,无依无靠。他看她傻不唧唧的,便反问她一句:

"你亲眼看我垮下去吗?"

"我有啥办法呢?"

"不能帮我一次忙吗?"

她坚决地说:

"不行。"

"千万请你帮个忙。"

"你好意思讲出口,我可不好意思做这种事。"

朱延年见她口吻很坚决,便双手合十,恭恭敬敬地对她作了一个揖:

"好丽琳,亲丽琳,你帮我一个忙,我这一生一世也不会忘记你的啊。"

作揖也没用。她的态度一点也没有改变,说:

"说不做就不做,别说作揖,就是叩头也不行。"

她把手一甩,侧过脸去,望着衣橱,有意不看他。

朱延年嬉皮笑脸,继续恳求道:

"你能见死不救吗?亲爱的丽琳。福佑有个三长两短,就是我朱延年有个三长两短,对你也不会有好处的。你帮我的忙,也就是帮你的忙啊。"

"我……我不能这样……"

她的语气已经没有刚才那样坚决了。他有了信心,也仿佛有了把握,噗咚一声,他跪在她的面前,扶着她的膝盖,苦苦哀求道:

"你不答应我,我永远也不起来了。"

她怜悯地转过脸来,看他满脸忧愁,心软了一半。过了一会,她无可奈何地叹了一口气,说:

"叫人看见了像啥样子,站起来吧。"

"你答应了,我的嫡嫡亲的丽琳,我的交关好的丽琳……"

他感激得话也说不下去了,猛地站了起来,双手把她紧紧搂在怀里,在她雪白的脖子上狂吻。她眼睛里流出了两行清泪,羞愧万分地把眼睛紧紧闭上。

三十三

　　童进坐在朱延年的客堂间,时不时看表:已经九点半了,还不见朱经理的影子。他不耐烦地站了起来,踱着方步。挂在客堂间的字画和西湖织锦早就看腻味了,他再也不想去看一眼。他的眼睛一个劲盯着客堂间的门,希望朱经理马上在那里出现。每一次希望都幻灭了,朱经理没有出现。他打算留一个条子,先回店里再说。他从灰布人民装的胸袋里掏出新民牌钢笔,正准备写,楼上忽然传来娇滴滴的声音:

　　"童进,你来。"

　　他走到客堂门那里,脸冲着楼上问:

　　"啥事体啊?"

　　"快来,快来!"

　　"出了事吗?"他担心地问。

　　楼上没有回答。

　　他急了,噔噔地上了楼。亭子间的门关着。前楼的门半掩着,里面透出暗幽幽的水绿色的电灯光。他在朱经理卧室的门口停了下来,高声问道:

　　"有人吗?"

　　里面传出有气无力的低语:

　　"请进来。"

　　他推门进去,卧房里是一片绿色,在水绿色灯光照耀下,迎窗右边墙角那里是淡绿色的梳妆台,这边是淡绿色的大衣橱,紧靠窗口的是淡绿色的小圆桌和淡绿色的矮背椅子。窗帷也是草绿色花布做的,只有沙发床上那床缎子夹被的面子是粉红色的。马丽琳穿了一身粉红色的细麻纱睡衣,短袖口和领子都绣了荷叶花边。她那凝脂也似的雪白细腻的皮肤隐隐可以见到,上衣有个钮扣没扣,有一小部分白玉一般的隆起的胸脯敞露在外边。她蹙着眉头,觑着眼睛,半闭不闭的,静静地躺在床上,像是荷花池里一朵睡莲,散发出沁人心腑的清香。

童进只顾看那些陈设,没有看到马丽琳,惊奇地愣在那里,心里想:怎么没有人呢?

她躺在床上发出一声轻轻的叹息:

"啊哟……"

这声音吸引了童进的注意,转过脸来看见马丽琳躺在床上,浑身那副打扮使他暗自吃了一惊,下意识地往后退了一步,怯生生地站在门口,困惑地问她:

"你怎么啦?"

"我,我刚才换了衣服想睡下,忽然一阵头晕,差点倒在地上……"

"哦,"他同情地走过去,关心地问,"现在好一些吗?"

"现在头还像是针扎似的,痛得很……"

"要不要我到店里给你拿点药来?"

"不,我这里有,"她伸出柔软的胳臂向淡绿色的五斗衣柜一指,说,"就在这上面。"

他顺着她手指的方向走去,果然五斗衣柜上有几个小药瓶,但是没有止痛片,只有一瓶阿斯匹灵,拿起瓶子问她:

"吃片阿斯匹灵好不好?也有止痛的作用。"

"好的。"

他倒了一杯开水,连着药瓶一同送到她床头淡绿的小立柜上。

她如同瘫痪似的躺在床上,四肢无力,说话的声音也微弱无力:

"请你把药拿给我……"

他把药瓶送过去。她说:

"打开。"

他开了瓶,取出一片放在她手上。她没有接,说:

"放到我嘴里……"

她把嘴张开,在等他。他弯下腰,轻轻把药放到她嘴里,接着拿过开水来。

她含着药片,小声地说:

"你坐下来,别把水泼在床上……"

他坐在床边,把开水送过去。她歪过头,去就杯子,嘴有点发抖,牙齿在打颤,碰在茶杯上,发出啯啯的响声。她抓住他的手,把茶杯拿稳,好容易才喝了一口开水,头一仰,把药吞下去。他把杯子放在小立柜上,问她:

"好一点了吗?"

"好点……"

"那你休息一下,慢慢就会好的。"他想站起来,回店里去。

"你摸摸我头上,是不是发烧……"

他举起手来,看见她微波荡漾的头发,秀丽的额头,淡淡眉毛下面的眼睛,他的手在空中停住了。她的眼睛慢慢移动过来,对着他,说:

"好像有点热……"

他的手轻轻按了按她的额头,好像给烫了似的,迅速地缩了回来。他信口说道:

"没啥。"

"你还没有摸到,哪能晓得呢?"

他的手轻轻放在她额头上试了试,温度正常,肯定地说:

"体温正常。"

"正常?"她的头在枕头上摆动了一下,说,"你的手不准确……"

"那你自己摸摸看。"

她用右手摸了摸,说:

"好像热呼呼的……"

"那是你的手热。"

"我的手热?"她把手伸在他的胸前,说,"你摸摸看……"

他用两个手指按了按她的细腻的红润润的手心,说:

"唔,你的手热。"

她闭上眼睛不胜感慨地说:

"我一个人蹲在家里,生病没人管……"

"朱经理很会体贴人,他不管你吗?"

"他吗? 今天是啥工商联主委请客,明天是啥聚餐会,后天又出席政府的重要会议,整天和上海滩上那些大亨打交道,哪里有功夫照顾我呢? 在家里连他的影子也看不见。"

"朱经理倒的确是个忙人……"

"我就不相信他真的那么忙,一定是外边有人了。"

"哦,"他皱起眉头一想,摇了摇头,说,"我没有听说过。"

"他这种人办事神秘得很,啥人也摸不清他的底细。他有人怎么会告诉你哩。你在他手下多年,你还不晓得他的为人吗?"

"你说的倒也对……"

"当初在百乐门认识他,对他一点也不了解,听信他的花言巧语,把我哄得团团转。我讲啥,要啥,他都是百依百顺。和他结了婚,他的脸色就不同了。现在更不像话了,凡事要听他的,不高兴就同我发一顿脾气。我好像是他下饭的小菜。他在外边花天酒地胡混,把我一个人甩在家里,死活不管。"

"你劝劝他呀。"

"他啊,眼睛里只看见钞票,哪能会把我放在眼里?我的话,他只当做耳边风。"

"夫妻家总会有些小吵小闹的,等他脾气好的辰光,和他谈谈。朱经理有辰光也蛮好讲话的。"

"我们的事再也谈不好了。我现在和他不过是名义上的夫妻,实际上我们已经分开了。他爱回来不回来,回来也是各住各的。"

"为啥要这样呢?"他听到这消息很奇怪,过去一直没有听说过呀!朱经理待马丽琳不错,上回请他们来喝咖啡吃点心,不是谈笑风生,关系很融洽吗?怎么忽然变坏了呢?天下事真难说,变化起来这么快,从表面上一点也看不出来哩。

"唉,你不晓得他这种人,早变了心啦。一早起来就出去,谁也不知道他啥辰光回来。我一个人蹲在家里闷死了。"

"你不是有亲戚朋友,可以出去走走呀。"

"出去?"她一个劲摇头,不满地说,"我怎么敢!他这个人心眼儿窄得很,只要我出去一趟,就要打破沙锅问到底,叫你耳朵根子永远也不安静。我何必受这个罪呢?我真想离开他……"

"离开他?"他惊奇地望着她。

"唔,离开他。我一个人过日子,比在他手下受罪好。你说,是不是?"

"这个,这个……"他不知道该怎么回答,有意把话题岔开,说,"你身体不好,不要想这些事。"

她脉脉含情地注视着他,半晌没有言语。她发现他身上人民装的一个钮扣的线松了,只是给一根细线连着,随时要掉下来的样子。她说:

"你的扣子要掉了。"

他低下头去,果然看见胸前第二个扣子挂下来了,使劲一拉,真的掉了下来。他拿着扣子,说:

"这一阵穷忙,没顾上缝,你不说,我倒忘记了。"

"我给你缝上。"

"不,你身体不舒服,回到店里,我自己缝。"

她霍地从床上坐了起来,跳下床去,慢慢走到五斗柜那里,取出了针线,顺手把房门轻轻关上,走过来很自然地拍一拍他的肩膀,说:

"脱下来,我给你缝。"

"你头痛,还是躺下休息好……"他身上像触电一样,浑身暖洋洋的。

"我吃了药,好些了。这是小事,客气啥,快脱下来……"

他迟疑地坐在床边没动。她伸过手去,要解他的扣子。他没有办法,只好自己解了扣子,把灰布人民装送到她面前。她也坐在床边,一边缝着,一边问他:

"你这一阵忙啥?"

"还不是那些事。"他避开谈"五反"。上次朱延年想摸他们的底,没有成功。他怕这次朱延年通过马丽琳再一次来摸底。他心里老是惦记着"五反"的事,汉口路那一带不少店家的"五反"工作都搞开了,工作队也去了,就是福佑药房还没有消息。是不是人民政府不了解福佑的五毒不法行为?可是他已经写了检举信给陈市长了。这封信收到没有?该早收到了。陈市长看到没有?为了"五反",陈市长专门设了信箱,寄给他的信会不看吗?一定看的。看了,为啥不派工作队来呢?也许没看,陈市长管全市的大事,管华东局的事,还要管华东军区的事,一天不知道要处理多少国家大事,一天也不晓得收到多少封信,怎么会有时间看福佑药房一个小伙计的信呢?那设立信箱做啥?他找不到一个正确的解答。他每天朝福佑药房的楼梯口看,等候"五反"工作队到来,但没有一点影子。他着急得不行,有时就走到样品间朝马路上窥视,一看到左胳臂有白底红字的"五反"工作队的臂章,便兴高采烈,以为是到福佑药房来的,经过楼下的衖堂口,又过去了。他失望地低下了头,恨不能奔下楼去把那些同志找来,但怕他们不来。他在店里表面按着平素老规矩做事,心里总是不能平静下来,噗咚噗咚跳个不停。他焦急地盼望"五反"的心情,谁也不知道。

她见他不说下去,停下手里的针线,问:

"忙'五反'吗?"

他心头一愣:果然问到这上头来了。他摇摇头,淡然地说:

"'五反'?店里还没有开始哩。"

"店里事情怎么样?延年从来不和我说老实话。店里的事我一点也不晓得。我整天在鼓里过日子,真闷得慌。你告诉我,我不对任何人说。我绝对不会让延年晓得。他啥事体都不让我晓得,我的事也不让他晓得。"

他心里想:不管怎么说,朱延年和马丽琳总是夫妻呀,就是有点小吵小闹,过后还不是谈知心话。在她面前讲话,得谨慎小心。他没有吭气。

"你不放心吗?"她风致嫣然地向他笑了笑。

他摇摇头。

"你为什么不说话呢?"

他紧紧闭着嘴,两个胳臂交叉地抱在胸前。

"你有心事?"

他避开她的眼光,低下了头。

"你和老婆吵架了吗?"

他仍旧没有说话。

"听说你们小夫小妻很相好,哪能也吵架呢?你年轻漂亮,有能力,工作又好,哪个女人不想嫁给你呢?有了你这样的丈夫,才是真正的幸福哩!"

她一边说话,一边向他身边移过去,见他头低得连眼睛也看不见了,便伸过细腻的白里发红的柔软的手,托着他的下巴,对着他木然的眼光,问:

"为啥不说话,变成哑巴了吗?"

他惊觉地站了起来,望着房间里那一片柔和的像是绿水荡漾的灯光。马丽琳坐在床边,浑身白玉也似的皮肤给一层轻纱罩着,柔和的曲线隐隐可以看见,身上不断散发出扑鼻的诱人的浓郁的香味。她一对水汪汪的眼睛在凝视着他。他感到恍惚。夜已深了,马丽琳又是一个人在家,他奇怪自己为啥在这间屋子里,而且待了这么久。他从梦幻一般的境地里清醒过来,矜持地说:

"把衣服给我。"

"还没有缝好哩。"

"不要缝了。"

"为啥?"

"我要走了。"

"生我的气吗?"她温柔地问。

"不。"

"你坐下来。"

他站在那里不动。

"马上就给你缝好……"她缝了两针,微微抬起头来,暗暗觑他一眼。他笔直站着,眼光朝着窗户,有意不看她。她心里不禁好笑。她老练地抬起头来,挑逗地说:

"看你那个紧张样子,男子汉大丈夫这么胆小,你怕啥?"

"我怕?"他觉得她问得奇怪。

"唔。不怕,为啥连坐下来也不敢呢?"

"我,我不想坐。"

"你真是君子!"

她温柔地望着他,忘记手里的针线了。他急了:

"你缝不缝?"

"缝,马上就缝好。"

她把扣子缝好,打上左一个结右一个结。她站起来,给他披上,要给他扣。他把她推开:

"我会扣。"

她摇摇晃晃站在他面前,像是喝醉了酒似的,满脸红潮,脚步不稳,一不小心,一头倒在他的怀里。他着实吓了一跳,慌忙把她扶住,把她送到床边。她紧紧抱着他。她的腮巴子热情地紧紧依偎着他的腮巴子,两只眼睛放肆地对着他:

"你不喜欢我吗?"

"你,你说啥闲话?"他想挣脱身子,可是不行,她的两只胳臂已经把他搂紧了。

"你说,喜欢我吗?"

"不喜欢你,给人看到像啥样子?"

"怕啥!"

"你放开我……"

他用力拉她的手,可是怎么也拉不开。他急得满头满脸尽是汗。

马丽琳卧房的门悄悄打开了,朱延年站在门口,大喝一声:

"嘿,童进,你好大胆!"

马丽琳听到朱延年的声音惊惶地松开手,她和他两个都站了起来,狼狈不堪地低着头。

"童进,你做的好事!我要你到家里来谈话,你竟污辱我的妻子,破坏我的家庭!"

"朱经理,这不是我,你,你问马丽琳……"

"问马丽琳做啥?你自己做的事,还不承认吗?"

"我没有,经理,不要冤枉人。"

"冤枉人,你自己看看,"朱延年指着他的胸口,说,"衣服扣子还来不及扣齐哩!"

"这是她给我缝扣子的,没有别的事。"

"我亲眼看你们两个人抱着在床上滚,还说没有别的事吗?"

"是她生病,要我给她吃药;她刚才晕倒,我扶她上床的,……"

"我晓得她今天好好的,啥辰光生病的?眼睛放亮点,我朱延年是啥人?在上海滩上混了几十年,哪件事情没见过?你骗别人可以,别想骗我!"

"你不信,你问马丽琳好了。"

"好,马丽琳,你照直说。"

朱延年伸出右手,用食指指着马丽琳。她一头倒在床上,哇哇放声大哭,啥也说不出来了。

"一切都明白了,童进,你还有啥闲话讲?"

"我实在冤枉,朱经理。"

"少说废话,你破坏家庭,走,我们上法院去!"

"上法院?"童进一怔,今天晚上的事,他跳下黄河也洗不清了。朱延年翻脸不认人,告到法院里,让同事们知道,他的脸搁在啥地方?他稳稳地站在那里没动。

朱延年走上一步,威逼道:

"走呀!"

马丽琳的哭声停了,翻过身来,拭去了眼泪,哭幽幽地恳求朱延年:

"你不要冤枉童进,他的扣子掉下来了,是我要他脱下来缝的,没有别的事。"

朱延年格格奸笑了几声,冷讽热嘲地反问道:

"我亲眼看见,还有啥巧辩的?"

"是我头晕……怪我不好……"

"你别代他洗刷,给我戴绿帽子,我不能忍受。今天非上法院不可!"

"不管怎么样,都是一家人,童进跟你这些年,起早睡晚,吃辛受苦,没有功劳,也有苦劳。就是有不是的地方,也应该讲点情面。有话好好谈,不要撕破脸。延年,好不好?"

"只要给我下了台,我并不是那种不好讲话的人。"

"童进,以后有事,多多帮帮朱经理的忙,……"

"我?"童进茫然不知道怎么回答。他像坠在五里雾中,一时间啥物事也看不清楚,是非也讲不明白。

"辰光不早了,你回去吧,有话明天再说。"她让童进走。

朱延年知道一时谈不出个眉目来,只好闪开一条路,让他先走,气生生地对他说:

"你走也可以,反正今天晚上的事没了。"

童进颓丧地走下楼去,一步慢一步,心情越来越沉重。跨出朱家的大门,夜色正浓,弄堂口十分幽静,他糊里糊涂地站在十字路口发呆,不知道该走哪一条路回家去。

三十四

夏世富把黄仲林请到经理室。黄仲林一走进去,面孔即刻露出惊异的神色,他站在门口没动。沙发前面放了一张矮矮的长方桌子,玻璃桌面上搁了三个咖啡杯碟,一小壶牛乳,一小缸方糖,还有一壶咖啡,壶嘴里冒出热气,散发着浓郁的香味。

朱延年一见夏世富带黄仲林进来,马上迎了上去,弯着腰,伸出左手,指着沙发,对黄仲林说:

"请坐,黄同志。"

陈市长收到童进检举福佑药房的信,当时看了,旋即批交市增产节约委员会调查办理。市增产节约委员会工商组会同区增产节约委员会研究了福佑药房的问题,从童进的检举信里和别人检举福佑药房的材料看,证明福佑药房的五毒不法行为是严重的。资方朱延年送给市增产节约委员会工商组的坦白书没有重要内容,态度是应付的,措辞是狡猾的,实际上是抗拒的。因此,情形是严重的。市、区商量决定派一个检查队到福佑药房去。这个检查队的队长是黄仲林。

黄仲林原来在市增产节约委员会工商组接待室工作。徐义德的坦白书就是送到他的手里的,朱延年的坦白书也是送到他的手里的。工商组接待室的工作告一段落,组织上把接待室的一些同志分配到各区增产节约委员会去工作。黄仲林被分配到黄浦区。福佑药房的材料是经他手办的。他一见福佑药房四个字,立刻想起朱延年那副贪婪的面孔和流氓的口吻。组织上派他带"五反"检查队到福佑药房来,他非常兴奋。他早就要求下厂搞"五反",现在派他到朱延年那个家伙的福佑药房来,怎不叫他高兴得跳了起来?

黄仲林带"五反"检查队到了福佑药房,立刻轰动了左右邻居,认为人民政府的眼睛真是雪亮。大家都觉得福佑药房的问题严重,应该派个检查队检查。人民政府果然派来了。听到这个消息的人,比大热天吃一客赤豆刨冰还舒服。

福佑药房的职工更不消说,一见"五反"检查队,个个都满心欢喜,表面上全控制了自己的感情,不流露出来,怕朱延年发觉,不高兴。"五反"检查队队长黄仲林虽然没有说他们是接到福佑药房会计主任童进的检举信以后才决定来的,但童进料到"五反"检查队到福佑药房来,和他那封检举信一定有关系的。童进对陈市长办事这样负责、认真、敏捷,佩服得说不出一句话来。他寄出那封检举信以后,日日夜夜盼望"五反"检查队来,但到"五反"检查队真的来了,他却彷徨起来了。他甚至希望检查队迟一点来才好。那天晚上回到店里已经是深夜了,他躺到床上翻来覆去,怎么也睡不着觉。他像是忽然掉在一个很深的烂泥坑里,四面不着边,无依无靠,不能自拔。他在店里避免碰到朱经理,连经理室的门也不敢望一眼。朱延年从门里出来,走到外边办公室里,他有意低着头在看账面的阿拉伯字。本来,他的眼睛最尖不过了,每个数字一看就记住了,绝没有毫厘的差错;现在这些数字像是忽然都长了腿,在他眼前晃来晃去,哪能也看不准,记不清。等朱经理走过,他的头才稍微抬起来。坐在他旁边的叶积善望他笑了笑,他的头又慢慢低下去。他感到叶积善可能知道那天夜里的事,不然为啥那么笑着看他呢?从叶积善的微笑里发现含有一种轻蔑的意思。他受不了这个冤枉,真想过去一五一十把真相告诉他,说明童进不是那种人。可是店里那许多人,一时也讲不清楚,朱经理刚走出去,又没说到啥地方去,说不定马上转来,给他加酱油加醋,更加洗刷不清了。目前别人也许还不知道,这么一来,全店里的人都知道了,立刻就会传到他妻子的耳朵里,那家里要闹翻天了。还是不提的好,反正自己没做亏心事,将来总会弄明白的。他没有望叶积善,眼光又盯着账上的数字看,担心将来能不能弄明白。叶积善却走过来了,附着他的耳朵小声地说:

"'五反'工作队来了,我们该怎么配合?"

"啥?"他好像没有听见最后那句话。

"我们该怎么配合?"

他心头一怔,眼睛向店里迅速地扫视了一下,见大家没有注意他们,才应了一声:

"唔,配合。"

"动起来呀!"叶积善瞧他那个软搭搭的神情,有点焦急。

"唔,"他还是不动声色,慢吞吞地说,"你先想想,有空的辰光再谈。"

叶积善没法再谈下去,悄悄退回自己的写字台那边去。叶积善不了解童进的态度为啥忽然变了。他想也许童进比他有经验,人多嘴杂,许是现在不便谈。童进不是说有空的辰光再谈吗?童进和他们盼望"五反"工作队多么久了。现在真的来了,还有不高兴不积极的道理?

福佑药房每一个人听说黄仲林带"五反"检查队来,的确没有一个人不高兴的。痛恨黄仲林的,只有一个人,那就是朱延年。他看见黄仲林面孔,马上想起他那次到市增产节约委员会工商组送坦白书的情景。黄仲林虽然年纪轻,可是讲的话都像是一把锋利的刀子,刺中对方的要害,叫人听了浑身汗毛凛凛。那一次朱延年确实领教了黄仲林的厉害,在他的脑筋中留下了深刻的印象。黄仲林既然来了,朱延年心里想:痛恨也没有用,得打起精神,给他较量较量。他笑脸相迎,上去对黄仲林拱拱手,说:

"我天天盼望政府派检查队来,今天可盼望到了。欢迎!欢迎!你来了,我特别欢迎!我记得我们见过,你在市工商组接待室工作,嘻嘻。"

"是的。"

黄仲林昨天一天没有找朱延年。朱延年毕竟心虚,他动脑筋,考虑怎样在黄仲林身上下功夫。他本想请黄仲林和"五反"检查队全体同志吃一顿丰盛的晚餐,继而一想:现在正是"五反",资本家请吃饭,那贿赂得不是太露骨了吗?暗中加点菜呢,倒是可以,却又表达不出一番意思。他选择了喝茶的方式,而且只请黄仲林一个人,既不露骨,也能表达一番意思。

黄仲林带来的"五反"检查队在福佑药房X光部办公。刚才夏世富进去告诉黄仲林,说朱经理想找黄队长谈谈,问他:是朱经理来呢,还是黄队长过去。黄仲林觉得让朱延年到"五反"办公室来不方便,就说,还是他过去吧。黄仲林以为朱延年有啥要向他坦白。

朱延年见黄仲林坐下,自己以为有了三分把握。他眼睛一动,慢慢说道:

"黄同志实在太辛苦了。这么大的五反运动,黄同志要管市里的工作,要管区里的工作,还要管我们小号福佑,真是又原则又具体,为人民服务得太辛苦了。太辛苦了,黄同志。"

"没有啥辛苦,这是我应该做的工作。"

夏世富在一旁顺口奉承道:

"黄队长真行,啥工作都会。"

"我没有啥本事。别把我捧上天,跌下来可吃不消啊。我只是做一点具体工作罢了,主要靠组织上领导。"

"黄同志有这样的本事,还这样谦虚,的确不容易。"朱延年觉得可以进一步表示,他提起咖啡壶,在黄仲林面前的杯子倒进咖啡,又倒给夏世富和自己,然后拿起那杯牛乳,问黄仲林,"你喜欢放点牛乳吗?"

黄仲林摇摇手,说:

"我不喝咖啡。"

"我们做生意买卖的人,说句老实话,也是不容易的。整天跑来跑去,没早没晚的;到了下午,精神就差劲了,每天这辰光总要喝杯咖啡提提精神。"

"咖啡是兴奋的,喝了确实可以提神。"

"你不喝咖啡吗?黄同志。"

"这个,"黄仲林怔了一下,他不想撒谎,说,"有时也喝一点。"

"是呀,喝点咖啡好。我没有别的嗜好,就是喜欢喝点咖啡,嘻嘻。"

朱延年给他倒了点牛乳进去,一边说:

"加点牛乳好喝点。"

同时,他给黄仲林放了两块方糖,说:

"烟茶不分家,喝点咖啡没啥。"

黄仲林不愿意和他扯淡,直截了当问他:

"朱先生找我有事体吗?"

朱延年避而不答,笑嘻嘻地问:

"你先喝点,这咖啡不错。"

黄仲林摇摇手:

"你自己喝吧。别拿我当客人一样招待,我是来'五反'的。"

朱延年见黄仲林的态度不对,慌忙声明:

"当然不拿你当客人。喝点咖啡,办起事来更有精神。"

"我不喝咖啡,劲头也十足。"

"那是的,你年轻力壮,有一股革命朝气,我实在佩服之至。"

"朱经理真有眼光,讲的一点也不错。昨天黄队长忙到深夜,今天一清早就爬起来,照样精神十足!"夏世富对黄仲林说,"佩服,佩服!"

"这不算啥。"

朱延年的眼光向黄仲林那身灰细布人民装上下打量了一番,他奇怪共产党干部不讲究吃和穿,究竟为啥这么卖力气,实在叫人纳闷。他对黄仲林说:

"你真行,不愧是我们人民政府的老干部。"

"我不是老干部。我很年轻,参加革命工作也没有多久。我们还是谈'五反'吧,你是不是有啥要坦白的?"

朱延年送过一支中华牌香烟,慢吞吞地说:

"不忙,先抽根再谈。"

"刚抽过。"

夏世富说:

"黄队长,那你就喝点咖啡吧。"

"咖啡快凉了,"朱延年指着黄仲林面前的杯子说,"少吃一点,赏我朱延年一个光,怎么样?"

黄仲林望着朱延年,问:

"你谈不谈?"

他忍耐不住,一肚子气差点要爆发出来了。

朱延年嬉皮笑脸地说:

"谈,当然要谈。"

"那么,谈吧。"

"抽根烟,慢慢再谈不好吗?黄同志已经住在小号里,谈话的时间多得很啊。"

黄仲林霍地站了起来,不客气地说:

"我手里工作忙得很,没有工夫奉陪,等你喝完了咖啡,要是有啥要谈,上我办公室里来好了。"

黄仲林说完话,立刻走出了经理室。朱延年站了起来,朝经理室的门撇了一撇嘴,气呼呼地对夏世富说:

"这种人真不识抬举。"

"别理他,经理。"

"初出茅庐的小子,愣头愣脑,一点人情世故也不懂。你瞧那架子,连我朱延年也不看在眼里。"

"要不是'五反',啥人晓得他叫张三李四。"

朱延年听到"五反"两个字,他的气渐渐消逝了。他懂得现在不是发脾气的辰光,印把子在别人的手里,得小心点。光棍不吃眼前亏。他改口说:

"对呀,人家是'五反'工作队的队长嚜,当然神气活现。世富,你要好好敷衍敷衍他。我们在人家手掌心里过日子,落在屋檐下,不得不低头。"

"经理说的再对也没有了。"

"店里的事,你也要多留神。只要你帮了我的忙,'五反'过后,我决不会忘记你的功劳的。"

"经理谈到啥地方去了,你的事就是我的事,我一定放在心上。"

"这就好了。"朱延年指着黄仲林的那杯咖啡说,"你把它喝了吧。"

夏世富端起杯子,咕噜咕噜一口气喝得精光,舔了舔嘴唇,精神抖擞地说:

"我去看看苗头。"

"有啥消息,随时告诉我。"

夏世富从经理室走出来,有意绕了一圈,在写字台面前坐了一会,然后很自然地向"五反"办公室走去。门紧紧关着,里面不时传出细碎的人声,可是听不大清楚。他走过去,又迈着方步踱了回来,料想那里面一定谈机密的事体,没头没脑闯进去不好,这地方要避嫌疑。他信步走了回来。

黄仲林回到"五反"办公室,感到福佑药房的事有点棘手,许多事没有一个头绪,朱延年却像块橡皮糖,给你扯来扯去扯不清,而店里的核心力量还没有组织起来。整个福佑药房没有一个共产党员,青年团员也只有一个:童进,并且入团不久。他以为"五反"检查队一到,童进就会找他。童进不但没找他,仿佛一见到他,就远远避开了。他不能再等,主动把童进找到"五反"办公室。童进拘谨地坐在写字台旁边,一言不发。他不知道黄仲林为啥突然找他,心情有点紧张。

半晌,黄仲林打破了沉默,说:

"你给陈市长写的那封信,很好……"

童进的眼光马上望着"五反"办公室的门,幸好黄仲林已经关上了。他没有言语,只是点了点头。

"陈市长亲自看了那封信,批给区里,特地派我到福佑来的……"

"陈市长亲自看了?"童进的眼睛里露出惊奇的光芒。

"可不是,陈市长还说你响应党的号召,检举不法资本家,是个模范青年团员。"

"模范青年团员?"童进脸上刷的一下,红了。他想起那天夜里的事,以及第二天朱延年和马丽琳同他谈话的情形,摇摇头,惭愧地说,"我不够资格。"

"哪能不够资格?考察一个人不在平时,主要看在重要关头的表现。你在'五反'运动中勇敢检举就是一种模范行为。"

童进矜持地摇摇头。

"你检举的材料很重要,说明朱延年的不法罪行是骇人听闻的。比方说把过期失效的药卖给志愿军,制造假药……"

"那是的。"

"还有福佑是干部思想改造所,我还是头一回听说,朱延年的胆子真不小。"

"他啥事体都做得出来。"童进紧张的神经稍为松弛一些了。

"我到福佑来,不得不提高警惕,小心给他改造了。"

童进现在对干部思想改造所有了深一层的了解,朱延年不仅对人民政府的干部要改造思想,对店员也要改造一番。他说:

"你有经验,不会上朱延年的当的。"

"这也很难讲。我们党早就说过了,要防止中资产阶级的糖衣炮弹。"

"这个,也对。"

"你看哪些职工比较进步,给我开个名单。"

"做啥?"

"单靠你一个青年团员工作不容易开展,要团结大家,形成核心力量,我们的事体就好办了。"

"我,我想想看……"童进不敢答应,但又不敢拒绝。他是一个活蹦活跳的人,现在给朱延年无形的绳子捆得紧紧的,动弹不得。

"很好,想好了再开给我。"黄仲林认为他检举的事不详细,说,"你检举的那几条都很重要,但不够具体,你可不可以写一份详细的材料给我?"

"这个……"童进眼前顿时出现了朱延年的面影,仿佛对他说:怎么,忘记那天夜里的事了吗?你的名誉要不要?你想到法院去呢,还是平平安安跟我朱延年过一辈子?他要跳出朱延年的手掌心,但一时还想不出办法。他犹豫地对黄仲林说,"具体情形我不大清楚,黄队长。"

"你不是会计部的主任吗?"

"是的。"

"怎么不清楚呢?"

"具体的事情我不管,朱经理很多事不入账的。你想了解具体的事,可以问夏世富。他是我们的外勤部长。"

"我晓得夏世富,他的问题也不小。目前我不想找他。你写给我好了。"

"我,我晓得的,都写在检举信上了。"

"再也没有材料了吗?"黄仲林看他讲话吞吞吐吐,有点困惑,检举信的口吻很坚决,怎么"五反"检查队来了以后反而变了呢?他不了解是啥原因。他说,"不要怕……"

"不怕,我一点也不怕。黄队长,你,你相信我,我绝对不怕。"

"我完全相信你。"黄队长看他神色惶恐,先稳定他,然后问,"检举信上那些数字怎么得来的呢?"

童进给问得躲闪不开。他想走,又没有借口。他默默望着放在墙角落的一副 X 光透视机,想了半晌,才说:

"是我和叶积善估计的。叶积善在栈房工作,许多事体他比我清楚。"

"你自己是不是再也没啥可写的了?"

"让我想想看。"

"好的。你好好去想想。"

童进好容易听到黄仲林最后一句话,他猛可地站起来就走,竟忘记向黄仲林告辞。

三十五

汤阿英这几天心里有一种说不出来的高兴。她在车间里也好,在路上也好,回到家里也好,心里却总是宁静不下来。她不知道从啥地方来的一股劲头,每天希望多做些工作,不做到筋疲力尽绝对不愿撒手。不这样,心里就好像对不住谁似的。奇怪的是对啥事体,她都有兴趣,并且是从心里发生出来的兴趣,不是谁动员她的。

为啥忽然变得这样快乐呢?她冷静地想来想去。思想如同找不到头的细纱一样,理了很久很久,才算理出一个头绪来。自从那次在车间里开小组会,讨论厂里生活难做的原因,党支部书记余静支持她要求上海市人民政府派"五反"检查队来,没有多久,人民政府果然派了杨部长带着"五反"检查队到了沪江纱厂。她参加了新民主主义青年团,集体的威力使她感到自己不是一个人在厂里工作,是和大家一道工作,有余静支持她们,领导她们。她深深感到工人阶级的重任。她知道,只有大家在一道才有力量,也只有依靠大家,一个人才有力量。她现在亲身感受到这种力量给她斗争的勇气。"五反"检查队是她们自己要求来的,单靠杨部长他们还不行,要大家参加进去,要自己动手,才能消灭徐义德和沪江纱厂的五毒不法行为,打退资产阶级猖狂进攻,才能巩固无产阶级专政,走社会主义的光明大道。她要好好努力。

每天起来,她精力充沛,经过一天的劳动,把浑身的力气用光,心里舒适,这才安安静静地回到家里。如果有活没做完,她是不肯回家的。回来了,要是还有啥事,给她言一声,她身上会忽然生长出新的力量,又一个劲往厂里奔。

今天是厂礼拜,汤阿英和张学海都在家里。她这个礼拜又是日班,晚上不用去上夜班。巧珠奶奶昨天就张罗开了,今天更是兴奋得了不得。她自己提了篮子,到菜场上去买小菜。

她在小菜场上先买了四两小虾,又买了两个猪脚爪和一条黄鱼,然后买了二斤白菜和两块豆腐。她很满意这样的选择,大家想吃的菜都买了,花钱不多,还剩下四千多块钱。不买鸡,大家没有意见。她自己也不在乎,等将来有钱再买。她准备这样调配:大汤黄鱼、虾烧豆腐、素炒白菜、清炖猪脚爪,有菜有汤,有炒的有烧的,而且都是每一个人喜欢吃的菜,一定个个满意,快快乐乐地过一个厂礼拜。

她提着满满一篮子的小菜,兴冲冲地走进草棚棚。巧珠见奶奶回来了,马上扑到奶奶面前,翻她手里的菜篮看,一边问:

"奶奶,买的啥小菜?"

奶奶像个小孩子似的,用手按着篮子里面的白菜,不让巧珠翻。她坐到靠门那张板凳上,把菜篮往自己的膝盖上一放,低下头,问巧珠:

"你猜猜看。"

巧珠用右手的食指按在自己的鼻子上,歪着头,认真的想了想,没有把握地说道:

"鸡?"她知道奶奶喜欢吃鸡。

"不对。"

"那是,"巧珠的两只眼睛转了转,想起妈妈爱吃鱼,很有把握地指着篮子说,"鱼!"

"啥鱼?"

巧珠在家里经常吃咸鱼,她猜想奶奶一定又买回来咸鱼,奶奶

贪图咸鱼又便宜又下饭,喜欢买。巧珠却不喜欢吃,她嘟着嘴说:

"一定又是咸鱼!"

"这回你又猜错了,"奶奶得意地笑了,摸着她的小辫子说,"不是咸鱼,是黄鱼。"

"黄鱼,"巧珠知道有了妈妈喜欢吃的鱼,心里很高兴。她的眼珠子对着篮子里的白菜,很想透过白菜看看还有啥小菜。白菜盖得严严的,看不见。她反问道,"还有?"

"当然还有。"奶奶用手盖着白菜不让她看,嘻着嘴说,"你最喜欢的——"

奶奶说到这里故意不说了,望着巧珠,等她自己说。她放在鼻子上的右手食指指着白菜下面说:

"虾!"

奶奶笑了。巧珠笑了,高兴得跳了起来,连忙翻开白菜,一个小活虾也高兴得从白菜下面跳了出来,弯曲着身子一纵,到了地上。巧珠伏在地上,一伸手,把它抓了过来。

"今天难得大家都在家里,"奶奶对儿媳妇说,"好好吃顿中饭,阿英,快收拾,帮我择菜弄饭。"

阿英正在收拾床铺,心里惦记着今天约好了谭招弟她们谈话,听见奶奶要她帮忙择菜弄饭,连忙摇头说:

"不,我还要到厂里有事哩。"

"有事?"奶奶放下菜篮,向阿英望了望,奇怪地问,"今天是厂礼拜,有啥事体?"

"现在厂里的五反运动正闹猛哩,……"

奶奶不等她说下去,插上来讲:

"五反五反,五反同你们有啥关系?那不是政府和资本家的事体吗?"

"不能这么讲,"张学海从墙角那边的布帷子后面走了出来,搭话道,"五反运动同我们工人的关系可大哩。"

奶奶老花的眼睛里露出怀疑的光芒:

"关系可大?"

"是呀,"汤阿英说,"'五反'就是为了我们工人么,为了社会主义么。'五反'了,消灭了资本家的五毒,走社会主义的道路生活就好做了。生产增加了,国家富强了,大家日子就好过了。'五反'哪能和我们工人没有关系呢?"

"就算有关系吧,那有政府去管,不是派了检查队进厂了吗?何必你们去操心!"

"我们也要插手,"阿英对奶奶耐心地解释道,"政府派来的检查队是领导'五反'的,许多事体要我们工人自己动手。过去的事我们晓得的比他们清爽,大家不动手,'五反'搞不彻底。"

奶奶不了解这些事,也说不过阿英,但心中仍然不满。听阿英那么一讲,她不满的情绪就从嘴里流出来了:

"啊哟,看不起你,你的本事倒不小哩。"

"我没啥本事,不过余静张小玲领着我们干。"

张学海想起工人常唱的《团结就是力量》那首歌,他说:

"团结就是力量,大家动手,事体就好办了。"

"啊呀,一张嘴我都说不过,现在又加进一张嘴来了。"奶奶显然不满意儿子帮助阿英说话。她想不出理由来反驳,却又不甘心听阿英那一套,于是生气地说,"就算是'五反'吧,也得有个厂礼拜啊!"

"厂礼拜当然有呀,今天就是。"

奶奶眯着眼睛笑了。她很高兴自己逼阿英讲出了这句话,于是顶过去:

"今天是厂礼拜,那你就给我蹲在家里。"

"我约人谈话,谭招弟她们在厂里等我哩。"阿英的口气显得有点不耐烦了。

"厂礼拜,还要开会谈话?"奶奶把"会"字的声音说得特别重,她问自己,"又开会,又是厂礼拜?这叫啥厂礼拜,啥辰光不好谈话,偏偏要选在厂礼拜这一天!我真不懂。"

阿英焦急地说:

"唔,和你讲话真不容易。奶奶,厂礼拜约人谈话为啥不可以呢?人家杨部长自从进了厂,从来没有休息过,别说厂礼拜没有,每天下了班还得工作,要忙到深更半夜才能闭上眼睛哩。"

"人家是部长,你也是部长吗?"

阿英见奶奶的歪道理说不完,自己又不好发脾气,她的脸急得红通通的,不满地说:

"奶奶,不能这样讲,大家都是工作么。"

"工作,"奶奶用鼻子哼了一声,轻蔑地说,"这句话真好听。为了工作,家就不要了吗?"

"谁说不要家的?"

"谁?"奶奶有点生气了,说,"厂礼拜,连在家里吃顿饭的工夫也没有,那还要家做啥呢?"

"现在'五反'啊,也不是平时,昨天张小玲通知,今天早上十点钟,青年团的积极分子要分头约人谈话,进一步深入动员群众检举,做好党的助手工作。"

"积极分子啊。"奶奶撇一撇嘴,讽刺地说,"怪不得这么积极哩,积极得连这个草棚棚也蹲不下啦。我早就说你变了么。这个草棚棚简直看不见你的人影,一回到家板凳还没坐热就又跑哪。"

阿英竭力按捺下不满的情绪,耐心地给奶奶解释:

"实在因为最近工作太忙,没有办法,我在外边也时常惦记家里啊。"

"好,好好。"奶奶心里着实不高兴,她看出来今天怎么说也留不下阿英,却又不愿意让她去,便以退为进地说,"我管不了你,积极分子么。你要开会就开会,你要谈话就谈话,随你的便。"

阿英没有吭气。奶奶转过来,笑脸对着儿子,亲切地说:

"学海,来,天大的面子也留不下人家积极分子,我们在家里弄饭吃。我今天给你买来两只猪脚爪,清炖一锅汤,你喜欢吃的。"

"我……"

"哪能?"

奶奶从昨天晚上起就想好了怎么安排今天的日子,一清早又亲自去买了大家喜欢吃的小菜,以为今天大家可以欢欢喜喜地在一道吃饭,不料阿英要去谈话,叫她气得说不出话来,只好和儿子、孙女一同吃饭了。见儿子吞吞吐吐想说不说的神情,使她暗自吃惊,难道儿子也——她不敢往下想,用老花的眼睛盯着学海。

学海想不讲,不讲奶奶仍然会知道的,不让她知道也不行。他怔了一下,就直截了当地说:

"我也有事体。"

"你——"奶奶不敢往下想的事学海终于说出来了,现在是奶奶说不下去了,她把"你"字说得很重,声音拖得很长,真想不到儿子也有事。可是她还是有点儿不相信,问道,"你有什么事体?"

"我们保全部的工人要开小组会,打算研究保全部怎么进行五反运动。我们讲好了到厂里吃中饭先碰碰头……"

张学海一五一十地把保全部的"五反"情况说给奶奶听,希望取得她的同意。她露出不耐烦的神情,撅着嘴说:

"你们都去,你们都去。"奶奶过去一把抓过巧珠的小手,摸着巧珠的小辫子,亲热地说,"来,我们两人吃。我先弄虾烧豆腐给你吃。"

奶奶一肚子不高兴。她的安排全落了空。她向学海和阿英扫了一眼:

"你们以后干脆就别回来了。"

学海看看娘真的动了肝火,想她今天从早忙到现在,他和阿英都出去,把她和巧珠丢在家里也实在不太好。他眉头一扬,想了一个折中的办法,说:

"这样好了,娘,现在就弄中饭,我早点吃了去,好不好?"

奶奶的嘴角上浮起了微笑,心也平静了一些,马上爽朗地说:

"当然好啊。我现在就给你做饭,"她转过脸去望着阿英说:"那你也吃过早中饭去,好不好呢?"

阿英看看手表,急着说:

"啊哟,快九点半了,我得马上去,等不及吃饭了。"

学海怕奶奶不放,别又弄僵了,就在一旁相帮地说:

"就让她去吧。她们约好了人,迟到不好。我在家里……"

"好。"奶奶有儿子在家,心里比较满意了。她点了点头,说,"去就去吧,谈完了话,可要早点回来,阿英。"

阿英应了一声:"唔。"

三十六

昨天晚上汤阿英约谭招弟今天早上十点钟到厂里谈谈,一开头就给谭招弟回绝了:

"明天是厂礼拜,有话改一天再谈。"

"厂里的五反运动正闹猛,早一点谈好。"

"后天不是一样吗?"

"早一天谈,早一天对运动有帮助。"

"那么,现在就谈,"谭招弟站在通向大门的煤渣路上,眼光在向四面望望,在寻找一个地方,好坐下来谈。

汤阿英谈话的内容和步骤还没有准备好,她说:

"我还要约别人参加,明天早上十点到厂里谈好了。你今天做了一天生活,累了,该回去休息休息。"

"那么,到我家来谈。"谭招弟还是不大愿意把厂礼拜的休息时间完全花在厂里。

"在厂里谈方便些,厂礼拜杨部长和余静同志都在,有啥事体和他们商量也容易。"

谭招弟见汤阿英坚持明天在厂里谈,想来一定有道理,而且提出杨部长和余静同志厂礼拜都在厂里工作,她就不好再说了。她嘴上同意了,回到家里,心里老是嘀咕:不了解汤阿英要和她谈啥。她对重点试纺的看法还没有改变,更正确地说,她对重点试纺的看法比过去更坚持了。她同意重点试纺是有保留的,态度是勉强的,内心认为重点试纺不会解决啥问题,折腾一阵子,生活难做还不是生活难做,派啥用场?杨健带领"五反"检查工作队进厂,她和大家一道去欢迎了,也鼓掌了,也喊口号了,筒摇间的"五反"分队成立她也参加了,细纱间诉苦大会她也听了。总之一句话,该欢迎的,她欢迎了;该参加的,她参加了,该做的事体,她做了。她就是郭彩娣所讲的那种少数人当中的一个:你推他一下,他动一下;你不推他,他就不动;整天只顾忙生产,忙完就走了;轰轰烈烈的五反运动好像同她没有多大关系。但她并不是对伟大的五反运动不抱有希望,也不是怀疑五反运动会不会和重点试纺一样,不了了之;她当然不了解杨健和余静她们商量好了,要在五反运动中同时解决重点试纺和生活难做问题;不过,正如杨健所说的"当群众还没有亲身体会到运动和他自己的关系时,当然不会主动积极的",她因此对五反运动持保留态度,一切事体随大流,缺乏主动积极的精神。汤阿英约她谈话,她自然不会积极响应的。

她翻来覆去想不起汤阿英要和她谈些啥,横竖答应了,只好带只耳朵来听听。今天早上十点以前,她就到厂里来了。现在她坐在工人文娱室里,拿了一份《人民画报》,迎窗坐着,随便翻翻。汤阿英赶到文娱室,大步走了进去,拍了拍她的肩膀,抱歉地说道:

"对不起,来晚了一步。"

谭招弟回过头去一看,见是汤阿英,便放下《人民画报》,站起来,亲热地招呼:

"没啥关系,我也刚到不久,快坐下来歇一歇。"

她们两人坐在迎窗的小桌子两边,桌子上有一副象棋盘,不知啥人下了象棋,没有收起,那副残局还原封不动地摆在那里。汤阿英看了文娱室一眼,空荡荡的,没有人,早晨的阳光从室外射进来,显得屋子里清静明朗。汤阿英接着说:

"我早就准备来了,可是巧珠奶奶不放;她一早去买了小菜,要我和学海在家里过一个厂礼拜,大家团聚团聚;一听说我约人到厂里来谈话,脾气就来了,厂礼拜还到厂里约人谈话,那叫做啥厂礼拜啊!……"

谭招弟心里想:巧珠奶奶说得对啊!汤阿英不过厂礼拜,连带把谭招弟也拉来,真是舍命陪君子,唤起她内心的不满。可是听汤阿英讲下去,谭招弟的面颊上微微泛起了红晕。汤阿英说:

"也难怪巧珠奶奶,七天才逢到个厂礼拜,希望大家在一起过一天,老人的心情也是可以理解的。她不知道我们厂里正在热火朝天开展伟大的五反运动,啥人在家里坐得住啊,不到厂里来,也会到工人姊妹家里去,商量商量哪能把五反运动搞得好上加好,给五反运动出点力,肃清了徐义德的五毒不法行为,那辰光再好好过厂礼拜也不迟啊!招弟,你说,对哦?"

谭招弟感到汤阿英不是在说巧珠奶奶,仿佛在批评她。她红着脸,羞愧地不好承认,觉得自己的思想境界不高,心里挂念着家务事,想利用厂礼拜收拾一下,没有想到利用厂礼拜给五反运动多做点啥。她不自然地点了点头:

"对呀!别说巧珠奶奶,老实讲,我也有这个思想,你昨天晚上约我,本来我也不想来的……"

汤阿英没有直接批评她,反而鼓励她:

"你今天来了,就很好。"

"幸亏你帮助,要不,厂礼拜我不会坐在文娱室里听你谈话。"

"互相帮助,共同进步。一桩事体各人有各人的想法,并不稀奇,只要后来做对了,就好了。我有些事体也是别人帮助的,特别是余静和秦妈妈对我的帮助最大。"

"你给我的帮助也不小哩!"

"不,我对你的帮助不够,平常上工,大家都忙,难得在一道谈谈心,我接近你不够,是我的责任……"

"不,"谭招弟见汤阿英鼓励她,却批评自己,感到过意不去,便打断汤阿英的话,说,"是我的责任,特别是车间里生活难做以后,我接近你太少了。"

"我们以后多接近接近,把我听到的事体多给你讲讲。"

"好哇!"谭招弟望着棋盘,说,"好比下棋,别人的兴趣很浓,我也看,可是看不懂,不了解每一步棋的意思。你要是把每步棋的意思告诉我,我懂了,当然就有兴趣。做事体也是这样的,大家做的事体,我也做,心里可不晓得为啥要这样做,有人告诉我了,道理懂得了,我谭招弟绝不会落在别人的后面。"

"我了解你这个脾气。"

"以后有啥事体,你多给我讲讲,好哦?"

"当然好。"汤阿英望着《人民画报》上几幅郝建秀工作者的照片,说,"最近每个车间都写了许许多多的检举信,我听余静和张小玲同志讲,清花间写了,钢丝车间写了,粗纱间写了,打包间写了,连职员们也写了不少。我们细纱间写的比较多,在厂里数一数二哩。当然,我们不能骄傲自满,还要继续写检举信,别的车间发展很快,我们不努力,就会落在别的车间后面。筒摇车间虽然现在写的不多,只要群众进一步深入发动,很快也会赶上来的。"

谭招弟听到汤阿英介绍厂里各个车间写检举信的情况,兴趣很浓,胸襟开阔一些,眼光也看得远一些。过去,她只晓得筒摇间的事体,特别是她挡车附近姊妹的情况,别的车间的情况就不大了解了。她本来以为筒摇间的"五反"工作做得还不错,和其它的车间一比,就看出了差距。她焦急地说:

"筒摇间写检举信哪能落后了?"谭招弟是个要强好胜的人,做生活不推扳,细心负责,总希望做得比别人好一些多一些,也希望筒摇间工作在厂里比别的车间好一些多一些。这次写检举信,如果不是汤阿英今天约她到厂里来谈,她还不了解哩。她急着问,"能赶上去吗?"

"只要努力,一定可以赶上。我听余静同志讲,每个运动开头的辰光,因为运动发展的不平衡,有的先进,有的后进,大部分处于中间状态,随着运动的发展,就会发生变化,后进单位经过努力,可以转化为先进单位。就拿细纱间来说,也有后进的,董素娟就是其中的一个。筒摇间现在和别的车间虽说有些差距,不要紧,赶上来就是了。你在筒摇间的威信很高,加点油,带带头,……"

汤阿英这一番话,谭招弟句句听得进,领会了今天找她谈话的意思。杨健和"五反"检查队领导厂里轰轰烈烈地干了起来,党支部、团支部和工会都召开了大会,甲班和乙班的群众动员大会开过了,最近诉苦大会各个车间也陆续开了,杨健和余静分别在会上讲了话,号召大家和资产阶级划清界限,检举资本家的五毒不法行为。这问题提到她面前来了,当时给自己的解释是:不了解徐义德的五毒不法行为,哪能检举呢?她到现在还没有写检举信。在杨健的号召下,各个车间的工人纷纷写了检举信,雪片也似的送到"五反"检举队的办公室,有的工人写了一封,想到了新的材料,接着又写。筒摇间和别的车间比起来,写的不算多,还有少数工人一封还没有写哩。群众工作组负责人秦妈妈曾经到筒摇间"五反"分队去,召开了小组会,她在会上再一次谈五反运动的伟大意义,资本家压迫工人的时代已经过去了,工人阶级这次要把五反运动领导的好,彻底消灭资本家的五毒不法行为,走社会主义的光明大道。在工人阶级和共产党的领导之下,民族资产阶级今后一定要规规矩矩办事,否则工人阶级不答应,人民政府也不答应。工人同志们,要响应杨健和余静的号召,检举资本家的五毒不法行为,已经写了的还可以写,没有写的要抓紧时间写。秦妈妈和张小玲知道谭招弟是汤阿英介绍到厂里来的,两个人的关系比较亲密,就分配她除了找细纱间的工人谈话以外,也找谭招弟谈谈。谭招弟想起秦妈妈在筒摇间小组会讲的那些话,再听汤阿英对她说的这一

番话,感到自己应该写检举信。她惭愧地说:

"检举信,我一封还没写哩。"

"有啥困难? 是不是找不到人代笔?"

"我自己勉勉强强也可以拿笔,只是了解的事体少,也不具体……"

"那不要紧,全厂工人都检举,你检举这方面的材料,他检举那方面的材料,凑在一道就多了,也具体了;把徐义德的五毒全部检举出来,杨部长和'五反'检查队领导我们和徐义德斗争,他就隐瞒不了,也赖不了账,这样才能彻底肃清他的五毒不法行为!"

谭招弟进一步了解写检举信的重要性,更加觉得自己到现在还没有写检举信是不对的,兴奋地说:

"我要写……"

汤阿英看到她下决心要写,一时又想不起写些啥好,便启发她道:

"徐义德的五毒真多哩,那一阵子,车间里的生活为啥难做? 徐义德一定在里面搞了鬼……"

谭招弟回忆筒摇间生活难做的情景,立刻想起加速减牙的事,她拍了一下棋盘,兴高采烈地说:

"想起来了,那辰光工务上要筒摇间加速减牙,八十牙改成七十八牙,甚至到七十七牙,以粗报细,造成圈长不足,这是徐义德搞的鬼:减料!"

"想想加速减牙一共有多长时间,这笔账算起来可不少啊!"

谭招弟低着头,面对着《人民画报》绚丽的封面,一边拨弄着右手的指头,在暗暗计算,一霎眼的工夫,她抬起头来,说:

"有半年多时间!"

"这个材料很重要啊!"

谭招弟受到了鼓励,她更加努力去想,记忆的大门开了,往事

纷纷在她眼前呈现,她说:

"过去我听人讲过,徐义德曾经给成包间下过条子,不用包纱纸,打大包,可以多拿十个工缴。这是减料,又是偷工,大概有两年光景。"

"这个材料也很好,你了解的材料很不少啊……"

"还有呢……"

谭招弟正要说下去,一个二十来岁的青年女工,头上两个小辫子垂在脊背上,一晃一晃地走了进来,看汤阿英和谭招弟谈话,便在文娱室门口停了下来。汤阿英看了看文娱室墙上的电钟:正好十一点。她说:

"你真准时,刚刚十一点,你就到了。"

"你不是约我十一点到文娱室来吗?"

"一点不错,"汤阿英点点头,然后对谭招弟说,"你想到的这些材料都很好,你今天要是没有别的事,就把它写出来,好不好?"

"好,今天一定写出来。"

"你回家写也可以,明天带到厂里来。"

"不,还是在厂里写的好,有些事体一个人想得不完全,还可以找人谈谈,大家互相启发启发,可能还会发现新的材料。"

"在厂里写当然更好。"

"今天不写出来,我就不回去。"谭招弟决心很大,劲头十足,早把厂礼拜忘了。

汤阿英向文娱室门口那个青年女工招了招手,说:

"来吧,董素娟。"

谭招弟兴冲冲地走了。董素娟坐到谭招弟刚才坐的位子上,汤阿英和她谈了起来……

三十七

从中山公园开出的二十路无轨电车,一到了静安寺,车上的乘客争先恐后地往下拥,生怕搭不上一路有轨电车,只有陶阿毛不慌不忙,他走在所有的乘客最后面,从容不迫地跳下了电车。这时,下了电车的人早已上了别的车子,或者向各自的住处走去。

街上的电灯已经亮了。老大房的灯光特别亮,从里面散发出各种食品的香味,吸引了他的注意。他横过马路,想买点熏鱼带回去下酒。刚走到老大房门口,闪的一下,一个熟悉的背影从他眼前走过。他的眼光随着那背影望去,嘴里说:"一定是他!"他赶上两步,冒叫一声,"梅厂长!"

那个人应声回头一看,见是陶阿毛,面孔变得铁青,眼光老是向四面张望,生怕被什么熟人发觉似的。陶阿毛见那神色,立刻走到他身边,低声地问:

"到荣康去坐坐?"

"不……"

"那里清静,没啥关系……"

梅佐贤见老大房附近人太多,讲话不方便,只好跟陶阿毛一同过了马路,走进荣康酒家。上了楼,贴马路的那间小房间正好空着,他们两个人坐了下来。服务员送茶进来。陶阿毛随便要了点酒菜。梅佐贤见服务员离开了小房间,立刻慌张地说:

"你胆子好大呀,阿毛!"

陶阿毛给梅佐贤突如其来地一问,有点愕然,不解地望着他:

"哪能?"

"你晓得现在是啥辰光?"

陶阿毛看看自己的手表,轻松地说:

"六点三刻。"

"我不是问这个……"

"你是说厂里正在'五反'吗?"

"对,就是这个意思。"他点点头说,"正在'五反',我连汽车都不大敢坐,刚才你在老大房叫我梅厂长,万一给人看见,以为我们是攻守同盟哩。"

"就是攻守同盟也不怕……"

"嘘!"他伸出右手的食指指着陶阿毛,叫他不要讲下去。

陶阿毛凑过去,把声音放低一点,问:

"怕吗?"

"现在风头不对,凡事不能赶在风头上。"他的声音比陶阿毛更低微,哀怨地说,"我在厂里和任何人都不打招呼,低头进低头出,避这个风头。"

"'五反'这股风把你吹倒了吗?"

"也不是这个意思,"他口头上否认,实际一听到"五反"就感到吓丝丝的,"何必一定要顶着风走呢?"

陶阿毛不再和他辩论下去,把话题转到徐义德身上:

"你最近碰到总经理没有?"

"没有,只通过一两次电话。他问起你,为啥最近不照面,连一点消息也没有,叫人着急得不行。"

"找你,你又怕。"

"突然叫我,给人发现对你我都不方便。要是事先约好,当然没啥关系。"

"在厂里找不到机会,我也怕叫人发现,以后工作就难做了。"

陶阿毛说出心里的话,他最近确实想找梅厂长谈谈,总捞不到适当的机会。今天无意在老大房碰到,就忍不住大声叫住了他。陶阿毛担心徐义德顶不住,如果都坦白交代,他在沪江纱厂就站不住脚了。他关心地问,"总经理顶得住吗?你说。"

"总经理顶得住的,他说有两怕:一怕大家心不齐,二怕检举。"

"这两桩事体都不必怕……"

陶阿毛刚讲了一句,服务员端进一盘芙蓉鸡片和一壶老酒,放在他们两人面前,巴结地说:

"今天老酒可好,是加饭的……"

陶阿毛"唔"了一声,改口接上去说:

"等了很久,肚子倒饿了。"他提起酒壶给梅佐贤斟了一杯热腾腾的老酒,笑着说,"来,干一杯!"

"我敬你一杯!"

他们两人干了一杯。服务员看他们的兴致很高,凑趣地说:

"要不要加点下酒的菜?"

"不要了。"

陶阿毛向服务员挥了挥手。服务员马上弯腰退了出去。

半响,陶阿毛接着说下去:

"这些事和大家都有关系,一定心齐。你说,谁不为自己打算打算?坦白交代了,自己吃得消吗?"

"这话也有道理。"梅佐贤虽然同意,但马上接着忧虑地说,"就怕有的人吃不消。"

"不怕风再大,总要过去的。我想不必担心。"

梅佐贤不同意陶阿毛乐观的估计。他仍然很焦虑,皱着眉头说:

"只要有一个人说出去,就全完蛋哪!"

"不会有人说出去的,"陶阿毛依然信心很高,反问梅佐贤道,

"啥人会说？"

梅佐贤把他认为可能有问题的人一一数过去，觉得每一个人都可靠，又都不可靠。他没有把握。他叹息了一声，说：

"很难讲。"过了一会儿，他又说，"听说'五反'工作队收到不少职工的检举材料哩！"

"我是群众工作组的负责人之一，别的我不知道，这个我可清楚。"陶阿毛说到这儿眉飞色舞，仿佛他真的看过检举材料，其实他根本不知道职工检举材料的内容，钟佩文和叶月芳负责保管和整理材料，对无关的人从来不谈。他端起酒杯一口喝完，给梅佐贤和自己又斟满了一杯，得意地撒谎说，"全是宣传攻势，啥检举材料，尽是些鸡毛蒜皮的事。告诉总经理，这方面，他放心好了。"

听到这方面的消息，梅佐贤放心了。但是他还有点怀疑，问：

"真的没有重要材料吗？"

"当然真的。"陶阿毛没有看过别人的重要检举材料，可是表面上装出来好像看过全部检举材料的样子。他很认真地说，"我骗你做啥！"

梅佐贤忽然感到浑身非常轻松，就像是放下一副千斤重担似的，微笑地说：

"我也料到不会有啥重要材料的。"

"你快点把这个消息告诉总经理，叫他放心。"

"总经理那方面倒不怕，就怕别人嘴不稳。"

"啥人嘴不稳，啥人吃亏。"

"那是的。"梅佐贤听陶阿毛这么一说，胆子慢慢壮了，"顶过这阵风，就没事了。阿毛，还有啥消息吗？"

陶阿毛凝神想了想，说：

"别的没啥重大消息。"

"有消息随时告诉我。厂里不方便，可以打电话到我家里的,——最好晚上打来,白天人多嘴杂。"

"好的,有消息马上告诉你。"

"你的工作不容易做,得小心点,别露了马脚。"

"你放心,我的厂长。"陶阿毛拍拍胸脯,说。

服务员送进来一盘软炸里脊。这一次是梅佐贤先举起杯,对陶阿毛说:

"来,干一杯!"

陶阿毛会意地端起杯来。

三十八

陶阿毛从荣康酒家走出来,还不到八点。他站在一路电车的站头上等车,想找个地方去白相,看到斜对面"百乐门"舞厅霓虹灯的光芒,想去跳舞,回去换衣服太晚了,不换吧,那身蓝布人民装又不像样子。看电影吧,一个人又太单调。正在犹犹豫豫,从愚园路那边又开来一辆二十路无轨电车,乘客下来,纷纷走了,只有一个年轻的少女慢慢走到一路电车的站上。他笑盈盈地向她点了点头,问她:

"到啥地方去?"

"看电影去。"她暗暗注视了他一下,说。

"哪家?"

"美琪。"

"一个人吗?"

"当然一个人,还有啥人?"

"肯请我看电影吗?"

这一句话问得对方很为难,使她不好拒绝,只好说:

"要看,我请你。"

一路电车从常德路那边轰轰地开过来,天空电车线上时不时爆发出绿色的火花,站在车头上的司车拼命踩着铃,发出清脆的叮叮当当的响声,叫行人让开。车子到了站头上,乘客下来以后,陶阿毛让她先上车,他接着上去买了票。

到了江宁路口,陶阿毛先跳下车,转过身子,很体贴地扶着她下来。等电车开过,他望了望马路两边的车辆,很小心地搀着她的手,像个保镖似的,保护她穿过马路。一到江宁路上,她撒开手,加紧步子,一边打开手里的小红皮夹子拿钞票,赶着去买票。

他走的步子比她更快。她走得有些气喘了,还是跟不上,等她赶到美琪电影院门口,他已经买好了两张票。她心头一愣,问他:

"我请客,哪能你买票?"

"不是一样的吗?怕你来迟了买不到。"

她把手里的人民币送到他面前,说:"代我买,谢谢你。给你钱!"

他指着右边的楼梯,说:

"快开映了,进去吧。钱你留着,下次请好了。"

她只好跟他走去,坐到楼上最后一排的右边。她不明白陶阿毛是怎么一回事,要她请客,他自己却买了票。主人成了客人,客人倒变成了主人。她望着手里的那张钞票,迷惑不解了。

他若无其事地坐在她左边,望着舞台上的紫色丝绒幕,同时,眼光暗暗向她右边斜视。她又把钞票送过来,他摇摇手,很生气地说:

"你这样看不起我吗?"

"哪能看不起你?"

"难道我万把块钱也出不起吗?"

"不是这个意思,是我请客么。"

"你下次请好了。"

她一时答不上话来。这次请他是碰巧遇上的,而且又是他"将军""将"出来的。下次请,她不愿意,嘴上却又不好说出口。他代她说了:

"我晓得你请客是勉强的。下次不愿意请,也没关系,你这种人,啥人也不愿意和你往来。"

"这是啥闲话?"

"你太厉害了!"

"啥人讲的?"

"背后哪个不讲你?事事斤斤计较,从来不肯让人,连讲话也不饶人一句。啥人也不愿意和你往来。"

她从耳根子红起,一直红到脸上。当面这样毫不客气地严厉地说她,她还是第一次遇到。过去,她听到的尽是些恭维话,谁也不敢碰她一下。她感到自己的尊严受到损害,在电影院一千多个观众里面觉得自己很孤立。她努力保持着镇静,不表露出来。她想知道别人对她的意见:

"还有啥?"

"多着哩。"他说了这句话,不再往下说。

"你讲讲看。"

她望了他一眼。陶阿毛在她的眼中忽然变得亲近起来。她没想到他这样关心自己,别人对她的意见他都记在心里,并且告诉了她。他年轻,有技术,人缘好,可是对她的态度却有些儿冷淡。她等了一会,见他没有说,便要求道:

"讲啊。"

"怕你吃不消。"

"不要紧。"

舞台上的紫色丝绒的幕慢慢拉开,露出雪白的银幕。从乳白色屋顶和墙壁当中放射出来的电灯的光芒慢慢暗弱下去,直到灯光完全消逝,银幕上随着立即出现了七个触目的大字:《内蒙人民的胜利》。他低低地说:

"开映了,以后再谈吧。"

她不好再要求,也没法把钞票给他,只好放到小小的红皮夹子里去。她打开黄铜的拉链,里面有一封信突然出现在她的眼帘。

她连忙把钞票放进去,把拉链拉起。她窥视一下他注意这个没有。他的眼光正对着银幕上的茫茫的大草原,幸好没有看到皮夹子里的信件。

这信是钟佩文写来的。虽然钟佩文几次对她的表示都碰了钉子,但是他并不失望,今天又写了一封信给她。她越是不答复,他越想得到她的答复,哪怕是一句话也好,甚至写一个空白信封也可以,只要上面有她的笔迹便可以得到无上的安慰。他在厂里总设法寻找她,跟随着她,只要有她在场,不管啥场合,也不论是谈论啥,他都感到十分有趣。管秀芬呢,却完全相反。每收到他一封信,她老是匆匆看过,马上撕碎。特别是开头的亲密的称呼和末尾的署名,要撕得粉碎,使人辨认不出来是谁的信件。她一见了他,就设法避开,如果是没法避开的场合,就离得他远远的,用脊背朝着他。能够看到她的背影,他也感到喜悦。第二天,会又给她写信,并且详详细细地描述当时对她爱慕的深情。

今天出厂,她收到这封信,意外地看了一遍又看一遍,看了三遍,不但没有撕碎,而且折叠得好好的,放在红皮夹里。她从信上的字里行间看到他真挚感情的流露,使她心上感到一种温暖。她搭上从中山公园门口开出的二十路无轨电车,一个人坐在角落里,钟佩文的亲切的热情的面影时不时在她面前出现。她第一次感到老是这样不理睬他也不太对,本来大家在一道工作、开会,很熟悉的,现在见了面为啥反而陌生了?双方都很尴尬。钟佩文不懈地对她追求,固然增加她的高傲,可是给他也太难堪,何况他人也长得不错,既聪明,又有学问哩!她的少女的心给钟佩文的衷心的热爱打动了。她准备回家给他一封复信。因为时间还早,好久没有看电影了,决定一个人去美琪看《内蒙人民的胜利》。她没料到下车遇到了陶阿毛,更没料到给陶阿毛三说两说竟一同走进了"美琪",并且钟佩文的信险些叫他看见。

现在出现在她眼前的是两个亲切的面影:钟佩文和陶阿毛。她过去总以为陶阿毛看她不起,她也就把对他的好感暗暗埋藏在心里。从今天看来,说明她的判断不一定正确。藏在心里的微妙的感情苏醒过来,她坐在他右边有了另外一种感受。一个秘密的希望在她的心里抬起了头。钟佩文的面影在她面前逐渐缩小,留在她眼前的是陶阿毛的英俊的仪表。她脸上热辣辣的,不敢朝陶阿毛那个方向望一眼。她低下了头,觉得给人看到不好,又抬起了头,勉强注视着银幕。

银幕上是一片辽阔的草原,在蓝色的天空下,有一座美丽的帐篷,穿着内蒙民族彩色服装的人们在里面一边饮酒,一边在谈论。帐篷外边拴着几匹骏马,好像经过长途的奔驰,现在休息了,用前蹄踢着草地玩耍。帐篷后边的远方,是一座蓝蓝的高山,几乎和天空的颜色分辨不出来,因为天空有一朵朵白云在迟缓地飘浮,才显出尖尖的山峰。

她开头没注意看,现在从中间看去,有点摸不着头脑。她想问问陶阿毛,又不好意思开口,不然,他问起刚才为啥没看,怎么回答呢?她没言声,细心地注意看下去。

陶阿毛早看出她神色有些慌张,特别是红皮夹子里的信封引起他的注意。她窥视他的辰光,他有意把眼光聚精会神地盯着银幕。等她低下头去,他又斜视着她垂在肩膀上的黑乌乌的辫子。她抬起头来,他的眼光又完全在注视银幕了。他也看得不连气,看一会,又不看,简直摸不清故事的发展,只看到片断的美丽动人的画面。

电影完了,两个人都没有看完,甚至可以说等于没看。但是两个人都好像真的看完了。陶阿毛说:

"这片子很好。"

"动人极哪。"管秀芬说完了,露出赞美的眼光。

"内蒙这地方真美丽!"

"是呀!"她点点头,说,"我还想看一遍。"

"唔,我也想看第二遍。"

她随便说了一句,马上就给他抓住了。她不知道怎么说是好,随着人群慢慢下了楼梯。他见她不说话,有意放慢了脚步,让身后的人群过去,使他们两人留在后面。走到门口的时候,观众全走完了。他对她说:

"下次让你请客,好哦?"

"你说啥辰光吧。"

"明天我没空,"他想了想,说,"后天吧,下工以后,看第三场,好不好?"

"好的。"

"这次你可要先来买好票等我……"

"架子倒不小!"

"啥人的架子也比不上你。"他笑了一声,说,"那么,再会吧!"

"再会,"她感到他说得很突然,来不及再和他说啥,他就招招手向南京西路的方向走去。她注视着他高大魁梧的带有点骄傲的背影,站在美琪门口,竟忘记回去了。幸亏路过美琪电影院门口的无轨电车的清脆的叮叮当当的铃声,把她从梦一般的境地里唤醒。

她拔起腿来,向回家的路上走去,一跨进家里的门,便从红皮夹子里抽出钟佩文给她的信,扯得粉碎。

三十九

谷雨还没到,汤富海就带着阿贵在田里松土、灌水,准备下种了。等到小秧出来,汤富海每天都要到田里看一看水多少,看一看苗的稀密,寻找有没缺苗的地方,像一位慈爱的母亲关怀刚出生的婴儿。立夏过后,他家的秧苗已经长得绿油油的了,既整齐,又肥壮。

一轮新月高高挂在梅村镇的上空,照得村外的庄稼像是蒙上一层薄薄的轻纱,若隐若现。下地的人早回到家里吃了饭,蹲在屋子里休息了,准备明天一清早起来再做庄稼活。

汤富海在家里吃过晚饭,悄悄走出村东边,在一条白线也似的田埂上走去。他走到那二亩八分地旁边站了下来,望着那一片绿油油的秧苗,从心里笑出来了。他如同一位将军在检阅自己培养的部队,从这边走到那边,注视每一棵秧苗的成长。

月光朦胧,稍为远一点的秧苗就看不大清楚。他走过去,蹲下来,用手轻轻抚摩着秧苗,看来看去,舍不得离开。月光照在他满是皱纹的脸上,露出得意的微笑。他的腿蹲酸了,慢慢站了起来,望着辽阔的原野,心情十分舒畅。他独自一个人站在田埂上,喃喃地对自己说:

"有苗三分收。苗长得这么好,丰收有把握了。今年丰收,买点衣服,留点钱;争取明年再丰收,买个牛犊养起,有空让阿贵去念念书。他长得这大,还没有跨过学堂的门哩!……"

未来生活美丽的图景一幅又一幅地在他眼前浮现,就像是站在村边遥看远方月光下太湖美丽的景色，永远看不够。他沉浸在未来幸福的生活里，浑身感到轻松，仿佛刚刚洗完一个热水澡。他离开田埂，向村里走去。一眨眼的工夫，就走进了朱暮堂的高大的青砖门墙。

阿贵从大厅当中那间屋子走出来，一见爹，便嘻着嘴笑了，显然期待很久了。他迎面走上来，问：

"你到啥地方去哪？"

"到田里去啦。"

"这么晚了，又上田里去？"阿贵奇怪爹这一阵每天要到田里去三趟两趟，喘了口气，说，"我在村里到处找，农会里，学校里，小铺里，……全找遍了，就是找不到你，原来是在田里！"

"有啥急事要到处找我，你老子活得这么大了，会不见了吗？"

"我找你商量一桩事体，"话到了嘴边，阿贵犹豫地没有说出口，怕爹不答应。不告诉爹呢，又不行。歇了会，看看爹的脸色很开朗，额头上和眼角上顽强的皱纹里隐隐含着笑意，知道爹这时心里很高兴，便大胆提了出来，"我想报名参军，你答应我，爹。"

"参军？"他圆睁起两只眼睛吃惊地瞪着阿贵，刚才浮现在眼前的一幅又一幅未来生活美丽的图景立刻消逝了，现在出现在眼前的是过去生活的悲惨的画面。他走进大厅当中那间屋子，坐了下来，叹息了一声，迟缓地低低地说，"你妈死了，你姐姐在上海，留在我身边的只是你。你要去参军，把你老子一个人扔在家里？日子刚好一点，就要远走高飞了，田谁去种？你老子死在家里也没人晓得哪。"

"参军也不是坏事，村里很多人都报名参军。"阿贵随着爹跨进屋子，紧紧站在爹旁边，耐心地想说服爹，"抗美援朝呀！"

"抗美援朝，我晓得，打美国狼不是？地主阶级是美帝国主义的千里眼、顺风耳，现在土地改革把地主阶级消灭了，美帝国主义就成了瞎子聋子了,他还敢来?"

"地主阶级消灭了,地主真的死心了吗?爹,你说朱筱堂死心了没有?"

"朱筱堂?他在我们管制之下,他敢动一动,我不拿扁担把他打死才怪哩!"

"地主不会死心,只有台湾解放了,蒋介石打垮了,美帝国主义赶走了,地主才会死心的。"

"啥人讲的?"汤富海觉得儿子的话蛮有道理,但是做父亲的哪能好听儿子的话,这不是反常了吗?他问,"啥人讲的?"

"村干部讲的。"

"这个我晓得。我们的国家,上至天,下至地,东南西北,美帝国主义敢插进一根草刺来?他别做梦,眼下不比从前哪,现在人民坐了江山!"

"美国赤佬在走东洋人的老路,占了我们台湾,进攻朝鲜,轰炸我们东北同胞,你不晓得吗?日本鬼子、反动派、地主恶霸和美国赤佬都不是好东西,都是穷人的死对头。现在我们翻身了,不能再叫敌人来压迫,又吃二遍苦,要拿起枪杆打美国狼才是!"

"打仗是政府和解放军的事。"爹理直气壮地说,"我们把田种好了就行。"

"参军是抗美援朝保家卫国呀,爹。"阿贵想起村里干部的话,也理直气壮地说,"要先有国,才有家呀!过去我们吃辛受苦,因为那时的国家是地主阶级的,是反动派的。现在国家和政府都是我们自己的了。我们要先保住这个国,才能保住家,才能种好田,才能过太平日子啊。……"

爹轻视地把头一歪,显出不屑去听的神情,打断阿贵的话,插上去说:

"儿子训起老子来了。哼,告诉你,这些道理,你老子全晓得。

你老子走的桥比你走的路多,吃苦也比你多吃了几十年。用不着你教训我。"

爹嘴上虽然这么说,心里却赞扬阿贵这孩子有出息。村里动员青年参军抗美援朝他是知道的。他早打定主意想让阿贵去,代阿贵报了名。因为他家只有两口人,又是独生子,村干部不同意。现在阿贵自己要去报名,讲了这番大道理,他心里觉得这些话很对。他想试试阿贵有没有决心,装出很生气的样子。

阿贵这次并没有因为爹生气而不说下去,而且说得很有条理:

"你不参军,他不参军,谁去抗美援朝呀?村里有很多青年报名了,我去参军,村里会有人给我们代耕的。爹,你让我去,好不好?"

阿贵恳求地摇一摇爹的肩膀。爹有意坚持自己的意见,还增加了理由:

"你去参军,他去参军,大家都参军,田不要种哪?饿着肚子打仗?我知道抗美援朝是好事,保家卫国理应当。你也应该想想家里。我要是有两个儿子,你不去,我还要给你报名哩!"

听到这几句话,阿贵闭着嘴不言语了。其实阿贵今天已经去报过名,因为是独生子,没有接受。他奇怪地把村干部望了又望,过去旧社会抽壮丁,人们不肯去,要用绳子捆着,鞭子打着,半路上还有人开小差的。新社会参军,比选女婿还难。独生子就不能抗美援朝了吗?天下哪有这个理。村干部不同意,他没有法子,打算和爹商量商量,爹要是同意了,他们一同再去找村干部交涉。想想家里的情况:自己一走,留爹一人在家,怪孤独的,有事没有一个依靠。不过,自己还想试探一下,幻想也许能够说服爹。爹进一步说:

"留在家里生产,帮助军属代耕,也是抗美援朝呀!"

阿贵以为爹决心不让他参军,便气呼呼地说:

"你不同意,我自己报名去。"

他走下台阶,装出真要报名去的神情。

"你有本事报上名,你就去!"

"真的吗!"

"老子给儿子讲话,还有假的?"

"你同意吗?"

"村干部同意,我就同意。"

"我们一道去。"

"人家不要我这个老头子参军,我去做啥?"

"帮我同干部讲讲。"

"你不是有嘴吗?"

"我讲过了,因为是独生子,村干部不同意。"

"我也讲过了,村干部不同意独生子参军。"爹晓得阿贵也报了名,心里高兴得忍不住笑了。

"参军没有希望了吗?"阿贵从台阶上走回来,焦急的眼光望着爹,说,"可以不可以再和村干部商量商量?"

"商量了不止一次了,要是有办法,我早送你去参军了,还等你来和我说!"他想起田里的秧苗,算了一下今年的收成,给阿贵商量,"村干部不同意你参军,我们一同订个爱国增产计划吧,保证每亩地收他四百五十斤,每亩地拿出一百五十斤来捐献飞机大炮,打美国狼!……"

阿贵不等他讲完,走过来,一把抓住他的手,一对闪着喜悦光芒的眼睛注视着他的面孔:

"爹,我双手赞成。你为啥不早说?"

"老年人做事不能像你们毛手毛脚的,要想好了才行。不好冒冒失失乱说,做不到不是叫人笑话!"

阿贵没想到自己兴冲冲地拥护爹的计划,却被爹训了几句。

他不好意思地低下了头,轻轻地"唔"了一声。

订了爱国增产捐献计划,父子两人的生产劲头更大了。他们的两亩八分地里水老是车得满满的。过去,顶多拔三次草,今年拔了五次,加上肥又施的多,他们的稻子比哪一家的都长得快。可是老天不帮忙,过了六月下半月,接连几十天不落一滴雨点,塘里的水快干了。

在火炎炎的六月阳光的照耀下,稻子长得齐腰高,一眼望不到尽头。在热风的吹拂下,起起伏伏,像是绿色的波浪似的。汤富海和阿贵走到塘边的牛车旁边,把棍子撬在牛车上,用人力车水。他们两人走了没几步,浑身汗淋淋的。阿贵推着牛车,头昏眼花,慢慢伏在车上竟然打起盹来了。爹看见了,一巴掌打在他的脊背上:

"哪能睡着了?"

"累得不行,"阿贵眯着惺忪的眼睛说,"歇会儿吧,爹,你也累了吧?"

"我不累。"爹摇摇头,说,"做了这点活,累啥?亏你还是年轻小伙子哩。人家说志愿军在朝鲜,几天几夜不吃东西不睡觉,还在前线和美国狼拼哩。我们车点水,就累了吗?不车好水,捐献计划完不成了,快走!"

爹推了他一把,两个人又慢慢向前走去,塘里的水给车到田里。稻子有了水,长得饱满结实了。

爹望着稻子,心里像是开了花,嘴笑得合不拢来,对阿贵说:

"我活了快五十啦,没有看过这样好庄稼。土改以后又丰收,真是小两口结婚,欢喜在一起哪。今年是个双喜年,写封信给你姐姐,要她和你姐夫回来同我们一道快快活活过几天好日子。"

"好的,好的。"阿贵笑着直点头,说,"我真想看看姐姐和姐夫哩。"

"写封信叫你姐姐快回来。"

"她在上海正忙着'五反'哩,马上能回来吗?"

"'五反'怎么样?"汤富海想到要做啥事体,一定要做到。要是谁不赞成,他心里就不高兴。他瞪了阿贵一眼,说,"'五反',连家也不能回吗?上海到无锡,只有几个钟头呀,再忙,回家住两天总可以的啊。"

"姐姐能回来再好也没有了。"阿贵顺着爹说,"那么,找啥人写信呢?"

"谁写?我肚子里没有喝过墨水,只好求人哪。"

"我去找村里小学老师写……"阿贵拔起腿来要走。

汤富海怕阿贵说话不恳切,拦住他的去路,说:

"你看家,还是我去吧。"

他迈开步子,朝门外走去。

四十

太阳已经落山,白云在蓝色的天空上冉冉地飘动。暮色从田野慢慢升起,鸡早上了窝,家家户户的烟囱袅袅地冒出一阵阵炊烟,萦绕在村的上空,像是茫茫的云雾一般。

朱筱堂看到村里庄稼长得那么好,想起爹活着的辰光,心里涌起一种说不出来的难受,恨不能伸手去打那些满脸笑容的农民,发泄内心的仇恨。他眼看着朱家的地都给人分掉了,地上庄稼过去都是朱家的,现在全是别人的。他垂头丧气迈着懒散的步子,蹒蹒跚跚走了回来。他走进屋子,一见了妈,心中的愤怒不禁流露出来了:

"哦,汤富海这些人可抖啦!"

"怎么样?"

"庄稼长得好,他可高兴哩,满面笑容,真叫人生气。"

"你何必生那个气呢?"

"太太这话说得对啊!"

朱筱堂进门只顾和娘讲话,没看到屋子里还有一个人。他朝讲话的地方一看,见苏沛霖坐在靠墙角落那边,高兴地走过去,说:

"你在这里?"

"唔,村里人都忙着,特地来看看你们。"

他望见窗外的暮色浓起来了,不远的房屋和桃树都有点看不大清楚了。

"你选的时间倒好。"他对苏沛霖说,"你看到他们那个高兴劲道,不生气吗?"

"当然生气。"苏沛霖放低了声音说,"我告诉你们一个好消息。"

朱筱堂把门闩好,和他娘一同走到苏沛霖面前,急促地问:"啥好消息!"

"你们听!草头将军不出世,社会永无安宁日。一九五二年,应该改皇元。谁要分人田和产,子孙万代难还原。汤富海这些人高兴不长的,别看他现在占了便宜,他的子孙要得到报应的。"

"真的吗?"朱筱堂的两只眼睛凸得大大的,仿佛要跳出眼眶似的。

"那还有假!说不定就应在阿贵的身上。我见了这些人,心里替老爷难过,不过,想到这两句话,也得到了安慰。"

"前面的话是啥意思?"娘问。

苏沛霖对着母子俩小声地说:

"草头将军就是指老蒋,蒋总统。他不回来,社会永远不会平安的。一九五二年,应该改朝换代,共产党的江山坐不稳了。"

"一九五二年不就是今年吗?"朱筱堂听了心中十分欢喜,激动得差点说不出话来。

"就是今年。"

"那快啦。"娘抓住苏沛霖的手,眼睛闪闪发光,问他,"这是谁说的?"

"这是神仙说的。"

"啊!"她大吃一惊。

朱筱堂有点莫名其妙,不解地注视着苏沛霖。苏沛霖不慌不忙地说:

"真的是神仙说的。扶乩扶出来的乩训,一点也不假。"

"那是完全可靠的。"她一向对扶乩和菩萨是非常相信的。她说,"老蒋回来就好了,我们可以有出头的日子了。"

她在计算给分掉的田地、房屋、耕畜和粮食,将来可以回到朱筱堂的名下。母子俩搬回家里去住,梅村镇这一带泥腿子又在她们手下过日子,要他们往西,他们不敢往东。她脸上闪着笑纹,喃喃地问自己:

"我怎么没有听人家说呢?"

"我听说过。"

"你啥辰光听到的?为啥没给我提过?"

"从前不是告诉过你,老蒋要回来过中秋节吗?"

"孩子,你差点把我弄糊涂啦。这是过去的事。中秋节不止过去一个,老蒋也没有回来的影子。"

"那是谣传,没有根据。"苏沛霖解释道,"这回是乩训,神仙说的,不会错。"

"老蒋能回来吗?"

"当然能,老蒋有美国后台。"

"苏管账说得对,老蒋有美国后台。共产党怎么是美国的对手?美国在朝鲜正在打共产党,我看朝鲜人民军和解放军是抵挡不住的,说不定啥辰光打过鸭绿江,美国人一到东北,事体就差不多了。"

娘对于儿子的话不大相信,转过脸去,问苏沛霖:

"你说是吗?"

"只要美国到了东北,或者到了上海,共产党一定垮台,老蒋跟着就会回来。"

"这么说,老蒋今年一定要回来啦?"

"大致差不多。"

朱筱堂听了苏沛霖比较肯定的回答,顿时眉飞色舞:

"到辰光,哼,瞧我的!我给爸爸报仇,头一个就把汤富海抓住。他一定是共产党,先把他干掉再说!"

她对他连忙摇手,说:

"这些话,千万不能乱说,记在心里就好了。"她并非不痛恨汤富海,可是她更痛恨干部,说,"汤富海不过跟在共产党屁股后乱哄哄,最可恶的是那些干部。没有他们,汤富海的腰板没有这么硬!"

"太太说的一点也不错,没有干部,汤富海算啥?要是在从前,我用两个手指早把他捏死了!"

"孩子,要记住那些干部。汤富海这些泥腿子就是干部煽动起来闹事的。古人说得对,擒贼先擒王。村里没有干部,光是汤富海这些泥腿子,天大的本事也闹不起事来。"

"我不在农会,村里很多事都没我的份,有些干部的名字闹不大清楚。"

他的眼睛望着苏沛霖。娘懂得儿子眼光的意思,代他说道:

"苏管账知道的多,认识的人也多,可以帮你的忙。"

苏沛霖不等朱筱堂说,他主动接上去讲:

"这没问题。我给你弄一份干部名单来,方便的话,我还可以探听探听他们的行踪。"

"那好。村里有不少人参军了,他们的心都是向着共产党的,这些人也可恶!"

"他们给共产党当炮灰,活不长的。"

"打听一下哪些人参了军,将来有用处。"

"你说得对。"苏沛霖补充道,"还有党员,将来也好派用场。"

"对,现在咽下这口气,把账一笔笔记在心里,等将来。"她语意双关地说,"将来将来①就好了。孩子,现在得忍着。"

"说老实话,我可有点忍不住。"

苏沛霖凑趣地说:

──────────

① "将来"是指蒋介石回来的意思。

"少爷说得对,谁也忍不住。"

"一定得忍。忍字头上一把刀,能忍,才有将来。"

"忍到啥辰光?"

"苏管账不是说了,今年要改皇元吗?"

"可是乡下一点动静也没有啊!"他转动着眼睛,望着窗外灰沉沉的暮霭,静悄得有点闷人。

"别忙,还没到时候……"

"要不要到上海去一趟,找叔叔打听打听?"

"找叔叔?"她想了想,说,"不行。你叔叔为了借你爹五十两金子没还,早断绝了往来。现在去找,不是送上门去叫人笑话!"

"找姑爹?"

"找姑爹倒可以。他们在上海日子过得可舒服啦,和工商界的大人物常来常往,消息灵通。上海又是水陆码头,人来人往,见多识广。幸亏朱家出了你姑妈,不然,啥靠山也没有了。"

"我亲自去一趟……"

她想起早些日子收到朱瑞芳从上海寄来的信,摇摇头,说:

"他们很忙,现在又碰上'五反',听说也很为难,还没有过关,怕顾不上这些事。"

"那找姑妈。姑妈很喜欢我,每次从上海来,都给我带不少物事来。姑爹听姑妈的话的。"

"那倒是的。"

"明天就去,好不好?"朱筱堂急于想到上海。

"不好,"她抚摩着他的头说,"你不能去。"

"为啥?"

她深深叹息了一声,不胜感伤地说:

"唉,你忘记了吗?我们是被管制的,出入要报告,到远处去要请假。现在不比从前,不能随便走动了。"

"请假,就请假好了。"

"请假,人家不一定准。为啥忽然要到上海去?汤富海一问,你哪能回答?"

"这不关他的事,不理他。"

"说得倒轻巧,"她无可奈何地摇摇头,说,"我们在人家手掌心里过日子,不理他不行。"

"这么说,就不能去了吗?"

娘半晌没有回答。暮色越来越浓,屋子里的物件很难辨认清楚了。

"去吗,"她思索地说,"也不是没有办法。"

他紧紧抓着娘的手,要办法:

"啥办法?快说。"

"苏管账跑一趟,探探你姑妈的口气,要是愿意你去找个借口,写封信来,不就可以请假了吗?"

"这确是个好办法!"他霍地站了起来,情不自禁地拍着掌。

她连忙止住了他,摇着手,说:

"看你高兴的,别拍巴掌,给左邻右舍听到,又要引起人家注意了。"

"不要紧,他们都忙着吃晚饭哩,听不见。"他嘴上虽然这么说,可是讲话的声音已放低了,蹑起脚尖,走上一步,附着苏沛霖的耳朵说:

"那你快去。"

四十一

杨健听完余静汇报和韩工程师谈话的情况,察觉她的信心不高,于是反问道:

"你觉得没有把握吗?"

余静想了想,说:

"也不能这么讲。"

"那你的意思是——"杨健锐利的眼光停留在她的脸上,等待她的回答。

余静坦率地把她的思想情况在杨健面前暴露出来。她说:

"我觉得和韩工程师这样的人很难谈话。他的态度老是不明朗,讲话也不痛快。你说他不想站稳工人阶级的立场吧,他表示一定要划清界限。你要他检举吧,他又说要研究研究,简直摸不透他的心思。"

"这就是韩工程师这类知识分子的特点:又要站稳工人阶级的立场,又要依靠资产阶级,动摇在两个阶级之间。他在考虑怎样才可以维护自己的利益。"

"我喜欢痛痛快快,像韩工程师这样,真急死人。"

杨健听她天真的想法,不禁笑了:

"所以你是工会主席,而不是工程师。"

"我一辈子也不想当工程师。"

"那不对,工程师有各式各样的,工人阶级也要培养自己的工程师,对于我们国家建设来说,工程师是很重要的人才。从韩工程师的过去情况看,他还是比较倾向进步的,有时也有正义感。但是他和徐义德打了许多年的交道,'五反'来了,徐义德更要拉他一把,怕他检举。他想超然在两个阶级之外,事实上不可能。他想对两方面都应付,却又办不到。因此犹豫不决。这是不足为奇的。假使他很快很坚决地站在工人阶级的立场,像你所说的痛痛快快地检举立功,这倒是很奇怪了。那就不是韩工程师了。"

"永远这样犹豫下去,'五反'哪能进行?你不是说要突破韩工程师这个缺口来扩大'五反'的战果吗?"她想起杨健的指示,便提出这个问题。

"现在我也没有改变我的意见。动摇的人最后必然会倒向一边,他不能够永远在中间摇摆。照我的判断:韩工程师可以站到工人阶级立场上来的。他目前顾虑的是职位和前途。解除这个顾虑,他就会站到工人阶级这方面来了。我们一方面要给他谈清伟大工人阶级的光辉灿烂的前途和社会主义的远景,另一方面要指出民族资产阶级没落的前途和目前他们可能用的丑恶手段。这样,韩工程师得要慎重考虑自己的问题了。"

"你以为有绝对把握吗?"

"当然有。虽没有百分之百的把握,百分之九十五的把握是有的。主要看你的信心了。"

余静很严肃地说:

"只要组织派我去,我一定有信心去完成这个任务。"

"当然仍旧派你和钟佩文去。"杨健望着工会办公室门外走过的人群,想了想,又说道,"韩工程师检举任何一点材料,都要采取鼓励的态度。开始的辰光,不要要求太高,只要他肯检举,慢慢地会提供许多材料。"

"我根据你的指示去做。"她说,"过去我把他看得太单纯了,经你这么一分析,对这样的知识分子有了深一层的认识。我也有了把握。"

第二天是厂礼拜。余静抓紧时间,仍然约了韩云程下午四点钟在厂里谈话。

四点还欠五分,韩云程就走进了试验室。余静和钟佩文来得更早,他们两个已经在里面等候了十分钟。韩云程坐了下来,钟佩文劈口就问:

"韩工程师,你这两天研究的哪能?"

上次谈话后,他一直没有宁静过。他认为徐义德确实有许多不法行为,作为一个工程师,有义务向国家报告。余静那样热忱地欢迎他回到工人阶级队伍里来,而且钟佩文还说工会的门永远向他开着的,难道韩云程是铁石心肠的人吗?研究科学的人可以一直昧着良心代人掩饰罪恶的事实吗?自己虽然说要经过研究才能下结论,车间里生活难做的原因不是很清楚吗?讲研究这一类的瞎话不过是明明骗人罢了。韩云程就是这样蒙混过去吗?将来水落石出,叫人发现,韩云程的面子搁在啥地方?应该老老实实讲出来,这才是科学的态度。他曾经决心到工会里向余静报告徐义德的不法行为,可是走出试验室没有几步路,在车间门口站住了,皱着眉头问自己:这样好吗?徐义德待自己不错呀,很赏识自己的才能。梅佐贤不是说徐义德认为目前的职位有点委屈自己,准备提为副厂长吗?副厂长当然没有啥了不起,不过,这名义也蛮不错。工程师仅仅是管理技术方面的事,副厂长不同啦,是掌握全局的职位。不消说,每月收入的单位也会增加一些的。回到工人阶级的队伍自然是好事,但工程师的职位究竟是徐义德委派的,每月的单位也是厂里发的,不是工会给的啊。现在"五反"来了,政府支持,工会撑腰,徐义德低头。"五反"过后,徐义德这种人会永远低头吗?在"五反"里检举,他会不报复吗?工程师这职位可以保得牢吗?"五反"赞成,就是不检举,双方都不得罪,又能保住自己的职位,那不是很理想吗?

　　正在他皱着眉头思虑的当儿,钟佩文从工会那边走来,见他站在车间门口发愣,便问道:

　　"韩工程师,你一个人站在这里想啥?"

　　韩云程没有注意钟佩文向他面前走来,听到叫他,凝神一看:钟佩文已经站在他面前了。他好像自己的秘密叫钟佩文发现了,满脸绯红,支支吾吾地说:

　　"没啥。我到厕所去。"

　　他不敢停留在那里,慌慌张张真的到厕所去了。从厕所回到试验室,他还是宁静不下来,做啥事体都想到这个问题。他谴责自己,他要回到工人阶级的队伍里来,可是一抬起脚要到工会去,背后有一股看不见的力量在拉着他。他耳边仿佛有人轻轻地在说:要想想后果呀! 他努力不想这些事,设法使自己忙于工作,不让脑筋闲下来。可是这些事像个幽灵似的,时时在他面前闪现出来。

　　今天厂礼拜,他原来准备一个人到吴淞口去跑一趟,摆脱这些烦恼,站在江边去眺望浩浩森森的江水。可是余静约他下午四点钟谈话。他跨进试验室以前,下决心把自己知道的事都说了,后果怎么样不去管他。钟佩文问他,他马上想到工程师,想到副厂长,想到每月的收入,想到每月的开销……他又改变了主意,信口应付道:

　　"这两天,唔,研究的比过去更深入了一些……"

　　钟佩文听他老是说这样不着边际的话,心里非常不耐烦,用不满的口吻质问他:

　　"你这样研究来研究去,究竟要研究几何辰光呢? 不要再耍花样了,痛痛快快地说吧。"

　　这几句话刺破了韩云程的面子,他忍受下来,却又不甘心情愿承认自己确实不痛快。他有些激动,语气还相当的缓和:

"希望钟佩文同志讲话客气点。"

"我讲话……"

余静怕钟佩文讲下去把事情弄僵,她打断了钟佩文的话,插上去说:

"这些事应该仔细研究,慎重考虑的。站稳工人阶级立场,划清界限不是一件容易的事。韩工程师和徐义德有多年的往来,交情也不错,一时也不容易扯下面子。……"

韩云程听余静这么说,句句讲到自己的心里,连忙搭上来,勉强辩解道:

"这倒没啥,这倒没啥……"

钟佩文看他那神情,本来想讲"那你还有啥顾虑不肯说呢",见余静要说下去,就没吭声。

"韩工程师处的地位是比较困难的,有些事不能不多想想。比方说检举了徐义德,会不会影响今后的工作,就是一个很大的问题。"

韩云程心里想:"对呀,这是一个很大的问题。"

"我看哩,"余静接下去说,"这个问题倒是已经解决了。军管会早有了规定,保证工作,资方不得随便撤职工的职。徐义德现在当然不敢动手,'五反'以后要是动手,要撤谁的职,我们工会不答应,人民政府也不允许。有了共产党,有了组织,资本家无法无天作威作福的时代已经过去了,现在要照规矩办事。"

"那是呀。"韩云程应了一句,对自己说:这一点我原来哪能没想到呢?这么说,就是检举,徐义德也不能把韩云程怎么样啊!

余静见韩云程在想,她有意停了停,拿起桌子上的茶杯,准备倒水。那边钟佩文送过热水瓶来,倒了三杯。余静喝了一口水,说:

"你和徐义德是朋友,要讲交情,是哦?讲交情?应该给正义讲交情,给人民讲交情,不能给五毒不法行为讲交情,也不能给不法资本家讲交情呀。你是徐义德的好朋友,你应该帮助他向政府彻底坦白,消灭五毒不法行为,让他做一个守法的资本家,才算够朋友……"

余静每句话都讲到韩云程的心坎里。他原来面对着钟佩文,器宇轩昂,神情自得,等到余静娓娓地从职位谈到朋友交情,他内疚地慢慢低下了头。他过去看不起工人,觉得他们粗鲁和没有文化。上海解放以后,共产党和工人阶级领导全国人民取得了胜利,他才初步改变了对工人鄙视的错误态度。对工人阶级和他的代表共产党来说,他是钦佩的,特别是毛泽东主席他更是五体投地地钦佩,认为这是中国的希望和光明。具体的工人,就说沪江纱厂的余静吧,对她是表面上不得不恭维,暗骨子里并不佩服的,实际上看她不起。最近,他从余静身上看到许多新的东西。刚才余静这一番谈吐,他深深地感到余静表现出来工人大公无私的崇高思想,言谈里包含了很高的原则性,和他一比就显出自己是多么渺小和无知。特别使他难过的是这些话出自一个他过去所看不起的人,现在才发现真正应该看不起的正是自己,而余静是他应该尊敬和学习的人。他激动地说:

"余静同志,你不要往下讲了……"

余静看他低着头说话,知道他心里很激动,就没再往那方面说,改口道:

"你是有学问的人,有些事你比我们晓得的多,不用我讲,你也晓得的……"

韩云程心里想:做一个工程师,难道说厂里的事一点不知道吗?他总得要讲一些才行,便毅然抬起头来,勇敢地说:

"是的,有些事我是知道的。徐义德过去有偷工减料行为,八十牙常常改为七十八牙,有辰光甚至改到七十牙,以粗报细,造成圈长不足,这是减料。……"

韩云程没说完,钟佩文插上来说:

"这个我们晓得,筒摇间的工人已经检举了。"

余静马上收回他的话,补充道:

"不,你让韩工程师讲下去。旁人检举的,韩工程师也可以再检举,这对我们研究问题有帮助。韩云程同志,你说。"

韩云程听到余静叫他韩云程同志,心里感到非常温暖。他觉得他知道的许多事不讲,并不能说明自己站在资产阶级和工人阶级的中间,实际上是站在徐总经理那边的。现在余静这样热情欢迎他,他为啥不把自己知道的事讲出来呢?他往下说:

"副二十支只过头道粗纱,没有过二道。本支抄斩,不经过整理,直接回用①……"

这些材料工人早检举到"五反"检查队了,余静看见钟佩文的眼光盯着韩工程师,怕他又要打断韩工程师的话,连忙用眼光示意他,让韩工程师往下说。余静认为这些材料虽然工人已经检举了,但从韩工程师嘴里说出来,那就有完全不同的意义,表明他已经站到工人阶级这方面来,决心和徐义德划清界限了。她鼓励韩工程师道:

"你提供这些材料很好,说明你一站到工人阶级的立场上,许多问题就比从前看得清爽了。"

韩云程知道钟佩文的眼光一直在盯着他,好像在提醒他别只谈轻微的小事,把重要的问题漏掉。而余静和蔼亲热的鼓励,使他感到不谈那个他所避免谈的问题就对不住余静的期望。同时,既然已经谈了,那少谈和多谈也没有啥区别,不如干脆都谈了。他想起徐义德的手段,不照他的意思做,一切都要工务上负责,也就是说要韩云程负责,心里很不满意。徐义德的五毒不法行为,为啥要

---

① 本支抄斩花不能直接回用,三十二支纱的应用到二十支纱上,余类推。

韩云程负责呢？原棉问题追究起来，最后工务上总脱不了干系的，不如说清楚了，倒可以使工会了解这件事的真相。他猛可地站了起来，坚决地大声说：

"那次重点试访研究的结果，证明车间生活难做确实由于原棉问题，徐义德在原棉里掺了劣质棉花，我可以证明，……"

由于他太激动，焦急地想把事情原原本本地向余静报告，一时却口吃地说不清了。余静劝他坐下来慢慢说，他平静不下来，仍然站着，继续大声说：

"我受了徐义德的欺骗。他想收买我，我对不起国家，也对不起人民，我要回到工人阶级的队伍里来，我要检举，我要检举……"

余静也站了起来，伸过手去紧紧握着他的手，热烈地欢迎道：

"我代表工会欢迎你，韩云程同志。"

钟佩文加了一句："韩云程同志，我们大家都欢迎你！"

韩云程听到他们这样亲热地称呼，又这样热烈地欢迎，他感动地握着余静的手不放，说：

"余静同志，是你教育了我，……"

说到这里，韩云程再也说不下去了。他的眼眶润湿，两粒精圆的泪珠从眼角那里流下来。他浑身的血液在急速地循环，身上充满了一股燃烧似的热力。他从来没有感到过这样轻松，这样愉快，这样有劲。

韩云程站在那里让自己的情绪慢慢平静下去，等了一会，说：

"让我冷静地想一想，余静同志，我写好了送到工会里来。"

四十二

"全厂同志们注意：现在给你们报告一个好消息，韩云程工程师已经回到工人阶级的队伍里来了。他站稳了工人阶级的立场，和徐义德划清了界限，检举了徐义德的五毒不法行为。我们对韩云程同志表示热烈的欢迎。还没有归队的高级职员们，希望你们赶快考虑，下决心回到我们工人阶级的队伍里来。我们在等候你们，欢迎你们，现在是时候了！……"

会计主任勇复基正在会计室里算账，左手翻阅着传票，右手在算盘上的的嗒嗒地打着，忽然听到操场上喇叭的广播声音，很清晰地从窗户外边飘进来。他开始听到韩云程的消息心头一愣，韩云程归队了，检举了，过去那些事情"五反"检查队全知道了？勇复基的事情杨部长也知道了？韩云程为啥事先不通知一声就归队呢？真不够朋友。自己怎办呢？勇复基刚这样问自己，就听到下面的那些话了，那话仿佛针对他讲的。他的心情很乱，账算不下去了，按下传票，放下算盘，走到窗口，准备透透气。在篮球场那边临时聚集了一些工人在听广播，热烈鼓着掌，欢迎韩云程归队。广播完了，工人陆续向办公室这边走来。勇复基感到这些工人的眼睛都对着窗户，都对着他。他连忙退回来，坐到原先那张靠背椅上。门外又传来办公室里的掌声，热烈欢迎韩云程归队。他走过去把门关上，悄悄踱到窗户的侧面，斜望着篮球场上那碧蓝的晴空，远方的天空有一片白云，慢悠悠地飘来飘去。他对自己说：那一片白云，没有根，没有依靠，老是飘来飘去怎么行呢？韩云程倒也好，决心归了队,依靠工人阶级,以后可以拿到"红派司"了。自己永远做一片白云吗?依靠徐义德一辈子吗?徐义德真的可靠吗?

他不能回答这些问题。他定不下心来,在那里站不下去。他在屋子里踱了一阵方步,又回到窗口,见外边没人,他想出去走走,痛痛快快地透口气。

他把传票压到算盘下,拉开门,慢慢走出了办公室的大门。对面红墙上几张标语立即吸去了他的注意:

欢迎韩云程同志归队!
高级职员们要向韩云程同志学习!

标语怵目惊心地映入勇复基的眼帘。他站在办公室大门那里几乎发呆了。这标语不是杨部长明明要人贴给勇复基看的吗?他怕有人来,叫人发现勇复基站在办公室门口发呆,那一定是有问题呀!他迟缓地移动着脚步,向篮球场上走去。

他在考虑自己的问题:韩云程既然坦白了,勇复基不坦白不行。勇复基有些事情韩云程是知道的。别的不提,就说每月到徐总经理那里去开秘密会议吧,这一点韩云程一定坦白了,一定说哪些人参加。勇复基不去坦白,那不是抗拒五反运动吗?抗拒五反运动,这罪名可不小。坦白从宽,抗拒从严,杨部长一到沪江纱厂来就宣布了这条政策。抗拒从严。勇复基得马上去坦白,不坦白不好,迟坦白也不好。他越想越觉得应该去坦白,他的脚步向"五反"检查队办公室的方向走去。

他的脚步慢了,徘徊不前。徐义德的面影闪在他的眼前。他仿佛听见徐义德在他耳边轻轻地说:勇复基,我待你不错呀。你要三思而行。徐义德待勇复基不错,他反复想这个问题。"三反"开始时,他的月薪从一百八十个单位增加到二百六十个单位,旧历年底梅佐贤又送来一千万的红利和奖励金,平常的小数目更不必讲了。这都是徐义德待勇复基的好处。怎么可以去坦白呢?不能。

同时,他想起徐义德在五反运动开始以后,曾经单独找他谈过的话:"我一些犯法行为你是参加的。我要是吃官司你也逃不了。检举我,沪江纱厂罚光了也不够。这样,你的高薪职位到啥地方去找?当然,将来大家都检举了,你不检举也不行的。你也可以检举检举,检举那些小的,大家晓得的事体。比方说卖出那笔旧麻袋,没做进销货,漏报营业税、附加税和印花税六十五万元;还有自用斩刀花做托儿所的棉被和门帘,也没有做销货处理,当然也是偷漏税的不法行为;这些我都坦白了,你可以详详细细地检举。可以讲的,你就讲。你要晓得,你自己也是有问题的。只要你好好努力,你的薪水将来还可以增加的。"徐义德这几句话,在他的脑筋里留下很深的印象。徐义德给他想得多周到,以后还要加薪水。他想到这里,反问自己:勇复基啊,你去检举,怎么好拉下这个脸皮,将来不见徐义德了吗?徐义德待你这样好,能够恩将仇报吗?不对啊。并且,你去检举徐义德,也连累自己,勇复基的手面也不干净啊。那么,你不是检举徐义德,简直是检举自己。勇复基,你不为自己打算吗?不能,绝对不能啊。

他把脚步转向办公室的方向走去,没走两步,迎面看见工务主任郭鹏走来。他指着红墙上的标语暗示地向郭鹏望了望。郭鹏机灵地回过头去,看看四周没有人,便对他说:

"那边走走吧。"

"好的。"勇复基跟着郭鹏顺着清花车间的墙边走去,低声地说,"韩工程师归队了。"

"我听见广播了。"

"我们不坦白,怕不行了。"

"为啥?"

"他检举了那个人,"勇复基指的是徐义德,说,"会不提到我们吗?"

"提就让他提吧。"郭鹏满不在乎,在太阳永远照耀不到的有点潮湿的墙边走着,一边说,"总经理说,共产党重视证据的。口说无凭。韩云程检举徐义德,对我们这些人总得留点情面。难道以后就不在一道工作了吗?"

　　郭鹏一提到韩工程师心里就有些不满意。他觉得韩工程师是挡住他向上发展的绊脚石。如果没有韩工程师在自己的头上,恐怕他早已当上了工程师。"五反"开始以后,梅佐贤不是就说过徐总经理很想提拔他,只是要等适当的时机。郭鹏把这个适当的时机迟迟不到来误认为韩工程师在作祟。别人提起韩工程师,他总是叫他韩云程。

　　郭鹏愤愤地又加了两句:

　　"当然,韩云程这家伙也难说,谁晓得他昧着良心检举些啥。人心隔肚皮。谁也料不到他会检举徐总经理,真辣手!"

　　"韩工程师不去管他。"勇复基只是在想自己的事。他没有心思去管别人。他想跟郭鹏商量商量,好给自己拿个主意。他说,"我们怎办呢?不检举,行吗?郭主任。"

　　"不检举有啥不行,这种事体要自觉自愿,杨部长再有本事也不能强迫命令。我们也不是资本家,怕啥,笃定泰山。"

　　"可以不检举吗?"

　　"那还用说。"

　　"啊!"勇复基还有点不放心,想了半晌,又问,"真的行吗?"

　　郭鹏正要回答,忽然听到前面有脚步声传来,他就把到了嘴边的话吞了回去。来的是钟佩文。

　　杨健听完余静汇报和韩工程师谈话经过,他很高兴,认为缺口已经突破,要抓紧这个时机,竭力扩大战果。他立即把钟佩文找去,要他马上把这消息广播出去,并且要在下工以前到处贴上标语和漫画,来动摇徐义德影响下的人心。钟佩文布置好工作,他亲自广播了消息,然后到处去检查一下标语贴得怎么样。

郭鹏见钟佩文走来,他顿时改了口,大声说:

"韩工程师真好,回到工人阶级的队伍里来了。"

勇复基忽然听他说得牛头不对马嘴,他不知道怎样答话才好,只是"唔"呀"唔"的应了应。

"我们也欢迎你们回到工人阶级的队伍里来!"钟佩文说。

"唔,"勇复基结结巴巴地说,"是的。"

郭鹏却老练地咳了一声,借此想了一下,镇静地说:

"那当然,我们都要回到工人阶级的队伍来的。你不欢迎,我也要来的。当工人阶级最光荣不过了。"

"那很好!"钟佩文对着他们鼓掌,转过身去,又检查别地方的标语去了。

勇复基怕再遇到工会里面的人。他对郭鹏说了一声"再见",就连忙回到会计室来了。

勇复基坐到靠背椅上,望着面前的传票和算盘,心还是怦怦跳着,宁静不下来。勇复基在会计业务上是出色的能手,三天不记账,单凭他的记忆,也漏不下一笔。可是他自己这笔账怎么也轧不平:钟佩文那样热情欢迎他们回到工人队伍里来,这时不去靠拢、检举,难道敬酒不吃吃罚酒?工会这样耐心地启发、等待,又这样热情欢迎,还有啥说呢?应该下决心站在工人阶级的立场了。再不检举徐义德也实在说不过去。别人还可以说没有材料啊,不知道呀,会计主任勇复基能这样说吗?三岁小孩子也不相信。徐义德一些五毒行为能够不经过勇复基的手吗?勇复基会不知道吗?那沪江纱厂的账怎么记呢?瞒不过人啊。既然如此,那就痛痛快快地去检举吧,还落得个光荣归队,像韩工程师这样,多好呀!

他推过算盘,打开抽屉,拿出几张白纸,摘下插在灰布人民装左胸袋上的派克自来水笔,立即在白纸上写了这样几个字:"我检举不法资本家徐义德下列五毒行为:一、偷漏税……"第二点,他检举徐义德在解放初期的套汇。这一点没写完,他的派克自来水笔就在白纸上停留下来了。徐义德套汇来的黑心钱,梅佐贤和他自己都分到过啊。这些事检举出来,勇复基不是也有罪吗?徐总经理讲得对:"你要晓得,你自己也是有问题的。"这怎么能坦白呢?不坦白,又怎么办呢?只坦白一点,杨部长会相信吗?你眉毛一动,杨部长就知道你肚里的心思。杨部长把全厂的工人群众都发动起来,自己的事能瞒过工人的眼睛吗?不但工人,连韩工程师也检举了徐义德。许多事韩工程师都知道,不坦白不行,真糟糕呀!

勇复基陷入左右为难的境地,不检举徐义德,对自己不利;检举了,坦白了,对自己也不利。这两笔账他挖空心思哪能也算不清了。他后悔自己不应该进沪江纱厂当会计主任,当个会计就可以,为啥要当会计主任呢?当会计可以不管这些事,不负这些责任,可以推到会计主任身上。当了会计主任也就算了,为啥又要收下徐义德的黑心钱呢?徐义德把他的薪水增加到二百六十个单位,又送来一千万的红利和奖励金,自己当时为啥不拒绝呢?现在退回去,行不行呢?徐义德一只手把勇复基推到深不可测的陷阱里,勇复基陷在里面哪能也出不来,他苦闷地长吁短叹,寻不到解脱的道路。

钟佩文回来汇报路上遇到勇复基他们的情况,杨健仔细作了分析,要余静去找勇复基。她答应马上就去,提了一个问题问杨健:

"我看他一定有顾虑,要不,恐怕早坦白检举了。"

"你这个问题提得对。"杨健明晰的智慧的眼光对着余静,说,"高级职员们和资产阶级有多年的往来,有了一定的深厚的交情,拉不下脸皮,打不破情面。在资本家不法活动当中,必然会分些钱给他们,拉他们一道下水,封住他们的嘴。这是勇复基最大的顾虑。他们手面不干净,怕连累到自己。关于这一点,区委早有指示,凡是资本家利用职工进行五毒行为,这责任主要是资本家的,而不在职工。资本家送给职工的钱财和物品,一概不要退还,职工也不负责。你要针对这一点反复向勇复基解释清楚,我想问题大半可以解决了。"

余静站了起来,说:

"好,那我现在就去。"

"我要不要陪余静同志一道去?"钟佩文也站起来,问杨健。

杨健果断地说:

"你不要去。"

四十三

冯永祥在林宛芝面前说马慕韩的日子也不好过,这句话一点也没有错。

马慕韩坐在白克牌的小轿车里,心里噗咚噗咚在跳,像十五个吊桶打水,七上八下。上海解放以来工商界的情景一幕一幕地在他脑海里出现,确实如陈市长所讲的,工商界获得了政治上的地位和经济上的高额利润。解放前,工商界在政治上是没有地位的,要仰政府要人的鼻息,奔走权贵的门路,听洋商和四大家族的摆布,政府要工商界做啥,工商界不敢说个不字。政府颁布什么政策法令,也不问工商界一声,工商界只有执行的义务,没有提出意见的权利。解放后却大不相同:政府要颁布什么政策法令,事先都和工商界商量,有的还接受工商界的意见修改,就是《共同纲领》这样的国家大法,也包括了工商界的意见,通过的辰光,还有工商界的代表参加哩。从地方人民政府到中央人民政府都有工商界代表参加领导工作,史步云不但是上海市工商业联合会的主任委员,同时,还是上海市人民政府的副市长啊!中国哪个朝代的工商界也没有今天工商界这样显赫的地位啊!至于说到利润,虽然解放后上海工商界的暴发户很少,但绝大多数的厂商稳步发展,生产经营得都不错,大家都有个奔头。一九五一年上海经济繁荣的景象,更是叫人永世不忘,工商界的朋友谁都怀念难忘的一九五一年!本来,像这样平平稳稳的发展下去,把国家建设富强起来,在外国人面前脸上也有光彩,工商界偏偏有些人贪得无厌,好了还要好,利润多了还要多，肆无忌惮地进行行贿、偷税漏税、盗窃国家资财、偷工减料和盗窃国家经济情报种种活动，资产阶级的本质完全暴露出来了。真是丢工商界的脸！这样下去，国家的前途的确不堪设想，工商界的前途也不堪设想，更不要说新民主主义的经济建设和社会主义的前途了。五反运动的确很重要。工商界既然有不法行为，应该坦白交代。人民政府给上层代表人物的面子，在市里自动交代，再不坦白，也说不过去。自己整天在外面从事社会活动，很少过问厂里的事，谁知道厂长他们只要有利可图，啥事体都做，有些事他们也曾和他商量过，认为解放以前就是这么做的，没想到违法不违法的问题，更没料到会进行"五反"。现在一计算，想不到兴盛的问题也不少，真叫人大吃一惊！要不是这次五反运动，他一定坐在鼓里，兴盛的有些事情永远也不会知道。早几天他在纺织染整加工组坦白交代，别说工商组的同志不同意，就连同组的纺织业的巨头们也有意见。他回到家里，把坦白材料打开来重新看看，也发现交代的问题太不够了。他最初只是想争取时间尽先坦白，好在组里起个带头作用。别的事还可以马马虎虎，早一点迟一点，没有多大关系，这是"五反"呀，宜早不宜迟。工商组每天的情况，料想工作同志一定是按时向上面反映的。马慕韩要不带头坦白，怎么叫做工商界的进步分子呢？他在工商组的一举一动，政府方面一定很注意，知道得非常清楚。如果别人先坦白了，陈市长也许会问工商组的同志，你们那个组里不是有个马慕韩吗？他怎么没有坦白交代呢？是呀，马慕韩不能落在别人的后面。他第一次坦白的前一天晚上，曾经约冯永祥到他家里去商量。他把自己的想法说了，冯永祥点头赞成：

"你这一着棋看得很准，应该占先，对自己有利，对大家也有好处，对五反运动也有帮助。你这么一交代，那好处呀，三天三夜也说不完的。"

"这许多好处?"

冯永祥见他不相信,伸出手来,一一向他诉说:

"你是我们工商界进步分子,你不带头,谁带头?你这么一带头,你进步分子的地位更巩固了。你先坦白,有了样品,也摸了政府方面的底,晓得政府要我们工商界哪能坦白,工商界朋友也好依样画葫芦,照抄。大家都像你一样过关,对'五反'不是也有好处?"

"照你这么说,倒是蛮有道理。"

"我说的话,没有一句没有道理的。"冯永祥给马慕韩一捧,头脑顿时发热。

马慕韩有意刺他一句:

"没有道理的也有道理!"

"慕韩兄,你这是啥闲话?"

"你能说会道,能把黑的说成白的,没有道理的也可以说出个歪道理来。"

"那我岂不是颠倒黑白了吗?"

"我不过说着白相,没有那么严重。"马慕韩怕他吃不消,有意缓和一下空气,转移了话题,说,"我这个头哪能带法。"

冯永祥并不在乎挖苦他两句,若无其事地说:

"怎么带法确是一个大问题呀。带得不好,政府不满意;带得太好,工商界也不满意。"

"你说的真对,阿永!"

马慕韩不禁脱口赞扬,因为冯永祥两句话道出了他的心事。他早就想到这个问题:坦白多少政府才能满意?政府知道兴盛纱厂多少材料?哪些非坦白不可?政府这个底他摸不透。坦白多少,那一笔退补的数字可不小呀,如果在退现款上面也要带头,兴盛的头寸也够紧的,工商界的朋友更不会满意的。最近潘宏福开会前后老和他在一道,不断问长问短,一定是潘信诚要儿子来摸他的底,言外之意希望他照顾照顾。宋其文私下也表示这次大家口径要一致,那含义不用问,谁都明白。这么一来,马慕韩这个头就很难带了。冯永祥一说,他就顺水推舟:

"你看,怎样才好呢?"

"这事体不简单。要两面讨好,最不容易。照我看,捡几件眼面前的事坦白坦白,过了关,将来退补也容易,也不会得罪工商界的朋友。"

"能行吗?"

"纺织染整加工组到现在没人坦白,大家的口咬得很紧,只要心齐,政府有啥办法?他们哪能晓得那么详细?"

"这个……"马慕韩没有说下去,可是他心里已经同意冯永祥的意见了。他匆匆忙忙报名交代,关没过去,第二天陈市长召集三百零三户开了会,报告了工商组各专业小组坦白交代的情况,表扬了那些坦白交代的人,严格批评了那些企图蒙混过关的人,没有点马慕韩的名,可是马慕韩认为每一句话对他都很适合。他最初以为自己抢先交代,没料到别的组里早有许多人过了关,显得纺织染整加工组落后了。他发觉陈市长对工商组的战略部署:先解决别的组,好孤立纺织染整加工组,然后再包围突破纺织染整加工组。如果他不彻底交代,那是过不了关,要变成落后的纺织染整加工组里的落后分子。他感到形势严重,时间紧迫了。摆在他面前的有两条道路:是带头坦白保持进步分子的称号,还是落在别人的后面,变成落后分子,影响自己飞黄腾达的前景。他要慎重抉择。他昨天向工商组请了一天假,想请厂里的资方代理人到家里来帮忙,把非法所得税统计一下。可是没人肯来,怕沾惹是非,最后总算来了个资方代理人。他的妻子又帮他打算盘,给他准备烟茶和消夜,直忙到夜里三点钟才躺到床上。决心下了,账算了,他心里感到痛快。今天一早起来,眼圈红红的,有点发涩,匆匆忙忙洗了脸,又埋头亲自复核了一遍,已经快两点了。他连忙跳上汽车,到工商组去交代。他不知道今天能不能过关,心里又忐忑不安了。

在马慕韩思潮汹涌的辰光,白克牌的小轿车已经开进一条马路,两边高耸着深灰色的高大楼房,汽车像是一个小甲虫在深沟里缓缓爬行。那边马路口上,是广阔的外滩大马路,行人熙熙攘攘的往来,黄浊浊的江面上正好有一只小火轮经过,怕碰到前面的小舢板,拉了汽笛。马慕韩听到尖锐而又清脆的汽笛声,才从梦一般的迷幻的境地里清醒过来,发觉已经到了上海市增产节约委员会的工商组。他提着身旁的赭黄色的牛皮公事包,跳下车子,走进马路右边那座大楼的玻璃转门。

这座大楼是华懋大厦,矗立在南京东路的口上,俯视着浪涛滚滚的黄浦江。他上了楼,从甬道走进去,想起潘信诚那些人一定早到了,步子忽然慢了下来,快到右首最后那间纺织染整加工组的会议室,他昂首走了进去。这间会议室布置得庄严朴素:正面墙上挂着孙中山和毛主席的织锦相片,两旁是五星红旗;当中摆着丁字形的长长的桌子。桌子两边坐满了人,靠窗户那边一溜椅子今天也坐满了人。丁字形桌子左上端坐了一个将近中年的人,左胳臂戴着一个袖章,白底红字:上海市增产节约委员会工商组。

他看到参加互助互评会议的人都来齐了,悄悄地拿出笔记本子和钢笔准备记录,好像大家都摩拳擦掌等待挑他的眼。他对大家微微点头,冷冷地打了个招呼。他和谁也没有说话,静静地坐在丁字形长长桌子的尾端,等候宣布开会。他发现大家的眼光全朝他身上望:好像已经知道他今天要坦白交代,担心他把纺织业的内幕和盘托出。他竭力避开那些侦察他的视线,镇静地拿出烟盒,点燃了一支烟在抽,一口又一口地把烟吸下去,旋即吐出,乳白色的烟在他面前轻轻的飘荡着。他以为这样就可以不望大家了。

潘信诚的半睁半闭的眼光却始终没有离开过他的身边。潘信诚坐在主席的位置上,环视了一下今天出席的人,料到陈市长对工商组那一番讲话,一定会在纺织染整加工组里起影响。他不露声色地一个个望过去,最后眼光又落在马慕韩的身上。他对别的人都比较放心,惟独这位"小开"确是令人放心不下。幸好今天轮到他担任主席,还可以想想办法,预先防止那不利于整个纺织染整加工组的局面出现。

他要大家根据陈市长的指示,老老实实地交代问题。最后又意味深长地说,不要不顾事实,企图蒙混过关,那是过不去的。说完了,他的眼光有意离开马慕韩,望着别人,衷心希望别人先交代,好把马慕韩压在后面。他忖度别人一开头,事情就好办得多了。可是没有人站起来,他又不放心地暗中觑了马慕韩一眼。马慕韩没有理睬潘信诚的眼光,他知道那眼光的用意,但他决定了的事情,谁也劝阻不了他。他打开公事皮包,从里面抽出写好的坦白交代材料,毅然地站起来,交代自己的问题。马慕韩一口气坦白完他的五毒不法行为,最后说:

"兴盛纱厂方面,行贿是三千六百万元,偷漏税是二十亿,盗窃国家资财是九十三亿,偷工减料是一百亿,总共是二百一十三亿三千六百万元。我坦白如果有不明确不彻底的地方,请各位提出问题指教。我自评是半守法半违法户,是不是妥当,也请各位指教。"

潘信诚的眼光一直盯着马慕韩。马慕韩说一段,他的心急剧地跳一阵,听马慕韩一个劲交代,把纺织业的老底都翻出来,他真想插上去打断马慕韩的话,不让他说下去,可是看到工商组的同志就坐在他的身旁,如果一打断马上就暴露了他这个主席内心的秘密。他没有办法,只好按捺住心头的不满,忍耐地听马慕韩往下说。听到后来,他简直不相信马慕韩是兴盛纱厂的总经理,仿佛是"五反"检查队队长在报告兴盛的五毒不法行为,二百一十三亿三千六百万呀,马慕韩一点也不心痛。马慕韩这个青年简直是疯了,也不想到后果,大少爷不在乎钞票,但也要想想旁人的死活啊!为了自己过关,不惜把整个纺织业出卖了。他虽努力保持镇静,隐藏着内心的愤恨,可是他胸口一起一伏,板着面孔,发松了的脸皮有点儿苍白。他冷冷地向会议室里黑压压的一片人群扫了一眼,伸出右手,向大家说:

"马慕韩已经坦白完了,请各位发言。"

他摘下老花眼镜,拿起桌子上那支两寸来长的短铅笔,左手按着面前的笔记本子,在等待大家发言,他好记录。他本来想这样可以掩饰自己激动的心情,却不料手不听他的话,拿着铅笔不断在颤抖,他生怕工商组的同志看见,但又没办法不叫人看见,他自言自语地解嘲:

"年纪大了,连手也不听使唤了。"

大家没有注意潘信诚的话,都正在翻阅刚才马慕韩坦白的记录,想在马慕韩的坦白里发现一些问题。会议室里只听见翻阅笔记本子的响声,没有一个人发言。潘信诚稍为冷静了一些,催促大家:

"哪一位先发言,意见想得不周到,第二次还可以发言。我们大家一定要帮助马慕韩彻底坦白,弄清问题。"

潘信诚心里非常不满意马慕韩把偷工减料部分说得太多又太详细,简直是揭露了棉纺业的底盘,把棉纺业的战线搞垮了,而且垮得这么突然这么快。像是一道洪峰,忽然冲破了坚固的防堤,叫你来不及堵挡。青年人办事老是毛手毛脚,事先竟然不和"信老"商量商量,目中没有潘信诚,只想自己过关,实在太岂有此理了。他向马慕韩望了一眼,嘴角虽然露着微笑,可是这微笑里却包含着轻蔑和憎恨。既然马慕韩不顾别人死活,他也顾不了马慕韩,他这时候真希望有人发言,干脆再揭马慕韩的底,看马慕韩以后哪能办。

潘宏福听了马慕韩的坦白交代,和他父亲一样,一个劲盯着马慕韩看。

马慕韩静静地坐在那里,头微微低着。心里也非常不安,倒不是因为他的坦白得罪了同业,而是因为他在同业中向来被认为进步的,想不到兴盛纱厂的五毒不法行为算起来居然也超过了两百亿,未免有点说不过去。事实却又是如此。他内疚地有意不看那些熟悉的面孔,只是凝神地在等待别人的发言。

第一个站起来发言的是金懋廉。这位信通银行经理原来是在金融贸易组交代的,他们那边人少,全组业已结束,因为"信通"和"兴盛"素有往来,而且他也是星二聚餐会的成员,上海市增产节约委员会的工商组就请他来;同时,也请了一些类似金懋廉这样的人,像唐仲笙、江菊霞、冯永祥等等都是。金懋廉说:

"慕韩兄偷漏方面谈得不多,逃到国外的账外财产所得税怎么算法?据我晓得的,兴盛外逃资金远不止这点数目。兴盛敌产方面谈小不谈大,是不是真的只这么一点点?解放初期,兴盛有没有把纱布调金钞,这一点应该交代。"

唐仲笙看见市增产节约委员会工作组的人坐在潘信诚旁边,他知道对马慕韩提问题提得尖锐,就表明自己坦白得彻底,今天列席这个会议听马慕韩坦白交代,一定要发言的,迟发言不如早发言。金懋廉一讲完,他就抓紧机会说:

"慕韩兄是协商委员会的委员,又是民建会上海临工会的委员,经常和政府方面的人接近,也出席过中央纺织工业部的会议,有没有行贿和盗窃国家经济情报的行为?"

马慕韩听唐仲笙提的这个问题,心中十分恼火。这不是一般问题,盗窃国家经济情报哇,那罪名可不小!要是多少亿钞票,老实说,他倒不在乎。唐仲笙这一记很结棍。他马上想到星二聚餐会和史步云。步老和他都曾经从北京打过电话回来,算不算盗窃国家经济情报呢？那是研究问题，商量对策，并没有买进卖出，扰乱市场，不能算是盗窃国家经济情报。他想到上面有步老顶着，同时聚餐会讨论问题唐仲笙也参加的，如果说这就是盗窃国家经济情报，那唐仲笙也脱不了干系。他笃定地盯了唐仲笙一眼，想不出智多星提这个问题是啥用意。

坐在靠玻璃窗口那里一个中年妇女站了起来，她今天穿得比往常朴素，上身穿了一件淡青色的对襟毛线衫，下面穿的是一条米色的英国素呢的西装裤，裤脚管长长的，一直罩到高跟皮鞋的后跟。她的头发烫得和往常一样的整齐，额角上那一绺头发微微向上翘起，就像是要飞去似的。当金懋廉发言的辰光，她就在思考怎么发言。她了解纺织业的底细，她不发言过不去。她要是真的揭了这些巨头们的底，那以后在公会里哪能混法？不管怎么样，自己究竟是这些巨头们的干部啊。她挖空心思在想，既不能重复别人的话，又不能提无关痛痒的意见，那会减低劳资专家江菊霞的身份的。可惜现在不谈劳资关系。她想一点，便记一点在淡黄色的小小本子上。她手里捧着那个笔记本，看了一下，便轻声地说：

"在敌伪时期，兴盛纱厂被敌人占领的机器到胜利辰光发还，其中详细情况怎样？这是一。其次，兴盛有没有敌伪股份和敌伪棉纱？第三，国民党反动派从上海撤退，有没有美棉存在兴盛，还给人民政府没有？"

她说完了这三点意见，就坐了下来，得意地向潘信诚他们扫了一眼。她感到在座的人都羡慕地朝她望，好像说江菊霞究竟与众不同哇。

马慕韩暗暗抬起头来，也向江菊霞觑了一眼，觉得她今天也不放过他，一口气提出三个问题，第二第三个问题倒无所谓，那第一个问题确实刺痛了他。他把大家提的问题都一一记在笔记本上。他的头又慢慢低下去，担心大家还会有啥问题提出来。这个滋味真不好受,多退补一些钞票倒无所谓,——他甚至想到父亲给他留下的这一大笔财产成了他沉重的负担,现在一时也没法甩掉,让大家这样提下去,今天怕又"过"不了"关"。他的心像是一根绷紧了的弦,谁要是轻轻碰一下,马上就要断了。要是今天再过不了关,他哪能有脸见人?在工商界的代表性失去了,前途也就没有了。

今天不但是坦白交代问题的马慕韩态度严肃心情紧张,就是旁的人也不轻松。没有坦白交代的,如潘宏福,在考虑自己的问题,他本来和爸爸商量好,已经准备好了坦白书,表也填了,马慕韩把棉纺业偷工减料的底盘一揭开,逼得他非重新来过不可。他又不甘心,真伤脑筋,恨透了马慕韩。已经坦白交代的,像金懋廉、唐仲笙他们,也希望自己提升一级。他们一方面怕自己提的问题敷衍了事,叫增产节约委员会的人看穿;另一方面又怕得罪了马慕韩,今后见了面不好讲话,影响业务上的往来。大家在关心着自己的问题。这些人当中,只有冯永祥是唯一的例外。他认为自己无产无业,没有五毒不法行为。他和政府方面的人往来比较密切,在这五反运动的辰光,特别是马慕韩坦白交代的辰光,他要表现自己是站在人民政府这一方面,说几句冠冕堂皇的漂亮话。他想了很久,慢慢站了起来,还没有开口,先微微笑了笑,仿佛说:你们这些人身上都是有五毒的,只有我冯永祥一身清白。他的两只眼睛对着马慕韩说:

"慕韩兄今天能够这样坦白交代问题,我认为是很好的。不过,坦白交代一定要彻底,不彻底就说明对人民政府的政策还不够了解。人民政府的政策是坦白越彻底,处理越从宽。这一点,我希望在座各位能够深切了解。刚才各位对慕韩兄提的意见,我认为很好很好。慕韩兄应该仔细考虑这些意见,有些地方确实坦白不彻底的,除了各位说的以外,在偷工减料方面是不是还有遗漏?前天我们在这里谈的大茂纱厂打包绳偷工减料的事,兴盛纱厂是不是有同样的行为？希望慕韩兄详细地补充交代。"他向会议室每一个人望了一眼，眉飞色舞地又加了两句，"各位以为如何？兄弟说得不对的地方，还请不吝指教。"

潘信诚听见冯永祥向马慕韩偷工减料方面进攻，他怕马慕韩再说出啥来，使得整个棉纺业越发不可收拾，潘宏福更过不了关。他眉毛一皱，想了一计，狠狠地进攻马慕韩，连忙把问题引到外汇方面来：

"还有一个重要问题——外汇问题，兴盛手里的外汇很多，刚才只说了数额，没有说明各笔外汇存在啥地方，也没有说明这些外汇如何处理，需要详细说明。兴盛的财产是人民的血汗，逃避资金这许多，我们要求兴盛把这些资金拿回国来。慕韩是很进步的，应当把种种不法行为都告诉政府。"潘信诚得意地把手里那支两寸来长的短铅笔往桌上一放，说，"请慕韩补充交代。"

他怕别人再插上来，又把话引开去，误了事，进一步把门关紧，说："诸位如果还有问题，等他补充交代以后再提出。"

马慕韩给潘信诚这一记打下来，着实心痛。他是哑巴吃黄连，有苦说不出。外汇和逃避资金是他唯一的退路，有了这，就是把兴盛整个企业交给政府也不在乎。他今天坦白交代不怕数字很大，可是他总是设法避开谈这方面的问题。冯永祥提到偷工减料的问题，他一点也不恐惧，举的那个打包绳的例子更是鸡毛蒜皮的小事，他全部可以包下来。外汇和逃避资金不但是现款，而且数目很大，牵动他的命根子。潘信诚对他有多大的冤仇，为啥别的问题不提，偏偏提这个呢？这个问题像是一支毒箭射穿了他的心。他暗暗咬紧牙关，一口把这支毒箭吞了下去。他想了一条妙计：把外汇和逃避资金统统算在刚才坦白交代的盗窃国家资财九十三亿里面去，一方面可以不必再补充数字，另一方面又可以显得他坦白得原来就很彻底，而潘信诚不过是有意挑剔。他低着头，两只眼睛对着桌子上的笔记本，根据大家提的问题，稍稍整理归纳一下，尽量把话说得简短，避免有把柄留在别人手里，又冒出一大堆问题来。他慢吞吞地说：

"一，解放前逃避资金数字刚才已经报告过，解放后没有黄金和一件纱逃出。二，现在还有三百件未能进口的美棉在香港。三，胜利后，兴盛接收时损失很大，原有机器一千三百八十八台，接收时只有五十台是好的，一千一百台是并起来的。日本人没有留下什么新机器。四，兴盛厂是无限公司，股份不可以卖，因此，没有敌伪股份。五，解放后，没有用纱布调换金钞的事体，……"

马慕韩把大家提的重大问题都回答了，有意补充坦白了解放前的逃到国外的账外财产的数字和这些账外财产所得税数字，加在一块儿违法总数是六百三十五亿四千八百万元。他坐下来，希望这次能够顺利过关，可是他嘴上还说：

"如果还有不彻底的地方，请各位指教。"

潘信诚见马慕韩没有补充偷工减料方面的数字，他心里很高兴，但马慕韩从二百一十三亿三千六百万元一下子加码到六百三十五亿四千八百万元，虽然不是潘信诚的，可是四百二十多亿呀，他算算也有些肉痛。潘信诚心中好笑，马慕韩不是亲手办厂起家，是承先人的余荫，为了急于过关，竟然沉不住气，一口吐出这许多，损人，又不利己，简直是一位不懂世道艰难的大少爷。马慕韩这样放手加码，实际上也是做给大家看，尽量凑上数字，只要"过"了"关"，在所不惜，却叫潘信诚这些人为难了。更荒唐的是马慕韩还要"各位指教"，这不是不顾别人死活吗？潘信诚怕他经不起别人再一追问，可能又要胡乱加码，他便先发制人，抢先站起来说：

"这次慕韩坦白是很彻底了，我不晓得各位有啥意见没有？我是没有意见了。"

"我也没有意见。"这是潘宏福的声音。

大家听了潘信诚带有暗示性的话,又仔细翻阅了一下笔记本,再看看马慕韩第二次坦白交代的数字,没有一个人讲话的。大家都觉得马慕韩坦白交代的数字确实不少了,也没啥问题好提。现在是担心自己怎么坦白交代和补充坦白交代。

金懋廉坐在窗口,望着窗外下面的黄浦江,滚滚浊流向北边流去,江对过的浦东那边,在一片绿色的原野上散布着一座座耀眼的红色砖瓦砌成的厂房,当中矗立着高大的烟囱,直薄云霄,里面冒出一阵阵黄色的黑色的浓烟,一团又一团的飘浮在空中,如同黑的黄的云彩似的。金懋廉暗中计算马慕韩坦白交代的数字,如果纺织染整加工组的同业们都照他这样算,那大家便要倾家荡产,钞票像黄浦江的水一样流掉,工厂也要像那黄的黑的浓烟一样飘走。信通银行也不会存在,就是存在,在上海滩上也没有多少生意好做了。

和金懋廉一样焦急的还有江菊霞。当马慕韩补充交代的辰光,她不断用眼光暗示他。他仿佛没有看见,一个劲往下说。她恨不能走过去捂住他的嘴,质问他是不是发疯了。看到大家都安静地坐在那里听,她也不好轻举妄动,不能造次。她担心棉纺业要是都照他这么坦白交代,那每一家都要清理资产,料理后事,关门大吉。这么一来,棉纺业公会没有存在的必要,她也失去了服务的对象。她倒要看看政府怎么收拾这个局面。

会议室里,大家沉默,可怕的沉默,谁也不吭声。潘信诚的眼光向大家巡视了一下,察觉大家的心事,他也没有再言语。

在静悄悄中,坐在潘信诚隔壁的那个市增产节约委员会的中年工作人员站起来说话了:

"我们五反运动,根据中央的指示是从中华人民共和国建立的那一天算起,解放以前的一概不追究。马慕韩先生坦白数字里有几笔是解放前的,我刚才算了算,有四百二十二亿一千二百万不应该计算在内,应该除掉的。"

"那四百二十多亿应该除掉吗?"潘信诚心中兀自吃了一惊。他不相信自己的耳朵,政府不是要钞票吗?为啥一下子除掉四百二十多亿?接着一想:也有道理,这都是解放前的账,当然不应该算。他像是自己忽然收入了四百二十多亿,高兴得差一点要笑出声来,紧紧闭着嘴,努力不露出喜悦的心情。他提高嗓子问,有意引起大家注意。

工商组的同志回答是肯定的。潘信诚又说道:

"政府办事真英明,一点不含糊,该多少算多少。"

他的谴责的眼光睨视了马慕韩一下。金懋廉深深喘了一口气。他心上的阴影给工商组同志的几句话吹得一干二净,心里开朗起来,如同窗外的浦东的原野,一眼望过去,看不到尽头,有着无限广阔的前途。江菊霞心情也舒畅了,她站起来说:

"这四百二十二亿当然不能算,全是解放前的账。"

"人民政府完全按政策办事,共产党说到就做到。这一点,我是很清楚的。"

这是冯永祥的声音。潘信诚抓住这有利的形势,问大家还有意见没有,只有两个人提了一些无关重要的问题。马慕韩说明了一下,再也没有人提意见了。大家最关心的还是自己的问题,潘宏福从黑公事皮包里掏出坦白交代的材料翻了翻,觉得过不去,又放到皮包里去了。他也希望想出一两笔大数字坦白坦白,然后由工商组的同志除掉,那多么漂亮呀!可是一时又想不起来,只好等今天散了会,回家和爸爸再商量。他又怕错过今天的好机会,用眼睛望了爸爸一下,征求爸爸的意见。潘信诚暗中轻轻点了点头,迅速地望着大家:

"马慕韩自评为半守法半违法户,诸位有啥意见?"

唐仲笙因为不了解棉纺业的情况,没有办法,不得不提有没有行贿和盗窃国家经济情报那条意见。他以为马慕韩只要说一下"没有"也就完了,不料马慕韩一直不断盯着他望,不满的情绪从马慕韩炯炯的眼光中流露出来了。他觉得做人真难,马慕韩一点也不想想他的处境,他来了,哪能不提点问题。话既然说出去了,没法收回,他想等到散会以后跟马慕韩解释解释,弥补弥补两人之间的裂痕。现在潘信诚征求大家的意见,正好给他一个好机会。他站了起来,因为矮小,和别人坐着差不多高,差一点叫冯永祥抢先发言,幸亏潘信诚早看到了,对冯永祥说:

"唐仲笙先站起来的,请让他先谈。"

冯永祥歉意地向唐仲笙拱拱手:

"对不起,我没看见你站起来。好,仲笙兄先谈。"

"从坦白交代的数字来看,二百一十三亿三千六百万,兴盛的五毒不法行为是不轻的……"唐仲笙说到这里,马慕韩的眼光又盯到他的身上了。他发觉了马慕韩的眼光,有意把脸转过去,对大家说,"不过,要是分析一下,有一些因为经营管理不善,产生漏洞,按着过去陋规办事,这是过去私营厂常有的事。加工订货以后,旧作风没改,不完全是有意的,经过大家帮助,慕韩兄今天坦白得彻底。根据政府的政策,似乎可以考虑提升一级。"说到这里,他朝潘信诚旁边的那位工商组的同志望了望,怕话说得滑了边,又连忙收回一点,说,"我这个意见不晓得对不对,还希望工商组的同志指教。"

这一次是唐仲笙主动地朝马慕韩望了一眼,希望求得马慕韩谅解他的苦衷。马慕韩面部没有表情,那炯炯的眼光暗暗窥视着工商组的同志。工商组同志说:

"看大家意见,不要忘记,大家要互助互评呀!"

"是的,是的。"唐仲笙试探不出工商组同志的态度,他灵活地紧接上去说,"互助之后,应该互评了。我个人的意见不一定对,请大家来评。"

潘信诚内心里恨不能评马慕韩是严重违法户,因为他害了大家。想到潘宏福还没有互助互评,又希望评马慕韩是基本守法户。可是他不做声,望着大家:

"诸位有啥意见?"

江菊霞完全同意唐仲笙的意见,但她嘴上却说:

"马慕韩自评半守法半违法户很好,兴盛很多事是按照政府规定办的,但也有许多违法行为,兴盛的非法所得是惊人的,慕韩推脱不了这个责任。我同意慕韩的意见,……"

她的话没有说完,会场上的人都朝她这边望,空气顿时紧张起来。马慕韩都是半守法半违法户,那工商界没有一家不是严重违法户了。只有潘信诚态度非常镇定,半闭着眼睛,觑着面前的那个精致的小笔记本,注视上面的数字,心里想江菊霞反正无产无业,乐得讲冠冕堂皇的漂亮话。江菊霞不慌不忙接着说:

"不过,马慕韩坦白得很彻底,态度也很诚恳,唐仲笙建议提升一级也有道理,大家可以评评……"

"我也同意唐仲笙的意见……"

冯永祥的声音压倒江菊霞的娇滴滴的吞吞吐吐的语调,场子上的人精神抖擞,大家会意地相互望着,认为冯永祥虽不能完全代表政府,但至少可以代表一半。他一说,大体就差不多了。大家都赞成唐仲笙的意见,没有一个人反对。潘信诚抓紧机会,说:

"大家没有别的意见,就作为建议报告市增产节约委员会,请工商组审定吧。"

四十四

徐义德把厂长办公室的窗户统统关上,他不愿意听窗外欢乐的人声,好像大家知道他在厂长室里,有意在外边说说笑笑。他讨厌这些声音。他要安静。他坐在沙发上,望着窗户外边的太阳发愣,觉得太阳老是在那里不动,时间过得比蜗牛走路还要慢上千百倍。忽然厂长室的门开了,他一眼望见严志发把马慕韩带了进来。他有些愕然,莫名其妙地望着马慕韩发愣,几乎说不出话来,以为一定是星二聚餐会有啥不幸事情发生了。人情真是薄得如同航空纸一样,徐义德倒霉的辰光,谁都可以踩他两脚。提起星二聚餐会么,他不过是一个普普通通的会员,史步云、马慕韩这些人并不把他放在眼里,许多重要活动并不通知他。星二聚餐会究竟有些啥活动,他是个睁眼瞎,不知道呀!他想起那天早上在聚餐会楼下无意碰到马慕韩他们,见他和江菊霞进去,很快就煞车不谈了。他不清楚马慕韩潘信诚他们背后搞啥鬼名堂。现在出事了,马慕韩亲自出马,一定是带人来抓他,事先也不向他透露一点风声,太不讲交情了。他想来抓他的警察大概就在厂长室的门口,他借故歪过头去向门口顺便觑了一眼,没有人影,可能没上楼来,一定在楼下等着。马慕韩这一着真毒辣,过去拖人下水,要大家给他抬轿子,现在倒咬一口,亲自来抓人,用别人的血来洗干净自己的手。这个办法想得真聪明。你既不仁,我也不义。徐义德把心一横,想好了主意,只要马慕韩提到星二聚餐会的事,他就一塌刮子往马慕韩身上推,另外给加上点酱油醋,叫马慕韩推脱不掉,也好表明他自己是受马慕韩他们欺骗加入的。万一政府听信马慕韩的,不分青红皂白,一定要抓他怎么办呢?他看看厂长室,两边窗户全关得紧紧的,临时连跳窗户也来不及。他后悔刚才不该把窗户关上,他想到跳下去,正好警察就在楼下等着,也逃脱不了。他脸上露出无可奈何的苦笑。

马慕韩匆匆走进去,并没有注意徐义德惊慌的神色,伸过手去,一把紧紧握着徐义德的手,关切地说:

"好久不见了,你好吗?"

"好久不见了,"徐义德冷冷地重复了一句。他也握着马慕韩的手,应付地说,"你好呀!"

"彼此彼此。"

马慕韩和严志发坐了下去,那边徐义德亲自端茶壶,准备把热水瓶拿来泡茶。严志发说:

"叫工人来弄好了。"

徐义德连忙摇手:

"不必,不必。这些小事应该自己动手,我可以来,劳动是最光荣的。"

徐义德把茶先恭恭敬敬地送到严志发面前,然后又倒了一杯给马慕韩。他等待马慕韩谈星二聚餐会的事,只要马慕韩一提,他马上就还击过去。可是马慕韩坐在那里不言语。马慕韩端着茶杯喝了一口,正在想从何谈起哩。大家僵了半晌,还是徐义德先开口:

"你在市里交代完了吗?"

"我交代完了,有的人还在开总结会。有的人参加'五反'工作了。"

"还是在市里交代好,干脆利索。我这里还没有完哩,"徐义德发现严志发在望他,连忙改口道,"我们这里大概也快了。"

严志发听徐义德说得不对头,立即对他说:

"干脆不干脆,全靠自己。市里区里全一样,不坦白总是不行的。"

马慕韩顿时接过去说:

"严同志的话对,市里区里交代都一样,主要靠自己彻底坦白。"马慕韩听徐义德的口吻,知道他的脑筋还没有转过来,便把话题转到自己身上,说,"我可有亲身的体会……"

徐义德的眼光惊诧地对着马慕韩,说:

"你……"他想马慕韩大概要谈星二聚餐会的事了。

"唔。"

马慕韩扼要地把自己坦白交代的经过说完之后,端起那杯龙井茶又喝了一口,喘了喘气,望着徐义德,慢慢又说下去:

"老实讲,义德兄,五反运动初期,我当时认为'五反'主要是思想斗争。今天回想起来,实在太可笑了。我把思想和实际分开了,过去从来没有想到要检查自己的错误,也不认为自己有啥错误,坦白交代当然也不认真,大大影响了五反运动。听了陈市长的'五反'动员报告,我完全赞成人民政府展开五反运动,但认为自己没有五毒不法行为的。没有深入去检查,只是空谈理论,不和实际联系,肯定自己没有什么问题……"

徐义德从中插上来说:

"是呀,我也没啥问题。"

严志发不满意徐义德有意打断马慕韩的话,说:

"马先生还没有说完哩。"

"哦。"徐义德装出好像现在才知道马慕韩没有说完,连忙抱歉地说道,"对不起,我打断你的话,慕韩兄。"

马慕韩说:

"增产节约委员会通知我到市里来交代,我的神经就紧张起来。陈市长又对我们三○三户做了指示,我才开始觉悟过来,晓得单谈理论不讲实际不行,对谁也没有好处。联系实际,就要检查自己,发现了一些问题。我第一次交代就是马马虎虎的,互助互评组对我提了许多意见,没有通过,要我重新交代。小组提那些意见,对我的启发很大。我进一步又检查出许多问题。但更重要的是工人的帮助。我在市里交代,厂里的工人也帮助我检查。经过他们的帮助,我才比较彻底地坦白。过去我对业务只晓得一些大概,这次使我知道企业中存在的毛病,也熟悉了业务。这些收获,比我过去十几年所学的还要多得多。过去,我的主观很强,这次我批评了自己的主观,看清了工人的力量,的确使我思想上得到了改造,做到了理论与实际结合,认识到自己不是没有五毒不法行为,并且很多,义德兄。"

马慕韩娓娓地谈论自己思想转变的过程。徐义德心里好笑:马慕韩不但是一位阔少爷,而且是一位彻头彻尾的书呆子,啥理论与实际呀,啥实际与理论呀,这些名词叫人听了头痛。最实际的还是钞票,这个起码的道理马慕韩都不知道,还学啥马列主义呢?他本来是用第三者的身份去听马慕韩谈论转变过程的,想不到马慕韩结尾时叫了一声"义德兄"。他听到这三个字,心头一愣,但表面上却很严肃,赞扬地说:

"慕韩兄介绍自己转变的过程,对我的启发很大。"他说到这里,停了停,说,"不过,各人有各人的情况,也不能一概而论。就比方数字吧,我最近几天也老是在想加码,我想加到一定数字,问题也就差不多可以解决了,只是没有那些不法行为,随便加上去恐怕也是不好的吧。"

严志发听他这些不入耳的话,直冒火星,忍不住高声质问道:

"这是啥闲话?你想诬蔑人民政府吗?五反运动是要钱吗?"

"不是这个意思,不是这个意思,严同志,你误会了我的意思。"

徐义德不动声色,慢悠悠地说。

"那是啥意思?"严志发盯着徐义德问。

马慕韩插上来指责徐义德道:

"义德兄,你这几句话确实欠妥。人民政府开展五反运动主要是肃清我们的五毒,建设新民主主义的经济,走社会主义的道路,并不是要数字。那四百二十多亿是我亲自交代的,工商组同志马上就剔除了。政府这次运动要帮助我们清除五毒行为。最初我不了解,晓得一些不法行为,也不好意思交代,交代了一件两件还有点儿肉痛。总以为这些事自己不交代,人民政府不会晓得的。可是工人群众发动起来了,高级职员又归了队,大家又互助互评,哪件事能瞒过人民政府。有些事,还是政府启发,我才想起来的。"

徐义德顿时想起了昨天他就在这间厂长室里听到"五反"检查队同志的广播:

> 全厂同志们注意:现在给你们报告一个好消息,韩云程工程师已经回到工人阶级的队伍里来了。他站稳了工人阶级的立场,和徐义德划清了界限,检举了徐义德的五毒不法行为……

这几句话在徐义德的脑筋里老是转来转去,想不到韩云程这家伙忘恩负义竟然归了队,厂长是不想当了,等五反运动过去,干脆工程师也别当,给我滚出沪江纱厂的大门!幸好韩云程知道自己的秘密还不多,梅佐贤和勇复基还没有动静,徐义德的心稍为安定了一些。他说:

"是的,没有一件事能瞒过政府。"他心里却说:难道人民政府是神仙,有顺风耳和千里眼,啥事体都晓得?马慕韩究竟年纪轻,想的未免太天真了一些。他巧辩地说,"没有做过的事,也不好乱说……"

"谁要你乱说的?"严志发忍不住插上来问他,"政府强迫你乱说吗?"

"没有,没有。"徐义德放下了笑脸,说,"严同志,你又误会我的意思了。"

严志发觉得和徐义德这样的人说话要吃糯米才行,你顶他一下,他就缩回去。你让他,他就进攻。他话里老是带刺,可又不容易抓住他的把柄。他说:

"你有啥意见,爽爽快快地说,不要浪费时间。"

"我完全同意严同志的意见,我讲话喜欢直截了当。余静同志和严同志给我不少帮助,我还要向严同志多多学习,在五反运动中好好改造。"

马慕韩怕他们再顶下去,从中和缓空气,笑着说:

"义德兄看法比过去有了进步,可见得五反运动改造我们工商界确实起了不小作用。"

"我不过跟着大家一道走,不敢落后。"

"能跟上时代走,也就不错了。"马慕韩进一步说,"星二聚餐会的事我也在市里交代了!……"

徐义德见他提起星二聚餐会,每根神经都紧张起来了。他料想的不幸事情终于发生了。今天一点准备也没有,牙刷牙膏和衬衣都没有带,身上的钱也很少。打个电话回家去吧,马慕韩和严志发就坐在旁边;下楼去打电话呢,那边人更多。他瞧见马慕韩和严志发在望他,慌忙提高嗓子,大声说道:

"星二聚餐会么,这只是工商界朋友们在一道吃吃饭,上海这样的聚餐会成百上千,别的聚餐会没听说要交代,星二要交代吗?"

"当然要交代。"

"哦。"

"还应该详细交代。"

"是的,是的。不过星二聚餐会和重庆那个星四聚餐会性质不同,星二是学习政策联络感情的。"

马慕韩不同意徐义德这种轻描淡写的说法,更正道:

"你这样说法不对。星二聚餐会虽说和星四不同,我们除了吃吃饭以外,有时也商量一些事情,研究怎样对付政府的政策法令,至少是资产阶级糖衣炮弹的加工场所。"

"这个,这个……"徐义德面孔发青,心里发慌,话也说不周全了。他含含糊糊地说:"这个,我不大清楚,……"

"有些事你也参加了的。"

"慕韩兄,"他意味深长地亲热地叫了一声,说,"你别记错了。"

"我记得清清楚楚,讨论棉纺检验问题,你不是在场吗?"

徐义德歪着脑袋出神地望着马慕韩,奇怪这位小开变得这么快,简直是一点旧情也不念,叫他没有退避的余地。他皱着眉头,好像在回忆,却又想不起来似的,惊诧地问:

"有这样的事吗?"

"当然有。"马慕韩斩钉截铁地说,"我已经交代了我们聚餐会的筹备经过,请求政府给我应得的处分。"

"啊!"徐义德听到这里,向沙发背上一靠,一句话也说不出来了。

马慕韩见徐义德神色惊慌,连忙安定他,说:

"星二聚餐会主要是我们几个发起人负责,一般参加这个聚餐会的人倒没啥。"

徐义德慢慢从沙发背上抬起头来,对严志发说:

"星二聚餐会确是马先生领导的。马先生对这个聚餐会最清楚不过了。"

严志发早知道徐义德是星二聚餐会的成员,见他那副慌张神情,把责任尽往马慕韩身上推,心里有些好笑。杨部长说得对:别看徐义德表面怎样顽强,只要抓住他的弱点,拿到真凭实据,他就很脆弱。他对徐义德说:

"不要说参加星二聚餐会的人，就是发起星二聚餐会的人，像马慕韩先生，只要坦白交代了，人民政府一定从宽处理。如果有五毒不法行为，拒不交代，那是要从严处理的。"

"严同志说的对，义德兄，人民政府的信用向来可靠，这一点，你放心。"

"我知道。"徐义德勉勉强强地说。

"那很好。"马慕韩见他态度很少改变，便暗示地说，"在市里交代，有些人兜圈子挤牙膏，自己不动手，要别人擦背，结果还是要彻底坦白交代，可是弄得很难堪。"

徐义德懂得这几句话的意思，也知道这几句话的分量。他料想马慕韩一定是杨部长请来劝降的，自信和梅佐贤、勇复基这些人有交情，就是韩云程归队，也不能够动摇徐义德自以为巩固的阵线。星二聚餐会的事比较棘手，听严志发的口气，问题没那么严重，今天大概还不至于上提篮桥，他的精神又抖擞起来，态度也比刚才强硬了。他很有把握地说：

"我洗澡从来是自己动手，不要别人擦背的。"

马慕韩也不含糊，站起来说：

"我今天也不过是为了朋友的关系，特地来帮助你。希望你仔细考虑考虑我的话，绝不会叫你吃亏的。别弄得狼狈不堪，下不了台，后悔就来不及了。"

徐义德也站了起来，仿佛是请马慕韩早点走出去。他冷冷地说：

"谢谢你的金言。"

四十五

　　下午四点半钟光景,大太太和二太太她们在餐厅里吃完了乔家栅的芝麻汤团,大太太有点累了,上楼回到卧房里去闭一会眼睛,养养神。守仁一放下箸子,脚底上像是有油似的,一滑就溜出去了,平安溜冰场有朋友在等他哩。二太太精神充沛,拿了一副美国造的玻璃扑克,走进东客厅里,把扑克往玻璃桌面的小圆桌子上一放,坐在一张朱红色的皮椅子上。透过玻璃桌面,她看到小圆桌子下面钢架上那一盆水红色的月季花,开得正旺,叹息了一声,说:
　　"花开的倒不错,只是他,不晓得前途怎么样……"
　　这一阵子,徐义德回来不大说话,不知道厂里"五反"真相究竟怎么样。她也不好多问,看徐义德的神色,大半不妙。她替他担心,也替自己担心。最近苏沛霖从乡下来,谈到乡下情形,更加重她的心事。现在是啥辰光?朱筱堂还想到上海来!她不能帮徐义德的忙,但也不能让娘家来人添徐义德的麻烦。目前徐义德已经够受了。要是哥哥还在的话,徐义德万一不幸有个三长两短,她还有个靠山,可以到无锡去。现在这个靠山倒了,徐义德又岌岌可危,她将来怕连个落脚的地方也没有。想到这里,她立刻洗了洗牌,一张一张放下去,成一个宝塔形,第一排一张,第二排两张……第六排六张,全盖着,一排压着一排,只有第七排七张是翻开的,然后把手里多余的牌一张一张揭开,要是和桌子上翻开的牌数字邻近,就拿掉,再揭手里的牌。她拿到第四排,桌子上翻开的是两个A和两个Q,K、J和2已经出过不少,连揭了三张,数字都同A和Q不邻近。她心上浮起了乌云，心情有点沉重，如果"顺"拿不完，"开"不了"关"，那不是明明告诉她徐义德的前途不妙吗？她发现手里的牌不多了，大约还有十几张，再拿不了，就很危险。她的眼光盯着两个 A 和 Q 发愣。

老王从外边兴冲冲找到东客厅，见二太太在玩扑克，料想心情很好，便不假思索地走到她身边，报告道：

"太太，余静同志来看您！"

朱瑞芳满脸不高兴地望了老王一眼：

"啥鱼金鱼银，我不认识。"

他看到苗头不对，可还不知道二太太不是心思，连忙解释道：

"就是厂里的工会主席余静同志，听说她还是党支部书记哩。"

"工会主席和支部书记同我有啥关系？我不认识她，找我做啥？"

"她说，"他曲着背，冲着她慢慢地说，"想和您谈谈总经理的事……"

"和我谈啥？有事，要她找总经理去。就说我不在家。"

她把头一晃，转过脸去，又望着两个 A 和 Q，揭开手里的牌，是张 J，笑着说：

"这次可拿了一副。"

他见她脸上有了笑容，乘机小声说了一句：

"我已经告诉她，您在家里。"

她生气地把手里的牌往玻璃桌子上一放，歪过头来，问：

"什么？你为什么告诉她我在家里？"

"太太，我买东西报账，您不是总对我说，做事不要说谎，不要报假账吗？"

她瞪了他一眼：

"这和报账有啥关系？"

他弯了一弯腰,应声说:

"是,这和报账没有关系。……您事先没吩咐,小的这次说错了……"

她没等他说下去,打断了他的话,说:

"你办别的事体门槛很精,就是这桩事体糊涂了。"

他顺着她说:

"是的,一时糊涂,以后一定留心。"

她没有再言语。他站在那里没走,想起余静还在等候,过了一会,说:

"太太,余静同志在门口等着哩。"

"唉,"她想了想,事情没法挽回了,只好说,"那你叫她来吧。"

他连忙退了出去,刚走出东客厅的门,又给她叫回去了。她说:

"以后有人来看我,特别是厂里的人,要先问我一声,再告诉人家我在不在家。"

"晓得了。"

他走出去把余静领进了东客厅,接着送进来一杯绿茶,便迅速退出去,远远避开了。

她指着对面的那张朱红色的皮椅子,对余静说:

"对不起,请坐一歇,我这副牌马上就拿完了。"

她不高兴见余静,有意把余静放在一边,冷余静一下。她急于想知道徐义德的命运,不把牌拿完,没有心思谈话。她揭开手里的牌,是个 2,拿出了一副 A,又翻手里的牌。

余静坐在她的对面,看她只顾翻牌,不理人,便说道:

"你有事,那我改天再来。"

"这,"朱瑞芳想把余静气走,余静自己要走,那不是再好也没有吗?可是想到改天还要来,不如现在打发一下算了。她微微一笑,说,"真对不住,我马上就拿完了。你看,只有一张了。"

桌子上剩下了最后一张,是个7;她手里也剩下最后一张,不知道是啥,能不能开关,就看这一张了。她渴望这一张拿掉,迅速地翻开一看:是5,差一点,没能拿通。她把牌往旁边一推,自言自语地说:

"真讨厌!"

她的眼睛慢慢转到余静的脸上,自己嘴上浮起一个非常勉强的笑容:

"对不起,让你等了一歇。找我,有啥事体吗?"

余静本来准备和她先闲聊聊,慢慢再谈到徐义德身上,不料朱瑞芳开门见山,干巴巴地直接问她。她想了想,避开朱瑞芳的问题,岔开去说:

"早就想来看看你们,一直没有空……"

朱瑞芳立刻插上去说:

"你们忙,不敢惊动你们。"

余静没理会她话里的刺,很自然地说下去:

"你们在家里也很忙吗?"

"我们,蹲在家里没事,闷得发慌……"朱瑞芳信口讲到这里,觉得不对头:既然闷得发慌,那正好,余静一直和她扯下去,她怎么好走开呢?她丝毫不露痕迹地把话收了回来,说,"这一阵倒是比较忙一些。你们在厂里忙,我们在家里忙,大家忙个不停。不过么,我们在家里无事忙,整天手脚不停,忙不出一个名堂来,不像你们……"

"只要劳动都好!"

"劳动?"朱瑞芳不懂这是啥意思。她在家里忙的是打牌,看戏,吃馆子,买东西,和劳动有啥关系呢?她不置可否地"唔"了一声:

"是呀!"

"你们常常出去吗?"余静想了解她们参加不参加社会活动。

"有辰光出去……"

余静很高兴地接上去说:

"那很好。"

朱瑞芳接下去说:

"到南京路公司里买点物事……"

余静大失所望:

"哦。"

"有辰光也到淮海路旧货店跑跑,买点进口货……"朱瑞芳以为工会主席一来一定谈政治啥的,没想到余静和她谈家常。她紧张的神经松弛下来,谈话也随便一些了。她说,"现在旧货店里也没有啥好物事,……"

余静对这些事全无兴趣,又不得不听,等她说完了,便问她:

"你们在家里看报吗?"

"报纸?看的,看的。"

余静的嘴角露出了笑意。她觉得坐在她对面的徐义德的二太太毕竟不错,家庭妇女能看报,知道国家大事,认识会逐渐提高,谈起话来就容易投机了。她又问了一句:

"每天看吗?"

"天天看。"

"养成看报习惯很好的,可以了解很多事体……"

"是呀!"朱瑞芳叹息了一声,不满地说道,"这一阵没啥好看的,老是那几张片子:《思想问题》,《有一家人家》,《卡查赫斯坦》……越剧也老是演《梁山伯与祝英台》,没啥好看的。……"

余静凝神地望了朱瑞芳一眼:坐在她对面的朱瑞芳和她早一会儿想象中的朱瑞芳竟然是两个人。她不让朱瑞芳再乱扯下去,

把话题直截了当提到"五反"上去,说:

"最近报上登的'五反'消息很多,你没看吗?"

"'五反'消息?"朱瑞芳心头一愣,她所预料的事终于在她面前出现了,冷静地反复思考,提高警惕地说,"没看,没看。"

余静见她不愿谈下去,便单刀直入地说:

"这是当前的国家大事,你应该看看。我想,对你,对徐义德都有帮助。"

朱瑞芳马上想起早些日子徐义德在林宛芝房间和她们谈的事。她生怕余静再说下去,慌慌张张关紧门:

"义德的事我们一点也不晓得。"

"我并不想打听徐义德的事……"

"哦,哦,"朱瑞芳感到自己刚才失言了,余静还没有开口问,怎么倒先撇清,不是露出了马脚吗?她含含糊糊地说,"是啊,是啊。"

"看看'五反'消息,晓得当前国内的形势,了解党和政府的政策,劝劝徐义德,早点坦白交代五毒不法行为,可以从宽处理,对家里的人也有关系,你们应该劝他……"

"这个,这个,"朱瑞芳想打断余静的话又没法打断,勉勉强强地应付她,说,"这些国家大事,我们家庭妇女,也闹不清……"

"现在妇女和男子一样,可以管事,也有责任可以根据党和政府的政策处理家庭关系,劝说自己的亲属……"

"这个么,是那些能干的年轻妇女的事。我们脑筋旧,不中用了。"

"不,听说你很精明哩!"余静有意点她一下。

"谁在瞎嚼蛆,没有的事。"

"徐义德回来不和你谈谈吗?"

提到这,朱瑞芳不由得气从心起,酸溜溜地说:

"他么,一回来,就钻到林宛芝的房间里。"她伸出右手的小手指来加强对林宛芝的不满和轻视,说,"啥也不和我谈。我在徐家啊,就像是个聋子,啥也听不到;又像是个瞎子,啥也看不见;如今变成个哑巴了,啥也说不出来。"

"林宛芝啥事体都晓得吗?"

"她呀,自然什么事都晓得,"朱瑞芳一提到林宛芝,仇恨的激流就从心头涌起,现在借机会把事体往她身上一推,让她去作难人:不说出来,看她怎么对付余静;说出来,瞧她哪能有脸见徐义德。这样反正对朱瑞芳都有利。她撒一撒嘴说,"他有啥事体,总对她说。我嚜,经常蒙在鼓里。有的事,家里上上下下的人全晓得了,我还不清楚哩。"

"林宛芝不是出去了吗?"

"是啊,她常常出去,谁晓得她到啥地方去了。"

余静听她推三推四的口气,叫你无从谈下去。但余静不能白来一趟,空着两手回去,怎么好向杨部长汇报呢?她把话拉回来,说:

"我们虽是初次见面,可是我在沪江厂里做工很久了,徐义德和你们家里的事我多少也晓得一点。你今天讲话太客气了一些,总说啥不晓得。你说我会相信吗?"

朱瑞芳的年龄起码比余静大十岁,她听了余静这几句老练而又有骨头的话,余静倒好像比她大十岁光景。她一时回答不上余静的话,随手拿过散乱地放在玻璃桌子上的扑克,望着那上面裸体女人的画图,耸了耸肩,轻松地说:

"你要是不相信,我也没办法。"

她把扑克理好,洗了洗,说:

"我这个人,老虎不吃人,恶名在外。人家总说我精明,其实我一点也不精明,啥事体也不晓得。我只会起起卦……"

她又把牌一排一排的摆好,要"开关",再问问徐义德的吉凶祸福。

"起卦有啥用场？这是洋迷信。你年纪不小，懂得的事体不少，有时间应该学习党和政府的政策，考虑徐义德的问题，劝他坦白交代，这样对徐义德才有帮助。徐义德的事体你一点不关心吗？"余静不让她把牌摆好，提高了嗓子说。

这个问题朱瑞芳没有办法再说不知道了，她点点头，按着手里的牌，蹙着眉头，忧虑地说：

"义德的事么，我当然关心的。"

"你希望不希望他快点坦白交代，从宽处理呢？"

"当然希望啰。"

"你要劝劝他。"

"他么，"朱瑞芳眉头一扬，怕余静又引到她身上，连忙推开，说，"从来不听我的话。我哩，啥也不晓得，哪能劝他呢？"

"就算你不大了解他的问题，也应该劝他坦白。这是政府给他的出路。他不坦白，根据他的五毒罪行，人民政府也可以定罪。那辰光，你后悔就来不及了。"

朱瑞芳不愿意再听余静说下去，望着玻璃桌面下边的娇妍的水红色的月季花，没有答她，像是在想重大问题。东客厅里静静的。余静望着她光溜溜的乌黑头发上玛瑙色的鸡心夹子，心里有点忍耐不住，真的想跳起来质问她，一想起今天是头一回来，事情还没有个眉目，得耐心点，她又忍住了，耐心地等她说话。朱瑞芳听余静很有斤两的话，态度有点改变，不敢顶下去，也不好意思再沉默下去，慢悠悠地说：

"这些事，我看，你还是找义德自己去谈好。也希望义德能够得到政府宽大处理，不过我们女人家不了解他那些事体。"

朱瑞芳把门关得更紧，点水不漏。余静咬咬下嘴唇，站了起来：

"需要的辰光,我会找徐义德的。我刚才说的话,希望你很好考虑考虑。以后有机会我们再谈。"

余静说了声"再见"就走了。朱瑞芳送到客厅门口,露着牙齿,半笑不笑地说:

"不远送了。"

朱瑞芳说完话,径自上楼去了。走了几步,她回过头来,指着余静的背影,耸了耸鼻子,说:

"真讨厌!害得我'关'也没有'开'!"

她一笃一笃地走上楼,去敲大太太房间的门。

大太太今天多吃了一个芝麻汤团,胸口感到有个啥物事堵着,不舒服。她回到房间里,躺在床上,自己不断用手抚摩着胸脯,帮助肠胃消化。朱瑞芳敲门,她正在闭目养神。她以为是娘姨送啥物事进来,躺在床上没动,只是迟缓地低低地应了一声:

"进来!"

门开了。大太太半睁开眼睛朝门觑了觑,一见是朱瑞芳,她坐了起来,说:

"原来是你……"

"真倒霉!"朱瑞芳气呼呼地一屁股坐在床对面的双人沙发上,说,"真倒霉!"

大太太不知道出了啥事体,关心地问:

"守仁出了事吗?"

"他,现在好了。"朱瑞芳在别人面前总给守仁说好话的。她说,"不是他,是工会主席……"

朱瑞芳把刚才余静来的情形向大太太叙述了一番。大太太伸了伸舌头,小声地说:

"你的胆子可不小!工会主席好得罪的?"

"工会主席哪能?她的权力再大,也管不到我这个家庭妇女身上。"

"不能这么讲,工会主席总是工会主席呀!"

"我有意这样的。"

"你晓得,"大太太望望门外,没有人,声音稍微放大了一点说,"现在是啥辰光?"

"不是在'五反'吗?"

"对啦,不比平常,现在是'五反'。你哪能对工会主席这个态度。"

"她能把我怎样?就是因为'五反',我才对她这样。要是在平时,我对她会好些。我才不怕她哩!"

"她对你没有办法,对付义德可有办法啊!"

大太太这句话提醒了朱瑞芳。她心头的一股怨气马上消散,头脑清醒了一些,有点后悔,说:

"你的话倒是的。"

"我们不能帮义德忙,可也不能增加他的负担!"

朱瑞芳连忙声明:

"我也是为了他。义德不是说,要是厂里有人来,大家回说啥都不晓得吗?"

"这个,也是的;不过么,讲话也可以客气点。好汉不吃眼前亏。我们在人家手底下过日子,犯不着去碰人家……"

"我心里气不过,"朱瑞芳感到自己刚才做的有点过火,想挽回这个局面,向大太太讨救兵,说,"你看,怎办呢?"

"能不能追回来?"

"人家早走了。"

"那也没有办法了。"大太太低下头来,想了想,说,"下次来,对她态度好一些,也许可以挽回。"

"唔。"朱瑞芳说,"下次她来,一定好好敷衍敷衍她。"

用不着等到下次,当她们两人在楼上后悔没法挽回,余静又坐在东客厅的玻璃小圆桌子面前,在和林宛芝谈话了。

刚才余静走到徐公馆的黑铁大门那儿,老王给她开了门,她正要跨出去,林宛芝手里挟着一大包东西,从南京路回来了。老王走上去接过林宛芝手里的那一包东西,指着余静对她说:

"太太,这位余静同志来看你。我说,碰巧您上街去了。她和二太太谈了一阵,正要走,您回来了,真巧。"

林宛芝从余静那身灰布列宁装上就猜出她是厂里的同志,一听到余静这两个字,完全清楚了。她是党支部书记兼工会主席。徐义德在家里常和林宛芝提到她。林宛芝对她点点头,说:

"对不起,我上街去买了点零碎物事,差点碰不上你。里面坐,里面坐。"

林宛芝热情地拉着她的手,一同走进大客厅,想起朱瑞芳她们在家,就把她带进东客厅,指着靠窗户那边的小圆玻璃桌子,说:

"这里坐吧,安静点。"她转过脸去,对老王说,"倒茶,拿些点心来。"

余静摇摇手,说:

"我不饿。"

"不要客气,我也要吃一点。"

"今天预备的点心是乔家栅的芝麻汤团,好不好?还是弄点别的?"

老王知道林宛芝不喜欢吃汤团的。果然林宛芝说:

"汤团?腻得很。有啥清爽点的?"

"蟹壳黄①怎么样?葱油的。"

"也好。"她转过来对余静说,"来了很久吗?"

"没多久。"

---

① 蟹壳黄即烧饼。

"真对不起你,早晓得你要来,我今天不上街了。"林宛芝仔细地向余静浑身上下望个不停。她一辈子也没见过共产党员,更没有见过女共产党员。关于共产党员的事情她倒听说过不少,可是没有见过共产党员。在她的脑筋里共产党员是非常有本事的人,也是十分厉害的人,一定生得和众人不同,可是余静浑身上下却和普通的女人一样,看不出有啥区别来。但她的眼光仍然不断地端详余静。

余静给她看得有点奇怪,以为自己身上衣服有啥破的地方,低下头来看看,没有,她说:

"没关系。"

"这一阵,厂里忙吗?"

不等余静开口,林宛芝主动谈到厂里的事。这是一个机会。余静觉得林宛芝热情而又直爽,一见面就谈得来,好像认识很久的样子。她就直接和林宛芝谈到徐义德的事,说:

"是呀,忙着搞'五反',今天来看你,就是想和你商量商量徐义德的事……"

林宛芝心头一愣,一个不祥的兆头掠过她的脑海:在她上街以后这段短短的时间里,难道徐义德出了事吗?她关怀地反问道:

"义德不是在厂里吗?"

"唔,在厂里。"

林宛芝仿佛悬在半空中的那颗心放下了:

"他的事怎么样啦?"

"还是不肯坦白。"

"那多不好。"林宛芝听余静不满的口气,立刻感到徐义德的影子就站在自己身边。

"他不坦白,家里人要帮助帮助他才好。"

余静说完了话,注视林宛芝面部的表情。林宛芝微微低下了

头,避开余静的视线,叹息了一声,说:

"我可没有能力帮助他呀!"

"为啥没能力?"

"女人家有啥能力?他的事从来不和我商量,一回到家里,向来不谈正经的。"

"女人和男人有啥不同吗?"余静笑着问她。

"这个,"林宛芝一时答不上来,她望着玻璃小圆桌子下面的那盆水红色的月季花,望着地上的草绿色的厚厚的地毯……在这些物件上找不到答案,也得不到启发。她吞吞吐吐地说,"这个,是不同呀!"

"时代不同了,男女都一样。"

"那是的。"

"有啥不同?"

"他们当家。"

"我们女人就不能做主吗?"

她怀疑地问:

"你说女人和男人是——"

"一样的,平等的。应该积极参加伟大的五反运动。"

"我和别的女人也不一样……"林宛芝没有说下去,注视着余静。她听余静说下去:

"为什么不一样?大家都是人。"

林宛芝的眼睛里露出从来没有过的兴奋的光彩。她在徐公馆,总觉得低人一等,感到头上有什么沉重的东西压着,抬不起头来。她有天大的理由也说不过那两位太太,只要她们伸出一个小手指来,她就啥也说不出来了,好像自己这个卑贱的地位是命中注定的。徐义德虽说很宠爱她,但也只是拿她当一只金丝笼中的娇嫩的小鸟儿看待,抓在手里,绝不放松一步。像是徐义德很多财产一样,她不过是徐义德的一个能说话的财物。余静对她的谈话,使她明白自己地位原来并不低于别人,第一次感到一个独立的人的尊严。余静进一步说:

"今天来找你,就是因为你有能力,一定能帮助徐义德。"

林宛芝半信半疑,指着自己,眼睛睁得大大的,说:

"我?"

"就是你!"

林宛芝的脸上堆满笑容,高兴地问:

"我哪能帮助他呢?"

"你应该劝他彻底坦白,争取宽大处理,改正错误,接受党和工会的领导,合法经营企业,这是唯一的出路。"

林宛芝思索余静的话。

老王送进来一盘蟹壳黄和两杯浓香扑鼻的咖啡,放在玻璃的小圆桌子上。他问林宛芝:

"还要点啥?"

林宛芝摇摇头。老王拿着托盘,悄悄退了出去。林宛芝用箸子挟了一个蟹壳黄放在余静面前的淡青色的空碟子里,说:

"先吃点心吧。"

余静没吃。林宛芝给自己拿了一个,边吃边说:

"别客气,吃吧。"

"好的。"余静吃了一口,又放到淡青色瓷碟子里,问她,"你说,我讲得对吗?"

"对是对,"林宛芝咽下嘴里的蟹壳黄,说,"只是——"

余静代她说:

"没有能力?"

林宛芝笑了。

"只要下决心做,一定办得到。"

余静坚决的口吻给林宛芝带来了勇气。她问：

"像我这样的人也行吗？"

"当然行。"

"只怕办不好……"林宛芝还是没有把握。

"一次不行,两次,……十次,百次,最后一定办到的。"

林宛芝从余静充满信心的言语里吸取了力量,很认真地想了想,点点头,说：

"让我试试看。"

余静告辞,林宛芝一直把她送到大门口。她多少年来总感到自己是徐义德附属的物事,只有余静第一次拿她当一个独立的人看待,意识到自己的地位在余静面前比在一般人面前要高得多。她紧紧握着余静的手,眼睛里忍不住润湿了。余静热望地对她说：

"好好努力,做一个新社会的新妇女。"

林宛芝微微点点头,很激动地望着余静,很久很久,才放她走去,说：

"有空请到我这里来坐坐。"

四十六

下午三点钟。严志发来约徐义德到夜校的课室去。快到课室那儿,徐义德有意把步子放慢了。他寻思是不是开会斗争他?怎么应付那转瞬之间就要出现的激烈的场面呢?得好好考虑一下,想个对策。

自从杨健跨进沪江纱厂的大门,徐义德的心里就没有宁静过。本来他并不把余静放在眼里,但余静现在和过去仿佛是两个人,非常老练英明,他的花招不能像过去那样随便要了。不讲余静,连严志发那么一个普普通通的工人也和他过去所见到的工人不同,不仅办事有能力,经验很丰富,而且共产党和人民政府的政策他还能说一大套哩。从党支部那里,从杨健那里,发出一种看不见但是完全可以感觉到的巨大的力量,日渐向他逼近。那天严志发送给他三张白纸要他坦白,第二天他马马虎虎写了空空洞洞的几条送给严志发转呈杨部长,以后就没有下文。杨部长不曾找过他,严志发也没有再来找他,他有点沉不住气,想去找严志发,却又不知道从何谈起,处在尴尬的境地里。他自己感到一天比一天孤单,昨天马慕韩那一番话,听了之后,他表面虽然很顽强,可是心里却冷了半截:像马慕韩那些工商界的大亨,好像全坦白了,没有一个抵挡得住。那么,徐义德能够抵挡得住吗?抵挡不住的话,所有的财产就要完蛋了。

昨天晚上他怀着一肚子心思回到家里,希望从林宛芝那里得到一些温暖。林宛芝一见了他,劈口就问:"你坦白了没有?"

他注视着她,半晌说不出一句话来。难道她也变了心吗?为啥也逼他坦白呢?他沉下了脸,把嘴一撅,三分生气七分开玩笑地说:

"女人家不要问这些事。"

"为啥不能问?女人不是人吗?女人该受男人欺负吗?男人做的事,女人也能做,现在男女平等了……"

他打断了她的话,问她从啥地方忽然学来这些新名词。她信口滑出"余静同志……"几个字。他愣住了,旋即眼睛一瞪,质问她:

"你为啥去找余静?"

她想起余静对她的鼓励,毫不含糊地走上一步,反问:

"为啥不能找?"

"你能,你能。你和余静穿一条裤子都可以……"他气生生地坐到沙发里去。

她见他真的生气了,连忙笑着说:

"是她来的……"

"余静这家伙到我家里来了吗?"

"是的,今天下午……"

余静和林宛芝谈的话,在林宛芝的生命史上是新的一页。余静讲的话和别人不同,特别新鲜。她是关在徐义德特制的狭小的笼里的小鸟第一次见到春天的阳光,感到特别温暖。她一听见徐义德回来,便鼓起勇气正面向他提出,因为从来没有这样谈过话,所以态度有点生硬,语气十分直率,叫他感到突然。徐义德知道余静到他家里来过,心中非常愤恨。他从沙发里站了起来,走到她面前说:

"很好,很好。你和余静一道来对付我,好极了,好极了!"

他狡黠地笑了两声。她见他这样,心里有点慌张,怕和他的关

系搞坏,别让朱瑞芳她们从中挑拨,想不往下谈了。不过一想到余静亲切的交谈,她又沉着了,勇气百倍地说:

"义德,你不要这样!"

"我怎么样,称赞你还不好吗?"

"这样叫我心里难过。"

"这样我心里舒服。"

"不,义德,"她过去一手扶着他的肩膀,温存地低声地说,"我劝你也不是为别的,是爱护你,才说这些话。自从'五反'开始,我哪天不在家里提心吊胆,总怕你有啥意外,天天晚上不等你回来,我总闭不上眼睛。共产党的政策很清楚:坦白从宽,抗拒从……"她忘记了这个字,想了一阵才说下去:"从严。迟早要坦白的,不如早点坦白,我们也好在家里过平平安安的日子。"

他站在那里不言语,想不到一天之间林宛芝竟然变了样。她讲到后来,声音有点呜咽了:

"为了我们大家,为了你自己,义德,你向政府坦白吧。"

说到这里,她眼泪在她的眼眶里再也忍不住了,像一串透明的珍珠似的顺着她红润细嫩的腮巴子滚下来。她说不下去了,坐到沙发上,低着头,用一块苹果绿的纱手绢拭去腮巴子上的泪痕。

徐义德一见她这副可怜相,心头的愤恨消逝了,反而坐下去安慰她:

"好,好好,我坦白。"

她抬起头来,微笑地问道:

"真的吗?"

"当然真的。"他盯着她的眼睛问,"你和余静谈别的没有?"

"没有。"

"那很好,我自己去坦白。"

"义德,"她高兴地说,"你这样做得对。"

"你说做得对,当然就不会错了。"他心里却是另外一个想法:林宛芝究竟是青年妇女,给余静三言两语就说动了心,傻里傻气地也来劝我坦白。厂里的事她一点也不知道,更不了解共产党办事辣手辣脚,去坦白,有个完吗?不坦白,共产党就没有办法。无凭无据,人民政府能把徐义德抓起来吗?坦白倒反而有了证据。林宛芝一个劲纠缠他,没有办法,就信口随便应承一声。林宛芝却以为是真的。徐义德见她那个高兴劲头,心中也很高兴:三言两语骗过了她。但是他心中还不满意,就是马慕韩这些人坦白了。他旋即又安慰自己:马慕韩这些人是大少爷,是小开。嘴上无毛,办事不牢。他事先没有周密的布置,也缺乏至亲密友,一露破绽,自然抵挡不住,要去坦白。徐义德却完全不同:他有经验,有办法,有布置,还有梅佐贤、郭鹏和勇复基这些心腹朋友,何必惧怕?一想到这里,他好像有了依靠。马慕韩这些人抵挡不住,他能抵挡得住,这才是与众不同的徐义德。

不过,今天严志发来约他谈,他还是有点提心吊胆。

严志发一个劲往前走,忽然听不到徐义德沉重迟缓的脚步声,他站了下来,回头一看:徐义德站在那里想心思。他便催徐义德快走。徐义德这时似乎才想起要到夜校的课室里去见杨部长。他加快走了两步,一会又慢了下来。他的心怦怦地跳,不知道即将在面前出现的是一个啥场面。他留心向课室里面听去:静静的,没有一丝的声音,这更增加了他的顾虑。如果有人声,倒可以估计出里面的规模,甚至还可以从声音里辨别出啥人在里面。可是啥声音也没有。他以为一定是里面坐得满满的人,等徐义德一进去就展开激烈的斗争。徐义德不坦白交代,大概是再也走不出课室的门了。他摸摸身上的黑色哔叽的丝绵长袍子,心中稍为定了些,因为穿这件长袍子在课室里过一夜是不会感到寒冷的。他硬着头皮,随在严志发后面低着头跨进了课室。

徐义德暗暗抬头向课室四周一看,出乎意料之外地吃了一惊:课室里空荡荡的,椅子上没有一个人。杨部长和余静坐在靠黑板那边,一间大课室里再也没有别的人。他定了定神,心里稍为平静一点,认为没啥大不了的事体。

杨健看他神色惊慌不定,四处张望,有点恐惧的样子,便走过去搬了一张椅子放在老师桌子旁边,对他说:

"徐先生,请坐。"

杨健最近有意不找徐义德,也叫严志发别去理他。杨健了解像徐义德这样的资本家不是简单几句话就可以打通思想的。他这个堡垒是很牢固的,不是一个冲锋可以击破,不但要组织坚强的兵力从外边进攻,还要设法从它的内部突破,这样内外夹攻,才可以拿下。他在党支部委员会上提出这个意见,大家同意了这个意见。他就集中力量发动群众,瓦解韩云程,动摇梅佐贤、勇复基和郭鹏这些人,劝说林宛芝,同时又向市里请求派来马慕韩劝降。他看看在工人阶级这支主力军的领导下,伟大"五反"的统一战线业已形成,决定今天找徐义德谈一谈。

徐义德很不自然地坐下去,双手放在胸前,微微点点头:

"谢谢,杨部长。"

"你的坦白书我们已经看过了。"

徐义德一听到杨健这句话就连忙站起来,说:

"请杨部长指教。"

"坐下来谈……"

"是,是是……"徐义德的屁股靠着椅子边坐下。

"我很坦白地告诉你,徐先生,你的坦白书写得很不坦白……"

徐义德不解似地"哦"了一声。

"你自己写的,你还不晓得?"严志发在一旁哼了一声,说,"别装糊涂!"

"我自己写的,当然晓得。"徐义德连忙对严志发点了点头。

严志发坐在他正对面,也微微点点头:

"那就好了。"

杨健接着警告他说:

"这样对你自己不好。'五反'工作队进厂那天我已经对你说过了,我想,你应该还记得……"

"记得,记得。杨部长每一句话都是金石之言,我无论如何也不会忘记的:坦白从宽,抗拒从严。"

严志发单刀直入地质问道:

"那你为啥不坦白?"

"我当然要坦白,一定坦白……"

余静插上来说:

"你曾经对杨部长说过:一定——交代你的不法行为,来报答杨部长和同志们的关怀。许多天过去了,你为啥到现在还不坦白呢?"

"我已经坦白了,余静同志,"徐义德说,"我送来那份坦白书,你看了没有?"

严志发忍不住又说道:

"余静同志早看到了,就是没有内容。"

"内容?有的,有的,我写了很多么。……"

杨健不让徐义德再兜圈子、耍花招,他开门见山地说:

"我们还是直截了当地谈好。我们不在乎写几次,也不在乎写多少字,主要看真正坦白了几条。你想想看,你真正坦白了多少?"

杨健这么一问,徐义德哑口无言了。停了一歇,徐义德才答道:

"我晓得的都坦白了。"

"不见得吧?"杨健笑了笑,说,"是不是说,凡是没有坦白的,你都不晓得呢?"

徐义德听到这好像洞悉他内心秘密的笑声,心头不禁一愣。他于是改口道:

"让我再仔细想想,可能还有点。"

严志发马上说:

"那你现在就坦白吧。"

"现在就坦白?"徐义德的眼光对着杨健。

杨健有意没有答理他,看他究竟怎么打算。严志发质问他:

"你现在还犹豫吗?"

"不犹豫。"徐义德连忙一个劲摇头,"我这个人办事一点不犹豫。"

"人民政府的政策不懂吗?"

"懂,懂,完全懂。"

"那你现在就坦白,坦白完了再回去!"

徐义德仔细思考严志发这两句话。他理解为不坦白就不能回去,也就是说真的要在课室里过一夜了。他的右手摸一摸黑哔叽的丝绵长袍,心里说:早就准备好了,不回去就不回去。他的眼光还是对着杨健,怀疑地问:

"要现在坦白吗?"

杨健知道他在试探,偏不给他露口风,反问他:

"你看怎么样?"

"我,"徐义德没想到杨健会有这一着,确实难住了自己,说了个"我"字,就说不下去了。

"唔,看你自己。"

"那我现在坦白?"

"很好,"杨健马上答应,并且对严志发说,"拿点纸给他。"

"早就准备好了,"严志发从口袋里掏出一卷纸来,撕下三张放在课桌上,对徐义德说,"给你三张。不够,这里还有。"

这一次徐义德可摸不清杨健的意图了。他面对着三张白纸,写不写呢?不写,那不是暴露自己刚才说的是假话吗?写,空洞的言辞再也不能蒙混过去,五毒不法行为又不愿意坦白,这是千钧一发的时刻,要决定坦白还是不坦白。他拿着派克自来水钢笔仿佛有千斤重,在白纸上怎么也写不下去。他顿时皱起眉头,向黑板望望,向课桌看看,似乎又真的在回想什么来坦白。但他的眼睛就是不敢对着杨健。杨健目不转睛地注视着他。严志发在旁边催促:

"你写呀,徐义德。"

"是,我写,我写……"徐义德马上把笔按在纸上,过了一会儿,还是写不下去,不得不正面提出要求,说,"杨部长,可不可以让我回去想想,写好了送来?"

徐义德一时施展不出妙计。他希望争取时间,回去再谋虑谋虑,可能想出啥办法。即使想不出办法,起码可以拖延点时间。出乎徐义德的意料之外,杨健说:

"我晓得你还没有下决心坦白,当然想不出来。回去写也好,别再浪费时间了。"

这几句话把徐义德说得面红耳赤,脸上忽然感到热辣辣的。他勉强镇静,竭力否认道:

"杨部长,决心我是有的。希望你相信我。"

"要我相信很容易的,只要你真正坦白。我希望你不要欺骗自己。我们已经掌握了你的五毒材料,现在就等你自己坦白了。你不要迷信攻守同盟,那是靠不住的。你是有名的铁算盘,应该给自己好好打打算盘。党为了挽救你,是可以多等你一些时间的。"

"是的,是的,杨部长的话,句句是良言。"徐义德的头低了下去。

"你现在可以回去了。"

徐义德站了起来,有点不相信杨部长真的让他回去,追问了一句:

"我现在就走吗?"他看看表:五点钟还没到,离下班还有一个多小时。他怕提早下班不好。

"现在就可以走,"杨健点点头,说,"坦白书啥辰光送来?"

"明天。"

"好的,希望你好好考虑,不要又想不起来。"

"那不会的。"徐义德一跨出课室的门,步子就加快了,急急忙忙往家里去。

四十七

徐总经理回到家里,时钟正指着五点。他进门就脱下黑哔叽丝绵长袍子,递给老王。老王没有像往常那样立刻挂到衣帽间去,他紧紧跟在徐总经理的屁股后面,抢上一步,张开嘴想说啥,却又嗫嚅地说不下去。

徐总经理径自向楼上走去。老王鼓足了勇气,追上一步,大声叫道:

"总经理……"

叫声止住了徐总经理的脚步,他在楼梯上回过头来:

"啥事体?"

老王看见他浓眉下一对锐利的眼光盯着望他,他有点惶恐了。他问自己:报告不报告总经理呢?不报告,不好,应该报告。一刹那间,他自己又回答说:不能报告,报告了,出了什么事,各方面都不讨好,要怪老王哩。不报告,啥人也不能怪他。这是上面的事,老王怎么知道呢?啥人也不会问他的。他拿稳了主意,改口道:

"您有啥吩咐?总经理。"

"没啥。"

"准备点心吗?"

"用不着。"

"要喝点咖啡吗?"老王抬起头来,透过楼梯上的栏杆,望着他。

"不要。"

徐总经理知道没啥事体,便向楼上走去。他今天神经很紧张。

现在到了紧要关头,他要最后下决心了。他想休息一下,轻松轻松,然后再考虑这个重大的问题。他习惯地匆匆向林宛芝的卧室走去。他想象中的林宛芝一定打扮得很漂亮,浑身香喷喷的,一个劲在看画报啥的,心里准是惦念着徐义德。他突然回来,会给她带来意外的喜悦。他走到卧室跟前,房门却关得紧紧的,里面不时传出轻微的亲密的谈话声。他心头一愣,在门外站住了,没有敲门。等了一会,他好奇地弯下腰去,把左眼紧贴着门上钥匙的孔,屏住呼吸,细细往里面看。

冯永祥那天在书房里受到林宛芝的责备,虽然他自己不是心思,整天穷忙,但是有口难以分辩。最近他在市里"过"了"关",在三〇三户里面变成了积极分子,到处劝人家坦白交代,浑身感到轻松愉快了。他知道徐义德还没有过关,整天泡在厂里,正在经历严重的时日。他从林宛芝那里知道二太太陪大太太上永安公司买东西去了,这是很好的机会。下午三点钟,他换了一身新西装,赶到徐公馆。他和林宛芝先是在大客厅里谈的,不久,他要求到楼上参观参观她的卧室。她没答应。他说参观一下就回到楼下来,没有关系。她犹豫了一会,终于答应了他的要求。他一进卧室,东张西望,问这问那,没有一个完。一边谈着,一边顺手把门关紧。他们两个人坐在长沙发上,越谈声音越低,越靠越近。他的左手搭在她的肩膀上,听她诉说着在徐家单调而又寂寞的生活。他同情地把她搂在怀里,热烈地吻着她的香喷喷的腮巴子……

徐总经理在钥匙孔里看出了神,他竟忘记了弯腰站在那里,两条腿有点麻了。刚才的情况,他亲眼完全看见了。他想一头冲进去,那马上三个人同时要陷入狼狈不堪的境地。他要保持自己的尊严和名誉。他不能进去,也不能再站在那里。他果断地离开那里,向楼下走去。在楼梯上,他想起刚才老王神情慌张的原因了。

他一进大客厅,冯永祥和林宛芝的一对影子浮在他的眼前。

他对林宛芝说："你太没有良心了。我待你这么好，可以说是百依百顺，只差把心挖出来给你了，你还不满足！我整天在外边东奔西跑，为谁辛苦为谁忙？还不是为了你。不管大太太二太太她们的闲言闲语，我一回来总是往你的房间走。忙了一天回来，也不过希望有个窠，有个温暖的家庭，谈谈笑笑，好休息休息。第二天，我这条老牛再出去为你奔走。你背着我，却做出这样的丑事，说啥寂寞、单调，呸！想想看，上海解放以后，像徐家这样的生活享受究竟有多少家？还不满意，嫌寂寞、单调，难道说就凭寂寞、单调便要偷人养汉吗？真不要脸，真亏你说出口，我真替你害臊！"

林宛芝好像也很不满意徐义德。他仿佛听见她说："是你讲的，不能得罪冯永祥。他是工商联的委员，是工商界的红人，将来我们有许多事体要拜托他，要依靠他。别人请他也请不来，现在他自己常到我们这里坐坐，那再好也没有了。你既然要我应付他，怎么现在又怪起我来呢？"

这些话确实是徐义德亲口说的。林宛芝一提，他的理有点屈了。但他旋即给自己解说："是我讲的，不要得罪他。但是没有要你和他这样啊。这样……这样……简直是太不成体统了。"

林宛芝又说："是他，是冯永祥这样，哪能怪我呢？"

徐义德一想，这话也有道理。他对着浮在自己面前的冯永祥的苗条的影子说："是的，她说得不错。冯永祥，你太对不起朋友了，太不讲道德了。古话说得好：朋友妻不可欺。你竟敢在我家里对我老婆这样无礼！你当面污辱我，使我站不住脚，使我见不得人！我不能忍受！我们要把这桩事体谈清爽，从此一刀两断，你走你的阳关道，我走我的独木桥。今后，你要是再跨进我徐家的门，小心我一刀砍断你的腿！"

他气忿忿地从大客厅走出去。他不从楼梯上大红色的厚厚的地毡上走，有意踏在地毡旁边的水门汀上，让皮鞋发出橐橐的响声。这响声是告诉冯永祥：我徐义德来了，无耻的家伙小心点，我要给你颜色看。

他一上了楼，脚步声不知不觉地就轻了，快走到林宛芝卧室门口，他的皮鞋声简直听不见了。他站在门口，问自己："进不进去呢？"第一个声音说："当然进去。"接着第二个声音说："还是考虑一下吧。进去容易，出来难。进去以后怎办呢？大家把脸皮扯破，今后见面不见面呢？见了面，讲不讲话呢？不讲话，人家一定要问：徐义德和冯永祥，怎么忽然见了面不讲话呢？追问起来，内幕会传出去。一传出去，谁也控制不了。好事不出门，坏事传千里。那徐义德的脸搁在啥地方？以后要不要在场面上混呢？他不进去，可以装作不知道这回事，可以把这桩丑事紧紧关在林宛芝的卧室里。今天大太太和二太太都不在家，保险没人知道。老王？他顶多知道冯永祥在楼上和林宛芝谈话，社交公开，那有啥关系呢？并且，徐义德由于冯永祥的介绍才参加了星二聚餐会，往来于工商界巨头们之间，今后还得依靠冯永祥。何况自己还没有'过'五反的'关'，不要祸不单行，那边厂里'五反'斗争弄得热火朝天，这边冯永祥再放一把火，要把徐义德烧得焦头烂额。无论如何，冯永祥这条路不能断。个把女人是小事。天大的怨气也得咽下。冯永祥是徐义德的晋升的阶梯啊！"

徐义德想到这里，轻轻地叹息了一声，回过头来，顺着大红色的厚厚的地毯迟缓地走下楼，轻得一点声音也听不见。快走到大客厅，他的皮鞋才发出愤怒的橐橐声。

他坐在客厅的沙发里，点燃了一支三五牌香烟，深深地吸了一口，并不吞下去，却用力吐出去，像是吐出一口口的怨气。一支烟吐完了，心里感到舒畅些。他望着墙角落的那架大钢琴，设法忘记楼上那一幕，心里慢慢平静下来。

半晌，楼上那一幕又在他的眼前展开，非常清晰，连声音也仿佛听得清清楚楚。他忍受不了,他的心再也平静不下去。他站了起来,眼光愤愤地望着客厅门外的楼梯,想了想,无可奈何地低下了头。

他迈着脚步,不满地向书房走去,拉出书桌的抽屉,取了三张白纸。他伏在桌上,抽出派克自来水笔,准备重新写坦白书。

他想到杨部长那些话,决心把自己的五毒不法行为向政府坦白,这样可以得到政府的宽大处理。他从上海解放初期的事一件件想起,理出个头绪来。先从套汇写起。他的笔尖一接触到纸面上,便停下来了,问自己:为啥要彻底坦白呢?这些事不坦白,政府知道吗?当然不知道。凭你杨部长有天大的本领也不可能知道。为啥要坦白?那不是自己上钩吗?不能。正是因为这是严重关头,只要咬咬牙齿,也许就滑过去了。杨部长那样说法,可能是一种没有办法的办法。他真有本领的话,为啥不拿点颜色出来看看呢?

他越想,越觉得不坦白完全有道理。他无聊地用笔在纸上乱画乱写。他画了一个女人的头,又画了一个男人的头,最初以为不像,再一看,又觉得很像。他感到身后有人在窥视,突然回过头去,书房里静静的,没有一个人影,也没有一点声音。他怕被人看见这张画了乱七八糟的纸,赶快把它揉做一团;但又怕给人拾去,立刻把它扯得粉碎,再揉成一团,放在人民装的口袋里,仿佛这样就再也没有人知道这回事了。

他站了起来,在书房里来回走了几步,停留在窗口,望着窗外的草地,望着红色围墙外边的一幢幢花园洋房。每家洋房都打开了窗户,好像都有人在窗口望着徐公馆,望着徐公馆里林宛芝的卧室。他不能再在书房里停留,这样下去,不是等于告诉人家徐义德心甘情愿戴绿帽子吗?徐义德不是这种人。他要冲上楼去,把冯永祥这家伙撵走。他走到书房门口又退了回来,心想这桩丑事本来没人知道,那么一闹,反而会传开去。无论如何不能让人知道。也无论如何不能得罪冯永祥。更不能叫人晓得徐义德知道这件事。他自言自语地说:

"徐义德根本不知道,对!"

应该马上离开这地方。到啥地方去?公司?今天讲好不去的。厂里?刚才和杨部长告别,回来写坦白书,怎么忽然又回去呢?不能。他回头看见挂在墙上那幅《纨扇仕女图》,忽然得了启示,报复地说:

"对,找我的菊霞去!很久没有见到她了。"

他得意扬扬地走到门口。老王见他要出去的神情,诧异地问:

"总经理要出去吗?"

"唔,"徐义德态度自若,说,"有点要紧的事体。"

老王给他送上帽子。

"准备车子。"徐义德接过帽子说。

"是。"老王飞奔去叫司机。

过了一会,徐义德坐上那辆一九四八年式的林肯牌汽车走了。老王见徐义德走了,他忍不住大声笑了出来。看门的老刘问他笑啥,他捂着嘴说:

"没啥,没啥!"

老刘附着老王的耳朵嘀咕了一阵,然后问道:

"是不是?"

两个人都忍不住哈哈大笑了。

四十八

晚上七点钟。沪江纱厂铜匠间里挤满了人,黑压压一片。人群当中是一张长方桌——用三张八仙桌拼起来的,上面铺了一块白布。长方桌上端坐着杨健,他正对面坐的是徐义德。徐义德一走进铜匠间,看见那许多人就料到今天的情况不妙,坐下来以后,他有意把头低下,暗中却又不时觑来觑去,但看不太清楚,又不敢完全抬起头来看。他的两只手交叉地放在胸前,眼光经常望着那只细白的肥胖的手。

铜匠间里像是处在暴风雨的前夕,静悄悄的,没有一丝声音。这平静里仿佛孕育着巨大的声音,随时可以爆裂开来。在肃静中,徐义德听到杨健充满了力量的声音:

"……过去你只坦白了一些鸡毛蒜皮的事,态度极不老实。本来,我们可以根据掌握的材料处理,为了挽救你,没有做结论。我们现在再给你一个机会,做到仁至义尽,希望你彻底坦白。今天会上,要你表示态度,别再耍花招。你坦白,或者不坦白,我们好处理。以前写的讲的,今天要在会上总交代,交代得好,算你坦白;交代得不好,工人同志不允许的。人民政府的法令也不允许的。你现在考虑考虑,想好了再讲。"

从课室回去的第二天下午,徐义德又交了一份坦白书,比过去增加了一些琐碎的项目,主要问题还是没有坦白。杨健料到徐义德不见棺材不掉泪的,还存着蒙混过关的幻想。他便把最近沪江纱厂的情况写了个报告给区委,建议召开面对面的说理斗争大会。

区委批准了他的意见。今天就召开了会,厂里有关的职工和资本家代理人都出席了。他向徐义德讲清了道理。徐义德听完了,慢慢抬起头来,向杨健感激地点了点头,顺便向左右两边望了望:梅佐贤和韩云程坐在他的左边,他右边是郭鹏和勇复基,再过去有不少工人,他只认识余静、赵得宝、严志发、钟佩文、汤阿英和陶阿毛这些人,许多车间的工人面孔很熟,名字可叫不上来。他看到陶阿毛,马上把眼光转过去,生怕被人发现,但又情不自禁地睨视了他一眼。他心想梅佐贤、郭鹏和勇复基这些人,在紧要关头就不起作用。这样大规模的会,事先为啥没告诉他?幸亏陶阿毛没有把他忘记,通过梅佐贤打电话告诉他今天晚上要开这个大会,使他精神上有了一些准备。陶阿毛怕他坦白交代,特地编造群众工作组的一些假情况告诉他,鼓励只要今天这个会能够顶过去,问题就差不多了。他在会场上看到梅佐贤、郭鹏、勇复基和陶阿毛这些人,使他稍为放心:除了韩云程归到工人阶级的队伍里去以外,他们这些人还没有动摇,那么,自己的态度硬到底也就有了把握。他听完杨健讲话,认真地想了想,然后拘谨地站了起来,按照他事先想好的三部曲表演:首先摘下那顶深蓝色麦而登人民装的帽子,然后低下了头,最后两手垂直,毕恭毕敬地发言,声调低沉而迟缓,几乎是一个字一个字吐出来的:

"杨部长,我绝对不是个顽固不化的人。你到厂里来以后,再三再四开导我,我再不坦白,实在没有良心,也对不起党对我的教导。我晓得的,我都交代了;我不晓得的,我不好瞎说……"

他的话还没有讲完,一个老年女工站了起来,大声质问道:

"啥人要你瞎说?你犯的五毒,你自己不晓得?你不老老实实交代,我们工人不答应!"

这是细纱间的秦妈妈,说到最后,她把胸脯一拍,来加重她的语气。

徐义德不慌不忙地说：

"我晓得的，一定交代。"

"那我问你，那一阵子车间里的生活为啥难做？"

徐义德看秦妈妈气势汹汹的那副腔调，以为她掌握了重要材料，一听她问的不过是一般的生活难做问题，他就不把它放在心上，慢慢说道：

"生活难做的原因，仔细研究起来，很不简单，这里面有机器问题，工人的工作法问题，清洁卫生工作问题，工人的劳动态度问题……"

"你提的这些问题，想把责任往工人身上推；我问你：这里面有没有原棉问题？"秦妈妈气愤填膺，盯着徐义德。

"当然，不能说原棉不是其中的一个问题。"

"你既然承认原棉是其中一个问题，生活难做的主要问题是啥？"

徐义德见秦妈妈立刻抓住原棉问题，而且要他说出主要问题，他感到势头不对，不能掉以轻心，要小心对付，讲究措词：

"这就要仔细研究了。"

"你还要仔细研究，要研究到哪一年才弄得清爽？"秦妈妈冷笑了一声，说，"重点试纺的辰光生活为啥不难做？"

"正在研究，还没有得出结论。"

韩云程见徐义德学他过去的语调，还想实行拖延战术，碰着秦妈妈这个富有经验的对手，不大容易蒙混过去，何况参加会议的那许多人还没有发言哩。他亲身体会拖延不是一个办法。听到徐义德话里一再重复"研究"这两个字，他内心便有些羞愧，这原来是他的挡箭牌啊，现在被徐义德利用上了。

"生活难做的辰光，钢丝车上的棉网满布云片，棉卷棉条的杂质很多，条干不匀，造成细纱间的断头率不断提高，有六百多根；重点试纺和试纺点扩大的辰光,同样的机器,同样的工人,同样的工作法,同样的清洁卫生工作,可是钢丝车上的棉网很少云片,棉卷棉条的杂质也少,条干均匀,细纱间的断头率突然降低,只有二百五十根,而且是一级纱,这不是原棉问题是啥问题?"

秦妈妈摆事实讲道理,问得徐义德目瞪口呆,一时回答不上来,他也不愿意回答。但是原棉问题摊开在他面前了,既不能避开,也无法说是和原棉无关,他眉头一动,小心地说道:

"花司的花衣供应不稳定,有时花衣好一些,有时花衣差一些。"

"我们生活难做的辰光,花司供应坏花衣;我们重点试纺,花司就供应好花衣?"杨健识破徐义德把责任往花纱布公司身上推,这只狡猾的狐狸又想逃走了。他便抓住,问徐义德,"是不是?"

董素娟听杨健幽默的语调,忍不住笑出声来,坐在她旁边的汤阿英连忙碰了一下她的胳臂。董素娟会意地马上用手捂住嘴,望着徐义德尴尬的表情,看他怎么回答。

"也不是这个意思。"徐义德的声调低了。他预感到情况发展有些不妙:不单是秦妈妈一个人向他进攻,杨部长开口了。

余静接着说:

"我们过去不止一次上你的当,你别再想欺骗我们了。我们现在懂得你那一套拿手好戏,啥事体都往别人身上推,同你徐义德没啥关系。你想想,哪桩事体不是你出的坏主意?坏花衣是花司配的,不是你徐义德买来的。同样是花司的花衣,为啥重点试纺的辰光花衣忽然变好了呢?真奇怪!"

"真奇怪!"管秀芬说,"花衣自己会变戏法呀!"

"真奇怪!花衣一歇变好,一歇变坏!"会场上的工人,你一句我一句连声说,"真奇怪!"

"徐义德,你快坦白交代!别梦想欺骗我们,我们工人今天绝不放你过去!"陶阿毛涨红着脸说,叫别人相信他真的在生气。

杨健见徐义德冷静地站在那里,头虽然低着,一对眼睛却不断向左右窃视,在暗暗观察会场上的动静,寻思怎样对付这个局面。杨健不让徐义德有喘息的机会,单刀直入地问:

"你说,究竟是怎么回事?"

徐义德还没有拿定主意,默默地没有回答。

"回答杨部长的问题呀,"管秀芬生气地说,"怎么,忽然变成哑巴了?"

徐义德想起梅佐贤曾经在劳资协商会议上说过:花纱布公司每件纱只配给四百一十斤,沪江厂用棉量比别的厂多一点,要用四百一十几斤,到交纱末期,车面不够,只好买点次泾阳花衣加进去。当时工人方面听得有道理,就没再追问下去。他很赞赏梅佐贤的妙计。他认为这一着现在正好派用场,便说:

"花司每件纱只配四百一十斤,不够,我们只好加点次泾阳花衣进去。次泾阳的花衣是比较差一点,对质量多少有点影响。"

秦妈妈料到徐义德会把次泾阳作为挡箭牌抬出来的,她早就等待了,连忙抓住问他:

"你这个次泾阳是从啥地方买来的?"

徐义德觉得秦妈妈这个问题问得叫人好笑,不值一答,但表面上装出很严肃的神情,认真地答道:

"是从信孚记花行进的货。"

"信孚记花行是从啥地方进的货?"

徐义德没料到秦妈妈追问到信孚记花行的货源,这可是问题的要害呀!他差点回答不上来,低下头想了一下,说:

"这要问信孚记花行。"

"你不晓得哦?"

"我不晓得。"

"你真不晓得哦?"秦妈妈正面盯着徐义德,看他脸上青一阵白一阵,神情有点慌张,便又重复问了一句,"是真的不晓得哦?"

徐义德暗暗咬紧牙关,一口否认:

"真不晓得。"

"要是晓得呢?"

"我不是那种不老实的人。"

"我倒晓得……"

秦妈妈说了半句,有意停了下来,看徐义德的态度,给他一个坦白的机会。徐义德以为秦妈妈吓唬他,并不是真的晓得,便稳坐钓鱼台,闷声不响,听秦妈妈的下文。会议上的空气突然变得紧张起来,大家的眼光都集中在秦妈妈的脸上,急于想从她的嘴里知道影响全厂生活难做的秘密。秦妈妈在杨健和余静的领导下,对"次泾阳问题"做了专门调查研究,信孚记花行的职工也在五反运动中检举了这方面的材料,提供了确凿的人证物证。秦妈妈等了一歇,徐义德还是不开口,她说:

"要不要我告诉你?"

徐义德轻轻地弯了弯腰:

"好的。"

"信孚记花行是从沪江纱厂进的货!"

汤阿英和郭彩娣她们大吃一惊,诧异的眼光都对着徐义德。徐义德还不死心,仍然企图抵赖:

"我们沪江纱厂从来没有卖过次泾阳的花衣给信孚记花行,这有账可查,如果真的卖过,我徐义德一定认账。"

梅佐贤见秦妈妈一直追问次泾阳的货源,他身上直冒冷汗。这是他一手经办的呀!秦妈妈虽说是一步步向徐义德进攻,但火力的威胁使他感受比徐义德还要深切!徐义德正面顶住,矢口否认,说得有凭有据,庆幸徐义德的远见,把沪江纱厂的破籽卖给信孚记花行，由信孚记花行自己去处理加工，在沪江纱厂的账面上抓不到把柄。他听到这里，暗暗松了口气。

秦妈妈英勇地继续前进，她高声地说：

"账，我们早就查过了。沪江纱厂的确没有卖过次泾阳给信孚记花行……"

徐义德得意地抬起头来，插上一句：

"我从来不说假话！"

"别忙表扬自己，"管秀芬瞪了徐义德一眼，说，"秦妈妈的话还没有说完哩。"

徐义德的头低了下去。秦妈妈继续说：

"沪江纱厂把破籽卖给信孚记花行，是不是？"

徐义德点点头。

"信孚记花行用梳棉机把破籽梳一梳，再用硫磺一熏，就变成次泾阳了，再卖给沪江。你晓得哦？"

"我不晓得信孚记花行的情况。"徐义德心慌了，他奇怪秦妈妈哪能了解得这么清爽。

"啥人是信孚记花行的老板？"

"信孚记花行是合股公司。"

"你有没有股子？"

"多少有一点。"徐义德现在感到秦妈妈所问的每一句话的力量，不能再完全赖账了，但设法尽可能缩小一些无法抵赖的事实。

"啥人的股子最多？"

徐义德见秦妈妈一步步逼得更紧，叫他躲闪不开，却又不甘心完全承认，梦想再负隅抵抗一阵，摸摸秦妈妈的底盘，看她究竟掌握了多少真实情况。他摆出回忆的神情，歪着头想了想，说：

"因为忙，很久没有参加信孚记花行的董事会了，不了解啥人的股子最多。"

"要不要让秦妈妈告诉你?"杨健望了徐义德一眼。

"也好。"徐义德无可奈何地说,声音很低沉。

"股子最多的就是你!沪江纱厂的徐义德把破籽卖给信孚记,信孚记的徐义德把破籽变成次泾阳,再卖给沪江纱厂的徐义德。你这个徐义德却啥也不晓得!"

汤阿英气愤愤地站了起来,指着徐义德说:

"你好狠心,害得我们工人好苦,还想赖账吗?"

会场上的人都站了起来,大家的手不约而同地都指着徐义德,愤怒的眼光都集中在徐义德的身上。徐义德的脸微微发红,头更低了,可是他紧紧闭着嘴,一声不吭,真的变成哑巴了。

"你看看,韩工程师就坐在你旁边,"余静看徐义德还不肯交代次泾阳问题,便让大家坐了下来,她接着说,"做了坏事是隐瞒不了的。你不坦白,别人会坦白的。徐义德,我看你还是老老实实交代的好。"

徐义德一听余静点出韩工程师在场,他心里更加紧张,想起韩云程已经归了工人阶级的队伍,难道说花衣问题也完全交代了吗?归队就归队,为啥要"揭"徐义德的"底"呢?太不够交情了。也许没有,是余静有意压一下,想叫徐义德交代。他心里稍为安定了些。他微微抬起头来,看见韩工程师站了起来,他的心再也不能平静了,刚才隐隐发红的脸现在却变得铁青了。他仔细在听韩工程师说:

"余静同志说得好,做了坏事是隐瞒不了的。秦妈妈已经把次泾阳的问题提出来了,我也向'五反'工作队坦白了。徐义德,你老老实实地交代吧……"

郭鹏听到"次泾阳"三个字,根根神经紧张了,吃惊的眼光木然地盯着韩工程师。他想:这下可糟了,秦妈妈虽然揭露了沪江纱厂和信孚记花行来往的秘密,但和他没啥关系。韩云程坦白"次泾阳"，问题就完全不同了，他了解"次泾阳"的名称是郭鹏给取的，那他摆脱不了这关系。勇复基吓得低下了头，不敢呼吸，他后悔不应该去参加那一次总管理处倒霉的秘密会议，现在无论如何也跳不出这烂泥坑了。梅佐贤心里很坦然，他不动声色，坐在那里。他知道：天掉下来有徐总经理顶着。他端徐总经理的饭碗，当然服徐总经理管。资方代理人还有不为资本家服务的道理吗？在这紧要关头，自己正要紧紧靠着徐总经理，"五反"过后，料想徐总经理不会亏待自己的。徐义德给秦妈妈进攻得浑身有气无力，已经招架不住，这时又亲自听了韩工程师这几句话，迎头又受到一闷棍，打得他非常沉重，痛上加痛几乎讲不出话来。他在广播里听到韩云程归队，还以为是大势所迫，不得不应付应付，现在听他那口气，完全不是应付，而是不折不扣归了队。那么，"次泾阳"以外的问题，当然也向"五反"工作队坦白了。他要尽一切努力把这个缺口堵住。秦妈妈只是揭露问题的一个方面，韩云程却了解生产方面的全部情况，如果这个缺口突破，汹涌澎湃的大水通过这个缺口便会冲垮他的防堤，一泻千里，洪水泛滥，便不可收拾了。他向韩工程师笑了笑，用那鹰隼一般的目光注视着韩工程师：

"韩工程师是学科学的，态度严肃，办事认真，不随便讲话。你是我们厂里的技术专家，沪江靠了你，我们的事业不断扩大。我对你一向是很尊敬的。你每次讲话我都深信不疑，可是这一次——也许是你的记忆不好，没有把事体说清爽，使人容易误会。我们厂里过去用过'次泾阳'，工务日记上写着的，报表上也填了的，因为花司配的花衣不够，我们不得不自己买点花衣贴补上，你说，是吧，韩工程师。"

徐义德最后两句话充满了热情和无限的希望。他热望韩工程师再回到他的身边，即使不肯马上回来，也不要使他太难堪了。他这一番话在韩工程师的心里确实起了作用，总经理就坐在自己的面前呀,多年的交情,哪能抹下这个面子呢?要是现在当面顶撞,以后要不要在一块儿共事呢?在徐义德面前,秦妈妈又把"次泾阳"的来龙去脉调查得清清楚楚。他第一次听到这里面的内幕,叫他吃惊,也使他懂得做了事是隐瞒不住的。他不能作证"次泾阳"的秘密。可是杨部长的眼光正对着他哩,他在杨部长面前能够不作证吗?他曾经向工会谈的那些事哪能好收回?说出去的话,谁也没有法子收回了。他一时解脱不开尴尬的处境,只好紧紧闭着嘴。杨健看韩工程师拉不下脸来说话,他亲自点破徐义德:

"花司给别的厂配的花衣够,同样数量的花衣,沪江就不够,你说,奇怪不奇怪?照你这么说,你贴补了很多'次泾阳',那么花司还欠你不少花衣了?"

"已经贴补进去,不必再算了。"

"那你不是吃亏了吗?"杨健的眼光转到徐义德的身上。

徐义德的脸刷的一下红了。杨健追问:

"你一共用多少'次泾阳'换了好花衣?"

徐义德从杨部长口气里已经知道韩云程啥都坦白了,秦妈妈揭露的那些材料,物证人证俱在,再也没有办法隐瞒下去。现在再坚决否认,那对自己不利。他毅然下了决心:做了就不怕,怕了就不干,干脆坦白。他想用坦白把韩云程这个缺口堵住。他低着头,用悔恨自己的语调,沉痛地说:

"唉,这是我的过错。从一九五〇年六月起,棉花联购处宣布联购,私营厂不能自行采办。花纱布公司配棉很好,纤维很长,我资产阶级本性未改,觉得有利可图,就在信孚记花行买了一些黄花衣搭配。我给它取了个名字叫'次泾阳'。我先后一共买了两千多担,大约用了一千八百担,现在还留下两百多担在仓库里没用。余静同志提出重点试纺以后,我就没敢再用了。以一百万元一担计算,一千八百担共取得非法利润十八亿。细账要请工务上算。这是我惟利是图。盗窃国家资财是违法的,请上级给我应得的处分。以后,我再也不干了。"

徐义德说完了,连忙又补了一句:

"这些违法的事情是我个人做的,和韩工程师没有关系,希望上级给我处分好了。"

"这个我们了解,当然和韩工程师没有关系。不用你操心。现在就是要你彻底交代。"杨健说。

"是的,我要彻底交代。"

钟佩文匆匆走到余静面前,附着她的耳朵,低低地告诉她夜校教员戚宝珍要来参加今天晚上的会议,已经踉踉跄跄走进大门了。余静一听到这消息,马上皱起眉头:戚宝珍那个病哪能参加这样激烈的会议呢?她的身体支持不住的?余静要他赶快劝阻,无论如何不能让她进入会场,派人送她回去好好休息。他站在余静旁边,迟迟不去,脸上露出为难的神情:他这个夜校教员怎么能够阻止戚宝珍参加这么重要的会议呢?不说别人,就说他自己吧,听到这样重要的会议,不管身体哪能,一定也要来参加的。余静察觉他的顾虑,果断地说:"你告诉她,是我不让她参加的。她要是生气,过两天,我亲自到她家去解释。"钟佩文立刻走了,一眨眼的工夫,他回到铜匠间,坐在汤阿英附近的木凳子上。

汤阿英听到徐义德坦白用了一千八百担的坏花衣,顿时想起从前那段生活难做的情景,心里汹涌着一股抑制不住的愤怒。她听了徐义德的坦白,霍地站了起来。

坐在她前面的人闪出一条路,她站在长方桌旁边,感到无数只眼睛都在对着她,耳朵里乱哄哄的,听不清楚是啥声音。她两只手按在桌面上,右手抓住白台布,激动的心情稍为平静了一点。这时,整个铜匠间很平静,她知道大家在等她发言。她努力使自己保持镇静,慢慢地说:

"我有一肚子话要说……"她说到这里激动得再也讲不下去了。

余静在一旁鼓励她:"慢慢讲好了。"

"我要控诉徐义德的罪恶,"等了一会,汤阿英才接下去说,"你害得我们工人好苦呀!你用坏花衣偷换国家的好花衣,我们流血流汗,你吃得肥肥胖胖。我们累死了,你还不认账,说我们做生活不巴结,清洁卫生工作不好。我的孩子都早产了,这样做生活还不巴结吗?徐义德,你这个杀人不见血的坏家伙,你有良心吗?……"汤阿英讲话的速度越来越快,一句紧接着一句,声音也渐渐放高了。她每一句话像是一粒火种,散发在人们的心田上,立刻燃烧起熊熊的愤怒的火焰。

坐在韩云程紧隔壁的清花间老工人郑兴发心里特别激动。他在清花间做生活总是很巴结的,就是因为徐义德盗窃国家原棉,车间生活难做,工人同志们怪来怪去,最后怪到清花间。余静虽然在工厂委员会的扩大会议上把这个问题分析清楚,是原棉问题,不怪清花间,可是没有水落石出,在人们心上总有个疙瘩。徐义德坦白交代才完全道出问题的真相,给汤阿英一提,他的心像是要从嘴里跳出来似的激动。他站了起来,讲话的声音有些颤抖:

"我要把徐义德的丑事揭出来。在纱厂里,清花间顶重要。清花间花卷做不好,那么,钢丝车棉网不灵,影响棉条,粗纱条干不匀,细纱断头率就增多,前纺就影响到后纺。细纱间工人骂粗纱间工人,粗纱间工人骂钢丝车工人,钢丝车工人骂清花间工人,从后纺骂到前纺。这个车间和那个车间不团结,大家都怪清花间。我在清花间做了二三十年的生活,哪一天也没有磨洋工,生活做得不能再巴结了。本来一千斤一镶,不分层次;后来五百斤一镶,分八层,这样的生活我们已经做到家了,后纺的生活仍旧不好做。毛病出在啥地方?余静同志和秦妈妈把资本家偷盗原棉秘密揭出来,盗窃国家原棉,破坏我们工人团结的,不是别人,就是徐义德。徐义德一共盗窃国家多少资财,要详详细细地算出来。"

"是呀,就是徐义德破坏我们工人的团结。"陶阿毛大声叫了起来。

铜匠间各个角落同时发出相同的声音。可是谭招弟靠墙坐着,闷声不响。自从生活难做以后,她最初是怪细纱间,后来又肯定是清花间不好,余静在会上虽然说过,她听了心里总是不服,相信自己是对的。她老是说:骑着毛驴看书——走着瞧吧。她认为总有一天可以证明自己的意见是对的。这一天终于到了,但证明自己的意见不对。事实不可驳倒,心中也服了,她面子上还有点扭转不过来。

汤阿英等郑兴发讲完了,她举起右手高声叫道:

"我们要徐义德彻底交代五毒罪行,不胜利决不收兵!"

大家都跟她大声叫了起来。汤阿英叫过了口号,转过身子要退到后面去,余静要她坐在刚才发言的地方。她就坐下了。她现在感到非常舒畅。

徐义德见汤阿英慷慨激昂的发言,而且还叫了口号,确实叫他吃了一惊。他深深感到上海解放以后变化太大了,秦妈妈那样的老工人发言有步骤有层次,条理清楚,一步步向他紧逼,叫他不得不服帖;汤阿英这样女工也毫不在乎地指着他的鼻子叫口号,使他感到一股沉重的力量压在他的心头。他一向是骑在别人头上过日子的,今天才觉得这个日子过去了,要低下头来。他低声地说:

"我一定接受工人阶级的领导,把盗窃国家原棉的细账算出来,呈交杨部长……"

"其它方面呢?"杨健问他。

"还有哪个方面?"徐义德故作不知,惊诧地问。

"哪个方面?"杨健看他装出那股糊涂劲,想从他的口气里探风声,就反问道,"你自己的五毒行为还不清楚吗?"

"清楚,清楚。"徐义德不敢再装糊涂。

"那就交代吧。"

徐义德望着吊在铜匠间上空的一百支光的电灯在想,他感到今天这盏电灯特别亮,简直刺眼睛,叫人不敢正面望。可是杨健的眼光比这盏电灯还亮,照得他无处躲藏。他想了一阵,说:

"关于偷工减料方面,我想起了两件事:去年人家用包纱纸,我下条子叫不用。打大包可以多拿十个工缴,打包不够,没打,棉纱商标也减小……"

杨健止住了他往下说:

"这是小数目,你就重大的方面谈……"

"我想不出了。"徐义德站在那里,两只手放到袖筒里去,不再讲了。

"真的想不起来了吗?"

徐义德听杨部长一追问,不敢应承,却又不愿否认,很尴尬地站着。他把头歪过来,似乎在回忆。

"要不要别人帮你想一想?"

杨健笑着望望他。他不好答应,也不好拒绝,顿时想了个主意,说:

"启发启发我也好。"

韩工程师见他吞吞吐吐,就对他说:

"你每月在总管理处召开秘密会议的事忘了吗?"

"韩同志,事情太多……"

韩工程师听他叫同志,慌忙打断他的话,更正道:

"啥人是你的同志? 我已经归到工人阶级的队伍里来了。"

"韩先生,事体多,一时想不大起来。"徐义德见韩云程态度那么坚决,出乎他的意料之外,刚才想把他拉回来显然是不可能了。

他便狠狠给韩云程一棒子,想叫韩云程抬不起头。他说,"韩先生每次会议都参加的,许多事体也不是我徐义德一个人做的。韩先生是专家,是工务上的负责人,过去工务上有些事我不懂,还亏韩先生帮忙出力。今天也请韩先生坦白坦白,有啥错误,都算我的,我一定愿意多负责任。"

徐义德轻轻几句,把目标转到韩云程身上。韩云程心里想:徐义德你好厉害,把事体往别人身上推,想摆脱自己!他有点狼狈,急得说不出话来,头上渗透出汗珠子,结结巴巴地说:

"徐义德,你,你……"

工人们的眼光转到韩云程身上,在等待他发言。杨健的眼光却停留在徐义德胖胖的面孔上,说:

"韩工程师早向'五反'工作队交代了。沪江纱厂的五毒行为是你主使的,别的人受你的骗,上你的当,他们参加了,受了你的钱,不要归还,也不要负责。今天是你坦白交代,怎么要韩工程师坦白?态度放老实点,不要拉扯到别人身上。"

余静从杨健几句简单有力的话里进一步看出徐义德的阴谋诡计。她钦佩杨健的智慧,及时识破了徐义德的阴谋。

杨健把韩云程从狼狈的境地里救了出来。韩云程紧张的面孔上露出了笑容,盯了徐义德一眼,说:

"别耍花招了,你的五毒不法行为我都向杨部长检举了,你快坦白吧。"

"是,韩先生。"徐义德竭力抑制心中的愤怒,表面装得很平静。

"在座还有梅佐贤,郭鹏,勇复基……他们也都晓得,你再也隐瞒不过去了。"

从会议开始到现在,勇复基的眼光一直望着面前的白色台布,心里老是七上八下,噗咚噗咚地跳,希望会议早点散,可是今天的时间过去得特别缓慢,一秒钟比平时一点钟还要长。他在担心别联系到自己,韩工程师终于点了他的名。这不比在别的地方,这是在铜匠间呀。这里有徐义德,还有杨部长啊。正当勇复基左右为难的时刻,徐义德怕梅佐贤、郭鹏和勇复基他们动摇,赶紧接着说:

"我做的事,我一定负责;就是韩先生帮我做的事,我也负完全责任。"

郭彩娣指着徐义德说:

"你叫别人做的事,你当然要负责。不要兜圈子,快说!"

"我马上就说。偷税漏税部分我已经写在坦白书上了,早交给了'五反'工作队。是不是可以还给我看看?这是我和总管理处同仁一道弄的,我没有亲手弄,记不清楚了。"

"刚才我说的话,以前写的谈的今天要在会上总交代。你忘记了吗?你自己做的坏事写的坦白书,不清楚吗?还要看啥?"杨健知道他又想把问题扯远,延迟时间,分散大家的注意力,便把问题拉回来,说,"老实比不老实好,坦白比不坦白好。快交代吧。"

"我一定老老实实坦白,杨部长,"徐义德皱着眉头,苦思冥想似的,用祈求的口吻说,"有些事体,我实在想不起来了呀,不是不肯坦白。"

"真的想不起来了吗?"杨健的嘴上浮着不信任的微笑,学徐义德的口吻讲,"要不要找别人启发启发你呢?"

"好么,杨部长。"

杨健的眼光从徐义德愁眉苦脸上转过来,暗示地望了汤阿英一眼。汤阿英会意地站了起来,沉着地说:

"我来启发启发你!"

徐义德随着声音的方向望过去,见是汤阿英,猜想汤阿英大概又要喊几句口号,没啥了不起,硬着头皮听下去:

"三年前六月底你卖过一笔棉纱没有?"

"我们沪江是纱厂,给人民政府加工订货以前,经常有纱卖出去。"徐义德漫不经心地说。

"我问的是三年前六月底那一笔。"汤阿英特别强调"六月底"三个字。

徐义德猛地想起那件事,他认为做得天衣无缝,手脚弄得干净,找不出啥漏洞,装出若无其事的神情,说:

"过去厂里出售的棉纱很多,要我记清这一笔那一笔是很困难的。"

"这一笔棉纱数字特别大,几乎把整个仓库都搬空了,你好好回想一下。"

"每次出售棉纱,成交的数量大小不等,有时多出售一些,仓库里的纱当然要大量减少。这很难回想。"徐义德委婉地拒绝回想。

"这一笔你会记住的。"

"实在记不起来了。"

汤阿英见徐义德设法竭力堵住这个缺口,可是不把话说死,语气又显得委婉。她就进一步点他:

"那天常日班下工了,仓库里还加班加点,一直忙到深夜,抢着搬运棉纱,为啥这样忙?"

汤阿英刚才提到三年前六月底出售棉纱的事,梅佐贤就暗暗捏了一把冷汗,神色有点紧张,惊慌的眼光慢慢从汤阿英的身上移到会议桌上的台布,头也低了下来,眼光望着自己的人民装的钮扣,怕别人察觉他的心思。听到徐义德设法对汤阿英的进攻左堵右挡,稍为安定一些。现在听到汤阿英谈仓库加班加点这些事,他预感到情况有些不妙:难道汤阿英知道出售棉纱的秘密吗?旋即又安慰自己:也许是她看见搬运棉纱,不过提出疑问。他以为像汤阿英这样的女工,是不会知道其中的秘密的,何况出售的手续和买主的安排都十分周到,从账面上不会发现啥问题的。他聚精会神地在听徐义德哪能应付。徐义德说:

"白天棉纱搬运不完,晚上接着搬运棉纱,这是常有的事;工作忙一点,就加班加点,厂方照规定发夜餐费,也是常有的事。"

"我们厂里夜里从来没有出过货。"

"从前也有过,你年纪不大,到我们厂里的时间不长,也许这方面的情形不大了解。"

"沪江开办没多久,我就来了。"秦妈妈坐在会议桌子旁边插上来说,"我就没有听说夜里出货的。"

"从前是有过……"徐义德的口气没有刚才那样硬了,"买主要得急,只好连夜出货了。"

汤阿英紧接上去说:

"是哪一家字号买棉纱这么急?晚一天也不行吗?"

梅佐贤的脸色忽然发青了,这事是他一手经办的,而且听汤阿英那口气"晚一天也不行吗?"大概已经了解其中的秘密了,不会是无意问了一句,暗中巧合吧!他但愿如此,又怕不是这样。如果徐义德往他身上一推,他哪能摆脱这个干系?他急得头上冒出几颗汗珠,又不方便用手绢拭汗,人家会问:梅佐贤,你为啥忽然出汗了?他眼睛一动,想了一个主意,立刻摘下鼻梁上那副玳瑁边框子的散光眼镜,先用嘴对着眼镜哈了两口气,然后用雪白细纱手绢擦了擦眼镜,接着顺便迅速地拭去额角头上的汗珠。他戴上眼镜,提心吊胆地坐着。幸好徐义德没有往他身上推,好像在保护他,其实徐义德早打定了主意,在会上尽可能把事体都搁在自己的肩胛上,别人不被杨健和工人突破,徐义德的防御阵线才可以巩固下来。徐义德说:

"沪江往来客户很多,哪一家字号买的,我可记不清了。"

汤阿英见徐义德巧妙地回避要害问题,心里想:这个狐狸真狡猾,杨健早就料到了,要她抓住这个问题追问,确实有先见之明。她深深感到杨健的阶级斗争的经验十分丰富。她追问道:

"哪一家字号买的,你记不清,我倒晓得哩。……"

徐义德见无法蒙混过去,赶紧补上一句:

"沪江出售棉纱,每一笔都有账。沪江历年往来账簿都交给'五反'检查队了,在杨部长那里,一查就晓得了。"徐义德给汤阿英一个问题又一个问题问得喘不过气来,他想借此机会提出账簿,引起大家注意,好分散目标,避免在要害问题上给抓住不放。

汤阿英还是抓住不放,继续追问:

"卖棉纱这么急,为啥晚一天不行?"

韩云程不了解其中奥妙,听汤阿英一再追问棉纱出厂的字号和时间,认为是小题大做,没有必要在枝节问题上和徐义德纠缠。徐义德既然承认出售棉纱,字号和时间有账可查,就不必再追问了,好揭发其它问题,可以节省点时间。他没有把自己的意见提出来,怕别人怀疑他帮助资本家说话。徐义德自己深知这是一个要害问题,而且是他五毒不法行为当中最严重一项,盗窃国家的经济情报啊!这个罪名可吃不消啊!他决心顶住。但他听到汤阿英把"买棉纱"改成"卖棉纱",一字之差,触及到要害问题的核心,真有千钧重量,压在他的心头,两道浓眉紧张地聚拢,下巴的肉也有些颤动了,他感到汤阿英这个女工真不简单,进攻得好厉害,一步比一步逼紧,使他难于招架。表面上,他却努力装出镇静的样子,还想把问题推到买主身上:

"人家哪一天要货,我们只好哪一天发货。"

"对方一定要六月底夜里交货,七月一号白天交货都不行吗?"

汤阿英洞察一切的机灵的眼光炯炯有神地盯着徐义德。徐义德的肥胖的面孔红一阵白一阵,瞠目结舌,一时竟不晓得哪能回答。杨健坐在那里,徐义德和梅佐贤表情变化都看在他的眼里,他指挥若定没有吱声,非常满意汤阿英一句又一句有力的追问,使得徐义德躲闪不开,推脱不了。徐义德的态度十分顽固。他料到徐

义德这样的人是不见黄河心不死的。他等了半晌,徐义德还没有说话,他便点出:

"人民政府决定七月一日加税,所以要在六月底夜里交货,是不是?"

韩云程这时才明白汤阿英刚才追问得很有道理,怪不得徐义德那么躲躲闪闪哩;回想起那一阵子增加生产,原来是为了这个呀!他的情绪顿时紧张起来,迫切地等待这桩事体的下文。

徐义德心中对自己说:这个盗窃国家经济情报的严重罪行,无论如何不能承认;其它的五毒,就是全部承认,问题也没有这个大。他心里慌乱,面部没有表现出来,竭力保持镇静:

"这和加税绝对没有关系,我也不晓得人民政府哪一天要加税。"

"是真的不晓得,还是假的不晓得?"杨健问。

"是不晓得。"

"我问你是真的不晓得,还是假的不晓得!"杨健说,"你回答我,是真的,还是假的?"

徐义德心一横,仍然努力顶住,心想闯过杨健这一关,大概就差不多了。他说:

"真的。"

"不要把话说绝,做了的事要想永远隐瞒是不可能的。你不承认,别人会承认的。我们允许你再想一想,现在你承认了,还算是你个人坦白的。"

徐义德咬紧牙关,一声不响。他以为这事只有梅佐贤、方宇和他三人经手,梅佐贤不会说出去,方宇不敢说出去,他自己不承认,那啥人也不晓得。

杨健等了一歇,徐义德仍旧紧紧闭着嘴。铜匠间静悄悄的,大家在等待徐义德坦白交代。

杨健胸有成竹地对余静说：

"你把他请来参加我们的会。"

余静走出铜匠间没有一会，她带进一个青年干部。会场里的人都注意着那张熟悉的面孔。郭彩娣问张小玲：

"咦，他怎么来了？"

张小玲含含糊糊地说：

"组织上需要他来，他就来了。"

"哦。"郭彩娣不解地望着那个青年干部走到会议的长方桌那边来。

杨健指着徐义德右前边的地方说：

"你就坐在这里吧，谈起来方便些。"

人们让出一个空位。方宇坐了下来。徐义德一眼望见他，兀自吃了一惊。他差一点叫了出来。来的不是别人，就是"五反"以后徐义德到处寻找而始终没找到的税务分局派在沪江纱厂的驻厂员方宇。

方宇那天经杨健打通了思想，第二天坦白交代了自己的问题，汤阿英检举了六月底以前抢着抛售棉纱的事，经过杨健和区税务分局的帮助，在铁的事实面前，他不得不做了补充交代。这以后，他积极参加反贪污斗争。组织上决定对他免予处分，仍然在税务分局工作，不过不派出来当驻厂员，而是留在分局里。今天开会以前，杨健和余静、赵得宝商量好了，并取得区里的同意，要他到沪江纱厂来，如果徐义德还不肯彻底坦白，就要他出席做证人。

徐义德一见了方宇，他的胖胖面孔的脸色顿时发灰了，吓得微微把头低了下去，避免正面看着方宇的愤怒的眼光。杨健指着徐义德对方宇说：

"你把徐义德腐蚀干部偷漏税的情况讲一讲……"

方宇站起来，说：

"徐义德,你应该老老实实坦白,我把问题都向组织上交代了。你要梅佐贤送我一只马凡陀金表和五十万人民币,以后每个月送我两百万人民币,要我及时告诉你们税局的消息……"

方宇说到这里叫杨健打断了:

"讲到这里就够了,其余的让徐义德自己交代吧……"

徐义德面对着方宇,无从抵赖,可是他还不甘心承认,狡猾地说:

"我也听说过有这么一回事,可是方驻厂员误会了。这是梅厂长和你私人的交情,和沪江厂没啥关系。"徐义德把这件事推出去,惟恐别人不相信,转过脸望着梅佐贤说,"是哦,梅厂长。"

梅佐贤对杨健说:

"是的,这是我个人不好,解放以后,还保持从前的旧作风旧习惯。我愿意检讨检讨……"

"现在不是你检讨的辰光。"杨健撇下梅佐贤,对徐义德说,"梅佐贤为啥特别和方宇好呢?为啥要他送税局的消息呢?税局的消息和梅佐贤个人有啥关系?政府现在也不征收个人所得税呀!"

梅佐贤听到这里,哑口无言,瞪着两只眼睛,对着徐义德祈求救兵。徐义德以为反正没有和方宇直接往来,可以不认账,何况梅佐贤已经挺身而出呢。杨健看徐义德不动声色,还企图抵赖,便问道:

"方宇告诉你七月一日要加税,你就赶出两千件纱,有没有这回事?"

徐义德看到方宇正望着他,梅佐贤坐在那里神色不定,他没法直接否认,却设法间接否认:

"这是两回事。"

"这完全是一回事,人证物证都在,你还想抵赖吗?"

徐义德听到方宇高声质问,他的头更低了。杨健进一步说:

"要不要会计主任勇复基也启发你一下呢?"

徐义德一听到勇复基三个字像是头上突然给浇了一桶冰凉的冷水,一直凉到心上,浑身都几乎冰冷了。勇复基不比方宇,他的一本账就在勇复基的肚子里呀。向来态度从容不迫的徐义德这次却沉不住气了。杨健点中了他的要害。勇复基比韩云程和方宇知道徐义德的五毒行为还要多得多呀!韩云程顶多只知道工务上的那些事。方宇也不过知道税务上的事。勇复基却不同了,几乎啥事体都知道的啊。徐义德陷在绝望的深渊里,现在唯一的希望就看勇复基的态度了。

勇复基的心这时正急遽地跳着。"五反"以来,他日夜不安的一个问题,给刚才杨健几句话澄清了他脑海里翻腾的混乱思想:沪江纱厂的五毒行为是徐义德主使的,别的人受了骗,上了当,参加了,受了钱,不要归还,也不要负责。杨健这几句话虽然是对韩云程说的,可是勇复基听了,好像也是对他说的一样。徐义德放在勇复基身上的沉重的包袱,给杨健几句话毫不费力地放下。勇复基感到浑身轻松,顿时觉得全身有力。杨健给他力量,使他可以伸直了腰,站在徐义德面前讲话。方宇突然在铜匠间出现更给他一个很大的教育:正如杨健所说的,做了事要想永远隐瞒是不可能的,承认了自己的错误,反而会得到组织上的宽容。经杨健这样支持,他的眼光便不再盯着面前的白台布,勇敢地站了起来,正面对着徐义德说:

"徐义德,你害得我好苦,硬拉我下水,做资方代理人,帮你做了对不起政府和人民的事。我现在已经认清了立场,回到工人阶级的队伍里来了,从今以后,和你划清界限。方驻厂员讲的事都是真的,偷税漏税问题,我们已经调查明白了,你快坦白吧!"

徐义德万万没想到捏在自己手掌心的这个胆小怕事的会计主任,今天居然也指着鼻子斗他了。他认为勇复基是他亲手提拔的,

暗贴是他亲手给的,不应该这样翻脸无情,太不讲交情了。他恨不能当面把勇复基骂个痛快,说:

"勇先生……"徐义德看到会场上的人都望着他,气呼呼地没有说下去,只是又叫了一声"勇先生"。

"你不要横也勇先生,竖也勇先生的,"勇复基说,"七月一号要加税,你六月底赶出厂两千件纱,偷了多少税你不晓得吗?"

谭招弟立刻想到那辰光徐义德说要增加生产,配合国家建设,满足人民需要,原来是满足资本家徐义德偷税的需要!她想站起来说话,却叫徐义德抢了先。他毫不含糊,狠狠地回敬勇复基一下:

"这是你经手办的呀!"

"是我经手的。"勇复基有了杨健那几句话支持,他也不推扳,拍了拍胸脯说,"钞票上了谁的腰包?你说!"

"对呀,钞票上了谁的腰包?"秦妈妈站起来问。

"钞票上了谁的腰包?"汤阿英跟着问。

"你说呀!"陶阿毛指着徐义德的鼻子。

会场上的人很激动,你一言我一语,同时质问徐义德。余静想起方宇在区里坦白交代的那些问题,证明勇复基确实和徐义德划清了界限,引起徐义德不满,想把勇复基再推下水去。她于是对徐义德说:

"你不要分化我们工人阶级,你偷税要勇复基负责吗?"

钟佩文站了起来,挥动着胳臂,领着高声呼口号:

"打退资产阶级的猖狂进攻!"

全场的人都站了起来,大声叫道:

"打退资产阶级的猖狂进攻!"

"徐义德要老老实实坦白交代!"

"不彻底交代,我们决不答应!"这是汤阿英嘹亮高昂的声音。

大家的手指向徐义德。徐义德在无数的手当中，发现有韩云程的，有勇复基的，还有郭鹏的……他认为有把握的人都离开了自己，站到工人阶级那方面去了。现在只有梅佐贤和他自己站在一道了。他感到深深陷入杨健一手布置的重重包围中，无路可逃。形势变得这么快，简直是他料想不到的。等到大家坐下去，勇复基从口袋里掏出一个紫色的小本子。徐义德一见了这个小本子，他的脸刷的一下完全发白了。这本子是徐义德的黑账。勇复基打开本子看了看，并没有照本子念，只是说：

　　"徐义德，你不要把你做的坏事推到别人身上，你是总经理，我哪一件公事不给你看过？哪一张收付的单据不给你盖章？你还想再赖吗？告诉你，我再也不上你的当了。这是你的黑账，今天我要交给杨部长……"

　　勇复基高高举起紫色的小本子给大家看。大家热烈鼓掌欢迎他回到工人阶级的队伍里来。郭彩娣和谭招弟高兴得一个劲敲着铜匠间的洋铁皮，发出哗啷哗啷的快乐的响声。

　　徐义德急得说不出一句话来。杨健请大家静下去，对徐义德说：

　　"徐义德，你的五毒罪行材料，我们早已完全掌握了。现在再给你一个机会：只要你马上彻底交代，还算你坦白的。这是最后的一个机会了……"

　　"杨部长，我晓得。"徐义德想起那天马慕韩对他说的话："工人群众发动起来了，高级职员又归了队，大家互助互评，哪桩事体能瞒过人民政府？有些事，还是政府启发，我才想起来的。"从他亲身经历来看，马慕韩的话是对的。马慕韩告诉他在市里交代的辰光，有些人兜圈子挤牙膏，自己不动手，要别人擦背，结果还是要彻底坦白交代，可是弄得很难堪。现在徐义德想起来，这一番话确是好意，那一天不应该冷淡马慕韩，辜负他一片好心。马慕韩坦白交代了六百多亿,工作组同志剔除了四百多亿,而且不再要他坦白交代了,可见得人民政府心中是有数的,不是永远追问不完的。他不应该再有顾虑。同时,他也了解过去杨部长给他谈的话句句是真的,的确是想把他从错误的泥沼里拉出来。杨部长像是一面镜子,徐义德在这面镜子面前,没法隐藏。现在所有的防堤都冲垮了,再不坦白,那最后确确实实对自己不利的。杨部长刚到沪江纱厂对徐义德讲的"坦白从宽"四个字,现在有力地在徐义德的脑海里出现了。杨部长说马上彻底交代还算是自己坦白,真的是最后一个机会了。他不能错过这个机会。他要争取从宽处理。他的防御阵线已经土崩瓦解;没有办法再抵抗下去,不得不下了决心:

"现在我向党和工会彻底坦白,"他把"彻底坦白"四个字说得特别响亮,引起大家的注意;希望别人饶恕他的罪行,语调里充满了悔恨的心情,慢悠悠地说,"上海解放初期,我太幼稚,不了解共产党和人民政府的政策,我把棉纱尽量偷运出去,装到汕头的二十一支纱三百八十件,装到汉口和广州的二十支纱一共八百三十二件,总共是一百二十五万二千四百八十块港币,我套了外汇……"

四十九

巧珠奶奶又一次走出草棚棚,望望天,数不清的星星在深蓝色的天空中闪烁着。好像星星也感到在深夜里有些儿疲乏了,一闪一闪的光芒仿佛映着惺忪的睡眼似的。

草棚棚附近的人家都熄了灯,只有一盏路灯照亮了那条狭小的潮湿的泥土的道路。路上非常安静,看不见一个人影。路两边的草棚棚里不时发出舒适的鼾声,劳动了一天的工人们都沉入甜蜜的睡乡。只有巧珠奶奶精神焕发,没有一丝儿倦意,眼睛里闪着奕奕的光芒,时不时向小弄堂口望去。马路上传来的每一个脚步声都吸引了她的注意,可是每一次从小弄堂口走过的脚步声都给她带来了失望。她深深地叹息了一声,喃喃地说:

"这么晚了,还不回来!"

巧珠奶奶今天的晚饭吃得特别晚。她做好了菜饭,像往常一样,等候张学海和汤阿英回来一同吃饭。左等不来,右等不来,巧珠又一个劲闹着肚子饿,奶奶几次三番哄她白相,劝她等爸爸妈妈回来一道吃,好不容易挨过一分一秒的时辰。直等到巧珠不再叫饿了,小小的上眼皮搭拉下来,慢慢快睡觉了,奶奶才热好了菜饭,和孙女一道先吃了。可是桌子上还是放了四份碗箸,奶奶希望学海和阿英能够赶到。她们慢腾腾地吃完了,他们的影子也没看到。

奶奶给巧珠擦擦嘴,要她先上床去睡。巧珠吃饱了,精神来了,她站在奶奶跟前不肯睡,对奶奶说道:

"我不睡。"

"这么晚了,还不睡?"

"我等爸爸妈妈。"

"谁晓得他们啥辰光回来,先睡吧。"

"不,"巧珠嘟着嘴,歪着头,向奶奶要求,说,"他们啥辰光回来,我啥辰光睡。"

"他们不回来呢?"

这句话问住了巧珠。巧珠知道爸爸妈妈每天都回来的,有时爸爸先回来,有时妈妈先回来,有时爸爸妈妈一道回来。爸爸妈妈从来没有不回来的。今天爸爸妈妈为啥不回来呢?奶奶这句话是真的吗?她怀疑地问:

"爸爸妈妈不回来,到啥地方去哪?"

"谁晓得啊。"

"我找他们去。"

"上海这么大,你到啥地方去找?"

"厂里。"

"厂里那么大,生人进去了都认不得出来。你这个小鬼就找得到?"

"奶奶陪我去。"巧珠仰起头来,两颗小眼睛珠子盯着奶奶。

"你想得倒好,我陪你去,这个家交给谁呢?"

"这个家交给谁?"巧珠歪着小脑袋瓜子想了一想,头角上的小辫子垂在右边的肩膀上。等了一会,她想出一个好主意来了,说,"交给秦妈妈。"

"秦妈妈也没回来。"

"那,"巧珠右手的食指放在嘴里,一边咬着一边又想出了一个人,说,"交给余妈妈。"

她知道余妈妈是个好人,喜欢她,碰到她都要摸摸她的头,还给她一块两块糖哩。余妈妈不做工,现在一定呆在家里没有事体,把家交给余妈妈再好也不过了。

"亏你想得出!"奶奶望着巧珠笑了,抚摩着她的小辫子,安慰她道,"不用去找,爸爸妈妈自己会回来的。"

巧珠听到这句话放心了。她问:

"啥辰光回来呢?"

"就要回来了,快睡吧。"

"不。"巧珠嘟着小嘴,摇摇头。

"快睡吧,明天早上起来要念书哩。"

巧珠不肯,可是也没再言声。

奶奶站了起来,拉着她的小手,向床边走去。奶奶要她上床,她站在床边没动,转过身子,向房门斜视了一眼:门紧紧关着,门外没有一丝人声。奶奶把她抱上了床,她要求:

"再等一歇,奶奶。"

"不早了,你先睡,爸爸妈妈回来,我叫你。"

"好,一定叫我啊!"

奶奶帮她脱了衣服。她的头刚放到枕头上,一霎眼的工夫,就睡着了。

奶奶收拾好饭菜,抹干桌子,坐在靠门口的那条木凳子上,闭着眼睛,凝神地听着门外的动静,在等候儿子和儿媳妇回来。等了一阵,她站起来,走出草棚棚去看看;过了一会,又出去望望,这回是第三次出来了。

她顺着草棚棚前面的那条小道,一步步移去,走两步,停停,望望,听听,又走两步,走到弄堂口那边,朝马路两头望去,也没有人影,十分静寂。她觑起老花了的眼睛,踮起脚尖,向马路南头仔细地看去,还是没有人影。在弄堂口呆了许久,她有点累了,给夜风一吹,倒精神了些,可是身上有点凉飕飕的了。她叹息了一声,走回弄堂里。

这时,弄堂里越发静寂,只有那盏路灯像是一个守夜的人,注视着宁静而又有点黑暗的弄堂。她低着头,嘴里不断地在唠叨,踏着熟悉的泥土的道路走去。

在静寂的弄堂里忽然传来一连串的咳嗽的声音。这声音引起她的注意。她站了下来,朝两边低矮房屋和草棚棚望去,辨别咳嗽声音来自哪一家。咳嗽声音消逝了,但不久又传来两声。她这一次特别留神谛听,从那熟悉的声音里,她知道是余妈妈。

她哪哪地敲了两下余妈妈的门。

余妈妈在里面一边开门,一边说:

"这么晚才回来!"

余妈妈开门,见是巧珠奶奶,兀自吃了一惊:

"原来是你!这么晚,还没睡?"

"人还没回来,哪能睡得着?"

"怎么,阿英他们还没回来?"余妈妈让巧珠奶奶坐下来,她自己也坐到小方桌子旁边。在电灯光下,桌子上有一个针线盒,它旁边有一双脚跟破了的淡绿色的细纱短统女袜,上面插着一根针。余妈妈拿起那双没有补好的袜子,轻描淡写地说,"大概厂里忙,有事体绊住了脚。"

"现在啥辰光哪?天大的事体也办完啦!"巧珠奶奶絮絮不休地把等候阿英她们回来的情形说了一遍,不解地说,"你说,这么晚哪,到啥地方去啦?"

"不会到别的地方去的,这一阵厂里'五反'忙,大概在厂里开会吧。"

"开会,开会,整天开会,觉也不睡,像个啥样子!"

"有事体才开会……"

巧珠奶奶打断余妈妈的话:

"有啥大事要开到现在?在家里就别想看到阿英的影子,很晚才回来,一早拍拍屁股就走了。把家丢给我这个老婆子,她倒放心,啥也不管!"

余妈妈听她这些不满的话,有意缝了两针袜子,慢腾腾地说:

"她不是常在家里帮你忙吗?"

"那是过去的事体。"

"早几天我还看见她收拾屋子哩。"

"哎哟,那是难得的呀!"

"不回来,总是厂里有事,不能怪她!"

"做厂么,就是上工,下了工,不回来,还有啥事体呢?"巧珠奶奶摇摇头,说,"阿英变得越来越不像样了,整天不晓得疯疯癫癫地到啥地方去!"

她这些话并没有引起余妈妈的惊奇和同情,只是随随便便搭讪了一句:

"年轻的人都是这样的。"

"都是这样的?"

"可不是吗,就说余静这孩子吧,不到睡觉的辰光,她总是不回来的。解放前,白天有时也在家里,可是,你晓得她做啥?开会!这个厂的,那个车间的,一来总是五六个,还要我在门口给她们看着哩。有生人走进弄堂,我就高声咳嗽一下。她们会开完了,一个个走了,连余静也走了。我哩,赶紧给她们收拾茶碗,扫扫地。她们不到我家来开会,白天就不大容易看到余静的影子。余静和国强结了婚,也是这样,回来比从前更晚。有时,国强干脆不回来,整天在外边奔跑,那两条腿,就没停过。你说,哪家的年轻人不是这样?"

"阿英同学海差不多,才不爱在外边乱跑哩。"巧珠奶奶对着吊在半空中的电灯注视,在仔细回想阿英从啥辰光开始起常常迟回来的,她的思想有点乱,心里很焦急,一时竟想不起来。许久,一个熟悉的面孔在她面前浮起,是细纱间的张小玲。她愤愤地说,"就是张小玲这丫头,常常来勾引阿英,一会要去参加啥团日活动呀,一会要去上夜校呀,她又当上了青年团员,……把阿英的心弄野了,家里再也蹲不住了。"

余妈妈放下手里的淡绿色的细纱袜子,劝她道:

"这些都是好事哇,怎么怪起张小玲呢?"

"好事,唔,不是她,阿英不会这样的。"

"阿英当了青年团员多好啊,"余妈妈笑眯眯地慢悠悠地说,"年轻人总爱和年轻人在一块,让她们在外边跑跑,开动开动脑筋,多做点工作多晓得一些事体,也是好的。"

"多少晓得,还不是一样拿那么多的钞票,我就不指望学海阿英他们晓得多少事。他们回家从来也不给我说。"

"不给你说,就不指望他们多晓得事体吗?我的老奶奶,年轻人在外边跑跑有道理哩。国强余静他们过去闹罢工闹革命,大伙闹,上海就解放了,我们才有今天的好日子过。让他们出去开开会,把事体办好,以后的日子会更好的。"

"真的吗?"

巧珠奶奶怀疑的眼光望着余妈妈。她不相信学海阿英他们出去有这么大的本事,但也不能说国强余静他们闹革命没有功劳,她支支吾吾地说:

"学海哪能和国强比?阿英更赶不上余静。我听他们说,国强和余静都是党员哩!"

"党员倒都是党员,可是,他们和学海阿英不都是工人吗?"

"这个,唔,这个,学海阿英不是那号材料。"

"不,"余妈妈的眼睛里露出赞扬的光芒,笑着说,"我听余静说,阿英当了青年团员,比过去更积极。她参加'五反'劲头可足哩!"

"她参加'五反'？"

"可不是,斗资本家哩!"

"啊!"巧珠奶奶的眼睛里也露出赞扬的光芒,但她嘴上并不透露出内心的喜悦,还是说,"不管怎么的,这么晚还不回来,总是不对的! 你晓得,她肚子有喜哩……"

她的话还没有说完,弄堂口传进来匆促的脚步声,接着有愉快的讲话声浮起,在静寂的深夜里听得特别清晰。她霍地站了起来,朝门口望去。余静在门口对人说了一声"再见",便跨进大门。巧珠奶奶见了余静,劈口问道:

"学海阿英呢?"

"一道回来的,他们刚回去。"

余静的话刚落音,阿英听见巧珠奶奶的声音,知道她在余妈妈家,拉着学海也走了进来,笑嘻嘻地对巧珠奶奶说:

"今天可真高兴,奶奶,把徐义德斗倒了!"

"阿英今天在会上发的言很好,很有力量。"余静赞赏地拍了一下汤阿英的肩膀。

"全靠你和杨部长的帮助。"

"不,你讲得好,质问得有力量。"

汤阿英想把刚才在铜匠间的情况告诉巧珠奶奶,不料巧珠奶奶把脸一板,生气地说:

"这么晚才回来,还笑哩,快给我回去!"

她过去一把拉着阿英径自往门外走去。余静盯着他们慢慢远去的背影,直到他们走进了草棚棚。她奇怪地问母亲:

"啥事体?"

余妈妈把今天晚上的经过从头叙述了一遍,余静会意地说:

"哦,怪不得哩。"

五十

汤阿英关了车,匆匆忙忙向筒摇间走去。

昨天晚上在铜匠间开的说理大会的生动的情景,时不时在她的脑海里出现,夜里做了一个梦,她梦见自己在铜匠间的会议上指着徐义德发言。过去张小玲给她谈工人阶级要当家做主,她完全不懂,现在才算有了深刻的了解。她想象中的徐义德要比昨天晚上真实的徐义德厉害得多。过去总以为徐义德有无上的权力,一句话就可以开除工人,叫你东来你不敢西。在昨天那个会上,她认识到徐义德阴险毒辣的面目,也认识到徐义德这个不法资本家在工人面前软弱无力,没啥了不起。她从昨天那个会上懂得全体职工团结起来,徐义德就没有办法了。她总以为韩云程、勇复基他们和徐义德穿一条裤子的,谁知道他们也归到工人的队伍里来了。职工团结得紧,凭你徐义德多么狡猾也没有办法。她想到因为车间生活难做,和谭招弟有些意见。今天关车吃午饭以前,她就打定主意到筒摇间再找谭招弟,把问题谈谈清楚。

她走进筒摇间,看到谭招弟正站在摇纱车旁边低着头贴号头,便过去,说:

"招弟,昨天晚上这个会开得不错呀!"

"有杨部长领导还会错。"

谭招弟不再说下去,同时也使得对方很难说下去。她们两人闷声不响地走出车间向食堂走去,还是汤阿英先开口:

"这样的会我生平还是头一回参加呢。"

"是呀,谁也没参加过。"谭招弟依旧是简简单单地搭这么一句半句,不过脸上的肌肉放松了一点,不像刚才板得那么紧了。

"真想不到昨天的会开得那么好……"

"我也没想到……"谭招弟微微把头低下,有点不好意思。

"徐义德害得我们好苦啊。"

汤阿英想起她在车间里早产的那个小孩子。谭招弟听来以为是讲她过去和各个车间闹意见的事,她的头于是更低了,讲话的声音也很低:

"我没想到徐义德会这样……"

"徐义德真毒辣……"

"你别说了,我心里难过……"

"徐义德坦白了,我们应该高兴。你心里怎么难过起来了?"汤阿英不解地问她。

"我不是为这个……"

"那为啥?"

谭招弟一阵心酸,眼眶里不禁落下几滴眼泪。昨天晚上散会以后,谭招弟心里激动,怎么也平静不下来,躺在床上,翻来覆去,无论如何也睡不着。她脑筋里老是在想:好像做了一场大梦,她总以为自己是对的,过去生活难做,明明是细纱间不好好做生活嘛!害得筒摇间吃尽了苦头。重点试纺之后,也还不能完全说服自己,因为重点试纺有人领导和监督,哪个做生活不巴结?细纱间更要加把油啊。不怕大家说长道短,就是不能叫谭招弟心服;顶多只是口服。她不好帮徐义德说话,来和大家争个明白。她一直在心里说:总有一天你们承认我谭招弟对的。她也确实在等待这一天。昨天晚上大家揭了徐义德的底,使她从朦朦胧胧的梦境里清醒过来,对的原来不是谭招弟,而是杨部长余静同志和各个车间的姊妹们。她恨透了徐义德,也恨自己太固执,不冷静听听大家的意见。

她想来想去,不能安静下来,清楚地听见自己太阳穴那里急遽地跳动,一直望到窗户发白,等到自己迷迷糊糊地睡了一会儿,门外已经吵闹得不能再睡了。她起来,头有点昏沉,用冷水洗了洗脸,才算清醒一些,匆匆吃了点水泡饭,就到厂里上工。她打起精神在车间里做生活,像往常一样的卖力,生怕别人看出她昨晚一宿没有睡觉。刚才汤阿英叫她,心里便有点不宁静,听汤阿英老是问她这个那个,心里更是忐忑不安。她心里确实难过,但不是为了徐义德的坦白,是因为徐义德坦白让她看清楚了自己不对。她的声音有点呜咽,低着头,抱歉地对汤阿英说:

"我过去的眼睛瞎了!"她说完了,在等待汤阿英批评她。

汤阿英并没有责备她,相反的,却同情地说:

"我们懂得的东西太少,谁的眼睛也不能保准没有毛病。"

出乎谭招弟的意料之外,汤阿英没有一丝儿怪她的意思。从汤阿英简单的话里,她得到无上的温暖,身上仿佛有一股热流打心头流过。现在已是四月天气,她身上穿的是一套蓝细布裤褂,外面加了一件白布油衣,关了车,身上一点不感到热。汤阿英和她并肩走着,使她浑身感到又舒服又惭愧,那温情好似夏天的热气一阵阵迎面扑来。

她们两个人走到细纱车间,谭招弟望着那灰布门帘,她想起那次和徐小妹骂细纱间的往事。她的脸忍不住绯红了。她抓住汤阿英的手,内疚地说:

"我对不起细纱间的姊妹们……"

讲到这里,她再也说不下去了。汤阿英紧紧握着她的手,不介意地答道:

"过去的事算哪。"

"不。你能原谅我,"她注视着汤阿英的脸庞说,"郭彩娣她们不会饶我……"

"她们不会计较这些的……"

"我没有脸见她们……"说到这里,谭招弟的眼光凝视着一排排洁白的细纱锭子,步子放慢,踟蹰不进了。

"自家姊妹,不要紧,"汤阿英站了下来,劝她道,"等一歇,我给她们说好了。"

"我受不了……"谭招弟心里想,你一句她一句的冷言冷语一定会说个不完。冷茶冷饭好吃,冷言冷语难受。谭招弟的嘴从来不饶人的,难道这一次用封条把自己的嘴封住,任旁人随意奚落吗?她越想走的越慢,拿定主意,改口道,"阿英,我要回车间里去一趟……"

"做啥?"

"有点事体……"谭招弟没想好去做啥,只是说,"有事……"

"车子不是收拾好了吗?"汤阿英看出她支支吾吾说不清楚,料定还是怕见人,便拍了拍胸脯,对她说,"招弟,我的话你不相信吗?"

"相信。"

"那就好了,同我走,到了饭厅里有谁讲不三不四的话,我给你说……"

谭招弟感激的眼光落在她的脸上,那眼光透露出半信半疑的神情,不过脚下的步子快了。

饭厅里有几个人已经吃过饭,匆匆忙忙往车间里走去,准备等人到齐了读报。谭招弟低着头走,啥人从她身边走过,她一点也不知道。汤阿英当然看得一清二楚,她给姊妹们一边打招呼,一边向饭厅走去。跨进饭厅的门,谭招弟的心就怦怦地跳,那一片黑乌乌的头就好像全转过来朝她看。那一片杂乱的分辨不出来在讲啥的声音也仿佛在谈论她。进了饭厅,再也没有办法了,她只好跟在汤阿英身后走去。汤阿英走进去,看见郭彩娣她们那一桌正好空着两个位子,大家装了饭,拿着筷子,没吃,在等人。汤阿英走过去拿了两个空碗,递一个给谭招弟,两个人去装饭。汤阿英装好了坐下来,谭招弟没留意桌上坐的啥人,也坐了下去,拿起筷子,抬头一望,正好看见坐在自己对面的是郭彩娣。她马上站了起来,迅速地坐到隔壁那张桌子的空位上去。汤阿英顿时放下了碗,过去把谭招弟拉过来,一边说:

"你哪能啦?"

谭招弟眼睛愣愣地说不出话来,低着头在望着饭碗。管秀芬看谭招弟那副坐也不是走也不是的尴尬相,便对汤阿英说:

"人家嫌我们桌上的菜不好。"

汤阿英奇怪地把两张桌子上的菜认真地望了望,两张桌子上都是三菜一汤:红烧刀鱼,炒肉片,素烧青菜和咸菜汤,没啥不同。她当时不懂管秀芬这句话的意思,费解地皱起眉头,说:

"不是一样的吗?"

郭彩娣懂得管秀芬那句话的含义,直截了当把话讲穿,笑了笑,说道:

"不是菜不好,是嫌我们人不好啊。"

谭招弟急得面孔发烧,想站起辩解,却让管秀芬抢了先:

"我们人不好,请批评批评呀,我们也不是坚持错误死不承认的人啊。"

管秀芬每一句话都像是一根犀利的针,刺在谭招弟的心眼上,痛得叫她流出眼泪来,可是又不得不把眼泪忍着,往肚里倒流。她结结巴巴地说:

"我,我……"

她激动得说不出话来。

汤阿英这才听出郭彩娣和管秀芬两人说话的意思。她好容易把谭招弟劝了来,别让她们两人几句话说僵了,于是把刚才在车间

的情形给大家说了一遍。从汤阿英的嘴里知道谭招弟发现自己错了,郭彩娣心头的气稍为平了。管秀芬却还不放松,她说:

"以后眼睛可要睁大点,别再乱怪我们细纱间不好了。我们的肚皮差点没让你气破了。"

她说完话,夹了一块刀鱼,一边吐刺,一边细细地在咀嚼刀鱼的味道,好像同时也在欣赏自己这几句话。

郭彩娣看管秀芬死抓住谭招弟不放,便代谭招弟打抱不平,瞪了管秀芬一眼,说:

"招弟已经认错了,你还要说这些不咸不甜的话做啥?"

"哪天小管的嘴饶人,那就好了。"汤阿英嘻着嘴,望着管秀芬说。

"好,我不说,我不说,别弄到后来反而怪我管秀芬不是。"她半生气半开玩笑地一个劲划饭。

"是就是,不是就不是,"郭彩娣心直口快地说,"谁冤枉过你?"

郭彩娣这么一说,管秀芬不好再开口了。谭招弟开头就怕郭彩娣不饶她,想不到现在郭彩娣相帮她说话,她心里说不出的感激,左手捧着碗,右手拿着筷子,发痴似的呆着,竟忘记吃饭了。

汤阿英夹了一筷子的肉片放在谭招弟的碗里,关切地说:

"快点吃吧,饭要冷了。"

落纱工董素娟坐在桌上吃饭,她闹不清她们刚才讲的那些话究竟是啥路道,她想参加进去搭两句,却又插不上。她那一对小圆眼睛直往她们几个人脸上看来看去。她最不了解的是谭招弟,平常她最佩服谭招弟,也最怕谭招弟,想不到今天谭招弟给大家说得不言语,真是奇怪极了。她忽然听到广播里钟佩文的声音,便大声叫道:

"你们听!"

大家注意力集中在广播上。钟佩文亲自广播:

……昨天夜里开仔一个说理会,打了胜仗回转来,收获大得来胡海海。现在我把经过情形搭仔战利品,全都唱出来。徐义德起先还想把花样翻,只说小来大不谈,鸡毛蒜皮一大堆,经不起我伲职工一声喊,将他的底牌翻开来,人证物证来校对,徐义德目瞪又口呆,只得低头来认罪。我伲初步算一算,数目大得吓煞哉。自从解放到现在,徐义德他盗窃国家经济情报、偷税漏税七亿九千一百一十一万五千元,他行贿干部七千五百万,他偷工减料有六亿一千三百五十五万七千二百九十五元,他盗窃国家资财二十七亿七千四百五十五万五千元。我伲把账结出来,他总共偷盗国家财产四十二亿五千四百二十二万七千二百九十五元。假使一个工人每月工钱三十万,要做一千一百八十一年还多一眼。我伲辛辛苦苦增产节约六个月,早上工来晏下班,只是捐献十万万。现在不法资本家,他一偷就是三架飞机缺一眼眼。他这卑鄙的坏行为,我伲毫不留情的把他翻开来。他赖不脱来推不开,只得把头低下来……

钟佩文清脆的富有旋律的快板唱完,饭厅里立刻翻腾着恣情的胜利的声浪。汤阿英这一桌更是笑个不停,钟佩文的快板固然吸引住她们,更重要的是快板表达出她们的胜利。管秀芬心里还隐藏着另外一种喜悦:钟佩文确实不错,能文能武,运动场上是篮球健将;黑板报上是作家,现在又成了快板专家,自编自唱,全厂的职工们都知道文教委员钟佩文,真是个了不起的人物。今天是礼拜六。昨天她答应了他今天晚上到中山公园去白相。她抬头望着挂在墙上的扩音喇叭笑了,仿佛通过那个喇叭可以看见钟佩文似的。

吃完饭,郭彩娣忘记了过去的一切,她主动地过去拉着谭招弟的手,谭招弟扶着汤阿英的肩膀,汤阿英拉着管秀芬的左手,一同

欢天喜地从饭厅走出来。董素娟见她们走了,连忙放下箸子,一口气追上来,上气不接下气地急着说:

"等一等,一道走。"

郭彩娣和她们都站了下来。郭彩娣回过头来对董素娟说:

"快来吧,小鬼头!"

董素娟走上去一把抓住郭彩娣的手,得意地和她们手搀着手,一同向车间走去。

五十一

童进那天从"五反"办公室出来,心里一直不能平静。他没想到自己竟然那样回答黄仲林同志,会计部主任对福佑药房的事会一点不知道吗?黄仲林同志问得好:那些检举数字怎么得出来的呢?他不能自圆其说。奇怪的是黄仲林不再一一追问下去,这更增加他的不安。

他懊悔那天不该上朱经理家里去,也不该等那么久,更不该上楼。马丽琳是百乐门的舞女,他怎么忘记了呢?舞女会有好人吗?自己太粗心大意了。一脚陷进了烂泥坑再也拔不出来了!他想找叶积善商量商量,可是这样的事哪能张开嘴呢?给自己妻子谈谈呢?绝对不行。不能叫她知道,那是非绝对弄不清了。把冤枉吞下去吗?那他一辈子要无辜地承担这个莫须有的罪名。向谁诉说呢?上海滩上有七百万人,竟找不到一个人倾吐他这一肚子冤枉。如果把他胸膛打开,他肚子里的冤枉和愤恨一定可以淹没了整个上海滩。现在给闷在肚子里,多么难受哟!

他在店里坐也不是站也不是。他想找个知心人谈谈,一碰到别人,又主动悄悄离开了,怕接触任何人。他回到写字台上,埋头在乱纷纷的传单和密密麻麻的数字里。

打烊以后,别人纷纷回家去了。他留在店里,一连三天没有回家,感到不好意思见自己的妻子。他蹲在店里时间很难挨过,坐在写字台跟前东张西望,望到墙上挂的那些"开张之喜"的贺幛贺匾,仿佛都在笑他:童进呀,"五反"检查队没有到福佑药房的辰光,你不是很积极吗?要大家检举朱延年吗?你也写了检举信给陈市长。怎么"五反"检查队来了反而消沉呢?就是因为你受了冤枉,想到自己的前途和名誉,便丧失了勇气,不敢和朱延年斗了。你不是一个青年团员吗?青年团员都像你这样,哪能进行"五反"呢?你这样前怕狼后怕虎,怎么对得起青年团员光荣的称号?是呀,青年团员,货真价实,一点不假啊。将来还要争取做个党员哩。党员,像他这样的人能当上党员吗?他的眼光盯着那些红艳艳的贺匾贺幛,讨厌这些东西,恨不能把它们都摘下来,扯个稀烂,仿佛这样可以泄一泄郁积在胸中的闷气。他甚而至于想把面前看到的一切东西砸个粉碎。

他两只手扶着头,眼光注视着写字台上的玻璃板。在绿色台灯的照耀下,从玻璃板上的反光,看见自己愁眉苦脸,怎么也排解不开心头的郁闷。

马路上喧哗的人声早已听不见了,车辆的喇叭声也没有了,连不时传来的先施屋顶花园的锣鼓声也消逝了,汉口路这一带静幽幽的,仿佛整个上海都睡觉了。童进却睡不着,他的眼睛睁得大大的,目不转睛地盯着玻璃板和玻璃板上的自己的面影。

吱的一声,办公室的门开了,黄仲林手里拿着一封信走了进来。他以为童进扶着头睡觉了,想退回去明天再找他。童进抬起了头,一见是黄仲林,兀自吃了一惊,在这夜深沉的时刻,怎么忽然来找他,有啥紧急的事体吗?他不由自主地站了起来,问:

"黄队长,你还没睡?"

"唔,没睡,我在看材料。"黄仲林跨过栅栏的小门,走了进来,说,"刚才看到一封检举信,不了解这个人。看到这边屋子里灯还亮着,晓得你没睡,想向你打听一下。"

"好的。叫啥名字?"

"蕙蕙。"

"哦,刘蕙蕙,是朱延年从前的老婆。朱延年的材料上有的。"

"这个我晓得。"

"她写了检举信吗?"

"唔,"黄仲林又看了看信,说,"她提供的材料很有价值,对我们研究朱延年的问题有帮助……"

"朱延年最初就是靠她发起来的。"

"她的信写得很不错。她说,朱延年是新社会的害虫,他害了很多人,请求政府好好查清朱延年的罪恶。她并不是因为离了婚才检举他,就是不离婚,一定也要检举他。社会上有了这样的坏人,要害死很多人。只有检举他,重重的办他,才能救活许多人。打退资产阶级的猖狂进攻,走社会主义的道路。你看,这话说得多好哇。"

"唔,这话说得好。"

"每一个人都像刘蕙蕙这样,别说一个朱延年,就是一万个朱延年也躲藏不了。"

他没有表情,低声答道:

"那是的。"

"你觉得刘蕙蕙这个人怎么样?"

"她吗,是个老实人,原来在电台工作,爱唱歌,天真活泼,就是没有经验,上了朱延年的当。"

"她的话很可靠?"

"她从来不说瞎话。"

"你可以找她谈一谈,鼓励鼓励她,一定还有许多材料。"

"我去找她?"童进不相信自己的耳朵。他这两天情绪不正常,黄队长不知道吗?黄队长要他提供福佑的材料,他推脱了。黄队长忘记了吗?黄队长不但不怀疑他,还要他去调查材料,这是真的吗?

"是的。你明天去一趟,好不好?"

"黄队长要我去,还有不好的。"他怕让朱延年知道,心里虽想去,可是又有点迟疑,说,"刘惠惠和朱延年离婚以后,我没有见过她。不晓得她现在住在啥地方。"

"那不要紧,信上有地址,"黄仲林把刘惠惠的信递给他,说,"你看。"

童进接过来信,没有办法再推辞了,只好说:

"那我明天去。"

黄仲林点点头,对他说:

"你该休息了。"

黄仲林退了出去,童进又是一个人在办公室里了。窗外传来黄浦江边海关的有节奏的钟声,已经是深夜一点了。附近人家的电灯都熄了,只有马路上路灯还亮着,但是光线很弱,好像有点疲倦,在打瞌睡哩。童进却不疲倦,精神充沛,思潮如同黄浦江的水,汹涌澎湃。刘惠惠那封检举信,仿佛是面明亮的镜子,连一粒尘埃也可以照得清清楚楚。他在这封信面前,显得矮小而又懦弱,为啥一名光明正大的青年团员,还不如一位家庭妇女呢?刘惠惠说的多好:就是不离婚,也要检举他。只有检举他,才能救活许多被害的人,才能打退资产阶级的猖狂进攻,走社会主义的道路。这是多么高尚的思想!他没想到离了婚以后,刘惠惠在里弄工作,居然有这样重大的变化,太令人崇敬了!他把刘惠惠的检举信扔在自己的写字台上,不敢正视它一眼。他在栅栏里走来走去,走到墙边退了回来,再往前走,碰到栅栏又退了回来,好像找不到一条出路。最后,他走到写字台那里,刘惠惠的检举信像是黑暗里的一颗宝石,在闪闪发出夺目的光辉。他对着那封信望了又望,毅然地拿起来,放在灰布人民装的口袋里,到隔壁卧房里睡觉去了。

第二天一清早,他就起来了。他比谁都起得早,眼圈有点红,因为昨天夜里根本没有合上眼。他匆匆吃了早点,便找刘蕙蕙去了。

他从外边回来,没有到办公室,径自走进"五反"办公室,激动地向黄仲林报告他和刘蕙蕙谈话的经过。黄仲林一点也不焦急,要他坐下来,并且亲自倒了一杯茶给他:

"坐下来,慢慢谈。"

童进上气不接下气还想说,黄仲林用手把他按在椅子上坐下,笑着说:

"忙啥,我们有的是时间,先喝口茶,喘口气再谈。"

他端起了茶杯,喝了一口,定了定心。

黄仲林走过去,把门关了,回来,坐在他斜对面,舒缓地说:

"现在你谈吧。"

他详详细细地报告谈话的经过。黄仲林一边仔细地听,一边用铅笔在拍纸簿上记着要点,夸奖他:

"你这一次工作做得很好。"

"不是我做得好,是刘蕙蕙说得好。"

"不,你也有功劳。"

"过奖了。"

"谈完了?"

"谈完了。不——"他又喝了一口茶,鼓足勇气说,"刘蕙蕙的谈完了,还有我自己的哩。"

"你的?"黄仲林惊异的眼光盯着他。

"是我的。"他回到福佑药房以前,在电车上就下了决心:他这个青年团员不能落在刘蕙蕙的后面,她啥都敢讲,童进为啥不敢讲呢?他要告诉黄仲林。

"你谈吧。"黄仲林用微笑欢迎他。

他把那天晚上的事情和盘托出,谈到后来,头渐渐低了下

去,说:

"怪我没有经验,我不够做一个青年团员,我愿意接受组织上给我的处分。"

"经验吗?你确实没有。这不怪你。这是朱延年设下的陷阱,他不但想改造国家的干部,还想改造你这个青年团员。我到福佑以后,就发现你神情有异,晓得你一定有心事,可还没有料到朱延年的手段这么毒辣。他想拖你下水。你很好,有勇气把这些事报告组织,敢于和恶势力斗争,应该受到表扬,怎么谈到处分呢?"

"不要处分?"

"当然用不着处分。"

"这些事谈得清楚吗?朱延年和马丽琳勾结起来乱造谣……"

"真金不怕火。组织上帮你解决。马丽琳这人看上去还不错,我今天就派人去做她的工作。你放心好了。"

童进听了这一番话,感到浑身忽然轻松了,心里也舒畅了,激动地站了起来,紧紧握着黄仲林的手,眼眶润湿,感动得一句话也说不出来了。

五十二

童进领了一个青年走进 X 光部,黄仲林抬起头来向他浑身上下打量一番:那人穿了一身深灰色的布人民装,里面的白布衬衫没有放在裤子里,下摆露在人民装上衣的外边;帽子戴得很高,一仰头仿佛就要掉下去似的。他左胳臂挟着一个深黄布做的公文包,挟得很紧,好像里面装了很重要的材料,怕掉了似的。黄仲林一看,心里便有了数,微笑地问童进:

"是来调查材料的吗?"

童进愣着两只眼睛,奇怪地问:

"我还没有介绍,你哪能晓得的?黄队长。"

"是他那身服装和他手里的公文包告诉我的。"黄仲林笑了笑,接着说,"恐怕还是从苏北来的吧?"

那个青年点点头。童进更是吃了一惊,几乎是跳到黄仲林面前说:

"你简直像是活神仙,啥事体都不用讲,一看就晓得了。"

"我不是活神仙。"黄仲林到了福佑药房以后,亲自把朱延年的材料仔细看了三遍,几个主要活动方面都牢牢记在脑筋里。苏北方面是个重点,张科长的事那边始终没有派人来。今天从那个青年的服装举止上看,他估计是从那边来的,果然叫他猜对了。他说,"有辰光估计对了,有辰光也会猜错的。"

"不,你估计都对,真像活神仙。"

"你要烧香吗?"他打趣地问童进。

童进嘻着嘴,笑而未答。

"别开玩笑了,还是我们来谈谈吧。"黄仲林的态度顿时严肃起来,对那个青年说,"贵姓?"

那个青年打开深黄布的公文包,把区增产节约委员会的介绍信递过去。黄仲林看了看,把介绍信放在桌子上的卷宗里,抬起头来说:

"李福才同志,张科长怎么样了?"

"唉,别提了。"李福才长长叹了一口气,慢吞吞地用着感叹的语调说,"'三反'一开始,我们的科长心神就不定,整天愁眉苦脸,老是有一肚子的心思。大家劝他,有啥事体,早点和大家谈谈,没有关系。我们晓得是啥事体,也好出力。他老是对我们科里同志说:没啥事体,没啥事体。他参加'三反'的会议不积极,每次会议坐在那里,老是不发言,看上去,又好像有一肚子话要说。有时,在我们处长面前却特别积极,话比谁还多,只是老讲相同的话,没有内容。他是我们的科长,他有情绪,你说,黄队长,我们科里工作哪能搞得好?打虎也不得劲。别的科里都打出老虎来了,有的还是大老虎,就是我们科里一个老虎也打不出来。你说急人不急人?我们都急得不行,张科长一点也不急。第二个战役开始,张科长可急了,整天跑来跑去,像是有什么急事,可是科里啥急事也没有。他就是在科里坐不住,脾气忽然变得特别好,谁有什么事找他,他都同意,并且帮忙。有一天,处长找他谈话,他回来面孔铁青,我们料到一定是吃了处长的批评,可是,还不晓得他出了事啦……"

"啥事体?"童进问。

黄仲林向李福才微笑点了点头,表示他知道张科长一定会出事,从他的笑纹里透露出来好像出了啥事体也清楚。

"啥事体?——张科长原来也是一只老虎。"

"哦!"童进不了解机关里"三反"的情况,听说张科长也是一只

老虎,不禁大吃一惊,深深地叹了一口气,惋惜地说:

"张科长那样的老干部,居然也是老虎,真正想不到。"

"这有啥想不到的,"黄仲林从李福才的话里证实了自己的估计。他想起刚到福佑药房,童进他们向他汇报的那些情况,便气愤愤地说,"到了朱延年的干部思想改造所,哪能不变呢?"

"我们科长自己也不好,"李福才说,"从你们转来的材料看,他不应该接受朱延年这个坏家伙的钱和那些物事。"

"你说得对。"黄仲林指着李福才的面孔说,"张科长经不起朱延年的糖衣炮弹,应该他改造朱延年,不料被朱延年改造了。"

"朱延年这家伙腐蚀了许多干部,真是害人精。"童进咬牙切齿地说,"这次可不能放过他呵!"

"当然不能放过朱延年,"黄仲林把话题拉回来,问李福才,"现在张科长怎么样啦?"

"后来我们晓得组织上找他谈过几次话,他心里很恐惧,不敢老老实实交代问题,怕说出来要受处分。处长请示上级,决定他停职反省,……"

"这个决定很正确。朱延年把他改造过去,我们再把他改造回来。"黄仲林点点头说,"停职以后,坦白了没有?"

"初步写了一些材料。没两天,组织上派我到上海来调查材料了。"

"你来,我们很欢迎。关于张科长的事体,童进同志可以同你谈。你们谈了以后,还可以找夏世富谈谈。夏世富这个人很滑头,不是一次能谈出来的,要耐心和他谈。书面材料在我这里,你可以看。"他望着李福才说,"苏北方面关于朱延年的材料,还希望你多提供一点。"

"那没有问题,我带了一点来,"李福才连忙打开深黄布公文包,急着问,"要不要现在就给你?"

"交给童进同志好了。"

李福才拿出材料来,迟疑地望着黄仲林。黄仲林便给他介绍:"童进同志是我们'五反'检查队材料组组长,交给他一样的。"

李福才把厚厚一包材料送到童进手里。黄仲林对童进这么信任,使他认为是人生最大的一种幸福。他感到十分愉快。那天向黄仲林汇报朱延年和马丽琳勾结的诡计,黄仲林不但没有责备他,反而鼓励他,简直出乎他的意料之外。当天晚上,他就投入"五反"运动,积极和叶积善他们商量,怎样帮助黄仲林做好福佑"五反"检查工作。第二天,黄仲林召集了童进和叶积善这些积极分子开会,成立了组织,童进担任了材料组的组长,叶积善是群众工作组组长,黄仲林自己兼任资方工作组组长……迅速展开了工作。

这消息很快从夏世富的嘴里传到朱延年的耳朵里。朱延年立刻去找黄仲林,哭丧着脸,说了童进许多坏话,希望黄仲林主持公道。黄仲林听完朱延年那一套鬼话,冷笑了一声,说:

"我正要找你,你谈了很好。"

"我晓得黄队长在市面上混的人,啥人在你的眼睛里也瞒不过去。童进这样的人,别看他表面老老实实的,心眼可坏哩。你一看一定就晓得了。我用人不当。他到店里来是我一手提拔的,没想到竟欺负到我的头上来了,叫我戴绿帽子。要不是黄队长,我还不好意思说出来哩。"

"童进到我这儿来告了你……"

朱延年霍地站了起来,生气地把袖子一卷,仿佛要找童进打架似的,说:

"古人说得好,恶人先告状。一点也不错。朋友妻不可欺,他连我这个经理的老婆也下手哩!"他有点心虚,问,"他告我啥?"

"你自己清楚。"

"我?黄队长,你别听他瞎三话四。我找他来,三头对面,一定要谈清楚。"

"不必找他,问题很清楚。"

朱延年心头一愣,发觉局势有点不妙,他想设法挽回,把希望寄托在黄仲林身上,恭维道:

"黄队长明察秋毫。希望黄队长给我做主……"

黄仲林鹰隼一般的目光,注视朱延年,严正地对他说:

"陷害好人,破坏'五反',你晓得这个罪不小呀!"

"黄队长,黄队长,你这,你这是……"朱延年像是迎头受了一记闷棍,弄得昏头昏脑,口吃得说不出话来。半晌,他才镇静下来,强辩地说:"你不能听一面之词,你,你听听我的意见呀!"

"谁也没有封住你的嘴,有话,尽管说吧。"

朱延年气呼呼的,好像有一肚子冤气要吐,愤愤不平地说:

"童进调戏我的妻子,千真万确!那天夜里,我亲眼看见的,他们两人在一张床上……我在黄队长面前可以发誓,绝对没有半句假话。我不是那种颠倒黑白的人。我不会拿我老婆来开这个玩笑。不管我在做生意买卖上有啥不对的地方,童进总不应该欺负我的老婆。黄队长,你说是不是?"

"如果童进真的欺负你的老婆,童进当然不对;要是诬告,童进不但没有罪,诬告的人要受到处分。"

"我一点也没有诬告。"朱延年理直气壮地说,"我的话你不相信,童进的话你也别相信,黄队长,你问问马丽琳,真相就明白了。"

"问马丽琳能把问题弄清楚吗?"

"那当然,她是当事人,她最清楚不过了。"

"马丽琳会不会说假话?"

"不,绝对不。她有一句说一句。我们是夫妻,她的脾气我很了解。她不会冤枉任何人的。"朱延年想,只要关照一声,马丽琳完全可以听他摆布,要是来不及回去,打个电话也就行了。

"她讲的话,你完全相信吗?"

"那我没二话说。"他回答得十分干脆。

"我已经派人找过她了……"

朱延年忍不住打断黄仲林的话：

"啥辰光?"

"就是今天。"

"她哪能讲?"

"她讲是你安排的。"

"我安排的? 黄队长,你别听她瞎三话四。"

"你不是说,她绝对不会说假话吗?"

"不过,"朱延年喘了一口气,改口说,"她给人逼得没有办法,有时也说句把假话。"

"你说,是我们逼出来的吗?"

"不,绝对不是这个意思。"朱延年讲话太急,没有很好考虑,有了漏洞,让黄仲林迅速抓住,叫他躲闪不开。他结结巴巴地说,"我是说,是说,她有时给人家问得没有主张,可能说点假话。"

"你不是说,你完全相信她讲的话吗?"

"她讲的真话,我当然完全相信。"朱延年一步一步退下来,感到招架黄仲林的攻势非常吃力,但仍然勉强顶住。

"我看你还是老实一点好。老实人绝对不会吃亏的。害人的人,最后一定害了自己。真相已经完全明白。你陷害好人,破坏'五反'是肯定的。现在的问题是你要低头认罪,彻底坦白五毒不法行为。"

"这,这……"朱延年还企图抵挡,但已是强弩之末,在童进身上一时玩不出新的花招。他恨不能一口把童进吞下,才能消除心头的愤恨。现在童进有黄仲林撑腰,急切不能下手。但等"五反"过后,黄仲林这小子滚蛋,再看朱延年的颜色。别说童进,就是黄仲林，老实说，朱延年也不放在眼里。朱延年在上海滩上混了几十年，哪个官员不败在他的手里，小小黄仲林，更不在话下。他装出有一肚子冤屈没有办法诉说的神情，摇摇头说，"真想不到，马丽琳也会这样，黄队长，将来你会晓得真相的。"

"不必等到将来，现在我已经晓得了。"

"好，好，我现在不说，我有啥好说的呢？我一张嘴哪能说过他们两张嘴呢？马丽琳变了心，要和童进相好，自然帮助童进说话……"

"那要不要马上把马丽琳找来，当面对质？"

朱延年给黄仲林一逼，怕真的把马丽琳找来，一五一十讲出来，他更加没法下台。他摆出委屈的样子，叹了一口气，说：

"路遥知马力，日久见人心。"他忽然用手按着头，皱起眉头，说，"黄队长，我昨天没睡好，现在头痛得要裂开来似的，我去休息一下，好不好？"

"那你去吧。"

朱延年跨出"五反"办公室的门，马上把手从额角上放下，暗自对自己说：这回算我倒霉，以后，等着瞧吧。黄仲林有天大的本事，拿出来好了，朱延年绝不在乎，看谁翻过谁的手掌心！

事后，黄仲林把经过详详细细告诉了童进。童进越发放心，一点顾虑也没有了，勇气百倍地从事材料组的工作，主动给黄仲林提供了许许多多的材料，团结店里的职工，形成核心力量。他成为黄仲林得力的助手。

童进接过李福才那包厚厚的材料心里十分喜悦，打开一看：第一页是张材料单子，每份材料都有标题，注明来源，还有时间、地点，眉目清楚，一目了然。他钦佩地对李福才说：

"你们整理的材料真好。"

"这样便于你们查对。"

"你们自己留底吗?"

"重要的,我们把原件留下,抄了一份给你们;同你们有关系的,就把原件给你们,我们把重要部分摘了下来。"

"这个方法太好了,黄队长,我们材料组也要仿照他们的办法,好不好?"

"完全由你决定,我没有意见。你是搞会计的,管理材料一定像管账一样的清楚。"

"管材料可没经验,这是头一回,要不是你的鼓励,我真不敢担任材料组的组长哩。……"

童进的话还没有说完,叶积善一头伸了进来,站在门口,满怀高兴地小声地说:

"黄队长,有信……"

"啥地方来的?"

"从朝鲜来的。"他的声音很细,语调机密,生怕给门外的人听见。

"志愿军的信? 快进来。"

志愿军的信是区增产节约委员会转来的。黄仲林打开一看,眉飞色舞,兴高采烈地站了起来,对童进说:

"你看:戴俊杰和王士深的信来了。部队办事真快,接了我们的信,马上就复,写得这么详细,问题更明白了。"

"志愿军么。"童进望着信,钦佩地说。

"对,志愿军。"黄仲林重复了一声,皱着眉头想了想,用商量的口吻对李福才说,"你能在上海多住两天吗?"

"只要搞到材料,多住两天没关系。"

"那好。"黄仲林两只手按着桌子,眼光对着李福才、童进和叶积善他们,很有把握地说,"现在几个主要方面的材料都来了,连没想到的刘蕙蕙,也主动写了检举信来。我想准备几天,向区里请示一下,就动手,看朱延年还有啥办法抵赖!"

"没问题吗?"童进想起朱延年那股牛脾气,信心有点不高。

"不能说一点问题也没有,不过朱延年要抵赖也不容易。"黄仲林充满了信心,转过来,对李福才肯定地说,"朱延年的问题解决了,你带回去的材料更具体更完全呀!"

"那我等朱延年的问题搞清楚了再回去。"李福才说,"有啥事体,我还可以帮点忙。"

黄仲林拍拍李福才的肩膀说:

"这再好也没有了!"

五十三

马丽琳听说今天福佑药房要开会斗朱延年,不放心,想来听听,却又不敢来。她不是福佑药房的职工呀!正当她拿不定主意的辰光,叶积善来了。童进想起马丽琳一定知道朱延年许多五毒不法行为,建议叫叶积善来请马丽琳参加,黄仲林立刻同意了。

马丽琳今天穿的一件紫红色的缎子对襟夹袄,胸前有一排深蓝色的充宝石的精圆的钮子,下面穿着绿呢绒的西装裤子。她走进房间,对着镜子梳了梳那波浪形的头发,便和叶积善搭了一路电车到福佑药房去。

她一走进福佑药房,便发现自己这身衣服很不合适,在那一片蓝色的和灰色的衣服中间显得特别刺眼,早知道应该换身素净的衣服来,可是现在已经来不及了。叶积善把她领到最前面一排椅子上坐下。她暗暗向四周巡视了一下,福佑药房今天完全变了样:栏杆里的两排桌子都搬掉了,里面放着一排排木板凳和椅子。靠墙那里放了一张桌子,上面铺了一块白布。墙上挂的那些医药卫生部门送的横匾和条幅仍然和往常一样的挂着,新药业公会送的那幅贺幛,红底金字,特别突出:"全市医药界的典型,现代工商业者的模范"。

她坐在那里心有点不安,好像大家的眼光都朝她身上射来,感到热辣辣的不好受。幸亏黄仲林带着朱延年到靠墙的那张桌子上来了,大会开始了。

马丽琳仔仔细细看了朱延年一眼:朱延年好像早就有了准备,

穿着一件灰布人民装,没有戴帽子,头发虽然有点披下来,两只眼睛还是和过去一样的奕奕有神,心里很笃定的样子。她的心稍为安定了一些。

她因为注视朱延年,没有留神听刚才黄仲林宣布开会讲的一大堆话,不知道他说啥。

接着黄仲林讲话的是童进。他讲得满头满脸是汗,一边高声喊叫,一边拍着桌子,一边指着朱延年,气愤愤地说个不休,那唾沫星子直往外喷,差一点没喷到马丽琳的脸蛋上。她心里想:看不出童进这个青年小伙子,现在变得这样能讲会道的,生龙活虎一般,那股劲头,就差伸出手来打人了。她给朱延年担心:一个个上台揭朱延年的底,他这个脸搁到啥地方去,以后还要不要和这些人共事呢?

叶积善接着走上去讲话,比童进平静得多了,但是语调也是很气愤的,诉说朱延年一件件的坏事,连朱延年和刘蕙蕙离婚的事也端出来了。这些事马丽琳听出兴趣来了。她很高兴叶积善带她来参加这个会,使她了解她过去不知道的事体。她一句句留心听下去。

第三个上来的是夏世富,叫她心头一愣:她知道夏世富是朱延年的心腹,平日朱延年待夏世富最好,夏世富也最听朱延年的话,说一是一,说二是二,从来没有一句二话的。夏世富在朱延年面前仿佛是架自动机器,听凭朱延年指挥。这架自动机器向来没有主见的。今天上台,难道也攻击朱延年一番吗?她把耳朵冲着墙那边,凝神地听。夏世富也没有说啥大不了的事,只是讲些零零碎碎的事,叫朱延年赶快坦白。她放心了。

一个下去,一个紧跟着上来,马丽琳到后来记不清有多少人上台指着朱延年的面孔诉说了。她心里有点慌:这样诉说下去,有个完吗?朱延年吃得消吗?她微微抬起头来,向朱延年扫了一眼:朱延年站在那里,意外地安定,紧闭着嘴,眉头开朗,态度安闲,眼光里露出一种满不在乎的神情。她虽然相信朱延年有办法对付这个严重紧张的场面,可是究竟放心不下,有点儿替他担忧。

要上台讲话的人差不多都讲了,黄仲林见朱延年还没有表示,而且态度很沉着的样子,他便向台下的人望了望,问道:

"大家还有意见吗?"

童进站了起来,指着隐藏在左后方角落上坐着的夏世富说:

"夏世富说话不老实,尽讲些鸡毛蒜皮的事,有意包庇朱延年。要他再发言,揭发朱延年的五毒罪行。他了解的事体比啥人都多!"

台下的人高声响应:

"对!夏世富要和朱延年划清界限!"

夏世富坐在那里,以为已经过了关,没人注意他了。他没想到童进注意到他。他没法再隐藏,也不敢站出来,要是脚底下有个洞,他真想钻下去。大家的视线都集中到他的身上来了,担心这回可过不了关啦,再上台发言,不能尽谈小事不谈大事了。大事,朱延年就站在旁边呀,哪能好开口呢?真是左右做人难,他的眼光向朱延年求救。

朱延年咬了咬嘴唇,脸色有点儿发青。他果断地走到黄仲林面前,深深地鞠了一个九十度的躬,很诚恳地向黄仲林要求道:

"黄队长,我请求下去向你个人坦白。"

"真的吗?"

"绝不说半句假话。"

"只要坦白交代,在啥地方都行。"

"谢谢黄队长。"

黄仲林说明朱延年准备坦白交代,宣布散会。办公室的空气顿时松下来,大家的眼睛狠狠地盯着朱延年,仿佛说:看你这一次敢不坦白！叶积善被黄仲林叫到面前去谈了两句。叶积善连忙走到马丽琳面前，说：

"我们谈谈好不好？"

"有啥不好？"马丽琳反问了一句。

"来吧。"

他和马丽琳两个人走到经理室去。她一走进去，顺便把门关上。他立刻想起童进那天晚上在她家的情形，神经顿时紧张起来，警惕地说：

"不用关门，开着门谈一样……"

正好童进推门进来，门敞开着。叶积善要马丽琳坐下，同时约童进一道谈。他想了想怎么开头，过了一会，开门见山地说：

"刚才会上揭发的那些事，你都听到了吗？"

"听到了。"

"朱延年做的坏事可多呢，你也上了他的当。"

"是呀，我从前不晓得他这么坏啊，我当初还以为他是有钱的大阔佬哩。"马丽琳想起当舞女积蓄的一些钱都叫朱延年左骗右骗花光了，有点心酸。

"你想想看，你该怎么做？"

"我怎么做呢？"马丽琳反问自己，得不到回答，便央求道，"你告诉我，我一定做。"

童进说：

"叶积善同志不是要你自己想吗？你自己做的事不晓得吗？"

马丽琳脸刷的一下绯红了，她羞涩地低下头去，暗示地说：

"有些事体我已经说过了，还要说吗？"

童进懂得她指的啥，说：

"说过的事，就不要再说了，没有说过的事，快说出来。"

马丽琳认真地想了想，下了决心，说：

"他是奸商。他不坦白,我就和他离婚。我不要他,这个决心是有的。我反正还年轻……"

"单有这个决心不够,"叶积善同情地看了她一下,说,"还要立功。"

"哪能立功呢?"马丽琳不解地望着叶积善。她想:下了这么大的决心还不够吗?

"有啥法子叫他坦白?"叶积善说,"你能想办法叫他坦白,你就算立功了。"

她无可奈何地瞪着眼睛,说:

"这我没有办法呀,你晓得,朱延年可厉害哩。"

"你晓得他的事体很多,"叶积善鼓励她道,"你又聪明,你一定有办法。"

"不。他啥事体也不告诉我。他这个人门槛精来兮,拿我当小孩子看待,高兴辰光,带点巧克力糖回来,从来不给我谈正经。不高兴就给我眼色看。"

童进摇摇头,嘴上浮着一个不信任的微笑,说:

"你真的一点不晓得吗?"

马丽琳从童进的微笑里知道他一定想起那天晚上的事了,她脸上热辣辣的,接连否认道:

"真的一点不晓得。"

"你想想看,"叶积善说,"你立了功,对朱延年也好呀。"

马丽琳歪着头,皱起淡淡的长眉毛,努力回忆和朱延年认识的经过,却怎么也想不起朱延年有啥五毒不法行为。今天会上听到的,在马丽琳来说,都是新鲜事。她像是坠入朱延年迷人的陷阱里,过去一直糊里糊涂过日子,今天才算是拨开云雾,看清了朱延年的狰狞面目。她有点恨朱延年,一想起朱延年待她不错,赚了钱都花在家庭的费用上,又有点怜悯他。但听到会上大家揭发的坏事,都骂他是不法的资本家,又不敢同情他。她心里这种复杂的情绪,使得她的思路乱了,像是一把没有头绪的乱丝,不知从何想起。她苦恼地说:

"我实实在在不晓得呀!我心里乱得很,让我回去吧。"

"那你先回去也好,我们再谈吧。"

马丽琳无精打采地点点头。童进等她走出去,自己就找黄队长去汇报。

散会以后,黄仲林和朱延年一同走进了X光部。黄仲林坐在转椅上,朱延年坐在他左侧面的一张椅子上。下午的阳光从窗外射来,屋子里显得有点闷热。黄仲林拿出小笔记本和新民牌自来水笔,说:

"你说要向我个人坦白,现在说吧。"

黄仲林拿着笔,准备记。

朱延年回过头去看看门外边有没有人,他怕童进站在外边,又怕黄仲林把夏世富找来。黄仲林以为他是怕别人听去,便安慰他:

"说吧,没有人来的。"

黄仲林把门关上。

"好,我说。"朱延年像是早就准备好了似的,不假思索地说,"我坦白:上海解放前,我开过五万多支盘尼西林的抛空账单,这是盗窃国家资财的行为;去年小号的营业发展,单拿六月份来说,营业额就是三十六个亿,赚了不少钱,这是暴利……"朱延年一条条说下去,一共说了五条,最后说:"在我们新药业当中有个旧习惯,常常在风月场中谈生意,我为了做生意,也难免参加参加,这是腐化堕落,是旧社会的坏作风。今后我要痛改前非,改造思想,做一个新社会的新人物,这点,我在这里一并交代。"

黄仲林听朱延年说的牛头不对马嘴,几次想打断他的话,都忍耐下来,看他究竟说到啥地方去。等朱延年一说完,他实在忍耐不

住了,板着面孔质问朱延年:

"你和我开玩笑吗?"

"岂敢,岂敢!"朱延年彬彬有礼地欠欠身子。

"那你为啥不老实?"

"没有的事,没有的事。"

"解放前的事,不属于'五反'范围以内,国家也没有限制每家商号做多少营业额,你不晓得吗?"

"这个,这个……"朱延年很焦急地抓自己的头皮,做出好像完全不知道的神情。

"这不是坦白交代……"

"请指教指教。"

黄仲林一双眼睛一个劲盯着朱延年,按捺住心头的怒火,竭力保持平静,说:

"那你为啥不说?"

朱延年嘻着嘴,毫不在乎地说:

"请黄队长栽培栽培。"

"啥栽培,"黄仲林气呼呼地站了起来,大声说,"老老实实快把你的五毒罪行坦白交代出来。"

朱延年脸上的笑容虽然消逝了,态度却从容不迫,奇怪地问道:

"啥五毒罪行?"

黄仲林指着他的面孔说:

"盗窃国家资财……"

"除了解放前开过五万多支盘尼西林的抛空账单以外,小号里没有敌伪财产,也没有到国家仓库里偷过东西。"

"制造过假药卖给国家吗?"

"那怎么敢,"朱延年心头一惊,但旋即镇定下来,慢慢地说,

"我们是为人民服务的新药业。"

"行贿干部呢?"

"曾经行贿过……"

黄仲林见朱延年承认这一条,他想从这个缺口扩大开去,别的问题可能陆续交代出来,认为自己应该更有耐心才行。他坐了下去,冷静地说:

"讲吧。"

"干部不要,又退回来了。"

"你,你……"黄仲林盯着朱延年那副嬉皮笑脸的样子,气得说不出话来。

朱延年一点也不生气,反而劝黄仲林:

"黄队长,有话慢慢说,不要急……"

黄仲林发觉朱延年在玩弄自己,深深地感到受了莫大的污辱。他不能让朱延年再耍花招,立刻打断他的话,斩钉截铁地说:

"你坦白不坦白?"

"不是已经坦白了吗?"

"你不说老实话。"

朱延年沉着地说:"句句是实话。"

"你不要嘴上说的好听,要有内容,要有行动表现出来。"

"那么,这样好了:所有福佑药房的资财,我愿意完全交给政府处理,政府要罚多少就罚多少,并且希望政府加倍罚我,罚得越多越好。我这样的行动总够了吧?言行一致了吧?"朱延年说完话,冷冷轻笑一声。他刚才在会上早就拿定了主意:他是空着两只手穿着一件蓝布大褂走进上海滩的,凭他的本事,创办起这番事业。他经过不知道多少风险,都安然渡过,跌倒啦又站起,福佑这块牌子在新药业总算有了地位。他并不惧怕黄仲林这个年轻小伙子,只是人民政府太厉害,发动群众,想挖他的老根。看到童进要夏世富再上台揭发他,他怕夏世富顶不住,把事体暴露,来了个缓兵之计:要求向黄仲林个人坦白交代。黄仲林果然中了他的计。他想起在上海滩上所做所为,特别是上海解放后这几年,人民政府任何一个人只要擦一根洋火都可以把他烧死,何况除了黄仲林,还有童进他们帮忙哩。反正是死,于是下决心不坦白。不管你有啥人证物证,统统给你一个不认账。不怕你黄仲林三头六臂,也奈何不了朱延年。他想:顶多也不过是空着两只手穿起蓝布大褂离开这十里洋场,黄仲林不能叫他有更大的损失。他和黄仲林敷衍一阵,就掼出这几句话,瞧你黄仲林有本事拿出颜色来看看。

黄仲林听了他这几句话,立刻气得脸红脖子粗,几乎要跳了起来,继而一想:这样急躁,不是向朱延年示弱吗? 他深深吸了一口气,心平气和地说:

"你别乱说! 政府不要你的资财,要你交代五毒罪行。"

"我已经交代了。"

"你没有……"

"怎么没有?"朱延年抬起头来故意想了想,说,"那这样好了,我听说有的厂店检查队发动职工检举,他们检举的材料,资方都承认了。我也愿意这样做,欢迎你们检举。你们检举出来的,我一定承认,并且希望你们多多的罚我。"

"你这个态度就是不老实。"

"哪能不老实呢?"

"你自己为啥不交代?"

"我晓得的都交代了,我不晓得的,哪能交代呢?"朱延年有意搔头皮,装出很苦恼的样子,说,"黄队长,你不是叫我为难吗?"

"你自己做的坏事不晓得?"

"我晓得的都讲了。要我再讲,我只好乱讲。我想,这恐怕不符合政府的'五反'政策吧。"

"谁叫你乱讲的？"

"我掏出良心来说，我实在没有隐瞒的了。要是有的话，杀我的头好了。"朱延年伸出右手在自己脖子上做了一个杀的姿势。

童进从马丽琳那儿走到 X 光部来，一进门，见朱延年做杀头的姿势，不知道出了啥事体，他连忙退出门外，愣着两只眼睛站着。

"不要把话讲得太绝了，"黄仲林不慌不忙地说，"有头比没有头好！"

"那当然，黄队长说得再对也没有了，啥人不希望有个头呢？"朱延年见童进站在门口，恨不能从眼睛里跳出两只手把童进抓来，一刀把他的头砍掉。他说："我也是没有办法才说这句话的。"

"办法不是没有，主要看你自己，不要往绝路上走才好！"

朱延年听了这句很有分量的话，额角头突然汗浸浸的，像个木头人似的站在那里，哑口无言。

五十四

礼拜六的夜晚。

中山公园的水池像是一面镜子,圆圆的月亮映在池面。池子附近树旁的几盏路灯,那圆圆的灯光映在水里,就像是一个一个小月亮似的,围绕着池中的月亮。一片一片臃肿的白云缓缓地移过池面,仿佛是一群老妇,弯着背,一步一步吃力地从月亮前面走过,想把月亮遮住,月亮却透过云片的空隙倾泻下皎洁的光芒。一片白云和一片白云连起,如同一条宽大的不规则的带子,给碧澄澄的天空分成两半。白云移过,逐渐消逝在远方。天空碧澄澄的,月亮显得分外皎洁。

钟佩文一个人独自站在水池边,面对着水中的明月发愣。

他站在那儿已经快半个钟点了,虽然面对着水池,可是他的眼睛不断向左右两边暗暗望去。水池左边的柏油路上传来橐橐的皮鞋声,在幽静的园中显得特别清脆嘹亮。他的耳朵顺着声音的方向听去,辨别出有人从水池左后方走来的声音。这更引起他的注意,他退后几步,坐在草地上,两手抱着膝盖,等候那清脆嘹亮的声音到水池这里来。

清脆的橐橐皮鞋声从水池的左边走过,低沉下去,消逝在通向动物园的小桥那边了。

钟佩文失望地从草地上站了起来,又走到池边,捋起袖子,在月光下看一看手表,已经八点一刻了,按照约定的时间,整整过了一刻钟。但在他看来,好像已经足足过了三个钟头。

"这家伙,忘了吗?"他问自己,同时又回答自己,"不会的,明明说好了八点钟在水池边等候么,哪能会忘呢?"

钟佩文第一次给管秀芬写信没有得到答复,他并没有灰心。最近他编"五反"斗争的黑板报经常和她有往来,问她意见呀,约她写稿呀……起初她不愿意写,推说没有文化。拗不过他再三再四的请求,她写了一篇。他仔细给她修改,第二天就登在黑板报上。她看见了又害羞又喜欢。早几天,他又写了一封短信给她,约她今天晚上八点钟到中山公园去玩。她没有答复。昨天在路上碰到,他当面问她,她点点头,啥也没有说,便飞一般地跑了。

他怕误事,七点三刻就站在池边守候了。他气愤地说:

"拿我开玩笑?不来?那明天找她算账!"

"用不着等明天,现在就给我算账好了。"

他忽然听到背后有人和他答话,吓了一跳,转过身去一看,不是别人,是他等候了半个多钟点的管秀芬。他抓住她的两手,又惊又喜,定了定神,笑着问她:

"啥辰光来的?"

"早就来了。"

"我哪能不晓得?"

"你在骂人,哪能会晓得。"她冷冷地说。

"你全听到了?"

"唔,我是家伙,不是人。给你开玩笑,我不该来,我来错了……"她一甩手,嘟着嘴,穿过水池左边的草地,笃笃地跑到柏油路上,向大门那个方向走去。

她这突如其来的行动,使得他站在水池边愣住了,一时不知如何是好。半响,他见她向大门走去,清醒过来,知道她真的生气跑了,连忙拔起脚来,拼命追赶上去,接近她的身边,不敢再抓她的手,又怕她走掉,低低叫唤:

"秀芬,秀芬……"

她站了下来,怕人家听见,向他望了一眼:

"叫啥!"

"不叫,不叫,"他连忙答应下来,接着请求道,"那么,你来……"

"还骂人吗?"她站在那里不动。

"以后再也不骂了,刚才是我一时糊涂,瞎说……"

"你还装糊涂!"她不让他蒙混过关。

他不得不承认:"不,怪我嘴不好。"他嬉皮笑脸地指指自己的嘴,伸过手去,想拉着她一同回来,说,"走吧。"

她把手向背后一放,说:

"我也不是小孩子,不会走路,要人搀着!"

"好,好,大姐自己走。"

"我还没那么老……"

"我的小妹妹,不要生气,……"他发现自己又讲错了话,立刻更正道。

"你倒会讨便宜……"

他伸伸舌头,说:

"算我说错了,好不好?别生气。"

她心里一点也没有生气。刚才她有意从水池跑开,试试他的心,看他赶上来不赶上来。他接二连三赔不是,使得她心里很乐,觉得他人很老实,真心爱她,顺从自己的心意。

他们两人慢慢地走到池边。她站在池边给月光照得变成墨绿色的四人靠背椅上,准备坐下去。他向四面望望,指着背后树下两张椅子说:

"那边去坐一会吧。"

她嫌树底下太阴暗,黑黢黢的,摇摇头,指着身旁的椅子说:

"这里不是很好吗?"

"这里?唔,也很好。"

他讲话很不自然,也说不出一定要到树底下去的道理,又怕她不高兴,就坐了下去。两个人拘谨地各坐一边,中间空着两个位子。

两个人默默地坐着,谁也不言语。他生怕自己再说错了话,惹她生气,不知道说啥是好。他的脚无意识地踢着地上的石板和泥土。她呢,肚子里有话,不说,等他先开口。她的头微微低着,眼光对着池面的圆圆的一轮明月。

他几次要说话,话已经到了嘴边,又吞了下去。半晌,他才嗫嚅地说:

"你从啥地方来?"

她回答得很简单:"厂里。"

他又说不下去了。过了一会,她问了:

"怪我迟到吗?"

"不,不。"他慌忙声明没有这个意思。

"应该怪我,厂里有点事,来迟了。"

出乎他的意料之外,管秀芬竟然承认了错误。但他还是不敢责备她,却说:

"多等一歇没啥,今天晚上我反正没事……"

他的语调自然一些了,脚也不去踢石板和泥土了,平静地踩在地上。他不知道再说啥是好,两个人又沉默了。

她默默坐在靠背椅上。他不能再支支吾吾,也不敢正面谈啥,怕碰一鼻子灰。他想了一会,说:

"你今天在车间读报了吗?"

她听到这句话,心中暗暗笑了,知道他问这句话的意思。她今天在车间给姊妹读了报,而且比往常任何一天都有劲,读完了以

后,感到身上轻松,精神愉快。但她把这些喜悦的情绪隐藏在心的底里,没让任何人知道。她说:

"没有。"

"你不是细纱间的读报员吗?"

"是呀,记录工兼读报员,没有人开除我。"

"那你今天为啥不读报呢?"

"天天读报太腻味了,天把天不读报也没啥。"

"不能不关心时事……"他的语调有点责备她的意思。

"为啥今天要特别关心时事呢?今天有啥大事吗?你倒给我说说……"

他的脸发热了。早几天他写了一首小诗,题目是《打退资产阶级的猖狂进攻》,投给了《劳动报》。《劳动报》编辑部给他修改了一下,今天登在四版的右下面的角上。他今天一早发现自己的作品和名字头一次登在报上,心里就怦怦地跳,拿着那份报看来看去,舍不得丢掉。那首诗,他已经可以背诵出来了,可是还要一个劲地读,好像每一行诗里有无穷的奥秘,越看越新鲜,越看越有意思。见了熟人,他都要把话题拉扯到《劳动报》上,关心人看过了没有。厂里大门光荣榜旁边原来是张贴《劳动报》的地方,他怕今天别人忘记贴了,特地跑去看看。《劳动报》和往常一样地张贴在那里,他放心了。站在那张《劳动报》面前,他又把四版右下面角上的那首诗看了个够。

他伸手到西装裤子的口袋里,摸出那张《劳动报》,送到她手里:

"我带了一张,你看。"

在皎洁的月光下,她仔细看了看一版和二版的大标题,三版也看了一下,就是不看四版,轻描淡写地说:

"没啥大事体。"

她的眼光暗暗凝视着他。他皱着眉头,心里焦急,又不好意思张口,怕她再把报退回来,忍不住说:

"四版你还没看哩。"

"哦,"她翻到四版马马虎虎一看,若无其事地说,"也没啥。"

他坐过去一点,指着四版右下面的角上,腼腆地说:

"这个看了吗?"

他说完话,不好意思再盯着报纸,望着她那根挂在靠背椅上的长长的辫子。

她不得不看那首诗了。她的脸也红了。她满肚子的喜悦再也抑制不住,爆发出格格的笑声:

"真的成了作家了,怪不得要我看报哩!"

"一首小诗,不算啥,当作家还早着哩,你别笑话我!"

"啥人笑话你?"

"你。"

"我!"她瞪着两个圆圆的眼睛,摇摇头,说,"我没文化,哪能有资格笑话你?……"

她最近在考虑自己的婚姻问题。在陶阿毛和钟佩文之间选择哪一个,她还拿不定主意。她无意之中流露出自己内心的秘密。他听了这话,马上接过去说:

"不,你也有文化,你的稿子写得不错。"

她把手上那张《劳动报》折起,放进藤子编制的手提包里。她把话题岔开,关心地指着他身上的衣服,说:

"看你衣服穿得脏成这个样子,也不晓得换一身……"

他见她把《劳动报》收进小手提包,从她的话里更感到无限的温暖。他连忙扑扑灰布人民装的上衣和裤子,用抱歉的口吻说:

"是呀,今天本来要换的,怕来迟了,忘记换了。"

他坐在她旁边,和她那一身整洁的服装一比,确实感到有些惭愧。她指着他的衣服说：

"看你那袖子，又是油渍，又是粉笔灰……"

他嘴上漾开了笑纹。最近管秀芬表面上不大和他打招呼，暗中却很注意他，而且看得那么仔细。他感激地说：

"我明天就换……"

他望着她披在额角上的头发。

"你换不换，同我没关系。"她含羞地低下了头。

他们两人谈话的声音低了，谁也不知道他们在谈啥。

园子里静悄悄的，远方传来唧唧的虫声，在歌唱愉快的夜晚。从黄浦江边吹过来的微风，掠过树梢，吹拂过水面，平静的水池漾开涟漪，圆圆的月亮和圆圆的灯光仿佛在水中喝醉了酒，摇晃着。映在水池两边的树的倒影，也轻轻摆动。公园里各色各样的花朵，徐徐吐露着芳香，给微风一吹，四散开来。

钟佩文和管秀芬两个人的影子隐隐约约地倒映在水里，看不大清楚，好像是一个人的影子，沉醉在幸福的海洋里，随着微风飘荡。

五十五

礼拜六的晚上,在戚宝珍的宿舍里,却是另一番景象。宿舍里每个房间的电灯都熄灭了,走道上那盏电灯像是没有睡醒似的,不明不灭地吊在垩白的屋顶上,显得有点阴暗。戚宝珍带着珍珍在房间里忙碌地工作。她两腿浮肿,吃力地迈着步子。

戚宝珍把杨健的和珍珍的衣服整理好,有的挂在衣橱里,有的放在五斗橱里,刚才仔细地告诉珍珍哪些衣服放在啥地方,她还不放心,把珍珍拉到面前,问她:

"爸爸的灰布人民装在啥地方?"

"在衣橱里,"珍珍信口说出,两只小眼睛一转动,发觉不对,连忙摇了摇手,微笑地说,"不,在五斗橱第二个抽屉里……"

"我给爸爸买的那双新布鞋呢?"

珍珍右手的食指指着圆圆的小嘴一想,说:

"在第三个抽屉里。"

"你那件红呢大衣呢?"

"在衣橱里。"

"你能拿下来吗?"

"能。"珍珍走过去,打开衣橱,指着短短的红呢大衣给妈妈看,证明自己记得不错,马上端了一张椅子,放在衣橱前面,爬上去,把红呢大衣取下来准备送给妈妈。妈妈说:

"给我再挂好。"

她熟练地把衣架挂到衣橱上头的一根圆棍子上。妈妈满意地

接着问:

"爸爸的衣服脏了,拿到啥地方去洗?"

"妈妈洗。"

"妈妈不在家呢?"

她的小眼睛一愣:妈妈一直在家的。妈妈有病,天天在家,为啥忽然不在家呢? 她说:

"妈妈天天在家。"

"妈妈上班工作呢?"

"晚上回来。"

妈妈不愿意把自己的心思告诉她,改口说:

"妈妈进医院呢?"

她想起早一会妈妈对她说的话,便接上说:

"找隔壁张阿姨代洗。"

"爸爸的手帕和袜子谁洗?"

"珍珍洗。"

"乖孩子,记住了,很好。"妈妈一把把她搂在怀里,吻她的脸,说,"拿功课来做。"

珍珍在妈妈的怀里没动,她歪过小脑袋,仰望着妈妈,理直气壮地说:

"今天礼拜六,不做功课。"

珍珍礼拜六晚上从来不做功课的,不是出去白相,就是在家里休息。这一阵子因为妈妈身体不舒服,很少出去,今天晚上忙着跟妈妈收拾衣服,也没想到出去。妈妈要她做功课,她倒想起来了:

"看电影去,好久没看电影了。"

"等妈妈好了带你去,"妈妈说了这句话,不由地心酸起来,黯然地低下头去。她没有告诉珍珍自己的身体一天不如一天了。特别是最近病更加重了,老是感到不舒服,从来没有想念过的死的兆头,近来时常浮上脑海。只要有一点点精神,她就做点啥,仿佛不做以后就没有时间做了似的。想到啥,她就做啥,然后躺到床上才能宁静下来。她勉强镇静地说,"今天先做功课。"

珍珍不解地望着妈妈。她很奇怪妈妈和平常不同,好像要把所有的事今天都做完了,明天不是礼拜天吗?明天过了,不是还有明天吗?为啥要抢着今天做呢?连不应该今天做的功课也要今天做,她实实在在不懂。她知道,妈妈讲的话一定要做的,没有办法,只好搬了一张椅子,拿着紫红布做的小书包,伏在饭桌上,开始做功课了。算完算术,她翻开语文课本,做习题。今天要做的是填写,第一道题是:

　　我家里有　　人

她很快地填上一个"三"字,但一想:外婆算不算家里的人呢?她搞不清楚。她指着"三"字问妈妈:

"对不对?"

妈妈看到"三"字,两个眼睛一愣,脸色有点发白,她担心不知道啥辰光家里就要剩下他们父女两个了。她望着"三"字很久没有说出话来。一股热泪已经到了眼眶,她努力噙住,不让它掉下。珍珍看妈妈好久不说话,吓了一跳,生怕自己填错了,连忙问:

"不对吗?妈妈。"

"对,孩子,……"妈妈的手摸着她的脑袋,没有说下去。

珍珍是个聪敏的孩子,在学校的功课经常得到五分,不管啥功课,只要老师一教,她就懂了。今天的功课做得尤其快,她希望做完了功课去看最后一场电影。她做完功课,把书本和练习簿整理好,放进紫红布的小书包。她走到妈妈面前,小声地恳求道:

"看电影……去……"

"功课做完了吗?"

珍珍从书包里取出书本递给妈妈看。妈妈翻了翻,要给她上

新功课。她说老师会上的,但妈妈要上,她只好上了。妈妈抓住她的小手,和她说:

"妈妈不在家,你要听爸爸的话。"

珍珍点点头。

"爸爸回来了,你要帮助爸爸做事。晓得吗?"

"晓得。"

"爸爸回来晚了,你早上起来,不要叫爸爸,懂吗?"

"懂,"珍珍会意地说,"我叫妈妈。"

"不,我说的是妈妈不在家的辰光。"

"那我不吃早饭吗?"

妈妈觉得她问得对,低着头告诉她:

"每天晚上,你自己买好面包,早上起来,用热水瓶里的水泡了吃。"

"妈妈,你啥辰光不在家?我今天要不要买面包?"

"今天不要,等我不在家再买。"

从珍珍懂事的时候起,妈妈一直在家里的,妈妈上街买东西,或者是到外婆家去,总带她去。现在为啥要把她丢在家里?她不懂,问道:

"妈妈,你不在家,你到啥地方去?"

"到啥地方去?"妈妈给问住了。她不愿把心里想到的那个不好的兆头告诉孩子,怕伤害了幼小的心灵,可是她总觉得有许多事要预先做好,便支支吾吾地说:"啥地方也不去,——但不能一天到晚都蹲在家里,总有时要出去的。"

"你不回来吗?"

"回来,"一种强烈的生的欲望支持着她。她希望自己的病能治好,可是最近到医院去做了心电图,医生的眉头有点皱起,好像治疗上很棘手,还是那一句老话:要她在家里安心休养。休养到啥辰光？别人休养一天天好了，自己休养却一天天坏了。她强打起精神说，"当然回来。"

珍珍抱住妈妈的腿，生怕妈妈马上就出去似的，说：

"你出去，我陪你去。"

"有的地方……你……你不能去。"妈妈的声音喑哑了。

"啥地方我不能去？"珍珍愣着两只小眼睛望妈妈。

妈妈伤感地深深叹了一口气，说：

"等你大了就明白了。"

"妈妈现在告诉我……"

"不……"

"告诉我，妈妈……"珍珍的头在妈妈的怀里揉来揉去。

猛的，有人嘭嘭地敲门。妈妈推开珍珍，说：

"快去开门，大概爸爸回来了。"

珍珍飞也似的去开门，走进来的不是爸爸，是个女的。珍珍一把抱住她的两条腿，愉快地叫道：

"余阿姨！余阿姨！"

余阿姨把珍珍抱了起来，一边亲着她红红的脸蛋儿，一边走到戚宝珍面前，劈口问道：

"你生我的气吗？"

"你说呢？"

"我晓得会生气的。"

"你也太狠心了一点，我已经进了厂，为啥连铜匠间也不让我进去一下呢？"

"你一进了会场，我晓得你更不肯走了。还是回家休息的好。"

"厂里轰轰烈烈进行'五反'，和资产阶级展开面对面的斗争，我在夜校里兼的课虽说不多，也算是一个教员，哪能安心在家休养呢？你不让我参加会议，老实说，我思想上是不通的。那天晚上钟佩文要我回来,说是你的意见,你是支部书记,我只好服从组织。"

"你的心情我是晓得的。我关心的是你的身体。那样激烈的会议,你一定支持不了的。我们要从长远着想,等你病好了,要做的事体多着哩!"

"这一点,我也晓得,可是一想起厂里五反运动,我的心就静不下来了。"

"这两天好些了吗?"余静改变话题说。

"唉,"戚宝珍叹息了一声,隔了半晌,才说,"这个病,我看,难了啊……"

余静一听这口气不对头,她从来没有听戚宝珍这么悲观过,暗暗看了戚宝珍一眼,不禁大吃一惊:她的身体表面上虽然还保持着丰满,但是脸上皮色显得青紫,眼睛有点浮肿,乌黑的眉头里隐藏着忧愁,眼睛的光芒也失去过去的光彩,不过从头到脚整整齐齐,这又说明她心情十分宁静。她泰然地注视着未来。余静安慰她:

"休养休养总要好的,慢性病要慢慢来,不能性急……"

"我何尝不晓得。我这病,和别的病不同,休养好久了。"她摇摇头,话到了嘴边,看到珍珍站在床边凝神地听,她没有说下去。

半晌,她想了想,对珍珍说:

"阿姨来了,你哪能忘记倒茶了?"

"哦,"珍珍转过头去拿热水瓶,里面空空的,她抱着热水瓶上老虎灶泡开水去了。

戚宝珍这才接着说下去:

"静,这两天我感到心里不舒服,从来没想过的事,这两天都想了。我看我这个病是没有希望了……"

她又说不下去了,余静宽她的心,说:

"听组织的话,在家里好好休养,别胡思乱想。我听人家说,多休养一个时期就会好的。"

"你没有我自己清楚。"她的眼睛注视着余静,对她的健康的身体流露出羡慕的神情,停了停,说,"看样子,我以后夜校去不了啦。你以后多上我家里来走走……"

余静没听懂她的话,满口答应:

"我有空一定来看你。"

"不是看我,你看看珍珍……"她的眼睛有点红了,小声地说,"还有杨健,我对他的工作很少帮助。他在外边一天忙到晚,回到家里来还要照顾我这个病号,实在是对他不住……"

余静怕她伤心,有意把话题岔开,问她:

"要不要叫我娘来住两天,照顾照顾你?"

"不要。姑妈来了,你的孩子谁管?"

"一道来,好不好?"

"也用不着,我这个病不会拖很久了……"

"你讲这些做啥?"余静设法打断她的话头,说,"我们谈点别的好不好?"

她没有吭气,眼光停留在余静脸上。余静在找话题,说:

"你想吃啥小菜,我给你做点送来。"

"用不着了,我啥也不想吃。"

"那么,要不要啥唱片,买两张来给你听听?"

"我啥也不要,你以后常来来,我就安心了。"

"别讲这些话,好不好?"

"见一次少一次了……"

一片新月挂在明净的深蓝色的天空,从窗口射进微弱的光芒。房间里静静的,可以听到院子里习习的风声。弄堂外边传来赤豆汤的叫卖声。余静焦虑地征求她的意见:

"我打电话叫杨部长回来,好不好?"

"他?"她想了想,说,"还是让他在厂里吧,'五反'工作重要……"

"他在厂里写汇报,写好了,要到区上汇报'五反'检查总结大会准备情况,现在可能在区上。我打电话叫他回来……"

余静站起身来要走,一把给她抓住了,说:

"他讲今天要回来的,要晚一点。别妨碍他的工作。让他忙吧,做完工作,他会回来的。"

她恳求地望着余静。余静也望着她。两个人默默地没有说话。静悄悄中,门外传来匆忙的脚步声,接着是爽朗的谈笑声,出现在房门口的是杨健和珍珍。他左手搀着珍珍,右手提着热水瓶。他一进门,把热水瓶往桌上一放,首先问余静:

"怎么,你还没回去休息?你有三天没有很好睡觉了,要注意身子。健康是我们革命工作的本钱。"

"出了厂,想起好久没看宝珍了,你也有两天没回来,就弯过来看看她。刚才正要找你,恰巧你来了。"

"有啥事体吗?"

余静把眼光对着戚宝珍。戚宝珍打起精神,勉强露出愉快的样子,望了余静一眼,遮掩地说:

"表妹给你开玩笑,——没啥事。"

杨健从余静的眼光里已经知道一切了。他问戚宝珍:

"你这两天身体哪能?"他过去坐在床边,握着她的手注视她的脸庞。

"还好。"她只说了两个字,话便哽塞在嗓子眼里了。她有无数的话要对他倾吐,可是见到他由于过分忙碌而显得疲惫的神情,往往就不说了。今天更怕引起他的忧伤,便忍住没有说下去。

余静不了解她细腻的用心,站在杨健身后,心直口快地说:

"好啥?你刚才怎么给我讲的?……"

戚宝珍用眼睛望了望她,又指着他说:

"忙了一天,在厂里也不得好好休息,让他好好休息一会吧。"

余静没有再开口。戚宝珍一时也不知道说啥是好。杨健没有吭气,但他感到今天戚宝珍和往常不同。他回过头去望了余静一眼,好像问:你为啥不说下去呢?

珍珍不知道他们三个人在谈论啥。她听妈妈的话,在泡茶。她先送了一杯绿茶给余静,接着又送一杯给妈妈,妈妈笑着说:

"先给爸爸喝。"

珍珍把最后一杯又送给妈妈。余静在杨健和戚宝珍两人眼光之下,感到自己说话也很困难。她便把话题转到珍珍身上:

"珍珍真不错,在家里帮助妈妈做事了。"

"小孩子从小要养成劳动习惯,不然,长大了就变坏了,看不起劳动。"杨健对余静说,"你刚才的话还没有讲完呢?"

没等余静开口,戚宝珍代她说道:

"你哪能强迫人家说话!她要是有话,早就讲了。"

余静感到有一种责任:应该很快告诉杨健,可能他有办法把她治好。她不管戚宝珍祈求的眼光,坦率地把刚才谈的告诉他,最后建议道:

"你看,要不要送到医院去?"

"你为啥要隐藏着自己的痛苦?你早就应该告诉我了,宝珍。"

"唉⋯⋯"戚宝珍轻轻叹息了一声,有点怨艾的情绪:怪表妹终于透露了自己的病情,又恨自己得了这种不治之症。半晌,她有气无力地说,"这病,到医院去也没啥办法⋯⋯"

她的心怦怦地跳得很乱,仿佛有啥说不出来的但是感觉到的东西堵在那里,呼吸有点急促,感到气喘没能把话说完,赶紧用手指一指枕头。他会意地连忙放下她的手,过去给她垫高枕头。她的呼吸好一点,心还是跳得很乱,可是她没有告诉他。他低下头去,小声和她商量:

"我看,还是到医院住两天,那里照顾比家里周到。我这两天厂里又忙,要开'五反'检查总结大会……"

"没有关系,你忙你的,我在家里休养也是一样的。"

他抓住她的手,用着恳求的声调说:

"宝珍,你听我的话。"

她摇摇头,但脸色变得青里发紫。他不再征求她的意见,回过头去对余静说:

"你赶快打电话到医院去,请他们派一辆救护车来……"

余静出去打电话。

珍珍倒了茶以后,就懂事地站在床边,静静地谛听他们的谈话。听爸爸刚才急促的声音,和余阿姨匆忙跑出去,妈妈又闭着嘴不说话,她两只小眼睛焦急地望着妈妈。

妈妈对爸爸说:

"健,这些年来,我们共同生活在一道,我感到十分愉快。"她在心里想了很久的话,像是一条热情的激流,终于越过理智的闸门向他倾泻了,"叫我遗憾的是我为革命工作太少,全国解放以后,我们的理想初步实现了,应该做更多的工作,可是疾病拖着我,使我不能把全部精力献给党。我对你的工作帮助也很少,有时还要累你来照顾我,影响你的工作,我心里常常过意不去……"

她心头不舒服,涌到嘴上的语言不能顺畅地说出来,不得不闭上眼睛,稍稍停顿一下。他抚摩着她的手,安慰她:

"不要急,工作的时间长得很哩……"

"这个病很难治好了啊……"

"不要这样想,宝珍,听我的话。"

珍珍见妈妈闭上眼睛,低低地叫唤:

"妈妈……"

半晌,她睁开眼睛,又说:

"我啥都安排好了,家里许多事珍珍也会做一些,一些物事她晓得搁在啥地方,我没有别的牵挂,只是劳累你一些,又要在外边工作,又要管家,珍珍这孩子很聪明,希望她将来也学教育,当人民教师……我很……想你啊……健……"

她的语言有点乱,但是蕴藏在心底很久很久了,虽然是断断续续,但他完全懂得。他有千言万语要对她说,可是他激动得竟不晓得说啥是好。他只是紧紧握着她的手,好像这样可以不让她离开这个充满了希望和灿烂前途的祖国。他的眼眶有点润湿,视线也显得模糊了,怕哭声会给病人带来沉重的不幸的预感。他忍住泪水,低声说:

"你不要焦急,我想一切办法给你医治……"

房间里的电灯光这时也失去了光彩,显得有点黯淡,但可以清清楚楚看到陈设摆得井井有条,收拾得干干净净。窗外不知道啥辰光落雨了,淅淅沥沥的雨声增加了深夜的寂寥,一阵阵呜呜的海风拍打着窗户,房间里越发感到寒冷和阴森。他用深蓝色的花毛巾毯子给她盖上。她的两只手放在外边,眼光还在房间不断望来望去,最后落在房门上。他以为她在寻找啥,便问:

"要啥?"

她摇摇头。

"要喝点水吗?"

她摇摇手。他发现她的眼光望着房门,立刻意识到是找人,问:

"找余静?"

她"唔"了一声。他刚要站起来去叫余静,余静轻轻从外边走进来了,怕惊扰病人,附在他的耳朵上小声说:

"救护车马上就到。"

"她在找你哩!"

余静屈着身子,冲着戚宝珍的面孔,轻轻地问:

"这会好些吗？表姐！"

表姐没有答她，只是有气无力地"唔"了一声。

当当……当当当……救护车的清脆的铃声划破了雨夜的沉寂，一声紧一声的从弄堂口外传来。余静陪杨健一同把戚宝珍送到医院去。

五十六

沪江纱厂的饭堂今天变成了会场。

汤阿英和谭招弟来晚了一步,会场里已经挤得没有一点空隙,黑压压一片,到处是人。后来的人没地方坐,干脆贴墙靠门站着。谭招弟站在门口发愁,后悔来迟了,没有地方坐。汤阿英倒不愁,也不忙,她要谭招弟和她一同走进去看看。谭招弟跟着她挤进去,里面比外边宽绰一些,在倒数第二排的座位上,汤阿英一眼看到秦妈妈和郭彩娣坐在那边,谭招弟和汤阿英挤进去坐下了。汤阿英的眼光对着临时高高搭起的主席台:在毛泽东主席大幅画像两旁,挂着两面鲜红的五星红旗。主席台上铺着一块红布,上面放着钟佩文很吃力地找到的一盆水红色的月季花,花朵给碧绿的叶子一衬,显得特别娇艳。主席台后面放了一排椅子,杨健坐在第三张椅子上,余静坐在杨健右边,眼光不时向台下四个角落扫来扫去,在看场子上的人是不是到齐了。她看了看表,和杨健低声讲了两句话。台前挂了两幅红底白字的大幅标语,上联写的是:打退资产阶级的猖狂进攻;下联是:巩固工人阶级的坚强领导。上面一块横幅,也是红底白字,写着十四个大字:沪江纱厂"五反"工作检查总结大会。台前左右两旁各放了三盏水银灯,工作人员在试验灯光距离,六盏水银灯同时打开,把主席台照得雪亮。台下的人的眼光都和汤阿英一样:注视着水银灯下的主席台,只有坐在右边第一排的徐义德和梅佐贤他们低着头,不敢看主席台。

徐义德在铜匠间的说理斗争大会上伤透了心。他没料到秦妈妈和汤阿英提供那许多线索,检举了那样多重要的材料,更没想到他的攻守同盟瓦解得那么快。他根本没想到勇复基这样胆怯的人,居然也跟共产党走,并且挖了他的底牌,把黑账当场交给杨部长。这样出乎意料之外的事,他一辈子也没有遇到过。胆怯的人变得勇敢了,心腹的朋友站到共产党那方面去了。那么,天下还有啥事可以相信的吗?还有啥人可以依靠的吗?当时梅佐贤虽然还没有开口,但从勇复基身上看出梅佐贤最后一定会开口的,郭鹏当然是更加靠不住的人物。徐义德对一切人都怀疑了,连他家里的三位太太也是一样,林宛芝更加危险,不知道和余静谈了些啥。他心里想:那还有好话,一定是揭徐义德的底。他把过去认为最可靠的人都一一想了想,认为都不可靠了。唯一可靠的不是别人,是徐义德自己。他感到杨部长带着"五反"检查队到沪江纱厂来形成一种瓦解他的巨大力量。他感到陷在工人群众的汪洋大海里,自己十分孤单。他这才真正想起杨部长第一天到沪江纱厂对他说的那些话的意义和分量。他清清楚楚地看出只有坦白才可能挽回他将要失去的一切,再坚持抗拒下去,不但是不可能,而且会给他带来不幸和莫大的损失。上海解放以后,他对共产党得到一个深刻的印象:讲到做到。共产党既然讲坦白从宽,他相信绝不是骗人的假话。如果能够不坦白,自然更划算;到了非坦白不可的辰光,那坦白比不坦白要划算。

他从铜匠间慢慢回到家里,认为一切都完了。林宛芝见他神色不对,问他是啥原故。他隐瞒了铜匠间说理斗争大会那一幕,只是说头有点痛,心里不舒适。她劝他早点上床休息,睡一个好觉就会好的。他心里好笑,嘴上却说:

"唔,很容易,睡个好觉就好了。"

她听他的口气不对,连忙低下头问他:

"要不要请医生来?"

"医生治不好我这个病。"他摇摇头。

"那是啥病?"她歪着头问他。

他认为今天晚上是他一生最丢脸的一次,不愿意让她知道,也不愿让任何人知道。徐义德在一切人面前都是一个有魄力有手腕办事无往不胜的能手,只有今天晚上败给他平素最看不起的工人手里。他料想不到连细纱间接头工汤阿英这个黄毛丫头也公然指着他的鼻子斗,逼得他步步退却,问得他哑口无言,未免太叫人难堪了。他不好意思把这些事告诉她。他要保持自己的威望和尊严。他咽下这口气。他怕她打破沙锅问到底,谎撒得不圆,就要露出马脚,改口道:

"我这个病不需要医生治,睡一觉就好了。"

"那快点睡吧。"

她离他远远的,不敢碰他,怕他睡不着。他躺在那里,紧闭着眼睛,却无论如何也安静不下来。一个数字在他脑筋里晃来晃去,四十二亿五千四百二十二万。沪江纱厂整个资财当中除去四十二亿五千四百二十二万,还有多少呢?虽然凭良心讲,他坦白这个违法所得的数字并非虚报,可是为了这个违法所得也开销了不少啊,得到以后,自己也花去不少啊。现在哪里有这许多现款赔偿政府呢?想到这里,他又后悔刚才不该那样坦白,少坦白一点不是一样吗?接着又问自己:少坦白一点行吗?不行。坦白了,沪江纱厂再也不是徐义德的了,要变成政府的了,徐义德落得两手空空的啦。他感到极度的空虚。他甚至于考虑到睡在自己身旁的林宛芝和这幢心爱的花园洋房,会不会也因此丧失呢?他想一定会。四十二亿五千四百二十二万呀,不是个小数目,到啥地方去拆这些头寸?别说现在"五反",就在平常,也困难啊。数字不够,那还不要卖心爱的花园洋房吗?三个太太住到啥地方去呢?林宛芝仍然会跟着自己吗?这一连串的问题,他得不到肯定的解答。

她在他身旁睡熟了。她鼻孔里呼出一股股热气直向他脸上扑来。他干脆睁开眼睛,对着床头碧绿色的头灯发痴,喃喃地问自己:

"这些还是我的吗?"

然后他失望地深深地叹一口气。

窗外传来一声声鸡叫,不知道是附近哪家的鸡打鸣了。徐义德微微感到一些倦意,知道夜已深沉。他熄去床头柜上的灯,上眼皮慢慢搭拉下来。

林宛芝早上七点半钟醒来,见他睡得呼呼打鼾,便轻轻起床,对着他的脸仔细地望了望,低低地说:

"睡得真好,多睡一会吧,昨天晚上一定是累了。"

徐义德一起床,又想起昨天铜匠间的大会,他紧紧皱着眉头。考虑今天要不要到厂里去。第一个念头决定不去,在家里痛痛快快地躺他一天;旋即想起这样不对,坦白交代了不进厂,那杨部长他们也许会说徐义德消极对抗了。去吧,四十二亿五千四百二十二万的头寸呢?如果立刻要缴款,啥地方来的这一笔款子呢?不去,四十二亿五千四百二十二万就不要了吗?他们不知道徐义德住的地方?余静自己不是来过的吗?徐义德不露面不行的。进了厂,说明徐义德积极,说明徐义德仍然是过去那个有魄力有胆量的徐义德,即使有啥事体,在厂里也好应付,丢脸也只是丢在厂里,家里人不知道,社会上的人也不知道。他下决心按时到厂里上班。

他坐了三轮车在厂门口下来,走进去迎面恰巧碰见杨部长从"五反"办公室走出来。他想:难道家里有内线打电话告诉杨部长,杨部长有意在路上等他吗?他设法躲开,可是只有那么一条路,往啥地方躲?他硬着头皮走上去,有意把头低下,装作没有看见杨部长的样子。杨健却偏偏向他打招呼:

"你早。"

"你早，"徐义德抬起头来应了一声，但接下去不知道说啥是好，只是嗨嗨地笑了两声。

杨健向他点点头，他也机械地点点头，没有言语。

"你上班真准时……"

"不，您来的比我更早。"徐义德的态度稍为镇静了一点。他站在路上想快点走去，怕杨部长提到四十二亿五千四百二十二万块钱。可是杨部长站在对面不走，他也不得不站在那里了。

"不，我住在这里的。"

徐义德发现自己说话太紧张，竟忘记杨部长是住在厂里的，连忙安闲地改口道：

"对，我倒忘了。"他向杨部长上下打量一番，试探杨部长是不是在等他谈钱的事，说："你这么早到啥地方去？"

"趁着没开车，到车间里和工人们谈谈。"

"哦。"徐义德放心了。

杨健要抢时间到车间去了解一下徐义德坦白交代以后的工人情绪，便和徐义德招招手，

"等一歇见。"

"好，等一歇见。"

徐义德坐在办公室在思索杨部长讲"等一歇见"的意思。他分析一定是和工人谈过话便来和他谈四十二亿五千四百二十二万的问题，哪能答复呢？全部缴还现款？用沪江纱厂抵押？不足之数呢？卖房子？借债？他心里有点乱，啥事体也没情绪做，不安地坐在沙发上，等候杨部长到来。这天杨部长没来。他弄得莫名其妙。第二天杨部长也还没来。下午，余静来了。他以为杨部长派余静来和他谈钱的事。他生怕余静谈到钱，主动地问她：

"这两天你们很忙吗？"

"不。"

"车间里的生产好吗?"

"好。"她出神地望他一眼。

"喝茶吧。"他送过一杯茶给她。

余静看出他神情不定,不等他再这样问下去,直截了当地说:

"告诉你一桩事体……"

余静的话还没有说完,他生怕她提到那个问题上去,眼睛愣得大大的,定了定神,勉强镇静下来,和蔼地问:

"啥事体?"他还没等她说出来,就想把话题岔开去,说,"是原物料问题吗?"

"不是的……"

"一定是钱!"他心里说,"这可糟了。"

余静说下去:

"我们打算明天开个'五反'工作检查总结大会,你在铜匠间坦白交代的那些问题,你准备一下,明天在大会上向全厂群众坦白交代……"

"就是这桩事体吗?"

"是的。"

"那没问题,"他庆幸余静没有提到钱,再坦白交代一下并不困难。他高兴地说:"我准备一下好了。"

当时徐义德认为这个问题非常简单。回家一想,他又觉得问题极其复杂。余静讲的是"五反"工作检查总结大会,全厂群众参加,规模当然比铜匠间大得多。他记起那天晚上铜匠间的局面,确是生平头一遭。这次大会是全厂性质的,各个车间里的人都来,听见徐义德有这么大的五毒罪行,会轻易放过徐义德吗?余静讲开的是"五反"工作检查总结大会,自己五毒行为少讲一点,行吗?参加铜匠间会议的人会不提出质问吗?一点不能少讲。全讲出来,工人能让自己下台吗?自己检讨深刻一些,提出保证以后不再犯

511

五毒了,这样可以取得工人的原谅吗?有可能。他一个人蹲在书房里,关起门来,写坦白交代的稿子。他在寻找妙法:既要坦白交代自己五毒的罪行,又要不引起工人的愤怒,还要深刻检讨,严格保证不再重犯,以博得大家的谅解和同情。这篇稿子写了两句就扯掉,从新又写,没写两句,还不满意,又换了一张纸。扯了十多张纸以后,一直写到快深夜三点钟,才算初步定稿了。

他回到林宛芝房间里,她正发出甜蜜的轻轻的呼吸声,睡得正酣。他拉开鹅黄色的丝绒窗帷,推开窗户,天上繁星已经稀疏了。上海的夏夜非常寂静,叫卖五香茶叶蛋的沙哑的声音早已听不见了,远方传来赶早市的车轮的转动声。他深深地呼吸了一口气,特别清凉。

东方泛出鱼肚色,天空的星星更少了。他身上感到有点寒冷,便懒散地推上窗户,忘记拉上鹅黄色的丝绒窗帷,慵倦地躺到床上去了。

早晨的刺眼的阳光射在林宛芝的脸上。她起来了,发现自己和徐义德都是穿着衣服睡了一宿,料想他睡的时候准是很晚了,给他轻轻盖上了英国制的粉红色的薄薄的毯子,自己坐在梳妆台面前悄悄地梳头,不敢有一丝声音惊扰他。

徐义德起来,穿上昨天夜里准备好的灰咔叽布的人民装。他吃了早饭,到三位太太的房间里去转了一转,向她们告别。

林宛芝送他到二门那里,站在台阶上,说:

"早点回来。"

徐义德很早就坐在会场右面第一排,他期待这个大会早点开始,好早知道会议的情况;但又希望这个大会迟点开始,仿佛预感到有啥不祥的前途,不愿意那不祥的前途马上就在眼前出现。他的心情很矛盾,低着头,外表虽然很安详,心里可老是在噗咚噗咚地跳动。

余静在主席台上非常镇静。她不止一次主持过大会,但总没有今天这样的持重和老练,坐在杨健旁边,显得一切的事情极其有把握。她注视着台下的职工们,个个兴高采烈,你靠着我,我靠着你,团结得好像一个人似的坐在那里,聚精会神在等待大会开始。只有徐义德坐在右边第一排,失去往日目中无人不可一世的威风,低着头,不声不响。徐义德今天的神态和职工的高昂的情绪,成了一个鲜明的对照。这对照说明历史起了伟大的变化:向来高高压在工人头上的资产阶级低下了头,而过去被压迫的工人阶级真正地站了起来,掌握了全厂的大权,领导大家对他斗争。徐义德像是罪犯一样坐在被告席上,在等待判决。余静看到沪江纱厂的新生,她眯着眼睛微笑,心花怒放,眼睛老是从第一排右边一直望到后面。

司仪钟佩文用高亢的唱歌的嗓子宣布大会开始,赵得宝走到主席台上那张铺着红布的小桌子面前,看到右边第一排徐义德和梅佐贤他们低头坐在那里,心里说不出的高兴,感到在今天这样庄严的大会上讲话十分重要。他自从进厂以来开这样的会是头一回。他生怕遗漏了一个字,也怕台下的人听不清楚,几乎是一个字一个字读出来的,声音非常清晰嘹亮,说明"五反"检查队进厂以后,在杨部长正确的领导下,取得了伟大的胜利。全厂职工同志们要加强团结,总结这次经验,巩固胜利,进一步在生产上取得更大的胜利。

他的讲话几次给掌声打断。汤阿英的手掌几乎鼓红了。她听见钟佩文宣布现在由不法资本家徐义德坦白交代五毒罪行,立刻站了起来,眼光望着台前:一个胖胖的身影从她眼前迟缓地向台的右面走上去。会场两边布置好的水银灯全开了。上海市地方报纸的五位新闻记者从台的左边也走了上去。徐义德到了台上,低着头,向台下恭恭敬敬地深深地一鞠躬,眼光却不敢向台下细看,只觉得下面黑压压的一片人群,四面八方的数不清的眼光像水银灯似的都对着他。徐义德从灰咔叽布人民装右面的口袋里掏出坦白具结书,往小桌上的那盆水红色的月季花后面一放,眼光紧紧对着坦白具结书。他双手下垂,声音低沉,有意把语气说得十分恳切,坦白交代了他的五毒罪行,最后说:

"我经营沪江纱厂曾犯行贿、偷税漏税、盗窃国家资财、偷工减料等四项不法行为,违法所得共有四十二亿五千四百二十二万七千二百九十五元整。我做了许多丑恶事情,反映出资产阶级最卑鄙龌龊的惟利是图损人利己投机取巧的本质,利令智昏地破坏共同纲领破坏国家政策,完全不了解只有坚定地接受工人阶级领导才能很好为人民服务的真理。经过此番五反运动,挽救了我,给了我有着重大意义极大价值的一个教育。我过去是完全看错了,想错了,做错了。我对人民政府仁至义尽的援助与扶植,恩将仇报。我现在除将违法事实彻底坦白交代外,决定痛改前非,绝不重犯,并决心要加紧学习,深求改造。我愿以实际行动保证下列各项:

一、服从工人阶级领导,遵守共同纲领,服从国营经济领导;

二、决心搞好生产,绝不借故推托破坏生产;

三、绝不将物资外流;

四、保护本厂现有资财及生产设备不受损失;

五、对职工绝不借故报复。

以上各点,如有违犯,愿受人民政府的严厉处分。

徐义德谨具"

徐义德念完了坦白具结书,木然站在那里,心里急遽地跳动,不知道下面将要发生啥事体。赵得宝走到他的身旁,大声问道:

"这些都是你犯的五毒罪行吗?"

"是的。"徐义德低声回答。

"都是事实吗?"赵得宝又问。

"完全是事实。"

徐义德见赵得宝没有再问,料想没啥话说了,他机警地在坦白具结书上盖上了自己的私章。

可是赵得宝接着说话了,面向台下广大的职工们:

"大家对徐义德的坦白具结书有意见吗?"

徐义德一听这句话,马上心惊肉跳。他对自己说:这下子可完了。他拿着坦白具结书尴尬地站在那里,在等待那心中早就料到而现在即将到来的事情。

秦妈妈霍地站了起来,说:

"有!"

赵得宝向她招手,她会意地向主席台上走去,站在小桌子面前,指着徐义德说:

"你贿赂税务分局驻厂员方宇,要他告诉你加税的消息。方宇告诉你人民政府一九四九年七月一日要加税,你连夜赶着在六月底出售两千件纱,这不是一般的偷税漏税问题,这是盗窃国家的经济情报。这桩事体汤阿英在铜匠间大会上揭发了,你为啥轻描淡写地只说是偷税漏税呢?"

徐义德对秦妈妈先弯弯腰,然后恭敬地说:

"是的,是我盗窃国家经济情报。我没有在坦白具结书上写清楚,是我的疏忽,我一定写上,一定写上。"

秦妈妈走下来,清花间老工人郑兴发走了上去,对徐义德高声问道:

"沪江纱厂的五毒违法行为这么严重,都是你指使的。在坦白具结书上,你为啥不保证今后不犯五毒呢?是不是准备再犯五毒!"

"不是这个意思,绝对不是这个意思。"徐义德吓得面孔微微发青。他原来想尽可能写得含混一点,不要引起工人的公愤,也给自己留点面子,但蒙混不过工人敏锐的眼光。他没法再给自己辩解,"在第一条里,我写了遵守共同纲领,以为包含了不再犯五毒,因为我所犯的五毒罪行是违反共同纲领的。不过,你这么一说,提醒了我,写上保证今后不再犯五毒违法行为更明确更具体。这一点,我一定写上,一定写上。"

徐义德一边说,一边向郑兴发直点头哈腰。接着又有几个职工提了意见,徐义德不得不一一接受,当场修改。赵得宝对徐义德说:

"现在你把坦白具结书送给工会主席余静同志。"

徐义德慌忙双手捧着坦白具结书,微微低着头,恭恭敬敬地送到余静的面前。余静从杨健身边迎上来,并没有立刻接下坦白具结书,她谨慎的眼光盯着徐义德圆圆的面孔,问:

"今后还要破坏工人阶级的团结吗?"

徐义德连忙摇头:

"再也不敢了,再也不敢了。"

"以后服从工人阶级领导吗?"她又问。

"服从,服从。"徐义德即刻点头。

余静接过徐义德的坦白具结书。

这时,新闻记者早就准备好了,对准余静和徐义德,咔哒一声拍下徐义德保证接受工人阶级领导的这伟大的历史性变化的镜头。摄影师也不断选择镜头,拍制新闻纪录片。

余静在徐义德的坦白具结书上盖了章。工人代表汤阿英和职员代表韩云程也上台在上面盖了私章。台下顿时唱起《我们工人有力量》的歌曲,连不会唱歌的汤阿英也激动地跟着一同唱了起来。她不懂得曲谱,也不完全会唱,但她热情地跟着大家一同歌唱。她心里非常高兴,有无数的话要说,可是语言一时也表达不出内心的激动,好像只有歌唱才能尽情地表达衷心的喜悦。庆祝胜利的高亢愉快的歌声唱了一遍又一遍,仿佛要一直唱下去,等到汤阿英走到主席台,大家知道她要讲话了,歌声才慢慢低下去。

细纱间和其它车间都推选汤阿英代表工人在大会上讲话。她再三推辞,还是推脱不掉,就去找余静,说明这个责任重大,希望另外推选一位,要求余静支持她的意见。余静不但不支持她的意见,反而支持大家的意见,认为汤阿英在工人群众中的威信与日俱增,越来越高,在五反运动中积极工作,上上下下,厂里厂外,内查外调,揭露批判,忙个不停,贡献很大,是理想的代表。各个车间推选她代表工人发言,说明工人的眼光很准、选得恰当。余静一番话把汤阿英的脸说得绯红,感到惭愧,觉得自己只是尽了应该尽的力量,同党与工人对她的要求来说,还差得很远。余静赞赏她的谦虚,鼓励她的干劲,要她准备发言。她不好再说,但提出一个要求:希望余静帮助她考虑发言的内容。余静同意了,却要她自己先准备,然后再一同商量。她回到草棚棚,一宿没有睡好,老是在思索发言的腹稿。她认为五反运动前后自己的发言,那只是个人的意见,讲得不好,说得不对,影响不大。现在要代表全体工人发言,责任重大呀!她在床上翻来覆去地想,想好腹稿的梗概,慢慢才睡着了。一清晨,她就赶到厂里,把腹稿对余静谈了,等待余静指点。余静认为很好,无须增减内容。她得到余静的支持和鼓励,信心更足了。她在夜校教室里,一句一句在想讲话稿,喃喃地念出,然后又从头想了一遍内容和次序。她一站到台前,望着下面许许多多工人对她寄予热望的眼光,想起徐义德做的那些坏事,心里十分愤恨;杨部长和余静领导"五反"检查队和全厂职工取得伟大的胜利又使她十分兴奋;她根据腹稿慢慢一段一段讲,充满了激情。郭彩娣和谭招弟她们听得非常亲切,内心感动,认为说出了她们心里的话。汤阿英最后说:

"……徐义德办的沪江纱厂,五毒俱全:行贿干部,偷税漏税,盗窃国家资财,偷工减料,盗窃国家经济情报,还破坏我们工人的团结,真是无恶不作。他违法所得总共有四十二亿五千多万,这全是我们工人的血汗和国家的财富,都上了他个人的腰包。从这些五毒罪行来看,徐义德这几年向我们工人阶级进攻是多么猖狂!要是让徐义德这些资本家猖狂进攻下去,我们无产阶级专政能够巩固吗?不能!我们国家能够走上社会主义的光明大道吗?也不能!我们绝不允许徐义德挖我们祖国的墙脚!我们工人阶级要领导民族资产阶级,遵守共同纲领,只准他们规规矩矩办事,不准他们乱说乱动!徐义德今天向工人阶级提出了保证,"汤阿英望着徐义德说,"你必须服从工人阶级的领导,彻底执行你的保证!"接着汤阿英的眼光转向会场上的全体工人,说,"我们工人阶级也有责任,要监督徐义德执行他提出的各项保证,绝不让他再挖我们祖国的墙脚。我们工人阶级要抓牢印把子,紧跟党中央和毛主席,走社会主义的光明大道!"

汤阿英一讲完,会场里顿时爆发出热烈的掌声,久久不停。

等掌声消逝,韩云程代表职员发言,表示他归队以后,得到组织和群众的信任,一定要好好工作,来报答党和工会的信任和期望。他代表全体职员保证:一定和资产阶级划清界限,在党和工会的领导下,做好工作,搞好生产。

余静很沉着地走到主席台前面小桌子那里,她垂着两只手,像谈家常似的代表全厂职工说话。她叙述了五反运动前后的简单经过,用来说明工人阶级觉悟空前的提高了。工人阶级的内部团结也比以往任何时候加强了。徐义德卑鄙污秽的手段和盗窃国家资财的黑幕被揭穿,向工人阶级的猖狂进攻也给打退了,不可一世压迫工人阶级的威风也给打掉了。她祝贺在杨部长领导下取得的伟大胜利。

说到这里,她回过头去,向杨部长点点头,代表全厂职工感谢

杨部长的领导。台下掀起暴风雨般的掌声,一阵又一阵地响个不停。最后,她说:

"全体职工要加强团结,努力学习,继续提高觉悟。向人民政府保证:严密保护机器,搞好生产,建设我们伟大的祖国。……"

赵得宝宣读大会致陈市长的信,报告沪江纱厂五反运动的胜利经过,保证"五反"与生产两不误,继续向胜利前进。

最后一个讲话的是杨健。他两只手按着那张小桌子,眼光向台下群众望了一眼,才慢慢开始讲话。台下鸦雀无声。他的声音不高,可是台下每一个角落的人都听得非常清晰:

"……在这次伟大的五反运动当中,我们取得了三大胜利:首先是工人阶级的觉悟空前提高,工人阶级的团结大大加强了;其次是揭发了资产阶级的丑恶面目,打退资产阶级向工人阶级猖狂进攻;第三是树立工人阶级的坚强领导……"

杨健的话给台下热烈的掌声打断。徐义德听见大家鼓掌,他也想跟着鼓掌,但是一想:自己哪能鼓掌呢?他低着头,静静地听。杨健很安详地站在台上,等掌声过后,接着讲下去:

"……这三大胜利并不是因为我个人和'五反'检查队的领导取得的,是在共产党和毛主席无产阶级革命路线指引下,在陈市长亲自领导下,经过全厂职工同志们努力取得的。刚才余静同志说是在我领导下取得的,这是不符合事实的。我要在此更正。我们'五反'检查队不过参加了这个工作,尽过一点点力量罢了。……"

余静听到这里,心里不同意杨健这种说法。她很清楚知道,确是因为杨健和"五反"检查队到了沪江纱厂以后,徐义德的气焰才慢慢退下去,工人的觉悟逐渐提高,扭转了过去工会工作多少处于被动的地位。她想站起来插上两句,但怕打断杨健讲话,而且厂里的职工同志谁不知道杨健到厂以后工作有了很大进展呢?

杨健讲话没有底稿,可是话讲得极有条理,就像是在读一篇条理分明语句动人的文章一样,没有一句重复的话,没有一个多余的字,仿佛是从山上流下的泉水,清澈见底。他每一句话都说到人们的心里:

"……沪江纱厂的五毒违法行为是严重的,由于广大职工同志们的检举和工会同志不断的帮助,经过几次和徐义德谈话,他才坦白交代了他的五毒不法行为。他的四十二亿五千四百二十二万从何而来的?是压榨工人的血汗得来的,是他向花纱布公司偷工减料得来的,是盗窃国家的财富得来的。这证明资产阶级是怎样猖狂地向工人阶级进攻,我们应该不应该向他还击?"

台下爆裂开一个强大的声音:

"应该!"

"打退资产阶级的猖狂进攻,巩固无产阶级专政,走社会主义的光明大道!"杨健大声说。

全体职工激动地回答他的号召:

"对呀!对呀!"

"我向党、团、工会建议:要加强教育,提高思想水平,进一步增强团结,搞好五反运动和生产。"杨健的话语越来越慢,可是也越来越有力,说:"同时,要发展党、团的组织,领导全体职工同志们监督资方执行他所提出的保证……"

台下全体职工同志们用热烈的掌声回答杨健的号召。

杨健等了半响,台下恢复了安静,他说:

"徐义德坦白交代了自己的五毒不法行为,我们表示欢迎。徐义德今后应该坚决执行自己提出的保证……"

徐义德从右边第一排的位子上站了起来,向杨健点点头:表示一定坚决执行自己提出的五项保证。

"徐义德要服从工人阶级的领导,遵守《共同纲领》,好好生产。根据沪江纱厂违法的情形来看,是严重的,应该评为严重违法户,只要徐义德坚决改正错误,戴罪立功,我们可以向人民政府建议,从宽处理,提升一级,评为半守法半违法户。……"

徐义德坐在右边第一排向杨健一个劲点头,几乎杨健讲一句话,他就点一下头。最后杨健说:

"我们不要满足我们取得的胜利。我们要在胜利的基础上,改进我们的工作,扩大我们的胜利。让我们高呼:庆祝'五反'的伟大胜利!进一步搞好生产!"

台下职工同志们跟着杨健一同高呼。一句叫完了,接着又是一句,无数张嘴巴发出热烈的相同的口号,形成强大有力的嘹亮的巨响,响彻云霄。有的职工挥动着胳膊,有的站了起来,有的拥向主席台去……只有一个人向大门匆匆走去,她是谭招弟。郭彩娣站起来随大家向主席台拥去,一眼望见谭招弟满面怒容向大门走去,以为她又和谁吵架,想上去拉住她问个明白,谭招弟把手一甩,头也不回,便气生生地走出去了。

五十七

秦妈妈摸着汤阿英床上的床单问:

"这个花样可好呀,从啥地方买来的?"

这是花布床单,白底子,上面印了一个色彩鲜艳的正在开屏的孔雀。这床单把草棚棚映得比过去都明亮了。

巧珠奶奶走过去,眯着老花了的眼睛对翠绿的孔雀尾巴,得意地觑了一眼,指着孔雀尖尖的红嘴说:

"是阿英买来的,听说是在你们厂附近一家百货店买来的。"

秦妈妈抬起头来望着灰白的墙壁回想了一下,说:

"那一定是兴隆布店的。"

"谁知道是啥龙,——这床单我很喜欢,阿英可会买东西哩。你看——"巧珠奶奶指着贴墙的那张漆得黄嫩嫩的心爱的小方桌说,"这也是她买来的。"

秦妈妈刚才进来不经心,没注意汤阿英家的摆设,给巧珠奶奶一指,顺着她手指的方向望去:那张小方桌确实很结实,又很美观。靠近小方桌的墙角落上放了一只木制的大红衣箱。墙泥笆不仅不再透风了,并且刷了白粉,因为天天在墙根烧饭,熏得有些发黑了。但比过去漏风的泥笆好多了,加上床上的床单一衬,显得草棚棚里光亮多了。秦妈妈从这些新东西上面,想起过去这草棚棚的情景,不禁脱口说出:

"巧珠奶奶,好久没到你们家来,可变了样了。要不是你在这里,我还以为走错了人家哩。"

"也没啥大变,还是那个老样子。"巧珠奶奶嘴上虽然这么说,心里却非常高兴。她的眼光向草棚棚里巡视了一下,暗暗得意地说,"不过添了几样物事罢了,嗨嗨。"

"不,和过去完全不一样啦。"

"真的吗?"巧珠奶奶故意反问,她的眼光忍不住又向草棚棚里每一件新买的东西扫一眼,想了一想,说,"唔,是有些不同了。现在工人翻身了,欠的债还清了,阿英她爹分了地,听说庄稼长得好,用不着阿英寄钱贴补了。我们的日子好过了。学海和阿英两个人领了工钱,我们紧打细用,积蓄了一点钱,就添置一点。给你一说,我看看,比比从前,确实不同了哩。"

"大不同啦。"

"应该大不同嚟,上海解了放哩,以后的日子还要好过啊。"巧珠奶奶忽然变得好像懂很多新鲜事体了。

汤阿英蹲在草棚棚门口在洗衣服。秦妈妈来了,因为是老熟人,娘又在屋里,只是点了点头,要秦妈妈先进去坐一会儿,等她洗好了衣服再来陪。刚才巧珠奶奶和秦妈妈谈话,她在门口听得一清二楚,因忙着洗衣服,没有搭话。她听到巧珠奶奶最后说的那几句话,便歪过头来,对着巧珠奶奶说:

"现在你说对了,刚刚解放辰光,奶奶,你哪能讲的?"她笑了笑,装作奶奶的腔调说,"谁来了,还不都是做工,工钱还不是那些,日子哪能会好呢?"

"过去的事,说它做啥!"巧珠奶奶见秦妈妈坐在旁边,怕阿英再说下去,意味深长地说了一声,"阿英!"

汤阿英懂得奶奶的意思,可没有理会她,仍然说下去:

"知道过去,才晓得现在的好处。记住过去的苦处,才了解现在的甜头。不怕不识货,就怕货比货!嘻嘻。"

巧珠奶奶辩解地说:"我过去也没说过日子不会好啊!"

"就是没信心。"

"人也不是菩萨,哪能晓得未来的事体呢?"巧珠奶奶反问一句。

汤阿英丝毫不让步。她倒掉洗衣盆里的肥皂水,把洗好了的衣服放在盆里,擦干湿漉漉的手,走进草棚棚,坐在板凳上,喘了一口气,说:

"现在的人啊,比菩萨还灵验。工人阶级领导了,掌握了印把子哩,日子当然一天比一天好过。菩萨不晓得,工人都晓得,——未来的事体哪能不晓得呢?"

巧珠奶奶平常不大出门,草棚棚外边的许许多多的事根本不知道。学海和阿英放工回来,觉得累得慌,吃了饭,坐一会,就躺到床上去了,很少有时间和巧珠奶奶谈点新鲜事。刚才阿英讲了这一大堆话,有些她是听懂的,有些可不明白:啥叫工人阶级领导呢?这时候她也不好意思向阿英问个明白,反而装得很懂似的。她不同意阿英的意见,但也没有理由驳倒阿英,不满地叹了一口气,说:

"看你这个嘴利的,一点也不饶人!"

秦妈妈看她们婆媳两个刀来枪去地一句顶一句,她插不上嘴,便坐在床上静静地听下去。她看到汤阿英身上发射出青春的光芒,一点也不让巧珠奶奶,怕婆媳两个说僵了,便岔开去说:

"阿英这张嘴和过去大不相同了。"

巧珠奶奶得了救兵,不等阿英开口,马上进攻:

"是啊,变了,解放了,把我这个老不死不放在眼里了。"

"奶奶,你说这些话是啥意思?"阿英一听这语气不对,连忙说明,"你在家里,啥人不尊敬你老人家,我说错了,你尽管批评好了。"

"批评?我不懂你们这些新名词。"巧珠奶奶把头向里面一歪。

"那你讲我好了,骂我好了。"阿英说。

"现在不作兴骂人了,我敢骂你?"

秦妈妈插上来说:

"巧珠奶奶也进步了哩,——晓得现在不作兴骂人啦。"

巧珠奶奶发皱的有点灰白的面孔露出了深红色,她有点儿害羞,内心又有点儿高兴,谦虚地说:

"我啥也不懂,老糊涂了。别把我抬得太高,跌下来可不轻哩。"

阿英凑趣地搭上一句,来缓和一度紧张的形势:

"奶奶晓得的事体可不少哩。"

"哪里赶上你们年轻人!"巧珠奶奶心里头对阿英没有一点疙瘩。阿英放工回来,还要洗衣服烧茶饭,做了这样做那样,手脚勤快,从来没闲过,有好吃好穿的都把一老一小放在前头。讲话虽然不大饶人,只要奶奶脸色一不对,马上就改口,叫你跟她顶撞不下去。她这句话倒不是一般泛泛恭维的,却是出自内心的赞扬。她回过头来,仔细望了阿英一眼,忍不住嘴角上露出了愉快的笑纹。

"奶奶!"

外边猛可地飞进来一声清脆的像黄莺似的叫喊,接着是一个物体跑了进来,就仿佛是一阵风,扑到奶奶面前,举起小手里提着的重甸甸的物件,急忙忙地说:

"你看,你看!"

奶奶把那个物体抱到自己的身上,眯着眼睛认真看了看她,又看看她小手里的物件,然后说:

"我的小孙女给奶奶买猪肉回来了,真乖!"

奶奶的嘴唇紧紧吻着巧珠的额角头。

学海接着走了进来,看见巧珠提着猪肉坐在奶奶身上,立刻说:

"看你没规没矩的,提着猪肉就坐到奶奶身上去了,也不怕把衣服弄脏了。"

阿英接过去说：

"是呀,十岁的孩子啦,越来越顽皮,一点也不懂事,这丫头。"

巧珠给爸爸和妈妈说低了头,右手提着猪肉无力地放下,把小脸冲着奶奶的怀里,慢慢从奶奶的膝盖上滑下来,一声不响地站在墙角落那边,把右手的食指放在嘴里死命地咬,悔恨刚才不该坐到奶奶的身上,同时,又不满意爸爸和妈妈当着秦妈妈的面这样严厉斥责,叫她丢脸。

奶奶看到巧珠站在角落上发呆,她走过去把巧珠手里的猪肉放到贴墙的那张小方桌上,然后拉着巧珠坐在原来的地方。巧珠给奶奶这么一亲热,她的眼睛红了,有点润湿,害臊地用右手捂着眼睛。奶奶用自己的打满了补钉的黑粗布夹袄的角给她拭了拭眼泪,对着学海和阿英不满地说：

"看你们两个人把孩子弄哭了,做啥呀?"

巧珠听奶奶在给自己说话,更喜欢奶奶。她的面孔紧紧贴着奶奶的胸脯。

"太娇嫩了,连两句话都受不了。"学海完全不同意巧珠奶奶的意见,说,"将来长大了更不敢碰啦。"

"你们碰吧,碰吧,我反正管不了。"巧珠奶奶这两句话仿佛马上要把怀里的巧珠送出来给他们碰,而她的两只手呢,却把巧珠搂得更紧,并且对着巧珠的小耳朵低声地说,"别怕,有我哩。"

"小孩子嘛,总是这样的,说过就算了,学海。"秦妈妈看巧珠奶奶脸色发青,认真生起气来似的,便转过脸去劝学海。她看见学海左手拿着一瓶烧酒,右手拎着一捆青菜和韭菜什么的,像一根木头似的站在那儿,两只眼睛瞪着巧珠,也在认真地生气。她忍不住笑了,对学海说：

"看你这么大的人,和孩子生起气来了,连手里的酒菜都忘记放下来,不累得慌吗?"

学海给秦妈妈一说,马上看看自己的手。他紧闭着嘴,可是也忍不住露出了笑纹,奇怪地说:

"你不提醒,我倒真的忘了。"

他走上两步把酒菜放在桌上。阿英讪笑地说:

"这么大的人,给小孩子闹糊涂了。"

"可不是么,唉。"

"天不早了,该做饭了。今天叫秦妈妈来吃饭,别叫她饿肚子。"

阿英走到方桌面前准备拿菜去择,巧珠奶奶拦住她的手,说:

"你去把洗的衣服晒了吧,我来做饭。"

"对,"秦妈妈说,"阿英,你去晒衣服,我帮巧珠奶奶做饭。"

"也好,你们先动手,我晒了衣服就来。"阿英走出了草棚棚,拉了一根麻绳拴在对面的草棚棚上,把衣服过了一下,一件件晒在麻绳上。

做好了饭,奶奶忙着把红烧猪肉和百叶炒肉丝这些菜端上桌子,催大家趁热吃。学海斟酒,让秦妈妈坐下。秦妈妈坐下,并不动箸子,要巧珠奶奶来一同吃。巧珠奶奶不肯,叫他们先吃。大家都要等巧珠奶奶。巧珠过去把奶奶拉来。全坐好了,学海举起杯来,对大家说:

"来,我们痛痛快快地干它一杯!"

今天恰巧学海和阿英都不上班,昨天晚上他们两个人商议好了,今天要吃它一顿。因为徐义德在"五反"工作检查总结大会上向工人阶级低头认罪,这是从来没有过的大喜事,要庆祝一番。阿英到上海来,全靠秦妈妈照顾,进沪江纱厂又是秦妈妈介绍的,她提议把秦妈妈请来,学海完全赞成。今天一早秦妈妈就来了,不知道学海忽然为啥请客。到了他家以后,见没有外人,便没有问起。

现在听学海说"痛痛快快地干它一杯",就问道:

"今天是你的生日吗?"

"不是。"

"是你的?"秦妈妈的眼睛望着汤阿英。

"也不是,"汤阿英想起今天没有告诉秦妈妈为啥请她来吃饭,说,"是我们大家的生日。"

"大家的生日?"秦妈妈的眼睛里闪出怀疑的光芒。

"是的,我们大家的生日,"汤阿英肯定地说,"你忘记'五反'工作检查总结大会了吗?"

秦妈妈懂得汤阿英的意思了,举起酒杯,和学海他们碰了碰杯,笑着说:

"对,我们大家的生日,来,痛痛快快地干一杯!"

学海端起杯子一饮而尽,用空杯子对着秦妈妈。秦妈妈的嘴唇只碰了碰酒杯,喝了一点,皱着眉头,再也饮不下去了。

"干杯!"学海催促她。

"我不会喝酒,学海,你还不晓得吗?"

"刚才你自己说的痛痛快快地干一杯……"

"慢慢来,这杯酒我喝完了就是。"

学海不再勉强她喝。巧珠从板凳上站了起来,指着学海面前的烧酒瓶说:

"我也干一杯,爸爸。"

奶奶立刻瞪了她一眼:

"不准,小孩子不准喝酒。"

"唔……"巧珠不满意奶奶,她的两个小眼珠向奶奶瞅了一下。

这回是爸爸满足了她。学海用箸子在酒杯里沾了一点酒,送到她的小嘴里,说:

"好,你也尝一点。"

"看你把孩子宠的……"奶奶不赞成孩子养成喝酒的习惯,也不同意别人满足巧珠的要求。

"今天让大家高兴高兴,尝这么一点酒,算啥。"

"对,高兴吧。"奶奶不满地说。

巧珠的眼睛盯着爸爸的筷子。学海说:

"当然要高兴,是大喜事嘛。"

阿英接上去说:

"过去余静同志说什么工人阶级领导,老实说,我不大懂,也不晓得哪能领导法。这次'五反',我可明白了,晚上想想,越想越开心。"

"是呀,"秦妈妈接着说,"我活了四十多岁了,做了几个厂,从来没有看过老板这样服帖的场面。徐义德这样服帖,我看是他一生一世头一回……"

"当然是头一回,"学海兴奋地说,"过去他在沪江厂,大摇大摆,哪里把我们工人放在眼里!现在,哼,不行了,得听我们工人的领导。"

"我们工人要领导,这个责任可不小呀,以后啥事体都得管啦。"

秦妈妈听阿英的口气有点信心不足,她不同意阿英的看法,很有把握地说:

"怕啥,过去厂里的事,哪件事不依靠我们工人?没有工人,厂里生产个屁!"

巧珠奶奶听不懂他们在谈啥,但是知道老板徐义德服帖了,工人抬头了。她惊奇天下竟有这样的事!他们谈话吸引了她的注意力,凝神地在谛听。

"对呀,我们有工会,有区委,上头还有市委,我们工人要大胆负起领导责任,搞好运动和生产,监督资方。"

"对！一点不错！"秦妈妈完全同意学海的话。

学海眉毛一扬，给大家斟了酒，端起杯子，站了起来，大声地说：

"来，再干一杯！"

秦妈妈和阿英站了起来，巧珠和奶奶坐在那里没动。学海把巧珠奶奶拉了起来，说：

"娘，你也和我们干一杯，高兴高兴。"

"我也来凑个热闹……"巧珠奶奶举起了杯。

你碰我的杯，我碰你的杯，发出清脆的愉快的响声。

忽然有一个中年妇女一头闯了进来，看见大家兴高采烈地在碰杯，一脸不高兴地说：

"你们倒高兴，碰杯哩！"

阿英回过头去一看，见是谭招弟，开玩笑地说：

"你的鼻子真尖，今天忘记请你，你自己却赶来了。"

秦妈妈也回过头来，望了谭招弟一眼，说：

"她吗，鼻子比猫还尖哩，啥地方有吃喝，总少不了她。"

谭招弟把脸一沉，生气地说：

"我呀，早吃过了，才没有心思吃你们的饭哩。"

汤阿英听出谭招弟话里有话，没再和她开玩笑，认真地问她：

"招弟，你又发啥脾气哪？"

"啥脾气？你不晓得吗？"谭招弟看到啥事体不满意，以为天下人都应该和她一样的不满意。

"我也不是你肚里的蛔虫，哪能晓得？真奇怪。"

"昨天你没有参加总结大会吗？"

谭招弟虽然开了一个头，可是汤阿英仍然莫名其妙，反问她：

"昨天我们两个人不是一道去参加的吗？"

"那就对了。"谭招弟的气还没有消。

"招弟,有话好好说,"秦妈妈站起来,拉着谭招弟的手说,"阿英和你也不是外人,那么熟的姊妹,有啥话不能慢慢说?"

"秦妈妈说得对,"巧珠奶奶放下手里的箸子,也插上来说,"你对阿英有啥意见,讲出来,我来给你们评评理。"

谭招弟见大家上来劝解,气平了点儿,语调也缓和了些:

"我对阿英没啥意见……"

她这一讲,大家全不明白了,异口同声地问:

"对啥人有意见呢?"

每一个人都以为谭招弟对自己有意见,又不好明说,只是把眼光停留在她脸上,注视她的表情。大家不言语。谭招弟也没言语。沉默了半晌,谭招弟低声地说:

"杨部长。"

汤阿英立刻想起昨天散会的辰光,谭招弟忽然一个人溜走了的情形,诧异地问她:

"你这个人啊,对啥人都有意见,——杨部长啥辰光得罪了你?"

谭招弟回答得很干脆:"没有。"

"你为啥对他有意见?"秦妈妈把谭招弟往床上一拉,说,"你坐下来,给大家说说清楚。"

谭招弟觉得已经点明了,奇怪大家为啥还不清爽,问:

"你们不晓得?"

秦妈妈说:"晓得了还问你?"

谭招弟昨天听了杨部长最后的讲话,心中非常不满意,不等他讲完就想站起来走出会场,一想前面坐着徐义德和梅佐贤他们,左右挤满了职工同志们,没散会一个人先走不大好,按捺下心头的愤怒,好容易等杨部长讲完,便撅着屁股走了。她回到家里怎么也想不通,横想竖想,都认为杨部长讲的不对,躺到床上迷迷糊糊睡去,才没想。今天起来,收拾收拾,吃过中饭,便奔来找汤阿英。她以为汤阿英也不满意杨部长的讲话,一定也在家里生气,准备和她痛痛快快地诉说一番。她没想到她们在碰杯喝酒,真叫做火上加油,气上生气,忍不住流露出不满的情绪,讲话的声音有点儿颤抖:

"我们早巴望,晚巴望,好容易巴望到杨部长带着'五反'检查队来了。我们职工动员起来,打破顾虑,扯破脸皮,给徐义德这些坏家伙斗,早斗,晚斗,把徐义德斗服帖了,总以为该赶走徐义德,让我们工人出头露面了。啥人晓得不单是不赶走徐义德,还要他戴罪立功,从宽处理,还要提升一级,你说天下有这个理吗?"

她的面孔朝秦妈妈望着,希望得到一个满意的肯定答复。这问题秦妈妈没有想过,突然给谭招弟一问,倒叫她愣住了,一时回答不上来。汤阿英认为杨部长不错,她知道杨部长是区委的统战部长,代表区增产节约委员会来的。他讲的话一定不错。她说:

"杨部长讲话一定有道理……"

谭招弟不等她说下去,拦腰打断,气冲冲地问:

"啥道理?他要我们扯破脸皮斗,斗服帖了,啥戴罪立功呀,啥从宽处理呀,啥提升一级呀,他做好人,我们做坏人,就是这个道理吗?"

"话也不是这么说……"这是学海的声音。

"哪能说?"谭招弟一点不让步,顿时顶上一句。

"杨部长代表区里来的,"汤阿英说出自己的意见,"一定不是他个人的意思……"

"管他谁的意思,我就是不同意这样做。"谭招弟摇摇头,说,"杨部长啥都好,就是这点不好。"

秦妈妈坐在床上想了一阵,反问谭招弟道:

"把徐义德斗服帖了,不叫他戴罪立功,难道要把他赶走吗?"

谭招弟心里说:"那当然哪。"

"我们党现在的政策,并不没收私营企业,这个厂还是徐义德的啊!"

谭招弟听秦妈妈一说,头脑忽然清醒过来,觉得把徐义德赶走不符合党中央的政策呀!可是她嘴上还转不过弯来,并且想到从宽处理无论如何是不应该的,要重重处罚才能出心头的那口气。她说:

"我想不通!"

巧珠奶奶见谭招弟一进来,弄得大家酒也不喝菜也不吃,桌上的酒菜都快凉了,而她们的谈话呢,还没有尽头,忍不住插上来说:

"招弟,不管通不通,先来吃点儿吧。"

"不,我吃过了。"

"那么喝一杯……"汤阿英让谭招弟坐到桌子旁边来。

巧珠对谭招弟说:"阿姨喝酒,阿姨喝酒。"

谭招弟半推半就地坐在汤阿英旁边。学海给谭招弟斟了一杯酒,说:

"酒都凉了,快喝。"

谭招弟端起酒杯,想起杨部长的讲话,又放下杯子,说:

"我一定要找余静同志问问清爽。"

"找杨部长也可以,"学海举起杯子,说,"先喝了这杯……"

谭招弟又端起杯子,送到嘴里,一口把满满一杯酒喝得干干净净。她放下酒杯,刚要坐下去,发现草棚棚外边有一个五十上下的人,左手里提着两个四四方方的纸盒和两筐子的面筋,背有点儿驼,觑着眼睛,东张张,西望望,像是在找人。她不禁脱口大叫了一声:

"有人……"

大家的眼光都随着谭招弟的惊诧的声音向门口望去。阿英一见那人立刻放下手里的箸子,奔了出去,紧紧抓住那人的手,注视

那人的脸,她的眼眶里有点儿润湿,半晌,才激动地叫道:

"爹,你哪能来的?"

学海看见阿英跑出去和那个人这样亲热,他有点莫名其妙,听到阿英叫唤的声音,才知道是自己从来没有见过面的丈人来了。他走了出去,亲热地叫了声:

"伯伯,里面坐……"

汤富海给他们夫妻两口拥着走进了草棚棚,阿英给爹介绍了草棚棚里的人以后,欢喜地问:

"你事先为啥不写封信来……"

一提起信,汤富海心里就不高兴,他沉下脸来,瞪了阿英一眼:

"写信有啥用?人家不肯来,只好我自己来了。"他看了看草棚棚的陈设,气呼呼地说,"在上海过舒服日子啦,把乡下老头子忘哪。要是写信告诉你,怕不欢迎老头子来哩!"

从爹的口音里,猜想出来一定是因为没有回乡下去,引起爹的不满,怪不得复了他的信过后,一直没有信来哩。她急得脸涨得绯红,慌忙解释爹的误会,说:

"因为'五反',厂里忙得不行,实在走不开,哪能会把你忘记哪。早两天,还同学海谈起你们哩,见没有信来,正想写封信问候你,——你为我们儿女吃辛受苦,我们没有一天不想你的!你先来封信说啥辰光到,我和学海好去接你……"

阿英说到后来,声音低沉,语调里含着受了冤枉似的。她的眼角上滚下一粒粒的透明的泪珠,呜咽地再也说不下去了。学海接上去说:

"伯伯,阿英可想你们哩。早两天还给我商量,想等'五反'结束,就到无锡来看你们,没想到你自己来了。说实话,我也想去看看你和阿贵弟弟哩!"

"哦!"汤富海觉察到有些错怪了好人,原来他们都想着他哩。

但是上次写信要他们回家，他们推说"五反"忙，走不开。他认为不对。今年是个欢喜年啊！他还想讲阿英几句，出出积压在心里的闷气，见阿英低着头流眼泪，话到嘴边又不忍再说了。

秦妈妈看他们三个人僵在那儿，起初摸不着头脑，后来知道了是这么回事，便从旁解说：

"为了'五反'，很多人都没回家，不是阿英一个人。富海，阿英是个好姑娘，常常想起你们。解放前不能回去，蹲在我屋里把眼泪都哭干了。"

刚才富海气冲冲走进来，一个劲盯着阿英，有时也暗中望学海一眼，心中怀疑别是他拖着阿英的后腿不让她回家去，忘记感谢秦妈妈这些年来对阿英的照顾，给秦妈妈一提，他才想了起来，拱拱手，笑着说：

"她们母女俩到上海来，承你关照，又给阿英介绍进厂，结了婚，不晓得应该哪能谢谢你才好。"他把左手里的礼物分成两份，一份送到秦妈妈手里，衷心感激地说，"一点肉骨头和面筋，算不得啥礼物，表示我的一点心意。"

"谢谢你。我好几年没有吃家乡这个东西了。"秦妈妈接过去，想起当年阿英母女到上海的狼狈样子，对朱暮堂的仇恨还没消，她问，"听说朱暮堂枪毙了，是吧？"

汤富海扬起眉毛，说：

"一点也不错。"

"他老婆儿子呢？"

"在管制劳动。"

"那太便宜他们了，"阿英回忆从前受他老婆的虐待，说，"也该枪毙！"

"是呀，应该枪毙。"秦妈妈想起朱半天一家那些血债，同意汤阿英的意见。

张学海插上来说：

"政府办事不会错,该枪毙的活不了,不该枪毙的死不了,这里有政策。"

"把他一家枪毙了才出了我心头这口气。"汤阿英说。

"那可不是么。"汤富海赞成女儿的意见,说,"唉……"

谭招弟见他们谈开了,就打断他们,说：

"这些事慢慢谈吧,先吃饭吧。秦妈妈,肉骨头现在就打开来,大家吃吃,好不好？"

"好的,好的。"秦妈妈一边说一边真的打开了。

学海见谭招弟把话题岔开,草棚棚里早一会的紧张空气缓和下来了,连忙走到桌边,加了一张凳子,对汤富海说：

"伯伯下火车一定还没有吃东西,先随便吃点吧。我去打点酒来。"

汤富海拦住他的去路,摇摇头,说：

"不用打酒了,就吃点饭吧。"他手里另外一份肉骨头和面筋递给学海,说,"这个送给你们。"

"谢谢,伯伯。"

学海把肉骨头和面筋交给娘：

"秦妈妈的让她带回去,吃我们这份好了。"

巧珠奶奶没料到亲家头一趟见面差点闹得大家不痛快,虽然是说他的女儿,但是在自己的草棚棚里呀！别的不说,总得看看她的面上啊,也不是她不让他们小夫妇两个回去,是厂里"五反"绊住了脚。她尽量忍住,看这位亲家脾气到底有多大。幸亏秦妈妈几句话说开了,她脸上一度绷紧的发皱的皮肤松弛了,但讲话的声音却有点冷冷的：

"这点道理也不懂？当然吃我们的。"

阿英拭去眼角的泪水,给爹倒了杯茶来：

"先喝点水吧。"

"唔。"爹看阿英长的个子比过去高了,身上长的比过去丰满,两根长长的辫子已经剪掉了,从额头披下的几绺乌而发亮的刘海短发梳上去了,鸭蛋型的面孔完全露出来了,皮肤白里泛红;一对眼睛比过去更加机灵有神,流光四射;身子更加结实,却不臃肿,浑身洋溢着健壮的活力,在厂里做起生活来一定刮刮叫。她身上穿的那件月白色的细布褂子,配上那条玄色的府绸裤子,显得素净大方,想来日子过得不错。阿英比他想象中的女儿还要聪敏能干,多亏秦妈妈的帮助和领导。他看女儿长得俊秀和那一身打扮,心里得到安慰,高兴地微微露出了笑意。他有意不给女儿写信,总以为女儿一定会写信来赔罪的,左等不来,右等不来,他本想写信骂她几句,但还是见不到怀念着的女儿和女婿。他不知道女儿在上海也等他的信哩。老头子毕竟放不下女儿,想了几个晚上,无可奈何地对阿贵说:"你姐姐不来,只好老头子去了。"阿贵早就劝爹别生气,想看姐姐,到上海去一趟也一样。爹现在提出来,他当然十分赞成。他原要和爹一同来,因为家里没人不行,他就留下来了。爹喝了一口茶,又看看女儿,心头的气已消了大半。

巧珠一见汤富海这位陌生人,就躲在奶奶怀里,不敢瞧他;再听见他和妈妈吵嘴,更吓得头也不敢抬了。阿英伸手过去把她拉出来,指着爹对她说:

"也不是外人,怕啥?叫爷爷。"

巧珠一对黑宝石似的眼睛望了爷爷一眼,生怕碰到爷爷,立刻低下头去,望着自己的两只小手,低低地叫了一声"爷爷",点了点头,披在两个肩膀上的辫梢的红蝴蝶结子跟着动了动,就像是要飞起来似的。

爷爷看到站在面前的巧珠,长得健壮,仿佛像个男孩,圆圆的脸庞却十分清秀,含羞地微微低着头,偷偷看了爷爷一眼,又不好意思地把头转过去。听到她清脆的叫声,他心头充满了喜悦,时间在他脸上留下的皱纹里也露出了笑意。他托着她的小下巴,微微把她的脸抬了起来,仔细端详了一番,赞不绝口地说:

"长的模样儿不错,真俊,往后一定有出息……"

奶奶见亲家喜欢巧珠,刚才引起的不满情绪也逐渐消逝了,搭上去说:

"这孩子将来不会像我们这辈人受苦啦,要享福哪。"

"那自然……"爷爷的右手向怀里掏去,好像要拿啥物事,手伸到怀里却又停住了,眼光还是注视着巧珠,逗她说,"巧珠,爷爷送你一个好玩的东西,你猜,是啥?"

"响螺?"她想起在弄堂口看见过有人玩这个。

"啥?"爷爷不晓得啥是响螺,给阿英一说,他才了解;他摇摇头,"不是,是这个……"

爷爷从怀里掏出一个惠山出品的女娃娃,肥肥胖胖的,上身穿着金花红袄,下边穿的是苹果绿的裤子,头微微歪着,一对圆圆的眼睛注视着手里那只展开翅膀想要飞去的和平鸽。爷爷送到巧珠手里。巧珠学那个女娃娃抱和平鸽的姿势抱着女娃娃。阿英对巧珠说:

"谢谢爷爷。"

"谢谢,爷爷。"

爷爷把巧珠拉过来,抱在怀里,亲了亲她的小脸蛋儿,笑着说:

"真是个乖孩子!"

"吃饭吧,亲家。"巧珠奶奶在汤富海面前加了一双碗箸,说,"饿了吧? 先吃点小菜。"

"还好,还好,"他夹了一箸子的肉丝百叶,想起阿英她娘,转过脸去,对阿英说,"今天下午有工夫吗?"

"有。"

"买点香烛,带我到你娘坟上去看看。"

"好的。"

"我也去。"学海说。

"那好么。"富海把那箸子的肉丝百叶往嘴里一放,觉得这菜特别香。

五十八

徐义德在客厅里大声喊叫：

"人呢？人呢？"

第一个应声出来的是老王，他手里捧着一个福建漆制的茶盘，里面摆着一杯热腾腾的祁门红茶，放到客厅当中的那张矮矮的小圆桌子上以后，弯了一弯腰，笑脸向着徐义德，说：

"老爷，她们在楼上。"

"请她们下来，快。"

"是，是是，……"老王来不及放下茶盘，匆匆上楼去了。他懂得谁是老爷心上最爱的人，揣摩老爷的心思，先叫林宛芝，再叫朱瑞芳，最后才叫大太太。

林宛芝一听说徐义德回来了，拔起脚来就走，像一阵急风似的，从楼梯上跑下来，冲到他面前，欢天喜地叫道：

"你回来了，义德。"

徐义德站在三角大钢琴旁边，面对着墙角落的那盏落地的立灯，望着柔和的电灯的光芒，在等待她们下来。他看见林宛芝冲到他面前，一把抓住她的手，劈口就说道：

"我过关了，我过关了。"

林宛芝不解地皱起眉头，两只眼睛盯着徐义德微笑的肥胖的脸庞，问：

"啥关呀？"

"我过关了。"徐义德一把搂着林宛芝，他高兴自己回到了家，回到林宛芝的身边,按捺不住心头的喜悦,又说,"我过关了!"

"看你那个高兴样子,"她伸出涂了红殷殷美国的蔻丹的右手食指在徐义德的腮巴子上一划,说,"啥关呀?"

开完了"五反"工作检查总结大会,徐义德回到办公室刚坐下,杨健就走了进来。徐义德最初大吃了一惊,他想:刚开完了会,怎么又来了,难道又出了事吗?他的心急遽地跳动,态度却很镇静,不过面部皮肤有点紧,嘴角上浮现出勉强的笑纹,用他那肥胖的手指向长沙发上一指:

"请坐。"

杨健察觉出徐义德态度不大自然,神经还是相当紧张,立即开门见山地说道:

"你今天坦白交代得不错……"

徐义德一听杨健用徐缓和蔼的语气鼓励他,他面部的皮肤放松了,向杨健屈着背,抱歉地说:

"我应该早坦白交代我的五毒……"

"只要坦白交代,不论迟早,总是好的。"

"老实讲,杨部长,现在我才完全体会你刚到我们厂里讲的那些政策……"

徐义德说到这儿就停下,在等待杨健严肃的责备。杨健不仅没有责备,并且说:

"资本家体会党和政府的政策不是很容易的,要有一定的过程,没有一定的过程,不会有深刻的认识的。就拿我对某些问题的认识来说吧,也有过程的,不过,有的人时间短些,有的人时间长些……"

"这一次幸亏杨部长的帮助、指示,不然的话,我不会有这样的体会……"

"这不是我个人的帮助,这是大家的力量,当然,其中也包括你个人的觉悟……"

"我?"徐义德的脸红了,连忙否认说,"谈不到,谈不到。"

"你提的保证也很具体……"

"这是起码的……"徐义德微笑说。

"保证不在多,要彻底实行。"

"那当然,那当然。"徐义德心里想:杨部长一定是要他口头再保证一下,他接着又加了一句,"我一定保证彻底实行,这一点,请杨部长放心好了。"

"我们相信你会实行。"杨健没有对这个问题再谈下去,把话题转到另外一方面,说,"你自己问题搞清楚了,我希望你立功,帮助别的人……"

徐义德发现自己又猜错了,原来是要他立功,于己于人都有利,何乐而不为,立刻说:

"只要有机会给我,杨部长,我一定立功。"

"机会多得很……"

"你啥辰光通知我,我就去。今天？明天？都行。"

"今天你该回去休息休息了。"

"不,我的身体行。"

"这个事不忙,以后有机会再去。"杨健见他松弛了的情绪又有点紧张了,岔开去说,"你最近要考虑考虑厂里的生产问题……"

"厂里的生产问题?"徐义德对这个问题很有兴趣,从杨健的嘴里提出来,他又觉得十分惊奇。他问自己:以后厂里的生产还要徐义德管吗？不。杨部长讲得这么肯定,又不容他怀疑。他点点头说:

"杨部长指示得对,'五反'过后,应该考虑生产问题……"

"你办厂多年了,厂里生产情况你都了解……"

"了解的也不多,要靠党和工会的领导。"徐义德说,"以后还希望杨部长多多指示。"

"那没有问题,有需要的地方,我一定帮助。"

"只要你肯领导、支持,那厂里啥事体都有办法。"

"主要还得依靠厂里的全体职工同志们……"

"那当然,那当然。"

这一次会见,徐义德感到愉快。杨健走出去,他果然考虑厂的生产问题。但考虑了一会,还没有个头绪,他想起该回家了。他出了厂,先到南京路王开照相馆拍了个照,然后才回到家里。

林宛芝刚才问他啥"关",他望了她一眼,那意思说:这还不晓得吗？等了一会,见她的眼睛还是盯着他,便说:

"啥关,'五反'的关呀！"

"你坦白交代了吗？"

"唔。"

"杨部长他们相信了吗？"

"当然相信。"他说,"我的五毒都讲了,那还不相信？再不相信,我只好报假账了。"

"你哪能想起今天坦白交代的？"

"我想,迟交代,不如早交代。"他简简单单地说,"我看差不多到辰光了,我就坦白交代了。"

"是向少数人坦白交代的吗？"

"不,他们开了个全厂大会,我在上面坦白交代,"说到这里,他眼睛滴溜溜地向四下张望,好像担心地在看会场里的工人群众说,"全厂的人们都参加了……"

"哦,"她挨着他的身子问,"大家都没意见吗？"

"多少有一点,不过只要领导上同意了,工人提得出啥意见来。"他故意装出得意的神情,声音也跟着高了起来,"开完了会,杨部长还来看我……"

"杨部长拜访你?"她眼睛里露出惊奇的光芒,"谈啥?"

"谈得很多很多,——他要我领导厂里的生产……"他改变杨健的原话,一边卖弄关子,一边撒谎。

"你哪能回答?"

"我接受他的要求。这个厂是徐义德的,本来应该由我来领导生产么。"他一本正经地说,叫她听不出来是谎言。

"过了关就没事了吗?"

"过了关当然就没事了。"

"真的?"

"谁还哄你。"

"亲爱的……"她一句话没说完,涂着美国探奇口红的嘴唇就紧紧亲着他的肥肥的腮巴子。

他见她对自己这样亲热,立刻想起那天从钥匙孔里看到她和冯永祥的那股浪劲,心头涌上无比的愤怒,恨不能痛痛快快给她一巴掌,又怕让大家知道,他便木然地站在那里让她亲自己的腮巴子。

"真不要脸!"

这是朱瑞芳的愤愤的声音。老王来叫她的辰光,她正劝守仁:

"你也这么大了,应该懂事啦。"

守仁昂着头说:

"我当然懂事,我啥都懂,飞檐走壁,打枪骑马……没有不懂的。"

"你这样下去,哪能得了?"

"我吗?"守仁霍地从沙发上站了起来,挺着胸脯说,"将来一定成为一个英雄,你就是英雄的母亲了,说不定新闻记者还要来访问你哩。"

"我也不想做英雄的母亲。"她想起他偷东西的那些丑事,心里很难过,讲话的声音变得忧郁而又低沉,"只要你平平安安过一辈子,我就满意了。"

"我不是个平凡的人。我要做一些轰轰烈烈的事业。"

她瞟了他一眼:"就凭你这样!"

他端详一下自己,耸耸肩膀说:

"我这个样子不错呀!"

她看他那副神情又好气又好笑。说不出话来,只是"唔"了一声。

"你以为我不行吗?"

"行,当然希望你行。你能做英雄,做爹娘的还有不欢喜的吗?我连做梦都盼望你真的能干一番事业,也给我脸上涂点金……"

"那没有问题。"她的话还没讲完,他就得意地接过去说。

"不是要你真涂金。只要你学好,别叫我生气,也别丢你爹娘的脸,这就好了。"

他把过去的事忘记得干干净净,即使记得一些,他也不以为那些事会丢爹娘的脸,反而以为是自己有本事,能干。不是徐守仁,别人能做出来吗?他理直气壮地说:

"我啥辰光丢过你们的脸?"

"啥辰光?你自己晓得。"她想不到他赖得一干二净,气得鼓着嘴,说不下去。

他泰然自若地说:"我晓得:没有。"

她想起这一阵闹"五反",徐义德整天老是愁眉苦脸,提心吊胆过日子,今天出去了一整天还没见回来,更是叫她放心不下。家里唯一的男人就是守仁,徐义德唯一的继承者也是守仁,而她是守仁的亲生的娘。她对守仁寄托了很大的希望,偏偏守仁这不争气的孩子老是丢她的脸。想起来,她好不伤心。她声音有点喑哑,语重心长地劝他:

"你做的那些事体,以为我忘了吗?守仁,别和那些人鬼混,你好好念书,你要多少钱我给你好了。你爹这份产业,将来还不全是你的。"

"将来是我的,现在可不是我的。"

"你还年轻,交给你也管不了。"

"那倒不一定。"

"你现在应该好好念书。"

"这容易,只是头脑子里装不下去。"

"你野了,收收心,就装下去了。"

"念书,没钱不行。"他心里想:娘开了口,要钱会容易了。

"要多少我给你好了……"

老王在外边敲门,她应了一声:"进来。"

"老爷回来了,请你们下楼去。"老王站在门口说。

"一会就来。"她点点头。

"是。"老王知道二太太在训子,不方便多留,连忙退出,带上门,去叫大太太。

朱瑞芳一想今天也谈不完,留待以后再劝他,站起来,拉着守仁的手,说:

"走吧。"

他站在那里不走,向娘伸出一只手来。她不懂地问他:

"做啥?"

"钱。"

"待会再说。"

"不,你给我一百万。"他伸出一个手指来说。

"先下楼去,回来给你。"

守仁一听母亲答应了,欢喜得跳了起来,按着她的肩膀说:

"好,好好。"

"看你这个高兴样子。"

母子两人向楼梯那边走去。朱瑞芳还没下楼,就听见林宛芝娇滴滴的声音,她马上把脸一沉,心里想徐义德回来先和林宛芝谈好了才叫她,便拉住徐守仁的手,不满地低声说:

"别下去。"

他差一点走下楼梯,给娘一拉,慌忙退回来,掉转头,问:

"做啥?"

"小声点。"

他吃了一惊,伸出一条红腻腻的舌头,旋即又缩回去,走到娘面前,附着娘的耳朵,轻声地问:

"啥?"

娘没有直说,只是用手指向着楼下客厅的方向指指。他歪过头去,侧耳谛听,知道爹和林宛芝在谈话。他会意地点点头,屏住气息,站在娘身边一动也不动,听楼下在谈。

没有一会工夫,大太太一步一步慢悠悠地走过来。朱瑞芳迎上去,对着大太太的耳朵嘀咕了一阵,大太太一边凝神地听,一边眼睛愤愤地瞪着楼梯下面,随着朱瑞芳一步步向楼梯口轻轻移去,可并不下楼。林宛芝每讲一句话都叫朱瑞芳生气,恨不能下去给她两记耳光。等到她亲密地叫一声"亲爱的",朱瑞芳实在忍不住了,就破口骂了一句。

徐义德等了很久还不见有人来,他放下林宛芝,大声喝道:

"老王,老王!"

老王一头从大餐厅里钻了出来,弯着腰,问:

"老爷,有啥吩咐?"

"她们呢?"

"都请过了。"

"怎么没有来呢?"

"我再去叫……"

老王放开步子向楼梯上跑去,一眼看见她们三个人不声不响地站在楼梯口,他差点要笑出声来,幸亏拼命忍住,同时放慢了脚步。

大太太怕给老王发现,慌得想退回去。朱瑞芳却满不在乎,暗中抓住大太太的手,一边很自然地答话,暗示老王不要响:

"老爷在啥地方?老王。"

"老爷在客厅里……"老王好像没有看见她们似的,说。

"哦,"朱瑞芳漫应了一声,说,"我来了。"

徐守仁第一个跳进客厅,好奇地站在爹身边,想知道叫他们究竟有啥事体。大太太坐在朱瑞芳对面的双人沙发里,看见朱瑞芳两只眼睛一动也不动地盯着林宛芝,仿佛要从林宛芝身上发现啥秘密似的。徐义德没注意这些事,他一门心思在想过"五反"关的经历,看她们都下来了,只是不见吴兰珍。他又向楼梯上看看,老王站在客厅门口,见老爷望楼梯,知道又在找人,便远远答道:

"都下来了。"

徐义德的眼睛转过来看朱瑞芳,察觉朱瑞芳两只眼睛直苗苗地盯着林宛芝,而大太太的眼睛注视朱瑞芳的表情。他料想他回家以前她们之间又闹事了,但是他装作不知道,只问:

"吴兰珍呢?"

"今天也不是礼拜。"朱瑞芳冷冷地答了一句。

徐义德这才想起今天是礼拜四,不是礼拜六,心里好笑自己,说:

"老王,派车去接她回来。"

"是。"

老王应了一声,还没有走出去,听见朱瑞芳的声音,他站了下来。朱瑞芳说:

"有啥急事要她回来?"

"当然有要紧的事。"

"现在'五反',你自己都不坐汽车了,派汽车去接她,好吗?"

徐义德听这话有理,顿时改口说:

"老王,你打电话要她马上回来。"

"是。"

徐义德惟恐她回来晚了,又对老王说:

"马上。"

"晓得了,老爷。"

徐义德坐在贴墙的长沙发上,面对着三位太太和心爱的儿子,把厂里"五反"工作检查总结大会前后的情形详详细细地说了一番。他讲到后来,嘴都干了,一边喝茶,一边说。最后,他扬起眉毛,微微挺起胸脯,得意地说:

"我过了关啦,我过了关啦。"

大太太听了心上像是放下千斤的重担子,又轻松又高兴。她关怀地问:

"以后没事了吗?"

"当然没有了。"

徐义德说得非常有把握。朱瑞芳特别关心的是坦白交代的数字,她说:

"这笔款子可不少啊,政府里要还吗?"

"怎么会不还……"

"那,那……"朱瑞芳急得说不下去了,她像是看见无数的钱从家里流出去,很痛心,扪着自己的胸口,半晌,说,"那,那怎么行啊。"

"不行也得行。"

"这些钱给我多好哇!"守仁撇一撇嘴,惋惜地插上来说。

"你整天就晓得要钱,不好好用功念书。"

守仁给爹训了一句,心里笑爹老是拿他做出气筒,可是不敢说出来,但也不同意爹的训斥,大胆顶了一句:

"我今天也没向你要钱……"

"要也不给你,"徐义德瞪了守仁一眼,说,"大人讲话,小孩子少插嘴插舌的……"

朱瑞芳怕他再骂儿子,连忙打断他的话,问:

"还政府的都要现款吗?"

"我哪有这么多现款!"

"是呀,我们家里都空啦。"仿佛有政府工作同志在旁边,朱瑞芳有意哭穷;其实徐义德手里的现钱,存在国外的不算,单在上海的就要比坦白交代的数字大得多。

"我早打定主意了,"徐义德想了想,说:"尽锅里煮。"

"这是个好办法。"

"反正厂里的资金我也不想提了,政府也别想从我家里拿到一块现钱。"

朱瑞芳"唔"了一声,表示完全同意他的好法子,同时也安心了:徐义德不拿现款出去。大太太还不放心,她说:

"就怕政府不答应……"

同时,她想起城隍庙的签十分灵验:暂屈必伸,只要能守正直,定可逢凶化吉。义德毕竟过了关,从此要走好运道了。她应该早点到城隍庙会还愿:捐助一千万装修佛像,点九十九天的油灯。

"不答应?"徐义德反问了一句,接着说,"不答应,我没现款,把我怎么办?"

吴兰珍从外边走了进来,见大家谈得正起劲,她便悄悄地站在那里没言声。徐义德抬头看见了她,欢喜地站了起来,迎上去说:

"你回来啦!"

"有啥要紧的事?"

"啥要紧的事,"徐义德有意说得很慢,"我过关啦,你看要紧不要紧?"

"真的?"

徐义德又从头把厂里的"五反"工作检查总结大会的前后情形一一叙述给吴兰珍听,说得有声有色,一点也不感到疲乏。林宛芝听了第三遍,有点累了。徐义德每一句话,她都听熟了,甚至可以代替徐义德来坦白。为了不打断徐义德的兴头,她静静地出神地在听,好像是头一次听到一样的新奇和兴奋。

真正新奇和兴奋的是吴兰珍。自从上次回来以后,她知道姨父死不坦白交代问题,便一气不再到他家了。今天接到老王的电话,她本来也决定不来,但听说姨父有重要的事请她马上回去一趟,决心有点动摇了。她在女生宿舍的走道上踱来踱去,拿不定主意:已经和徐义德划清了界限,回去不好;如果姨父真有重要的事非她回去不可,不回去也不好。最后,她走到新民主主义青年团的支部书记的宿舍里,向他汇报了思想情况。支部书记鼓励她这种严肃认真的精神,但主张她回去,如果有啥要紧的事,也好帮助帮助姨父。所以,她非常冷静,提高警惕,生怕讲错,或者做错。她仔细听徐义德讲下去,原来是叙述坦白交代的经过,她听出兴趣,眼睛里闪闪发光,注视客厅里每一个人的表情,大家脸上都有笑容,笑得最厉害的是姨父,那爽朗的笑声,几乎震动了客厅。

吴兰珍的脸上也露出笑纹,听到姨父把五毒不法行为都交代了,千言万语表达不出她心头无穷的喜悦,忍不住跑到姨父面前,亲热地叫了一声:

"姨父……"

徐义德想起上次不愉快的分手,仰起头来,"哼"了一声,说:

"现在认我这个姨父了……"

吴兰珍抓着姨父的手,说:

"你坦白交代了,我为啥不认你?"

大太太得意地望着吴兰珍,说:"这孩子,嘴利的,好好给你姨父说话……"

"唉,"徐义德深深地叹了一口气,说,"现在总是你们年青人有理……"

他抓住姨侄女的手,心里感到无限的温暖。

五十九

徐义德接到通知，请他今天下午两点钟出席黄浦区的五反运动坦白检举大会，心里按捺不住的高兴，盼望的立功机会，终于来到了。政府第一次给他这个机会，应该尽自己最大的努力，立一大功。但他不知道为啥要请他参加黄浦区的检举大会。黄浦区是商业区，这方面的情况不了解，哪能立功呢？如果是在长宁区纺织业，他就可以大显身手了。既然要他参加，大概总有道理。

他匆匆搭上公共汽车，向外滩方面赶去。今天的公共汽车特别慢，每站都有人上上下下，车子里挤得水泄不通。车子好容易开到南京东路江西路口，他从车子里挤了出来。穿过江西路，他慌忙赶到会场，已经是两点一刻了。走进会场，迎面碰上利华药房的伙计王祺，问他：

"你是沪江纱厂徐总经理吗？"

"是的。"

他奇怪地望了王祺一眼，这位青年并不相识，怎么会认识他呢？王祺说：

"请你跟我来……"

徐义德跟他从人丛中穿过，引到第一排那边，站下来，指着留下的唯一的空位子说：

"坐吧。"

徐义德坐下去，抬头一看：利华药房柳惠光正在上面坦白交代他的五毒不法行为，大会早已开始了。他回过头去一望，会场里挤得满满的。他怪公共汽车开得太慢,使自己第一次立功就迟到,真叫人难为情。他听到柳惠光在台上交代,利华药房的业务情况他一点也不了解,待一会哪能帮助柳惠光呢?不帮助,政府别疑心他有保留,以为他连帮助别人也是扭扭捏捏的,岂不是冤枉?柳惠光这个人树叶子掉下来都怕打破了头,在星二聚餐会里从来不大谈论,不然他还可以从星二聚餐会这方面帮助帮助柳惠光。他正在焦虑,忽然有人碰碰他的肩膀。他歪过头一看:原来是马慕韩。徐义德惊奇地问道:

"你也来了?"

"我代表工商联出席。"马慕韩低声地说,"听说你过关了,德公,恭喜恭喜!"

"谢谢你的启发……"

"主要是你的觉悟……"

"你给我指出了路子,这关可真……"徐义德见前后左右一些人都不大认识,就没有说下去。

马慕韩知道他要说啥,也觉得这里不是谈话的地方,指着台上说:

"想不到柳惠光也有问题!"

"是呀!"

柳惠光在台上讲话的声音越来越高:

"……除了坦白交代我的问题以外,最近还检举了别人二十三件罪行。今天,我向人民低头认罪,我保证……今后绝不再犯,要服从工人阶级和国营经济的领导,做一个守法的工商业者……"

他讲完了,场中有许多人高呼:

"不法工商业者,只有彻底坦白,才有出路!"

许许多多的职工纷纷走到台前,要求检举、控诉拒不坦白的不法商人朱延年。主席黄仲林见大家都拥到台前,不好一齐上台同时检举、控诉。他请大家排好队,依次序一个个上去。站在台前的人马上自动排了队,一个接着一个,一条长龙似的,一直排到会场进门那边。徐义德想站起来去排队,怕轮到他发言,没有想好词;不排队哩,又怕别人有意见。他见马慕韩坐在第一排不动,他想先让别人检举,领领行情再说。头一个上台检举的是童进。

黄仲林对朱延年再三劝说,结果都是白费口舌。别的厂店经理老板是挤牙膏,挤一点,坦白一点;朱延年这瓶牙膏却怎么也挤不出来,好像是封住了口。昨天晚上黄仲林和童进又找他谈了一次话,他坚决否认自己有五毒不法行为,即使有人证物证,他也赖得干干净净,板着面孔,硬是一丝一毫也不承认,反而说这是别人有意报复,企图陷害他这个忠诚老实的商人。

黄仲林把这些情况向区增产节约委员会汇报,区上决定请他们来参加今天的大会。童进见柳惠光坦白了以后,朱延年毫无动静,他忍不住抢到前面去了。

童进走到台上,喘了一口气,大声叫了一声"同志们",就激动得讲不下去了。他肚里有千言万语要说,可是不知道从啥地方说起。他和叶积善曾经在这个礼堂里听过青年团的团课,区里团工委书记孙澜涛在上面做报告,好像长江大河一样,一张开口就滔滔不绝。他站在台上,足足有两分钟,却说不出一句话来,额角上不断渗透出黄豆大的汗珠来。他想不到为啥忽然讲不出话来了。台下静悄悄地等待他控诉。

黄仲林走过来看看他。他这才意识到自己站在台前没说话已经好久了。无论如何得开一个头,他先报告自己的身份,然后直截了当地说:

"我要控诉福佑药房不法资本家朱延年的罪行:他一贯投机倒把,扰乱市场,骗人钱财。上海解放以后,他仍然作恶多端。"说到这里,心里稍为平静一些,许多事情慢慢回想起来,而且记得非常清晰。他生怕会场上有人听不见他的话,对着扩音机,提高了嗓子,说:"他腐蚀干部,自命福佑药房是干部思想改造所,许许多多的政府机关的干部被他腐蚀了。从账面上看,单是行贿干部的交际费就有一亿二千万元。他制造假药出卖,危害人民。有的人吃了朱延年的假药死了,还以为这是自己的命运不好,哪里晓得是被黑心肝朱延年害死的。今天我要把毒死他们的凶手的罪行检举出来……"

坐在会场里黑压压的人群,静悄悄地在听童进的控诉。听到福佑药房是干部思想改造所,有些人吃惊地抬起头来,但还压抑着心头的愤怒,耐心地听下去;一听到朱延年制造假药害人,有的人实在忍耐不住了,像是平静的水面忽然来了一阵飙风,卷起一个一个浪头似的,站了起来,举着手要求发言。黄仲林站起来,向台下按一按手,希望大家先听完童进的控诉,然后再发言。站起来的人生气地坐下去,连椅子也仿佛不满地发出咔嚓咔嚓的声音。

徐义德不认识童进,一听他提"朱延年"三个字,徐义德心弦拉紧了。朱延年犯了这么大的罪,他还蒙在鼓里哩。看上去,今天要帮助朱延年了,他怎么开口呢?朱延年就是朱瑞芳的亲弟弟呀,姊夫怎么好检举小舅子呢?他要是检举了朱延年,他回到家里的日子怎么过啊?朱瑞芳追问起来,哪能回答呢!对柳惠光他可以推托不了解,或者拉扯一些星二聚餐会的事也可以混过去。对朱延年就不能说不了解啦,当场一言不发也说不过去,别说台上那位主席,就是坐在他旁边的马慕韩也不会放过他,至亲郎舅,能够一点不知道吗?还是想保护过关呢?徐义德从来没有遇到过这样狼狈的局面,他不知道怎样应付才好。

童进在台上越讲声音越高:

"最可恨的是朱延年扣发志愿军医药器材,到今天为止,还有一亿三千万元的货没有发。一亿三千万呀,不是个小数目。这些钱可以买很多药,能够医治很多伤病号。志愿军为了保卫祖国,抗美援朝,流血牺牲,多么需要医药器材呀!可是朱延年怎么说?你们听:他说不发货不要紧,也许部队给美国军队打死了,发货去也没人收。这是啥闲话?!已经发的货,也有许多是过期失效的,别的不提,单讲盘尼西林一种药吧,当时志愿军因为缺乏药品,许多患骨髓炎的伤员,都需要盘尼西林治疗。哪里晓得朱延年这个没有良心的家伙,把过期失效的盘尼西林卖给志愿军。伤员注射了以后,不仅没有一点效果,反而热度增高,增加痛苦。大家晓得,"说到这里,他想起了志愿军王士深在福佑药房讲的无名英雄炸毁坦克的英勇故事,这故事给了他极其深刻的印象,仿佛他亲自在前线看到似的,永远也忘记不了,他说,"大家晓得,志愿军用生命来保卫我们。我们应该爱护志愿军,应该拿最好的药品给志愿军,可是朱延年这个坏家伙呀,却把过期失效的药品卖给志愿军,暗害我们最可爱的人——志愿军同志。你们说,朱延年有心肝吗?"

"没有!"全场高呼。

"朱延年是人吗?"

"不是!"

"要不要惩办朱延年?"

"要!"台下的人异口同声喝道。

童进说到这里,干脆撇开扩音机,站在台口,伸出拳头,高声喊叫:"我们要求政府逮捕严办奸商朱延年!"

这时,会场再也平静不下去了,一浪接着一浪,一浪高过一浪,汹涌地向台上冲击。黄仲林看群众情绪这样激动,便走到台前,大声问道:"同志们有啥意见?"

台下的人一致回答:"要求政府逮捕严办朱延年……"

接着你叫一声,他喊一声,只听见轰轰的巨响,大家的声音混在一块,分辨不出谁说的了。黄仲林举起手来,台下的声音慢慢低下去。他说:"大家有意见,请到台上来说。"

马慕韩坐在第一排,脸上气得发红。他原来只知道朱延年在同业当中信用不好,投机倒把,没想到他做了这许多伤天害理的事,特别是对待志愿军,只要有一点点国家观念的人,无论如何也做不出来的。他听了,心头非常气愤。朱延年玷污了上海工商界的名声,连他脸上也没有光彩。他坐不住,仿佛凳子上有针,刺得很。他想离开这个沸腾了的会场,可是上海市工商业联合会代表的身份又叫他留下。正在他坐不是走不是的难熬的时刻,听到黄仲林的声音,好像是对他说的。他认为他这个代表应该上台去表明态度。他还没站起来,已经有人在台上讲开了。等三四个职工讲了之后,他怕再失去机会,立刻跳到台上去,事先没有时间想好词,一时竟在台上说不出话来。台上台下的人都静下来,等他发言。他看到台下黑压压一片人群的眼光都朝他身上望,努力定了定神,喘了一口气,说:

"我很惭愧,……我们工商界出了这样的败类,居然暗害我们的志愿军,这是国法人情所不允许的。我……我完全拥护大家的意见,要求人民政府逮捕工商界的败类朱延年,严加法办,越严厉越好。"他讲完了,回到原来的座位,轻轻碰徐义德。徐义德纹风不动,他便低低对徐义德说:

"老兄,朱延年是你的小舅子,你不上去讲几句吗?"

徐义德表面还保持镇静,可是心里直跳,胸口一起一伏。马慕韩点了他,他非上台不可了。他也顾不得回家的日子了,得把眼面前的事打发掉,不然,哪能走出会场,想不到轮到他帮助别人也这么困难。他想起朱延年欠他的债,特别是上海解放初期借给他三百万现款和在信通银行开的透支户头,更叫他伤心。三百万现款当然又扔到水里去了,现在得给他还透支款子。他恨透了朱延年。马慕韩在身旁给他一提,更是气上加气,火上加油。他霍地站了起

来,匆匆走到台上,激昂慷慨地说:

"我听了童进先生的控诉,心里非常愤怒。朱延年一贯为非作歹,童进先生说的完全是事实。上海解放以前,他做的坏事更多,别的不说,单是骗取我的钱财就数不清。凡是和他有点往来的人,没有不吃他的亏的。他在工商界名气很臭,大家都不愿意和他往来。他谋财害命,罪恶滔天,是自绝于政府和人民。我也要求政府逮捕法办这个败类……"

徐义德最后一句话是用叫口号的语调喊出来的。他说完了又有几位职工代表上台发言,大家都提出同样的要求。

黄仲林要人打电话向区增产节约委员会请示,立刻得到了答复。他走到台前,全场顿时静下来,鸦雀无声,凝神地听他说:

"同志们,我代表区人民政府接受大家的要求,把大奸商朱延年当场逮捕,依法严办……"

他说到这儿,马上给欢腾的掌声打断了。

执法员立刻走到右边第三排第四个座位上,把朱延年拉起来。朱延年最初参加这个大会,心里相当镇静。柳惠光在台上坦白交代,他心里笑他是个阿木林。童进上去控诉时,他的心像是被犀利的刀子在一块块割裂开来,恨不能上台咬童进几口。他认为把童进这青年留在福佑药房是他一生中最大的错误。没有童进,福佑的底盘不会完全揭开的。他一听到黄仲林宣布当场逮捕,面色如土,头无力地垂了下来。执法员拉他,他心一横,满不在乎地站起来,心里说:"逮捕吧,逮捕了我的身子,逮捕不了我的心!"他心里虽这么想,可是他的两条腿发软,已走不动了。两个执法员架着他,慢慢向外边走去。

(第二部完)

1956 年 9 月 3 日初稿,上海。
1962 年 4 月 12 日改稿,厦门,鼓浪屿。